# 満鉄外史

菊池寛

原書房

# 満鉄外史　菊池寛

満鉄総裁中村是公（左端）と漱石（右端）　大正元年九月

南満鉄道会社《なんまんてつどうかいしゃ》って一体何をするんだいと真面目《まじめ》に聞いたら、満鉄《まんてつ》の総裁も少し呆《あき》れた顔をして、御前《おまえ》も余《よ》っ程《ぽど》馬鹿だなあと云った。是公《ぜこう》から馬鹿と云われたって怖《こわ》くも何ともないから黙っていた。すると是公《ぜこう》が笑いながら、何《どう》だ今度一所《こんだいっしょ》に連れてって遣《や》ろうかと云い出した。是公の連れて行ってって遣ろうかは久しいもので、二十四五年前《ぜん》、神田の小川亭《おがわてい》の前にあった怪しげな天麩羅屋《てんぷらや》へ連れて行って呉《く》れた以来時々連れてって遣ろうかを余に向って繰返《くりかえ》す癖がある。其癖未《いま》だ大した所へ連れて行って呉れた試《ためし》がない。「今度《こんだ》一所に連れてって遣《や》ろうか」も大方《おおかた》其格《かく》だろうと思ってただうんと答えて置いた。此気のない返事を聞いた総裁は、まあ海外に於《お》ける日本人がどんな事をしているか、ちっと見て来るが可《い》い。御前見た様に何にも知らないで高慢な顔をしていられては傍《はた》が迷惑するからと頗《すこぶ》る適切めいた事を云う。……（以下略）

夏目漱石『満韓ところどころ』冒頭の部分

後藤総裁

児玉設立委員長

中村総裁

犬塚理事

伊藤副総裁

▲広軌改築後の試運転列車

◀プルマン社製一等客車一輛をコンパートメント式の寝台車(定員20人)に改造したもの。明治41年10月28日から運転を開始した急行旅客列車に連結，一週に二回大連—長春間を往復した。

要塞攻略の研究も準備もないまま,「一日も早く一刻も早く攻めとれ」という任務のもと，5万余の兵が力攻4日，これという戦果なく第一回総攻撃は中止された。戦死傷15,860名。ここに全軍の期待を集めて登場したのが28サンチ榴弾砲である。イタリア軍人の指導で明治20年代に30門製造され，うち16門が戦線へ急送された。10月1日初弾を放ち，二百三高地の占領まで約2ヵ月四方八方に砲声を轟かせた。弾量217kg。

▲大連市場裏機関車集合。満鉄が引継いだ狭軌式機関車は220輌あったが京奉線の引継と同時に3輌を清国に譲渡し他は拡軌工事の進捗と共に解体し日本へ還送した。広軌機関車は当初米国から各型合計205輌購入し，以後英国製47輌，米国製5輌，ドイツ製4輌，自社製9輌を増強(大正6年3月)。

◀大連埠頭の出帆風景。創業時直営の航路は上海，支那沿岸の二航路があった。大連—上海の片道運賃は1等40円，2等25円，3等10円であった。当時の荷役人夫の日当は日本人1円60銭中国人35銭。団体は2，3等に限られ，僧侶，外交官，軍人・家族，廃兵，孤児，被誘拐児などには割引があった。

◀大連着の輸出貨物。豆粕，大豆，大豆油，石炭が多い。

▲大連の西郊に明治44年建設された満鉄沙河口工場。工場地面積約60万坪。ここでは機関車，客車，貨車の製造修理を行なうほか，社外からの各種大型機械装置の需要にも応じる能力を備えており，昭和に入ってから乗用自動車も製作した。昭和5年頃の人口は5万。

◀鉄嶺駅に搬入される穀物

▲公主嶺の機関車庫（明治時代）。有名な公主陵を北方にもつこの地は海抜210メートル，南満洲線の最高地帯である。ロシア時代はハルビンに次ぐ主要駅であった。日本時代に中央農事試験所が設置され，毎年20人前後の技術者を輩出していた。

▲『奉天三十年』より――最初は，中国は他国民を模倣しつつあるに過ぎないと見えるかも知れないが，早晩中国は自身の新しき道を打開するであろう。一見甚だ力強く見える西洋の影響は概して表面に働いているが普遍的真理は中まで沈む。これが吸収される時は，西洋人にとっては理解の極めて困難な中国の思想並に内的生活の無比なる個性が，次第に再び自己を主張するであろう。中国の発達がいかなる方向をとるやを知るには余りに早きに過ぎるが，中国人の性格の天賦の力を経験した者はすべて，中国の前途は微力なるものでなきことを確信する。新が旧によって同化せられる時，世界が今までに知れるところのものとは全く異れる力が現われて来るであろう。――クリスティー《1883年（明治16年）から1922年（大正11年）まで奉天に在住し，医療と伝導に従事したスコットランド人》。写真は満洲交通の要衝をなす奉天駅。昭和初期撮影。

▲写真中央に見えるホームはロシア（革命後はソビエト連邦）経営の東支鉄道連絡用のもので右端に見えるは満鉄線の長春駅である。
◀石炭の代りに薪をたいて走ったこともある東支列車
▼極東の小パリと言われたハルビン市のキタイスカヤ街。帝政ロシアが満洲に投下した資本は15億ルーブルと見積られているが，その百何十分の一かがこの松花江河岸の一寒村に注がれて都市を生んだのであった。

▲清朝発祥の地である満洲は漢人，朝鮮人の移入を禁じていたが，19世紀中ごろロシアの南下に備え封禁を解いた。以後，東清鉄道の工事，満鉄の各種事業の労務に応じて山東方面からの出稼ぎや移住が継え間なく続き，年間百万人を数えたという。
▼出来るだけ上等の棺桶を買い両親が在世中に捧げるべく励んだ出稼人たち。柩を故郷に送るには，一等の旅客料金の約6倍を要した。

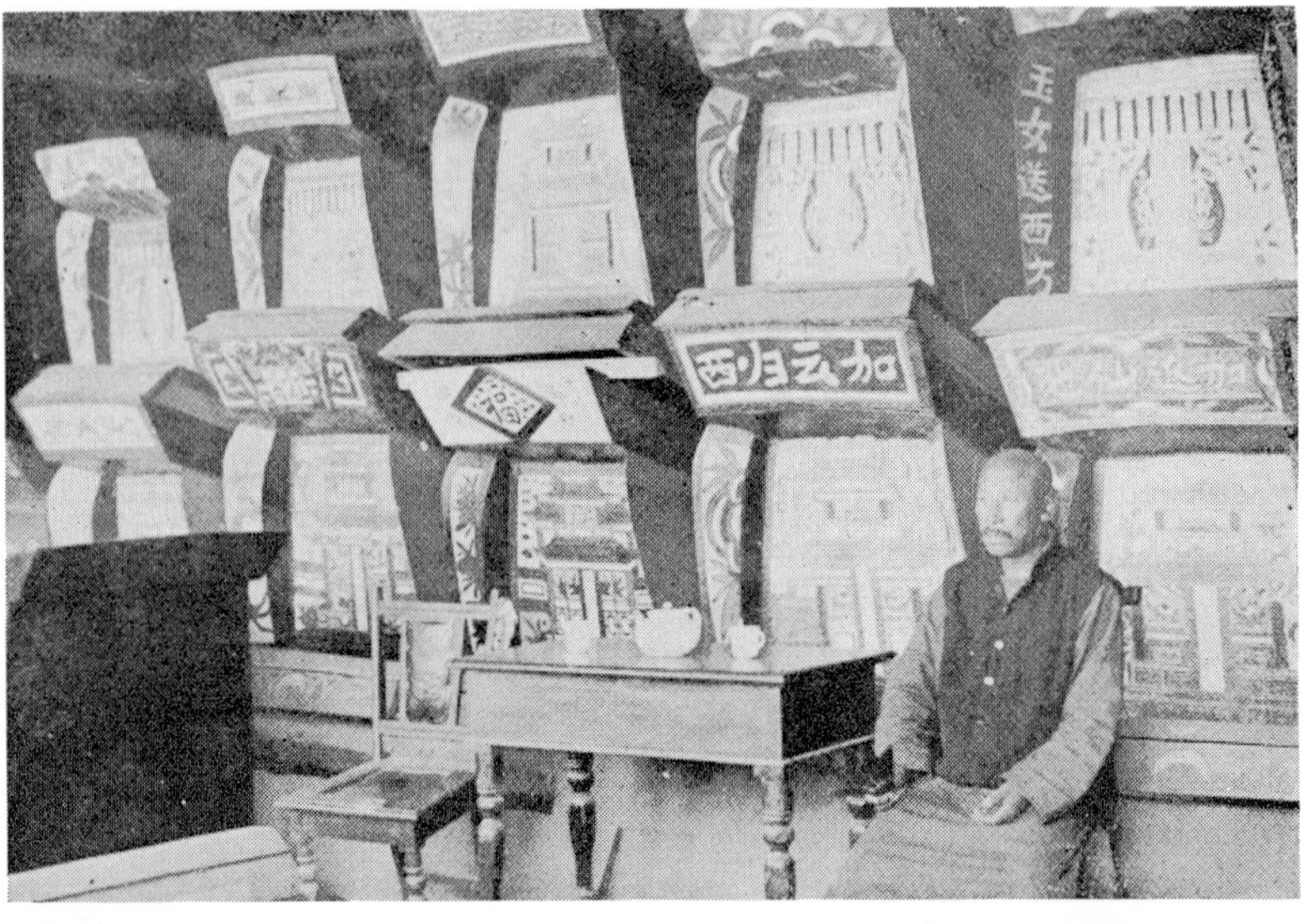

# 序

満鉄は、十万の英霊と、二十億の国帑《こくど》を捧げて得たる、日露戦争の最大の成果であり、畏れ多くも明治天皇の御遺産とも云うべきものである。

抑々《そもそも》長春・大連間を繋ぐ当時の鉄道は、その後建設された支線を併せても、僅々《きんきん》七百粁《キロ》に過ぎないものであったが、本鉄道の有する使命は、初めから民族的なものであり、又同時に世界的なものであった。

新しい東亜を建設し、正しい世界秩序を樹立することは、疑いもなく我が民族の上に課せられた大使命であるが、その為に大陸に向って打ち込まれた最初の鑽鏨《たがね》こそ、実に我が満鉄であったのである。

而して満鉄の創業に任じ、其の後の経営に当った先人達を導いたものは、辱《かたじけな》くも明治天皇の大御心《おおみこころ》であらせられた。我等の先人達は、相継いで、終始一貫此の大御心を体し、此の民族的大使命の達成に努めたのであった。

斯く考えて来ると、満鉄は、それ自体が一つの偉大な創作である。即ち我等の先人達は、限りなく高く、大きな理想を目指して、其の意力と情熱の限りを尽して、大史劇満鉄を描き上げたのである。

偶々《たまたま》菊池寛君は、其の独自の解釈と、定評ある麗筆を以て此の一大史劇を満洲新聞紙上に連載された。私は、菊池君の「満鉄外史」を通じて、此の光輝ある満鉄魂が、大東亜の隅隅まで普及されんことを希望して止まない。

昭和十六年十一月

松岡洋右

# 序

明治四十年四月、満鉄が日露の戦燼いまだ消えやらぬ大連の地に営業を開始してから、今年で恰度《ちょうど》三十五年になる。而して、創業当時七百粁にすぎなかった鉄路は、今や蜿蜒《えんえん》のびて一万粁を突破し、一万人の社員はすでに二十万人を数うるにいたった。

この満鉄会社の驚くべき膨脹発展の歴史は、それ自体が近代満洲史であると同時に、おそらく和蘭、英国の東印度会社史或はシベリア鉄道史に優るとも劣るまじき、近代東洋史をいろどる最も多彩にして主要なる部分であろうと信ずる。

然るに、この満鉄史に就いては、従来多くの書物がありながら、その大部分が、例えば『満鉄十年史』或いは『満鉄三十年略史』の如く、会社が自ら録したるものか、又は会社の必要に即して書かれたるもの多く、他より会社を批判し、又は興味ある読物として一般人に悦び読まれる種類のものは、全く見当らなかった。

ところが、今回満洲新聞の企画により、吾が文壇の雄菊池寛氏によって『満鉄外史』が書かれ、その欠が補われることとなったのは吾人の最も悦びとするところであって、本書が、今夜かの“U. P. Trai”または“Covered Wagon”の如く人口に膾炙《かいしゃ》し、一段の満洲認識に資すること大なるを期待して已まぬものである。

昭和十六年十一月

大村卓一

（南満州鉄道株式会社第十五代総裁）

# 自序

『満鉄外史』は満洲新聞社の依頼により、満鉄の歴史を興味本位に書いたものである。私は満鉄にとって、あまり縁故のない一門外漢である。だから、その資料は、主として文献に依り、その補助として、満鉄と苦楽を共にした老満鉄マンの談話を聞いて見た。だから、専門的な鉄道経営史としては一読の価値がないかも知れない、しかし満鉄人の感情史・心理史として、又一頃流行った『満鉄ロマンス』として、又読物「満鉄物語」としては、間然するところ無きを信ずるものである。私が、局外者であるだけに、いろいろな史実・挿話の撰択に於ても、割合公平であり得たと想うのである。

今や満鉄は、大東亜共栄圏の一大動脈であると共に、日本民族が大陸に獲得した最初の生命線である。その線路には、新興日本民族の最も進取的な血と情熱とが、永久に脈々と通っているような気がするのである。大東亜共栄圏の建設に邁進する日本民族は、常にこの鉄道建設に注がれた先人の意気と情熱とを顧みることが絶対に必要なことだと、私は信ずるのである。

昭和十六年十一月

菊池　寛

本作品には差別用語・差別表現が含まれるが、作品発表時の表現を尊重し、原文通りの表記とした。（原書房編集部）

満鉄外史　◉　目次

前篇——1



後藤新平 103

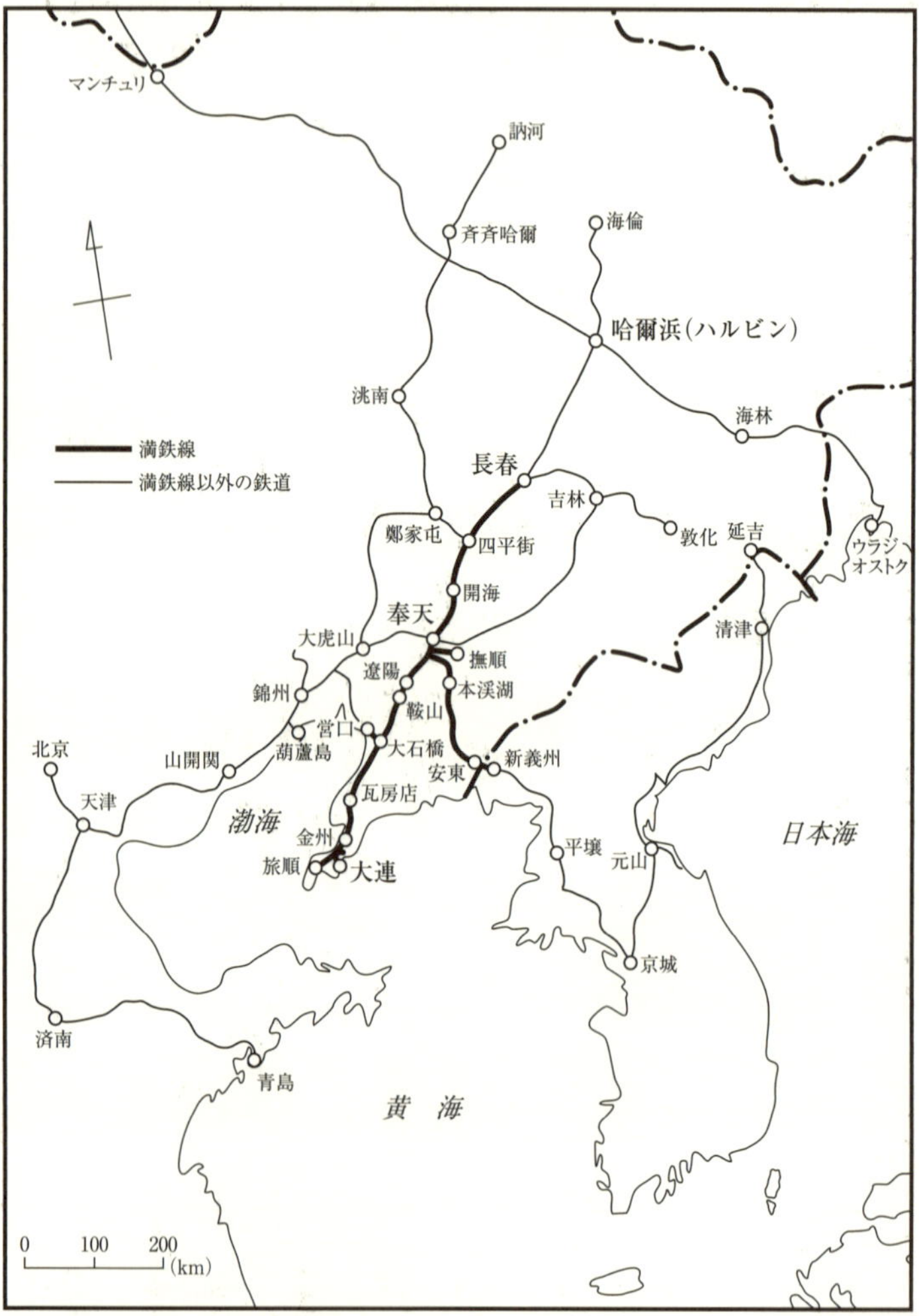


南満洲鉄道株式会社営業報告書（昭和六年版）より作図

# 前篇

# 佐渡丸

明治三十七年の六月十四日午前六時に、戦事日本の出発口として沸き返る混雑の宇品港に、一声の汽笛を残して出航した佐渡丸には、野戦鉄道提理部の総員八百六十五人が乗り込んでいた。

その年の二月六日に、日露の国交が断絶し、三月になると、もう野戦鉄道隊の組織を急いでいたが、これは占領直後のダルニー（大連《だいれん》）に押し上って、敵が破壊して逃げた遼東《りょうとう》半島の鉄道を修理もしくは改造し、これに日本から持って行くゲージの狭い列車を、一刻も早く運転させ、南方で難戦苦闘をつづけていた旅順《りょじゅん》方面の……北は連戦追撃に移った奉天方面の兵站《へいたん》を不安のないようにするためだった。

野戦鉄道隊本部の提理は、工兵中佐武内徹だった。

全員各自がみんな戦争の目的をよく知っていた。一人々々が、勝ち通さなければならないこの戦の本質を知り、痛憤の血潮を、その胸中に沸々と沸き立たせていた。

各部の幹部は、技師でも、事務官でも将校相当官に待遇されていた。工場班長の村田技師、車輛班長の貝《かい》瀬《せ》技師、保線課長の酒井技師など、中尉相当官の武装をしているのだった。たいていは学校を出て、あまり間のない三十歳前の技術者だったから、船内の亢奮と感慨は非常なものだった。暮れ残る頃の瀬戸内海の名景色に、高吟しているものがあった。

「故国の山河よ、左様なら」

と両手を挙げて絶叫しているものもいた。

またそこここに二人、三人ずつ相擁して、

「自分達の骨を枕木にするつもりで、満洲の野にレールを伸ばそう」

などと、激越した感情に眼をかがやかしている連中もあった。

その夜は誰もろくに眠られなかった。翌朝五時頃に、佐渡丸は関門海峡を通過していた。

風もなく、浪も騒がず、ただうす曇の玄界灘《げんかいなだ》を、日本でも最も優秀な船の一つだった佐渡丸は、まるで灰色の絹を裂くような快調で辷っていた。

六千二百二十六噸《トン》のこの船は、十六浬《かいり》近くの全速力で走っていた。船長と機関長と一等運転士は英国人を雇っていた。

日本の航海術が、まだそれほど幼稚だったのだ。戦争に重要な機密を運ぶ軍の輸送船に、なお外人の幹部を雇っているということが、若い技師たちを残念がらせた。

貝瀬技師と村田技師は、肩を抱き合うようにして、前部のデッキに佇んでいた。

六連島を右手に近く見たのが、午前七時過ぎだったが、そのあたりにはまだ、日本の漁船や、沿海廻りの小汽船がちらほら行き交していた。

佐渡丸から一浬ばかりの前方に、同じような型の大汽船が、同じ方角へ、一生懸命に浪頭を蹴っている。それは前の晩宇品を前後して出帆した常陸丸だった。その常陸丸は後備近衛聯隊の勇士を満載しているのだった。

「おい、少し休もうじゃないか」

そう云って、貝瀬技師は村田技師を同じ船室に誘い込んで、菓子など摘みながら本を読みはじめた。と突如、船室の窓を圧して、ドドドドンと云うものすごい物音がした。

「あっ！　なんだ」

「大砲らしいぞ」

「まさか敵じゃなかろう」

「日本軍艦の演習だろう！」

船室や廊下でいい合っているものがあった。

「演習か！　見物しようか」

貝瀬と村田は船室を出た。浴室では車輛班の入湯時間だというので裸の人が何人も騒いでいた。甲板に上ると多くの人が出ていて、今の砲声を気にしていた。

船は白島を左舷に見て過ぎ、右舷遙かに沖の島があるはずだったが、濃霧のためにそれは見えなかった。

常陸丸は依然雁行の速度で進んでいる。みんな常陸丸の方を眺めて何かいっていた。

するとその常陸丸が左に急転回を起したのだ。

「おや？」

みんな妙な顔をした。

「よくあんなことをするもんですよ。舵機の調子を見るためですね」

と云った人がある。なるほどそうかと思ったとたんに、またドドドドンと胸に響くほど近い砲声がした。同時に、自分たちの佐渡丸もまた、急に左舷転回を始めた。

もう顔の色の変った人たちで、デッキは一ぱいになっていた。

――敵艦だ――という叫びが、甲板の方々で聞えた。霧が少しはれ、その奥から三隻の黒い軍艦が見え出した。それが敵であることは、もう疑われなかった。

砲弾が、佐渡丸の近くの海面にいくつもの水煙をたて始めた。

貝瀬は、落着かなくてはいけないと思って、時計を出してみた。午前九時五十三分だった。

敵弾はだんだん近くなり、敵艦の姿も大きく迫って来た。

その一瞬、佐渡丸全体が気味の悪い静寂に、しいんとなった。

一発、音もなにもなく、貝瀬たちが立っているすぐ下の舷側に命中した。烈しいが、形容の出来ないショックだった。破片が呻って眼の前を飛んだ。

――もうどうにもならない――

と貝瀬は運命を覚悟した。不思議に気持の動揺していないことが自分でもたのもしかった。

「敵の浦塩《ウラジオ》艦隊です。ロシア号とグロンボイらしい。もう一艘はよく判らんが、多分リューリックでしょうね」

驚くべき冷静な声だった。みんなが期せずしてその囲りに集まる。この人は本部員の静間工兵大尉である。

「遺書を書いても、どうせ……」

酒井技師が独語のように云う。この人も沈着な態度だった。

――停船セヨ――

の信号をしながら、敵の三艦は、悪魔のように接近して来た。

常陸丸はその信号を無視する態度で逃げ出したために、敵弾の一斉猛射を浴びていた。

佐渡丸の船橋には、色が蒼ざめて、度を失った船長、一等運転士、その他外人高級船員が、茫然としているところへ、輸送指揮官田村大佐と、監督将校小椋《おぐら》海軍少佐が駈け上って、何か頻りに命令している。

常陸丸が、目の先に見えていた。

常陸丸の後甲板に、恐ろしい色の火焔が渦を巻いて燃え上った。船体はすでに、よほど傾斜していた。その傾いた甲板上に、聯隊旗を押したて、音は聞えないが喇叭《ラッパ》を吹奏しつつ、近衛の一隊が現れた。

将校たちは、キラリ、キラリと剣を抜いて何か号令した。兵隊が一せいに捧げ銃をした。

佐渡丸の全員も、思わずそれに対して敬礼をした。

　常陸丸では、それから躍り上って、天皇陛下の万歳を絶叫しているようだったが、やがて敵艦の方に向って、一せい射撃を始めた。効果がないとは知りながらも、止むに止まれぬ応戦だった。

　忽ちにして、常陸丸は火焔のまま波の下に姿を没した。

「須知《すち》中佐殿ッ」

　静間大尉は、大きな声でそう云うと、挙手の礼をしながら、しばらくの間渦巻く海面を見入っていた。（常陸丸の輸送指揮官は、須知中佐であった）

　佐渡丸は急に停船した。

　船内は、上下にも、左右にも、頻りに混雑した。その騒ぎを叱りつけるように、

「何をうろたえやがるんでえ」

　と巻舌で怒鳴るものがあった。保線班の工夫、槇原伴作という男で、唄が巧く、船中の人気者だった。

　向う鉢巻に法被《はっぴ》姿で、腰に日本刀を差している。これが酒井技師の前へ行って、

「技師さん、あッしゃァお先イめえりますよ。ロスケの捕虜ンなっちゃ、東京の女の子たちに面目ねえんですからね」

　と云うと、いきなり刀を引き抜いた。あッという間もなかった。手拭で刀の半ばを巻きそこを両手に摑むと、咽喉を半分ばかり掻き切り、そのまま舷側から、海へ逆さまに落ち込んでしまった。

「やッ、あれは誰だッ」

　と叫ぶ者があった。その指さす方向の浪の上を、褌一つの素ッ裸になった男が、これも鉢巻をしめ日本刀を背負って、猛進してくる敵艦めがけ、抜手を切って泳いで行くのだ。ついに誰だか判らなかったが、常陸丸沈没の余波をくらって、すぐ見えなくなった。

　将校全部と、鉄道技術員中の高等官とだけが、サロンに集まった。臨機の処置をどうしようかという非常会議だった。

　——われわれも亦、日本男子らしい最期を遂げる以外に、何があろう——

　陸軍将士の肚は已《すで》にきまっていた。

　——詐《いつわ》って降伏を装い、敵艦の一つに近寄ると、不意に飛び移って斬り捲くろう——

　——それは不可能だから、船首に強力な爆発装置をし、全速力で敵艦の胴ッ腹へ激突しようじゃないか

――

――先日の金州丸における椎名大尉以下の一個中隊のようにやろう――

――いま眼前に見た常陸丸のように――

等々、いかにも日本の武人らしい烈しい気性が、このやるせない憤懣に爆発して、いろんな意見となって、沸騰した。

輸送指揮官田村大佐は、その間に在って、独り黙っていた。沈痛極まる表情だった。

――短艇ヲオロセ――敵がしきりに、そういう信号をしています、と報告して来た。

しばらくするとまた――船ヲ見捨テヨ――の信号に変ったという報告だった。

野戦鉄道提理武内工兵中佐が決然といった。

「私も情としては、壮烈な最期を遂げたいのであるが、しかし、本船には、そもそもどういう使命を積み込んでいるかを、冷静に考慮しなくてはならん。即ち、八百名余りの非戦闘員がいる。これは満洲において戦地に鉄道を敷き且《かつ》運転させるという、戦略に重大な関係のある任務を負っている技術者である。まだ我国には、このような専門家は、その数が非常に尠《すくな》い。これを徒らに犬死させることは絶対に惜しい。また捕虜とされた場合、却って敵のために利用されるような、二重の損失をも考えなくてはならんと思います」

「自分もそう思っとる」

田村大佐が、初めて口を開いた。激越な諸論を圧《おさ》えて、

「軍人ではあるが、われわれもまた技術員なのだ。われわれの使命は鉄道にある。戦地にはどうあっても乗り込まなくてはならん。その上で猛暑と闘い、酷寒を征服し、血をもって車軸の油とし、骨をもって枕木と代えることが、われわれの使命なのだ。それ以外に、野戦鉄道隊員の死場所はないのだ。潔く本船を捨てて、一日も早く再挙することが、一ばん陛下に対し奉って忠義となるのだ」

これで議論は一決した。

「酒を飲もう」

といった者がある。

「やるべし!」

と卓を叩くものがいた。

「船内の酒をすっかり持って来いッ」

と怒鳴るものもいた。

貝瀬技師は自分のキャビンに帰った。同室の村田技師はどこへ行ったのか、いなかった。

「さて！」

といって、ちょっと考えてから、

「うむそうだ。木村長門守の如く死すべきである」

いかにもまだ学生気分の抜け切らない語調で、またはっきりと独語を云うと、素ッ裸になり、出発のとき下宿の娘が餞別に呉れた香水を一壜すっかり全身に振りかぶり、それからサルマタ、シャツ、靴下まで新しいものに改め、陸軍中尉相当官の制服を着、図嚢を肩にかけ、軍刀を腰に帯びると、屹然として直立し、

「お母アさん」

と云って敬礼した。なぜか、お母アさんをさきに云い、それから、

「お父さん――お母アさん、お先へ失敬します」

と云うと、そのまま室の外に出た。これから、部下の車輛班員百三十名に別れを惜しもうと思った。

力いっぱい脚を踏みしめるようにして歩いた。ハッチへ降り口のところで、

「貝瀬さん――貝瀬さん」

と心細い声を出す者があった。見ると自分の班員で、梅ヶ谷と呼ばれ、いつもひどく大言壮語する巨漢だった。どうしたのかと訊くと、どうしたのか動けないという。

なるほど、そこへ四ツン這いになったまま、どう介抱してやっても起てないのだ。

「そいつァつまり、腰が抜けたんですよ」

傍を駈ける男が、吐き出すように云った。

貝瀬技師が船艙に降りてみると、車輛班の殆ど全員が、「班長ッ」と喚き叫んで、まるで母鳥を巣に迎えた仔燕のように、群がり立って来た。瞬間、むうッと熱いものが胸にこみ上げて来て、口が利けなかった。うっかり口を利くと声が涙に潰れそうに思えた。

「みんな睾丸《きんたま》を抑えてみろッ」

咄嗟に湧いた気転を、わざと大きな声で、厳粛な号令のように怒鳴った。

痛いように張り切っていた船艙内の悲愴感が、どっと一時に崩れて、ゲラゲラ笑い出すものもあった。

「こういう非常の場合にだ、睾丸が梅干のようにかたくなる奴は日本男児ではないぞ。かの戦国時代、大久保彦左衛門が、徳川家康の睾丸を調べてみると、どんな敗戦のときにでも、狸親爺の一件はいつもダラリと

して居たるが故にだ、ああこの君はきっと天下を握る器量人だわいと、大いに安心したというのだ。いいか！　わかったか！」

「大丈夫であります」

　と言下に答えるものもあった。

「畜生縮かんでやがら」

　と云うものもあった。貝瀬は、やっと普通のことが云える気持になったので、最後の訓示を与えた。

「宇品で乗船したとき、一同に注意があったとおり、航海中、もし非常な事件が勃発した場合の処置は、先ず警鐘が鳴る。鐘が乱打されたら、各員は直《ただち》に身装《みなり》を整え、夫々迅速に指定される場所に就いて、次の指令を待てとなっている。いまはその最大、最悪の非常事件が突発したのだから決して慌ててはいかん」

　しかし、すでにこのとき、船中は嵐のように騒ぎ、地震のように動揺していた。

「他の班は皆、てんでに甲板へ飛び出したりしていますが」

　と詰《なじ》るようにいうものもあった。

「平静が唯一の味方だ。正式の命令が出るまで、決して騒いではいかん。いいか」

　と固く戒めて置いて、上甲板に出てみると、情況は寸刻の間に、地獄の如く変貌していた。

　警鐘は一回も鳴らされずして、乱脈に、口から口へ「非戦闘員は退船しろッ」と叫び交されて、人が人に、物が物に、物が人に、突き当り、衝き仆れ、走り、転がり、叫喚と悲鳴と、怒吼の旋風状態に陥って来た。

　この錯乱の原因は、船長以下の幹部船員が、外国人だったからである。

　救急備え付けの端艇《ボート》を引き卸す作業だって、船員が指導するのが当然だが、一人の船員もそれをやらない。勝手を知らぬ素人たちが身勝手に、高く吊されているボートに乗り込み、てんでにロープを断ち切って端艇を海面に叩き落している。

　下したボートを奪い合っている。満員のボートにデッキから蝗《いなご》のように飛び込むもの、顚覆するボート。ボートに乗るのを断念して、ブイや空気枕や空箱などを身体に括りつけて、海に浮いている者、泳いで本船を離れかけている者――そうした光景は、実に最悪の、最高限度以上の非秩序を描き出している。

「さア、早く来たまえ」

「おい、行こう行こう」

小林鉄道事務官と小城技師が、駈けながら貝瀬技師を左右から引っ拐《さら》うように左舷の方へ連れて行った。

高い舷側を見下すと、遙か眼下の波に、殆ど人間を満載した小艀が一艘浮いていて、舷側から長いロープが下げてある。小林事務官、つづいて小城技師が、そのロープを伝って、するすると降りて行く。

貝瀬技師が、そのロープを摑もうとしているところを、押し除けて二人の鉄道職員が、先に降りた。このとき、貝瀬技師は、すっかり冷静を失している自分を、チラと意識したのだが、もう、どうにも自制出来ず、慌ててロープを摑み、三メートルばかり辷り降ったとき、下の艀《はしけ》はさッと本船を漕ぎ離れてしまった。声を限りに呼んでみたが、その小舟は、もう相手にしてくれなかった。

ロープを伝って、また上へ攀《よ》じ登る膂力《りょりょく》はない。宙吊りになって当惑し切っていると、すこし離れた舷側からまた一艘の端艇が漕ぎ出して行く。その中に、同室の親友村田技師も乗っている。声をかぎりと、村田の名を呼んだが、これも聞こえず漕ぎ去った。それから、物の二分間も経つのが、一時間の長さのように苦しかった。更に三分、五分——腰には重い図嚢、軍刀や、双眼鏡から弁当箱までつけ、長靴を穿いている。何しろ木村長門守を気取って、すっかり身装いを整えたのだから、大変な重量になっている。

ずる、ずるずる……とロープを握った手が辷る。掌の皮が剝げる。高い舷側をすっかりずり落ちて、足先が海に漬く。脛《すね》から腰—胸—肩—ざぶりと来た波に頭まで沈んでしまった。顔のあらゆる孔から辛い海水が浸入する。それでもなお掌が辷り、ついにロープの末端まで来たとき、その端を右腕に捲きつけたが、ただそのままで上昇する気力は全然無かった。

死ぬと思った。これで死ぬのか、こんな死にかたで……何と云う醜態だ。馬鹿な自分だった……そんな思いのうちに、だんだん苦しくなって悶掻《もが》き出したとき、不思議に上半身が、ぬうッと海面から上にせり上った。甲板から、汽車課長の吉野技師たちが曳き揚げて呉れているのだった。

幸いにして、ロープの端を腕に捲きつけていたので、まるで死んだ魚のようになって、漸くデッキに吊り揚げて貰うことが出来た。

九死に一生というが、万死に半生で、宮沢軍医の手当をうけ、コニャックを一ぱい飲まされて、やっと元気をとり戻した。

船室へ行って、濡れた着衣をまたすっかり着更えたが、どう考えても、この失敗は慚愧《ざんき》に堪えなかった。

しかし、復活した事実、これは天が自分をして、是が非でも、満洲に日本の鉄道を敷かそうとする意志なのだと大悟した。

――よし！　やるぞ――

と声に出して断言し、胸を叩き、それから、ふと村田技師はどうしたかと思った。彼の荷物は初めのままにちゃんとそのままで、彼の姿は、よほど前からどこにも見当らぬのだ。（村田君には妻子があるのだ）と思うと、何か記念の品を持って行ってやりたい。デスクの上に置いてある村田の時計とハンカチを取って、ポケットへ押し込んだ。

この貝瀬技師をロープに宙乗りさせたまま置き去った小艀は、監督将校の小椋少佐とその通訳を乗せて、敵艦リューリックに交渉に行く使命を積んでいたのだ。

小椋少佐はそれっきり敵艦から帰って来なかった。敵中に飛込んで、佐渡丸の全員が非戦闘員であることを告げ、極力その退船時間の猶予を要求したのであった。

小椋少佐が敵に人質となって交渉した佐渡丸内非戦闘員乗組の事実を確めるために、敵の方から一人の少佐が、武装した十人の兵をつれて、佐渡丸へ乗り込んできた。その少佐がサルーンの方へ行く後姿へ、小倉服を着た一人の職工が短刀を抜いて斬りかかろうとした。そんなのが、そこからもここからもと云うように飛び出すのを、わが将校や技師たちが一生懸命に取り鎮めた。

「やっていいものなら、この本職軍人の腕が鳴っているんだぞ」

若い中尉や少尉が、制《と》めながらも、口惜しそうに歯噛みをするのだ。

敵の少佐は、敵ながらもあっぱれな態度だった。

――自分たちは敵国日本の領海内深く浸入している。これは大冒険だ。一刻も早くこの船を撃沈して引揚げなくてはならぬ。しかし事実多数の非戦闘員ばかりを積んでいるのだから、人道上、四十分の猶予を与える。四十分は最大限度だ。四十分を一秒過ぎても、直《ただち》に撃沈する。非戦闘員は悉《ことごと》く四十分以内に退船し、軍人は我艦に来い。捕虜として優遇する――

彼は厳然としてそう云うのだ。

先刻鉄道員たちを制止した将校たち二、三人が、彼の背後で、そっと刀の柄を握りしめたり、短銃の安全装置を外したりした。

何と交渉を繰返しても、彼は頑固に四十分以内を主張して、佐渡丸を去った。

忽ちにして再び全船が修羅場と化した。最後の極度な狂躁が展開された。

そうして全乗組員千七十七人のうち、五百人ばかりが、ともかくも海に逃れたり、溺れたりしたが、六百人ばかりは船に残った。残りたくてわざと残ったのではない、四十分が過ぎたのだ。リューリックが火を吐いたと見る間もなく、佐渡丸の右舷中央部に水雷が爆発した。このとき、塑像の如く船橋に立ちはだかっていた静間大尉が
「午前十一時半」

と叫んだ。

船橋には外人船長以下高級船員の影も形もなかった。いち早く敵艦へ逃げたのだ。

水雷は不発だった。リューリックは焦って、佐渡丸の左舷に廻り、第二発の発射操作をやっている。その状景が、手にとるように見える。——見ている間もなく——ピカッとした閃光と一緒に、大鮪のような水雷が迸《はし》り、浪を截り水尾を曳いて、ま一文字に向って来る。それを全船の日本男児が、手を握り固め、足の爪先に痛いほどの力を集め、眦《まなじり》を裂いて睨みつけていた。

落雷のような音響と、激しい震動と、同時に水柱が船の破片を檣頭《しょうとう》の高さに捲き上げた。

——天皇陛下万歳——

全員が一せいに、血を吐くように叫びつづけた。

敵艦は全速力で、北の方に馳《は》せ去った。

「ワハハハハ」

静間大尉が船橋から高笑しながら降りて来た。佐渡丸は沈まなかったのだ、機関部は滅茶々々にやられたけれども。天佑だった。再び、

——天皇陛下万歳——

が連呼された。

半月の後、七月一日には、丹波《たんば》丸が再挙の鉄道勇士を乗せて下関を出帆した。

佐渡丸から逃げ出して、行方不明になったり、屍体となったりした人数は、百四十八人だった。酒井技師

もそのうちの一人だった。

村田技師は沖ノ島で救助され、再挙に馳せつけて再び貝瀬技師と仲よく同室の客となって、戦塵漠々たるダルニーに上陸した。

## ダルニー

日露戦争の始まった年から三年前、明治三十四年の八月下旬の事だった。満洲としては暑い絶頂だった。公爵近衛《このえ》篤麿《あつまろ》は、佐藤成教という若い工学士と、露語と支那語に通じた二名の退役軍人とをつれて、天津、北京、満洲方面を視察旅行という触れ込みで、北京の視察を終ってから、露国汽船モンゴリヤ号で旅順経由ダルニーに現れた。

――ロシア討たざるべからず。そのためには、どうしても旅順とダルニーの施設を裏面から摑んで置かなくてはいけない――

というのが、近衛公の肚だった。

その頃、旅順、ダルニー建設技師長兼ダルニー市長のサハロフは、自分が設計した大邸宅で、豪華な自分自身の生活を楽しみながら、一方では営々として、大ダルニーのいろいろな工作を急いでいた。そこへ、近衛公以下四人の日本人旅行者が、敬意を表すべく訪れたのだ。近衛公の意図は、専門家である佐藤技師をして、ロシアのあらゆる工事に対し、その欠点を衝かせ、サハロフの感心する隙に乗じて、では佐藤にやらして見せろ、とつけ込んで行く作戦だった。

果してサハロフはうまく計略に乗った。

「まず一ばん重要で急ぐ工事は、発電所の大煙突を建てることだが、これは高さ二百十七尺、東洋第一の煙突で、特殊工事だから、露・支両国の間で、これを引き受けるものがない。困り切って居るのだが」

「そんなことは、この私が、日本の職工を使ってやれば、非常に巧く、かつ安価に出来ることを請合います」

と佐藤が云った。

「それは有難い。早速次長のトレニーヒンに会って貰いたい」

とサハロフが云った。が、次長のトレニーヒンは、頭から日本人を軽蔑していた。次長は、

「日本人ばかりの手で出来るかね」

と冷笑した。佐藤技師は笑いながら、

「ロシア人は大男だから、こうした高い工事を上から

築こうとするかも知らんが、日本人は脊《せ》が低い関係上、下から上へと積み上げるのですから、わけはありません」

と、佐藤が云った。これで一座は大笑いとなり、佐藤に一任と云うことになった。

近衛公は日本に帰り、佐藤技師は残って、職工は勿論、材料一さい、煉瓦まで日本から取り寄せて、すぐ工事に取りかかった。

工事中途で満洲の厳冬が来た。物みな凍る満洲では、冬期の工事は不可能なのだ。春まで休まなければならなかった。

佐藤技師は、ドイツやロシアの技師たちと、隔意なく飲んだり遊んだりした。

その頃、ダルニーに、モデルンというナイトクラブ風の酒場があり、日本娘も四、五人いた。その中に、外人客から、リジヤと呼ばれて、才気煥発な娘がいた。気の勝った、調子の強い、我儘《わがまま》者だったが、妙に人気があって、ダルニーの売笑婦《ばいしょうふ》なかまでは、女王のような存在だった。

サハロフは事実上、関東州の王者だったが、そのサハロフが、金に飽かして、リジヤを独占しようとし、一万五千ルーブルを出すといったのを、リジヤは「私は公娼です。個人の専有になるのは嫌です」と刎《は》ねつけたほど、張りのある女だった。

そのリジヤが、時々佐藤に「是非一度、一人だけで、遊びにいらっしゃい」と、ねだった。

佐藤とリジヤと、或る夜リジヤの室で差し向いで、ウオッカを飲んでいた。

リジヤはしみじみと身の上を語った。

彼女は、九州柳川の士族の娘で、福岡の女学校を出ていた。その頃の女学校というものはよほど値打があり、そうした女性が、闇に咲くなど珍らしいことだった。本名中川せつ。

彼女は、筒井筒《つついづつ》で十四歳の年から、好きで好きで堪らない男性があるといった。

そんなことを、眼のふちを染め、処女のような嬌《きょう》羞《しゅう》を見せて話しながら、ベッド・デスクの抽斗《ひきだし》から一枚の写真を取り出し、頬擦りをし、キッスをし、胸に抱きしめたりしてから、そっと佐藤に渡した。見ると、それは弁髪《べんぱつ》、長衫《ちょうしん》の支那人である。

「あッ、これは——」

佐藤は強《した》かに愕《おどろ》いた。リジヤのおせつは我意を得たり！　といったように微笑する。

「どう？」

「うむ、これは呉珍祥だ」

「とは、世を忍ぶ仮の名前。本名は小山栄吉、即ち、わたしの心の恋人」

　ずばずばと、台詞のように云った。佐藤は今更によ
うにじっとおせつの顔を凝視した。小山栄吉は陸地測量部の技手であったが、この一、二年、日本から姿を消し、旅順、大連の間を、変装して、海岸の測量と、ロシア側の施設を調査、密偵している人物だった。

「小山さんを知っている以上、あなたも、ね……」

　おせつは意味のある、深い眼つきをした。

「君も……そうか」

「誰だって、苟《いやし》くも日本人なら、ここへ来ればみんな御国のために働きます。まして、わたしは小山栄吉の心の妻ですもの――」

　にッと笑って、ごめんなさいねと云った。灯を消して、普通の客と女との関係のように、ベッドを並べて寝た二人は、手足も触れ合わさないで、夜もすがら語り明した。

　リジヤのおせつが掴んでいた情報は、かなり有力なものが幾つもあった。リジヤは恋人の小山がここのところ、どこへ潜ったか、連絡が取れないとこぼしたので、佐藤は、自分が職工に使っているなかで、気の利いた或る男を使いとして、リジヤから得た情報を、日本へ持たせてやることにした。

　もし戦争になって、日本軍が大連を占領した場合、先ず必要なものは、電灯と鉄道だ。

　ロシアは決して負けるとは想っていないから、鉄道もその他の工事も、すべてを非常に堅固な永久的なものにしているが、ロシアが負けて逃げるとき、電気廠を爆破されては、なにも出来ないからとおせつの注意もあった。無論佐藤もそのつもりで、電気廠の煙突を、引き受けているのであった。

　だから、佐藤は、大煙突の下部の基根部に、鋼鉄の頑丈な箍《たが》を何条も塡め込んで建設した。

　そんなことは不必要だと、トレニーヒンが反対したけれど、強い火力を入れると、よく破裂する例があると主張して、押し通したのであったが、果然、ロシア側が大連を放棄するとき、先ずこの大煙突を爆破して去ろうとしたが、どう爆薬をかけても、ついにその目的を達することが出来ず、そのままにして撤退した。

それが、すぐ日本側に利用され、満鉄の大煙突として、今日なお浜町の一角に直立しているのである。

明治三十七年二月九日午前零時二十分。旅順港内で平和な夢を結んでいたロシアの東洋艦隊は、日本海軍水雷艇隊の奇襲を喰って、狼狽措《お》く処を知らず、同士打ち、衝突、坐礁、惨憺たる打撃をうけた。

夜が明けると、堂々たる日本の主力艦隊が、近く押し寄せて猛烈な砲火を浴びせかけた。その砲声が、遼《りょう》東《とう》の空を震撼し、自信たっぷりの優越感をもって、ダルニーの建設を急ぎつつあったロシア人たちの頭を、すっかり痴呆状態に陥しいれてしまった。

ダルニーや旅順にいるロシア人官民は、誰も日露戦争の可能を信じてはいなかった。

日本人が、最近しきりに小うるさく出没することには、いいかげん神経を尖らし、自分の方でも相当それに備えてはいたが、まさか弱小国日本が、蟷螂《とうろう》の斧をふるって来ようとは、夢にも想わなかった。その間に、日本の諜報機関は非常に完全に、おそろしく敏活に、ダルニー界隈《かいわい》を漁りつくしていたのだ。

海の向うの芝罘《チーフー》は、ロシア側の機密を探る基地として理想の地点だった。旅順やダルニーで建設に働く山《さん》東《とう》苦力《クーリー》は、往きも帰りも、必ず芝罘を通る。そこに日本の諜報機関が根拠を据えていた。

その頃芝罘で、廻船業をやっていた丘襄二という人は、その後満鉄にも関係し、ずっと大連市の古老、草分けとして活動していたが、その丘氏の述懐談に、

——山下源太郎大将がその頃中佐だったと思うが、この人も商人に変装して、芝罘から旅順や大連に潜行されたし、森という中佐は、真宗の坊さんに化けて活動していた。私も森さんに頼まれて大連や旅順に化け込んで入ったが、ロシア側でも非常に警戒し、私が道路で、ちょっとでも立ち停ってあたりを見ていたりすると、憲兵らしいやつが、どこからともなく現われて「おい」と肩を叩く。

「なにを見ているのか」と云う。どこへ行っても二人ぐらいずつ絶えず尾行している。中には日本語の判るやつもいて、お前は何をしに来たかと訊く。私は石炭屋で、こちらの景気を見に来たと答えると、ここは石炭を買うところではない、早く帰れと云って、どこまでもついてくるから、ただ素通りするばかりだったが、それでも多少はお役にたつ報告も出来た——

とある。が、そんな空気の中で、ロシア人は日本何

するものぞ、とタカをくっていた。

その頃旅順にいたロシアの極東太守、アレキセーエフ大将は

——日露の間に戦争は絶対に起らぬ、各自は安心して平常通り、その業務に従うべし——

という告示を出した。それは二月六日だったが、皮肉にも、仁川沖で日本艦隊が、ロシアのワリヤーグ、コレーツ二艦を撃沈したのは、同じ日であった。

超えて三日——二月九日の朝である。大砲の呻《うな》りと、空気の震動と、そうしてロシア艦隊惨敗の報らせとが、ダルニーをすっかり動顚《どうてん》させてしまった。

人々は朝暗いうちから逃避の支度を始め、午前十一時には、官吏の家族を詰め込んだ最初の列車が、ハルビンに向けてダルニーを出発した。悲しい汽笛が、不安に慄える逃避者と、残留者との蒼白い顔を押し隔てた。

その翌日も、翌々日も、同じ光景がくり返され、ようやく全部の非戦闘員が撤退した。

ダルニー港にいた軍艦エニセイ号は、その日から二日の間に、氷塊の漂うダルニー港口のあたり一めんに、一千箇ばかりの機械水雷を沈設したが、その作業の最後に、自分が敷設した水雷に触れて、いかにその効果が著しいかということを自身で証明し、不安におびえるロシア人たちの目の前で沈没した。

その日から十日ばかり経った或る暴風雨の夜、また巡洋艦ボヤリン号が、この敷設水雷の第二の犠牲となって沈没した。

マカロフ海軍大将が、初めてダルニーに着任したのが、この日だった。彼は非常に沈痛な表情をして、誰とも口を利かず、黙々と視察して廻った。

それでも、日本の実力をまだ軽蔑し切っていたロシアは、営々としてダルニー建設の工事をつづけていた。が四月に入ると、さすがに一さいの工事を放棄し、官吏以下すべての残留男子を、義勇兵として訓練し、警防の任務につかした。

勿論商店はすべて門戸を閉じ、人々は一日も早く本国へ帰りたがった。

五月三日に、ダルニーを去る最後の列車が、病院関係者と、老齢官吏の一団を乗せて北にむかった。

日本軍は、ロシア側の予期に反して猛攻をつづけ、金州《きんしゅう》附近で、ロシアは、南北の連絡を絶ち切られてしまった。関東州《かんとうしゅう》のロシア軍は完全に包囲され、孤立

させられた。

　奥地と切り放されたダルニーのロシア人は狂乱して、一刻も早く旅順へ逃げ込みたいと焦ったのだが、ステッセル将軍は、ダルニーを日本軍が占領するようなことは決してあり得ない。最後の勝利はロシアにある、あわててダルニーを見捨てる馬鹿があろうか。鉄道など破壊しては戦後直《すぐ》に困る、と頑として主張するのだった。だが、そのステッセルも、五月二十七日決定的に金州が占領されたと聞いたとき、漸く慌てはじめ、ダルニー全部の港湾設備を爆破して、全市民は直《ただち》に旅順へ引揚げて来いと命令した。

　先ず発電所の大煙突を爆砕しようとしたが、それを建設した日本人技師が、どんな補強工事を施しているのか、すこしも爆薬の効果が現れなかった。

　次は築港の岸壁である。ここを破壊して、日本軍の上陸を不可能ならしめるために、何度も爆破をかけてみたのだが、ただ岸壁の一部分が歪曲する程度で、日本軍のためにあまりにも立派な上陸港を建設してやったことを後悔するだけだった。

　サハロフは、ステッセルに電話をかけて、ダルニーの全施設を爆破するに足るだけの火薬量を要求した。その量は旅順にある火薬の全量に等しいものだった。

　それを送ってしまっては、旅順ではもう一発の砲弾も撃てないというので、ダルニー爆破は、すべてを断念せざるを得なかった。

　ダルニーの男女は、みな徒歩で旅順の方向に向った。皎《しろ》い月が、アカシアの花をてらし、道の傍らにはリラが咲き匂っていた。

　荷物を背負ったり、子供を抱いたり、車を押したりする人々が、皆黙って、鼻を啜りながら月光を踏んで歩いた。

　ダルニーに残ったものは、野犬と鼠だけだった。

　人ッ児一人いなくなった街に、水のような電灯の光が流れていた。こんなダルニーへ、日の丸が颯爽と上陸したのである。

　芝罘の海運業者丘襄二は、明治三十七年二月十二日の夜、わが海軍軍司令部から、敵が黄海《こうかい》に沈めている海底電線を切断してくれ、との密令をうけると、喜び勇んで、すぐに小舟を漕ぎ出した。

　その小舟には決死の水夫を三人つれて乗った。身を切るような吹雪と、怒濤の間に、敵の電線監視艇が絶えず出没している。

昼は島蔭に舟を隠して漁をしながら、その敵の眼をごまかし、暗夜にまぎれて、海底を潜り、電線を探し廻るのだ。

五昼夜もかかって、漸く電線の一箇所を切断することが出来た。

旅順の敵は、この一本の線の切断によって、完全に本国との連絡を失ってしまったのだと思うと丘襄二は踊り出したくなるほど嬉しかった。もはや死んでも本望だと思った。

しかし、どうせ死ぬのなら、も一つ、すばらしいことを断行しようと決心した。

それは、エニセイ号がダルニー港口に撒き散らした敷設水雷の完全除去作業である。

すでにわが海軍で、掃海作戦に一生懸命だったが、不幸にもその作業中犠牲となって沈む水雷艇や小汽艇がいくつもあったので、丘はついに自分が考察したプランをもってそのときちょうど芝罘に駐在していた森海軍中佐に、掃海作業奉仕を願い出た。

海軍では妙案らしいからすぐにやって見よ、と云って来た。

丘は朝鮮近海から北九州の海上で、海鼠《なまこ》の捕獲をしているダイヴァボート屋だから、潜水夫も機械も具備している。ダルニー港口から、何十人もの潜水夫を一列横隊にして潜り込まし、港内を縦横無尽に歩き廻らすのである。各潜水夫の身体には一連のロープが引ッ張ってある。このロープに水雷の繋留チェーンが引っ掛かったところで、それを手繰り寄せ、チェーンを截《き》り放そうという、奇想天外のプランなのだ。

「まるでトロール漁法だね、面白いな」

海軍の人々も呆れたり、感心したりしたが、やってみると、案外うまく行った。

ぽかぽかと浮び揚がった水雷を、海軍の手で片ッぱしから処分する。

かくて九月までに、ダルニー湾内外の水雷はきれいに一掃されつくした。

ただ一艘のダイヴァボートが、浮流して来た水雷に打ち当てられて、木ッ端微塵に飛散して、その仕事の犠牲となった。

この状態のダルニーへ、金州、鞍山《あんざん》の頑敵を蹴破った日本軍が、黒い海濤のように殺到した。それは明治三十七年の五月三十一日だった。

日本軍はダルニーを大連《だいれん》と改称した。参謀総長児玉《こだま》源太郎《げんたろう》大将が名づけ親だった。

日本軍は、直《ただち》に旅順の攻撃を準備したのだが、それにはどうしても、兵站輸送の鉄道を整備、運転することが急務中の急務だった。鉄道班の来着を、将校たちは一日千秋の想いで待った。

その鉄道班が、佐渡丸で出発したところを、玄海灘であの通り遭難したのである。すぐに再挙して丹波丸に乗り換え、七月五日の午前十一時四十五分、軍艦筑紫に導かれて、大連港口にその巨大な船体を現した。

港内はまだ、敵水雷を捕捉する掃海作戦中だったので、嚮導《きょうどう》水雷艇がこれを案内し、迂廻コースをとって、午後五時、待望の大連岸壁に横着けとなった。現在の内地連絡埠頭の場所であった。これが満洲に於ける鉄道を日本人が運転するために、上陸した第一歩である。

## 上陸第一歩

野戦鉄道隊の勇士たちが、戦場の土に第一歩を踏みしめて上陸したのは、明治三十七年七月五日の午後五時だった。

遠雷のような響きが、彼等の耳朶を打ち、地鳴りのような轟きが体軀を震わせた。乃木将軍の第三軍が、旅順にいる敵の前進陣地を攻撃している砲声なのだ。

わが軍はすでに歪頭山《わいとうざん》、剣山《けんざん》などという敵の第一線を奪い、乃木大将は鞍子嶺《あんしれい》の線に馬をすすめ旅順総攻撃の日も間近に迫っているということだった。

「地雷発掘の跡」

と書いた木標が、そこにもここにもたててあった。「危険注意」の棒杭をたてた一画では、兵隊がまだ盛んに、敵が埋没して逃げた地雷を掘出していた。大陸の夏の午後五時は、まだ日中のように暑く、明るかった。

未完成の岸壁に、上屋は一棟も出来ていなかった。そこへ千人の野戦提理部員が並ばされて、軍医から戦地衛生の講話を聞かされたが、暑熱と、流行病と、風土病とまるで戦地は不衛生の藪みたいに想われた。

「どうだい、規模雄大だねえ」

村田技師が、貝瀬技師の肩を叩く。

「夏草やロスキーどもの夢のあと——か」

中村という保線の技師が当意即妙なことを云って、茫々たる草の原を見渡している。

夕陽に赤く燃えているような、遙かの禿山の麓まで、草の中を一直線に、道路の地割りがしてある。それに交叉する路線もある。

中央広場になるらしい区画、鉄道路線、掘割とその上に架けた陸橋――露人が計画した放胆な大ダルニー建設の設計図が、熱砂と青草の原に歴々と描き出されてあった。各自の荷物や、器具、材料などを陸揚げしている間に、満洲の第一日は暮れて行った。

敵が捨てて逃げた貨車を拾い集めて、それにすべての荷物を積み込むと、各班別に、手押しで、停車場附近の宿泊地点へ進んだ。

すでに早くも、保線修理班の活動を必要とする破損箇所が、そこにも、ここにも待っていた。

敵が爆破しているのだ。

澄んだ空に、きれいな星が光っていたが、地上は漆闇の暗さだった。

貝瀬や、村田や、中村などの班長は、停車場まで駈けつけて、郵便局のあとに入っている陸軍兵站監部で、宿舎割をして貰った。

海務協会だとか、露西亜銀行だとか、巨きな堂々とした立派な建築物が、いくつもその囲りに建っていた。

電灯はどこにもつかなかった。水道からも水は出なかった。

貝瀬は、軍監部で蠟燭《ろうそく》と燐寸《マッチ》を貰って、また大急ぎで埠頭の方に引き復《か》えした。

班員たちは、黙々として線路を修理したり、脱線した貨車を押し上げたりしていた。

暗黒の底で、汗の匂いと喘ぐ呼吸とが一団となって、すこしずつ移動して行く。

建設の戦いはすでに始まっているのだった。

貝瀬技師は、無蓋貨車の上に立っていた。時刻はもう十時を過ぎているが、皆は船で昼飯を食っただけだ。今夜の食事は用意されているのかどうか判らなかった。

ふと、だしぬけに、発作的に、貝瀬の咽喉から、デカンショが飛び出した。

「デカンショ――デカンショ……」

すると、貨車を押している班員たちの合唱が、爆発的に「ヨーイヨイ」と受けて来た。

何か熱い湯のようなものが、貝瀬の胸へこみ上げた。

埠頭から駅への鉄道に跨る、土橋の袂に、煉瓦造りのロシア風な堂々たる建物があった。野戦鉄道隊は、事務所も宿舎も、すべてこれに収容されることになり、貝瀬たちは二階の、十何畳も敷けそうな、ガランとした広い部屋に、中村謙介と二人で寝起きすることになった。

村田も隣室で「この建物ァぜんたいロスケが何に使ってたんだい?」などと訊いたりした。

その建物はロシア時代は日本の郵船会社みたいなものであったらしい。

室には、長方形の大デスクが一つあるきりだった。そのデスクに裸蠟燭を二本たてて晩飯を食った。飯は乾麵麭《かんパン》と缶詰である。

「おうい! みんなここへ来て一緒に食おうじゃないか」

中村が隣室へ声をかけると、四方の室から七、八人のものがどやどやと押しかけて来た。

みんな、てんでに、荷物の中からいろんな食物を持ち出してくる。果物だとか、酒だとか、佃煮だとか、菓子だとか――。

蠟燭を大テーブルの上に十本もたて並べて、賑やかなしかも殺風景な夜宴が始まった。

「豪勢なものじゃないか。まるでネロ大帝の夜会だぞ」

「上陸第一夜は、無論野宿と覚悟をしていたのに、これじゃァ勿体ないようだね」

「おい、その酒は何だ」

「蜂葡萄だ、一ぱいやらんか」

「わてぇ、お酌してあげまほ」

「変な声出すなよ――ああこれで、女がいたら錦上更に花だけど……」

「ぜいたく云うと罰があたるぞ」

「ああ! この昆布を噛めば、実に彼女の匂いがする」

「気味の悪いことを云わないで、すこしこっちイよこせよ」

「これうちの身代りやさかい、人にあげてしもたらあかんしと云って、彼女がトランクへ入れてくれた昆布だけど、こうなったら呉れッちゃえ」

「そんな変な言葉を使うのは、どこの女性だね」

「神戸さ、ああ忠臣楠子の氏子だぞ」

「君は神戸の鉄道工場にいたのか、学校はどこだ」

「高等学校は京都だよ」

「じゃァ生ッ粋のかみ方人種だね」

「どう致しまして、父祖三代れんめんたる江戸っ児だよ。君は?」

「俺は九州人吉の産だ」

「ひとよし? そんなところがあるかな」

「あるさ、落ち行くさきは九州相良《さがら》の、あの人吉だ」

各自の身の上ばなしや、自己紹介などのうちに、上陸一夜の晩餐会は終った。

風呂は無いだろうかというものもあったが、事情は風呂どころでなく、ダルニーには、水道が破壊されていて、一滴の水も無いということだった。

貝瀬は軍の監部へ行って、水のことを訊いてみた。飲水は、どこからか汲んで来て、すこしずつ分配して貰えるが洗濯も、入浴も、そんなぜいたくをいう奴は、荷物をまとめて帰ってしまえと叱り飛ばされた。

……鞭声《べんせい》粛《しゆく》粛《しゆく》夜河を渉《わた》る……

……道は六百八十里……

暗い草原の、そこ、ここから、詩吟や唄声の聞えるところでは、勇士たちが、それぞれ用をたしているのだった。

便所の設置というものは、全く見当らなかった。うかつに地雷火の上あたりに蹈《かが》んで「そこは危険ですよ」と、兵隊に注意され、蒼くなって途中からやめて逃げてくる勇士もあった。

水が無くて、大小便の始末が悪くては、これは衛生上大変だぞと思った貝瀬は、囲りのものに、クレオソート丸を分けてやって、お互によく注意し合うように念を押した。まったく重大な任務を負わされて来たものが、旅順も落ちない前に、病気で斃《たお》れるなど残念で堪まらないと思った。

テーブルの上に毛布を敷き、二人で一緒に寝ることにしたが、いかにも狭く、きっと夜なかにはどっちかが押し落されそうだった。ところが、隣の室では、どこからか、ロシア人が使っていたらしい、ダブル用のマホガニーで造った寝台を探し出して来て、大騒ぎをやっていた。

その寝台は、まだ廊下の隅に、もう一台あるというので貝瀬と中村はそこへ行ってみると、ロシア人が逃げてから四十日ばかり経っているので、その間に支那人が入り込んで、目ぼしいものは持って行き、重いものや、大きなものはガラクタの下などへ隠して置いたらしい。

二人は一台のベッドを探し出して、自分たちの部屋の中央に据えてみた。

クッションもいいし、金具などまだピカピカと光っていた。

「すばらしいじゃないか」

「サハロフ長官と、彼女が寝ていたやつかも知れないぜ」

「まさか」

などと二人は大喜びで、サルマタ一つになってもぐり込んだ。

どこか遠くで、ときどき大砲の音がしていた。

「兵隊諸君にすまんようだなァ」

「まったく。だが、こちらも、明日からいのちがけだぞ」

「やろうぜ」

「やるとも」

十年前に、同胞何万の尊い血潮を吸っている遼東半島の一角に来て、こうして眠ろうとしている彼等だった。非常に疲れているはずなのに、二人とも感慨が雲のように湧き起って、容易には眠られそうもなかった。

中村は、大砲の音を、生れて初めて耳にするのだった。

「君は玄海灘で物凄い洗礼をうけているんだね」

「うむ、もうあれで度胸は据わったよ」

中村は素肌にかけている守り袋から、護符のようなものを出して押し頂いた。

「これはね、たらちねの母が送ってくれたんだよ。この袋は、愛妻が、一針ごとに涙を縫い込んだものだ」

「君はワイフがあるのか」

「あるとも、子供もある。二ツになる男の児だ。君は？」

「僕ァまだだ——おや、痒《かゆ》いぞ」

「あッ、これァどうだ」

腕も、腹も、二人の全身は赤い斑点に膨れあがって来た。南京虫《ナンキンムシ》だった。ベッドは、夥しい南京虫の巣だった。隣の室でも、騒ぎ出していた。

翌朝は、みな暗いうちから起き出した。

昂奮と、それから南京虫のために、まんじりともしていなかった連中もある。

「突撃ッ」と怒鳴って飛び起きているものもある。

「顔を洗おうたって、水など無いぞ」

「橋の下に水ッ溜りがあるよ、早く行かないと無くなるぜ」

と誰かが教えている。

たいていの者は、顔を洗わないで、何か食った。何かと云ってやはり、乾麺麭と、缶詰だった。

各班長は、自分の班をそれぞれ草原の中に集めた。

貝瀬は車輛班を二列に並ばせて人員点呼をし、号令をかけて東に向きを更えさせ、

――天皇陛下万歳――

と絶叫しながら両手を高く差し揚げた。轟くような声が唱和した。各班でも、そのとおりにならった。

――埠頭に向って、吶喊《とつかん》――

と号令し、うわァッと喚《わめ》き叫んで駈け出す班があった。各班とも怒濤のようにそれにつづいた。

作業は、まず、機関車や貨車、レール、そのほかあらゆる鉄道材料の陸揚げだった。

それにつづく組みたてだった。また同時に、敵が破壊して行った線路やガードの修理であった。ロシア人は、この戦争に、夢にも負けるなどとは想っていなかったらしい、支那人たちがそう云うのだ。鎧袖一触《がいしゅういっしょく》、一ヶ月以内に大勝利を獲て、すぐにまたダルニーの建設をやるのだから、あまり設備を壊して行くのは馬鹿らしいという肚で埠頭も、鉄道も、さほど酷くは壊していなかったが、それでも貨車は殆ど全部を持って逃げ、機関車などは一台もなく、線路もガードだとか、鉄橋だとかの主要部分は、たいてい爆破してあった。

なおその上に、一時ガラ空となったダルニーを、支那人がすっかり荒し廻って、めぼしいものは悉くどこかへ隠してしまったのだ。どこに隠していたかというと、これは、あとからすぐ判ったのだが、馬車や、運送用の車輛などまで、みんな地下に埋め込んでいたのだ。それを鉄道隊が掘り出しては、泥まみれのまま使用したものである。後年、夏目漱石が書いた満洲紀行の中に、一つ掘り出しては鳴動させ、また一つ掘り出しては鳴動させ、ついに大連全市を鳴動させるに至った云々、というような一齣《ひとこま》がある、つまりあれなのだ。

満洲の朝は、大気が水のように冷たく澄切って、何とも云えず爽快なものだったが、間もなく、熱鉄のような太陽が照りつけて来た。暑いなどという形容ではない、とにかく焼き殺されそうな灼熱だった。

支那人はダルニー附近には、あまり多くはいなかった、それでも二、三千人はいるらしかったが、これがロシア人になんとなき親しみと尊敬心を持っていて、反動的に日本人に対しては、いささかの敵愾心と、軽蔑とをもつらしく、苦力《クーリー》となって雇われて来るものが極めて少かったし、これが更に、夜など、せっかく修理した鉄道や組みたて中の車輛を壊したり、水道や道

路の工事を妨害したりするのだった。

　高等官も、工夫も、技師も、職工もそんな階級的区別はなく、千人一心、一団の鉄火となって、未曾有の事業に猛然と突ッかかって行った。

　踏んでいる満洲の土に、怨みがあった。日清の役に、同胞幾万の血を吸い、骨を枯らしている土であり、石であり草である。一度心にもなく返した土地である。

　西にも北にも、後方連絡の心細い皇軍が悪戦死闘を展開している。西では旅順の総攻撃が迫って居り、北は、蓋平《がいへい》、大石橋《たいせききょう》のあたりに血戦の機が熟していた。

　しかも、それに輸血の動脈が絶たれているのだ。軍は、鉄道を手繰りよせたい位に焦っている。もはや工事は普通の作業ではなかった。

　それは土煙を吐くような戦闘だった。

　恨み重なる宿敵に向うような激戦が、灼けつく野天のもとに開始され、課長の班長も、事務官も技師長も、汗まみれになって、トロッコを押し、ハンマーを打ち振り、油まみれとなって、機関車を組みたて、サンダルを築き上げるのだ。

　ロシア式の五　呎《フィート》ゲージの軌条を片っぱしから、三呎六吋《インチ》の日本式狭軌に改造しなくては、持って行った車輛が運転出来なかった。

　翌日には、炊事班が出来て、作業現場へ食糧を配達した。晩の飯も弁当ですましながら夜業をしたし、その翌日からは、床を蹴って起きるとすぐ現場に向い、朝飯はあとから配達させた。

　人間業とは想えぬばかり、迅速に作業が進捗した。この区間を無理だろうが一週間でやッつけてくれと命じられた仕事が、たった三日で完成した。

　天佑が示現されたとしか想えなかった。

　神など念頭にもなかった多くの若いものたちが、いまは自然に、誰も彼もが、天照皇大神宮や八幡宮や八百よろずの神々を祈るようになっている。

　鶴嘴《つるはし》を一せいにふり翳《かざ》して、南無妙法蓮華経と叫んで突進している組もあった。

　組みたてる、敷き延ばす、すぐ運転する、一ヶ月の予定が、十日経たずして、既に前線部隊へ、日の丸をかかげた列車が驀進《ばくしん》して行った。

　始発列車の汽笛第一声に、居合わせた皇軍勇士は躍り上って歓呼の万歳をあびせかけた。

　鞍子嶺《あんしれい》の第一線陣地にいた乃木第三軍司令官は、運転手の黒い手を、むずと握りしめ、温顔を綻《ほころ》ばして、

「ごくろうじゃったのう、もうこれで勝ったようなものじゃ」

と云った。しかし、犠牲も大きかった。病気で斃《たお》れるもの、負傷するもの、事故で非業の死を遂げるものが、毎日続出するありさまだった。

被服は汗と油と、土埃りとで、まるで腐ったような悪臭を放った。水は無い。日本橋の下の水溜りで、泥水に浸けて握り絞っては、草原へ干した。それが乾くまで休憩にして、物蔭に裸体で寝転がっていた。

村田技師が、だしぬけに、

「一同深呼吸をしろッ」

と号令をかけた。

みんなが寝そべっている草の中を、黒い洋装女性の一隊が進んでくるのだった。それは病院船から上陸した野戦看護婦なのだ。

「おおっ！　眼のお正月だ」

と叫んで、中村が飛び起きた。貝瀬は中尉相当官の軍服を着ていたため、美しい一隊は、みな揃って敬礼しながら通り過ぎた。

慌てて濡れた軍服を引っかけ、駈け出して行って、お辞儀をして貰う先生もあった。

## 旅順総攻撃

北に敵を追って進むわが軍は、破竹の勢いだったから、従って鉄道の修築、延長も、分秒を争うように、五間、十間と躍進し、八月の十二日にはダルニーと瓦《が》房店《ぼうてん》の間が開通した。

軌道班は普蘭店《ふらんてん》にいたが、夕方になって、普蘭店を出た兵站列車が何時間経っても一向、瓦房店に姿を現さないという通知が来た。

普蘭店と瓦房店の間は、二時間の運転時間を見てあったのだが、それが四時間経っても五時間になっても到着せぬというのはただごとではない。

普蘭店から先は、関東州と安東省との境界をなす低い山岳地帯だ。現在では、田家《でんか》という駅があるが、その当時は瓦房店までの間に停車場は無かった。

あらゆる不幸な兇変が想像されて、色めき立った西方の駅から、捜索隊を騎馬で繰り出すこととなった。

中村技師は普蘭店から二十人の部下を引きつれて、夜道の街道を駈け出した。みんな七つ道具のように武器と修理機具を背負っているが、馬を乗りこなせる経験者は尠《すくな》かった。捜索隊長がまず落馬の手本を示すと、或るものは馬がどうしても云うことをきかぬらしく、畑の中をとんでもない方角に突ッ走らせたり、崖へ頭を打ちつけたりした。

列車は山の中の暗闇に立往生していた。

大鼻子（ロシア人）に同情した支那人が、レールの犬釘を抜いて軌道をこわしているのだった。

軌道課長の田中という男は、途中で軌道破壊の犯人である支那人と、変装したロシア人を捕虜にして来て、細君の父親が呉れたという包親銘《かねちか》の一刀を抜いて、

「日本鉄道隊先陣の血祭なり」

と芝居のような台詞を云って、たいへん景気よくロシア人の頸《くび》へ打ちおろしたが、ぎやァッと悲鳴をあげただけで頸は三分ノ一も斬れなかった。

「この銘刀は偽ものだぞ」

と、すこしてれているのを、部下の工夫が

「ちょっと貸してごらんなさい」

とうけ取って、ばッさりものの美事に斬り放した。

支那人の方は、泣いてあやまるので、人手は足りないし、そのまま人夫に使っていると、隙を見て逃げ出そうとしたので、誰かが鶴嘴《つるはし》で一撃に殴り殺した。

やっと復旧したレールに乗った列車は、機関車の前に、二個の生首を括《くく》りつけて、昇る旭光と共に勇ましく進行した。

八月二十一日には、いよいよ乃木軍が旅順総攻撃の火ぶたを切って、一挙に占領してしまうことに決定した。

二十一日に旅順を奪《と》れば、その翌日から、すぐに鉄道を旅順の埠頭まで引き延ばさなければならない。いま鉄道は長子嶺まで行って、待機の状態にあるのだ。

乃木将軍の司令部もそこにあった。そこから旅順までは、途中に龍頭《りゅうとう》という駅が挟まって道程僅かに八キロばかりのものだった。

日清の役にはたった一日で屠《ほふ》り去った旅順である。

今日までに十年の星霜を隔てている。十年前の敵は、老衰しかけた支那だった。今日の敵は欧亜の風雲を怪翔する猛鷲である。されどわれもまた往年の少年国ではない。羽翼已《すで》に伸び張った新興日本が十年の遺恨をこの一戦に賭けて起ち上ったのだ。早く行かなくては旅順が落ちてしまって、軍隊が引揚げてくるかも知れない。

修理班が、この方面の延長建設を命じられて、中村

技師たちは、その場から出発した。

旅順方面も、最初は破竹の勢いだった。

六月二十五日に行動を起したわが第三軍は、二日の後に歪頭山《わいとうざん》、鶏冠山《けいかんざん》の敵を踏み破り、翌二十六日には、剣山《けんざん》を奪い、二十七、二十八の二日で早くも鞍子嶺の線を乗り越え、旅順の外廓陣地は悉く攻め取ってしまった。

七月三十日に、鳳凰山《ほうおうざん》を抜き、八月八日旅順要塞の前哨大孤山《だいこざん》を、翌九日は小孤山《しょうこざん》を占拠した。八月十日には、わが海軍が黄海に大勝して、敵の敗残艦艇を旅順港内に封じ込んでしまったという快報が伝えられた。

この数日の間、鉄道隊としても不眠不休の大活動をつづけ、十四日の暁方までには、敵弾の狙い撃ちの間を潜って、すべての攻城材料の輸送を完了した。十五日、最右翼の第一師団は、敵の前線砲台高崎山《たかさきやま》を占領した。十六日、山岡少佐が軍使として敵陣に乗り込み、勧降状を渡して来た。

かくて全軍の意気軒昂。五万の精兵は戦わずしてすでに敵を呑むの概があった。

八月二十日の朝、中村技師の一行は、観戦気分で軽装のまま、東鶏冠山《ひがしけいかんざん》に向う四国の第十一師団司令部と一緒に前進した。

ゆるい、なだらかな丘の線が、のびのびと爽涼の朝風の下につづいていた。

路傍の露草には、内地と同じような草花が咲き乱れていて、心ある兵隊たちは、その可憐な草花を踏まないように避けて進んだ。

高梁《こうりゃん》の青さが、眼に沁みるほどの鮮かさで、つづいていた。

壊れた鉄道線路のところどころにも、白く乾いた色をつづけている道路の上にも、彼我の砲弾が穿《うが》ち開けた穴が幾つもあった。

石と泥で固めあげた支那人民家は、水の涸れた小川の畔りや、柳樹、楡などの林の蔭に三々五々点在しているが、皆閉め切って表戸に材木など打ちつけて、無住の村と化していた。

その淋しい部落のそこここに鶏や豚がたまに歩き廻っていた。それらは、支那人が戦場を逃げて行くとき、土の中に埋め込んで置いたのを、敵の盲弾が掘り出したのだと兵隊が説明してくれた。

ある兵隊は、西洋ラムネを三本腰に結びつけて、ぶらぶらさせながら歩いていた。

気をつけてみると、その兵隊ばかりでなく、どれも、これも、たいてい二、三本の西洋ラムネを用意していた。

「夜襲するのに、なぜそんな罎をぶら提げて行くのですか」

と訊いてみた。

「これかな、これァ、あしたの朝ステッセルの首ウ切り落したとき、万歳をやらんならんけに、そのときの乾盃だな」

と、四国訛で童顔をにこにこさせていた。

「東鶏冠山は、旅順の砲台の中でも、一番難攻不落の砲塁だそうですね」

「そうであります。でも、敵はあそこにゃ一個中隊ぐらいのもんじゃちゅうことです。砲も、撃ってくる弾丸から推測すると、八十七粍《ミリ》旧式砲が五、六門ほど、さア、あるやらないやらわからんぞな」

「それでは、まったく鎧袖一触《がいしゅういっしょく》というわけですね」

「なんじゃかよく知らんが、あすの夜さりは、旅順の町で泊るんやないか」

どの兵も、みな愉快そうだった。

東鶏冠山と正面に対峙した、小高い丘の地隙の中に、突撃隊も、鉄道部隊も一緒に待機して、鳳凰山頂からの合図を待っていた。

日が落ちると、気温は一度に秋のような清涼さで戎《じゅう》衣《い》の人々を包んだ。八月なかばにしてすでに満地の虫の声だった。

暗いなかで、美音の兵隊が、サノサ節を唄っている。

……進みゆく
旅順をさしてすすみゆく
金城鉄壁なんのその
大和だましいがネ、あるからにゃ
金城鉄壁なんのその……

銃火ひらめく夜の底で、つわものとも想えないきれいな声が、あたりに断続する。

午前三時頃だった。鳳凰山の頂上から、紫色の火箭《かせん》が一条、夜空を鋭く截《き》り裂いて打ち揚げられた。進撃の狼火《のろし》である。

素破《すわ》！　と、兵たちは磊塊《らいかい》たる岩石を踏み越え、屈折した地隙を這って、前進した。

食いかけていた菓子包を、中村技師に渡し、

「こんなものは邪魔だから、あんた食っておくれまァせ。そのかわり、今夜旅順で奢ってくれなさいよ」

と、握手して駈け出してゆく兵があった。

まもなく、敵が照明弾を発射しだした。砲弾も雨のように降り出した。いろんな火箭が、まるで煙火のように大空に交錯した。

南北鶏冠山——二龍山《にりゅうざん》——和尚山——敵は我軍を俯《ふ》瞰《かん》することが出来るあらゆる地点から、あらんかぎりの乱射乱撃をつづけた。

夏の夜は……ことに大陸の夏の夜は、夜明けが早く、すでにあたりが明るくなったとき、鶏冠山のゆるいセピア色のスロープは、わが将兵の死体で黒い斑点をつけていた。

惨として眼を向けるに忍びない情景の上に、朝の太陽が何の容赦もないかの如くに照りかがやいた。

突撃に続く突撃が、手にとるように見えるのだが、それは群がる虫が、われから火の海へ飛び込んで自滅する光景だった。

敵砲塁の下部から、きらきらと輝く銃剣の林が、無《む》二無三《にむさん》に押し登って行くのだが、それが悉く途中で大地へ消え込むように斃れてしまうのだった。

一とき、弾雨を避けるために、地面へ伏せているように見えた将兵は、そのままで二度とは起ち上らなかった。

それでも、悪戦苦闘、こけつ、まろびつ、火の滝をくぐって、一つの砲塁に取りつき、二人、三人と飛び込んでゆく小部隊があった。

その中で、東鶏冠山の第二砲塁は、日の丸の小旗を押したてたった十人ばかりの兵で、ともかくも占領した。

銃剣を差し上げ、小児のように喜び勇んで万歳を叫ぶのだろう、何度も躍り上っていたが、それも四方の敵から狙い撃ちされ、瞬く間に、一人残らずたおれてしまった。

鉄道隊の連中がいる丘のまわりにも、敵弾は幾つも呻って来た。その中の一つは、中村の眼の前五、六歩のところで、ぱッと土煙をあげた。

あッと色を失い、もはや鉄道隊も全滅かと想ったが、その弾丸は幸いにして不発だったので、ほッとして冷汗を拭いた。

やがて、戦闘中止の命令が下ったけれど、殆ど生き残って帰るものとては無かった。

西洋ラムネで乾盃すると云った兵も、サノサ節の先生も、旅順で奢ってくれなさいと云った男も……、鉄道隊の前に再び姿を現さなかった。

たった一日で屠り去るはずだった旅順――一ヶ月が経っても、東鶏冠山の一角をだに奪取することが出来なかった。しかも、五万の兵がもうその五分ノ一を失っている。

八月の末になって、大本営参謀部は、途方もない計画を決定し、上聞にも達した。

――作戦の必要上、鎮海湾《ちんかいわん》に配備するはずだった二十八糎《サンチ》榴弾砲六門、及びこれに属する材料並に据附に要すべき人員を、一時第三軍に配属す――

というのである。小山のような要塞巨砲を取外して、海路ダルニーへ運んで来て、さらに鉄道隊の手で、これを旅順に持ち込もうというのであった。

この案は、さきに旅順攻撃の計画を審議した時、由比光衛という中佐が、一度持ち出したのであるが、その時は突飛すぎるとか、或いは素人案だとか、散々に罵倒され、一笑に附し去られたものだった。が、その後攻囲軍の第一回攻撃が失敗に終り、敵の砲塁は何呎《フイート》というペトンで掩《おお》われていることが分ると、この由比説が、名案であったことを悟ったのである。

軍艦の装甲を打ち抜く使命の要塞巨砲が、日本の港から運ばれることになったのである。

それが到着するまで、旅順の強襲攻撃は一時中止となり、正攻法により、坑道を掘って地下を進むことに、作戦が改められた。

鉄道隊は、その間を利用して、全力を北進に傾けた。北へ、北へと進む破竹の皇軍に追尾して、鉄路はぐんぐん伸びて行った。

ダルニーの埠頭は、軍需品と鉄道材料の山積だった。利に聡い商人は、しだいに日本の底力を知って、ダルニーへ讁集《いしゆう》して来た。

先ず苦力が押し寄せ、それにつづいて食物屋や、日常雑貨の小店がロシア人町に戻って来た。丘の中腹では土地の売笑婦までが活躍し始めた。

九月に入ると、急に涼しくなった。さしもに熾烈を極め残虐なほど猛威を逞しくした炎熱が、悪夢のように消え、一夜にして頭の上に秋が来た。

みんなしきりに異性を恋しがった。

黒い洋装の和製ナイチンゲールたちが往き来するたびに、村田技師の所謂深呼吸が流行した。中尉、少尉の軍装をした高等官たちはせいぜい気取って、彼女たちから敬礼をうけるだけで、一日の労苦を慰めるというはかなさだった。

日本内地からも、いろんな商人がやって来て、ロシア人の家屋を、軍から借りうけ、雑貨や飲食の店を開くようになった。

しかしまだ女性の進出は見られなかった。殺風景な、男と男との喧嘩沙汰が多くなって行った。

そうしたある日、村田技師の下にいる助手が、息を切らして駈け込んで来て、美人が来ていると報告した。

「なに、女が……」

「どこだッ」

貝瀬も、中村も、谷も、田中も、そこらにいるものは一せいに、椅子を蹴って立ち上った。

村田技師の若い助手は、女と聞いてまるで酒の匂いを臭いだアルコール中毒者の如く亢奮した人々を案内して、その頃漸く街の形を見せかけた監部通《どおり》から、横に切れた町へ引ッ張って行った。

「これはどうです」

と彼が得意顔に指さす、横丁の露路に、へんぽんとして、真紅な布が、海からの秋風にはためいているのだ。

いま水を切ったばかりの、濡れて一しお赤い色の新鮮な方三尺の布片《ぬのきれ》が、熱に渇いたような男たちの眼に、じいんと音をたてて沁み込んで来た。

「うむ、なるほど」

「おう！　まさに天女の羽衣だ」

みんな、いろいろな表現で、思い思いの感慨に呻いている。

その赤いものを乾している家はいつ来たのか、かなり大きい雑貨店を開業しているのだった。それ吶喊《とつかん》！とばかり、どっと一度にその店へ乱入した。

店には、主人らしい四十年配の色白な脊の低い、狡猾そうな男と、他に若い店員が二人いた。

「やァ、よく早くやって来たね。君たちは国はどこかね」

「へえ、大阪だんね。あんさんがたは？　もうよっぽど前からおいでやすか」

「うむ、七月から来てるんだ。内地の情緒や色彩が懐しくてね」

みな、奥の方ばかり気にして覗き込んだ。

「なにあげまほ」

「ハンケチだ」

「僕は石鹸」

「俺はタオル」

てんでに要りもしないものまで、あれこれ漁《あさ》り廻して買い込んだが、けれど、彼等の神経を興奮させている本尊は出て来なかった。

「また買いにくるよ」

「へえ、おうけに」

そんなことで、その日は引揚げたのだが、それからというもの、みんな競争のかたちでその「勝利堂」と看板の出ている店へ、買物に行った。そのうちに、勝利堂の女は、金色夜叉のお宮みたいな美人だと、誰かが云い触らし始めた。

或るものは、芸者のような粋な女だと云うし、また或る一派は眉の剃りあとの青い、水の滴るような大丸髷《おおまるまげ》だとも云った。

秋晴れつづきの、勝利堂の物干し場には、赤い夜具か、肌襦袢《はだじゆばん》がいつも明るい陽光を反射して、勇士たちの官能を強烈に刺戟するし、たまには、家の中の奥の間で、衣紋竹《えもんだけ》にかかっている長襦袢や着物の緋裏がちらちらして、押し寄せる客を悩ませた。


或る日、貝瀬は、陸軍中尉の正装に、佩剣を鳴らし、決然として勝利堂主人の前に立った。

「おい、勝利堂」

「へ、へい」

犯すべからざる威厳に、主人は何か圧迫を感じて、おどおどとした態度になる。

「ここの家に女がいるのか」

「へい、へへへへ」

「何人いるんだ」

「えへへへ……その、一人いまんね」

「一人の女が、一たいぜんたい、同じ腰巻を一日に何度洗うんだ」

「へ?」

「その女をここへ出せ。——どうだ。出せまい。いない女は出せないだろう。きさまは怪しからんぞ! いない女をいると見せかけて、軍人、軍属の財布を絞るのは、露探《ろたん》と同じだぞ」

主人はついに商売のトリックを観破されて、貝瀬の前に平身低頭した。

## 巨砲到来

二十八糎《サンチ》榴弾砲という怪物は、まるで小山のような巨砲だった。砲弾でも、小さい人間の全身くらいはあった。

それが一度に六門到着した。まだつづいて第二次、第三次と、都合十八門も来るというのだ。

ダルニー埠頭の揚陸作業も、大変な騒ぎであったが――さて、これを無蓋貨車に乗せ、巨大な材木の枕をかって、いざ曳き出そうとしたら、機関車が動かないのだ。あまりの重量に牽引力が足らず、車輪は徒らに空転するばかりだった。

どうしても人力で押したり曳いたりする以外に方法はないと分った。機関車が牽引出来ない重量というものは、鉄道隊では、いまだ曾《かつ》て経験したことがなかった。およそ何百人の力を要するものなのか分らなかった。

百人でも動かなかった。二百人に増しても、びくともしなかった。しかたがないから、おそろしく太い、長い、ロープを括りつけて、戦線から応援に送りかえして来た兵隊と、鉄道隊員と、四百人ばかりの人数に、更に何十頭か駆り集めた馬を加えて、やっとのことで、その、とほうもなく巨大な図体が一尺――二尺と這い出した。

そのうちに、応急修理の箇所では、重みに堪えかねて、鉄道が凹んだり、鉄橋が潰れたりした。

旅順攻囲軍司令部からは矢のような督促がくる。一日も早く――一刻も早くという。

北の方の戦線から、児玉参謀総長が急に南下して、乃木第三軍を督励に来た。

陣中で、児玉大将と乃木大将とが激論したという噂が伝わった。

敵のバルチック艦隊が、大挙して九月十五日にリバウ軍港を出航し、既に大西洋を急ぎつつありという飛報があった。

最後的厳命として、九月二十日までには、絶対に、第一線に二十八糎砲を到着せしむ可しという指令が来た。まったくの絶体絶命である。

乾坤一擲、勝つも負けるも、皇国の運命はこの巨砲一つにかかって存する――と、工夫人夫の末に至るまでの信念が、この一点に凝結した。

そうして、この信念が、ついに巨砲を押し動かした。一里——二里と。ふりかえってみて、いつのまに、どうしてこれが、ここまで動いて来たか——と、むしろ不思議な気持がした。

でも、しだいに旅順をめぐる山が近くなってくると、いくら急いでも、昼間はこれを進めるわけに行かなかった。鉄道線路はすっかり敵の視野に曝されているのだ。

遠くから木や草を運んで来て擬装の森を作り、その中へ隠して置いて、夜を待ちかねるようにして、蝸牛《かたつむり》の歩みを進めて行った。

鉄道線路の確かな地点は、機関車を連結して曳かせてみるのだが、煙を出しても、火の子を散らしても、すぐに敵から悟られ、白銀の流れのようなサーチライトを照らしつけられ、気味の悪い呻りの砲弾が、前後左右に飛んで来た。

第一線の、敵の視角から完全に隠れた場所に、砲兵たちは砲床を構築して待ちかねていた。

全戦線待望の、チャンピオンはついに颯爽として、その鬱然たる姿を砲床の上に横たえた。

司令官から、輸送隊へ、銘酒「天寿」の樽がいくつか贈られた。

九月三十日、秋空が勿体ないほど爽かに霽《は》れ澄んだ大陸の朝だった。

路傍のアカシアが、狂い咲きの白い花をチラチラさせ、秋の蝶が戸惑いして、うらうらと翔び迷っている。埃をたてる程にもない西の微風が、そよそよと尾花の穂をなぶり、軍馬の立髪を撫でる。毛の先までも判然と見せるほど明るい陽光が、湯のように漲り渡って、十里の戦場に、物音一つない閑けさだった。

その午前十時頃——俄に、遼東の天地を震蕩させるような大音響が轟き起った。彼我の陣地の隅々まで揺れわたり、山々の稜線が波のように脈動したかと思われ、馬は愕き走り、将兵は茫然と頸を伸ばして辺《あたり》を見廻した。

物凄い唸りと、空気の波動と……東鶏冠山の北砲塁が真ッ二つに裂けて、濛々たる黒煙と土塊と敵兵の身体が十五、六も龍巻のように、中天高く飛び散った。

二十八糎の巨砲が、初めて物を言ったのであった。

味方の陣営に、期せずして、万歳の叫びが爆発した。千万人の加勢を得た思いだったろう。

鉄道隊は銘酒「天寿」の鏡を打ち抜き、下戸も上戸も茶碗で飲んだ。こうなると村田の天下だ。いきなり樽を引っぱたいて、八木節を唄い出した。

……まかり出ました大筒野郎……

だが、八木節は関西人には馴染《なじみ》がなかった。

「デカンショの方がええ。デカンショやってんか」

という要望に応えて、村田はまた、即座に、

……うてやこらせで半歳ゃくらす――あとの半としゃ寝て暮す……

と音頭を取った。

巨砲は終日吼えつづけて、敵のすべての砲台へ、まんべんなく、公平に、すさまじいお見舞を配った。柳樹房《りゆうじゆぼう》の軍司令部でも、児玉、乃木両将星が抱き合って、天寿の乾盃をしたということだった。

第二次、第三次と続々巨砲が押し出され来て、十二分にその威力を発揮した。

初冬の、深淵のような空に、ぽつりと一点雲井をゆく雁かとも見える高さに、軽気球が揚った。鳳凰山頂から揚げているわが軍の観測気球だった。

海鼠山《なまこやま》からは海軍の観測が、山の彼方の、旅順港内にいる敵艦の位置を知らせに来た。

それからは、毎日、艦船に、港内施設に、倉庫に砲塁に――掌を指すような正確さでわが巨弾が落下した。

ところが敵もさるもの、ちゃんと向うでも二十八糎の旧砲を用意していた。或る日わが砲兵陣地へ迷い込んで来た巨きな不発敵弾を調べてみると、なんとそれはこちらから撃った日本の二十八糎砲弾だった。それが不発だったので、弾底信管をちょっと工作して、そのまま撃ち返してよこしたものと判ったが、これによって敵は弾薬庫をやられていることが想像された。

戦場に、凛烈たる大陸の冬が来た。万物悉く凍った。されど、さが皇軍の威力は更に凛烈として躍動した。

一万五千の忠魂を犠牲にしたといって、乃木将軍が哭いたというのも、その頃のことだった。

二〇三高地（今の爾霊山《にれいさん》）を取りさえしたら……これがその頃の全軍の希望だった。

十二月六日の夜明け前に、七師団の突撃隊が、ついにこの高地頂上に、日の丸を押し樹てた。

二〇三高地からは、旅順港内は狙い撃ちだった。瞰《み》降《お》ろせば、港内の西から東へペレスベート、ポルタワ、レトウイザン、ポペータ、パルラダ、アムール、バーヤン、セパストポールと、敵の巨艦が、刻々迫りくる運命の前に萎縮している。それを片っぱしから撃

沈して、一週間目の十二月十二日までに、セバストポールを最後として、悉くきれいに港内の水面に叩き沈めてしまった。

わが巨砲は縦横無尽、八ッ当りの活躍をつづけた。

十二月十五日の朝は、有名な敵将コンドラテンコを、東鶏冠山北砲塁もろともに吹ッ飛ばした。

コンドラテンコの爆死は、旅順開城の直接の動因だとさえ云われたものだった。

コンドラテンコは、世界的な築城と戦術の権威だったが、この日ラシェフスキーとナウメンコの二人の幕《ばく》僚《りょう》中佐を従えて、東鶏冠山の北砲塁へ巡視して来た。

コンドラテンコ将軍が来たということだけで、敵軍の士気は頓《とみ》に昂揚した。

「確《しっ》かりやってくれ。日本の攻撃力は決して侮ることは出来ないぞ。ここ二、三日が勝負の決する時だからな」

名将だけに、ほんとのことを云ったのだ。

「日本軍が毒瓦斯《ガス》を投げ込んで困って居ります、閣下」

そういう報告を聞いて、言下に判断した。

「いや、日本ではまだ毒瓦斯の研究はやって居らん筈だ。この坑内の悪瓦斯は、これは味方の発砲によるピクリン酸瓦斯か、或いは二酸化炭素の発生だから、心配は要らん」
二、三ヶ所で、そんなふうに説き聞かしながら、坑道を進んで、咽喉部密室へ一歩踏み込んだ途端、急に全山が、大地震のように揺れ動いた瞬間、日本の二十八糎砲弾が、堆土とペトンとの一間ばかりの掩蓋《えんがい》を突き貫いて、室内一ぱいに爆発した。
それが、露軍の至宝といわれた名将の最期であった。

しかもなお、敵は頑強な抗戦を放棄しようとせぬ。味方の損耗は身を斬り取られるように増加して、死傷五万何千——六万人に近い数字を示して来た。攻撃にかかる当初のわが総兵数が五万だった。それが、いまでは、消耗だけで遙かにそれを超過していた。

惨として正視できない気持で、鉄道隊は日夜、休む暇もなく、純忠の血潮にまみれた将兵をダルニーへ運んでいた。

烈しい寒さが襲って来た。

灼《や》くような酷暑から、物みな凍る酷寒にまで、半島南端の死闘はつづけられている。

耳が切れる、指が腐る——そんな肉体的の痛苦は、すでに覚悟の前だが、厳寒の鉄道輸送に及ぼす暴虐は、実に、何とも、泣くにも泣けない苛烈さであった。

## 御正月

寒い満洲――と歌にも唄われているし、覚悟はして来たものの、みんな満洲の冬の寒さに、文字通りふるえ上った。

緯度から云えば、わが盛岡あたりと遼東半島は同緯度だもの、東北や北海道の冬を知っているものには、たいしたことはないさ――などとタカをくくっているところへ、突如として、十二月十二日、物凄いような寒波の襲来があった。

空気は、もはや冷寒の度を通り越して、刃物の痛さで迫って来た。大地全体が、キィーンと音をたててシミ割れるように想えた。

――南関嶺《なんかんれい》で、無蓋車に死傷兵を満載した列車が、立往生している――

という報告が来た。

――軍需品列車も、その附近に停頓した――

つづいて、またそういう報告だ。

慌てて救援列車を急派すると、これがまたその近くまで行って、凍りついてしまった。

引きつづいて、三台出した機関車が、みな立往生だった。

車輛班長の貝瀬は、現場へ駈けつけたが、ハンマーを持ったまま茫然自失した。そこにぶっ倒れて泣き出したい気持がした。

これほどの寒気が、この世にあろうとは想像もしなかった。従って、機関車に対する防寒設備というものは、全然忘れていたのだ。

テンダーの注水管が凍裂しているのだ。

所々から漏れ出した蒸気が、コンクリートのように、車輛とレールとを凍結していた。

キャブの中の、プレッシュアゲージまでが凍って、指針が跳ねている。

汽罐送水装置も凍っている。制動装置も氷着している。

軌条面の霜花が凍りついて、機関車を空転させる。貨車の車軸筐が凍結発熱している。リンクカップリングが折損している。

線路は地盤が凍って、軌条を捏上《こねあ》げているし、例の名物蒙古風という烈風が、万丈の黄塵を吹きつけて、軌条と車輪を磨耗し、運転前方の視野を暗くする。

内地から持ってくる車輛は、到着したとき既に車齢を過ぎた老朽車ばかりだった。内地の各私鉄が十万哩《マイル》以上も走行した廃物まで掻き集めて送ってくるのを、そのまま組立てると、部分品の適合が不十分で完全な車体を為さない。それを焦眉の急に追われ、修繕もしないで酷使しているのだから、自然に事故が頻発する上に、ついて加えて、線路そのものが、ロシア式五呎《フイート》ゲージのレールを、片側だけ寄せて三呎六吋《インチ》にせばめているのだから、車輛の不完全と相まって、脱線事故が一日に五回も十回も続出するという状態だった。鉄道隊の苦戦も、どうして旅順攻撃軍の惨苦に劣らないほどのものだった。

それでも、三寒四温という気温の循環摂理《じゆんかんせつり》によって、温かい日が四、五日もつづくと、その間だけは非戦闘員の有難さで、鉄道隊だけは寒さと云う敵から解放されていた。

すこしでも心身に余裕が出来ると、病熱のように、若い隊員たちを襲ってくるものは、勿論、猛烈な生理的な欲求だった。

いくら感覚的な刺戟を欲求したとしても、戦場さながらのダルニーに、口腹を満足させてくれるような施設も、色彩もあるのではなかった。

ただ、軍監部のある通りに一軒、合順号《ごうじゆんごう》という支那人の洋食店があって、それが彼等にとっては東京の精養軒以上に有難い味のオアシスであり、食慾のメッカであった。

官能的な欲求は、雑誌の文芸倶楽部によって、充たす他はなかった。文芸倶楽部は、第一種郵便で送って貰うのだが、量目に制限があるので、一冊の表紙も、中挟みの広告もすべて除けた正味を更に六ツに分け、一部を十二銭の郵税、一冊合計七十二銭で送って貰うのであった。

この分冊の文芸倶楽部を、眼の色を変えて争奪する光景は、とても内地では想像も出来まい。その口絵の写真や、挿絵に印画されている美人の絵は、単なる平面的な絵画ではなかった。活きた温かい女性に等しかった。

海岸通りの海軍防備隊に酒保があったが、坂本という、その防備隊司令が粋な人だったと見え、酒保のサアビスに若い日本娘を一人雇い入れた。枯野に紅一輪の花が咲いたようであった。

陸軍側は大いに妬けて怪しからんと云ったが、鉄道隊はまさに天女出現以上の騒ぎで、甘党でもないものまでが、一日に何度でも汁粉や、菓子を喰いに殺到した。

医局へ行って、胃腸の薬を貰って、さて、酒保へ廻るという連中もあった。

支那人町では、薄汚ない支那劇場が蓋をあけた。飢えた人々は、わけも判らぬこの支那芝居へも洪水のように流れ込んだ。

めずらしく暇の出来た夜、貝瀬は合順号で、変なビーフステーキと、カツレツとを大牢《たいろう》の慈味として、満喫したあとで、支那芝居を見に行った。

上陸以来初めて里ごころがついていた。

芝居はちっとも判らなかったが、それでも本郷座の立見以上に空虚な心を満たしてくれ、陶酔気分に浸っていた。

と、気がついてみると、隣の席に、途方もなく巨大な男が、じっと芝居を見入っている。

「あ！　大ちゃんじゃないか」

咄嗟《とっさ》に、声が先へ飛び出した。

「え？　おう、貝瀬君か。これは……」

「君も来ていたのか」

「うん、ついに来たよ。君はもう前から来ているのかい」

「うん、とにかく出よう」

「よし」

二人は肩を抱き合って外へ出た。

大ちゃんは、貝瀬と三高時代の同窓生で、河原一郎という理学士だった。河原一郎をなぜ「大ちゃん」と通称するかというと、彼はボート部の選手で、雄偉なる体軀の持主として聞こえていた。ボートのチャンで大きいから、即ち、「大ちゃん」ということになったわけである。

二人は、何か熱い物が胸から咽喉へこみ上げてくるような懐しさで、再び合順号へ飛び込んだ。

大ちゃんは一年志願の予備少尉だったから召集されて来たので、明日は旅順攻囲軍に加わる身の上だった。大いに飲んで、翌朝駅へ送って行った。駅には、無数の死傷兵が後送されて来ていた。

「俺も、じきこれだ。骨をたのむよ」

と云って、大ちゃんは出発して行った。

それから五日目の夕方、果して大ちゃんは冷たい死体となって、ダルニーへ無言の凱旋をした。――旅順はまだ落ちないのか。攻囲軍はぜんたい何をしているんだ。

内地からの怨嗟《えんさ》の声が、鉄道隊員の心を憤激させた。

血戦死闘の限りをつくしている皇軍に、この内地の認識不足な声は聞かしたくなかったが、北に遼陽城《りようようじよう》を陥れ、馬首を奉天に向け、次の大血戦のために、南軍の反転を待ちに待っている満洲軍に対しては……また、しだいに接近してくるバルチック艦隊の邀撃《ようげき》に秘策を凝している東郷艦隊をして、後顧の心配をなからしめるためには、旅順の頑敵は、もはや一日も許しては置けない情勢だった。

身は非戦闘員であるが、上長の許しさえあれば、肉弾となってあの山に散らんと志願するものが鉄道隊中に続出する有様だった。

しかしながら、攻囲軍の惨苦というものは、それが人間の力として堪え得る限度を、遙かに超越しているのだった。

乃木将軍の風貌は、まるで別人のように変ってしまった。この四ヶ月の間に、十年も年をとったように老け、軍帽の下に、ハミ出し顔を埋める毛髪が、すっかり色素を失って白銀のように光った。

戦いは――普通の常識的な戦闘ではなく、そこには一つの山塊に獅噛《しが》みついた、日・露という二つの国の民族の精神力が、業火を燃す呪いの鬼と化して、相互の肉に、爪と牙を、ガッシと喰い込ましたまま、じりり、じりりと押し合っているのだった。

結局は、勝たねばならぬ天命とも云うべきものが、一歩、一歩と、この大惨劇を、すこしずつ終幕へと押し切っていた。

朝に一塁、夕に一塁と、全力を一点に傾倒して、攻めて攻めて、攻めぬいていた。

かくて十二月の十八日に、さしもの東鶏冠山北堡塁を乗ッ取り、二十九日には日の丸を二龍山頂に押し立て、大晦日三十一日には松樹山《しようじゆざん》を攻略した。

記念すべき明治三十八年一月一日の太陽は、敵が最後の生命とたのんだ望台上にはためく日章旗に、その輝かしい初光を浴びせながら、さし昇った。

反対に敵の陣営の暗い陰は、勝ちほこったわが将士をして、思わず、あッと呼吸を呑ましたほどだった。

そこには、金城鉄壁と想いつづけて来た旅順港が、惨憺たる廃墟となって、蕭々とした寒風に曝されていた。

午後四時頃だった。松樹山の麓を旅順港に流れる、水の涸れた小川に沿った街道を、旅順の方から長嶺子の方へ向って、敵の軍使が白旗を翳し、馬を駛《はし》らせて来た。

わが第一線の哨兵が、停止を命じると、敵の若い将校は一通の封書を突き出し、

「わが将官ステッセルから、貴軍司令官乃木将官閣下への、降伏申出書であります」

といった。

わが哨兵は無意識に、万歳を叫んで躍り上った。

わが軍の長嶺子野戦司令部では、その宵は珍らしく表情を柔げた乃木大将を中心に、全幕僚が打ち寄り、質素で厳粛な新年の夜宴を開いていた。

「では……」

と乃木大将が、杯を高く
──天皇陛下、万歳──

と叫び、一同がこれに唱和したとき、そこへ伝騎が飛び込んで来た。白井参謀が受取った封書を押し開き、

「敵の降伏状であります」

といって、すぐに左の腕で眼を押えた。


祖国の存亡を賭けた日露の大戦も、旅順のきょうの陥落で、決定的大勝利をかち得るだろうという自信を持たぬものはなかった。

正月二日の正午から、水師営《すいしえい》で乃木将軍とステッセルが会見しているという報告に、ダルニーでは狂乱のような慶祝騒ぎがどよめき起った。

下給品の酒も、酒保の酒も、商店の酒も、あらゆる酒が街道に持ち出された。

日本橋を中心に、野戦鉄道提理部から、兵站監部のあたりへかけて、男ばかりの日本人の氾濫だった。手にアルミニュームの祝杯を握って、高らかに万歳を叫び交す日本男児ばかりの、赧く輝く顔の怒濤であった。

旅順開城のすべての協定が了って、乃木さんとステッセルが握手をし、歴史的な場面がめでたく幕になったという飛報が来たのは、その日の夕方頃だった。

篝火が辻々に焚かれ、カンテラの灯と松明《たいまつ》の焔とが、冴え返る空を焦がし、凍りわたる海面に反映した。

日本民族が、海外の新天地に、肇国《ちょうこく》このかた──尤も三韓服属時代は暫く問わず──初めて経験する新年の御慶気分なのだ。

全然色気のない、女一人交えぬ男ばかりのお祭騒ぎ

が展開した。
笛も太鼓も、三絃の音色もない。あるものは男声のコーラスばかりだった。
土佐のヨサコイ節をかえ唄にして、山手から海岸へと練りくだる一隊があった。そのリーダーは当意即妙家の村田技師である。

——東洋平和に害ありなどと
むりな理窟をつけよった
ロシアコイ、ロシアコイ——

と、彼が得意の声を張りあげると、一隊がすぐにそれを復唱する。
また他の一組は、この頃内地から新渡りの、軍神広瀬中佐の歌を合唱していた。

——花は散れども香を残し
人は死すとも名を惜む
堂々五尺のますらおが
いかで瓦全をはかるべき……

これにクロスしてくる一隊は、これも新流行の「寂滅節」というのを合唱していた。

——ながのとしつき日のもとを
小国なりと侮って
青い眼玉で嚇しつつ
暴慢無礼を極めたる
甲斐もなくなく寂滅々々……

声自慢が酔ぱらって、一人で孤軍奮闘しながら練るのもある。

——ロシアの軍艦なんで出んじゃろか
出られんけん出ん、出られりゃ出るばってん、出られんけん出ん……

こんな珍妙なことを唄って行く先生もあった。三味線は無いと云ったが、どこから捜して来たのか

——ででンででン——

と義太夫も現れる。

――満洲欲しいとかんなんして、これまでいたのが国の仇。いまのなんぎにくらぶれば、一年前にこの鷲が、退去する気は、ええま、つかなんだ。こらえてたべ日本さん、鷲やこのように悔んでいると……

支那の胡弓を抱えた中尉相当官服が、さぞや学生時代は、下宿の娘を悩ましたであろうと思わす美声で「秋陣営の霜の色……」と、荒城の月を、声涙ともに下りながら歌って行く。

## 安奉線

片山俊介は、鉄道作業局の技師で、神戸の保線事務所に勤務していたが、同僚の安居敬一と一緒に出征鉄道員に採用されて、東京に馳《は》せのぼり、肩章のない尉官服を支給され、意気軒昂として、先ず九段の靖国神社へ武運長久のお詣りに向った。

明治三十八年四月十五日の午過ぎだったが、社頭には雲のように咲きさかっていた桜が、ちらほら散りかけていた。散る花びらを浴びて、大村益次郎の銅像を見上げていた四、五人づれの、地方の召集兵が慌てて二人に、挙手の礼をした。

片山は面喰って、すこしばかり右手を挙げて妙な恰好をしたが、安居はテレながらも堂々と将校らしく応酬し、駄目じゃないかしっかりしろよと、片山の脇腹を小突いた。

その翌朝、万歳歓呼の沸きかえる中を、軍用列車で品川駅から出発した。

暢気な安居は、品川駅頭で濃い化粧をした五十歳ばかりの年配の見知らぬおばさんから、守袋を貰い、握手などして、何か笑い合っていたが、最後に、

「では、無事凱旋したら、結婚しましょうね」

と云って別れた。その美人のおばさんは笑いながら、ハンカチで頻りに眼や鼻を押えていた。

汽車が動き出してから、片山があんなお婆アさんと、ほんとに結婚する気かと、心配して訊くと、

「あれァお婆アさんかい？　若いだろう」

とすましている。

「どうみたって四十歳以下じゃァないよ」

「そうか。四十歳は弱ったね。じゃ破談だ、残念なが

ら」

大笑いになって、悲愴な車内の空気が、一度にほぐれて行った。

山陽線の土山《つちやま》駅近くを汽車が駛《はし》っていた。片山の郷里だった。一本松の丘があり、丘の麓に、妙昌寺の甍と三重の塔が見え、小学校と、小川に架った土橋と——悉く片山俊介揺籃の風景だった。麦の畝《うね》打ちをしていた村の百姓たちが、沿線に駈け出して両手を差しあげていた。妹の千代がそのなかにいた。父や母もいるかも知れないと、窓から乗り出した。ついその眼の先にいた！　老父母が野良着の膝を折り、草花の中に跪《ひざま》ずいて、我が児が乗る汽車とも知らず、合掌して拝んでいる。

——お母アさん——

俊介の叫ぶ声を、流れ去る風が吹き湲《さら》って、汽車はすぐに丘の裾をカーブしてしまった。

二十日に、門司丸で宇品を発ち、二十五日の朝、鴨《おう》緑江《りょっこう》の江口七浬《かいり》の地点に着いた。

そこには、赤十字病院船の、樺太丸や愛国丸が投錨していて、消毒薬の匂いが、胸をつくように風のまにまに流れ漂っていた。

そこから鉄製の平底船に分乗し、小蒸汽船に曳かれて、安東《あんとう》県の鉄一歩《てついっぽ》という処に上陸した。一歩というのは、わが陸軍の臨時鉄道隊が、安奉線《あんぼうせん》建設の第一歩を、ここに踏み出した記念の地名だった。

裸体で、跣足《はだし》の支那人が群をなして押し寄せた。真ッ黒い肌をして、瘠せて、餓鬼のような一団が変な体臭を撒き散らし、必要以上に大きな甲ン高い声で、わけも判らないことを喚きたてる中に取り籠められたとき、片山俊介は、これはとんでもない野蛮国だぞと想って、不安な気持になったが、安居はもう、怪しげな物売男から、変な油菓子を買ったり、銀貨進上、進上！　と尾き纏《つ》《もつ》れる男に荷物を託したりしていた。

軍曹が一人、兵隊を四人率いて来た。

「いまから宿舎へつれて行く」

ぶっきら棒な、どうなるような挨拶だった。

「何人いるのか」

「工夫百六十人、班長六人であります」

と安居が、軍隊口調で答えた。

「歩けッ」

と云って、軍曹は石ころ道を先に立つ。

「歩けッたって、みんな、こんな荷物があるんですが……」

大型のトランクか、一番の柳行李を、みなが脚下に一つずつ転がしている。

「荷物は各自携行だ」

軍曹がふりかえってどなった。

宿舎は鴨緑江軍が、兵舎に急造したバラックで、板壁、板屋根、ギシギシと鳴る板床にアンペラが一枚敷いてあった。

安居は早速毛布を出して敷き、煙草に火をつけて、

「まずこれで、満洲に一歩を踏み込んだぞ。ここは満一ぷくという地名にするか」

と、工夫たちを笑わしているのを、例の軍曹は鋭い眼つきで睨みつけていたが、安居は平気で、その軍曹に向い、

「ここに銭湯はないですか」

と訊いた。軍曹は返事もしないで、なお睨みつづけている。

「なにしろ十日ばかり入浴しないですから、何を措いても、一風呂欲しいんですがね」

「黙れ、お前たちは戦地へ、風呂入りに来たのか……ふン、鉄道稼ぎの奴は生意気だ」

軍曹は顔色を変えて叱りつけ、憤然として外に出て行った。

——そりゃきこえませぬ——軍曹さん——

工夫の中から、義太夫みたいなことを唸り出すやつがあって、みんなでドッと笑い出した。

一人の兵隊が、風呂は、安東の市中へ行けば、支那人の銭湯がありますよ、と教えてくれた。

荷物を置いて、手ぶらで屋外に出ろと云って来た。誰がそんなことを云って来たのかと、大騒ぎになった。と云うのは、工夫たちはたいてい花札だとか、サイコロだとか、変な絵画だとか、とにかく禁制のものを持っているのだった。

そこへ、例の軍曹がまた入って来た。

「行李は紐を解いて置け、鞄は上に鍵を乗ッけて置くんだ。でないと、片ッぱしから打ち壊す。荷物の内容に手を触れたものは宥《ゆる》さんぞ。いいか！　早く外に出ろッ」

と大変な権幕で睥睨《へいげい》した。

片山は思い切って、その軍曹の前へ立った。

「私ども不肖ながら、皆これ軍属であります。罪人ではありませんぞ。理由も告げないで、左様な処置をお

とりになる以上、今後に発生する責任は、あなたが十分お負いになりますか」

と開き直った。軍曹は暫く黙っていたが、

「軍の——上官の命令です」

と、すこし調子を軟げて来た。

「では、各班長を立会わしてくれませんか」

「そうだねえ——よろしい、班長だけ」

そこでみなを外に出し、班長立会いのもとに、行李を調べて廻ったが、それはほんの形式的のもので、すぐ済んだ。

「いや実は、あなたがたの乗って来た船中で、軍用の靴下が一足紛失したのでね」

軍曹はすっかり普通の調子になっていた。

食事は、各自に弁当箱と、薬罐と、小鍋様のものをもって兵站部まで取りに行くこと。

夜間安東市中を歩くときは、哨兵に注意し「止れ」と言われて、止らなかったら、空砲をうつ、二度の誰何《すいか》に答えなかったら、射殺される。

軍曹は、そうしたことを云い置いて、兵をつれ、どこかへ帰って行った。

間もなく夕食の時間になり、食券を人数だけ配って来たので、てんでに弁当箱や小鍋を提げて行って、飯と豚汁と、湯を貰って来たが、その行列というものは、まるで洋服を着た一隊の乞食だった。安居は味噌汁をぽとぽとこぼしながら、

「おい、この情景をお雪さんが見たら、なんぼうにも破談だね」

と、片山の顔を見て苦笑した。

神戸の瓦煎餅《かわらせんべい》を売る家の二女で、お雪という評判娘が、かねて片山に恋していることを、安居は知っていた。

夕食を食ってしまっても、大陸の初夏はまだ明るく、真夏のような太陽が照りつけていた。安居はタオルで汗を拭きながら、

「別に、戦地へ入湯に来たわけじゃないが、ねえ片山、町の支那さんの銭湯なるものへ行って見ないか、どうだ、鉄道稼ぎの奴ら」

と云いながら一座を見廻した。言下に四、五人が賛成した。片山も一緒に外へ出た。

支那の銭湯は、暗い大きな家構えで、一人前二十五銭の料金をとられ、裸になってから、土間を長く遠くまで歩いて行って、悪臭の強い便所のような湯槽に飛

び込むのだ。支那人は一人も入浴して居らず、日本兵ばかりが、芋を洗うように入っていた。

　風呂から帰ると、軍の方から、あすの行動打合せのため、停車場へ行って、駅長に会えと云って来た。

　片山も、安居も、その他の班長も揃って出かけた。

　停車場だとか、駅長だとか、列車だとか云ったところで、誰も既に汽車が運転しているとは、夢にも知らなかった。自分たちが初めて、その鉄道を敷きに来た筈なのに、ずいぶん変な話だと思った。しかし、それはこちらが知らなかったまでで、軽便鉄道は、その前年、七月十二日に、わが陸軍の臨時鉄道大隊が安東に上陸し、朝鮮の京釜線速成の目的で用意してあった材料をここに流用して、二呎《フイート》六吋《インチ》ゲージの、機関車式軽便鉄道案により、設計、調査、準備一ヶ月足らずで、八月十一日起工、電光石火的な強行工事を押しすすめ、逃げる敵に追尾する勢いで、十一月三日天長節の日には、早くも安東県《あんとうけん》から鳳凰城《ほうおうじょう》まで三十八哩《マイル》を竣工、運転させ、三十八年二月紀元節の当日までには、一躍七十二哩を突破して、下馬塘《げばとう》まで開通させたが、この七十哩の間は鉄道にとっては名にし負う天下の嶮で、山岳が十里の雲に連っているのを遮二無二打ち通す難工事だった。

　班長たちは日の暮れた道を、哨兵の「止れ」に一々心魂を冷しながら、急いだ。

　停車場は沙河《しやか》鎮《ちん》というところにあるので、安東の町からは一里以上も奥の方だった。

　軍人の駅長に会うと、既に軍監部から指令が来ていて、一行は明朝七時、ここから乗車して鳳凰城に向うのだと教えられた。

　乗り込んだ車輛は、屋根も側板もないフラットカーだった。五噸《トン》車の四輛連結、それに二噸の緩急車が、一輛附いて、十八噸の小型機関車が牽いて行くことになっていた。

　駅頭で宣誓式が行われた。鉄道大隊長の井上大佐が馬上厳かに一場の訓示を与えた。

　這回《しやかい》大戦の性質、覚悟、将来にわたって、非常に熱のある、まるで校長の講演みたいな訓話だった。鴨緑江軍奮戦のあとで、また吹く風も腥《なまぐさ》いような新戦場の朝露を踏んで今更に一同は胸を固くした。訓示のあとで大佐は、

「この中に変名しとるものがあったら、手を挙げろ。あとで判ると、厳罰に処せられるぞ」

と云った。さッと、工夫たちの列を、不安なそよぎが走り、互に顔を見合わせたり、頷き合ったりして、次々に三十人ばかりが手を挙げた。彼等は、地方鉄道の建設線から急に応募して来たもので、元来無学無智で、喧嘩ッ早いものが多く、荷物の中の遊び道具からでも知られるような身持のものもいて、本名を憚《はばか》らずに名乗ったのでは、応募条件に外れる先生たちなのであった。

「よし、よく正直に云った。変名してまでやってくるのも、愛国心が強いからだ。構わぬ、許すから本名を言え」

大隊長は機嫌よく、一々本名を聞いて、名簿を書き更えさせたが、漢字では自分の名を書けないものが多かった。明治三十年代の労働者階級の文字知識はそんなものだった。安東県の臨時鉄道隊本部の看板にでも「リンジテツドウタイ」と片仮名で書き出してあるくらいだった。

駅長がそのあとで、この軽便鉄道の性能に就いて注意を述べた。

「一枚の戸板に車輪をつけたようなフラットカーだが、屋根があったりしては、満洲では暑くてやり切れん。側板もないが、無い方がまさかのときの乗降に都合がいい。この線は非常に無理をしてあるのと、車輛が悪いのと、無理な運転をするのと、急勾配と急カーブの箇所がむやみに多いのとで、毎日事故が頻発している。レールは十八ポンドが大部分で、二十五ポンドのところが少しある。機関車は、十八噸と十三噸の二種。牽引力は、平坦線路では、五噸車八輛、勾配は、その程度によって六輛となり、四輛となり小型機関車では二輛しきゃ牽けない場所もある。スイッチバックのところなぞは、下車して、直線コースを歩いて登り、次の山上の駅で待っていて乗る方が、乗客にも、機関車にも都合がいい。或る場所では下車して、押して登ってもらうところもある。この車輛は、車台と床板が別々になっている。床板はデッキのセンターピン一本に支えられて居るだけじゃから、速度に変調があると、デッキは床板の下に突ッ込まれ、そこにいる人間は脚を挫かれたり、即死したりする。それから途中に念仏橋という木橋がある。ひどいカーブで、おまけに千仞《せんじん》の渓谷に架っていて、そこではしばしば脱線転落をやる。そこでは何十人の兵隊や工夫が死んだか判らん。そこを汽車で通過するときは、みな念仏を唱えて、よく注意するように……」

　まるで、事故が起きるのが当然のような話だった。

「するッてえと、われわれも死ななかったら不思議なくらいのもンですか」

　と安居が大きな声で訊いた。

「いや、そんなこたァない。よく気をつけて行って呉れ」

　大隊長は笑いながら挙手の礼をして、本部の方へ引きあげて行った。

　草の中に、そのままレールを敷いたような、文字どおりの軽便鉄道だった。

　列車はのろのろと進む。元宝山《げんぼうざん》を越え、蛤蟆塘《ハマタン》に着いたとき、駅長が、

「いま向うからこちらへくる列車に、皇軍慰問の侍従武官が乗って居られるから、皆さん下車してください」

　と云った。はッとして、みな飛び降りる。

　陛下の御使である。どんな礼式でお迎えしたらいいのか皆迷った。軍隊式にやらなくてはなるまいが、どうするんだろうという騒ぎだった。

　安居が、なんでもかまわない。二列に並んで、最敬礼をしていて三分か五分経てばいいだろう。俺がその間、ちょいちょい上目づかいに見当をつけていて、頃合を見て直れッと号令をかけるといったので、二列に並んで待っていると、侍従はわざわざ列車を降りて、こちらへ歩いて来られた。

「これは長いぞ、頭を下げろ」

　と安居が変な号令をかけた。

　有難い陛下の御言葉が伝えられた。まだ何の御奉公もしていない隊員が、御懇篤な慰諭《みゆ》の聖旨を頂いたのだから、勿体なさに誰も頭をあげるものはなかった。

　御言葉が終って、御乗車になり、列車は行ってしまったのに、まだ安居が、直れの号令をかけない。片山がそっと覗いてみると、安居は鼻の頭を紅くして、泣いているのだった。

　それからまた前進だ。五龍背《ごりゅうはい》というところには傷病兵の野戦病院があった。一人がその方に合掌すると、みんながそれにならった。

　列車は一時間に、ごく平坦なところで、八哩《マイル》が精一ぱいだった。カーブの箇所では、よく脱線した。すこし勾配でもあると、下車して用を足したり、ライラックの花を折って来たりして、追いかけて行って飛び乗ればいいのだ。

ライラックは、野にも渓間にも咲きさかって、懐しい匂いを青い空気に充満させている。崖や山肌には、名も知れぬ白い花をつけた木が、ところどころにあり、赤い桃に似た花も咲いていたし、紫色のつつじが、黒い岩にからんで咲いていた。

稲を植えている水田というものが見当らなかった。高粱《こうりやん》を初めて見る者が多かった。

なんとなく、襖《ふすま》や掛軸に見る南画の風光だった。小石と泥を固めて積み上げた矮小で不潔な民家が点々とあり、その附近には必ず黒い豚を放し飼いにしていた。

「なんだつまらない。日本の田舎と同じじゃないか」

と見るものと、

「同じ地球の上に、こうも変った自然と人生があるものかなァ」

と感動しているものと、一行は初めての満洲に対して、二様のうけ入れ方に別れていた。

烈しく、殺伐な太陽が照りつけている下を、のろのろ進む汽車の上で、みんな尻や腰を痛くし、機関車の燃え滓を頭から浴び、それが汗に粘りつくので、みんないらいらしだした。

――満洲では、太陽が非常に残酷に照る――

片山はなんとなくそんな気がした。

行く手におそろしく峻嶮な高い山があった。鳳凰山《ほうおうざん》だと教えられた。鳳凰山は見えても、午後六時に着く筈の鳳凰城には、容易なことでは着きそうにもなかった。

暑い日が暮れて、七時も過ぎ、八時になっても、まだ途中の小駅毎に、列車は二、三十分ずつも停車するのだった。

日が暮れても沿線の民家には灯一つ見えなかった。住民達はすぐに寝てしまうらしかった。道も次第に山岳地帯へ分け入ったらしい。山と山との間に見上げる空の星が、涼しいほど美しかった。闇の中で列車が動かなくなった。何処だというと、まだ家堡子《かほうし》という駅の手前の登り坂だという。

夜はもう九時だった。

古い機関車を、能力以上に酷使したため、ついにこの坂を登り切れなくなったらしい。

片山は全員を下車させ、列車の両側と後部から押し上げることにした。

雨のような蛙の声を踏んで、エッサエッサと皆で押して行った。

鳳凰城に着いたときは、夜半の十二時を過ぎて、みんな疲労のため口も利けない状態だった。

駅は真ッ暗で、起きているものは一人もなかった。駅夫を一人叩き起して、兵站部まで案内して貰うことにした。

「兵站部までは半里あまりもあるからね」と、その駅夫はぶつぶつ云いながら、道でもなんでもない林の下や畑の中の闇をつれて行った。十丁も行くのに三十分もかかった。

「あッ、いけねえ！」

兵站部係の石原という男が、だしぬけに立ちどまった。伝票を駅長に貰ってくるのを忘れたというのだ。伝票を持って行かなくては、宿泊も食事も出来ない。取って来いといったが、怕《こわ》くて、この夜道を一人では嫌だと駄々をこねる。

「チエッ、しょうのない馬鹿だ。よし、俺が行ってくる」

安居はそういって、自分で引っ返した。

駅長を起し、伝票を貰って、また引っ返してくる途中で、すっかり方角が判らなくなってしまった。しばらくじっとしていたが、あたりは闃寂《げきじゃく》としている。十丁くらい歩いても、依然としてただ茫漠たる大陸の闇の中である。

ほんとうに、腹の底から泣きたくなっていると、どこからか、ぬうっ――と、黒い大きな人間が一つ出て来た。

「おい」

と、縋りつくように声をかけると、その男は惘然として立ちすくんだらしかった。

「俺だよ、鉄道隊のものだよ。君は誰か」

ところが、その男は支那語の返辞をする。ちょっと本能的な恐怖が背筋を寒くした。

「日本軍だ。兵站部はどこだァッ」

すぐ、威圧するような強い声を出す。

何とか、わけのわからぬことを云いながら、その支那人が、のそりと寄って来た。プンと強い悪臭が顔をうった。満洲に来て、二日目に初めて接触する支那人だ。

「…………」

なんとか、むやみに「ン」ばかり響く高い調子で、早口に云いながら、むずと両手を、こちらの肩にかけて来た。素破《すわ》！　と身を固くしたときは、無意識に拳銃を握りしめていた。

ところが、支那人は安居の体をぐるりと向うに廻し、その前方を指さして、何か一口強い言葉を云って、とんと軽く突きはなした。その言葉が判らぬなりにも「この方角だよッ」と云ったことが分った。感じたのである。

「有難う」

と云って、一直線に、小川の中を歩いて渉り、林をぬけ出ると、畑のさきに城の門があって、そこに立っている番兵が「誰かッ」と誰何《すいか》した。

やっと宿舎にありつけたが、既に午前二時を過ぎていた。明朝は五時半に汽車が出る——四時に起きて、三十分の間に飯をくって、五時までに駅へ来いという命令である。眠る時間はない。それでも烈しい疲労ですこしうとうととしていると、

——夏の夜はまだ宵ながら明けぬるを……

と云って、誰かが起きてしまった。すると
「山のいづこで顔を洗わん——さァ、みな起きたり、起きたり……」

安居が片っぱしから叩き起した。

片山俊介とその一隊は、鳳凰城と林家台《りんかだい》の区間保線業務の担当ときまって、中村中隊附になったので、安居たちとは、しばらく袂をわかつことになった。

「しっかりやろうぜ」

「うむ、死んだら、頼むぞ」

「お互だ」

元気よく肩を抱き合って、笑いながら別れた。安居は五十人ばかりの部員を引きつれて、また昨日乗ったいとも軽便な列車で出発した。

残酷無情な太陽は、今日もじりじり頭の上から照りつけてくると、みなは慾も得も忘れて、睡りだした。

安居も、誰かの背に凭れ涎《よだれ》を垂らして眠り込んだ。大汗のなかで揺り醒まされたとき、はッとするような、悲壮とも壮烈とも形容出来ない大景観の縁を、列車が駛《はし》っていた。

「有名な鶏冠山の難工線路だそうですよ」

と誰かが教えた。とたんに、彼はスタンレーのアフリカ紀行を憶い起した。

まるで、大きな擂鉢《すりばち》のふちを、内側に向って螺旋形《らせんけい》に降りて行く線路なのだ。向うの山腹に幾条もの軌道が累層をなしている。

危ッかしい崖ッぷちの粗雑極まる線路を、降り勾配

に向って、オモチャの汽車は、しだいに早くはては箭《や》のように走り出した。

右に左に――すぐまた右に、左に、極度に鋭い急カーブが、どこまでもS字状に連続している線路を、激動に躍りながら、刻一刻スピードを増し、車輪と軌条の噛み合う烈しい音と、悲鳴のような警笛とをとどろかせて、寸前の地獄に飛び込んで行くような列車だった。

口を利くものもなかった。呼吸をつめ、手を握り、足の指さきまで固くして、不安にふるえる顔が重なり合ったまま、遙かの渓底を見下していた。

その時、下の方から、同じ一本の軌道をこちらに向けて進行してくる一列車が現れた。

「あッ」

と全車内が一せいに叫んだ。

一瞬後の惨事を予想して慄然となった。こちらの列車は九天直下の勢いで飛び降りているのだ。

ところが、カーブを一つ廻って降りてゆくと、そこに小さな待避停車場があって、登って来た列車が停っていたので、一同ほッとした。この停車場の真下三十間足らずの距離に、も一つ小停車場がある。真ッ直に降りれば三十間だが、線路を行けば三十分もかかるほどに、上下に圧し潰した形のS字状になった線路なのだ。

下の列車を降りた乗客たちは、崖を一直線に這い上って行く。すぐ頭の上の線路へ出て、遠廻りして登ってくる列車を待って、飛び乗るのだという。

汽車が小駅を出て、また迅雷《じんらい》のように轟き呻きながら走り出したとき、一人の男が軍帽を吹き飛ばされた。

「大変だッ。軍帽だからちょっと列車を止めてくれ」

と騒ぎ出したが、車掌は笑いながら、

「なに、次の駅に行けばありますよ」

と平気なのだ。また止めようにも止る勾配ではなかった。

二十分もかかって、またS字状線を、次の駅に着いてみると、そこにちゃんと、先刻吹き落された帽子を拾ってくれてあった。一直線に三十間ばかり上の方から、転がり落ちて来たのだと、拾った人も笑っていた。

第一黒溝嶺《こくこうれい》駅のあたりは、はらはらするほど危険な、所謂スイッチバックを応用している線路だった。

谷底の無謀と想われるほどに無理な急カーブのところに、高い危げな木造の橋が架っている。念仏橋という難所だった。下は千仞の渓谷で、地獄谷と呼ばれていた。脱線、顚落——三日に二度は事故があり、すでに何十人かの犠牲者を出したというので、さしもいのち知らずの猛者連も、ここにかかると、思わず念仏を唱えたり、金比羅大権現を祈ったりするのだという。

推進運転で、その念仏橋を渡りかけた。

ひょろ長い丸太ン棒を何本も接ぎ足して、深い谷の両側の崖に突ッ張った橋脚である。

列車の重量が懸ると、とたんになんともいえぬ嫌な音をたてる。

——ぎぎい——ぎしぎし——めきめき——ばりばり——

そうしていまにも崩れ落ちそうに揺れた。秋木荘《しゅうぼくそう》という駅に着いたときは、車内がまるで地獄から生き還った喜びに溢れていた。中には安心して俄に弁当を取り出して食った人もいた。

秋木荘からは、やや楽な行程だったが、風景はどこまで行っても美しかった。

靉河《あいが》の上流には、二重桁、三重桁の大木橋が架っていて、そのあたりの風光はそっくりそのまま生きた南画だった。

楡か柳か、鬱として、ところどころに立っている巨木——懸崖の老松——奇巌——草に埋もれた古墳——苔のむした小廟——紺碧を躍らす急流と水車、碧潭に突き出た孤岩の上の朱塗りの壁、青い甍の寺——。

「たまらんなァ——実に」

「これをみてください」

若い工夫の星川道雄という男が、従軍手帳の端に書きつけた俳句を、安居に見せた。

——すでにして山また迫るつつじかな——

「おお、お前は——」

安居は驚いて、その男の顔を見直した。眉の秀でた、眼の澄んだ、石ころの中の玉のような青年だった。

「君は、こんなものを捻《ひね》るのか」

「お前」を「君」にいい直した。

「へへへ」

「偉いなァ」

「偉かァありません。まったく、少し捻るだけです……でも好きです。石をいだきて野にうたふ芭蕉のさびを、よろこぶです」

しまいにいった言葉は、それはそのころまだ若かった詩人与謝野鉄幹《よさのてっかん》の歌った詩の一句だった。安居の胸に湯のような情熱が膨らみ上って来た。

「嬉しい人だねえ君は、よし！　唄おうよ」

——妻子を忘れ家をすて
義のため恥をしのぶとや
遠く逃れて腕を摩す
ガリバルジイや今いかに——

と、次の無蓋貨車でも合唱しだした。

兵站係の石原が突っ立ち上り、刀を抜いてタクトしている。

「それッ」

——四たび玄海の波をこえ
からの都に来てみれば
秋の日悲し王城や
昔に変る雲の色——

「それッ」

爆発するような歌声を乗せて、列車は目ざして来た下馬塘《げばとう》という駅に辷り込んだ。

## 宿営

水のない砂川が、摩天嶺《まてんれい》という奇怪な容《かたち》の山麓から、駅の方へ流れていた。

その川の川上一里余りの部落に、四戸の民家を徴発して、一行を分宿させるようにしてあった。

相変らず、石と泥で固めた、狭い不潔な家だった。家の中は土間の両側が、やはり泥の壇になっていて、その上にアンペラが敷いてあり、隅々は蚤と南京虫の巣窟らしかった。

駅のそばの兵站部から米、麦、塩、乾物類、粉味噌、練醤油、缶詰、砂糖、薪炭——あらゆる生活資料を給して貰って、やはり徴発の荷車に積み、石ころだらけの砂河原を運んで来た。何度も車を覆えしたり、その度に米がばら撒かれたり、大騒ぎだった。

「板場新助、君炊事係長をやれ」

と安居は命令した。内地で車掌だったその男は、頭を掻きながら（なぜですか）と訊く。

「名前が板場だろう。だから、料理長だ」

「悪いシャレだなァ」

しかたなく、その男は助手十人を貰って、早速晩飯の支度を始めたが、名詮自称《みょうせんじしょう》、好適の炊事軍曹だった。

何しろ五十幾人分の食事である。飯だけでも五釜を炊き副食物まで炊きあげたときは、午後五時を過ぎていた。

「あッ、熱いッ」

握った煙管を投げ出したものがある。

「ヤア、飴が流れちゃッたぞ」

と紙袋を覗き込んで、妙な顔をするものもあった。

「何もかも、やけに熱いぞ、手がつけられんぞ」

「なにか爆発するんじゃないかね、この家が」

そのうち、坐っている臀《しり》の下が熱くなり、足の裏が灼けつくようになって来た。床ぜんたいが猛烈に熱して来た。

誰かが支那人を呼んで来て、どうしたわけかと訊くのだが、さっぱり言葉が通じない。

そのうちに一人、十二、三の少年がいて、砂の上へ「炕《こう》」という字を書いて見せた。

「ああそうか」

安居がふと気づいたのだ。座の下が炕になっていて、温突《オンドル》みたいに、煮焚きした火が床下を通って外に出るために、床が温かくなるのだった。

それを何時間も、むやみに焚きつづけたので、こんなに熱して来たのだと判った。

訳は判っても、熱さはどうにもならない。外に出たり、土間へ坐り込んだり、行李の上に胡坐《あぐら》をかいたりする者もあった。

「飯が出来たから、各自容器をもって取りに来い」

板場炊事軍曹が外へ出て怒鳴ると、貧民窟みたいに四軒の小舎から、まるで乞食が行列したようにバケツや洗面器や、薬罐や、小鍋などをガチャガチャさせて殺到した。

「右や左のお旦那さまや奥さまがた……」

とやっているものもあり、鍋を叩いて門乞いの阿呆《あほ》陀羅経《だらきょう》を真にせまって唄うものもある。

だしぬけに大夕立が襲って来て、ヤケに物凄い音の雷鳴が五つ六つ断続したと思うと、もうけろりと晴れて、夕照があたりを真紅に染めた。

水の無かった砂川が、嘘みたいに、一度に滔々たる濁流と変じ、川の向うへ帰る乞食の行列は、汁や飯をもったまま川岸に立往生していたが、どこまで行っても、橋が無いのだからどうにもならない。ついに川岸へずらりと並んで食いはじめたものだから、川向うの連中は、気ちがいのように騒ぎたてた。

　便所が無いことは非常に不都合だった。土民たちは男も女も、そこいらで、平気で用を足していると云うことだったが。

　しかたがないから、皆戸外で用を足すことにした。漆闇の畑でやるのだが、高粱《こうりやん》畑の中には馬賊や露探《ろたん》の支那人が潜んでいるから、危険だと云うものがあった。

　安居も、そこいらで小便して来て、シャツとズボン下だけになって寝た。

　ダン……ダン——たしかに拳銃の音だった。そら来たッと一せいに飛び起きる。裸で銃をとって駈け出すものもいた。

　安居は、こんな醜態で死体になりたくないと思って、大慌てに服装を整え、刀を腰に、拳銃の柄を握りしめて外へ出た。

　家の外では、兵站部交渉係の石田を取り囲んで、何かがやがや罵り合っていた。

　石田がおっかなびっくりで、高粱畑の中で用を足していると、ごそり、がさりと曲者が忍び寄って来て、いきなり鼻のさきへ、何か、黒いものが立った。夢中でピストルを放ち、尻の方はそのままにして宙を飛んで帰って来たというのだ。

「馬鹿ッ」

　星川工夫長がげらげら笑い出した。

「それは豚だよ」

　という。星川は川原で用を足していると、野放しの豚が匂いを嗅いでノコノコと寄って来る。冷たい鼻で尻を突く。気味が悪いから、中腰になって一丁ばかり逃げて、またやり始めると、また追ってくる、また逃げていると、また追っかけてくる。

　——実に斯の如きこと数回に及んで、ついに行尿《こうにょう》、走尿《そうし》すること約一哩《マイル》になんなんとした——

　というのである。嘘かほんとうか知らぬが、たぶん曲者は豚だろうと一決し、石田はさんざんにその臆病を嗤《わら》われた。

　ぐっすり眠って、翌朝は七時頃に起きた。支那人たちが朝食を食っているというので、みな見物に行った。

　粟粥と生葱や大根を食っているのだ。生葱や生大根は、皿の中の黒い糊のようなものをつけて食う。そのどろんとした黒い糊みたいなものが無くなると、女が皿をもって外に出た。軒下のところに、汚い土甕が埋めてある。女はその中から、どろどろした黒い液体を掬って家に入り、また皆がそれをうまそうに食い出した。

安居は、それを見ているにしのびなかった。

前の晩、彼は何も知らないで、その土甕の中へ放尿したのだった。

――ゆるして下さいよ。――

安居は心のうちで掌を合わせた。

オンドルのことを「炕《こう》」と書いて教えた少年に、星川が五銭やって、手なずけ、頻りに日本語を仕込んでいる。勘の早い、気の利いた、悧巧そうな少年だった。

「小孩《シャオハイ》ッ」

「はいッ」

「你《ニイ》は？」

「あなた」

「涼水《リャンスイ》は？」

「水」

などと一生懸命だ。

石田は石で竈《かまど》を築き、大きな土甕を乗せて、風呂をたてた。

彼は昨夜豚騒ぎのまま、尻の始末をしていない筈だと思い、安居が、にやにや笑っていると、石田も笑いながら、先へ入ってくれと云うので、お先に失礼した。とにかく湯に入ると甦ったような気持だった。

みんなのあとで、星川が、例の小孩を入れようとしたら、顔色を変えて逃げ出した。

翌日から、眼の廻るような烈しい作業が彼等を待ちうけていた。

安居は、現在鉄道の伸びている終点から、次の建設区間へ、あらゆる材料を運搬する係を命ぜられた。

多くの労力が使われ、苦力《クーリー》は馬車に材料を積んで、どしどし曳き出して行く。三車に一人ずつ日本人の監督がつき、十五車の一隊に一人の取締を附けた。

安奉線――安東から奉天まで、一気呵成に一箇年で全通させる予定だったから、まるで大地と激闘する勢いで、火花を散らす猛作業が続いた。

測量隊は、山も河もない、一直線にトランシットを睨んで進んだ。どんどん中心杭を打ち込んで行くあとから、土工班が襲いかかるようにカーブロッチングをやり、苦力に長蛇の列を敷かせて、黒煙をあげながら土工を驀進させる。材料班は沿線両側の山で伐り払った材木を、片ッぱしから馬車で、洪水の如く押し出してくる。河では架橋班が杭を打ち、桁を組み、瞬く中《うち》に橋がかかった。

建築班は、槌音高く板囲いをし、鉄板を葺いて、駅舎をつくり、附近の支那人住宅を改造して駅員宿舎にした。

立木に攀じ登って、枝に碍子《がいし》を取りつけ、電線を引ッぱっているのは通信隊。枕木を並べて、ずんずんレールを敷き延ばしているのが軌道班。そのあとへすぐ機関車が煙を吐いて試運転をする。

かくて二、三日経つと、次の駅まで開通した。

日射病でぶっ倒れる犠牲を踏み越え、乗り越え、獅子奮迅、電光石火の猛進軍だった。

それでも、十日に一度くらいは材料の都合や、設計の変更などで、半日くらい骨休みの出来る時がある。そんな日の或る午後、安居たちは、珍らしく陽のある中に宿営部落の方へと帰って来た。

これよりさき、現場から使いを走らせて、いまは給仕に使っている例の小孩に、風呂を沸して置くように命令して置いた。

汗と埃と——何を措いても先ず風呂だ。ところで、もう宿舎へ帰って見ると、柳の木蔭涼しいところで、もう誰か、のうのうと湯につかって、唄をうたっている奴がある。唄は支那の唄だ。怪しからん、なにものだろうと、飛んで行ってみると、そいつは給仕の小孩だった。

「やァ、これは？」

と云って、星川がつまみ出した。最初に風呂をたてたときは、煮殺されると云って逃げた奴が、いつの間にか入浴の味を知ったものと見える。

こんな日は、それから寝るのが無上のたのしみだった。晩飯がすむかすまぬに、もう鼾をかいている者があった。

夜明け頃に、隣の家で支那人がむやみと鋭い声で喧嘩を始めた。金属を叩くような調子の高い罵声がしだいに烈しく、ただごとではないように想われたので、安居は飛び出してみると、隣の班のものは皆起きて見物している。

老いた男女と若い男女の対立である。老人組は親で、若い方は息子と、その新妻である。彼等の家には、三つの部屋があったが、そのうち二室は、日本人のために占領されてしまったので、わずか三畳敷ばかりの小部屋へ、二夫婦と姉弟と六人が寝起きしているのだった。

「あの嫁は、つい二十日ばかり前に嫁入って来たのだが、こんなに一つの部屋でみんなと寝かすのなら、離縁してくれと云い出したのですよ」

そう説明する者があった。喧嘩はいよいよ烈しくなり、老人がいきなり手斧を振り翳して、息子へ斬りつけようとしたのを、安居が飛び込んで、やっと抱きとめた。

## 馬賊

軍参謀総長の児玉大将が、この山岳重畳裡の難工事を視察に来た。大将は奉天の方からダルニーに出て、船で安東県に廻り、軽便鉄道で黒溝嶺《こくこうれい》のスイッチバックや念仏橋を越えて見えたのだ。

片山俊介は、中隊長顧問技師として、鉄道大隊幹部たちと一緒に、林家台《りんかだい》の荒寺で、大将を迎えた。大将も、戦陣の風霜に削られたような面影だった。二年前に東京で見た将軍は、もっと若々しく、肥っていたように想われた。

声はしかし、凛々として、鬼神をも叱るような響きがあった。

将軍はこんなことを言った。

「想像以上の難工事だった、聞きしにまさる峻嶮じゃねえ。よくやってくれた。なかなか第一線の砲火を浴びている将兵に、勝るとも決して劣らぬ鉄道隊諸君の奮戦じゃ。お礼を云いますぞ。

実は、自分の考えでは、当初、安東県から大孤《たいこ》山《ざん》、岫巌《しゆうがん》地方を南へ出て、一直線に大石橋《たいせききよう》に抜ける線が一ばんいいと思ったのじゃ。いま諸君がやっとるこの線は、山岳幾重畳、河川渓谷幾彎曲じゃ。地形の最悪と工事の困難は、莫大な費用と時日を要する。

大石橋線は地図を見ても、子供でも判るように、距離が半分で、工事に難場が無い。将来、満洲や支那本国と事端を生じた暁を考えるというと、山また山、隧《トン》道《ネル》と橋梁数限りもないこの線路をどう守備するか。想像も及ばぬ大兵を要して、しかも、とても完全に守り遂げることは出来ん。

殊にじゃ、将来日本としては、全満洲から北支黄河以北を主眼として経綸する時代が必ず来る。この場合、安東からすぐ大石橋へ行ける線があると、この大石橋からはすぐに営口《えいこう》だ。遼河《りようが》を渡って溝帮子《こうほうし》――天津、北京、その短距離の便益は至大なものじゃが、諸君はどう思う」

将来日本が、全満洲は勿論、北支那を経営する場合――そんな場合がくるのかしら？

片山は胸がわくわくして来た。

――そうだ。きっとそうなるのだ。そのためにわれわれはいま、この苦闘を戦っているのだ。日清戦争――日露戦争――そうして、その次に来るものは――ああそうだ――。

片山は児玉将軍の脚もとに、身を投げかけて泣きたい思いだった。

あとで、児玉さんの安東―大石橋線に反対して、安奉線を主張、決行させたのは、山県元帥だということを聞いた。また、山県さんと児玉さんとは、必ずしも仲がよくはなかったとも聞いた。

――おれだって、山県は嫌いだぞ――。

青年客気の片山は、その夜、宿舎のベッドで、いつまでも眠れなかった。

児玉大将来訪の結果として、鶏冠山比較線と、大房《だいぼう》身《しん》隧道《トンネル》をやることになり、片山はその測量を命じられた。

高い山に登った。毎日炎暑を冒し、標高二千メートルの山頂を渉る。

児玉大将案の安東―大石橋線の短距離に近づくように、この安奉線を縮めるためには、出来るだけ直線コースをとらねばならぬ。山も物かは、河も物かは、百里に亘る山の波、青葉の樹海を、定規でさっと引き流したような、一直線をもって貫くことが、自分の戦いであると感じた。児玉将軍の号令下に、一部隊長となって、決死の突撃を敢行する自分だと覚悟した。

或日、百二十度の炎熱を衝いて、微風も通わぬ盆地に、トランシットを睨みつめていたとき、片山は鼻から血を吹き出して、卒倒した。

軍医はむずかしい病名を言って、後退、入院を宣告した。

鼻血に上半身を染めて、片山は楠の樹蔭に仰臥していた。

苦力が谷底から冷たい水を汲んで来て、冷してくれた。

「なんとか腺のなんとかによる溢血だなんて、むずかしいテクニックをいうが、これを俗語に翻訳すれァ、要するに鼻血でしょう」

片山は軍医に議論めいた口の利き方をする。

「要するに鼻血だけど、そんなに軽蔑すべき容態じゃないですね」

「軽蔑するとも。鼻血くらいのものを、尊敬する価値があるものか」

「君は病気に興奮しているんだ。安静にしなくちゃいかん。野戦における軍医の立場は絶対的なものですぞ」

多少憤然とした軍医は、人夫を指揮し、片山の体を担架に縛りつけて、下馬塘の方へ運ばして来た。

民家の土間に枯草を敷いた上で、片山は手当をうけ、絶対安静を命じられた。

「こんな仰山な事があるものか。鼻血ぐらいで後退しては、戦線の兵隊に恥かしいじゃないか」

看護卒に怒鳴り散らしていると、軍医がうるさがって、鎮静剤を注射した。

片山は昏々と眠り出した。日が暮れても眠りは醒めなかった。

夜が明けてみると、しかし、片山の姿は枯草の上に見えなかった。いつの間にか逃げ出して、標高二、三百メートルの雲に立ち、颯爽としてトランシットを睨んでいるのだった。


人間業とは想われないような難工事が、夜に日をついで躍進していた。

桔梗《ききょう》、おみなえし、りんどう——日本の秋草が、ここでは八月の山に、なつかしい色に咲きみだれた。やがて九月の声がかかると、既に朝の霜に、谷々は紅葉しかけた。

安奉線は無数の橋梁だったが、何度も豪雨が襲って、片ッぱしからそれを押し流したので、木材はいくらあっても足りなかった。

その上に近く大運河の架橋工事が近づき、これにまた夥だしい木材を要することとなった。

片山が、そのために用材捜索班長を命じられて、草《そう》河《か》口《こう》から東辺道《とうへんどう》の蕃境深く入り込んで行ったのは、天地清明水の如き九月九日だった。

石門子《せきもんし》の分水嶺を越した小盆地に、激流を挟んで、太古のような部落があった。賽馬集《さいましゅう》という原始的な山の町である。

兵站部に着いて、早速飯を食わして貰ったところが、ここでは黒い飯を炊いていた。まッ黒な飯である。釜の中のも、桶にうつしたものも、鉢に盛ってくれたものも——なんという飯だろうかと手にとってみると、それは蠅が密集しているのだった。

「ひどい蠅だね」

というと、軍曹が笑いながら、ここは蠅馬集《はえばしゆう》ですからねといった。

翌日は城廠《かんしよう》という更に奥地の部落へ行った。こんなところにまで、日本軍の兵站部は入り込んでいた。

兵站司令部で、木材捜査の手配をして貰い、輸卒二百人を借りて、太子《たいし》河《が》の上流に沿い、百尺、二百尺の断崖絶壁に、一面に山葡萄や満洲蔦が錦の色彩を懸けつらねている下を毎日毎日、二里、三里と材木を捜しながら進んで行った。

五日ばかりも分け入ったところに、侘びしい部落が、ポツリとあった。桂林子というところだった。断崖の上の空を仰ぐだけで、ここに生れて、ここに死ぬる、草や、木や苔などと変らない一生を送る支那人が二、三人出て来て、ロシア軍が棄てて行った木材が、山ほどもあると、手真似で教えた。

谷間の流れは、手を入れたら指が藍に染まるほどきれいだった。仰げば高い空も群青に澄み切っている。山は黒い。山の中腹から突き出した巨大な岩の上に、崩れかけた古寺がある。

石磴《せきとう》を一つ、一つ拾うようにして登る。案内して登るのは、部落の百姓男だ。ロシア軍が材料を山ほど置いて逃げた、と教えてくれた朴訥そうな四十男である。

この男は寺に住んでいる。寺は三百年も昔から荒れ放題の無住だが、眼病にあらたかな仏様があるというので、春秋の季節には、十里も遠くからお詣りがあるので、すてて置いて火災にでも罹るといけないと思って、自分一家が住んでいるのだと云う。云うと云ったって、話が直接に通じるわけではない。軍からつけてくれた通訳の田代君がいるのだ。

「このチャンは、アンという名だそうです。アンは高い安いの、安という字です」

片山はふと、鳳凰城で別れた安居を憶い出した。どうしているか？　例の調子で、大いにやっているだろう、なんとなく懐しい――。

「この先生、家が貧乏だから、けっきょく家族づれで、家賃の要らない古寺に住んでいるんですね。馬賊が泊ったりして火を出されると困るから、なんて云っていますが」

「こんな山奥まで、馬賊がくるかなァ」

「こんなッて云いますが、このあたりが馬賊の巣窟らしいですよ。交通不便で、普通人が困るようなところが、彼等にとっちゃ頼もしい境地なんだそうです。なんしろ猿以上に、断崖絶壁を駈け廻るそうですからねえ」

「そいつは、用心しないと……。苦力は何百人いたって、まさかのときは怪しいものだし、輸卒は二百人いるが、武装が無いんだしね」

田代は安に何か訊いていたが、

「奴等は日本軍を、非常に怖れているから、大丈夫だそうです」

といった。

仕事はうまく行く見通しだった。支那人の安が教えたとおり、この渓谷の両側の沢に、およそ渾河《こんが》の橋を十も架けるに足るほどの伐材が集積してあった。

それを、輸卒たちは、もう片ッぱしから、どんどん太子橋へ引き卸して、流木にしかけていた。

輸卒たちは土民の家に分宿したが、片山と安とは、寺へ泊ってくれと、村の申出だった。村として多少の好意を示すつもりなのだろう。或いはこの安という男一個の、好意かも知れない。

壊れて築土だけ残った山門の入口に立ってみると、天の星が摑めそうな高さに在った。高声に語って天上の人を愕かさんことを怖れる——そんなことを云ってある李白の詩の句が想い出された。

庫裡《くり》へ一歩踏み込むと、狭い炕《こう》の上に、女が二人と、少年が一人、臥そべっていたのが、驚いたふうに飛び起きた。三十歳くらいな女と、二十歳くらいな娘だが、何だか人里遠いこの山奥にしては、不調和なくらい小ざっぱりした身装《みなり》をしている女達だった。顔つきだって、表情の動かし方だって、下馬塘あたりの百姓姑《クー》娘《ニャン》に比べて、まだこちらの方が、上等のように見うけられた。

安は少年に何か言いつけた。

少年は、調子の高い、質問的な語を二、三応酬してから山を駈け降りて行った。

女たちは火を燃したり、食器を取り出したりした。

安は「チュウ」という言葉を、二、三度も年嵩《としかさ》の方の女に囁いていた。

「チュウは酒です。今夜は日本大人に鶏を絞めて、チュウを飲ますと云ってるんです」

田代の通訳に、片山は郷愁を感じた。

枕を蹴られて目が醒めた。何時頃か——夜更けには違いなかった。ぐっすり寝入って、少年の頃の夢を見ていた。

が、現実は夢ではなかった。あの支那人だ。安といった朴訥そうな支那人が、鬼のように豹変して、手に拳銃を持って、睨みおろしていた。

ほかに三人の若い男がいた。これも昼間材木流しの作業を手伝った人間だ。

「しまった。馬賊です。こいつら」

田代通訳は歯をカチカチ鳴らしながら、

「もう駄目です。馬賊の罠にかかったんです。しかし、金で解決がつくかも知れません。訊いてみます」

拳銃も、刀も、すでに取りあげられていた。

田代は弱い調子で、安に話しかけた。安は、これも平静な声で、何か云っていた。

身仕度をしようとして、片山は、外套も、上着も、靴まで盗られていることに気がついた。

「どう云っているんだ」

「どこかへ連れて行くと云うんです、あなたを」

「君は？」

「私には手紙を書けと云うんです。賽馬集の兵站部司令にあてて、それで私を途中まで送って、賽馬集へ帰らせ、金を持った人を案内して、またその途中までつれて来させる仕組なんです」

「馬鹿な、そんな……」

と云っているうちに、もう右腕を縄で括《くく》られてしまった。

田代と安は頻りに何か交渉していた。

「なにを云ってるんだ」

「日本側の事情をよく知っています、こいつら。あなたの一行を、下馬塘《げばとう》から連絡をつけて、ずっと注意していたと云うんです。日本の鉄道隊には、たいした武力はないと云っています。もし討伐隊でも動かしたら、あなたを殺してもっと奥地へ逃げこむまでだそうです」

片山は学生時代、どちらかと云うと、文学青年だった。撃剣も柔道もやったことはなく、どんな運動競技も得意ではなかった。少年時代から今日まで、誰とも喧嘩したこともなかった。

腕力というものに自信が持てないばかりでなく、腕力を行使するような場合を、ついぞ想ってもみなかった。

それが、生れてここに二十九年目で、はじめて勃然《ぼつぜん》として、憤怒が全身の毛根を突き破るほどに沸き立って来た。

なにを馬鹿野郎どもが、この二つ、三つあっても足らぬ尊い日本人の生命を、どうしようとしゃァがるんだ。野蛮人めが——そんな気持に、血管が怒張して、胸が痛くなって来た。

やにわに蹴倒して……と跳《おど》り上ろうとしたが、やっとこらえた。ここで死んでは、何と云っても残念だ。どうしてもこんなてあいと戦って死にたくはなかった。死ぬる立派な場所があるんだ。鉄道敷設のための、軌道に乗った死に方をしたい。ここで格闘して殺されるのは、全然意義がない。

「よし、こいつらについて行こう。君は、やつらの云うとおりにしてくれ。手紙も、行動も」

「しかたがありません。そうします」

「しっかりして、どんな場合にも、自分を失うんじゃないぞ、いいか！」

「はッ」

次の室へ引き出された。そこは宵に鶏料理で歓待された部屋だったが、女たちは影もなかった。ガラン！としして調度一つ無い、昔ながらの寒々とした空家だった。まるで宵のことは、狐にだまされたようであった。


外に出ると、まだそこに三人の山賊みたいな奴が、旧式な鉄砲をもって、焚火をしていた。

「歩け」

と云って、縄尻を持った奴が、田代の背を突いた。

「裸足では歩けぬ、靴を出せ」

と田代が云うと、支那靴の古いのを一足ずつ、二人に投げてくれた。

安は一ばんあとから、何かときどき命令しながら、一行を追いたてて行った。

道を川の方には降り切らないで、急な山腹を横に、北と想われる方角へ、岩角を伝って行った。

山を二つ越すと、夜が明けた。山肌は一面に霜だった。

もはや、どんなところに自分の身を置かされているのか、見当もつかなかった。ただ右手遙かの谷間に、ちらと川の流れが、刀を投げたように光っていた。

すこし行って、山の稜線に、右と左と両方に降りる岐れ道があった。田代は、三人の馬賊に追われて右へ降り、片山は左の方へ、安の一隊に引かれて行った。

田代が何か叫んだが、よく判らなかったので
「なんだァ——どうしたんだァッ」

と聞き返すと、
いきなり一人のやつが、片山の頬を撲りつけて、何か罵声を浴びせた。

田代はそれっきり応えなかった、これも撲られたんだろう。

馬賊はまったく、猿のような敏捷さで、道でもないような山の中を歩く。片山は咽喉が涸れ、呼吸がせまり、汗が出つくして、どうにも脚が動かなくなった。ぶっ倒れてしまうと、若い奴が交替で背負って行った。

清水の湧くところがあると、休んで、水を飲まし、乾肉と、高粱《コウリャン》の団子を食わした。

日が暮れ切って、谷底の渓流に沿った街道へ出た。暗い谷間に、白く一筋の道が、どこまでもつづいていた。流れの水音も、道の左側を離れなかった。
五、六戸の部落があるところへ着いて、その一軒へ、まるで自分の家へ帰ったような態度で入り込んだ。
家の中には、汚い、狸のような老婆と、跛行《びっこ》の姑《クー》娘《ニャン》がいて、黙って飯の支度をした。

馬賊たちは、アルコールのような酒を、ブリキの銚子で温めながら、早速に飲み出したが、すこし飲んでから、安が欠碗に注いで片山に呉れた。注ぐとき火のまわりに散った酒の雫《しずく》が、青い焔になって燃えた。

飯は、湯の中に高粱粒と粟粒を浮かした、うすい粥だった。生葱に、黒いどろんとした汁をつけて、それがおかずだった。

ひどく腹が空いていたので、その葱を我慢して食ったが、臭くて辛くて、大変なものだった。

寝ろッ——と云ったのだろう。安が云って、片山をそこへ軽く押し倒した。

老婆と娘は隅の方で、ごそごそとボロを引ッぱり合って寝た。

男たちは、いつまでも騒々しい甲高い声で、喧嘩のように口角泡を飛ばしながら、烈しい酒を飲んでいた。

そのうちに、安が、片山のそばへ来て横になると、も一人の男も片山を真ん中に、安の反対側で片山を括った縄を自分の左腕に捲きつけて寝た。

最後まで一人で飲んでいた男は、やがて跛行の姑娘を引きずり起して、外へつれて出た。

婆ァさんが、犬を叱るような声で一口だけ罵った。

安が、何か云って、あはははと笑った。

縄を腕に捲いた男は、すぐに鼾をかき出した。

こうして、拉致《らち》されてから二日目の夕方、片山がつれ込まれたところは、街道から山を東へ一つ越して、盆地の突き当りにある、二十メートルばかりもあろう高さの懸崖の上に口を開いた、大きな洞穴の中だった。

片山を穴の一ばん奥へ押し入れ、黙ってそこへ押し倒した。ここで寝ていろという意志はよく判ったから、片山はそのまま横になって、じっとしていた。

彼等は、朝から何一つ、片山には口を利かなかった。何を言ったって通じないし、また、通じさせる必要もないのだ。ただ、田代が書かされた脅迫状が、日本軍の手に渡って、莫大な人質料をもって請出しにくるのを待っているばかりなのだ。

もし日本軍が、力をもって取りに来れば、片山を殺して置いて、猿の如く逃げてしまうまでで、肚はきまっているらしい。

片山としては、日本軍の尊い軍費を、何千円も、こんな山猿のために費消させては相済まぬと思い、また一方、気の短い日本人が、武力で討伐式に出て来ては困ると思った。

こんなところで、こんな奴等の手にかかって犬死はしたくなかった。

しかし、妙に落ちついた気持でいられるのは、不思議だった。今にして、自分が、これほどの度胸のある人間だったことが、嬉しかった。

馬賊たちは、洞穴の内壁の一カ所で、一つの大きな石を取り除けた。それは、何か貯蔵してある小穴の蓋だった。

小穴の中から塩漬の肉（野獣の太腿）を取り出し、洞穴の外で焚火をして炙《あぶ》った。

酒は決して忘れずに持ち歩いていた。

高粱の実と粟と、鍋まで穴の中から取り出した。ここは彼等が山で活躍するための一つの根拠地になっているらしかった。

飲んで食って、片山にも食わしてしまうと、彼等は、小穴からまたスナイドルの旧式な銃を三挺引き出し、掃除をし、ケースに弾丸詰の夜業を始めた。

硝薬は方一尺ばかりの木箱に一ぱいあったが、その半分くらいを弾丸に詰め、残りと一緒にその箱に納めて、それからまた酒を飲んでいたが、一時間ばかり経つと、洞穴の入口一ぱいになって寝込んだ。入口を塞いで寝ていれば、奥から捕虜が逃げ出せないという才覚らしい。

片山は、もう先刻から二時間も、胸を躍らし、慄えてくる全身を一生懸命に抑圧している。

木箱に納まっている弾薬を奪い取って、焚火の中へ投げ込んでやろうと、考えているのだ。

三十分も経つのが、何時間もの長さに思えて、むずむずと我慢がしきれなくなった。そうッと、一寸、二寸と、尺取虫のように奥から這い出した。

鼾が、ハタと止ると、ぎくりと、こちらの呼吸がとまる。血が頭や胸で、ガンガン鳴って、しばらくは身動きも出来ない。

また一寸ばかり這い出すと、一人がごそりと臥返《ねがえ》りをする。はッとして、三十分も固くなっていて、また這い出そうとすると、また一人が動く——。

夜明け近くなって、急に、烈しい冷気が洞穴の口から流れ込んで来た。

片山は這うのを断念して、がっかりと、全身の緊張を抜いてしまった。洞穴の出口に燃していた火が消えて来たからだ。

嚔《くさめ》をして、一人が起き上ると、あとの二人も起き出し、外に出て小便をしたり、再び火を燃しつけたりした。

冷たい朝の風が、濛々とした煙を穴の中へ吹き込んで来た。

穴の外では、何か高声に話したり、笑ったりしながら、ますます旺に火を燃すらしく、景気のいい音と一しょに、煙は一層ひどく穴の中へ舞い込んでくる。眼も口も開けていられず、呼吸も困難になって噎せ返った。

片山は、これで蒸し殺されるのかと思ったが、閃めくように、弾薬箱のことを想い出した。そうだ！　心に頷くと同時に、木の箱に跳りかかり、引ッ抱えると、煙の中を、そっと焚火の一間くらい手前まで進んだ。

軀をきめて、両脚を踏ん張り、箱をもった腕に律動をつけて一——二——三！　で投げ出すと、身を翻えして、穴の奥の「く」の字に曲った隅へ、突ッ伏し、耳の孔に指を差し込み、口を塞ぎ、鼻を胸に押しつけていた。

その全身を、だッと揺り動かすような震動が来た。

洞穴の外に眼をやると、そこには焚火も人影も、きれいに無くなっていた。洞穴の入口の天井がぱくりと欠け落ちて、そこから神様のような太陽が射し込んでいる。

俄《にわ》に、全身がわなわなと慄えて来た。起き上ろうとしても、手も脚も利かなくなっている。

しばらく痴呆のようになって這い伏さっていた。やがて、烈しい情感が、ぐッ、ぐッとこみあげて来て、泪になって爆発した。声に出して、わァッと泣いてしまった。

一時間も経ってから、やっと起き出して、穴の外に出た。死体の大部分は、千仞《せんじん》の崖に飛んだらしい。血まみれの肉片が、あたりの岩肌にへばりついていた。

片山はまた穴の中に戻り、貯蔵庫みたいな小孔から、塩漬の肉を取り出し、変に臭いのをガツガツと腹一ぱい詰め込み、残りを持てるだけ身につけ、それから、装塡してある銃を一挺肩に引ッかけて、外に出ると、絶壁を横に伝わって山に降り、その山を西へ越して行った。

すぐ道に迷った。迷ったというよりは、道がなくなってしまったのだ。

低い方へ降りて行った。どこかで渓流の音がする。その音をあてに降りて行ったが、どうしても渓流の畔へは出られなかった。

そのうちに断崖の端へ出てしまった。また引っ返して、嶺の方へ登って行く。時間は午後で、日はよほど傾いているらしかった。

やっと嶺の上に出て、一本の高い老松に攀《よ》じ登って、方角を見極めようとした。

前の方は山又山の浪だった。夕陽が背後から射している。うしろを振り向いて見ると、眼の下遥かに一筋の白い道が見えた。

そこに出るには、この山の稜線を、どこまでも縦走すればいいと、見当をつけた。

樹から降り、持って来た肉を噛りながら爪先下りに走った。

日暮前に、やっと白い道へ飛び出すことが出来た。道に沿って川もある。川の流れる方角について、また駈けつづけた。

二里か三里も走ったところで、道端の一軒が焼けている。人が大勢騒いでいる。こんな山の奥にあんなにも人間が集まる筈がない。馬賊か――と思ったが、ひらひらと日の丸だった。

日本軍だ。鉄道守備隊が討伐に来ているのだった。

# 娘子軍《じょうしぐん》

星川道雄は給仕の支那少年をつれて、金坑《きんこう》駅から橋《きょ》頭《うとう》までの新しい鉄道線路を歩いていた。

材料輸送班の全員は、汽車で発った。近く橋頭駅まで列車運転をすることになり、橋頭からさき本渓湖までの工事が始まることになったので、輸送班は橋頭に前進したのだ。

小孩《シャオハイ》は星川を先生《シーサン》と呼びながら兄のように慕うし、気の利いた面白い小僧だから、一緒に橋頭へ行かないかと誘ってみると、二つ返事で、連れて行ってくれという。

そこで、小山の向う側の部落に住む百姓の両親の家へ行って交渉すると、これも暢気なもので、どこへでも連れて行ってくれという。尤も、給銀はときどき親爺が取りに行くから、五円だけやってくれと云う。五円なぞお易いことだ。工夫や人夫などでも、日に二、三円の手当がつくのだから五銭、十銭は誰でも呉れているし、安居が二円、星川が一円の月給は、それまで与えていたのだ。

万事引受けて帰ってくると、列車はとっくに出発した後だった。

二人は秋晴れの午後を、とぼとぼとレールに沿って歩く。底抜けに蒼い空から、明るい太陽が、二人の影を、大坊主、小坊主として草の上に落す。

チン公は（小孩の名は、陳孔宇《ちんこうう》というのだが、みんながチン公と呼び慣してしまったのだ）雑木林の中へ駈け込んで小鳥の巣を探したり、野良犬に石を投げつけたり、途中で子供たちと喧嘩したりしながら、ちょろちょろと星川の前後を走って行く。

——祁山《きざん》悲秋の風更けて
陣雲暗し五丈原
零露の文《あや》は繁くして
草枯れ馬は肥ゆれども
蜀軍の旗光なく
鼓角の音も今しづか
丞相《じょうしょう》病あつかりき——

星川は、朗々と吟詠しながら歩く。

石河寨《せきがさい》の手前で、一列車脱線していた。それは試運転の列車だったが、機関車も線路もいっしょに一メートルばかりも砂泥の中にズリ込んでいるのだった。

何しろ一刻を争う拙速工事だから、畑の上に枕木をいいかげんにばら撒き、すぐにレールを二本並べて、釘で打止めてあるだけの軌道で、レールの接続にフィッシュプレートが無かったり、枕木が一間くらいの間に一本もなかったりと云う状態だから、脱線なぞは一日に何回もあった。

星川は引き上げ作業を手伝っていたが、日が暮れそうになっても、列車は少しも動かなかった。

愁々として、うら寒い風が吹いて来た。胡沙《こさ》吹く風とはこんなのをいうのかと思った。

——莫遮《さもあらばあれ》家郷遠征を憶ふ——

という詩の句を呟きながら、列車を見捨て、橋頭の方に急ぎ出した。野原のはてに、丘を背にして支那の兵営が見えた。兵舎の空に、匂うような三日月が懸っている。間の抜けた、悲しいような喇叭《ラッパ》が聞こえて来た。支那兵が晩飯の報せでも吹いているのだろう。橋頭の駅は山の中で、まだ天幕張りだった。

中隊本部のある部落は、そこから一里も北の方だと教えられた。

明るい灯が溢れるように煌《きら》めいている民家は、工夫や、人夫たちの宿舎だった。

もう来ている。こんなところまで、関西や九州あたりの商人だ。彼等は、戦争以前から安東に来ていた者もあり、戦争直後に渡って来た者もある。

安東から無理に頼んで、無蓋貨車に乗せて貰い、どこまでも、鉄道建設の最前線へと、追っかけてくる。

また、工夫たちの景気のよさは物凄いくらいのものだった。

呉服物、雑貨類から、いかがわしい絵、菓子などまで、宿舎々々を廻って、土間へ並べたてる。それが片っぱしから、おそろしいほど売れてしまうのだ。

商人と云っても、これがまた、なみたいていの人相はしていない。みな前科何犯と云われそうな御仁体《ごじんてい》である。それが、ここぞとばかり怪しげな代物を、安東で売る五、六倍にも吹っかける。内地相場から比べると、おそらく七、八倍にもつくらしい。

それをまた、無鉄砲なのが、おい来たと、いくらでも買う。どうするつもりか、錦紗の帯など一人で二筋も三筋も買い込む先生がある。

おい、そらッと、行李の中から軍票を摑み出して、ばら撒く。

かくて宿舎から宿舎へ、工事現場から工事現場へと、四、五日の中《うち》には、きれいに売り捌いて、五百円や六百円は純益を握って帰る。またすぐ安東で仕入れてくる、と云った連中である。

工夫たちの無鉄砲と云えば、彼等の大部分は、ほんとうの工夫渡世ではなかった。

無頼漢みたいなのがいる。田舎で、百姓の嫌いな不良青年も来ている。渡り者の土方は勿論、魚屋や料理屋の板場などで、この機会にしこたま稼ぎながら、支那見物をして来ようという料簡の者もずいぶんいた。

ひどく乱暴なものや、怠けるものは、内地へ追い返してしまうことになっていたが、わざと乱暴をやり、一日工事場で臥転《ねころ》んでいたりして、叱られると、

「ああたいてい支那も判ったから、お願いだ、帰らしておくんなさい」

などと云う男もあった。とにかく、まず親不孝の掃き寄せみたいなものだった。

田舎宿だったらしい門構えの一軒は、料理屋になっていた。

どうせいま頃、輸送班の宿舎へ行っても、食うものなぞありはしないと思って、星川はチン公をつれて、その家へ入って行った。

どの部屋も満員だった。いかがわしい女がどの部屋でも五、六人ずつの男を相手に、チャンチュウ（高粱酒）を飲んで酔っぱらっていた。たいへんな女ばかりだった。泥絵具を塗りたくったような化粧の顔に、口ばかりが、肉を喰ったように赤い。

ひどい訛の下等な言葉で、工夫たちと喚き散らしていた。

門の脇に小部屋が二つあって、一つは調理場らしく、支那人が三人ばかり、旺《さかん》に火を燃して何か煮物をしていた。濃い脂の焼ける匂いが、星川の胃を強く戟激した。

「誰だい、そんなところでうろついてるやつァ」

も一つの部屋から、おそろしく鉄火な女の声が、浴せかけて来た。

星川はその部屋へ黙って、ぬうっと入って行った。

ストーブが飴のように紅く焼けた傍らで、ぱッと、派手な長襦袢《ながじゅばん》一枚の女が、立膝で茶碗酒を飲んでいた。

イキイキと張りのある眼が、濡れたように黒く光って、まだ二十四、五歳くらいの若い女だった。土間に

二等卒の兵隊が一人立っている。

「いいよ、心配しなくても。そのかわり今度戦争に出たら、勇ましく死ぬんだよ」

「は、お願いします」

女が兵隊を、弟のように叱ったり、励ましたりしている。

「その手紙を中隊長に見せて、明日の一番列車に乗せてお貰い。乗せるも乗せないも、蜂の頭もスッポンもあるものか」

兵隊は挙手の礼をして出て行った。なんでも、落伍した兵隊が、前線へ急ぐのを、建設列車が乗せないと云ったらしいのだ。

「なんだい、お前さんは」

星川の方に、きれいな眼を向けた。

「何か、この小僧と僕に、物を食わしてくれよ」

「物貰いかい」

「失敬な、お客だよ」

星川は憤《む》ッとした。

「ここはあたいの奥御殿だよ。客を入れるところじゃァないんだよ」

「客間が一ぱいだから頼むんだ」

「威張るない、頼むのなら頭をおさげよ。飯の一ぱいや二はいは恵んでやらァ」

「失敬な、頼まないよ」

星川はさッと表へ出た。するとチン公が同じように、

「シッケイナ、タノマナ……」

と云って、鼻のさきへ汚い指を一本突き立てた。女は、あはははと男のように笑い出し、

「おい、あんちゃん！ 悪かったよ、お入りッ。どうか入っておくれ、もしお客さまえのウ……」

語尾を芝居の台詞のように引っぱって、入口へ顔を覗けた。

星川は黙って引き返し、炕《こう》の上へ腰をおろした。チン公も同じように、お客さま然と坐り込む。

女が隣のコック場へ、壁の孔から、鮮かな支那語で、ギョーズを三人前通した。

「あんちゃん、おまえさん、お酒飲むかい」

「飲むよ」

「じゃア一つ。これはあたいがたてひくんだよ」

コップを渡して、日本酒をなみなみと注いだ。

「有難う」

「おや、すなおなところもあるんだね」

一口飲んで下に置くと、

「ぐっと乾《ほ》して、あたいにお返しよ。それとも、お酒嫌いなの」

「好きでも嫌いでもない」

「だって、いま聞いたら飲むと云ったじゃないか」

「飲むかと訊いたから、飲むと云ったんだ」

星川は一気に飲み乾して、コップを女に返した。

「お酌だよッ」

「そうか」

溢れるほど注いでやった。

「邪慳《じやけん》だよ、この男は、おまえさん、継《まま》ッ子かい」

「そうだ」

女は唖然として星川の顔を凝視した。


霧の中を、荷馬車の群が進んでゆく。まだ朝日は出ていない。

馬より汚い苦力が、乱雑な大声をふりこぼして、馬を叱りながら、野も川もかまわず一直線に進む。三台の馬車に一人日本人の監督がついている。五台毎に取締がつく。

監督は、駅夫、運転手、線路工夫などの階級で、取締はたいてい車掌か助役級の人物だった。

星川は工夫だったが、安居に認められて、取締に抜擢されていた。

彼は、橋頭の小料理屋で、変な女に云ったとおり、静岡近在の百姓の継ッ子だった。尋常小学校を出ると、東京へ小僧奉公にやられたのだが、それッきり家では縁切りのつもりである。

苦学をして、明治大学の法科に通うようになったところで、戦争が始まったので、学費もつづかず、青年老いやすく学成り難しの歎きをそのまま、募集の鉄道工夫に応じてこの安奉線建設隊に編入されたのであった。

馬車隊は、福金嶺《ふくきんれい》の嶮岨を喘ぎながら越える。何里行っても人家のない原野を横切り、橋の無い河を幾つも渉って行く。

太子河で、浅瀬を探りながら、水の中を、上ったり、下ったりしているうちに、二台の馬車が背もたたぬ深みへ潜り込んでしまった。

苦力は悲鳴をあげて逃げたが、馬は重い荷車に括りつけられているので、一緒にぶくぶく沈んで行く、星川は、も一人の監督と、飛び込んで行って、二頭の馬を引き放して扶《たす》けあげようとしたが、一頭はどうしても救うことが出来なかった。荷車もろとも沈み込んだ底から、ぽかぽかと泡を吹き上げていたが、ついにその泡も吹かなくなった。

逃げた苦力は、のろのろと戻って来て、いまさらのように声をあげて泣き出した。

日が暮れて来たので、沈んだ荷馬車をそのままにし、みなを本渓湖《ほんけいこ》に急がせ、星川は一人残って磧《かわら》に天幕を張り、明日の朝まで待つことにした。

鵠《くぐい》が楡《にれ》の梢で巣につき、どこかに山寺でもあるのか、冷たい夜風に乗って、かすかに鐘の音が流れてくる。

軀《からだ》は濡れているし、寒くて眠ることも出来ず、火を燃して、そのあかりで、ハイネの詩集を読んでいた。

十一時近い頃だった。どこかで女の鋭い叫び声がした。

はて？　と外に出てみると、磧が下流で曲っているその向う側あたりで、二声ばかり、また女の烈しい声が響く。

駈け出して、曲り角を廻ろうとして、星川はじっと立ち停った。

若い日本の女が、支那人の男二人をつれ、一台の荷車を曳かせて、夜道をここまで来たらしい。二人の支那人が、女を脅迫しているのだった。一人が、いきなり女の肩を抱きすくめた。

と、その男が物凄い悲鳴をあげて、磧にぶっ倒れた。女の手に短刀のようなものが、月に冷たく光った。もう一人の男が逃げ出そうとすると、その女は支那語で、
五円やるからついて来い。逃げるとお前も突き殺すぞ、と云っている。

その調子でふと想い当った。どうやら、橋頭で会ったあの鉄火な女らしい。あの女なら放って置いても大丈夫だろうと想って、星川はまた、そっと天幕へ引き返した。

三十分も経った。

天幕の外へ、ごろごろと荷車を曳いてくる者があった。支那語で男と女が何かいっている。先刻の女だ。もう、どこかへ行ってしまったものと思っていた星川は、ハイネを膝に伏せて、ピーコックに火をつけた。

「もし、こんばんは。この天幕の中にいるのは誰だいッ。日本人だろうね」

例の調子、例の女だ。

「日本人なら、どうしたと云うんだ」

つい癪に障って、星川は突ッぱなすように応える。

「おや、ご挨拶だこと」

女は天幕の内側へ入って来た。

「あ！」

「君か」

「まァ、継ッ子の兄ンちゃんだったの、どうして？」

「君は、今頃どうしたんだ」

「よう問うてくだしゃんした。たいへんな難行苦行」

けろりとして云う。これが、いまさき、人間一人殺した女とは想われない。

「睨みつけてばかりいないで、火にあたれとでもお云いよ」

「おあたりよ」

女は火のそばに来て、両手を翳《かざ》した。白いきれいな手だった。右の袂がすこし濡れている。星川は血だなと思った。

「さッき、この河下のあたりで、誰か通って行かなかったかねえ」

「知らないな」

「そう」

知らなきゃ、そのまま黙っていようという、女の肚らしかった。

「誰かまだ外にいるんだろう。内へ呼んでおやりよ」

「支那人の苦力よ……にい！　らいらい」

おどおどした苦力が一人入って来た。まだ十七、八歳の若者だった。

「お酒はないのかい」

女は天幕の中を見廻した。

「そんなものは無いさ」

「何か食べたくない？」

「食う物もないんだ」

「いつからここにいるんだい」

「午後三時頃からだ」

「なにしてるのさ、こんなところで」

「そこの河の中へ、荷馬車が沈んだのだ」

「たいへんね」

さすがに女らしく眉を寄せたが、また、

「それァたいへんじゃないか、飲まず食わずで、賽《さい》の河原の門番みたいにさ」

と云いながら、外へ出て、荷物の中から、酒瓶と薬罐と魚の乾物を取り出して来た。

酒を薬罐で沸かし、乾物を焼いて、

「さァ食べようよ。ごちそうするわ。あべこべだけど……一夜の宿を借りて、とんだ鉢の木ね」

と云いながら、また外に出てコップを二つ持って来た。

「乾杯ッ」

と云って、女はごくンごくンと飲んだ。

女は橋頭をすてて本渓湖へ行くところだと云った。

「本渓湖は、まだ鉄道が行っていないじゃないか。そんなところへ、今から出て行って、どうするんだ」

星川は、この女の無鉄砲にすこし呆れた。

「鉄道なぞ頼りにしてないさ。日本軍のいるところなら、どこだっていい。あたしゃ娘子軍の第一線、一番乗りをやっているんだ」

「家やなにかどうする」

「なァに、軍人がいらァね。渡辺少佐だって、田中の禿ちゃんだって、みんなあたいの兄弟分だもの。家なんざァ、すぐ見つけてくれるんだよ」

「女の子をつれて行かないのか」

「おいッ、あたしは淫売屋の女将じゃァないんだぞ」

「なんだい」

「料理屋じゃないか。ほんとの女軍だよ。酒も肴も、第一線では弾丸だからね。わかるかお前」

女はだいぶ酔って来たらしい。

「おひやはないのかね。水ッ、おぶゥ」

「河へ行って飲んで来給え」

「よし、来給おう。ついでのことに、おしッこも捨てて来給うからね」

ふらふらと出て行ったが、しばらくすると涼しいような声で、

――しらせうれしくみちとせは……。

と、月に唄いながら帰って来た。

「さァキミ飲もう」

「まだ飲むのか」

「飲むとも――飲むや、うまざけ飲むほどにッてね。支那もロシアも、飲みとるほどに飲むならばアッとね」

ぐびりと飲んで、星川にコップを突き出して、

「お注ぎよ。あたしァなんだね、児玉のやつが、なぜもっと早く軍を進めないだろうかと、やきもきしてるんだよ。シベリアを取っちゃって、ロシアへ攻め込むときにゃ、このお姐さんは、みててみろ、ウラルの峠へ茶店を張ってやるんだから」

若い支那人は、犬のように、天幕の入口に据えてあ

る荷車の下で長くなって、鼾をかいていた。

同僚が殺されているのに、その殺した女の手から五円貰って、忠義な犬のように眠っている——どういう人種だろうか——星川はしみじみとして、支那人というものを考えてみる。

日本人だったらどうだろう。友だちが殺されて、こうやっていられるわけのものではない。

あかの他人が殺されていても、その二、三日は大騒ぎじゃないか、判らない気持の人種である。馬鹿ではない。下等な非文化人種でもないらしい。鋭いところは、日本人よりも鋭いし、チン公のような明敏な子をも産む。

こんな人種を相手に、若い小さい日本はこれからさき、どう国力を伸ばして行くことだろう。われわれ日本の青年は、どうしたらいいんだ。

「判らない」

と、つい声に出して呟いた星川の顔を、酔ってもイキイキと張りのいい眼に見据えて、女はコップにまた酒を注ぎながら、

「おまえさん、あたいの身の上が判らないんだろう」

「君の身の上なざ、どうだっていいが——しかし、日本にもそんな女がいるのかなァ」

「いるとも、あたりまえの女じゃないか。買い被っちゃ駄目だよ。いいかい、そのところが、かんじんだからね」

そう云って、女は砂の上へ肘枕《ひじまくら》をすると、すぐすやすやと寝入ってしまった。

## 児玉源太郎

明治三十八年二月下旬、わが精鋭の鉄蹄に、満洲の凍土もゆるみ、遠い蒙古の果《はて》から、万丈の黄砂が吹き捲くってくる季節となった頃、児玉総参謀長は、密かに川村鴨緑《おうりよっこう》江軍を、太子河の左岸へ前進させた。

——三月一日を期し、奉天総攻撃を行うべし——

大山元帥の命令だった。これは日露戦争の関ケ原だと、敵も味方も最後的な肚を固めてかかったのだ。日本軍はこの一戦をもって、敵の主力を鏖殺《おうさつ》し、また再挙の余地なからしめんとする悲愴な決心に立ち、敵軍も亦、殆ど我に倍する兵力と武器を恃《たの》み、過去連戦連敗の不名誉をここに償い、日本軍を殲滅《せんめつ》しつくして、満洲に一兵の影も残さしめずの意気を以て対抗してい

る。

川村軍は二月二十三日清河城《せいかじょう》を奇襲し、激戦二昼夜でこれを抜き、勢いに乗じて驀進《ばくしん》、三月一日には既に東北遙かに地塔《ちとう》-馬群林《ばぐんりん》の線に現れ、黒木第一軍の右翼に連絡して、奉天の大敵を東北の方角から圧倒しようとする形勢を見せた。

児玉の智謀が早くも、クロパトキンや、リニウィッチに勝ったのだ。敵は日本軍が正面攻撃をすてて、遠く東北の隅から殺到しようとは夢にも想わなかった。日本軍の主力東北にありと知って、急遽大兵をこの方面に移動させた。このとき児玉総参謀長は、最左翼にそれ迄待機していた乃木軍に、大迂回行動を起こさせていた。枚《ばい》を銜《ふく》み、靴音を忍んで乃木軍は、遠く二十里の東に奉天城を睨みつつ、三月一日には新民屯《しんみんとん》の線に就いて、奥第二軍と接触した。

鵬翼五十里、わが全軍は蹶起《けっき》鼓譟《こそう》して躍り出した。

その当時にあって、世界戦史の記録を破った五十里の戦線は、砲煙弾雨渦巻きかえり、しかも空は万丈の黄塵が押し包んで、勝敗分岐の判断がつかなくなってしまった。

日露両国の存亡を賭けたこの一戦。敵はまるで一連の砲塁のように動かなかった。そうして、侮り難い闘志を見せて、毎日猛攻撃をくりかえしてくる。

茫漠として捕えどころのないような大山総司令官は、東煙台の司令官室で居眠りばかりを日課としていた。たまに外へ出てくると、不眠不休の児玉に向って、

「児玉どん、きょうはいくさはごわせんか。鉄砲の音が聞えんことごわすな」

などと云う調子だった。元来、明朗将軍と云われた児玉大将だったが、大山元帥のこうした態度が、一層彼をして必勝へ向っての脳漿《のうしょう》を絞らした。

「ああ眠くなって来やがったぞ。わしはここらでちょいと新橋の夢でも見るかな、君たちも寝ろ寝ろ」

幕僚にそう云って、ベッドに潜り込んでも、その双眸は闇の中に、らんらんと輝き、不意に、

「××の橋は砲車が通れるか」

などと大きな声を出したりする。そんなとき、起きている幕僚が、

「はッ、何月何日完全修理できました」

なぞと言下に答えると、

「馬鹿、寝ろと云ったら、早く寝ないか」

と叱りつける。皆が深夜の睡りに入ると、児玉はひ

そかに起き出して、便所の裏の方へこそこそと出て行く。毎夜払暁の頃になると、それをやる。幕僚たちは、彼が何をしに出て行くかを知っていた。或とき一人の幕僚が彼を尾行してみたのだ。

児玉大将は便所の裏の小丘に登り、厳かに両手を合わせ、東天の曙光に拝し、敬虔に祈っているのであった。

七日の間は敵味方、獅子奮迅、龍攘虎《りゆうじようこ》搏《はく》の死闘乱戦だった。

川村、黒木、奥、野津、各軍の善戦猛迫はまったく鬼神も驚くばかりのすさまじさだった。そのために、八日になると遉《さすが》に頑強だった敵も、この方面では、どうやら退却の気配が見え出した。

しかるに、第二軍の第六聯隊（第三師団）は、李《り》官《かん》堡《ぽ》でかなりの打撃をうけ、その余波で第三軍右翼の後備旅団も、悪戦に陥った。

その夜十一時頃だった。第三軍参謀副長の河合操《かわいみさお》中佐に、総司令部の作戦部長松川少将から電話がかかって来た。

地図の上に鉛筆を投げ、遽《あわ》てて受話機を耳にあてると、その耳が、グワンと鳴るような怒声が爆発した。

「なにをぐずぐずしとるかッ、第三軍司令部はなぜそんな後方に居るんだ。そんなところにいて督戦出来ると思うとるのか、何という醜態だ」

「醜態とは何ですか。断じて醜態ではありません」

河合中佐は思わず、斬り返すような声をたてた。同時にハラハラと涙がこぼれ出た。

と、向うでは俄に声が変った。

「きさまは誰かッ」

という調子が、一層鋭く高く響いて来た。

「河合中佐であります」

「ウム、河合か、わしは児玉じゃ」

はッとした。総参謀長閣下が、急に電話口へ飛び出して来たのだ。

「きさまは退れッ、乃木を呼べ！　電話に出るように、乃木に伝えい」

烈しい、鋭い気合だった。苟《いやし》くも総参謀長が、直接電話などで、軍司令官を督戦するというようなことは、いまだ嘗て前例のないことだった。

旅順の苦戦このかた、戦塵に、風霜に、瘠せ枯れた乃木将軍の頬が、受話機の下でピクリピクリと痙攣しているのを、河合中佐以下の各幕僚は、剣を握りしめ、固唾《かたず》をのんで、じいっと見詰めていた。

「……うむ判った。よろしい、なに？　ああ屁か、心配するな、相変らず臭いやつをやっとる。あはははは」

それで電話を切った。乃木将軍の背後を取り囲んでいた一同は、妙な表情を見交した。

とたんに屁の話をして、笑いながら電話を切ったのだから、皆は肩すかしを喰った気持だった。

河合中佐が訊いた。

「総参謀長はどう云われたのですか」

「旅順の穴で嗅《か》がせたような、景気のいい臭い屁が出るかと、云い居ったぞ」

「………」

「当司令部は、いまから最前線に出る。みなもこの一戦に死んで呉れい、わしも死ぬる」

その夜から行動を起した。

第三軍全体の士気は、沈痛な軍令に、鉄牛の如く振起して、猛進をつづけた。ついに敵の左翼を圧し、その遙か後方に進出したためにあの大勝利の素因をつくったのであった。

軍旗三旒《りゅう》、砲四十八門の鹵獲《ろかく》、死傷六万、失踪三万、捕虜二万二千——という、実に胸のすくような皇軍の快勝だった。

世界列国は胆《きも》を潰して、我軍の武勇を賞讃し、銃後の日本国民は、寝食を忘れて狂喜乱舞した。

天皇陛下から児玉将軍に
——急ぎ帰京して、戦状を報告せよ——

との御諚が下った。

三月二十八日、参謀田中義一中佐と東大尉を随《したが》えた児玉大将は、ひそかに新橋駅頭に下車し、馬車を駆って直《ただち》に宮中へ向った。

宮中を退下した児玉将軍は、眼のうちを濡らしていた。

奉天大会戦の状況を具《つぶさ》に奏上して、世にも有難く、勿体なき御諚を頂き、それから、皇后陛下にも拝謁を賜わり、身にあまる優渥《ゆうあく》な令旨を拝受したのであった。

明治三十八年五月二十七日—二十八日。

わが東郷艦隊は、一挙にして敵のバルチック艦隊を撃滅してしまった。

日本海に砲声轟きわたること二日。やがて初夏の風が、たちこめた硝煙を吹き払ったあとに、バルチック艦隊はもはや、影も形もとどめなかった。

全世界は、はじめこの報道を、日本軍のデマ放送だと信じた。だが、それが、まったく疑う余地のない事実と知ったときの驚嘆は、異常なものであった。

六月九日、ルーズベルトは、ついに日露両国に向って和平斡旋の局に立つことを通信した。

その日の午後二時頃、伊藤侯は桂首相と寺内陸相と、小村《こむら》外相とを随えて、参謀本部へ山県《やまがた》侯を訪ねて来た。ルーズベルトの公文が来たことは、そのときまだどこへも発表されてはいなかったのだ。無論新聞号外も出ない。

伊藤侯は、山県侯以下軍最高部の面々を前にして、やや上気の態だった。例の太いシガーを悠然と燻《くゆ》らしながら中央の廻転椅子にふんぞり返って、

「諸君！　アメリカ大統領ルーズベルトが、ついに鳩をよこしたぞ」

と云って、会心の笑《えみ》をもらした。

「鳩？」

山県侯が訊き返すのと同時に、長岡少将は
「来ましたかッ」

と突ッ立った。

「諸君」

そこで伊藤侯は、ルーズベルトの公文電報を、自分で読みあげた。漢文を読むような妙なアクセントだった。そうして、またすぐにそれを訳読して聞かせた。

「そうか！　来たか」

山県侯は大きな息を吐いて、腕を拱《こまね》いた。

長岡少将は粛然としていた。この人としては、かねて児玉大将の肚を知っていた。

明治大帝は、小村外相に勅語を下賜あらせられた。

米国大統領ハ日露両国ノ交戦年ヲ累《かさ》ネテ未タ解ケサルヲ憂ヘ人道及ヒ平和ノ為ニ争ヲ輟《とど》ムルノ急ナルヲ想ヒ両国政府ニ対シテ互ニ全権ヲ簡派シ会同商議セシメンコトヲ勧告シタリ
朕ノ常ニ平和ニ眷々《けんけん》タルヲ以テシテ戦フノ已《や》ムヲ得サルニ至リタルハ固ヨリ朕カ素志ニ非ス　苟《いやしく》モ対手ノ融悟ニヨリテ干戈ヲ戢《おさ》ムルヲ得ハ何ノ慶《よろこび》カ焉《これ》ニ如《し》カン朕速カニ大統領ノ忠言ヲ納レ卿等ニ命シテ和議ヲ訂結スルノ任ニ膺《あた》ラシム卿等其レ専心従事平和ヲ永遠ニ恢復スルノ目的ヲ達センコトヲ努メヨ

こう云う御聖旨であった。

七月八日、重大な使命に覚悟をした小村全権は、雲霞のような国民大衆の歓送をうけて、新橋駅を出発し、横浜からミネソタ号に投じ、二十五日に紐育《ニューヨーク》に上陸し、八月八日ポーツマスへと乗り込んだのであった。

小村全権は、その出発にあたって、軍の首脳部に対し、サガレンを占領することは戦略上絶対に必要だから、急速に兵を出してくれ、ということを強くいって置いた。

このことは、児玉大将が帰って来たときに力説した意見と、一致しているのだ。しかるに「講和来」に気を抜いた山県参謀総長は、樺太出兵を中止してしまった。そうして、一部に提議されていた休戦説へ、耳を傾けて行きそうだった。

この気配を奉天にいて察知した児玉大将は、迅雷的に、爆弾のような長文電報を、大本営に打ち込んで来た。即ち

――講和談判が近きに開始されんとする今日、その談判進行中に処する計画は、既に策定せられあることを信ずれども、刻下における作戦方針は、講和談判をしてなるべく速かに且つ有利に結了せしむる如く策定せらるるを要す。換言すれば、絶対に休戦を拒絶し、彼の痛痒を感ずる所に勇進し、談判一日を遅延せば、一日だけの要求が重大となるの感を起さしむるを要す。このためにはサガレンに兵を進め、これを占領し、ウスリーに向っても前進をつづけ、また満洲軍も猶予なく前進し、出来得べくは、なお更に一大打撃を与うる如くすることは、甚だ緊要なりと信ず。敢《あえ》て卑見を具申す――。

というのであった。

謂わば、山県侯は、この電撃によって、児玉大将から一喝を喰ったわけなのだ。

山県侯は活を入れられて振起した。

北韓軍は、猛然活動を起し、鏡城《きょうじょう》を抜き、輸城《ゆじょう》を奪って進み、一方樺太遠征軍は、コルサコフを占領し、三日の後には、樺太の南半分を掃討し、更に進んで七月二十四日には、アレキサンドロフスクを占領し、サガレン軍務知事リヤプノフを降服させてしまった。

これに策応する如く、満洲軍も大進撃が近づいたかの暗示を敵に与えるような行動をして、講和談判などには全然無関心の態度を見せていた。

その頃のわが満洲軍総司令部は、奉天城内の東三省政府財務部庁舎にあった。

児玉大将は、自分の室で詩を推敲していた。七月中旬のある日の夜半だった。

百度を越えた昼の暑さにひきかえて、満洲の夜は冷々とした涼しさだった。

死屍幾万埋山河　乱後村童売野花
春去秋来功未就　沙場二歳不知家

紙片にそうした詩を書いて、口吟しながら、頻りに頭を捻っていた。

そこへ台湾から手紙が来た。

台湾の民政長官後藤新平《ごとうしんぺい》からの手紙であった。戦前児玉大将は台湾総督だったのだ。

非常に長い手紙だった。手紙――というよりは、むしろ部厚い意見書だった。

その内容は――すべてを失っても、満洲の鉄道だけは絶対に握らなくてはならぬ。握った鉄道はその経営方法が重大な問題となるが、これはイギリスの東印度会社の機構と運営に学ぶべきであろう。次に、炭礦権の取得と、それの開発、それから移民策――と、そんなことだった。

「ふむ！　やっぱり……後藤だ」

児玉大将は独り呟き、独り頷いて、ペンを執りあげた。

――スグコイ、マンシュウグンイモントシテ、ウマイバナナヲモチ、シキュウキカノライマンヲマツ――

そういう風な、妙な電文を草して、卓上のベルを押した。

後藤台湾民政長官は、白のヘルメットに巻ゲートルという、まるで土方の親方然たる身装で、バナナ、パパイヤ、マンゴー、パイナップルなど、台湾土産を満載した軍用列車で、奉天へ乗り込んで来た。

「やァ、よく来てくれた」

「お痩せになりましたね、閣下」

そういって固く手を握り合った二人は、普通の上官と次官の関係ではなく、親と子のような情景を描き出していた。

児玉台湾総督に、その不在中の政情報告を兼ねての皇軍慰問――というのが、後藤新平来満の表面の理由だったが、児玉大将はすぐその翌日から後藤をして、占領地区内のあらゆる要点を入念に視察させた。

鉄嶺《てつれい》―開原《かいげん》―昌図《しょうと》。昌図の大鉄橋は敗退する露軍のために爆破されていたので、後藤は、修理班のトロッコに乗ったり、歩いたりして、そのあたりを視て廻った。

奉天―安東の間も、例のいのちがけの軍用軽便鉄道で往復した。奉天―新民屯《しんみんとん》。煙台《えんたい》の炭坑線、営口、大連の港湾施設。

東西南北二十日ばかりの間に、すっかり灼陽けのした黒い顔で、後藤が奉天城内の軍司令部へ帰って来た。

「ごくろうであった。そこで、君の結論は、どういうことになるかな」

野戦料理で慰労しながら、児玉大将は熱心に耳を傾けるのだ。

「まず小村さんが、完全に、わが占領地域内の鉄道を獲得して下さることが前提条件ですが、これが取れるものとしてですね、この南満洲線と、それからロシアの東清鉄道《とうしんてつどう》との円満連絡が必要だと思います」

「というのは、どういう……」

「もし東清鉄道と、これがうまく連絡して、大連へ――或いは安奉線《あんぽうせん》と朝鮮鉄道を経て、日本内地の鉄道に接続することによって、この満洲の鉄道が欧亜を貫く大公道となるのでなかったら、折角小村さんにぶン奪って頂いても、南満線はただ一筋の死線に過ぎない性質なものと思います」

「うむ、それはそうだ」

児玉大将は強く頷いた。

「それから、この南満線に活を入れるもう一つの案は、現在新民屯《しんみんとん》まで来ている支那側の京奉《けいほう》鉄道を、どうあっても南満線のここの奉天駅に敷き込んで、運輸圏を北支、満洲一丸とするのですな」

「うむ、なるほど」

「ロシアが予定線としていたそうですが、長春《ちょうしゅん》と吉林《きつりん》間の線です。これを朝鮮北部の海岸に引き伸ばして浦塩《ウラジオ》港に対抗させ、将来は欧亜の客も、全満洲、シベリア方面の物資も、すべて日本人経営の鉄道で独占しなくてはなりません。それから満洲は農業の国です。どう見ても、どう考えても。そこで、これが開発はアメリカ式の大農法で、日本人をまず今後十年間に百万人ぐらい移民させて行うのです」

「ふむ……」

「天然資源を探すために、大きな調査機関と中央試験所を設立することも、急務としなくてはなりません。そうしてこれらの案は、軍や民政でやっては、とうてい駄目です。どうあってもイギリスの東印度会社式にやるのですな」
「うむ、それは君のいつかの手紙によって、吾輩大いに感心しとるのじゃ」
「そのほか、名案は山の如しですが、とても戦後の貧窶窮々たる日本財力を考えますと、これは痴人の夢としきゃ聞いて貰えますまいから、敢て申し上げません」
後藤はそう云って、はははと笑うのであった。

## 小村寿太郎《こむらじゆたろう》

明治三十八年九月三日附の国民新聞に、次のようなトップ記事が大きな標題で掲載せられた。

――米国紳商の来遊――米国ユニオン太平洋鉄道会社及び太平洋郵船会社の大株主にして社長なるイー・エッチ・ハリマン氏は家族及び社員数名を伴い、東西両洋汽船会社支配人ジューエン氏と共に、八月三十一日横浜入港のサイベリア号にて来着し、二日午後五時二十分新橋着特別列車にて入京したり、ハリマン氏は米国商業界、金融界に於ける大立物にして、本邦に対しては年来非常の好情を有し、先般の外債成立に就いては氏の力与《あずか》って多きに拠るのみならず、将来場合によりては大いに日本に投資せんとの希望を有し居ると伝えらる。されば、有力なる本邦実業家は深く氏の来遊を喜び、二日入京の際の如き、松尾日本銀行総裁は氏のために特別列車を仕立てて貴客歓迎の誠を致したる次第にて、本邦鉄道界その他各実業界の調査及び観光については、十分に氏等一行を満足せしめんと、其等の手筈既に遺憾なく整い居る由――

それから三日後の、九月六日附東京日日新聞の記事にも、次のような報道が載っている。

――米国公使館のハリマン氏歓迎会――米国公使グリスカム氏、同夫人は今度来遊したる米国富豪ハリマン及び同氏令嬢の一行を歓迎せんが為め、一昨夜七時半より同公使館に於て晩餐会を催し陪賓として伊藤侯、井上伯、桂伯、田中子、曾禰《そね》蔵相、大浦逓相、珍田外務次官、同夫人、松尾日本銀行総裁、添田寿一氏、韓国外交顧問スチーブンス氏、其他在留同国人等を招きたる由――。

当時の日本が一外客を迎えるにしては、何か意味ありげな、大変なセンセーションなのだった。

ハリマンという人物は、国民新聞の記事にある如く、ユニオン・パシフィック・レールロード・カンパニーと、パシフィック・メール・スチームシップ・カンパニーの大株主であると同時に社長であり、世界的な運輸交通業者なのだが、その日本来遊の表面理由は、娘をつれての日本見物ということだった。

しかしその肚の裡は、米国の資本家を代表し、ルーズベルト大統領の内意をも含んで、日本が戦争によって収獲するであろうところの一ばん大きな意義のある代償、即ち東清鉄道南満洲支線を買い取ろうと云うのであった。花の如き令嬢は、その目的を包む偽装に用いられているのだった。

松岡洋右《まつおかようすけ》氏をして、当時のハリマンの肚を語らすと、こう云う。

――この世界的な鉄道王自身にも、途方もなく大きな夢があった。それは、アメリカ大陸をば、グレート・ノーザンで横断し、太平洋はグレート・ノーザン系のパシフィック・メール汽船会社の船で乗り切り、まず日本を訪れ、満洲に渡り、満鉄を握り、シベリア鉄道を手に入れ、ヨーロッパの、どの線かをも手中に納め、ずっと自分の汽車で欧亜の大陸を越え、再び自分の船で、今度は大西洋を横断して帰る、という豪壮雄大な夢だ。さすが、グレート・ノーザン社長の夢らしいではないか――。

或いはそんな夢を抱いて来たハリマンだったかも知れない。

しかも、これは決して痴人の夢ではなさそうだった。大ハリマンが一生の大事業として打ち込んでやるならば、必ずしも実現不可能の文字通りの夢として終るべきものではないのであった。

この満鉄を買いに来た男を、桂首相は、国賓として待遇し、大歓迎会を開いたのであった。

伊藤侯も、井上伯も、ポーツマスの講和会議に大任を負うて出馬することを、極力辞退した。どう考えても自信が持てなかったのだ。

誰だって、日本の国力の限度を知っているのだ。もし、このポーツマス条約が不調、決裂に了ったとしたら、相当の難局に日本を陥れることになるのを、怖れたからだ。

日本としては、すでに二十億の戦費を空しくし、兵力も相当な損失を蒙っている。これをもって戦い続けるとして更に十億の戦費を要する。その十億はさて措き、日本の現状として、五億の算段も出来かねる状態だった。何しろ、国富そのものが百二十億位に計算されていた日本だった。

どうあっても、ここで講和の実をあげて来なくては、日本帝国の明日は、相当苦難に陥ることはすこし政治に心のあるものならば、誰しも考えていないものはないのであった。

しかも、元老と閣僚たちの間で慎重熟議の上、上奏して御裁可をうけている講和条件というものは、だいたい次のような性質のものだった。

——日露交戦の目的は、満韓の保全を維持し極東平和を確立するにあり。若しこの目的を達せずんば他日再び満韓に於て露国の侵迫を蒙るを免れず。故に左の条件は絶対に必要とするものなり。
（一）韓国を全くわが自由処分に委することを約せしむべし。
（二）露国をして一定の期限内に同地より軍隊を撤退せしむ可し。
（三）遼東半島租借権と、東清鉄道支線とを我れに収め、以て将来の禍根を杜絶す可し。
右は戦争の目的を達し、帝国の地位を永遠に保障するの絶対要件なるを以て、帝国政府は飽くまでこれが貫徹を期すべきこと。

次に戦争に附帯して生じ、若くは我が利権拡張の為に要する条件にして、努めてそれが貫徹を図るべきもの左の如し。
（一）軍費を賠償せしむること。
（二）戦闘の結果、中立港に奔竄《ほんざん》せる露国艦艇を交付せしむる事。
（三）薩哈嗹《サガレン》及び其の附近諸島を割譲せしむること。
（四）沿海州沿岸に於ける漁業権を取得すること。
負けたと云っても、なお捲土重来の余裕ある敵に向って、勝つには勝ったものの経済的に恵まれない国力をバックに、これだけの条件を談判によって収獲する自信のあるものが、当時の日本朝野に、ただの一人居なかったのである。

ついに、小村寿太郎は、身《み》外務大臣の重職にありながら、君命をうけ、悲痛なる決心をもって、病軀を挺し、医薬を携えて、この難局に乗り出して行ったのである。

果して小村全権は、日本帝国の運命を双肩にして、遠く使し、君命を辱しめたであったろうか。

ロシアは開国このかたいまだかって、絶対に賠償金を敵国に払ったことのない国であり、それを国是としている。

もし、日本が賠償、一条をもって譲らなかったら、しかたがない、残念ながらもう一度決戦するも辞せずと、ウィッテは放言して、議場を去ろうとするのだった。

日本の現状をよく知っていた小村は、賠償金の件と薩哈嗹全部割譲は諦めたのであったが、全局から見て、小村全権は、予期にまさる結果を贏《か》ち得たのであった。決して君命を辱しめはしなかった。

明治三十八年九月五日。明快に霽れ渡った東京の空を、残暑の太陽が朝から灼きつけていた。

群衆は悲痛な表情で、この明るい空の下を黒雲のように、日比谷公園へと殺到しているのだ。

ポーツマスで、小村は日本の恥を晒した。忍ぶべからざる屈辱的降服的講和である、と云う憤懣に、国家の大策を識らず、ただ巨きな犠牲に興奮した国民の感情が、爆発したのであった。

この爆発に更に油を注ぎ、風を添えて煽りたてたものが例の党利・党略をことととして国利民福を思わざる政党者流だった。

こうして日比谷公園に旌旗《せいき》を翻えした国民大会は、怒濤のような民衆の声援に支持された。河野広中が座長に推され、その司会のもとに、代議士と壮士が交々演壇に飛び上って、激越を極めた怒吼を叩きつけた。嵐のような何万人の雷同であった。

――満洲の皇軍に打電すべき決議文――吾人は挙国一致、必ず屈辱条約を破毀せんことを期す。吾人は我が出征軍が、驀然奮進、以て敵軍を粉砕せんことを熱望す――。

――枢密顧問官に手交すべき決議案――今日の事復《また》言うに忍びざるなり。吾人は枢密顧問官諸氏が、最後の一断を以て日露和約批准の拒絶を奏上し、国家を一大危急より救い出されんことを熱望す――。

河野座長は朗々たる音声で、以上二つの決議文を読みあげ、潮のような大衆は、万歳を絶叫してこれを可決した。

大会を終った群衆は、そのまま洪水のように移動し、暴徒化して行った。そこでも、ここでも警官隊と大衝突を起しながら、内務大臣官舎を襲撃した。

何千の警官は悉く抜剣した。民衆の武器は、投石、竹槍と、ステッキと、日本刀と、拳銃と――あらゆる兇器だった。こうして、到るところの交番に放火し、その火が民家に延焼した。

ついに東京全市に渉る騒擾《そうじょう》が展開され、民衆と警官との双方に、重傷者を出す惨状をもって日が暮れた。

その夜、桂首相官邸は、煌々たる灯の色が窓外に洩れていた。アメリカの鉄道王ハリマンの歓迎晩餐会が開かれているのだった。

そこへ狂躁の一団が殺到した。怒罵の疾呼《しっこ》は津浪の如く、布片に石油を浸ませて火をつけた物は怪鳥の如くに飛びちがった。急霰のような投石は、忽ちにして窓硝子を打ち破った。

剣光と銃声と――警官隊の囲みは、瞬間に踏み潰された。

華やかな宴会場は恐怖の谷間と化し、元老、閣僚を始め朝野の貴顕紳士、淑女の賠賓は、みな草のように慄えた。

内相官舎はすっかり焼け落ちた。三田の首相私邸も、いま旺《さかん》に襲撃されている。小村外相官邸も修羅場と化している。

そうした飛報の前に、色を失い度を失った主催者たちは、まず国賓ハリマンとその令嬢をここからどこへ安全に避難させるべきかに迷った。

ハリマン一行の宿所帝国ホテルは、騒擾の基地である日比谷公園の前、火の海となっている内相官舎の隣なのだ。

ついに軍隊が出動した。

東京市とその近接五郡に戒厳令が布《し》かれた。新聞、雑誌は停刊させられた。

騒擾は翌六日につづいた。百六十九カ所の交番が焼打ちされ、民家が四十何戸類焼し、民衆の死傷するもの六百余、警官の犠牲五百、拘引された暴徒の数は一千を超えた。

ハリマンは、その後二日ばかり病床に倒れていた。彼は生れて初めて、かくの如き怖ろしい経験をしたのであった。

日本人という慓悍《ひょうかん》な国民の、あの夜の罵声を想い出すといまでも頓《とみ》に食欲が無くなる――

と、その後もよく述懐していたというくらいに、彼のそのときの傷心ぶりだった。

ともかく、こんな気味の悪い人間の国は、一日も早く帰るに如かずと決心し、急遽交渉を進め、伊藤、井上、桂、その他の巨頭を動かして、南満洲鉄道と、それに附随した利権の譲り渡しを契約させ、桂首相が与えたその予備覚書をポケットに、慌てて日本を立ち去った。

桂、ハリマンの間に取り交された「予備覚書」というものの内容は、次のようなものだった。

――南満洲鉄道及び附属炭坑経営の為め、一の日米シンジケートを組織し、鉄道及び炭坑その他一切の附属財産に対しては、日米両当事者に於て共同且つ均等の所有権を有すべく、シンジケートにおける代表権及び管理権も亦日米均等たるべく、更に満洲に於ける諸般の企業に対しても、原則として日米均等の権利たるべし――

明治三十八年十月十六日、横浜埠頭に瀟々《しょうしょう》たる秋の雨が煙っていた。

サイベリア号は日本の山に汽笛を残して出帆した。

その船に、虎口を逃れる思いのハリマンが乗っていた。

サイベリア号と、観音岬ですれちがって、エム・インディア号が、日本の秋雨に煙る山々へ汽笛を響かせながら、横浜に入港した。

その船に、虎口へ帰る思いの小村全権が乗っていた。

あらゆる悪評と、非難を乗せているだろうと想われる幾つものランチが、エム・インディア号へ、矢のように駛《はし》って来た。

その中から、ダービー帽を阿弥陀に被った外務省の山座局長（円次郎）が、タラップを悠々と昇って来た。

ケビンのベッドに、小村はまだ独りで、じっと横になっていた。

「悪いですか、軀《からだ》加減」

「うむ」

これが、大臣とその腹心たる局長との挨拶だった。

山座は小村と一緒にポーツマスに在って、共に惨苦したのだが、日本内地の情勢が、講和条約不満のため険悪化し、小村が帰って来たら、横浜埠頭にこれを刺し、もって御批准を拒み奉ろうとする計画があるというので、山座の思いつきで、その条文をもって、山座だけが一足先に帰って来たのだった。

じいっと、二人は眼を見合ったまま、しばらく黙っていた。

「領海外はいい天気だったが、日本は荒れているね」

「はァ、相当の悪気流です」

「偉いなァ、日本の国民は、僕は心の底から、たのもしいと思った」

「と仰有ると?」

「意気さ。知らざるものに罪はない。焼打したり、僕を殺そうとしたりする意気。この意気が、非力な相撲に勝ったのだ」

豪傑と云われた山座が、顔を歪めて、じっとうつむいてしまった。

山座は、小村全権に病状を訊き、その見舞いを述べることを忘れるほど、亢奮していた。

小村はポーツマスで、連日の悪戦苦闘中に倒れたのであった。平素からあまり健康ではなかったのが、出発直前には、よほど悪化した病勢だった。それを押して重大なる使命に登場したため、ついに病床の人となったのである。

エム・インディア号の船室にいる小村の、短軀瘦身、鼠のように尖った顔は、痛々しい迄に蒼く、乾いた土のように涸れているのだが、山座はそんなことに気がつかぬ程の憤怒を抱いて来たのだ。

いきなり、怒鳴りつけるように云った。

「桂首相や元老たちは、あなたがポーツマスで戦い取られた戦果を、売って終いました」

「なにッ」

貧弱な顔の中で、鼠の眼がきらりと閃光を発した。

「ハリマンが来ていたのです。アメリカの例の鉄道王です。グレート・ノーザンの社長ハリマンが来て、きょうこの横浜を発って行ったです」

「それが? どうしたと云うのですか」

「ハリマンは、まるで国賓待遇をうけましてね、要するに日本がこんど取得した満洲の鉄道全線と、それに附属した利権とを買いに来たのです。それを、伊藤、井上はじめ、政府首脳部も、民間の財閥も、まるで福の神が舞い込んだような騒ぎで歓迎し、とうとう、添田興業銀行総裁の肝煎りで首相は、覚書を交換したのです」

「馬鹿ッ」

豪傑型の山座が、ぎくりとして一歩退った。

それほどにも猛烈な怒罵を爆発させて小村は、蒼白い焔のようにベッドから突っ立ち上った。

「なんという馬鹿なことをするか」

噛みつくような調子は、まるで山座が叱られているようだった。

「まったく、馬鹿の骨頂です。心外に堪えんのです。元老や大臣どもは、だいたいこんなふうに考えているらしいです。つまり――

満洲鉄道は、とうてい日本の手で経営は出来ん、ロシアはその大きな国力で、利害採算を度外視して、あの鉄道を敷いたので、毎年莫大な欠損補塡を予算に計上して居るではないか。

児玉などは軍人で、経済的な頭を持たんから、満洲鉄道を東印度会社のように経営する、なぞと空論を吐いて居るが、戦後の日本には、経済的にも、人材的にも、また技術的にも、そんな途方もない夢を実現さす国力というものはありはせんのだ。

――そういった考え方をしているんです――」

小村は静かに、椅子へ腰をおろしたが、その炯々《けいけい》たる眼光は、いつまでも、じいっと、山座の眼を射つづけていたが、急に悲痛な表情に変り、腕を組んで、前半身を乗り出すように、山座の顔を覗き込んだ。

「いや、そういう、何か変事がありはせぬか、という予感がしてならなかったものだから、病気を押して帰りを急いだのだ。ところで、その覚書というものの内容は？」

「それが、満洲の鉄道と、その附属事業の折半と、そのほか鉄道関係、炭坑採掘権、またその他のあらゆる企業を、日米平等の利権として、これをハリマンとそのシンジケートに売却するというのです」

「ふむ！」

小村はじっと顔を伏せて、しばらく黙っていた。

――大臣は、肚の中で泣いて居られる――

そう感じて、山座も、じっと眼を伏せた。扉にノックの音がした。

「それは断然、破毀させるぞ」

そう云って小村が起ち上った。

その翌朝である。蒼く澄み切った日本の秋に、大内山の松の翠が鮮かだった。

龍顔ことのほか御うるわしく、明治大帝はこの、ポーツマスの辛惨労苦を骨に刻み、癒えやらぬ病軀を押し、国民の罵詈を面上に浴びつつ、大任を果して故国の土を踏んだ重臣に対して、感激その身に余る有難い御言葉を賜わった。

天恩に感泣する小村寿太郎を乗せた馬車は、宮城からすぐに、桂首相の官邸に向った。

小村はその日の朝、参内する前にもう、緊急閣議を要請していたのであった。

各閣僚は全員揃っていた。

小村は桂首相の真正面の席に着いた。挨拶がすむと、単刀直入、いきなり首相に迫って行った。斬りつける語気だった。

「あなたは、ハリマンという男に、どんな約束をなされましたか」

「うむ、それについて、あんたに先ず報告しなければならんのだ」

すでに桂首相は、鋭い太刀さきをうけそこなった容《かたち》だった。

曾禰《そね》蔵相が、助太刀に出て、ざっと、ハリマンとの交渉顚末を説明した。

沈痛極まる態度で、じっと桂首相の顔を睨み据えていた小村は、だっと床を蹴って起ち上った。小さな痩せ枯れた体の、どこにこんな力が潜んでいるかと想われる気魄と声量が迸《ほとばし》った。

「こんな間違いがあるのではないかと、頻りに懸念されたから、急に退院して帰って来たのです。ハリマンに関する一切の契約は、この際直《ただち》に、断乎として破棄なさい。私は、実は、悲憤と申そうか――残念に堪えません」

桂首相が、サッと顔色を変えた。

全員の視線が、小村の鼠の顔に集中している。

「断じて破棄あるのみだ」

小村は重ねて、怒号するようにいって、更に励声《れいせい》し、

「露国の、わが日本に対する満洲鉄道とその附属事業及び利権というものは、そもそも清国の同意をまって、はじめてその譲渡に効力が発生するのですぞ！　日本政府として、清国と交渉する以前に、ハリマンであろうが、何者であろうが、第三者とそうした契約を結ぶというような、そんな法的根拠がぜんたいどこにありますか」

「うむ」

桂首相が唸るような声を洩らした。

「そんな形式論は別としてもです、同胞が流血の犠牲と、消え去った二十億の国帑《こくど》とによって、漸く贏《か》ち得たところの、あの鉄道を米国に売って、満洲を外国の侵略に任せ、外国資本の修羅場と化し去るようなことを、わが国民が、よく黙って忍んでくれると、お考えになりますか」

いつもの小村とは、全く別人の観だった。低声に、決して多くを語らぬ、謹厳そのものの小村だったが、それが、いまは烈々たる気を吐いて、満場を叱責して

いるのだった。

「首相！　どうあっても、ハリマンとの約束を破るわけに行かないと仰言るのでしたら、不肖は遺憾ながら骸骨を乞い奉って、所信を国民に訴えなければなりません。今度の戦争によって、日本は何を得たとお思いです。殆ど何も得てはいない。北海の漁業権、南半分のサガレンは別として満洲では、たった一つ、この鉄道を取っただけだ。これをすら外国に売ったあとは、上御《かみ》一人に何をもって応え奉り、何の顔《かんば》せあって国民に見《まみ》えんとするのです」

誰も、一語を発するものがなかった。皆粛然と、襟を正しうするだけで、頭を垂れていた。

南満洲鉄道をポケットに納めて得意のハリマンは、昂然として太平洋を渡った。

その船がサンフランシスコに着いて、ハリマンが自分の船室で上陸の支度をしているところへ、秘書が、日本領事上野季三郎の来訪を通じて来た。

「サンフランシスコ駐在の領事かね」

「そうです。面会したいそうです」

「挨拶しに来たのだろう、本国政府の命令でね」

「多分、そうでしょう、サロンの読書室に待たせてありますから」

「うむ、すぐ行く」

サロンの読書室では、日本領事が小造りな体軀を硬直させて立っていた。

その黄色い顔に、無理からつくった日本式微笑を浮べ、かなり流暢な英語で、自分の官姓名を名乗り、遠路旅行の見舞いを述べたあとで、すぐつづけて、

「実は、私の国の外務大臣小村寿太郎から、貴下に伝達してくれるようにといって、こんな電報が参っています。どうか御披見願います」

といって、丁寧に一通の電報を差し出すのであった。

「ああそう」

なにげなく受取って、それを拡げた。とたんに、さっとハリマンの表情が歪んだ。不機嫌な渋面に変った。

上野日本領事は、異常に緊張した態度で、じっとハリマンの顔を見詰め、次の瞬間に爆発する相手の激怒を期待しているらしい顔つきをしていた。彼は、その電文の内容がどんなものだかを知っていた。

――日本政府は、一九〇五年十月十二日附覚書の件につき、なお一層の調査と研究を必要とするが故に、本件に関し委細交渉をなすに到るまで、当該覚書を未

決と信ぜられんことを、貴下に対し要求す――

――それが電文の内容だった。

昂然として得意だったハリマンの胸の中を、寒い風が吹き抜けたとでも云おうか。

愕きと、失望と、憤慨と――ハリマンの顔は充血し、電報を鷲摑みにした手が、わなわなと慄えて来た。

歯を喰い縛って、一生懸命に紳士としての態度を崩すまいとしているハリマンの努力を、上野領事は正視するに忍びなかった。

「では、私はこれで失礼します」

上野領事は別れの挨拶をした。

「日本のこの重大なる不信に、余は答える言葉を知らない。さようなら」

ハリマンはそう云って、自分から先に室を出て行った。

ニューヨークへ着くと、そこにはまた、日本の添田興業銀行総裁からの、非常に長文な陳謝の電報がハリマンを待っていた。

翌年、一月十五日附で、更に日本の首相桂太郎からの電報を、彼は受取った。

――小村男爵は、日清満洲善後条約の締結を了え、一月一日帰朝したが、露国に対する原特許に準拠し、南満洲鉄道は、日本及び支那人のみを株主とする会社により経営さるることを必要とするものである。従って一九〇五年十月十二日附覚書を基礎としては、如何なる協定をもなすこと不能にして、ここに同覚書の無効を要求するに到りたることを甚だ遺憾とす――

こうした意味の電報だった。

米国朝野の輿論は、日本の不信に激発し、ルーズベルトは、直《ただち》に、もう一度日本に行けと、ハリマンに勧めた。しかし、ハリマンはもはや動こうとはしなかった。そうして、ただ一言、ルーズベルトに、こう云った。

「日本人は、自分の都市を焼き打ちする人種です」

## 西園寺《さいおんじ》公望《きんもち》

明治三十九年の五月、満洲は大戦後最初の春である。見はるかす茫漠の大陸に、紗のような霞が流れ、アカシア、ニレ、ヤナギなどの新緑が、墨絵の淡彩に煙って、百里鶏犬を聞かずといった長閑《のど》けさだが、此年の春は、花も草も、新緑も、すべては、兵士たちの血から萌えているのだった。まだ一年経たぬ戦争のなごりは、そこにも、ここにも、そのままに眺められた。

　壊れた家や、塀や、橋脚、焼骸の砲車や、汽車。青草に埋もれかけた敵兵の帽や、剣や、白骨など……。風　腥《なまぐさ》し新戦場の感じは、到るところに深かった。

　腥い曠野の春を截って、南から北へ進む野戦列車の中に、日本の総理大臣西園寺公望侯の一行が乗り込んでいて、各自に地図を拡げ、熱心な眼つきで、窓外の風物を視察しているのだった。

　日本の内閣は、前年の十二月も押し詰ったとき、急に、桂から西園寺に代ったのであった。

　聡明敏達の貴公子宰相西園寺侯は、施政の第一にして、最大なるものを満洲経営と韓国の処理に置き、韓国へは、枢府から伊藤博文を派遣し、自分は私《ひそ》かに準備をして、急遽非公式満洲行を決行した。

　その決意を促進させたものは、凱旋将軍児玉源太郎大将だった。

　正式に満洲派遣を政府から命じられたものは、大蔵次官若槻礼次郎《わかつきれいじろう》だった。

「御用有之《これあり》満洲へ被差遣《さしつかわさる》」

の辞令をうけた若槻に、こっそり随行しろと、児玉が西園寺に勧めたのだ。

　宰相の海外旅行は前例もなし、第一、翼賛の責《せめ》を懈《け》怠《たい》するものだという反対が、かなり烈しかったのを押し切り、おまけに、山座外務政務局長、酒匂農商務農務局長、野村鉄道局建設部長という一癖ある巨物揃いのスタッフで、おまけに、正使の若槻が、その実は随員以外の何ものでもなかったのだ。

　満洲のほんとうの姿を摑み、如何に建設し、如何に経営するかを、実地に研究しようとして、各々その道の権威を引き具し、一国の首相自ら陣頭に馬を進める視察旅行だったのだから、清国政府としては意外な日本の腰の入れかたに、大いに驚き、怖れ、また反感をもったのであった。

　一行は奉天へと乗り込んで来た。そのとき奉天城にいた清国の奉天省総督は趙爾巽《ちょうじそん》将軍だった。趙爾巽は人格の高い大人だったが、その下にいる財政部長の史《し》稔祖《ねんそ》という男は、とても一筋縄では行かぬ硬骨な人物だった。

　趙は曾《かつ》ては、この史稔祖の下僚だったこともあり、その力量には絶対の信頼を措いていたから、自分が奉天省総督に赴任すると同時に、山西省にいた史稔祖を招聘した。

史はまた非常な財政通だったので、着任早速、戦勝国日本の軍票征伐にとりかかった。

満洲の当時の通貨は、日本軍票を引当てに、ロシアのルーブル紙幣に替えていた。軍票は八千万円発行し、そのうちの一千五百万円を朝鮮に、その他の大部分は満洲に流通させて、ルーブルを駆逐しているところだった。

史はいきなり、この通貨状態の中で、日本に無断で、奉天票を発行したものだった。

まず十銭と五銭の小紙幣を発行して、日本の通貨政策を混惑させせようと試みたのだ。

奉天の日本軍政署長小山中佐が、赫怒《かくど》して史を呼びつけた。

史と小山中佐は、二時間半も、卓も叩いて激論したということだったが、趙が日本へ謝罪して、この問題は、漸く無事に解決した。

それほどの史稔祖である。

一行は奉天に着くと、すぐに城内へ趙総督を訪問して、一通りの儀礼をつくしたあとで、大いに盛宴を張って、支那官民の人心を収攬《しゅうらん》しようとした。


ところが、問題は財政部長の史稔祖だった。軍でも領事館でも、史稔祖は招待に応じないだろうとの意見だった。

ロシアが横暴の限りを尽している時代にすら、史稔祖だけは、その如何なる人の、どんな招宴にも、頑として出席しなかったし、また戦勝の武勲赫々たるわが軍が、滞陣中に張った盛宴にも、彼だけはどうしても列席しなかった硬骨漢だからと云うのだった。

「しかし、私が呼んだら来ます。趙も史も渋々ながらでも来ます」

風雅な貴公子陶庵侯は、見かけによらぬ固い心臓の持主だった。

ロシアの紅毛軍人や政治家はもとより、日本の部将たちも、趙爾巽や史稔祖の人物、教養と云ったものの程度を知らなかった。

この両人は、清朝の名だたる名門重臣であるのみならず、支那にあっては当時、その碩学《せきがく》一世に識られた文章の士だった。

わが陶庵侯は、そのことをよく知っていたので、招待状には、自ら筆を執って、宛名に先生と書き、また状文の中に、彼等の著作や詩の章句を挿入して、多年先生の風雅と学説に私淑している、といった意味の文句を加えたのであった。そうして、この両人を初め、支那側の人々を全部主賓とし、日本側の軍人や役人は、どんな首脳部も悉くこれを陪客とした。

果然、薬は効いた。

趙爾巽も史稔祖も、車を連ねてやって来た。

西園寺侯は、開宴に先だち、山座と若槻に何か一つの註文を囁いた。

両人とも、会心の笑をうかべて快諾し、盛宴は幕をあけることとなった。

ところで、問題の史稔祖の席は、故意に、若槻と山座の席に挟まれているのだった。

若槻礼次郎、山座円次郎——この両人が、当時日本財界、官界、切っての大酒豪であることは、日本においてかくれもなき事実だったが、史稔祖先生亦、当代支那の酒仙と謳われたものだった。

西園寺侯は、そんなことまで心得ていたらしい。さて、物凄い酒戦が始まる。

史稔祖は、西園寺首相の文学的教養に就いて、いろいろと両人に質問する。

ところが、この両人、文学にはあまり、酒ほどの造詣も自信もない。何か訊かれると、ごまかしては酒ばかり飲む。

「いきなり、大帝国日本の首相閣下が、われわれの役所へ挨拶に見えたのには恐縮しました。やはり日本は君子の国柄であります」

史稔祖には、このことがよほどの好印象だったらしい。この急所を外す山座ではない。

「その意味において乾盃しましょう」

と云って、大きな水飲みグラスに紹興酒をなみなみと注がせてプロジットした。

「私もその意味で……」

若槻も、おくれてなるものかと追撃する。

史稔祖は既に陶然となって、

「あなた方が、揃いも揃って、秀才であり、酒豪であることは、何という嬉しいことでありましょう」

などと云いながら盃を措くと、

「その意味で乾盃！」

「知己を大清国に獲たる意味で祝盃を！」

と両方から攻めたてる。

西園寺首相は、お上品な大宮びとだから、あまり飲み食いはしない。おまけにその頃糖尿病の気味で……

と、ことわって、東京から持参した平野水を、ちびちび甜めながらいかにも高貴な大宰相然と構えて、高士の風ある趙爾巽と、専ら筆や墨の話を交しているのだったが、一方、若槻—山座対史稔祖の盃戦は、さすが長夜の宴に慣れた支那人たちをしても、すこし心配させるに到ったほどの乱闘を展開していた。

「兄弟分だ」

「そうだ、兄弟だ」

などと、三人肩を抱き合ったりしたが、泰山はついに崩れて、硬骨をもって鳴る史稔祖の頸の骨が、だらりと前へ曲って来た。

山座豪傑も、半眼を開いたり、閉じたりして、頻りに睡魔と戦うの苦戦に陥っていた。

このとき、俄然若槻が起ち上って、大きな声で、

——日清提携、共存共栄の財政経済政策につきまして一言——

と、むずかしい数字を並べて、演説をはじめたのには、史稔祖も、完全に兜を脱いだかたちだった。しかるに、若槻が一席やってのけて座に着くと、鼾《いびき》を掻いていた山座がむっくと起って、

——そもそも外交と申すものは、善隣共保の観念に立脚致しまして——

と、音吐朗々、一糸乱れず、平素の蘊蓄《うんちく》を傾け出したので、趙将軍が西園寺に、

「やはり御国には、おそろしい青年政治家がいますなァ」

と感歎した。趙将軍は感心したが、史稔祖は山座の外交論を途中にして、給仕と次官に扶けられ蹌踉《そうろう》として室外に去り、それっきり、もはや再び宴席には姿を現さなかった。あとで訊くと、彼は玄関を出るとき、強《したた》かに吐いたということだった。

「ざまァ見ろ、つむじ曲りめ」

と山座が手を叩き、若槻は、

「それは愉快だ。その意味で、もう一ぱい乾盃だ」

と云って、また酒を命じた。

そうして、その翌晩は、日本側が趙将軍の答礼宴に招待されて行った。

宴会場に入って見ると、史稔祖は、ちゃんと自分の席を若槻と山座の間に据えて、待ち構える態度だった。

「おい、敵もさるものだぜ」

「きょうも、反吐を吐かしてやろうぜ」

若槻と山座は、互に背を叩き合って、史稔祖の左右

に着席した。

史稔祖は、孤軍奮闘、悲愴な覚悟をきめたと見えて、よほど強烈な酒を用意していた。

「昨晩は、大変な御歓待にあずかりまして」

「いや、失礼ばかり、今晩はまた……」

「さァ、乾盃致しましょう」

また始めてしまった。

西園寺首相と、趙爾巽将軍は、相省みて微笑を交す。

接戦三時間余りで、史稔祖は男らしく降参した。

「昨晩御両兄と、兄弟分の約束をしましたが……」

と云い出す。

「この意味で、も一度乾盃」

「いや、もう、私は負けました。だから、私は弟になります」

と頭をさげる史稔祖の横顔を、つくづくと見て山座が、日本語で
「いままで、兄貴分のつもりでいたのかなァ、さすがに強情な先生だ」

と感心したように呟いた。

それから十日。

西園寺首相は、満洲経営の確信を抱いて帰朝した。

## 後藤新平

明治三十九年七月二十二日の朝、鼻眼鏡に角刈頭、仕立おろしの新型夏服に、りゅうとした身装の台湾民政長官後藤新平男爵が、内務省の大臣室へ、原内相を訪れたのである。それは、原《はら》内相からの「急遽上京されたし」という招電に接したからであった。

しかし、後藤男爵は、ものの五分間ばかりも経つと、すぐに内務省を出て、今度は首相官邸に、西園寺侯を訪問した。

原内相から、首相のところへ行ってくれ給えと、云われたからだ。

挨拶が済んで、後藤男爵が、胸のポケットから純白の大きな麻のハンカチを出して、何となく顔を撫で廻していると、首相は、それに眼をつけ、

「その麻は、君のところで出来るのかね」

と訊いた。

「はァ、やっとこの頃出来るようになりました。マニラに劣らないつもりですが」

「君の手にかかると、すべてがうまく行くのだねえ。

台湾も、君の手腕で理想が完成したと云うものだね」

お世辞は云わぬ人だと聞いているのに、いかにも上品な、巧いお世辞だ。

「どう致しまして、理想の第一歩にも達しては居りません。閣下がそんなに楽観していらっしゃるとは、夢にも想いませんでした。そもそも首相としての閣下が、それでは台湾の前途は甚だ寒心に堪えません。元来、植民地経営と申しますのは……」

「ちょっと待った！」

右手で、慌てたように、押さえる手つきをして、首相は急に、厳粛な表情になり、

「今度君を招んだのは他ではない。実は、満洲経営委員会で決定した満洲鉄道だね、あの満洲鉄道の総裁になって貰いたいのだ、君に」

後藤はすぐ、肚の中では――アア児玉閣下の意志だな――と感じた。そうして、それは上京の招電に接した瞬間、こう想像していたことだった。

満洲経営の本幹となるものは、何としても鉄道である。しかし、これを運営する総裁の地位、身分、行政統理の中心点はどこにあるのだろう。満洲経営会社の直接監督官庁はどこなのだ。関東都督はその直接上司に違いないとして、日本内地からは、どうしても、外務省が指揮命令することになる。そんな、二方向から頭を圧えていて、あの大きな植民地経営の事業が、十分に発展出来るものではない。

後藤は汽車の中で、それを考えつづけて来たのであった。

いま卒然として、首相から簡単に、君総裁をやってくれ給えといわれたとて、はい承知しましたと引き承けられるわけのものではない。

――むしろ、これは至難のことだ。出来るだけ突ッ張ろう。極力辞退するのだ――。

覚悟をきめて、じっと首相の顔を見た。

「ことは急だ。すぐに手続をさすからね」

首相は後藤に異存のあろう筈はない、ときめてかかっている。

「ちょっとお待ちください」

今度は後藤の方から押し止める手つきをした。

「就任を考慮いたす前に、はっきりと閣下に御伺いしたいのですが」

「なんだね」

「ぜんたい、満洲鉄道経営の、全局は誰の監督に属す

るのでしょうか」

首相は、意外！　と云った顔で、じっと後藤の眼を見詰めた。

後藤の言葉は、思わず強い調子になった。

「あの大事業の、統理の中心はどこにあるのですか」

「それは君、言うまでもなく関東都督だが、中央政府としては、外務大臣ではないか」

やはりそうか！　と思った。失望したような気持だった。

満洲の経営は、これから伸びようとする日本の生命だ。日本のために別に一つの国土を築きあげることなのだ。その重大政策に、寄るべき基根が無くて、何が出来るか。しかるに首相の意志は、ただ漫然たる常識以外に出ていない。特別な構案はないのだ。責任の帰《き》趨《すう》も明瞭でないような企画で、あの大事業が遂行出来る筈がない。

——拒絶だ——と心に決した。

「満洲鉄道総裁というものの任務は、まことに重大だと思います」

「ふむ」

「私など、とても不適任です。どうか御免を蒙りたいです」

「なに！」

平静水の如き首相も、これは意外だったらしい。明らかに周章《あわ》てて、ごとりと椅子を動かした。

「私は元来、商事会社の仕事などに経験がないのです。それに、満洲鉄道の事業内容も、経営方針も、ちっとも知らないのです。いずれに致しても、私はその事に一ばん不適任者ですから」

「しかし君、満洲経営ということは、刻下の急務なのだよ。ぐずぐずと人材の銓衡《せんこう》に日を遅らしている場合でないのだ。君は不適材だというけれども、台湾はどうだ。あの難物をここまで仕上げたのは、君の腕ではないかね。私はその腕をまた満洲にふるって貰いたいと思うのだ」

「いえ、さきにも申しましたが、台湾は決して成功しとげてはいません。あなたは台湾についてはあまり御存じないのです」

後藤は色をなして席を進めた。

それから、東北弁のギシギシした言葉をまる出しに、滔々としておよそ二十分くらい、台湾統治の未完成であることを、具体的事実を列挙して論じ去り、将来の

方針を披瀝して、さて、

「私これからすこし、台湾に眼鼻をつけ得る自信をもって来たところです。どうか私を、もう二、三十年台湾に置いていていただきたいのです」

と云い出した。首相も、これは一筋縄では行かぬ男だと悟ったらしい。

「それではね君、とにかくこの問題はよく考えて貰うこととして、これから一つ、児玉参謀総長に会ってくれ給え、いいかね、児玉君に。じゃ、きょうは、これで」

と云いながら席を立った。

後藤の車は、首相官邸を出て参謀本部へ駛《はし》った。前の台湾総督と、民政長官——児玉と後藤は人もゆるす親分、乾児《こぶん》の関係なのだ。

「オウ！　今度はごくろうだったね」

大きな卓上に肘を突いて、児玉は、兄が弟を迎えるような眼つきになる。

「お痩せになりましたね」

「そうかい」

「別に、戦争のお労《つか》れでもないですか」

「いや、すこし労れたね。この頃は頻りに坊主になりたい気がしてるよ」

「いいですね。あなたなら、さしずめ禅坊主ですね。機鋒の鋭い、えらい坊さんが出来上るでしょう」

そこで、親分乾児、口を揃えて哄笑した。

一緒に昼飯を食ったあとで、児玉参謀総長は、和やかな笑いを向けて、口を切った。

「満洲鉄道の総裁は大変だよ。しかし、君として大いに腕の揮いどころでもあるが」

「いや、それを私は辞退いたしました」

「なに！」

と云ったきり、流石《さすが》に明敏をもって鳴る児玉も、しばし茫然として、後藤の顔を見詰めるばかりだった。

——この人の信頼を裏切る——

堪らない気持だった。後藤がその後、よくこのときの苦衷を人に語って、

——親が、申しぶんのない縁談をきめてくれて、さて当人に今晩結婚式をあげるのだと云いながら、うれしさに、ぽっと赧らむだろう娘の顔を想像しているところで、わたしは嫌ですと刎ねつけたときの、当人なり、親の気持はこうもあろうかと、肺肝に汗の惨む想いだったよ——。

と、述懐していたと云うが。

「ぜんたい、首相はどんな話をされたのだね」

ややあって児玉は、上半身を乗り出すようにして訊いた。

「ただ頻《しき》りに不肖な私に、適材適所だからといわれましたけど、どうしても自信が持てませんから極力御辞退いたしました。しかし、まだお許しがございません。考えて見ろと仰言いました」

「それで？」

「それでもおことわりしたのですが、結局児玉君に会いなさいということで、お別れして来たのです」

児玉は後藤の眼を見つめている、眼から肚を読もうとするように。

「私が考えますのに、首相は、御自分で裁断を下さないで、あなたをして私を口説き落させようという寸法じゃないかと思いますが、私は断じて不適任者です。自分のことは自分が一ばんよく知っていますから、どうか、是非ともこのことは御勘弁を願います、閣下」

児玉は黙って、煙草に火をつけ、それを一本吸ってしまうまで黙っていた。

「後藤君！　俺はねえ、俺の今の地位はだねえ、君に満鉄総裁を勧めるのに、都合の悪い立場なんだよ、いいかね、判るだろう。そこでじゃ、首相もそのへんのことを御承知じゃから、自分で君を口説いてだね、それからこの満洲経営の性質、行きがかり、委員会の経過というようなことを、わしから君に説明し、さて、君を台湾の佐久間総督から貰いうける交渉は、山県元帥が引き受けて居られるんだ。膳立てはすっかり出来て居る。ただその据膳に、君が黙って坐れァいいんだ」

「しかし、私としましては……」

「まァ待ち給え、そう云う膳ごしらえが出来ている。」

ところでだ、後藤君！」

児玉は急に容《かたち》を正し、語気を強めた。

「元来、満洲に鉄道を経営するちゅうことはだ、その云い出し兵衛は君だぜ、発頭人、主唱者ちゅうもなァ君じゃないか。去年まだ吾輩が満洲に居るとき、何度も陣中へ手紙を呉れて、いろいろと満洲経営の意見を聞かした君じゃァないか。しかもだ、わざわざ台湾から、バナナやなにか持って土方の親分のような恰好をして、満洲までわしを訪ねて来てくれ、暑い中を方々視察して廻って、それからこのわしに、懇々と満洲経営の方針を教えてくれた君じゃないか。云わば今度の満洲経営案の骨子は、君から出ているようなものなんだぜ。いいか！　その君が不適任だと云う謂われがあるか」

児玉参謀総長の語気は、しだいに熱して、叱るような調子になる。

「身軍職にありながら、敢《あえ》て満洲鉄道調査委員長となり、また進んで会社創立委員長となる。輿論《よろん》は自分の肚を揣摩《しま》臆測して、いろんな取沙汰をし、物議を醸して居る。しかし時局の重大性と、その必然とから、自分は断乎、あらゆる困難を押しのけて御裁可を得た。

自分が天下の非難を顧みず、囂々《ごうごう》たる物議を排して、このことに当った肚の底には、君、即ち後藤新平というものが、ちゃんとした自信となっていたからだ。

君は、政府の植民政策に中心点の無いことを咎《とが》め、また都督府など出先官僚の無力を嫌い、到底満洲経営は覚束ないと云って逃げを打つ。それでは、君の節操を疑われるという意味で、吾輩は承服しない。

何人よりも、満洲経営の事情を知っているものが、難局なりとの理由で、これを避けるというのは、君の平生を羞《はずか》しむるものではないか！　わしは敢然として難局に当っている。近来、自分はどうしたのか厭世の念《おも》いに堪えんのだ。頻りに勇退のことを考えて居る。しかし、皇国の運命を思うと、いまは決してそんなことを云っているべき秋《とき》でない。なんとかして満洲経営の適任者を決定しなくてはならぬ。君はいま、挙国一致でその適材とされているのだ。時勢を知り、知己に感ずるならば、君は飛び込んでそれに当るのが本当である。もし君がこの事に当って、種々の問題が起ったら、自分は責任をもって君を援ける。誓って助ける。君も邦家のために、このわしが必要なら、大いに利用してくれていい。わしは君のためになら、喜んで、甘んじて、君に利用されるぞ」

後藤は、じっと頭を垂れていた。

将軍児玉として、政治家児玉として、また人間児玉として——後藤は、いまだかって、これほど厳粛に、熱烈な児玉さんを見たことがないと思った。

情として、もはやこの親分の志を拒むに忍びない気持だった。しかし、どうしても、これは引き受けるべき性質のものではない。彼の理性は頑固に反対する。

もし、官僚政治の流弊が、満洲の仕事にも浸入したら——きっと必然にそうなる。そうして植民政策に無経験の徒輩が、この権限機宜の時局を知らず、漫《みだ》りに末梢的な法律、官制の条文に左右され、枝葉の理論に走り、実務を姑息の間に誤るにきまっているのだ。これはどうしても、おやじの志を空しうしても、引き受けるわけには行かぬ。

「このことだけは、どうあってもおゆるし願います。絶対に私は不適任ですから」

一歩退って、後藤はお辞儀する。

「いかん！」

児玉はまた追っかけるように、起ち上った。

「断じていかん。いまから山県元帥のところへ行きなさい。待って居られる。そうして今夜、ゆっくり考えてくれ。わしの云ったことを、な、いいな。では、山県さんへ電話をかけとくから、すぐに行ってくれ給え」

「では、ともかく行ってまいります」

電話を命ずる児玉参謀総長の声を背に聞いて、後藤はそこを去った。

これが、この親分と乾児の一生の別れであった。

――山県元帥へ電話をかけい――

と命じていた声、それは後藤新平が最後に聞いた親分の肉声だった。

名将、名政治家、児玉源太郎はその夜急に死んだのである。

――満鉄総裁は、関東都督のもとに立つと雖《いえど》も、同時に都督府顧問として外務大臣の下に立ち、都督府行政の一切を預り聴くべし――。

官制を変更することは出来ぬ便法として、以上のような条件を、満鉄総裁の権限に附与することとなって、後藤新平は漸く首を縦に振った。

日本中から口説かれて、また後藤以外に満洲経営の適材なしと、自他ともに信じ切っているにも拘らず、以上の言質というか、特権というか、関東都督行政の実権は満鉄総裁にあって、関東都督はロボットに過ぎぬという条件を贏《か》ち得るまでは、誰が何と云っても、首相や元帥に頭を下げられても、恩人であり親分である児玉大将に失望させてまでも、頑として辞退しつづけたところに、後藤新平というものの面白さが想像されもするし、また後藤の満鉄経営に乗り出す覚悟のほども推察出来、更にまた、その条件なしにかかっては、到底今日の満鉄はあり得なかったであろうことを想えば、後藤の政治家としての先見の明には、まったく頭のさがる心地がする。

牛込薬王寺前町の児玉邸に駈けつけた後藤は、故人の亡骸を前に、畳へ両手を突いたまま、しばらくは頭をあげることが出来なかった。

何と云っても、この人はこの世における自分の唯一の知己、最大の恩人はこの人であった。

奥州の水沢という朔北の寒地に貧民の子と産まれ、県庁の給仕から苦学の医生となり、一度は官途に就いたが、彼の錦織などに利用されて相馬家騒動の主役をつとめたため、ついに囹圄の身となり、浪人的な境界にあった自分を日清戦争凱旋軍のための、宇品検疫所長に拾い上げてくれたのが、この人だった。

それから芽を吹き出した自分である。衛生局長に躍進したのも、児玉大将の推薦である。

更に台湾総督としての大将は、自分を民政長官に抜擢してくれた。この人あって、初めて自分は世に識られもし、また植民地経済の大きな学問をさせて貰ったのだ。自分の頭の上には、いつでも絶えず、この人の慈父のような眼が光っていたのだ。聡明、敏達、精悍な、この将軍の鍛錬があったればこそ、自分はいつのほどにか、一個の政治家と生育して来たのだ。

いま自分は、天下の与望を担って新しい日本の生命線に、その総裁という華やかな出発をしようとしているが、この地位を与えてくれた人も亦、ここに眠る児玉閣下である。

権謀術策、やむを得なかったとはいえ、何故この人にだけは、肚を割って、生前に安心して貰わなかったことか。こうも卒然として逝かれるとは、思いも寄らなかった。

残念だ！　実に、遺憾千万だ。申し訳が無い。足下に伏して謝ろうにも、すでにその人はいないのだ。

後藤新平は泣いた。涙がとめどもなく流れ落ちた。

「この上は一身一命を、満洲の土に叩きつけ、満洲経営最初の犠牲となって、閣下の志を曠野に実現すべく、粉骨砕身いたします。どうか、それでおゆるしを願います」

死人の顔に被《かず》けてある白布を除り、冷たい手を握って、心にそう誓い、詫びて、また白布をのせ香を手向け、しずかに合掌して、そこを去った。

## 野戦病時代

大連の西通《にしどおり》と称する界隈に、小料理屋が雨後の筍《たけのこ》のように簇生《そうせい》した。

満鉄が誕生した年で、国策的な大会社の出発と、大戦争の引潮とが、紛然、雑然と、こんがらがって、沿線到るところ名状すべからざる混乱と、無秩序との中に、何となく壮烈を想わす生々しい躍動の気が漲《みなぎ》りわたっていた。

宴会帰りの、輝く後藤総裁閣下が、理事や社員を従え、この魔窟発祥地であるところの西通へさしかかると、いきなり、女が抱きついて来た。娘子軍《じょうしぐん》部隊の天草娘である。

無智にして野蛮なること猛牛の如き彼女たちに、軍人も、官吏も、商人も、総裁も、そんな識別のあろう筈がなかった。

「うち、このおッさんに惚れたケン、もうなんぼにも放しゃせんたい」

そんなふうなことを云って武者ぶりつく。も一人の女が、不意に総裁のシルクハットを引ッ凄《さら》って家の中へ逃げ込む。

「ケッタイなシャッポやし」

などと、そのシルクハットを、油臭い髷《まげ》の上から被ってみたりする。

おしゃれの後藤さんが、当時百円も出してロンドンから取り寄せたシルクハットだ。

「誰か取り返してくれんか、十円出すから」

後藤さんはついに、十円でシルクハットをうけ出し、あとを、ベランメイ副総裁の中村是公《なかむらよしこと》に任せて、ようやくそこを脱出した。

すこし取締らなくちゃいかんぞということになり、警察に命じて臨検をやらしたところが、その一網に長官閣下という大物が引っかかったり、また山の手のロシア女の巣窟を探検した若い社員連中が閣下の名刺を、そこから戦利して帰ったり、といったような時代だった。

久保田政周《くぼたきよちか》という人格者の理事がいた。栃木県知事から抜擢されて来た敏腕家で、都督府の警察総長兼満鉄地方部担当理事という肩書で、四、五人の部下をつれ、全線各都邑初視察に出かけて行った。

行く先々で、土地の警察署を検閲するのだが、満鉄理事という大権威の上に、更に都督府警務総長という絶対的な地位をもっているのだから、まるで秋霜烈日《しゅうそうれつじつ》、あたるべからざる威勢だった。

学校を去年出て、すぐ出来たての満鉄に入った年少社員の田辺や吉田は、この久保田理事に随行している

のだが、公主嶺で、警察署長以下全員を集めて訓示するのを聞いていると、

「お前たちは、ただ満鉄の請願巡査に過ぎんのじゃから……」

などとひどいことを云っている。吉田は田辺よりも後輩だったが、いささか心配な表情で、

「都督府で、あんなことを聞いたら、満鉄と喧嘩になりはせんかなァ」

と囁《ささや》く。

「大丈夫、そこが後藤総裁の狙いなんだ。満鉄経営の一元化、満鉄本意！　その方針で万事をやッつけるために、総裁受諾を拒み通して、ついに自分が都督府顧問にして一さいのことを預かり聞くべしという言質を取って来ているのだもの。だから、副総裁が民政長官を兼ねているのだろう！　この久保田さんだって、満鉄理事でありながら、警察権の首脳者を兼ねて居るしね」

田辺が説明していると、訓示が了って、宿に着く段取になったが、宿屋というものが、公主嶺にはないという。

警察署長は恐縮しながら、どうしても娘子軍のいる家へ泊って頂かねばなりません、と頭ばかり下げている。

若い連中は、娘子軍の家以外に泊るべき場所のないことを、天佑のように嬉しがっているものもあったが、秋霜烈日をもって臨み、人格者として迎えられている久保田理事が、どんな態度に出るだろうかと、純真な青年だった田辺は、はらはらした気持でいると、案ずるより産むが易しで、

「よし、宿がないのなら、そこでもよろしい」

と云って、久保田理事は町の方へ出かけて行った。

公主嶺は、このあたり一望の高地に、ロシアが大都市建設の夢を描きつつあったところで、二百万坪の鉄道附属地、茫漠として人煙を知らぬ草の上に、駅を中心として、劇場、機関庫、兵営、ホテル、病院、教会堂などの大建築と、民家とが、約三百棟も出来かかっているのを、日本軍が引き受けたのだが、時の軍政官が風紀の問題を考慮し過ぎて、この地域内に一般日本人の住居を許さず鉄道南側の草原に、料理屋、雑貨店などが発展するようになりかかっているところだった。

「これは駄目だ。線路の北側に発展させなくてはいかん。せっかく雄大なロシアの遺産を、うまく利用せん

という馬鹿があるか」

　久保田理事は、そんなことをいいながら、あたりを視察しつつ、草原の中のアンペラ・バラックの料理屋へ案内されて入った。即ち今宵の御宿なのだ。

　さて、晩飯もすみ、寝ることになったところで、蒲団の中に寝ますかという奇問を、料理屋の女将が持ち出したのだ。

「蒲団の中に寝ないやつがあるか、何をいっているんだ」

「いえ、その蒲団が、手前どもには無いのですよ。蒲団はみんな女たちが持っています」

「じゃァ、女どものを出させたらいいではないか」

「それが、女どもも自分で寝るのですから、余分なものは持っていませんです」

「どうすれァいいんだ」

「ですから、皆様も、一人ずつ女をお買いくだされば、よろしいんです」

「失敬なことをいうな」

「いいえ、失敬ではありません。女を買うとお思いになれば腹も立ちましょうが、蒲団の借賃と云いますか、とにかくその蒲団に女がついていますので」

　いくら云っても、押問答を繰りかえしても、要するに女と一緒に寝ない以上、蒲団というものにありつけない制度になっているのだった。外はまだ氷に月光の冴えかかる三月の夜だ。

　田辺はまだ心配で久保田理事が、どうするかとみていた。

「とにかく部屋へ案内せい」

　理事はそう云って、一ばん上等の部屋へ入ってしまった。これも案ずるより産むが易いのかと、半信半疑で、同僚の吉田を探してみると、これは既に勇躍して、蒲団の中へ突撃したというのだ。

　みんな寝てしまった。

　田辺は寒い外へ散歩に出て、遠くの方まで歩き廻って帰ってみると、若い女中みたいな痩せた娘が一人、自分を待っていた。その娘が泣きそうな顔をして早く寝なさいと云う。

「理事さんは、どうした」

　と訊いてみると、洋服のままでお辰姐《ねえ》さんと寝ているというので、それに勢いを得て、田辺も着のみ着のままで、床の中へ棒のように倒れ込んでしまった。

「あんた、わたしが嫌いなんでしょう」

「うん」

それッきり朝まで、二人は口を利かなかった。

久保田理事の一行が、長春へ乗り込むと、ここの警察署長は、野戦病とその病菌に就いて詳細に報告し、これに対する善処の指導を乞うのであった。

病菌の一種で、もっとも重大な要素は娘子軍だという のだ。何しろ、内地からの便船ごとに、どの船からも満員の女を吐き出すのが、それが花吹雪のように、沿線各地へ散って行くのだから、その需要の熾烈さは、想像に余るものがあるのだ。従って、関東州民政署では徴税を始めたとき、大部分の収入は酌婦税なのだった。それは久保田理事も十分に承知している。ところで、警察署長は真剣な表情で訴えるのだ。

「これは野戦病であります。しかもこの病気の薬は、やはり病菌を十分に与えること以外に、何もありません。この生活の荒涼さと、献身的な開拓事業との現実において、満洲で働いている男性のすべては、飯と同じ程度に女を要求して居ります。そこで、部下の巡査たちもやむにやまれず、アンペラ小舎の女神に参詣いたします。しかし、実情はどうあろうと、巡査が旺《さかん》に女を買うということは、決して公然と許されるべきではありません。早く結婚させる必要を感じました。でも、内地から進んで満洲の巡査や、役人の嫁になりに来てくれるような娘さんは一人もないです。さぞや満洲は寒かろうと唄の文句にもあるように、こんなところへ、うら恥かしい女がくるものではありません。万事窮したあげく、小官は、部下の巡査と情意投合した酌婦を、片ッぱしから結婚させる方針で居りますが、いかがなものでありましょうか」

「ふうん!」

さすがの久保田さんも呻っていたが、事情を聞かされてみると、野暮なことも云っていられなかったと見えて、まァしかたがないだろうと返辞をした。

すると、署長は早速、その日から二、三日の内に三組ばかりの結婚を敢行させた。

そのうちの一つの結婚式である。田辺は署長から、今夜一組の結婚があります、理事には内密で列席してごらんになりませんか、と招待されたので、佐藤と一緒に行ってみた。

披露宴の会場は、泥の中のアンペラ小料理屋だった。新郎の若い巡査は、九州訛の強い実直そうな青年。花嫁も九州女らしい娘子軍の一人で、魚屋の仙さんというこれも独身の青年が親代りとなってつれて来た。

署長が花嫁に、叱るような、訓示するような挨拶をすると、花嫁も恐縮して、これからは心を入れ更えまして、まじめにお国のために、夫に仕えますから、どうか御ゆるしつかァされと、まるで罪人が留置場を出るときのように、平身低頭するのだった。

親代り兼媒酌人の魚屋仙吉君は、

「高砂をやるといいんですが、知らねえから困っているんで、お経ならうめえもんだが、とにかく酒を飲んでおくんなさい」

と妙な挨拶をし、自分が率先してガブガブやり出した。

新郎も大きな盃で、四方から献されるのを受け、それに花嫁がお酌をしてやったりしているうちに、花嫁も酔わされてしまい、みんなが酔って、唄ったり踊ったりしていると、頻りにすすめられている花嫁がついに起ち上った。

「そげん云いなさるばってん、うち、安来節踊りますばってん、あんしゃま唄っておせつけまっへいや」

とか何とか、新郎に註文して、あらえっさっさと踊り出した。

田辺は呆れて退場したが、佐藤は大いに共鳴して、花嫁と一緒に踊り捲ったということだった。

中村技師は、貝瀬や、村田たちと一緒に、野戦鉄道から満鉄に引き継がれて、そのまま社員技師となり、嵐のあとの整理と建設を同時に行うような、猛烈至極の活動に若い身心を投げ込んだのであった。

若い男たちが、若い国の生命線上に、日夜不断の悪戦苦闘をつづけたのだ。ほんとうの戦争は、一年か二年で終ったが、彼等の戦争はいつ終るのか、見当もつかない性質のものだ。或いは永久に終止符をうつことのない戦闘かも知れないのだ。

死んでも報いられることのない犠牲、認められることのない奉公に、ただ目の前の満洲を敵として、獅子奮迅の突撃を敢行した。

粉骨砕身——という言葉を日々の行動に具顕して、一日の労務から、ベッドに開放されたとき、きょうもいのちが残ったかと、ほっと吐息するような日常だった。

鉄道は、すべて三呎《フイート》八吋《インチ》半に改築しなければならなかった。三呎六吋というのは日本式の狭軌で、もとはロシアが五呎ゲージで敷きつめていたのを、戦いつつ、占領の片ッぱしから、日本の車輛に合わして狭めて行ったものであった。これをまたスタンダードゲージに変改することは、何ケ年かの日子を要するであろう大事業なのを、僅か四、五ケ月の間に完成させようと云うのである。しかも、一方に戦後の輸送と、創業の運転とを一時も中止しないで並行させる方針なのだから、これは殆ど人間業ではないような、異常な努力と、周到極まる計画の上に断行されねばならなかった。

まず全線のレールを三本並べる案をたてたものだった。即ち三線式という名称を、世界の鉄道史に残した計画である。大連方面から長春に向って、二本のレールの左側に、もう一筋のレールを置いた。或区間は四線にもした。

機関庫のある駅には、広軌車輛の収容線を設けて、大連で日に夜を次いで組み立てては北送してくる広軌用車輛を、この収容線に引き入れて待機させ、従来使用の狭軌車輛は、長春方面から、しだいに大連へ返送させて、最後の狭軌列車が通過してしまうに従い、順次に北の方から、駅構内のポイントクロッシングを広軌道に直しては、待機の広軌車輛を運転させるというやり方だった。

従業員自身が驚くほど、この難事業が速かに進捗した。

「日本人という人種は、何をやらしても、実に、超人的な奇蹟を実現する」

そう云って、当時満洲に来ていたイギリスの技術者たちが、寒いような顔をしたということである。中村は、この仕事の途中で、公主嶺《こうしゅれい》へ、事務引継ぎのために、一行十数人と出張させられた。

野戦鉄道隊として活動しているところへ、不意に乗り込んで、だしぬけに、満鉄への引継ぎを要求し、ポストの交替を迫るのだから、

「怪しからん。戦火の中に身を投げ出して一生懸命に働いているものを、何の不都合があってやめさせるのか」

どこへ行っても、こうした憤懣が爆発するのだった。満鉄へそのまま引き取られる従業員は黙っていたが、やめさせられるものたちは、死にものぐるいであばれ出した。

警察では、こうした連中をも、野戦病患者だという

のだ。

不正と乱暴――あらゆる不道徳が、野戦提理部員の、一つの特権かの如く見做されていた。戦地には法律が行われない。何をしたって、刑法に触れて裁判されるということが無かった。悪質な分子は、公然と不正を働いた。

それに、満鉄となって、戦争の終ったあとへ乗り出して来て、新しい幹部になりすましている――そうしたものに対する邪推と嫉視《しつし》――そんな感情も燃え上って、まったく度し難いほどの患者になり切ったものだった。

相当な旧幹部で、用度費や、工賃などを胡魔化し、いろいろと私腹を肥しているような連中が、無智で命知らずの下級者を煽動したから、火の手はいよいよ強くなった。

あらゆる部局において、それぞれに、みなが、野戦病患者たちの兇暴に遭っていた。袋叩きにされて、いのちからがら逃げ出したり、宿を襲われ、屋根から飛び降りて足を挫いたり、ピストルで撃たれて負傷したりなどの騒ぎが到るところに展開された。

工場課長の宅で、中村は、三人の部員と一座で相談をしていた。戸外は三月初旬の寒い夜だ。昼の間に解けかけた凍結が、またぴんぴんと音をたてて冴え返っている。

入口の扉に、ぴしッと何かを叩きつけるような烈しい音がした。同時に、わッという多人数の叫喚だった。

「そら来たッ」

と色めき立つ間もあらせず、一人の男が褌一つの赤裸に、氷のような短刀を握りしめて、つかつかと板敷の部屋へ押し上って来た。そのあとに、十四、五人の男が壁のように折り重なって詰めかけている。

酔っているのか、眼は血走り赤煉瓦のような顔色をしているその裸の若い男は、保線係の技手だった。

「ああ、山本君じゃないか、どうしたんだ」

工場課長が媚《こ》びるように云ってみたが、それに返事もせず、中村の顔を睨み据えて、

「きさまが中村という奴かッ」

と噛みつく勢いだ。

「そうだ、僕が中村だが……」

「よし、もうこれから押問答はしねえ。ゆっくり料理してやるから、すっかり観念して、遺言でも書いとけ」

と云いながら、短刀を板の間にざッくと突き立てた。

――これはいよいよ殺される！

と、中村は、ほんとに観念の臍《ほぞ》を固めた。そうして、これも国のためか！　と考えてみた。

しかし、どうも男一匹の命をすてるような、本当に国のためになる場合ではないと思われる。

――御国のためにならら、幾多の軍人が満洲の土となっている。自分も、死は覚悟で来てはいるのだが、日本人が日本人に斬られて死ぬということは、これは決して国のためではない。むしろ国家の不利益である。しかも、今この男は自分を殺そうとしている。これはどこかに間違いがあるのだ。決してこんな筈ではない。何が悪いのだろうか。

とっさの間にそんなことを考えた。

「さア、遺言を書け。俺たちァ、ちゃんと遺書を国へ送って来たんだ。敵はロスケだとばかり思っていたが、あとから日本人の同胞がわれわれの首を切りに来たとは、こいつァ面白いや。糞喰らえだ。誰が首を切られて、へえさようですかと引き退る馬鹿があるか。刺しちがえて死ぬんだ。さア覚悟をしゃァがれッ」

と云うと、いきなり突き立てていた短刀を摑んで、だっと躍り上った。

「ちょっと待ち給え！」

中村は手を押し出して、短刀の切ッ尖を掌でうけとめるように構えた。

「僕を斬り殺すのはいいが、僕は決して君の仇敵ではないですよ。よく考えてみたまえ、そうだろう。君の仇敵は、やはりロスケですぞ」

つとめて冷静に、優しい声で、微笑しながら、自分でも意味もないと思うようなことを、口から出まかせに喋り出していた。

「なんだと？　敵はロスケだ？　ふざけるな。その敵は逃げちゃったんじゃねえか」

「逃げた。しかしほんとは逃げたのではない。ちゃんと公主嶺に頑張っているじゃないですか」

「え？　どこにいるんだ」

「君の首を切ろうとしているじゃないか。また僕がいま殺されようとしているではありませんか。これはロスケの所業だ。日本人が日本人を殺すわけがない。それなのに、君も僕も殺されようとしている。そこのところを、ようッく考えてみてくれ給え。君も僕も、同じく天皇陛下の赤子だ。兄弟だよ、君」

「その兄弟が、われわれ従業員の首を切りにくるという奴があるか」

「そうだろう、そこなんだ」

「どこなんだ？　わけがわからねえや」

なんとなく調子が低くなって来た。相手の気が脱けて来たのだ。もうこのぶんだと、いきなり斬りつけるきっかけは逸していると見当をつけ、

「まアかけ給え、お互に興奮しないで、穏便に、何とか話し合いをつけようじゃないか」

と云って、煙草に火をつけているところへ、誰かが急報したと見えて、どかどかと警官隊が踏み込んで来て、有無を云わさず、その男を拉し去った。

こうした野戦病患者は、大物から小物、有象無象を引ッくるめて、全線には何千人という数がいたのを、ともかく、到るところで血の雨を降らす騒ぎを演じながら、整理して行ったのである。

整理された命知らずどもの幾割かは、無論内地へ帰ったのだが、またその何割かは大連に集まって来た。

戦後の満洲を経営する表玄関で、首都たる大連の異常な発展渦中へと、彼等はゴミのように流れ込み、溶け込んで行ったのである。

大連の埠頭は、地震と洪水と、海嘯《かいしょう》と、暴風のあとのような惑乱に陥っていた。戦争資材の還送と、経営物資の陸揚げと、奥地輸送と、奥地からの物産積み出しと――。

そうした運輸関係の、鉄道と船との中間を扱う埠頭業務の一さいは、すべてを、たとえば磯部組とか、郵船組とか、或いは小松組とか、神戸組とか、大阪組とか、その他いろんな暴力団系や、ボス組の手に委ねられてあった。

群雄割拠、切り取り勝手の荷役争奪に、戦場のような無統制さ、乱脈さであった。

この大小三十組からの仲仕組を、どう監督統制していいか、全く手もつけられない状態だった。その上に実際荷役作業に当るものは、無智な苦力だったから、いよいよもって始末がつかない。

野積の地域も、倉庫も、それぞれの領分縄張りがあって、互に勢力を争うために、紛擾《ふんじょう》は更に紛擾を醸し、弊害は一層弊害を産むというわけで、一たび貨物が領域を異えたりしようものなら、もはや再び荷主の手に入らず、永久に紛失してしまうのだった。

この満蒙開拓の大玄関である大連埠頭を明朗に処理し、快刀乱麻を断つものは、制度でもなく、組織でも

なく、それよりさきに、先ず人格であるということになった。

さて、そんな豪快な大人物を、どこに求めるかの問題となった。

「その人材は、三井の門司支店にいる」

と、犬塚理事がいい出した。

「うむ、相生由太郎《あいおいよしたろう》か。適任だ」

と、田中理事も響きに応ずる如くに賛成した。

犬塚信太郎《いぬづかのぶたろう》も、田中清次郎も、ともに三井から後藤総裁に抜かれて来た人物だった。

犬塚が三井の門司支店長だった時に、支店次長で、石炭部主任を兼ねていた相生由太郎は、折から日露の役勃発に乗じ、門司の石炭荷役の仲仕が、賃銀値上げを要求してストライキを起し、御用船が石炭積み込みに寄港したまま五日も一週間も停船するようなことになったとき、相生は、海と陸と、両方の人夫請負人二人を、いきなり罷免してしまった。

喧嘩を買って出たのだ。

決死の仲仕たちが暴れ込んで来た。待っていたとばかり、これを一喝して大義を説き、八分の賃銀値上げを約束し、同時に荷役の請負制度を会社直営とした腕の冴えを、犬塚も田中も忘れずにいたのだ。

相生は招かれて満洲に渡った。事情を聞くと、彼は直ぐに、埠頭の現状を調査し、満洲奥地の情勢をも視察し、前後三ケ月間苦心した。そうして得た結論が、

――そもそも大連港は、満鉄幹線の大玄関であると同時に、満蒙における需給百貨の呑吐口である。到底仲仕組や、運送屋の割拠、占有に委すべきに非ず。国策として、一刻も速かに統一し、埠頭の施設改善と相俟って、船舶の着離、荷物の取扱を安全、敏活にし、貨物保管の制度を確立し、埠頭能率の増進を図り、荷主と船主の不安を根絶し、以て満蒙富源の開発に順応し、大連港永遠の発展を誘致しなくてはならぬ。故に先ず、埠頭の統一と荷役作業の満鉄直営が目下の急務であり、また根本の策であらねばならぬ――。

というのであった。

この意味の意見書を草して、相生は田中に提出し、

「私は無理に懇望されましたから、男として、この満洲へ、国家のために死にに来たのです。どうか、総裁の御意見を伺って置いてください」

と云って、そのまま門司へ帰って行った。門司へ帰ったのは、愛児の墓へ詣ずるためだった。相生が国家

のためにと、無理に満鉄から懇望されたとき、頑是ない愛児は福岡病院で瀕死の重患だった。しかし、国家のために男が招かれたのだ。この児が明日死んでも俺は帰らぬぞと、夫人に後事を託し、生別、死別、病児の頭を撫でて満洲に渡った。

その児は、彼が満鉄沿線視察中に死んだ。無論彼は帰らなかった。三ケ月ののち、大連埠頭統制の私案を提出したいまは、帰心矢の如く、人間本然の父性愛に胸をふるわせつつ福岡に帰って、愛児の冷たい墓標に、心ゆくばかり泪を注いで来た。

さて、後藤総裁の意見はどうだったか。

「君、総裁はね、あの案を見て、ただ一言これは駄目だ、といわれたままで突ッ返されたよ」

田中理事は面目なさそうにいうのだ。

相生は黙って田中理事を睨みつけていた。

「君、すまんが、一つ総裁を追っかけて行って、親しく説いてみてくれないか。頼む」

田中理事は、卓上に両手を突いて、頭を下げるのだった。

秘蔵の短刀を懐中に、相生由太郎は汽車に飛び乗った。

虎の如くに怒れる相生を乗せた列車は、北満の夜に火を吐きながらハルビンに着いた。

——もし後藤にして、この案を用いなかったとしたら、彼は国策を解せざるものだ。国策を解せざるものではなくて病菌を養うものだ。満蒙開発の関門に敢まさに国策の賊だ。利権の亡者と、情実、利害に結託して、日本の生命を喰い物にする奸物だ。何が故に、大連埠頭の清浄と統一と、事業の直営が駄目なのか。聞こう。説こう。説いてなお容れなかったら、ただ一刺あるのみ。一死あるのみ——

馬車の中で、相生は、そっと短刀の目釘を調べ、柄を握りしめて、アカシアの花が、悩ましい匂いを降らす並木道をホテルの玄関へ乗りつけて行った。

後藤はすぐ会った。きらりと、冷たく光る鼻眼鏡の後藤と——色の黒い痩軀の相生と相対して、しばらく睨み合っていた。

「どんな急用かね」

後藤が顎鬚《あごひげ》をしごきながら口を切った。

「先日田中理事を経て差し出しました埠頭事務改革の意見書について、確乎とした御答弁を得たいのです」

「うんあれか、あれは駄目だ、と云って置いたが」

「ただ駄目だとだけでは、断じて私は納得出来ません」

後藤はじっと眼を据えて、相生の黒い顔に漲る悲壮な表情を見詰めていた。

「もう一度、私が御説明申し上げますから、そのうえで駄目な理由を、はっきりと得心させて頂きます」

「よろしい、聞こう、云って見給え」

相生は言下に滔々と語り出した。大変な雄弁だった。雄弁というよりは、迸しる情熱の猛射であった。説くというよりは、むしろ詰問であり、叱責であるに近かった。

およそ四十分間にわたって、説き去り、説き進めた。

「よし！　判った」

一言そう云うと、後藤は、すっとソファから起ち上って、両手を腰のうしろに握り、顋《あご》を前に突き出す姿勢で、室の中を、縦に横に、こつこつと歩き出した。

しばらく歩いていて、やがて席に戻ると、

「吾輩が、もし許さんと云ったら、君はどうする？」

と訊いた。

「許さん？　判っていても許さんと？」

「うむ」

「覚悟があります」

「その覚悟を聞いて居るのだ」

カチャリ！　と卓上に短刀を置いて、相生は椅子から突ッ立った。

後藤の表情が、さっと変った。上半身を起し、眼鏡の中から刺すような眼が睨みつけて来た。

「許可ですか、不許可ですか」

相生は短刀を左手に握って、後藤の視線を睨み返した。

と、後藤の顔が、にっこりと綻びた。美しい微笑だった。

「やり給え、思う存分にやってくれ給え」

「は？」

肩すかしを喰った気持に、相生は思わず、両手をばたりと卓に突いた。

埠頭の整理――倉庫も、桟橋も、野天積みの地域も、すべてを取り上げてしまうのだ。

戦争中に、身命を賭し、故国をあとに波濤を越えて来た多くの仲仕組や運送組の、若いもの、親分、何千人の特権を奪い取ることなのだ。

肉体にも、経歴にも、傷痕だらけの親分、乾児《こぶん》たちが、それぞれに気脈を通じて、噴火前の鳴動のような気勢をあげ出した。

「生意気な、駈け出し野郎め！　変に動いてみやがれ、こっちにゃ命の要らねえのが何百といるんだ」

そうした海千、山千のてあいを向うにまわして、相生は火蓋を切った。宣戦を布告したのであった。

関東州の輿論が沸騰した。新聞が率先して反対を叫び、相生排撃を呼号しだした。大連市民もすべて仲仕組の味方だった。

そのさなかを、相生は敢然として、埠頭事務所長の椅子に就き、断乎として、直営の実行に手を着けた。

彼の身辺には、犇々《ひしひし》と危険が迫り、いつどんな椿事が勃発するかも測られずという情勢になって来たので、大連警察署は彼を警戒保護するようになったが、彼は、一身の保護をうけても、それによって国家百年の大計が成就するわけではない。むしろ私が一身を犠牲にした方が、却って早く目的を達することが出来るのだ。捨てて置いてくれと云って、絶対にその護衛を辞退した。

「生意気千万な青二歳だ。奴は喧嘩を売る気なのだ。よしッ」

親分、乾児は一層激発した。

或る夜、ついに押し寄せて来たそのうちの代表格らしい暴れ者十五、六人が口々に、

「話をつけに来た。おとなしく覚悟をきめて会うか。もし逃げ隠れしたら、焼き討ちにして、片ッぱしから叩ッ殺すぞ」

と喚きちらすのだ。

「来たな、よく来た」

当人の相生が、平気で出て来た。

「まず上れ。上って話をしろ。立話も出来まい。狭いけれど、その十五、六人みんな上ってくれんか」

「よし、上ってやるぞ」

どやどやと押し上って来たところで、相生は家の雨戸を悉く閉めさせて錠をおろさしてしまった。暴れものども、

——おや？　おかしなまねをしやがるぜ——

という表情をしている中に、相生は素ッ裸《ぱだか》身になった。黒光りのする隆々たる体軀に、真ッ白い褌が一筋、きりッと締まっているだけだ。みごとな体格だった。何しろ生れが福岡の魚屋で、苦学をして高等商業に入ったが、学生時代はボートを第一に、器械体操、ランニング、いろんな運動の選手だったから、まるで

鋼鉄のような四肢をもっているのだ。
十四、五人が、それぞれに、引ッこ抜いた短刀を、ズラリと畳に突ッ立てている前へ、裸一個、どかりと大胡坐《あぐら》を掻き、短刀の寒いような林を一瞥し、
「お前たちの、その匕首《あいくち》は、みなナマクラだね。俺は刀剣の鑑定では、ちょっと日本にも珍らしいほどの眼識をもっとる。あれを見ろ、あの床の間と壁だけにでもざっと二十本の日本刀があるだろう。皆相当の業物《わざもの》だ。何の何某と、立派な銘のあるしろものばかりだよ。そんなナマクラでは人間は殺せるものではない。俺を殺すのなら、あの刀を貸してやろう。しかし斬れまいなア。まァやってみるか」

そう云って、一本の日本刀を取って、皆の前へぽんと投げ出した。

「さァ、斬り放題斬ってみろ」

話は、それで解決した。

## 新社員

――狭い日本で何をする？　男児骨を埋むるの天地は支那だ。満蒙だ。

当時の学生気質は、大抵はそういう方面に傾いていた。

田村羊三《たむらようぞう》は、来春帝大卒業という、明治三十九年の秋頃から、同志の親友五、六人と一緒に、先輩の紹介を得て、後藤総裁へ、満鉄就職の運動を始めていた。

すると突然に、面会するから宅へ来るようにという、後藤総裁の通知があった。

総裁がじかに会う――夢ではないかと彼等は雀躍した。すばらしく晴れた夕空に、くっきりと富士山が浮び上って見える麻布の高台を、田村たちは総裁の宅に歩いて行った。

――なるほど鼻眼鏡だ――

第一印象が鼻眼鏡と、楔《くさび》型のあごひげだった。

鋭い眼光で、ずらりと、皆を見渡した後藤さんは、田村に、

「満洲へ行きたい、というについては、どういう抱負があるのかね」

と、案外優しい声で訊いた。

「は、今度出来ました満鉄で働いてみたいと思うのです」

「なぜ、満鉄で働きたいのだね」

「これからの日本人は、どうしても、支那に発展しなければなりませんと思いまして」

「そうだ。その通りだ。他の諸君も同じことを云うつもりだろう」

「そうであります」

大川という男が即座に返辞をした。

鼻眼鏡がキラキラと笑った。みなも笑う。それでテストは済んだ。そこへ、瘠せた角刈の頭の、詩人みたいな顔をした、なんとなく国木田独歩に似た人物が現れると、総裁は、

「これが理事の犬塚さんだ――犬塚君、この連中は満鉄入社志願で来ているんだ。来年卒業したら、入れてくれたまえ」

と云った。

それからの数ケ月を、田村たちは、もうすっかり満鉄マン気取りで押し通した。

やがて翌年の春だった。満鉄本社へ出頭されたしという端書が、みなの下宿へ来た。本社はその頃は東京麻布の狸穴《まみあな》にあった。

若き満鉄マンの卵たちは、雀躍して再び総裁の宅を訪れた。また犬塚理事が現れて、これから本社の事務所へ行って、副総裁以下の重役に紹介すると、皆をつれて出て、途中で、風采の上らぬ、小男でぺこぺこする男に会うと、犬塚理事が、

「これは清野君です」

と云った。田村たちは、ああ清野君かと思い、どうせ二、三日前に入社した同僚だろうと考えた。

「ああそう、お互によろしくね」

と、あっさり挨拶して行き過ぎると、

「あの男は、吾輩と同役の理事ですよ」

と、犬塚さんが説明するのだ。

「あッ理事か」

田村は思わず大きな声をたてた。犬塚さんも人が悪い、あとから理事だよもないものだと、腋の下がほんとに汗ばんで来た。

会議室兼食堂らしい広い室で持っていると、そこへ、つかつかと出て来た男が、まるで穴から飛び出した狸みたいな顔をしている。しかも、モーニングの仕立おろしを一着に及んでいる。

狸にしてはいやに炯々《けいけい》たる眼光で人を見る。頭は五分刈のイガ栗坊主だが、妙に落着いて、横柄な顔をしているから、つい今さきの清野理事の例もあり、みん

なはともかく丁寧に敬礼して、そのまま立っていた。

まだ春浅く、その室には、大きなストーブが、アカアカと燃してあったが、狸の先生は、いきなりモーニングの裾を捲って、臀《しり》をあぶりながら黙って一同の顔を見比べている。

いいかげん尻を温めると、その人は大テーブルのところへ来て、その上へどさりと腰をかけた。

テーブルの上には田村がのみかけた煙草の朝日が置いてあったが、それをとって吸いつけ、ぱっと煙を吐き出して
「おい、おめえたちの中で、先生をぶん殴った奴がいるかい」

と、おそろしくべらんめい調の言葉で訊いた。まるで、魚屋がモーニングを被《き》たような人物だなと思っていると、

「いねえのか、学校で先生を殴った奴ァ」

先生を殴ったものがいないということは、実になさけないと云わんばかりの口吻《くちぶり》だ。

「あなたは、どなたでありますか」

田村が、まず探りを入れてみた。

「おれは中村よ」

中村? はッとした。副総裁閣下は、たしかに中村是公と承知している。

「あの、中村副総裁閣下ですか」

念を押してみると、

「そうだ」

と嘯《うそぶ》き、朝日をぷかぷか吹かしている。何とか答弁しなくてはならぬ。入社のテストが学生時代に教師を殴ったことありや否や——というのだ。とんでもない問題だが、苟《いやし》くも副総裁が親しく試験しているのだから、答えないわけにもゆくまいと思って、田村は小声で一同に相談した。

誰も殴った経験がない。そこで、

「残念ながら、誰もございませんが」

と、田村が恐縮して頭を掻いてみせると、副総裁は急に、あははと笑い、

「学生として、先生を殴るというのは、あまりいいことじゃなかろう。尤も吾輩は二、三度経験があるがね」

と云って、今度は、誰かがやはりそこに投げ出しておいたゴールデンバットを一本、また無断で抜き取った。

「ときに、この中で夏目漱石の猫を読んだものがいる

かい」

と、これはまた非常に文化的な質問をもち出した。その頃の学生で夏目漱石を読まないものは尠《すくな》かった。

「は、たいてい読んで居ります」

「夏目は吾輩の親友だよ。頭の悪いやつで、学校の成績はいつでも尻から二、三番のところだったよ。尤も吾輩と雖《いえど》も、やはり尻から二、三番だった。決して夏目などに負けはしなかったよ、うん」

と、妙なところへ力を入れて云うのだ。

みんなは、ゲラゲラ笑い出した。副総裁も笑っていた。

そんなことで、入社のテストはパスしたのであった。七月にいよいよ学校を卒業すると、田村、小西、井上、岩井の四人は、トランク一つを提げて、満洲へ渡った。

大連では、例の大煙突のある浜町で、ロシア時代の倉庫か何かだったらしい家の、薄暗く、埃だらけの古畳九畳敷きという変な部屋に入れられた。ここを根城に、満蒙開拓の大野心に燃える満鉄最下級社員の生活が出発したのである。

そのときには既に、後藤総裁以下各幹部全員が大連に来ていた。

満鉄本社は、児玉町の突き当りのところにあった。満洲館の大広間が高級社員たちの食堂だった。

正午過ぎに、その満洲館へ田村たちは呼ばれて行った。後藤総裁を中心に、副総裁、理事以下三十人ばかりの偉いところが、雑然として御馳走を食っているところだった。

その中には、上田秘書だとか、貝瀬、小野木、吉野などという幹部技師も居れば、石炭のように色の黒い埠頭事務所長の相生さんなどもいた。

飯を了った後藤総裁が、田村たちに訓示のようなことを云い出した。

「会社には用度倉庫というものがあるが、戦後のこの用度倉庫は、非常に多額の品物を背負い込んでいるのだ。何百万円という金高だろう。しかも紊乱《びんらん》というか、雑然として何が何だかわけが判らんのだ。君たちは仕事始の第一着手に、この倉庫を研究して貰いたい。その状態を見て、さていかにこの用度倉庫を整理すべきかを、考えてみたらいいだろう。これをうまく、鮮やかに整理する手腕が、やがて満蒙開発の大使命を託するに足るの手腕となるのだ。いいか！　判ったかね」

そういう、訓示みたいな、命令みたいなものだった。

それから二、三日の間は、用度課の見学だった。いやなるほど！　と叫びたいくらい、実に乱雑を極めた状態で、まるで大火事の焼け跡に投げ出された貨物の山積を見るような光景だった。

これァ大変だ――と思った。総裁の要求するような手腕が、自分たちにあろうとは、夢にも想えなかった。しかし端から片づけて行くことにした。

田村は、埠頭事務所に、相生さんの部下として働くことになった。

或日の夜、田村は相生さんの宅に呼ばれて行った。相生さんは、スキ焼で一ぱい飲ましてくれたあとで、用件をいい出した。

「ほぼ埠頭事務直営の準備は出来たのだが、何しろ、複雑極まる荷役作業だ。その仕事をする人間どもは、その日まで各運送屋に働いていた仲仕なんだ。悪習慣に染み切っている連中だ。このてあいをそっくり抱き込むのだから、大変な冒険だ。特に会計関係が一番むずかしいと思うが、一つ君にその会計をやって貰いたいと思ってね」

これは大変だ。非常な信任には違いなかろうが、面白くなくて、責任ばかりが重い――と考えたので、田村はすぐ、

「そいつは、お断りしたいですが」

と辞退した。

「なにッ、何が不足でやらないというんだ、怪しからん」

相生さんは憤然とした語気で叱りつけた。斬りつけられた気持だったが、やけ気味になって、

「会計などやるために、わざわざ満洲くんだりまで志願して来たのではありません。そんな小役人か勤め人みたいなことをするくらいなら、日本内地の大会社に入っています」

と斬り返してみた。

「じゃァ満洲へ来て、ぜんたい何をやってみたいと云うんだ」

「ほんとうの仕事を、最下級の方から体験したいのです。埠頭で働けば、先ず、苦力や仲仕と伍して荷役の実際から叩き上げて行きたいと思います。それがいけませんでしたら、どうにでもしてください。馘《き》られてもかまいません」

「そうか、よし、判った。じゃァ僕と一緒に、荷役現

場へ飛び出そう。未明から夜半までやるんだぞ、いいか」

「けっこうです」

二人は、親分と乾児《こぶん》のように握手した。

いよいよ埠頭事務が会社直営となった。

個々の多くの運送屋や仲仕組は、涙金の強請手段に出て来た。無理もないわけで、何しろ直接生活問題に関することなのだから。しかし、戦争直後の殺伐な時代気配のなかで、殊に仲仕などの親方になっている人間は、たいていは兇状持か、しからずんば一癖も二癖もという先生たちばかりだったので、その気勢は物凄いばかりだった。

相生さんは、社宅で独身生活をしていたので、田村は、夜遅くまで仕事をしたときなどは、よくその社宅へ行って、酒を飲まして貰ったり、泊ったりしていたが、あるとき、ドアを蹴り開けて、躍り込んで来た怪漢があった。

「出ろッ、相生、出ろッ」

と次の室で怒鳴っている。

——また来やがった——

相生さんと田村は、そう云う眼つきを見交した。

「用があるなら、こっちへはいれ」

相生さんが平静な調子で声をかけると、また入口の扉を蹴ッとばすようにして、頬に刀傷のある大男が飛び込んで来た。その男は、見ると、一ばん悪質な運送屋の仲仕頭で、内地でも相当顔を売っていた不動の虎という人物だった。

「おい不動ッ」

相生さんが、いきなりそう云って、睨みつけた。

「きさまは俺の命を奪りに来たな」

つづけて畳みかける。

「そうだ、覚悟をしろッ」

たいした意気込みだった不動も、何だか機先を制せられて、受け太刀気味の応答になった。

「覚悟はいつでも出来て居る。おまえたちの覚悟とは、すこうし物がちがうぞ」

「黙れッ」

と云って、不動は懐中から、手拭に巻いた出刃庖丁を取り出した。

「それで斬るか、よし！　腕を一本やろう。さァ切って行け」

相生さんは学生時代に鍛えあげた、松丸太みたいな

黒い腕を、にゅッと不動の鼻のさきに突き出した。不動は一歩退って、じいっと出刃を構え、

「腕なぞ何になるか、尋常に命を出せッ」

芝居のような台詞をどなる。

「おい不動、お前はよっぽど馬鹿だね。俺の命を取ったら、きさまの命も無くなるのだぞ」

「あたりめえよ。そんなこたァ、おめえに云われねえでもちゃんと心得てらい」

「じゃおまえは、何のために俺を殺すんだ」

「多くの運送業者のために、おめえを征伐してくれるんだ」

「俺を殺したら、運送屋は儲かるのか」

「会社が恐れて金を出さア」

「その前におまえは死刑になるぞ、いいか！　それから運送屋たちも引ッぱられてしまうが、それからどうする」

「そんなこたァ知らねえやい」

「馬鹿ッ、お前も死刑にならず、運送屋どもも引ッぱられずに、ちゃんと会社が金を出す方法を教えてやる」

「どうするんだ」

「だから、この腕を一本斬って、そいつをもって、後藤新平のところへ行くんだ。さァ斬れ、さァ」

不動は黙って、しばらく相生さんを睨みつけていた。相生さんも眼球を飛び出させるような眼つきで、じいっと不動の眼を見据えていた。十分間も、凄惨な真剣な、鍔《つば》ぜり合いのような無言の時がつづいた。

「悪かった。あんたの乾児にしておくんなせい」

不動は、かたんと庖丁を投げ出すと、相生さんの脚下に両手を突いてしまった。

「よし、じゃァ一ぱい飲もう」

ほッとすると、急に全身が慄えて来た田村に、相生さんは酒の支度を命じた。

やがて二人は盃を乾した。相生さんの次が田村、それから不動——不動は田村の弟分になったわけだが、単純な男だけに、ひどく感激し、いつでも、兄貴のためにゃ死にますからねと云って、むやみに酒を飲んだ。あまり、親分とか、兄貴とかを連発するので、相生さんから、

「親分とか、兄貴とかは、どうも時代的でないから、やはり名前を呼んでくれ」

と注意され、

「そんなもんですかねえ、ようがす、承知しやした」

と云って、大変な御機嫌で帰って行った。

不動は会社直営の仲仕頭の一人として、なかなか忠実に働いていた。

或る日だ。田村は驚いてペンを握ったまま起ち上った。

「田村さんは居ねえか」

と、上ずッた鋭い声で飛び込んで来たのだ、不動なのだ、法被《はっぴ》に縄の帯をしめ、短刀を片手に、眼の色を変えている。

「どうした」

「田村さん、あっしゃァもう勘弁がならねえ。ちょっとことわりに来たんだ」

しだいに眼尻をつり上げる。

「何を勘弁ならないんだ、落ちつけよ」

「冗談じゃアねえ。監督船長の奴、どうあっても活かしちゃ置けねえんだ。怪しからん奴だ。きょうと云うきょうは片づけてやるッ」

監督船長というのは、港湾行政課のことで、海務――船舶を司る局部であって、松尾小三郎という人が、その監督船長の地位にいたが、予《かね》て荷役事務の局長である相生氏にいい感情を向けていない人物だった。その小松さんを片づけてしまわなくちゃ、腹の虫がおさまらないと、不動がわめいているのだ。

「相生親分のためだ。きょうはどうあっても承知出来ねえ」

「黙れ、馬鹿ッ」

田村は一生懸命で大喝を喰わしてみた。いつか相生流を会得していたわけだ。

不動は意外の一喝に、きょとんとした顔をしている。その虚につけ入って、すっと傍へ寄り、不動の腕を抱いて、

「こっちへ来い、話があるんだ」

今度は優しくいって、裏口へつれ出し、冷たい石の上へ、並んで腰をかけた。

「お前の心持はよく判るよ。それァ泪が出るほどうれしいんだが、おい兄弟！　ようッく物の道理を考えてみろ、なァ不動」

といいながら、肩を抱き寄せて、

「お前が、しかし小松を殺せば、その結果は、却って相生さんの不利益になるんだよ」

「いや、あいつを殺さなかったら、よけい相生親分の不利益だ」

「なぜ」

「だって見ねえ。鉄道は何百里も一時に広軌に改良だろう、そのレール、材料、汽車、機関車、せえから、各地の工場へ行く機械、ボイラー、埠頭はまるで戦場じゃねえか。そいつをおめえ、小松の奴、わざとうちの親分を困らかすために、荷役の出来ねえような場所へばかり船を繋留させやがるんだ、意地悪をしていやがるんだ。うちの親分を失敗させようとかかって企んでいやがんだ。だから殺すんだ」

「そうか。どうしても殺さなきゃいけないか。そうか。よし！　じゃァ俺が行って殺してくる」

田村は急に突ッ立った。

「あッ待った、ちょっと待って！」

不動は慌てて、田村の腰へ抱きついた。

どこもかしこも、建設のための戦場だった。山の手で丘を切り崩し、その土砂を海に運んで埋め立を急いでいた。

何千人の仲仕が、荷繰作業に必死となっているさ中を、一直線に截《き》ってトロリーのレールが走っている。何千の土方が、猛烈な勢いで轟々と土を運んで行く。到るところで喧嘩だった。毎日二件や三件、流血騒ぎの勃発しない日は無かった。

不動などは、私《ひそか》にそれを楽しみとして、大いに男を売っているらしかった。

埠頭の荷役は、何百台という荷馬車で、土方のトロ線を乗り切って右往左往するのだが、そのためにトロ線は歪んだり、曲ったり、切断されたり——そこへ、ガァーッと無鉄砲なスピードで、山の手から土砂を積んだトロを押し落してくる。忽ちにして脱線、顚覆、怪我人、これでは、土方が怒るのは当然である。彼等は請負工事に期限があって、会社から厳重な督促をうけている関係上、非常に焦っているのだ。

ついに憤慨して、トロの沿線に幅一メートル半ばかりの壕を掘って、荷馬車の通行を塞いでしまった。

事態は土木組と埠頭組との、堂々たる正面衝突と進展した。

埠頭事務所で人夫係の主任をつとめていた樋口さんが、土木工事の請負人たちがいる溜りへ交渉に出かけて行った。樋口さんは玄洋社出の豪傑だった。身長六尺、容貌魁偉、日露戦争では、支那人に化け、軍の特別任務を帯びて露軍の背後深く潜行していたという経歴の持主だったが、その樋口さんが、土方組の方へ行ったきり、翌日になっても帰って来ないのだ。探りを入れてみると、これが向うで虜になっていると知れた。

道《さすが》の相生さんも、このときばかりは顔色を変えて飛び出した。

「田村君、来給えッ」

「何か、武器を持って行きましょう」

「要らん、持たん方がいい、早く」

山の土を掘り採ったあとに、アンペラ屋根の土窟があった。まるで山賊の山塞みたいなところが土方たちの本部なのだ。

頭目らしいのが六人いた。いずれも、一癖も二癖もありそうな、人相のよくないのが、猟銃や拳銃を構えたり、短刀やドスを抜き放ったりしていた。その中で、剃りたての青々とした頭から顔にかけて刀傷の七、八ヶ所もある大入道が、朱鞘の大刀を腰に横たえ、柄《つか》頭《がしら》を握って、眼光鋭くこちらを睨みつけていた。その男が一ばんの頭目らしい。

六人でいきなり、二人を取り囲んだ。田村の背後でパチン！　パチン！　とわざと鯉口を鳴らす奴があった。

田村は、もはや命は無いものと覚悟をきめた。眼の前が暗くなった気持がして、全身が慄えてくるのを、どうすることも出来なかった。

「おい、お互に、日本という国家のために働いて居るんだ。なァ、そうだろう、おい！」

相生さんが、いきなり、だしぬけに、大きな声で、大入道の顔へ自分の顔を押しつけるようにして、話しかけた。大入道は黙っている。

「お互に満鉄のため、即ち日本のために、こうやって働いてるんだ、そうだろう」

「うむ、そうだ、それがどうした」

「それでいいんだ。陛下の赤子は、こうやって仲よく手を握ろう」

むずと大入道の手を握り、

「お互に国家のために、一日も早く満鉄を仕上げて行こうじゃないか。いままでのことは、俺があやまる。しかし、飽くまでも判らんことを云うのなら——最後の手段に出るぞ！　どうだッ」

と大喝した。それで、わけもなく問題は氷解した。相生さんの頸筋に汗が光っていた。

# 殉職

瓦房店《がぼうてん》駅の車掌室で、若い車掌の畑俊夫と加野舜とが、ストーブを挟んで、煙草を吹かしながら故郷の話をしていた。

「内地は、もう桜が咲いたろうなァ」

「うん、きょうは——四月の十日か、もう咲いているね。うらうらと、いいなァ、内地は」

加野は遠いところを見るような眼つきで、じっと窓の外を眺めていた。満洲の四月は、まだ冬枯のままの、荒涼たる灰色を展げているばかりだった。

「おふくろは、花が咲くと、赤飯を炊いて、干大根のおかずを拵えるんだよ」

加野は実に、なつかしくて堪らなそうに述懐する。加野の郷里は山陰道の米子附近らしかった。

「赤飯を炊いて、花見に行くのか」

「いや、大山《だいせん》というお山へ登るんだ、僕をつれて。伯耆《ほうき》の大山は有名な山だぞ」

「山に登って、どうするんだ」

「おやじがね、僕のまだ赤ン坊だった頃に、あのお山のどこか深い谷に墜ち込んで、それッきりになったんだ。死骸はついにわからないんだ。おやじは商売に失敗して、貧乏のどん底だったんだ。お山の谷へ岩松を採りに行ったりして、まァ植木屋のようなことで渡世していたんだ。それが死んでしまったんだから、おふくろは苦労したんだよ。僕を中学へ入れたいと思っても、とてもそれどころじゃなかったんだ。それでも、花が咲く頃になると、毎年お山へだけは登って行くんだよ、僕をつれてね」

「おふくろさまはいくつだ、ことし」

「四十歳だよ。まだ四十歳だもの、俺はこっちへつれて来たいんだ」

そんなことを云っているところへ、列車が入構して来た。二人は大連へ行って、その日の夜行に乗務することになっていたので、そのまま汽車に乗り込んだ。

その日の夕方、旅客第一列車は大連を北に向って出発した。貨車九輌を前部連結とし、三等車三輌、二等車一輌という編成だった。

三十里堡の駅はかなり急な、降り込んで行くような勾配になっていた。

畑は前部車掌で、加野は後部だった。

烈しい勢いで第一番線に辷り込んで行くと、その線には上り貨物列車が停っていた。

「あッ」

と畑は飛び上った。機関車は気が狂ったように、やけに非常汽笛を鳴したて、必死に制動しようとしていたが、貫通制動機でない悲しさに、ちっともその効果がなかった。衝突！　と見た瞬間、畑はドアを押しあけて、外に飛び降りようとした。と、

――旅客列車だ……客が皆死ぬんだぞ……死ねッ、死ねッ……一緒に死ねッ――

烈しい声で叱りつけるものがあった。振りかえってみたが、そこには誰もいる筈がないし、確かに自分一人だけなのだった。

もうその次の行動で、畑はハンドブレーキの鉄板で出来た太鼓の半分みたいなものの中に上半身を突ッ込み、手廻し臼みたいなハンドルに獅噛《しが》みついて、全身の力で引き締め切ったまま、観念の瞼を閉じてしまった。

ガーン！　という大音響と大震動――それっきり、畑は、ぐったりとなった。

清浄な、雪の世界のようなところだった。四方八方真ッ白に輝いていた。

しばらく経って、ああ自分は列車が衝突して死んだのだったと気がついた。

「おッ、畑君！　気がついたか、おお、気がついてくれたか」

涙一ぱい溜った眼が、顔が、ぐっと覗き込んで来た。車掌監督の久保田さんだった。

「……」

何かいって、体を動かそうとしたのだが、声も出ず、身動きも出来なかった。

「しっかりしろよ。大丈夫だ。君の負傷は案外軽いんだぞ」

と云われて、そうだったかと吻ッとした。

「あれから三日目だ。いま夜があけたところなんだよ。ここは病院だ。もう心配は要らんのだ。ああよかったねえ」

「そうですか、ありがとう」

口が利けた。

「乗客は？　加野君は？」

「うん、みんなたいしたことはないからね、君は人のことは考えないでいいんだ」

「そうですか」

それからまた、昏々として眠った。

高い熱の中で、加野が見舞ってくれている夢を見た。

……君は無事だったのか。僕も助かった。よかったなア……

「苦しいですか」

そういって額に、冷たい手を置いたのは、この衛戍《えいじゅ》病院の看護卒だった。

「いや、夢を見たのです」

と答えたが、全身が堪えられぬほどに、鈍痛を感じている。

「寝返りしたいですが」

「よろしい」

看護卒は、畑の軀を、すこし左向け加減に動かしてくれた。それで非常に安楽な気分になれた。

隣接のベッドがすぐ鼻のさきにあった。隣に誰か負傷者が臥ているとは予《かね》て知っていたが、どんな人だろうと思った。

しいんとした夜更けの病室で、ときどき一隅から呻き声が聞えてくる。よほどの重傷者らしい。

ふと、隣のベッドの蒲団の端に、白布に何か書いたものを縫いつけてあるのが、眼に入った。

――四日午前五時死亡――加……

「あっ」

と叫んで畑は、そのベッドの主の顔に被覆してある布片を、片手を伸ばして取り除けた。

同僚の後部車掌加野が死んでいるのだ。

「おい、加野……おまえは死んだのか」

声に出してそう云うと、泪が湧き出して来た。車掌監督に聞いたとき、心配するな、加野も大丈夫だぞと云ったのは、あれは自分を安心さすための嘘だった。

「何か云いましたか」

看護卒がまた来てくれた。

「いや、実は、この加野という車掌は、私の満洲へ来てからの無二の友だちだったのでねえ」

「ああそうでしたか。この人は殆ど即死と云ってもいいくらいです。ここへつれ込んで来たときにはもう既にいけなかったのです」

赤飯を炊いて、何とかいうお山へ登る母親のことを思い出した。

「この男には、母親があるんです。貧乏な母親が一人だけ……困ったなア」

その母親の悲嘆と心痛が、現実の感覚となって、ひしひしと畑の胸に迫って来た。

瓦房店は、ロシアが南満経営の南端旅順、ダルニーからおよそ百哩《マイル》の地点を選んで、大機関庫と大停車場のあらゆる設備を行ったところで、大戦直後にも、その駅と、大機関庫と、これらに附属する二十棟ばかりの大建築が焼野ヶ原に残されてあった。

車掌の畑は、退院するとまた瓦房店へ帰り、その焼け残りの建物の一棟が、車掌や、運転手や、転轍手や、その他現業関係の下級社員の合宿所になっているところの、曾《かつ》ては親友加野と二人で占拠していた一室に臥《ね》て、重傷後の静養をとっていた。

加野の母――山陰道の米子から遙々《はるばる》と出て来た母親と、それから加野の許婚者だった、ふきさんという娘とが、同じ室に同居している。

加野は遭難当時殆ど即死の状態だったのだが、会社から先ず、ただ「負傷」とだけ通知し、一日経ってから「死亡」と再通知を発したのであったが、加野の母は、負傷の通知を見ると、すぐ打電したものらしく、

「イソギソチラヘユクヨロシクタノム」と云ってよこした。その電報は、こちらから死亡の通知を出したのと、ほとんど同時くらいに来たので、会社でも死体の処置に困ってしまった。とにかく向うでは負傷したと思っているから慌てて看病にくるつもりだろうと想像はつくが、せめてせっかく遠いところを駈けつけてくる母親に、死顔だけでも見せてやりたいというので、死骸を焼いてしまうことも出来ず、そのままにして置いた。

しかし、五日経っても、加野の母親は来なかった。六日目の船でも来ない。次の船はまだ入港に三日も間があると云うので、死体は一応処理することになった。

万事は同僚の畑に相談された。もうその頃の畑の感情は、加野に対して、ただの友人ではなかった。兄弟のような気持が、加野に対してのすべてを支配しているのだった。母親のことにしたって加野が平素語っていた思慕の言葉によって、十年の知己のような一人の優しい「おふくろさま」が畑の胸に活きていた。

「よろしい、母親が来たら、私がよく事情を話して納得させます。焼いて骨にして、私にその骨を預らして下さい」

畑はそう申し出た。

それで、加野の死体は、丘の上で遼東半島の浅春を

吹く夕風の中に一片の煙となり、骨は壺に納めて畑に渡された。畑は友の冷たい骨をベッドに抱いて、母親が来るのを待ちこがれていた。

　その母は十日目にやって来た。その頃まだ汽車が全通していなかった山陰道から、神戸まで出て便船を待ち、玄海の波を越えてくるには、どう急いでも、そのくらいの日数はかかるのであった。

　加野の母親という人は、案外確《しっか》りした、上品な、小柄の、五十歳あまりに見えるおばさんだったが、そのうしろに、一人の娘をつれていた。油ッ気のない髪の、前の方をすこし膨らました、色のちょっと浅黒い、眼の澄んだ、何となく、雑草の中のきれいな花を想わすような娘だった。紺絣の着物に、赤い模様のメリンスの帯をしめていた。

「死んだものは、もはやしかたがございません。私はあきらめます。貴方には色々とお世話になった事でしょう。生前あの子からもよく手紙に、あなたが親切にして下さるというて来ていました。せめて、あなたがようおなんなさるまで、私たちは息子の代りに、あなたを看病させて貰いましょう」

　そういって、何と辞退しても承知せず、畑が退院するまで、二人は大連に宿をとって、病院へ看病に通ってくれた。

　おふきさんというその娘が、加野と婚約していた人だった。

　おふきは、米子という町から二里ばかりの田舎のかなりな百姓の娘だった。加野の家とは親類関係でもあり、親同士の間で、早くから許婚《いいなずけ》ということになっていたのだったが、加野の家が左前になり、あげくのはてに父親が死んでからは、おふきの親たちは、何となく加野母子に冷たくなり、加野が満洲へ渡ったあと、すぐに破婚を申し込んで来た。

　それを本人の娘が承知せず、加野の母のところへ来てしまって、親が何といって呼びに来ても、挺《てこ》でも動かなかった。

　高等小学校を優等で出て、それから四年の間、町の裁縫塾に通っていた、おふきの腕はたいしたもので、毎日縫物の賃仕事をして、貧しい加野の母を養っていたのが、今度の災難を聞くと、自分から先に立って、看病にと、大連くんだりまで母親を引きずって来たのであった。

　畑は退院すると、この母と娘を瓦房店までつれて来て、一まず自分の室に泊めた。無論そこには加野の荷物も置いてあったので、母親や、恋人としては、そんなものでも懐しいし、住んでいたという部屋の匂いだけでも嗅いでみたかったろうし、また奉天など戦跡を見て、安奉線で帰ったらどうかと、畑が強いて勧めたりした関係から、二人も喜んでついて来たものだった。

　来て、五日になり、つい十日も経ってしまった。畑はもう出勤出来る体になっていたが、せめて母親たちを奉天まで送って別れる間、会社を休みたいと思って、そのことを願い出ると、会社では一議なく快諾してくれた。

「兄さん、あの、ご飯が出来ました」

　朝寝坊をしている畑を、おふきがそう云う呼び方で起した。おふきは、いつのほどからか、畑を「兄さん」と呼ぶようになっていた。狭い部屋の隅で彼女たちは、ままごとみたいな自炊をして畑にも食わし自分たちも食べていた。

　両親もなく、冷たい兄夫婦に育てられた畑、この日ごろ、しみじみとした気持に、いつも心の中が温かく濡れているような気持になっているのだった。それは、家庭的と云うより、もっと本能に近い温かさだった、心に多年、飢え求めていたものであった。それが加野の母親と、おふきの態度から与えられるものであることは、よく判っていた。

　その温かいものからも、いよいよ二、三日のうちに別れてしまわなくてはならない運命を想うと、畑は前途に寒い冬がくるような気がするのだ。顔を洗って、家庭的な朝飯に熱い味噌汁をすすりながら、

「僕は、二、三日のうちにあなたがたと別れてしまうのが、たまらなく淋しいなァ」

　と述懐した畑の言葉を、待っていたかのように、母親が、

「畑さん、御相談があるのですけれど」

　と云った。

「これとも……」

　と頤《あご》でおふきをさし、

「よくよく相談しました上のことなんですが、私たち、もう生涯、この満洲に置いて頂こうかと思うとりますが…」

　と云って、母親は深い眼つきで、じっと畑の顔を見詰めた。

「ほんとですかッ」

畑は箸を卓子の上に、からからと投げ出してしまった。

加野の母は、満鉄から呉れた殉職の弔慰金を資本に、瓦房店で、雑貨、売薬、文房具などの小店を開き、いよいよ大陸の草分女性として、異郷の土になる決心をした。

彼女は、人生の望みを、この一つにかけて来た愛児の死によって、もはや住みにくい内地の生活を捨てる気になったらしいのだが、もう一つ他に、その決心を固めさせた原因が、畑という青年にあった。

愛児の同僚、たった一人の親友、わが児のあわれな骨を、病床に抱いて温めていてくれた畑という青年と、ただの十日ばかりでも、一緒に生活してみれば、もはやそれはアカの他人ではないような気持になっているのだった。

「お母ァさん、飯はまだですか」

なぞと遠慮なく慕ってくれる畑の、その声から、容貌までが、どことなく亡児の再来かと思われたり、夜など枕を並べて寝ている姿を、ふとしては自分の伜が傍に寝ていると錯覚したりするのであった。

おふきも、無論内地へは帰らないと云い、夫と心にきめて、この年月恋い慕ってきた人の最後の地に、その母をわが母として、共に満洲の土となる覚悟は固かったし、それがまた、畑を兄さんと呼んで、亡児の兄弟にでも仕えるような態度を見ていると、母としては、この満洲の一地点で、偶然に出来上った一つの家庭的な空気を毀したくない願いが、切実だったのだろう。

西街の支那部落で、一軒の支那家屋を買い、それを改造して、加野商店という、ささやかな店を、開いた。

畑はその店の息子のように、二人の女性の心からなる奉仕をうけて、生れて初めての明るい、幸福感に胸を膨らませながら、毎日元気よく出勤して行ったが、その頃はまだ満鉄社員で、町に散宿したり、家庭を持ったりしているものは、極めて尠《すくな》かった時代だったから、同僚たちは非常に羨ましがって、おふきという問題の娘を見ることを景物に、さかんに押しかけて来ては、色んな物を、要りもしないものまでも買って行った。

そうして、加野商店は繁昌して行った。

満洲に桜は咲かなかったが、アカシアやライラックが咲き匂う頃になると、野にも丘にも日本内地のと同じような、いろんな草花が咲き乱れ、桃や李《すもも》は、十里、二十里の雲を敷いたように、雄大な野を染めた。

畑が或る夕方勤務から帰って見ると、いつも賃仕事の縫物に没頭しているおふきは、母と二人で、姉様被りに赤い襷という姿で、御馳走を拵《こしら》えているところだった。

煮物の匂いが――それは何を煮ているのか非常に懐しい、少年時代の郷愁を呼び起す匂いが、店から通の方まで濃い味覚の色をなして、流れ漂っていた。

「あら、お帰んなさい、兄さん」

おふきが駈け出して来るあとから、母も濡手を拭きながら、

「おや、ちっとも知らなんだが、あらい早かったですの」

と、嬉しそうな笑顔を覗けた。

「何のために、そんな御馳走をするのですか」

畑も、ニコニコしながら、聞いてみた。

「毎年、故郷で、花が咲くと、こうやって一度は赤飯を炊いて、お山登りをしたのですが、ことしは満洲の花で、あの向うの小山へ、明日ね、――明日はあんたがお休みじゃと、この娘が云うもんですから、お午過ぎから急に思い立って、こんなことを始めたのです――で、明日は三人で、向うのお山へ登りましょうと思って……」

「そうですか」

と云ったが、畑は亡き加野がよく云っていたあれかと思うと、なんとなく瞼の裏が熱くなって来るのであった。

## 長春

藤田専一は、外国語学校を出るとすぐ、満鉄社員となって、大連に来た。

雑然、紛然、ただ大きな釜が沸騰しているような大連だった。何も仕事は与えられず、便船ごとに殺到する新来の社員を、埠頭に出迎えに行くのが、日課のようなものだった。

社宅では、同じような境遇の青年五、六人が、支那人を雇って自炊生活をした。支那人は米の飯というものを生れて初めて食ったので、とてもうまくてたまらなかったらしい。梁山泊の豪傑全員の食い量と同じほどの米を、一人で毎日食ってしまった。

雑然、紛然たる中で、料理屋と芸者は、雨後の筍の

如く出来て、それがみな繁昌して行った。偉い人たちの社宅へは、日が暮れると芸者が馬車で乗り込んで行く。料理屋も、扇芳亭などは毎晩満員の盛況だった。

藤田たちも旺《さかん》に飲んだ。ときには理事などという大先輩と一緒になって、踊ったり、唄ったり、殴り合いをしたりなどした。藤田たちはデカンショ組と呼ばれるようになった。

デカンショ組は、金が無くなると、山へ登って、夜もすがらデカンショを高吟した。あるときは知らずに、要塞地帯の山に火を焚いて酒を沸かし、肉を炙って大いに気勢をあげているところを一個小隊ばかりの兵隊に包囲され、鉄砲をうちかけられて、いのちからがら逃げ出したりした。

そんな日常のうちに、藤田は長春へ遣《や》らされることにきまった。

長春にはその頃、会社の嘱託として、佐藤安之助という少佐が居るだけだと云うことだった。日用の生活道具すらも無いところだからというので扇芳亭の板場を一人つれて行かされた。板場の仙さんは、膳椀十人前の世帯道具一式を携行した。

仙さんは顔に向傷のある、人相の悪い四十五、六歳の男だった。日本中を渡り歩いて、白刃の下も何度となく経験したというようなことを、汽車の中で吹聴していた。

孟家屯《もうかとん》が汽車の終点となっていた。馬車で仙さんと二人、雨の降る夕暮を、長春《ちようしゆん》の城内へ乗り込んで行った。

ただ荒涼とした草原のはてに、古い城壁が黒々と濡れていた。そこが長春だった。

城門の入口には、ロシアのコザック兵が一個小隊ばかり駐屯している。城内には二個聯隊ばかりもいるということだった。どこか暗い中で、ときどき銃声が聞えた。

仙さんは馬車の中で、手拭に巻いた出刃庖丁を取り出して、じっと握りしめた。

城内の三井物産支店はすぐ判った。佐藤少佐はそこにいるのだった。三井物産と云ったところで支那の民家に、ちょっと手を入れた程度の、まことに殺風景で、お粗末至極のものだった。

「やァごくろうだったね」

脊《せ》の高い背広服の男が出迎えてくれたが、その人が佐藤少佐だった。もう一人、ストーブのところで支那酒を飲んでいる壮漢があった。それは鎌田弥助という人で、やはり満鉄の嘱託として、佐藤少佐を助けているのだった。

「どうだ、たいへんなところだろう」

とその鎌田さんが、椅子を一脚与えてくれながら訊いた。

「道が非常に悪いですな、泥で」

「そうだ、道じゃないんだ、泥川なんだ。城内目抜の通りだって、この雨季にはまるで泥の海になっている。昨日も、そこの正金《しょうきん》銀行の前で、荷馬車の馬が一頭、泥の中へ溺死してね」

「まさか」

と云って、藤田が吹き出すと、

「ほんとだよ、君」

と佐藤さんが、むきになって証明した。

長春の鉄道附属地——いま国都の大新京が頭道溝《とうどうこう》の寒村だった三十幾年昔のその長春である。

アンペラ・バラックの怪奇な新都市が、荒涼暗澹たる大湿原の上へ、俄に菌のように発展して行った。

料理屋が第一番に出来、宿屋も風呂屋も出来た。でも、それが貧しい日本人の個人資本で急造した粗製濫造の町である。大陸の残酷な雨がこれを叩くと、到るところ雨漏り異変である。

藤田が日本湯という、名前ばかり堂々たる銭湯に入っていると、雨が湯槽の中へ滝のように落下して来た。驚いて天井を仰いでみると、板屋根の上に塗ったセメントが板ごと亀裂となっているのだ。

「こいつァまったくの、びっくり仰天だ」

と藤田の横にいた男が、一句しゃれのめして、あははと愉快そうに笑った。

料理屋へ一ぱいやりに行ってみると、雨漏り座敷で、客も女も傘をさした下で、大いに飲んでいたには感心した。

日本湯の向いの日本館という宿屋では、屋根へ畳をあげて雨を押さえていたが、それでもやはり大漏りなので、客は傘をさして碁をうったりしているということだった。

雨も残虐だが、その下に住んでいる日本人も英雄だと、藤田はしみじみ感心した。毎晩のように銃声が聞えた。馬賊が出没するからだという。

城内には、まだ露兵が二個聯隊ばかりもいて、これがまた夜な夜な発砲する。

列車は、毎列車馬賊に襲われるということだった。馬賊は、ちゃんと車内に普通の乗客として乗り込んでいて、発車してしばらく経つと、両方の入口あたりから、いきなり五、六人の男が立ち上ってピストルをつきつける、即ち馬賊なのだ。反抗しなければ、別に危害は加えない、専ら掠奪するのだ。片ッぱしから脅かしては捲きあげてしまう。

さていいかげん稼ぐと、首領らしい奴の号令一下、ばらばらと進行中の列車から飛び降りてしまう。よく怪我をしないものだと思うが、まったく慣れたものだ。

一体、その頃の支那人は、普通の良民でも、女でも、進行中の列車から飛び降りる癖があった。それは当時満鉄線の、駅区間が非常に遠かったからだ。

一区間二十哩《マイル》もあるとして、その線路二十哩を底辺とする三角形の頂点や、中央あたりに位置する部落へ帰るものは、先の駅まで持って行かれては、その日のうちに帰ることが出来ないというので、みな窓から先に荷物を投げ出して置いて、それから、やっこらせと云った調子で、団子のようにごろごろと転がり落ちるのだ。土まみれになって、ころころやっているが、いいかげんのところで、ひょっくり、起き上り、荷物を拾って、すたこら歩いて行くのだ。

藤田たちは、ともかく毎夜の銃声で、すこし神経衰弱の気味になった。とても安眠など出来はしない。みんながしだいに、銃やピストルを枕辺に用意するようになった。

ところが、さすがに佐藤少佐や鎌田さんは平気な顔をしているので、少々気がさして、あまり物物しい警戒もしにくかった。

その佐藤さんと鎌田さんが奉天へ出張して留守になると、もう矢も楯も堪らず、みんなで家の囲りに壕を掘り廻し、その内側に頑丈な木柵を構築した。

やっと防戦工事が出来上ったところへ帰って来た佐藤さんは、あきれはてて口も利けないと云って、腹をかかえて大笑いをした。

加藤与之吉という土木技師は、屍《しかばね》を荒野に曝す決心で、

「年老いた一人の母をすてて、満洲とやら天竺とやらへ行くとは、何というあきれはてた親不孝ものになったのだ」

と猛反対の母を、

「これはお母さん、自分の意志じゃありません。学校

を出たものへ、お上の御命令なんです」

と欺き、

「ああそうかい、お上の御用なら、戦って死にでもする。そんなことなら私も諦めるから、潔く死んで御奉公しなされ」

と納得させて、満洲へ押し渡って来た。

加藤技師の任務は、満鉄附属地の市街設計だった。まず長春へ――という社命で、佐藤少佐や鎌田弥助氏や、藤田専一などのいるところへ辿り着いて、草鞋を脱いだ。

馬が町のまン中で溺死したり、家の中で傘をさしたりして酒を飲んだり、そんなふうに先輩を苦しめた雨期はとっくに過ぎていたが、その代り残忍至極の猛夏で、日中は百二十度を超すようなこともあった。

酷寒零下何十度、満洲はただべらぼうに寒いというのが、日本人の概念で、夏がまたこんなにおそろしく暑いことは、勘定には入れていなかった。

こんなに暑くては、おふくろさまを欺いた天罰は眼のあたり、二、三日のうちには理想どおり屍を荒野に横たえてしまうぞ！　と、加藤は心中大いに後悔したりしたのだが、案外にも日本では味わえないほどの夜気の爽涼さにほっとして、これなら何とかなろうという自信も持てた。

佐藤さんや鎌田さんたちの、附属地買収部隊は、その頃はもう、城内の三井洋行から出て、最初の買収した頭道溝の、日本橋と名づけた橋畔の大きな民家を買い取り、修繕して、満鉄事務所としてそこに納まっていた。

そこには室が五つか六つかあって、まず満鉄初期における、これが唯一無上のホテルとも云えるものだった。

気の利いた、しかし非常に勝気な、若い日本娘が一人いて、主婦役として大いに敏腕をふるっていたが、これはしだいに、その後の満鉄発展と歩調を合して、ついに名古屋館の女将おはつ女史とまで進化した。

ところで、長春の附属地買収には佐藤、鎌田の両先輩が、言語に形容出来ぬほどの苦闘をつづけていた。何しろ相手が、役人も、地主も、小作人も、すべて支那人だから、さっぱり物が捗《はかど》らぬのだ。しかも、当時なおロシアの余威《よい》に慣れ、新来の日本に対して、多分の軽蔑を抱いている彼等だったから、よけい始末におえなかった。

そもそも長春以外の各附属地というものは、みなロシアから引き継いだものだったのに、長春だけは、新たに支那と交渉して買収しなければならなかった。

ポーツマス条約で、日露両全権は、日本に譲渡すべき鉄道の終点を、長春と決定しているのだった。その条文中に、

――長春（寛城子《かんじょうし》）――

という文字が明記されてある。そこで、その後の現地交渉に及んで、日本側は、

「長春には鉄道は通っていない。長春は即ち寛城子を意味するものだ。故に日本国は寛城子までを所有する権利がある」

と主張した。しかるにロシアは、

「長春と明記してある以上、長春以外の寛城子まで取られるわけはない」

と強く拒否して、譲らなかった。ついに水かけ論に陥った。

なぜこんな、後日に論争の素因となるような不備な条約を結んだのかというに、日露双方の講和委員が、誰一人として、長春あたりの現地を識らなかったからだ。

だから、どちらも、寛城子駅のあるところを、支那では長春というのだろうと信じ切っていた。そこで条文中に、――長春（寛城子）――と記入したわけだった。

あとで現地交渉となってみると、実際は、長春と寛城子は、全然別の場所だったので、ロシア側としては、奇貨措くべしで、横に車を押し通そうとする。

「駅は寛城子にあり、鉄道は長春を通過してはいない。鉄道のないところに、どうして終点があるか。日本の終点は、当然寛城子とするのが常識ではないか」

「それでも、字句にちゃんと、長春と明記してあるから、それ以上交渉の余地はない」

「しからば、仮に貴説に一歩譲るとして、日露間の鉄道線路は、どこを境界点とするのか、どこで切ったらいいのか」

「それは、つまりこうだ。長春の市街の中心点から鉄道線路に垂直線を描き、その線と鉄道と交叉した一点をもって、日露の分岐点とするのだ」

「一本の線路を二分するのに、横の地点から見当をつけるような無意味なことが、どこの世界にあるか」

と、まずこんな調子の論争を繰りかえして、ついに要領を得なかった。

結局、現地交渉では駄目ということになり、日露両国で更《あらた》めて委員を任命し、日本からは栗野大使を委員とし、露都で談判を開くという、大変なことにまで押し上げてしまった。

その結果、寛城子駅はロシアに譲り、その代償として、六十五万ルーブルをロシアから日本に支払うという条件で、ケリがついた。

その六十五万ルーブルが、長春附属地約二百万坪の買収資金となったわけである。

鎌田さんが巧《たくみ》な支那語で、一生懸命に買収の交渉を進めているのだったが、狡くて無智で、おまけに頑迷な、支那官吏と、地主と、百姓との交渉は大変なものだった。

ただ一めんの高粱畑だったが、面積はどのくらいあるのか、幾坪と判明している畑などはどこにもありはしない。いいかげんなことを勝手に主張しているし、立ち会って測量しようとすれば、旧式な弓をもち出して、それで測ろうとする。日本流の測量方法を見ても不可解だから、逆にこれをごまかしだと云う。それを教え込むためには、幾何学から説明してかからなければならないような始末だった。

民家が点在する。これを立ちのかせようとして、地代も、立ち退き料も渡してあるのだが、どうしても立ち退こうとしない。

墓がある、墓は絶対に移動させられぬと主張する。それをまた絶対に移転させようとするためには、馬鹿々しいほどの代償を与えなければならなかった。

なかには非常に悪質な奴がいて、一夜のうちに、幾つもの墓を急造する。土饅頭を盛り上げるだけで、立派な墓場なのだから、わけなく出来る。それを先祖の墳墓だと云って、泣きながら死守するような擬態を示すのだ。

匪賊の横行と、土民の反抗と——鎌田さんの部下にいた石田一郎君など、加藤が見ていると、毎晩遺書を書いていた。夜が明けると馬鹿々しくなって破りすてるのだが、日が暮れて、どこかで銃声が聞えると、また悲壮な表情をして、

——母上さま、先立つ不孝をおゆるし下さい……

と書き始めるのであった。

日露協定の条文の結果、寛城子駅が二つ出来た。ロシア寛城子と日本寛城子。

長春駅は日本が新設した。

旅客は、この長春駅で相互に乗り換え、貨物は、満鉄で来たものは露寛城子駅で向うの線路に積み替え、ロシア側から南満に入るものは長春駅まで持って来て満鉄線に積み替えることとなった。

そこで、長春駅と露寛城子駅との間にはロシアの線路と、日本の線路と、二条の連絡船が必要となって、相方折半で工事を始めたのが、めでたく明治四十一年の秋に完成し、いよいよ連絡運輸をやり出したところで、日本側の工事担当主任の斎藤技師は、ロシア側の鉄道幹部を招待して大いに飲んでみたいという気持になった。

年齢漸く二十八歳の青年技師だった斎藤の純真な感情と、ロシア人の善良な温かさとが大いに共鳴した結果なのだ。

その頃は、既に後藤新平は逓信大臣となって満鉄を去り副総裁だった中村是公が二代目総裁に昇任していたが、恰も視察のために長春へ現れたその中村総裁に、斎藤は、

「一つロスケ殿を招待して、慰労の盛宴を張りたいと思いますが、おゆるし下さいませんか」

と願い出てみた。すると、後藤以上にそうしたことの好きな中村だから、無論すぐに許可してくれた。

「向うがやらない先に、早くするがいいぞ。どんなことでも、万事君の思う存分にやるがいい」

「では、まッぴるまから芸者を引ッぱり出して、大騒ぎをやってもよろしいですか」

「おめえのいいようにしろ」

「しめたッ」

「この野郎ッ、踊ってやがる」

その頃の満鉄の空気というものは、総裁閣下と一地方技師との間にも、こんなにも親しく、温かく且つぞんざいな交渉をもたせたものだった。

宴席は、城内の支那料亭や、ロシア人の食堂でやるよりも、日本の料理屋がいいと決定し、八千代館という日本の料理屋が一ばん大きく、新築できれいだというので、そこへロシア人たちを招待した。

招待する以上は、大いに自由を与えなくてはならぬ。とにかくロシア人に靴を脱がせて、畳の上に坐らすことは気の毒だから、靴のまま座敷へ踏み込ませなくては面白くない、という案を出すものがあった。それはそうだというので、八千代館の女将を呼んで、当日は主客ともに靴穿きのまま座敷へ上るぞと云ったら、女

将は、ややしばし呆然としていた。
「その代り、あとで、畳全部を会社の方で……」

## 安奉線改築

安奉線は、これはロシアから譲りうけたものでなく、戦争中にわが軍用軽便鉄道として敷設したのであるが、戦争直後の明治三十八年十二月二十二日、小村全権特派大使と清国政府との間に取り結ばれた「満洲善後協約」の附属条約第六条によって、わが国が「軍用鉄道を改めて商工業用の鉄道とするために標準軌道とし、技術上線路の更正を行う云々」の趣旨によって、一日も早くこれが改善を急がねばならない事情にたち到ったのである。

明治四十二年一月、満鉄は清国に対して交渉を始めた。双方の協商委員は、その年三月、東三省《とうさんしょう》総督衙《が》門《もん》で会見した。

日本側(満鉄)委員は、当時の満鉄奉天公所長、例の長春で附属地買収をやった佐藤安之助少佐と土木技師の島竹次郎。

支那側委員は、技師の黄国璋と沈祺《ちんき》という人物だった。

これらの委員たちは、三月一ぱいかかって、安奉線改築の予定線を、技術上の見地から、詳細に検討、商議しながら、視察を完了した。

支那側の委員は、だいたい満鉄側の主張が妥当であると、清国政府に報告したので、満鉄としてはすぐにも土地買収に着手したいと交渉した。

ところが、例の支那流外交で、言を左右にして、どうしても快答を与えない。いつまで経っても埒《らち》があかぬ。とうてい満鉄としての交渉では駄目と悟ったわが方では、奉天総領事をして、東三省総督錫良《しゃくりょう》に厳重な談判を持ち込ませた。

漸く、六月も下旬頃になって、人を喰った回答をよこした。

「安奉線の工事は、現在の軽便鉄道を広軌に改良するだけにとどめられたい。線路の変更敷設は絶対に応じ難い」

そういう態度で、その他にも、いろいろと不当な条件をつけ加えて、日本の目的を拒否する意志を明らかにして来たのであった。

それは北京条約に反するではないかと、例の条文を示し、――且つこの線は欧亜交通の要路であって、世界文化のためにも、一刻も早く標準軌道に改築しなければならぬものであって、それを完成さすことは、日本国の義務であると同時に、当然の権利なのだ。ことに満洲の気温は、冬期において土木工事を不可能にさせるから、着手は目下の急を要する。一年を延期すれば、各方面の不利益甚大なるものがある――。

そういうふうに強硬な交渉をつづけてみたが、依然として誠意を示さず、却ってあらゆる手段を弄して、日本の目的を妨害する態度を露骨に示して来たので、わが方は断然自由行動に出ることとし、八月六日、日本全権伊集院彦吉《いじゅういんひこきち》をして、清国政府に対し、その決意を通告させると同時に、敢然として工事を始めることとなった。

中村謙介技師は、その安奉線改築工事第一建設派出所主任として、本渓湖《ほんけいこ》に乗り出していた。

みんなが若くて、みんなが元気だった。中村総裁が四十三歳、以下の理事皆若く、会社そのものが若いのだ。

一夜に、あっというような工事を完成させろ、という命令をうけて、

「よろしい」

と起ち上った中村謙介。

奉天公所からは、佐藤少佐の命をうけて、例の鎌田弥助が飛んで来た。

鎌田弥助は、明治三十二年に東京外語を出た秀才だった。

北清事変の時、五師団附の通訳となって従軍し、その後は、北京の医務学堂で教官となっていたが、日露間の風雲が急をつげると、彼の横川省三、沖禎介などと特別任務に活躍し、戦争となってからは、大本営附通訳として重宝がられたものだったが、満鉄が出来ると、佐藤少佐の紹介で入社し、長春の土地買収で、大いに実力を発揮し、奉天にあっても、いろいろと佐藤少佐のもとで、支那人との交渉を引き受けているところへ、安奉線断乎着手と云うことになって、中村謙介技師のところへ駆けつけたのであった。

中村はそのとき、撫安《ぶあん》に仮事務所を設けて、悲壮な決心をしているところだった。

「いよいよやッつけるそうだね」

「うん、断々乎としてやるんだ」

「どこからどう手をつけるんだ」

「先ず、福金嶺の隧道《トンネル》だ。それと同時に一方は、撫安と石橋子《せききようし》間の改築だ。一夜速成断行ということになって居る。決死の覚悟だ」

「よし！　やろう。大いにやろう」

「じゃ、実地検分に出かけるから、一緒に行ってくれ給え」

「よし、行こう！」

二人はすぐ、機関車に飛び乗って出かけ、車の上から、中村があの山、この谷と指さしながら、計画を説明する。

「とにかく、この現在の線路を中にだね、両側三百尺ずつ、全体で六百尺の幅をもって、一直線にぶっ通すのだ」

「この高粱畑をやッつけるのか」

「そうだ。君一つ百姓や地主に交渉してくれんか」

「よし」

よしとは云ったものの鎌田の任や重大である。折柄《おりから》の八月、高粱は満洲農民半年の粒々辛苦が、漸く実を結ぼうとして、満月の緑林に金風が吹き渡っているのだ。

「地主たちの居そうな村へ行って、諒解を得て貰わなくてはならんが、戸別訪問などで悠々とやっているわけには行かん。どうしたらいいかな」

「しかたがない、僕が大道演説をやろう」

「それは名案だ、やってくれ」

そこで、要所々々で、人を集めて、鎌田が達者な支那語で演説を試みる。

「満鉄は、日本政府の命令によって、この鉄道線路を立派な広軌に改築することになりました。日本という国は、やろうと思えば何でもやる実力を持っています。このあいだ中の日露戦争を見ても判るだろう。ロシアは世界で一番強い大きな国だったが、東洋平和の邪魔をするから、日本がちょっと出て来て、あのとおり、木ッぱみじんに叩きつけてしまったのであります。何でもやろうと思えば、すぐにやッつける日本ではあるが、しかし諸君、支那の民衆に対しては決して悪いことをしたり迷惑をかけたりはしない。この点は安心して貰いたい。いまこの鉄道線路の両側の土地が、日本に必要なのだが、現に諸君の畑で稔りつつある高粱《コウリヤン》や豆のような作物は、すでに立派に収穫されたものと見なし、平年作以上の豊年作と見積って買い取る。いや買い取るのは土地だけで、作物の方はただでその代金をみなさんに進上する。刈り取った作物は、みなさんが勝手に処分してよろしい。どうだ、こんなうまい話はめったにあるまい。判ったか」

「判った、判った。進上、進上」

農民たちは手を振りまわして賛成した。

翌日から、鉄道西側三百尺ずつの測量をして坪数を見出し、天幕の仮事務所へ百姓たちを呼び集めて、約束通りの代償を支弁してやった。

いよいよ八月八日、朝からの炎天を冒し、中村技師の号令一下、何千という工夫が、撫安線と安奉線の連絡するカーブのところから、さッと光る鶴嘴《つるはし》を打ちおろして、所謂断乎決行、一夜完成の非常手段に踏み入った。

――支那軍が、工事を妨碍《ぼうがい》するため、大挙攻めて来つつある――

そんな流言に、工夫たちが動揺しだした。

「もしも攻めて来たとしても、われわれはここを捨てて逃げることは許されない。これは戦争である。平和建設の戦いである。そうしてわれわれは日本人である。しかも日本の大陸進出第一線部隊である。われらの兄弟はここにいくたの血を流し、骨を埋めている。鉄道隊のわれわれだけが、支那兵如きに攻められて、指をくわえて引き退ることが出来ると思うか。国のために、天皇陛下のためにわれわれはここで、討死しなければならんのだ。それに不服の人間は、いまから、ここを去ってしまえ」

中村は大きな声で、叱りつけるような訓示を与えた。

「やれやれッ、やッつけろッ」

全員がそう叫び、怒濤のようになって、大地へ全精力を叩きつけた。恐ろしい勢いで工事は進んだ。夕方になって来た。遙かの山裾を廻った道の上へ、騎馬の支那兵が三人現れ、流れる風のような疾さで、こちらへ飛んでくる。

「なんだ！」

「いよいよ来やがったぞ？」

「殴り殺してしまえッ」

工夫たちが昂奮するのを押し鎮めて、じっと中村が見ていると、こちらへやって来た支那兵は、馬から降り、そのうちの一人が、よく判る日本語で、

「私は、瀋陽県《しんようけん》の知府様からの使者であります。この工事の指揮をしていられる一番上の人に用事がありますす」

と、大きな声で云った。

「よし、俺が責任者だ」

中村がそう云って、彼等の前に立つと、二人の支那兵らしい男たちは、一せいに敬礼をし、日本語の話せる男が、こんなことを云うのであった。

「知府様は、五、六十人の巡警隊を引きつれて、この隣村の、大地主で楊というものの家まで出張ってござるが、この工事の日本側の責任者をおつれ申して来い、と云われますので」

「そうか」

と云って、中村は、ちょっと考えたが、別にどうという名案も浮ばなかった。

――五、六十人の武装巡警隊に襲われたら、われわれはここに犠牲となって斃《たお》れるまでだ。どんなことを云うか行ってみよう。当って砕けろだ――。

そう覚悟して、その使者と一緒に出かけることにした。

「こっちも百人ぐらい、いのち知らずをつれて行きましょう。なァにドスやピストルを持った奴らもずいぶんいますから」

と工夫頭が心配するのを制《と》めて、一人支那語の判る男を通訳につれただけで出かけた。

途中でふと、このまま殺されるのではないかと思ったが――いいや殺されても、日本の名誉のために殺されてやろう。しかし、云うだけのことは云って――と肚を固めて、ついて行った。

知府の屯所に一歩踏み込むと、いきなり五、六挺の銃剣が、中村の身辺を取り囲んだ。

ぞくりとして冷たいものが背筋を走る。三方に窓のある室へ通された。室の中にも、武装した巡警が五、六人立っていたし、窓の外を見ると、暗い庭一ぱいに、銃剣の光が動いていた。

正面のドアが開いて、大きな体格の仁王のような支那人が、三人の武装した男を従えて出て来た。赭黒《あかぐろ》い大きな眼がぎょろりと中村を睨みつけている。

中村も必死の眼光で、斬り返すようにその男の目をみつめていた。

その男は椅子に腰をおろしたが、中村へは椅子を与えない。

「わしが瀋陽県知府じゃ」

そう云って、またじろりと睨む。

中村は黙って、その男の顔を見詰めている。

「わしは、東三省総督の命令で、お前に会いに来たのじゃ」

しかし、中村はなお黙りこくっていた。

俄然、知府は烈しい勢いで椅子から突ッ立ち上り、中村を見くだす姿勢で、噛みつくように、

「東三省総督閣下の御命令である、早速工事を中止せい」

と怒鳴りつけた。このとき、中村が三方の窓を見廻すと、どの窓からも、三、四人ずつの巡警がじいっと、一せいに、中村一人の軀に、銃の狙いをつけている。

いよいよ最後だな、と観念した中村は――ここで拙《つたな》いことを云うと、それがどんなに満鉄の不利益になるか判らない。満鉄の不利は即ち日本の不利である。会社の利益のために、国家の利益のために、中村謙介個人の生命は何でもない。俺もまたここに一個の護国の鬼と化する。名誉ではないか。父も母も嘆きはすまい。むしろ喜んでくれるに違いない。そうだ、ここで死んでやろう――と決心した。

「工事は中止せぬ。断じて」

大きな声で、はっきりといい切った。知府は驚いたような表情をした。

中村の身辺を取り囲んだ巡警たちが、一度に、ガチャガチャと銃を構える物音をさせた。

「待て」

知府は、それを片手で押し制め、中村に向って、

「清国政府の命令だ。どうあっても、一まず工事を中止させる」

と叱りつけるように云ったが、すぐまたつづけて、

「理由は、日清両国の協定が成立して居らん。清国はまだ、安奉線改築工事を承認して居らんからだ。それだから中止させるのだ」

と、やや説明的につけ足した。

「黙れ！　余は清国の臣民ではない。大日本帝国の臣民であるぞッ」

中村は、しだいに高く、喚きつけるような声を出した。

知府も、巡警どもも、毒気を抜かれたかたちで、呆然とした。

「余は日本国満鉄会社の命令によって動くものだ。貴下の命令で動くものではない。この道理が解らんのか」

やけになると、心にも余裕が出来、語尾の声はすこし笑い声にすら変っていた。

「では、どうすれば、話が出来るのかな」

知府は急に弱い調子になり、妥協的な態度に変った。

「必要があるならば、満鉄会社に申し込んだらよかろう。余は断じて、会社以外の何者の命令にも服するものではない」

「そうか、ではしかたがない、そう云うことにしよう」

これで、ケリだった。実に泰山鳴動して……だった。

## 狭軌よ、さらば

全線の広軌改造によって、もはや不用となった狭軌車輛は戦塵に疲れた老勇士を想わす姿で、ぞくぞくと南の方へ送還されて来た。その数、機関車二百十七輛、客車二百八十一輛、貨車三千六百五十九輛。

これが烈しい戦時と、戦後の混乱時代を通じて、脱線、顚覆、墜落、破砕などから生き残った百戦苦闘の車輛全部であった。

すべては内地へ凱旋させなくてはならないので、金州から周水子《しゅうすいし》あたりまでの狭軌側線に引き込んであったが、二十哩《マイル》以上の線路を塞いで、彼等は静かに大陸の春風に洗われていた。

貝瀬技師は、これらの、いまはお役目をすませて、無言に列べられている車輛をみるたびに、自然と頭がさがる気持がするのだったが、或る日の夕方、周水子へ下車したとき、この旧車輛群の中へ入って、一台の機関車の冷たい頭を撫でてみた。

「ごくろうだったなァ」

心の中に呟いた瞬間、鼻の中がジインと熱くなった。

ふと気がつくと、その機関車は自分と一緒に佐渡丸で出発し、途中敵襲をうけて挫折し、更に丹波丸で再挙して来たところの、そのときの材料を使って、最初に自分たちの手で組み立てた機関車の中の一輛だった。

感慨無量だった。肉身の弟にでもめぐり会ったような気持がした。よく無事でいてくれたと、抱けるものなら、力一ぱい両手に抱きしめてやりたいと思った。

貝瀬はその機関車に乗り込んでみた。惨憺たるものだ。天蓋は破れて、幾つもの孔から星が見えた。車体がガタガタにゆるみ歪んでいるし、車輛も磨滅して、ちびた下駄のようになっていた。

櫛風沐雨《しっぷうもくう》——お互いに苦闘して来たものだが、自分は満洲に残り、汝は内地へ帰る。内地へ帰ったらまた、もとの所属に復帰して、余命のあらんかぎり虐使されるのだろう！

ああこれが人間なら、一ぱい飲んで別れるのに――これが馬なら、人参でも腹一ぱい食わしてやるのに――。

「ゆるしてくれ、さようなら」

駅の方へ帰ろうとしていると、反対側の、やはり古車輌の谷間から、山本と黒田が出て来た。以心伝心、双方の気持はすぐに通じ合った。

「泣いたよ」

「うん、僕たちも泣けてね」

黒田は貝瀬以上の熱情漢だった。

「この車輌諸君は、忠良なる兵隊と同じように、徴用されて出征して来たのだからね。野戦鉄道の原動力だよ。三百万からの戦士を乗せて、東西南北に駛《はし》りつづけたんだ。何百万噸《トン》の軍需品を運んで、大勝利の原動力にもなってくれたのだ。なつかしい戦友だよ」

「貝瀬君！　君は車輌班長だったのだから、一層切実なものがあるだろうね」

といい、山本が同情に堪えないと云った表情を向ける。

そう云われると、なおさらに、なんだか我子の病気見舞をうけたようで、ついまた涙が出て来そうになり、

「こいつらの送別会と云うのも変だが、何とかしてやらないとね、どうにもこのままかえしてしまうに忍びない気持なんだ」

「そうだ、大送別会をやって貰おうじゃないか、会社から」

「いいね、ぜひやって貰おう」

三人向き合って、手を握り合わせた。

会社もいよいよ無言の戦士に対して、盛大な告別式を挙げて、その凱旋を祝し、いささか惜別の意を表することに決定した。

貝瀬、山本、黒田たちの志は酬いられることになった。黒田は一夜燈火に正坐し、想を燃し、文を案じて、告別の辞を書き上げた。こういう名文だった。

　客歳《かくさい》四月一日我が会社初めて南満洲鉄道を野戦鉄道提理部より引継ぎたる以降、昼夜営々として所在線路を改修し、広軌車輌を購買し朞月《きげつ》にして工成り業改まる、茲《ここ》に於て乎《か》、嚮《さき》には無慮二百七十余万人の戦士を去来せしめ、二百六十余万噸《トン》の軍需品を搬送し、以て我が満洲軍の行動を快速にし、兵火既に熄《や》んで行人百貨漸く便を鉄道に仮る

に及び、復《また》平和の交通機関として三百三十三万余の征客と二百五万余噸の貨物とを運搬し、邦家の為め貢献する所長も偉大なりし狭軌車輌は、今や墜雨秋蔕《ついうしゅうたい》功を遂げて、健帆故国に帰槎《きさ》し、再び内地の交通機関たらんとす。別離の憾奚《うらみなん》ぞ物と人とに依って異同あらんや、社燕秋鴻《しゃえんしゅうこう》相逢うて未だ穏かならざるに早く既に相送るの歎に接す、玉柱軾を霑《うる》おすの情豈河梁《あにかりょう》の別《わかれ》に劣らんや、依って祖道を設け聊《いささ》か銷魂の意を告げ、且既往の偉功を頌す。顧みて惟《おも》うに明治三十七年五月下旬我が第二軍の将士南山の天嶮を攻陥して青泥窪《ダルニー》市街を占領するや、鉄道班なるもの咄嗟に編成せられ、其の先発者は六月初旬直《ただち》に輦下《れんか》を進発せり。不幸にして海路敵襲の阨《やく》ありしも尋《つい》で陸続渡航し、七月五日に至りて車輛の一部は之を操縦すべき人員と共に大連埠頭に到着し、第三百五十九号及び第三百六十一号の両機関車は、貨車十二輛と共に先ず組立てられ、同月十五日を以て大連、後《ご》革鎮堡《かくちんぽ》間の運転を試み、十八日を以て開通し、二十二日を以て大連、金州間の運転を試み、二十三日を以て大山総司令官を南山々下に北送し、爾後一戦毎に其の工程を進めて、酣戦《かんせん》中既に昌図《しょうと》に延伸し、以て五軍の作戦を容易ならしめたり。此間時としては、秋《しゅう》潦《ろう》滔々たる濁流を蹴って万死を冒し、或いは敵騎兵団の間を駆って孤軍を落日に拯《すく》い、最も営口敵襲の日を以て奇功を樹つ。其の勲功寧ろ人間以上に秀づるものあり。平和克服の後、将卒悉く皆凱旋するに際し、鉄道車輌独り留まりて交通の首脳となり、益々北行して長春に達し、西往して新民《しんみん》府《ぷ》に出づ。平和に貢献する所亦決して戦時に譲らざるなり。車輛磨し、四柱揺ぎ、側板汚朽し、蓋被破るるもの、皆これ百戦激労の勲痕ならざるなし。今や四時の序功をなすものは去って二百十七輛の機関車、三千九百四十輛の客貨車挙げて故国に送還せられんとす。一樹の蔭もなお五大夫に値するものあり、いはんや爾《なんじ》の偉功甚だ大なるに於てをや、別を告ぐるに臨み、黯然《あんぜん》として涕涙《ているい》交々《こもごも》下り、復《また》多く頌《しょう》すること能はず。単に一言を餞して、過去の功労を徳とし、将来の運命を祝す。

明治四十一年新緑五月の三十一日、うすがすみが遠い野末にたなびく日曜の朝、世界の記録に無いような盛典が挙行されることになった。

式場には周水子《しゅうすいし》（当時臭水子）駅近くの高地を選び、そこに二台の代表機関車を安置した。

参列の社員、軍人、官吏、在留民代表など三千名ばかりが、みな正装し、臨時列車に乗って大連から押し寄せて来た。

金州、周水子間二十哩《マイル》の間に蜿蜒と並んでいる旧狭軌車輛を、一行の感謝の視線が撫でて過ぎたのである。

式場の高地からは、また一列につづくこれらの車輛が、つきぬ名残をもって見下されるのであった。

貝瀬と山本がそれぞれ二台の機関車に大きな花輪を捧げた。

機関車の頭部は花で埋まった。

国沢理事が、声涙共に下って、黒田の草した名文を読みあげた。そこでも、ここでも、シルクハットが洟汁を啜っていた。


安奉線は実に難物だった。

中村技師は支那官民の反抗を征矢《そや》の如く身辺に感じながら、兵士のように、ただ国策に死ねばいいのだ！と固く決心し、恰《あたか》も敵の堅城に迫る気持で、福金嶺《ふくきんれい》の隧道《トンネル》を掘り進んだのであったが、流言は蜚語《ひご》を産み、清兵が大挙して攻め寄せつつあるとか、日本は一個聯隊を安東に上陸させたとか——形勢は一触即発の不穏な情態にさしせまって来た。

中村是公総裁は、学生時代から学問より喧嘩に熱心で、そのために学校を落第したという経歴の持主だけに、非常に精悍で、意地ッ張りの負け嫌いだったから、支那の排日的な傾向を帯びた安奉線反対の態度を見ては、忽ちにして怒髪天を衝き、東京へ飛んで帰り、火の玉のようになって、政府に喰ってかかった。

——支那如きに意地悪されて、いつまで黙っているんだ。そんな大べらぼうがあるものか。敢然として自由行動に出たらいいではないか。わけのわからん奴は撲《と》り飛《ば》し、大日本帝国の国力をもって、鉄道敷設を断行しなくてはいかん。もし即時断行出来ないようだったら、吾輩は、そんな腰抜け政府は相手とせず、これから満洲へ帰って、直に独断専行する。もし、それが気に喰わなかったら、いつでも辞職してやる——。

そうした意地でやり出した断行である。中村技師以下決死の着工であった。

かくて十日あまり経つと、ついに支那が折れて来た。

尤もその間にあって、伊集院駐支公使と、小池奉天総領事との粉骨砕身の交渉があっての上ではあったが。

明治四十二年八月十九日、両国の間に次のような覚書に調印することとなった。

一、覚書調印の当日、直《ただち》に土地購買その他一切の細目につき協議を開始す。
一、覚書調印の翌日より工事を進捗せしむ。
一、清国は沿道諸官をして工事の諸般に対し便宜を与えしむること。
その他。


これで工事は漸く軌道に乗った。しかし、この安奉線は、南満本線と違い、戦時急造の軽便線をすっかり取り去ったあとへ、改めて広軌を敷設するのであった。また、軽便鉄道の敷地をすてて、まるで別な地域を走るようなところも多かったし、隧道《トンネル》も、鉄橋も、全然新たに建設するので、全線百七十哩の完成は、容易の業とは思われなかった。

だが、総裁中村是公は、快刀乱麻的断行の権化なのだから、決して容赦はしない。

「全従業員必死の奮勉努力をもって、猛牛の如く工事を驀進せしめよ」

と狂気のように督励を発していたが、ついに工程の視察と鞭撻をかねて現地へ乗り出して来た。

大連から船で、十何人の随員を引きつれて、安東に上陸した。

総裁閣下の御旅館は、安東では元宝館というのに定められてあった。

明治四十二年の秋、山々の黄葉が、午後の陽をカッと照りかえしていた。

元宝館の美しい女将は、一世一代のお給仕だと、朝から湯に入って磨きたて、新調の紋付姿でお出迎え申しあげた。

総裁さまとはどんな立派なお方だろうと元宝館の女将は、ひそかに胸をおどらしていたが、船から出て来たその人は、どんぐり眼をぐりぐりさせ、鼻の孔を上に向け、腕白小僧がそのまま年をとったような人物だったので、すこし失望していた。

おまけに獵服の身仕度で、鉄砲をかつぎ、大きな犬を二頭も引きつれている。

「おい！　おめえは女将かい」

いきなりその人が、女将の前へ来て、どなりつけるような口をきいた。

「はい」

と恐縮して、頭をさげていると、

「人間はどうでもいいんだ。早くこの犬に牛肉のお粥を煮てやってくれんか。上陸が予定より遅れたんで、犬が非常に空腹なんだ」

「はい」

とは答えたものの、さも重大問題のように、いきなり犬のことを云う総裁を——やはりこれは腕白小僧だわい——と想うと、ついおかしくなって、にッと金歯を見せて微笑すると、総裁はぐりぐりッと眼を剝き、猪のような鼻の孔を突きつけて、

「馬鹿、なにがおかしい。ふン、犬が餓死でもしたら、人道問題じゃないか」

と叱りつけた。

女将は家へ帰ってくると、大急ぎで板前に牛肉のお粥をつくれと命じた。

「総裁様はお粥を召しあがるんですかねえ」

と板前は悄気《しょげ》たような顔をする。

「総裁様じゃないんだ。お犬様が召しあがるんだよ。犬がおなかをへらしたら、人道問題なんだとさ」

犬のお膳と、人間の御馳走と、大騒ぎだった。やがて宴会となり、女将は紋付の襟を正して、総裁の前に坐り、お給仕をしようとすると、

「犬のあれは、まだかね」

との御催促だ。犬は二匹で、お座敷の隅に蒲団を敷いて控えている。

「はい、ただいま」

「早く持って来い」

しかたがないから、女将は立って行って、犬二匹分のお膳を持って来た。

「あの、どこで喰べさせましょうか」

「そこで、そのままでいい、おめえお給仕してやってくれ」

「はい」

女将は、すこしなさけなくなって来たが、しかたなく紋付姿で犬の給仕をした。

日暮頃に、汽車で御出発となったが、一匹の犬が、どうも腹加減を損じたらしいというので、更に大騒ぎとなった。

「毛布は無いか」

「ございますけど……」

「出せ、犬に被《き》せてやって、そっと誰かが抱いて行け」

という御命令だ。

毛布など、そうたくさんは無い。女将は自分で被て寝るための一枚を出して犬様にお被せした。犬は早速その毛布の上で下痢した。

「汚れたら毛布を取り更えろ。それから仁丹を服《の》ましてやれ」

総裁は顔色を変えて騒ぎたてる。馬鹿々々しいが、どうにも泣く子と地頭だと我慢して、女将は薬屋へ人を走らせ、仁丹を買って来させて、噛み砕き、指のさきにつけて服ましてやった。

「うむ、よくしてくれた。さァ出かける」

そのまま発ったが、あとで五百円という莫大な茶代が置いてあったので、

「ふうん！　あの人は……」

と女将は唸っていた。

工事着手と同時に、安奉沿線は匪賊の跳梁がひどくなり、日、清両方の守備隊や警察の警戒網を潜っては各地に出没し、殺傷強奪、傍若無人の概があった。

そうした奥地の情勢の視察に、総裁はわざと突進した。よほど危険ですがと、注意してみたが、

「べらぼうめ、だから、吾輩は鉄砲を持って来たんだ。狩猟は表面だ。匪賊の四、五百匹も撃ち殺してやるんだ」

という勢いだった。

鶏冠山《けいかんざん》に一泊した翌日は、夜の明け切らぬうちから、附近の山を狩りたてて、昼過ぎ頃に帰って来た。非常に不機嫌な顔をしていた。

「けしからん、雉子《きじ》も、馬賊も、一匹もいやがらねえ」

鶏冠山から連山関あたりまで、むやみに撃ち捲りながら進んだ。

建設隊の士気は、ために振起した。

「この辺に雉子はいるか？」

工区主任をつかまえては訊く。

「雉子は、見かけませんです」

「馬賊はいないか？」

「馬賊もここらあたりへは出ませんが、狼がさかんに出没して困って居りますから、どうか、こいつをやッつけて頂きたいです」

「狼は、どうも面白くない」

そのままずんずん汽車を乗り通して、大連へ帰って

しまった。

その後十一月の二十二日、午後七時頃だった。第六工区請負の荒井組の下請工夫十八人余りが、鳳凰城《ほうおうじょう》附近の三台子三官廟《さんだいしさんかんびょう》というところの急造の小舎の中で晩飯を食っていると、不意に、家の前後から烈しい銃声がおこり、あっという間に、外にいた二人が射殺された。

すわ！　と起ち騒ぐところへ、小銃、拳銃を乱射しながら暴れ込んで来た匪賊七名に対して、工夫たちは鶴嘴《つるはし》、円匙、棍棒などを武器として刃向ったが、敵せず、賊のために全員悉く重傷を負わされてしまった。

これは、安奉線《あんぽうせん》最初の犠牲者であると同時に、満鉄に於る最初の殉職者であった。

匪賊は金や物品を強奪して逃走したが、それは楊二《ようじ》虎《こ》の配下だということだった。

楊二虎と云えば、その頃では泣く児も黙ると云われたくらいに、慓悍《ひょうかん》無双の頭目だった。

張作霖《ちょうさくりん》はもはや、その頃は馬賊から飛躍して、洮南《とうなん》府《ふ》に軍隊を率いて駐屯していたが、その後、楊二虎が百姓に化けて、鄭家屯《ていかとん》に潜入しているところを捕えて、叩き斬ってしまった。

その頃、支那側の大官連中が、この安奉線工事が、鉱脈を掘り出すだろうと信じ切っていて、徐世昌《じょせいしょう》や唐《とう》紹儀《しょうぎ》なども血眼になり、鉱山採掘権について頻りに研究論議していたものだったが、全線二十六の隧道を穿ち貫いてみたけれども、別に何も出て来なかった。

しかし、下馬塘《げばとう》―鶏冠山《けいかんざん》間の隧道からは紫水晶が出たし、本渓湖《ほんけいこ》からは石炭、牛心台《ぎゅうしんだい》と田師夫溝《でんしふこう》と賽馬集《さいばしゅう》の石炭、林家台《りんかだい》の硫化鉄、草河の鉛、廟児溝《びょうじこう》の鉄――そうしたものは、とにかく安奉線の副産物だった。

従業員必死の努力は、ついに酬いられて、さしも難工の安奉線も、明治四十四年の十月三十一日をもって完成し、鴨緑江《おうりよっこう》鉄橋の同時竣工と呼応して、ここに待望の満鮮直通急行列車が運転されることになった。

想えば、この線の狭軌も、よく重大な任務を担当してくれたものだった。はじめは鴨緑江軍の勇士、糧秣《りょうまつ》、軍機など何十万噸《トン》を搬送し、平和の時となっては、更に満洲開発の交通線として大任を果し、最後に改築工事材料輸送二十五万噸の働きを見せて、これを御奉公の最後として、永久に撤廃せられる運命となった。

軌道よ！　車輛よ！　もし霊あらば、我等の志をうけてくれよと、従業員たちはここでも旧車輛を、沙河《しゃか》鎮《ちん》駅構内に集めて、盛大な告別式を行った。

## 三角関係

日露戦争直後の奉天には、各ゲージの違う鉄道が三線、互に連絡なしに、勝手気儘に頭を付き合わせていた。

三呎《フイート》六吋《インチ》の本線と、二呎六吋の安奉線と、ただ二呎だけの新奉線と。

従って各線の駅も、本線は西塔側に、安奉線は南門外に、新奉線は現在の奉天駅のあたりに――と三線鼎《てい》立《りつ》の状態だった。

新奉線というのは、奉天の西方新民屯《しんみんとん》と奉天を結ぶ軍用軽便鉄道だった。

奉天戦のあと、わが軍では、軍需品を天津方面から支那鉄道によって新民屯経由奉天に運び込もうとして、新民屯―奉天間に急速工事で二呎の軽軌を敷いたのであった。

支那側の鉄道というのは、現在の奉山線（即ち奉天から山海関《さんかいかん》を経て北京に到る線）なのだが、当時その満洲での終点は新民屯だったので、旅客は新民屯から奉天までの一里余りを徒歩連絡によっていた。それは、ロシアが「南満線の両側何哩《マイル》かの内側には、絶対に他の鉄道を敷くことを許さず」という固い協定を結んでいたために、新民屯から東へは、あの奉山線を一呎と雖《いえど》も延長させることが出来なかったからである。

だから、支那側として、この線路を、奉天の城根に乗り入れることは、夢にも忘れられぬ翹望《ぎようぼう》だった。そこへ恰《あたか》も、安奉線の広軌改築問題が起って、日本が安東―奉天間の軽軌を広軌にすると云い出した。

支那側としては極力反対した。結局において、

「しからば、わが方の京奉線を奉天城根まで延長さすことを、安奉線妥協の一条件としたい」

という一条を持ち出した。

「満鉄線とのクロスはどうするのだ」

「それは満鉄線をその地点において跨線橋にして、支那鉄道はその下を潜り抜けて城根に到る」

「では、北京からの支那列車は、皇姑屯《こうことん》から満鉄線奉天駅に入り、旅客を下車させた上で城根《じようこん》駅に行き、城根駅から北京に行く列車も亦、満鉄駅に入って旅客を積んだ上で、皇姑屯に出て行くことを条件としよう」

「では、それでもよろしい」

「まて！　現在日本で敷設運転中の延長三十七哩の軽鉄は、支那側で買収する義務があろう」

「その値段は？」

とそんな交渉があって、終に明治四十年四月十五日条約で、売却価格百六十六万円と決定した。

しかし、これにはもう一つ、日本側から持ち出した交換条件があった。

「支那の鉄道をして、満鉄を横断、城根に乗り込ましめる交換条件として、大石橋《たいせききょう》と営口《えいこう》との間に通じている線路を、三角形にして営口新市街に直通させ、営口と牛家屯《ぎゅうかとん》の間には、別に一線を延長接続させるか。どうだ」

というのである。そもそも、この営口線というのは、大石橋から牛家屯に通じていて、牛家屯を営口駅にしていたのだが、わが方としては、これをほんとうの営口に移したい希望が痛切だったのを、頑迷な支那当局がなんとしても承知しなかった。

それが、安奉線問題から、新奉線と、持って廻っているうちに、ずるずると引きずり、引張ったゴージャンノットの謎の紐を解くように因果関係で解決して行った。

もともと支那としても、大石橋から営口間が直通することは、交通経済上非常に都合がよくて、何等の損失にならないのを、ただ意地張っていただけだから、この提案には、わけなく応じて来たのであった。

日露の講和会議で寛城子《かんじょうし》、吉林《きつりん》間（百二十七・七キロ）の支線敷設権をロシアは日本に譲っていた。

寛城子即ち長春なのだから、この線は吉長線と呼ばれていたが、この線の、満鉄営業線として持つ価値はよほど重大なものだった。

また将来、吉林から会寧《かいねい》、清津《せいしん》などに出て朝鮮鉄道に接続し、日満交通の幹線ともなるべき運命を想うとき、この線のもつ使命は一層深遠なものとなるべきだった。しかるに、わが軟弱外交は、ついにこの利権をすてて、吉長鉄路は支那に譲ってしまったのである。

全満鉄人が、何たる馬鹿をするか！　と切歯痛憤したが、すでにいかんともしかたがなかった。

支那に譲った条件は、
一、建設資金の半額を満鉄より借款すること。
一、日本人の技師長と会計主任とを任用すること。

たったそれだけのものに過ぎなかった。支那側ではとくとく然として、早速「吉長鉄路総局」というものを設け、何万本もの枕木や架橋材料などを、長春附近に山積し、敷地を測量して、中心杭を打ったり、道形《みちがた》を造り始めたりなどして、大いに気勢を揚げたが、支那人の手でこれが完成しようとは自他ともに信ずるものはなかった。

果して、山積した材料の間には、野狐が巣をつくって仔を産んだり、盛り上げた道形には草が生えたりした。

明治四十一年、日本は清当局を促して、建設資金の所要額を調査するため、吉長間の地域踏査を行った。そして、翌年の十二月二日に起工式となり、そのまた翌年、明治四十三年五月から、いよいよ工事に着手した。

その工事も、請負は大部分支那人に奪われ、日本人はただ一工区だけを受持つことになったが、例によって支那人のやることは実にだらしがなく、日本人の工区が、とくに完成している頃に、まだ彼等は手もつけないで、何か議論ばかり繰返している始末だったので、結局、中途解約となり、すべてを日本人の手に任せることとなって、一瀉千里《いっしゃせんり》、吉長線は完成した。

それから大正六年の六月になると、十年前の明治四十一年に取り結んだ、この線の借款契約改訂となり、満鉄も、日本政府も、今度は非常に強硬な態度をもって臨んだ結果、吉長鉄道は満鉄でその経営を委任されることとなった。

委任経営期間は三十ヶ年。その条件の中には次のような項目もあった。

一、委任経営と雖も、営業欠損の場合は支那政府これを塡補《てんほ》すること。

一、日本人従業員の任免は、鉄路管理局長の同意を得ること。支那人従業員の任免は管理局長これを提議し、尚満鉄代表者の同意を得ること。

さて、その満鉄代表者としては、元気潑剌、闘志満身をもって当時猛者揃いの満鉄青年社員中でも、錚々《そうそう》と鳴っていた運輸部勤務の村田《むらた》慤麿《よしまろ》が、吉長鉄路運転主任として任命された。重大任務である。外国鉄道の経営を委任されるなどは、日本としても最初の試みだった。

また支那としては、売国的失政だとして、朝野の議論が沸騰し、吉長沿線の人気は極度に不穏の傾向を見せていた。

「村田ならやるぜ！」

の期待にそむかず、赤字つづきの吉長線で、その第一年に十万円余りの純益をあげたことによって、どんなもんだ！　と大見得を切った。

## 四十四年組

明治四十四年の東大出新法学士で、学校成績優秀、身体強健をもって、大学から推薦され、満鉄社員となった連中は、入江、山田、山西、築島、大淵の五人だった。

大連では彼等を称して「四十四年組」と呼んだが、また月給が揃って三十五円だったので「三十五円党」の別名もあった。

山西と入江は、乃木寮という独身寄宿舎に住まわされたが、とても殺風景な生活だった。

そこいらで畑仕事でもやっていたのを、ちょっとそのまま引っぱって来たような風態の支那ボーイが、憤ったような表情で膳を持って来る。

便所へ行っても、手を洗わず、ところかまわず啖を吐き、手洟をかみちらす先生だ。韮《にら》だか、ニンニクだか、気持の悪いにおいを体臭にもっていて、長く伸ばした爪の内側は溜った垢で黒くなっている。

「食う気がしないねえ、食慾とみに減退だよ」

食いしんぼうの入江が、世にもなさけないと云った顔をする。山西だって、食うよりほかに楽しみのない男だが、俄に食指が動かない。

ロスケが遺して逃げた無風流な建物の中に、汚れてた安物の畳を敷いただけの部屋へ、二人は寝転んで、

「ああ、東京のすしが食いてえや」

「蕎麦《そば》もなァ」

「おしんこで茶漬をさらさらッと……」

「畜生、ここを飛び出そうか」

「おい、二人で散宿《さんしゅく》しようじゃないか」

「そうだ！　散宿。いいな、決行しよう」

そこで、二人は刎ね起きて相談する。

散宿というのは、寮を出て、民間に勝手に家をもつことなので、そうすれば会社から、一人あて八円十五銭の散宿手当を呉れることになっていた。

入江は翌日勤めに出ると、用度課購買係主任の三井さんに、散宿の痛切なる希望を訴え、家をもつことについて指導を頼んでみた。入江はその頃用度課勤務だったのだ。

二、三日経つと、その三井さんが播磨町で恰好の家を見つけてくれた。二軒長屋の片一方で四、五軒の小さな貸家が周りにあるだけ、ただ一面の草原にある部落のようなところだった。

三井さんはそれから、適当なおばさんを一人、どこからか探し出して来てくれた。

「いいおばさんだよ。女中兼ハウスキーパーとして使いたまえ」

それから浪花町の岩倉洋行という、名前のいやに堂々たる店へ、そのおばさんをつれていって、世帯道具一式を購入してくれた。

八円五十銭で全部の道具が揃った。

「安いものですねえ」

感心すると、三井さんは、

「僕は購買係ですからね」

と威張った。はじめての満洲の冬が来た。こわいような寒さに、肩で風を切っていた四十四年組も、なんとなく心細さを感じていた。まだ、ふるさとの母の乳房の温かさを、仄《ほのか》に、かすかに、記憶している連中だったから。

大淵が、ぜひ君たちの生活に加入させてくれろと、顔を見るたびに泣きつく。

身も心も、二人よりは三人の方が温かい。まして同じ四十四年組だ。他人のような気はしない。じゃ、もうすこし大きい家をということになって、西公園町の電車通に移り、おばさんも一緒に、三人きりの梁山泊が出来上った。

世間は、この新居を「四十四年組の梁山泊《りょうざんぱく》」と云った。

玄関二畳、客間六畳、茶ノ間四畳半。二階が八畳と三畳――家賃二十円。梁山泊の腕白共の住居としては、すこし立派すぎるくらいの構えだった。

入江が下の六畳。おばさんが四畳半。二階に山西と大淵の配属で納まった。

山西と大淵はともに東公園町の本社地方課に出勤した。二人とも公費係の下ッぱで、こつこつと雑務のペンを動かし、入江は用度課計算係の記帳整理か何かやらされて、毎日慣れぬ算盤をもてあまし気味だったが、夕方退けて梁山泊へ帰ってくると、俄然豹変して、一家のあるじ面になるのだった。

しかもあるじが三人いるのだから、おばさんたるもの、並たいていではない。

山西という男は、小便が催して来ても、便所へ行くのが億劫だから、最大限度までは唸りながら我慢していると云ったふうな、物臭太郎だったが、入江にしたって決して遜色のない無頓着屋で、洋服を和服に着更えるのがめんどくさく、和服を寝衣に脱ぎ更えるのは更に大事業と観ずるたちの先生だった。

ただ一人大淵は、ちょこまかとよく軀を動かして、他の二人とは雲泥の差がある如くに見うけられるのだが、その動いた結果は、すべてが、間ちがいと失策のみに了る、必ずロクなことはやらないという傾向をもっていて、例えば洗面器でサルマタを洗濯したり、そのサルマタが山西の所有するものであったり、雑巾を手拭と取りちがえて顔を拭いたり、家を間ちがえて、隣へ飛び込み、いきなり「おいこらッ」とそこの夫人をどなりつけたり――と云った調子である。

こんなのが揃って、三人三方から、めいめい勝手放題を主張する。

「おばさアん！ 水をおくれ」

「はい、ただいま」

「おばさん、暗くなったから、ちょっと来て電燈をつけてくれよう」

「はい、ただいま」

「おばさん、便所に紙がないよッ」

「はい、ただいま」

この重宝なおばさんが、安奉線のどことかに甥がいるので、ちょっと十日ばかり行かせていただきます……と云って出かけたあとの梁山泊は、まことに名状すべからざる惑乱に陥ってしまった。

縦のものを横にもしない山西と入江。なにかやれば、きまって失敗を演ずる大淵君が例によってちょこまかと立ち働く。

米をいきなり、洗わずに炊いたり、飯を焦げつかして、慌ててバケツの水へ釜の尻をつけて冷したり、あるときは糊の如く、またあるときは焼飯の如きものを喰わす。

おかずなどは思いもよらず、どこで教わって来たか、毎日々々玉子焼の一本やりだが、それも尋常の玉子焼は、一度だって出来はしない。ある日は煎餅の如く、またある日は泥の如くと云ったぐあいである。

「これじゃ、とてもいのちがつづかないから、いっそ料理屋へ行って、何か食おうじゃないか」

ということになって、三豪傑はここに初めて、登楼の味をおぼえるに到った。

社員は皆よく遊んだ。上は総裁閣下、重役諸君より下は月給三十五円の梁山泊党に至るまで。

そもそも三人組が仰ぎ見る中村総裁は、およそ、遠慮、会釈と云ったようなセンスは全然持っていない豪傑だった。

総裁と各重役との間は、所謂「爾《じ》汝《じょ》の交り」で「おいこらッ」「なんだい」などと云う調子で、毎日会議をやっている。

この会議が、世に有名な「満鉄の合議制」というやつで、微塵の気兼もなく、一点の隔意もなく云いたい放題を主張して、しかも常に、馬鹿ばなしと、豪傑笑いの爆発の間にあらゆる重大案件がてきぱきと進捗するのであった。

総裁はいつも、みなに十分に議論や意見を闘わさして置いて、いいかげんなところで、快刀乱麻を截る如くに裁断した。臨機の独断専行だったが、同時に、その職域圏内では、各自に独断専行を許した。だから、満鉄には「詮議して見ましょう」とか「考慮して置きましょう」とか、そんな言葉は存在しなかった。いつでもどんな場所ででも、すぐに会議を開き、即決即行、万事の裁決は流るる如きものだった繁縟《はんじょく》な書類や、印刷の形式は、一ばん忌避されるものだった。

「君に任した、しっかりやってくれ」

「承知しました」

口頭のそれだけで、万事が片づけられた。以下推して、みなその調子だった。

此の調子で、埠頭事業も、港湾経営も、倉庫業も、ホテルも、病院も、石炭採掘も、学校も、本線改修も、安奉線も、上海、営口、安東の埠頭施設も海運事業も、電鉄も、瓦斯《ガス》も、中央試験所も、公所も、地方事務所も、各種工場も、公園も、図書館も、満蒙の産業調査も、その他大小いろいろな施設は悉く、片ッぱしから創弁された。

部下を信じ、信じたら一任する。もしその為に失敗したら腹を切る——人間はいつでも腹を切る覚悟さえあればいい、というのが、中村総裁の哲学であり、また満鉄上下を通じての社是となっていた。

内地の官庁や、会社などとは、非常に異った空気だった。この空気が、国家の生命線に奮闘する満鉄社員を、肉弾決死の突撃隊のように邁進させたのであった。

しかも、彼等には、なおその上に、費消し切れない余剰エネルギーが氾濫していた。

それが彼等を駆って、夜毎に、紅燈のもとへと殺到させた。まことにそれは殺到であった。豪壮極まる遊びだった。

「なにをッ、この馬鹿野郎」

と云った肌あいの、ベランメエ総裁が、名代の大眼玉をギョロつかせ、大盃をあげて叱咤号令するもとに、一人だって弱卒のあろう筈がなかった。満鉄社員上下何千悉くがこの道の勇将猛兵揃いと想われた。

星ヶ浦での宴会の流れを、電車の中に、芸者と酒肴を積み込んで、お座敷の延長とし、二次会とし、移動宴席として、絃歌《げんか》沸くが如くに大連へと帰ってくるようなことが、よくあった。

日が暮れると、馬車に乗った美しい色彩が、幹部連の社宅へ乗り込んで行く。

扇芳亭などは、大連第一楼として、毎晩幾組かの宴会を持ったし、金城楼その他二流、三流どころも、一晩として満員ならざるはなき光景だった。

乃木クラブには、撞球《ビリヤード》の設備があった。三人組は毎晩のように、うちつれて家を出る。足は期せずしてそこに向う。三人ともたいしてうまくはない。みな五十以下だったし、あまり好きでもなかったが、ほかに鬱勃たる青春を消散させる方法をもたなかったので、自然そういうことになる。
二、三時間も撞《つ》いていると、だれかが大きな欠伸をする。それがきっかけで、
「もう行こうか」

「もう、帰ろう」

となって、三人は外へ出る。高等学校の寮歌などを放吟しながら吉野町の角までやってくると、そこに彼等のメッカがある。即ち金城館――名前は名古屋の下宿屋みたいだが、それは料理屋であり、芸者屋であるのだ。

洋館に切り嵌めた日本障子の中に、明るく華やかな灯があって、シルエットのように長い袖や袂の影が映っている。

「おい、ちょっと例によってお茶を飲んで行こうか」

「ちょっとだけだよ」

「よかろう」

必ず、そういうことになる。

玄関の正面に、どういう料簡か「方正」と大書した衝立《ついたて》が頑張っているのだが、そのうしろの廊下を、右手の料理場の方から、左手のお座敷の方へ、銚子を持って小走りに行く半玉《はんぎょく》の小茶が、

「あら、三人組はんおいでやす」

と立ち迎える。これもどういうわけか、きまって、いつでも、玄関の奥を右から左へ、お銚子をもって、ちょこちょこと走っているのだ。

「きょうは大いに飲むぞ」

入江はそういって式台へ上った。

「おいでやす」

きょうも小茶が銚子をもって出迎えた。

「こら、おかみを呼べえ」

座敷へ突ッ立って、山西が大きな声をする。

「まア、えらそうに云うてはる。こら、早う坐れえ」

「こんちきしょう」

「キャァッ、お母ァさん！」

小茶はバタバタと逃げ出す。入れちがいに、女中頭のお民さんが、築島と佐山を案内して来た。築島も、佐山も、ほかの部屋で盛にやっていたと見えて赤い顔をしている。

「きょうは築島はんの送別会だッか」

「そうだ、だから大いに飲むんだ。ビールを三万と持って来い」

入江も大きなことを云う。

「えらい馬力やこと、ほしたら、芸子さんも五万と呼んで来まほか」

お民がげらげら笑いながら出て行くと、すぐに、芸者が五、六人一度にはいって来た。

酒がすこし廻りだした頃には、五人の客を、十幾人の大小芸者が取り囲んでしまった。

たいていは、好意で、この座敷へは線香をつけないで押しかけてくる常連芸者だった。

そのくらいに、四十四年組は、花柳界の人気を集めているのだった。

「きょうは、われらの盟友築島が、はるばると田舎落をするので、その行を旺《さかん》にするために、四十四年組の送別演芸をやる」

大淵がそんなふうに披露すると、芸者たちは、ちょっとあっけにとられたような表情になった。

食って、飲んで、デカンショをどなる他は芸の無い連中だったから。

「まァ、ヤンチャ組が演芸をやるんですって？　どんなことしやはるの」

お民さんが仰山に、胸を押えて反ってみせる。

「はじめは、合唱だ。それから所作ごとをやる」

入江が真面目くさった顔をすると、女たちは一度に、わッと笑い崩れた。

「長いきはしたいものねえ」

「七十五日生き伸びるやろ」

「お天気が変らへんやろか」

そんなふうに騒ぎたてる女どもを尻目にかけて、山西と大淵は、お民さんを廊下につれ出し、何か命じていたが、やがてお民さんが下へ行って奔走したと見え、大ぜいの女中や板場の男たちが、どやどやと妙なものを座敷へ運び上げて来た。鍋、釜、ささら、擂粉木《すりこぎ》、薬罐、金盥、小桶、鉢、茶碗——その他あらゆる勝手道具の二十種類ばかりだった。

「まァ！」

と云ってきり、さすがの芸者連も呆れ返っている。

大淵がリーダーとなり、鍋と擂粉木をもって先頭に立った。金盥と小桶をもった入江、釜と鉢をもった山西、薬罐と茶碗を両手にした佐山、鉢と火箸を構えた築島——大淵が、どら声を張り揚げた。

「いいか、始めるぞ、それッ」

——みちわァ六百八十里イ……

「それ！」

……チャン、ガラン、ガチャガチャ、コンコンチキ……

ぞろぞろと大広間を廻り出した。学生時代に、肉屋などでいつもこれを「鍋釜行進曲」と称してやっていた連中だから、案外調子が合う。

「それッ」

——ながとのうらをオ船出して……

「日清談判！　それッ」

——日清談判破裂してェ……

茶目な芸者が、三味線をもって、これに飛び入りした。小茶が太鼓を抱いて加入する。

「わても仲間入りしよう」

「あても、やったれ」

みんなは裾を端折り、三味線を抱えて、ぞろぞろと大行列になって来た。

――品川乗り出せ、乗り出すあづま艦……

「乗り出せ、乗り出せッ」

入江が喚くと、先導はついに座敷から、廊下へと乗り出して行った。二階の廊下を一巡すると、今度は階下に降りた。他の部屋にいた客も、たいていは満鉄人だから、

「何だ？　四十四年組か、築島と云うやつの送別会だって、じゃ声援してやれ！」

と云った調子で、飛び出しては、これに合流する。

――えらいやっちゃ、えらいやっちゃ――

――わッしょい、わッしょい――

大変な騒ぎになった。はては、玄関から外へ雪崩れ出ようとする勢いになったところを、女将がやっと押し戻してもとの広間へ帰納させてしまった。

何しろ満洲の十二月というのに、みんな汗で、ぐしょ濡れだった。そこで、今度は所作ごとだと云うので、何をやるかと見ていれば、みんな素ッ裸になり、女達の腰紐を五、六本も繋ぎ合して、座敷のまんなかで縄飛びを始めるのだった。それから坐り相撲、逆立ち歩き――とはてしもない。

「こんなじゃ、入江さんに惚れようたって、惚れられへんわなァ」

小茶が、こまッちゃくれた感慨をもらしたので、それッとばかり入江と小茶は胴上げにされた。

築島はこんなふうに惜別されて、その夜遥か北の鉄《てつ》嶺《れい》へ発って行った。彼は学校出の地方勤務を皮切りとして、鉄嶺駅の助役に転出したのである。

鉄嶺は、龍首山《りゆうしゆざん》という勝地をもって有名だったし、それに、日本人が北満に入ろうとするとき、必ずここを一応の足溜りとした。つまり日本人の奥地躍進基地として早くから相当に発展性を見せていた。

それに、戦後ここに第十四師団が駐屯し、各部隊を悉くここに集結したので、明治三十九年頃には百二十戸という料理屋があり、七百何十人の女が媚笑を売っているという盛況だった。

四十二年には水道が出来、四十四年には邦人小学校を新築した。それから公園、病院、郵便局、商品陳列館、神社公会堂などが造営された。

築島信司は、若い法学士助役として、こんな状態の鉄嶺にやって来た。

駅舎は高い線路の下の方にあって、駅員は列車の発着ごとに、石段を登り降りしなくてはならなかった。

殺風景な社宅に、独身青年の侘住《わびずま》いはどうにも恰好のつかぬものだった。日が暮れると、愁々とした風が泣いて、大陸の夜は暗い海の底みたいな感じだった。小茶も頻りに別れて来た大連の四十四年組が恋しい、小茶も恋しい、お民さんもなつかしい。

この孤独を慰めてくれる設備は鉄嶺には何一つない。あるはただ酒と女だけ——しかもその設備もバラックの家、アンペラの扉、まるで火事場あとの復興都市に見るようなところで、女と云っても、荒っぽい九州言葉まる出しの代物ばかりだった。

酒は唯一の慰安だったし、好きでもあったが、築島は、つとめて酔わぬことにしているので、気をゆるして、のびのびするほど飲まなかった。

築島は、学校を出て神戸から大連へ、入江などと一緒に赴任するとき、一人でどこかへ飲みに行き、内地の酒の飲みおさめだと、いささかセンチな気分で、夜明けまで飲んで、そのまま酔いつぶれて寝過ぎたため、あやうく汽船に乗り遅れようとしたことがあったのだ。

——しまった！　人生の出発第一歩をやり損った。この汽船で行かなかったら、入社の意志なきものと認められる——。

蒼くなって、町を走りながら洋服を着た。波止場へ駈けつけたが、すでに最後のランチも出てしまったあとだった。

やっと、哀訴歎願して、艀《はしけ》を出させ、二人の船頭をして懸命に漕がせ、自分は両手を差しあげて、「嘉義《かぎ》丸《まる》やァい！」と連呼しながら、もう出帆の銅鑼《どら》を鳴らして出かかっている船に飛び乗ったのである。

爾来、酔うことを絶対に警戒している彼なのだから、この淋しさを忘れてしまうほどには決して飲まぬ。

ただこの際彼を慰めてくれるものは、それは仕事だけだった。まったく仕事だけは、すばらしく愉快だった。

国策として、満鉄を如何に経営し、如何に大成せしむべきか——そういうことを、駅夫の末に到るまでが、みなわがこととして考えているのだった。

おれがいなかったら、満鉄の機能は止まる——線路工夫にまで、その思いが燃えていた。

その頃の駅は、単なる地方の運輸事務所ではなくて、全満鉄の出張所としての仕事を処理していた。いかにして貨客を多く集めるか、いかにして鉄嶺《てつれい》を発展させるか、商工機関はどうして建設するか、銀行、取引所、信託などはどうしたらうまく育つか？

若い助役の築島でも、内地の県知事以上にそうしたことを考案し解決しなくてはならなかった。やがて、それが、慰めであり生命である様な生活に没入して行った。

## 鞍山

日露戦争当時、大石橋附近から鞍山站《あんざんたん》あたりでは、軍人の持っている磁石が狂って、非常に困ったことがあったそうだ。

また土民たちは、鉄砲玉や、金属の刺《とげ》がささったとき、このあたりの石ころで撫でると、みな吸い出してくれる、という迷信をもっているということだった。

即ち、地中に鉄気がある――ということは、その頃から想像しているものもいた。

また、古い文献に依れば千二百年前、高句麗《こうくり》民族が、すでにこのあたりの鉄を開掘していたことを証明しているし、またその採掘遺跡や、廃炉や、鉄滓《てつし》などもその後に発見されているのだが、その当時――明治四十三年前後――では満鉄社員も、土民も、全然地下に於ける鉄の存在を知らなかった、と云ってもいいくらいだった。

湯崗子《とうこうし》にはその頃、清林館という粗末なバラック洋館の宿が、たった一軒だけあった。

明治四十年代の満鉄地質研究所長は、木戸忠太郎だった。

木戸は湯崗子温泉の水脈調査に出かけた来た。湯崗子は、どこを掘っても、一滴の涼水をも得られないところだった。宿の裏手に池がある、その池の水も実は温泉だった。

飲料水がなくては、とても発展性はないというので、大石橋の経理係から水探しを頼まれて来たのだった。

八月の下旬、日が暮れてから駅に着いた。駅と云っても、野中の小舎みたいにあわれなものだった。星あかりに軌道を伝ってすこし行き、右に堤をだらだらと降り、遙かの野原にぽつりとある灯をたよりに、満地《まんち》の虫声を踏んで行った。

翌る朝から早速、その周辺の水脈を打診してみたが、いくら理学士の打診でも、あの曠原《こうげん》に水を見出すことは出来なかった。

午後は方針を変え、駅から北にあたる山へ登って、城を築こうとする名将のように頻りと地勢を検案し、岩石を撫で廻したりしたが、とんと見当がつかない。

　暑いので、山頂の荒広した娘々廟《ニャンニャンびょう》に入って一ぷくやりながら、西の方の空に崩れる雲の峰を眺めているうちに、ふと、椀を伏せたような禿山の一点に視線が引っかかった。

　その円い山の空に描く曲線のふちが、ずっと黒糸で綴ったように見えるのだ。

　それは確かに鉱石の露頭と睨み、廟の外に出て、じっと望遠鏡で覗いていると、そこへふらりと一人、支那人の百姓おやじが登って来た。たぶん廟へ参詣にでも来たのだろうと想って、その男に山の名を訊いてみた。

「あのまるい山の名は知らんかね」

「鉄石山というだが」

「鉄石山！」

　飛びつくような弾力の強い木戸の声に、その老頭児《ロートル》はすこし驚き、やがて気味悪そうにこそこそと逃げ出してしまったが、もう木戸は眼の色を変えて、反対側へ駈け降りて行った。

　鉄石山——地質学者や、地理学者が、俗間の地名や伝説を聞きのがすわけがない。鉄石山と聞いた瞬間に、彼は心の中で「占めた」と叫び、もはや水脈よりは鉱脈の方へ夢中になってしまったのだった。湯崗子こそはいい面の皮である。

　行ってみると、案外急な勾配の山だったが、汗を絞りながら一気に山頂へと突進した。

　果して鉱石の露頭が眼の前にあった。黒い岩石の瘤が、木戸の心には、まるで恋人の顔のように映った。

　日本人が顔色を変え、気違いのようになって鉄石山へ駈け登るので、麓の住民たちは、子供を先に十四、五人も、つづいてそこへ押し登って来た。

　木戸は、柄の長い小型な鉄槌をとり出して、山の脊椎骨のような露頭を、うむ！　と一撃した。

　ばらばらと石片が八月の陽光に飛び散った。その一片を拾いあげ、眼の前へ持って来て、じいっとややしばし凝視していたが、

「おお、鉄鉱だぞ」

　と叫び、

「しめた！　しめた！」

　と跳りあがるようにしながら、手当りしだいに岩石をうち砕いて廻るので、支那人たちは呆れ返った表情

で、何か囁《ささや》きあいながら、すこし離れたところから、首を傾けていたが、やがてその中から、勇敢な奴が一人声をかけた。

「旦那ァ、その石をどうするだかね」

「うむ」

と木戸はふりかえった。

「これは、ただの石じゃないぞ。鉄なのだ。たいしたお金になる鉄だぞ」

支那人たちは、げらげら笑い出した。

「そんな石ころなら、向いの山にも仕方がないほどあらァ」

そういった男の方へ、つかつかと寄り、

「どこだ、その山は、どの山だ」

と木戸はまた、血相を変えてしまった。

「あの山でがすよ。ほら、北の方に、茶色の石肌を見せた、あの山。ここから一里もあるかな」

「ああれか」

日本の妙義山《みょうぎさん》みたいに、山骨寒く峨々《がが》としてうち連る一座の嶮山だったが、それはこのあたりを汽車で通るものの眼には、いやでも飛び込んで来る山だった。

むろん木戸だって、何度も眺めて通った山なのだ。あんな全山悉く黒い石の山が？　あれが鉱石とは想われない。

木戸は専門家だけに、あの山は駄目だと問題にしなかった。

とにかく、鉄石山発見の喜びで、彼の胸は一杯だった。

湯崗子の宿に帰り、裸になって外に出た。温泉の浴場は外の原ッぱにあるのだった。

石の段々を降りて、澄みきった湯に軀を浮かせながら、きょうの大きな収穫を神に感謝する気持に胸が膨らんだところで、ふっと想い出したのは、故郷京都の大文字祭だった。

「おッ、そうだ！　きょうだった」

木戸は湯槽の中に突ッ立った。京都の東山《ひがしやま》山腹に、とほうもない大の字の篝火が浮び上って、満都の子女を狂喜さす年中行事を、京都あたりでは大文字と云っているのだが、ちょうどきょうがその当日であることに気がついた木戸は、何だか因縁めいた感情に興奮して来た。きょうはすばらしい発見をした。これも大文字の御利益だろう。そうして、あの山の上から見た北方二里ばかりの、黒い石の峨々たる嶮しい山――あれもきょうという日の因縁で、もしかすると？　満山悉く鉱石かも知れないぞ！　そうだ、きょうは大文字のともる日だもの、そんな奇蹟があるかも知れない……。

いつか木戸は湯槽の中で合掌していた。

掘り出した巨きな宝を土産として、木戸は大連に帰って来た。

満鉄沿線に鉄が出る。

眼の前に宝庫が転がっているぞ！　と知らされて、ほんとか、おい！　とさすがの是公《よしこと》総裁も例の眼玉を最大限に引ン剝いた。

石炭はすでに、撫順《ぶじゅん》の大宝庫を会社で掘り出してはいるが、こうも手ぢかなところに、日本で一ばん切望している鉄が転がっていようとは、ちょっと誰もが想像しなかった。

満洲の資源は、深く、大きいとは想っていたが、自分の経営する鉄道沿線に、巨きな鉄の山が起伏しているとは！

――すぐに、も一度行って、よく附近を調査して来い――

木戸技師は会社から命令されて、その翌月の十日過ぎに、黒い石の山の正体を叩くべく小林、加藤、その他の部下一行を引きつれて、鞍山站の駅に下車した（鞍山站は現在の千山《せんざん》駅である）。

線路伝いにすこし戻る。鞍山川の鉄橋を渡る――ただの石とのみ想っていた線路のバラストが悉く黒い。鉄鉱なのだ。

「こりゃ勿体ないや」

「まったく、この上を踏んで列車を走らすなんて、罰が当りそうだな」

加藤と小林は、バラストを拾ってみては、そんなふうに感心し合った。

西鞍山《にしあんざん》の裾の一端を切り割ってレールが走っていた。その西側の崖も、すっかり鉱石の露頭だった。

しかも、バラストに使ってある石よりは遙に富鉱と見えた。

「これァまるで、満鉄は鉄鉱の中心を貫いているんじゃないですか」

小林が木戸の顔に睨むような視線を向ける。

「知らなかった。いつもここを通過しながら、夢にもそれを知らなかった、恥かしい」

木戸はそう云って、露頭に向って頭をさげ、何か謝るような態度をした。

「この山は何と云う名だろう」

「対面山と地図に出ていますが」

「そうか、ではまず、この山から対面だ」

木戸が先に立って、線路の西側へ、露頭を踏んで登る足の下は、一めんに悉くが鉱石だった。

西鞍山を調べた調果は、「全山すべてこれ鉄なり」と云ってもいいほどの収穫だった。

それから、東鞍山に移ったが、ここも西鞍山のと同質の鉱石が山骨をなしていた。一行は勇躍して大連へ帰った。

千山は有名な霊仙で、まず南満洲の高野山とも云うべき山だが、木戸はその後、見習社員の一団と共にこの千山へ登ることになって出かけた途中、山麓でふと発見した石が、やはり鞍山と同質の鉱石だったので、このあたり一帯にも豊富な鉱床があることを予想し、その後直ぐに探鉱してみた結果、ついに弓張嶺《きゅうちょうれい》の大鉱山を発見し得て、凱歌をあげた。

しかもなお、引きつづいて小林、加藤の二人は、大《たい》孤山《こざん》、関門山《かんもんざん》、桜桃園《おうとうえん》、王家堡子《おうかほし》などの鉄鉱床を嗅ぎ出すことに成功した。

それから六年の後、大正四年の夏だった。木戸技師は一夜を湯崗子の温泉に泊っていたが、そこへ一人の支那人が、黒い石ころを二つ三つ持って訪ねて来た。

「鞍山の黒い石を鉄と睨んだ偉い先生に、この石ころを鑑定して貰いたい」

というのである。

小嶺子《しょうれいし》の大鉄山は、これが機縁となって発見されたのである。

## 吉会線

技師の穂積と、鶴見と、調査課員の井阪と、三人が社命をうけて大連を出発したのは、明治四十四年の四月二十七日だった。

悲壮な送別会を何度も催され、友人、家族とは「再会を期せず」と云った別れ方をして、出発した彼等である。

そもそも吉会《きつかい》鉄道――朝鮮国境に近い会寧《かいねい》から吉林《きつりん》を結ぶ――は、明治四十年に北京で調印された新奉《しんぽう》並に吉長《きつちょう》鉄道に関する協約中に含まれていたし、その後、明治四十二年に調印された間島《かんとう》関係の協約中にも承認されているのだったが、何しろ相手が支那政府だから、いろんな口実を設けて、極力その実現を回避し、調査すらもさせない状態だった。

もはやこの上は白日潜行的な沿道調査をやるよりほかに術はないとなって、その頃参謀本部特派員だった斎藤歩兵大佐が、満鉄にその決行を委嘱したため、会社は決然として穂積以下の三名を壮途に発たせたのであった。

——会寧より吉林に至る吉会鉄道予定線の秘密強行調査を命ず——

そういう辞令をうけ、また「表面は商人に化けて潜行せよ」との内命もあった。

汽車で京城《けいじょう》に着き、十日ばかり滞在して商人に化ける支度を整えた。

穂積は雑貨商人、鶴見は材木屋、井阪は毛皮商と、それぞれに化けすまして、釜山《ふざん》から海路を、国境近い清津《せいしん》に渡ったのは、五月の中旬だった。シベリアから吹いてくる風はまだ冷たかったが、それでも、セピア色の荒涼たる地面に、すこしずつ緑の色が萌えかけていた。会寧まで行ってそこから馬を乗りつぎ、龍井《りゅうせい》村《そん》へと急いだ。

東亜の屋根といわれる恐しいような山塊の谷間を、図們江《ともんこう》の上流へと分け入る道が、一筋心細くもつづいていた。まるで大地の割れ目を虫が這うように進んで行った。

果てしもないほど深い原生林と、潺湲《せんかん》たる渓流の連続だった。

紅松、黄花松、臭松、油松、椴樹、水曲柳、白樺、楡、核桃《くるみ》などが矗々《ちくちく》と天を衝き、また自然の命数尽きて大蛇の如く倒れているのもある。

龍井村で、更《あらた》めて大踏査の準備をした。日程をつくったり、食料を用意したり、穿きものを更えたり、露宿や自炊の器具を整えたり……五日もかかって、六月の三日にそこを踏み出した。

局子街《きょくしがい》という山間の、ちょっとした邑《むら》に入ると、もう支那側の巡警や軍人が、三人の姿に怪しみの眼を尖らせ始めた。飽《あく》まで商人に化け切らねばならないと、一生懸命に思案した。

局子街には、幸いに日本の領事館があって、速水という副領事がいたので、まずそこへ駈け込むと、副領事はすでに一行の目的を承知していて、何彼と注意してくれた。

穂積は、若い女学校出らしい副領事夫人に頼んで、読みかけていた婦人雑誌を二、三冊も譲って貰った。そんなものでも、カムフラージの一つの手段になると考えたのだ。

　主人は三人のために、乏しい材料で、出来る限りの御馳走をし、酒まで、取って置きのウイスキーを抜いて歓待した。

　この夫婦に別れると、それから先の行動では、もはや一人の日本人にめぐり会うこともないだろうということだった。

　何となく骨肉に別れて死地に入る気持がした。出発の朝は夫人は何度も瞼を拭いていた。

　正午ごろだった。一つの小部落を通り抜けようとすると、その路傍に二十人ばかりの旅行者らしい一団が休んでいたが、その中から一人飛び出した男が、いきなり手を挙げて呼びかけた。

「おい、待てッ」

　日本語なのだ。日本の軍人で、将校だった。

「こら、お前たちは日本人の商人か」

「はァ、そうです」

「じゃ、とにかくこっちイ来い」

　大勢のいるところへ連れて行かれた。そこには四人の日本将校と、背広服の日本人五人とが弁当を食っていたが、道の向う側では、またそれを監視の支那兵が十名ばかり、一人の支那将校に引率されているのだった。

　日本将校は、大佐が一人、少佐が一人、大尉が二人だったが、その大佐が斎藤と云う人だった。

「商人のくせに、えらい奥地へ入り込んで来たね。ぜんたいどこへ行くのか」

　斎藤大佐が大きな声で叱るように訊く。

「へい、私ども三人は、材木を見たり、毛皮の産出量を聞いたり、朝鮮人に雑貨が売れるかどうかを調べたりする目的で、これからずっと吉林《きつりん》まで出てみるつもりでございますが、何分にも大変な山の中で弱っています」

　井阪が、すこし大阪弁を使って、うまいことを云う。

「吉林？　とんでもない。たった三人で行けるところではないぞ。護衛なしではこれからさき、一日だって歩けはせんぞ」

　三人は当惑して、泣きッ面になる。

「どうしても行きたいか」

「へい、何とかして……せっかくここまで来たんでおますさかい」

「そうか――では、自分たちに同行しろ。われわれもこれからずっと吉林へ出るつもりだから、一緒につれて行ってやろう」

三人は躍り上って欣んだ。

「お願い申します。ああ有難い」

鶴見が、いきなり手を合わせて軍人たちを拝み出した。

支那の監視兵の隊長が、つかつかッと斉藤大佐の前へ出て来た。この支那将校は日本語が判るらしい。

「この三人、日本人どうしたか」

と訊く。斎藤大佐は、丁寧な調子で、

「こいつらは日本の商人です。間島《かんとう》あたりの朝鮮人の生活を視察して、商売の研究をしながら、吉林へ出たいと云うのです。何しろ無智な素町人《すちようにん》ですから、こんなところまで入り込んで、泣顔をしています。しかしこのまま捨てて行っては、すぐに匪賊のために殺されてしまいますし、そんなことでもあると、またお国の方にも御迷惑をかけるような結果を見なくてはなりませんから、私どもで監督しながら、一緒に吉林までつれて出ます」

と説明した。

「なるほど、それでよろしい」

支那将校は、そんなふうに挨拶し、それで安心したらしく、非常に威張った態度で、自分の兵に号令をかけ、出発の態勢を示すのであった。

満鉄側の三人は、嬉しくて堪らない容子で、その支那兵たちの前に行き、丁寧に頭をさげて、何度もお礼を申しのべた。

しかし、これが悉く日本側の芝居だったのだ。あらかじめ、斎藤大佐と満鉄とで、この支那兵の前での芝居を脚色してあったのだ。

荷馬車にアンペラを敷いて、日本人の一行は、みんなそれに乗った。

支那の監視隊はその前後や両側から、鋭い注視を浴びせながら歩いた。

局子街で速水副領事の奥さんに貰った婦人雑誌の余白へ、ところ嫌わず、視察要項を記入した。しかし、それも支那人どもから気づかれないよう、極力細心の注意を払いながらの仕事なのだ。

山の太洋といってもいい様な中を行くのだが、それでも沿道の所々には、森林の途切れた渓谷や起伏があって、そのあたりは、地質学上の成熟地貌をなしていて、西に向いた谷々では、可成《かなり》広い勾配の緩慢な盆地に、畑が墾《ひら》けていたり、部落が発達したりしていた。

　だいたいこのあたりの山塊は、太古の変成岩から出来ていて、その上の或る個所には、第三紀の石炭含有層が被覆しているらしかった。

　遼東脊梁《りようとうせきりよう》山脈、哈爾巴嶺《ハルハれい》、老爺嶺《ろうやれい》、阿爾哈倭集《あるはわしゆう》嶺《れい》などの総称である「長白山系《ちようはくさんけい》」の中心地帯を古来の自然発生的な通路が、山脈の走向と略《ほぼ》直角な構造線に沿うていたが、それも老爺嶺近くなると山岳地帯か、森林地帯、または湿地帯となって、源始のままの未開地がつづき、道路らしいものも都邑《とゆう》も発達してはいなかった。

　山地一帯は、可成の標高をもち、気候も大陸的だったが、森林と、それから日本海に近い関係から、雨量も相当に多く冬は雪が深いということだった。河川も多かった。

　冬季の最低気温零下三十度、夏は地勢が高燥なために涼しく、しかも旱魃《かんばつ》が無い関係上農業はかなり発達していた。農作物は霜が九月から翌年の五月頃までつづくために、人参、大豆、小麦、高粱など早熟性のものが適するらしく見受けられた。

　だいたい、そうした調査事項を監視兵の眼を盗んでは、片っぱしから雑誌の余白へ書きつけるのだが、どうも巡警の眼が光って気味が悪い。なるべく、用便のときとか、夜になって寝てからとかに記入するようにはしていたが、数字的なことは記憶していられないので、荷馬車の上で、日除けの傘を傾け、そのかげで素早く書き込むようにした。

　それでも、支那兵が覗き込んだりする。そんな時には、穂積は、いきなり雑誌の口絵にある美人の写真を指さし、当意即妙に猥雑なことを話し出すのだ。

「今度の旅行で金を儲けたら、日本へ帰って、この女を妾に買うんだ」

　などと、そんなふうに、いかにも商人らしい口調でいうと、たいてい巡警たちも安心して、げらげらと笑い出す。

　喇叭《ラッパ》節だとか、大津絵節だとか、八木節だとかを、のべつに半日を阿呆みたいに三人で唄いつづけて行く日もあった。

　そんな態度を、日本の将校たちは、苦笑しながらも、感心と、同情と、慰撫の、複雑な眼つきで眺めながら進んだ。

三日目に山間の小部落で泊った夜、斎藤大佐が忍んで来て、穂積を揺り起し、

「おい、雑誌へ記入するのはもう駄目だ。何とか、他の方法を考え給え」

と云った。

「敵が悟りましたか」

「巡警のやつ、君たちの荷馬車を曳いている馬夫に命じて偸《ぬす》み視《み》させているらしいぞ」

「あ！　馬夫。そうでしたか」

「三人の日本商人は、秘かに地図を記入しているが、どう云うわけだと、今夜支那の少尉どのが突ッ込んで来たよ」

婦人雑誌の利用が駄目となった後は、碁盤目になっている、手帳の紙を剝ぎとり、掌の中に納まるだけに細かく折り畳み、それを左の手に隠し、右手の指の股へ挟み込めるだけの寸法に鉛筆を切断して、警戒の隙を偸んでは、電光石火的に要点だけを記入することにした。

また、予《かね》て用意して来た鉄道予定線の平面図と縦継面図とは、幅を掌大に折り、袖口から腕の奥へ捲き込むように工夫し、平面は鶴見、縦継面は穂積と、分け合ってそれぞれ現地の実際と睨み合わせては、これもそっと訂正したり、書き加えたりした。まるで、本家本元の支那奇術を欺くような、曲芸を演じるわけだった。

そのうちに、支那側からまた、斎藤大佐に、

「あの三人の日本商人は、深夜に点灯して、地図を作っているから、必ず消灯して眠るように叱ってくれ」

と捻じ込んで来た。まったく敵もさるもの、実に手厳しくうるさいことだった。

よし！　その儀ならばと、それからは夜の明けるのを待ち構え、やっと窓の外が明るくなると、そこで明日の測定収穫を書き込み、支那兵が起き出して監督にくる頃は再び横になって、ぐうぐう狸寝《たぬきね》いりをきめているようにした。

一日の行程を了って、宿に着くと、必ず二、三人の監視が室内を覗き込んだりして、寝るまで附き切るので、三人は、散歩と称して山の中や、谷川の方へ出かけて行き、そこでいろいろな練習を始めることにした。

歩測を整えることや、腕の力を制限して、石を投げる練習によって、距離の測定を練習し、首の骨を一定

に曲げることによって、目測の稽古をするのであった。

室内で起きているときや、支那兵と一緒に歩くときは、絶えず女の話をし、猥談をやり、馬鹿唄を歌いつづけた。

土地の高低を計ることが出来ないので、いろいろの苦心の末、バロメーターを使うことに決心したのだった、それは何だ！　と支那兵が眼の色を変えるので、これは「日時計」というもので、太陽によって時刻を知る器械であるとごまかした。

川や沼があると、必ず荷馬車を停めさせ小便する風を装っては、地勢を視察し、また石を投げたり首を傾げたりして川幅を測定し、馬が川を渉るときの、脚の濡れ加減で水深を知るようにした。

これはまた、まるで、濠端《ほりばた》の丸橋忠弥《まるばしちゅうや》だと、あとでは三人で苦笑し合うのであった。

水さえ見れば、きっと下車する穂積の態度に支那兵が不審の眉をよせて、井阪に、

「あの男は、なぜ川があると、きっと下車するのか」

と訊いた。井阪は一行の通訳をしていたので、即座に、

「うん、あの男はたいした助平でね、女漁りの罰で、大へんな淋病に罹っているんだ。だから水を見ると反射的に尿意を催すのだ。つまり水淋病というのだ。困った奴だ」

と云ったので、なるほどそうかと大笑いをして、それから後は、川の畔にくると、向うから気を利かして、荷馬車をとめてくれるようになった。

女買い一度の経験もない穂積は、内心ひどく不名誉なことに思いながらも、井阪の頓智を感謝せずにはいられなかった。

夜、嶺の月に虎が吼えていた。穂積は故郷の旦那寺にある衝立の南画を想い出した。

昼、山の中を歩いていると、谷底の密林を分けて嵐のような音をたてるものも、虎か猪だと支那兵どもが寒い顔をする。狼などはいくらでもいるから、このあたりでは一人旅をするものはないとのことだった。

打ちつづく山又山の旅も、しだいにまた嶮しく深い山奥となって来て、漸く難関の哈爾巴嶺《ハルハれい》が近づいたことを知った。

老頭溝《ろうとうこう》で泊ったとき、そこの、ちょっとした百姓娘が、馬賊に拉致《らち》されたといって、大騒ぎをしていた。

いよいよ勾配の急な哈爾巴越えにかかる。斎藤大佐

たちの軍人組は、騎馬で先にぐんぐん登ってしまったので、化け商人の三人は、たった二人の支那兵に護られて、六月の太陽に背を焼かれながら、喘ぎつつ徒歩で登る。

頂上に、やっとのおもいで這い上った時は、もはや日没だった。ほッとして汗を拭くと、急にぞくぞくと寒くなった。

はてしもない山の波間に、赤い大盥のような太陽が沈みかけていた。雄大、荘厳というよりは、むしろ悲しいような景観だった。

「あッ、馬賊！」

と誰かが叫んだ。みんな神経が瞬間に、斬られたようなショックをうけた。

哈爾巴峠の頂上は山の最高部ではない。まだ両側に見上げるような嶺が聳えていて、道はその谷間を水平に西へ走っている。その左側の山腹に、およそ四、五十人ばかりの一団が総立になり、じいっと、こちらを瞰《み》降ろしているところだった。山稜の処々にも水色の夕空をバックに、銃を持った人影が点々と配置されたように立っている。

護衛の支那兵二人は、もはや脚腰も利かぬ様に慄え出している。

「これはきっと趙三の一味に違わん。趙三の本隊かも知れん」

「趙三はこのあたりでは、一ばん手荒な頭目じゃで……」

二人の支那兵はそんなふうに恐れ合っていて、物の役に立ちそうもない。

「斎藤大佐などは、もうどのくらい先へ行ったろうな」

鶴見が井阪に訊いた。

「さァ、馬だから、一時間以上早いとすると、もういま頃はこの峠を麓へ降り切っているな、遅くとも」

「そうだろうなァ、弱ったな」

馬賊が屯《たむろ》している場所から、自分たちのいる地点までの距離を、近頃お手のものの目測で計っていた穂積が、

「六百メートルはある。だから、射撃してもめったに弾丸は中《あた》らないと思うね。それにもうこんなに夕闇が迫っているんだからね」

「さて、どうしたものだろうな」

「あとへ引ッ返そうか」

「いや、それはいかん。絶対に前進だ、前進すれば、

とにかく斉藤大佐の一行がいるんだもの」

一人の支那兵は、もと来た方の降り口まで這って行ったが、俄に慌てて駈け戻って、

「虎だッ」

といって、も一人の同僚に抱きついてしまった。なるほど、そこから十メートルばかりの下の林の中を、黒い巨きな野獣が、ガサガサと動き廻っている。虎だか何だか、正体は暗くて判然しないけれど――。

前に馬賊、後ろに虎――まったく茲《ここ》に進退の谷《きわ》まったとき、落陽の光輝をじっと睨みつめていた穂積が、俄《にわか》に、決然として叫んだ。

「国家の使命を帯びて、最前線に出ている僕たちだ」

「そうだ」

「前進あるのみ」

鶴見も井阪もすぐに共鳴した。

「あとがえりなどして、虎に喰われたりしたら醜態だからな」

「馬賊と闘って前進だ。ピストルの弾丸のあるかぎり、荷物の中には日本刀も忍ばせてある」

「たとえ五、六人の馬賊を斬って斃れたにしても、その方がどのくらい日本男児的だか」

そこで、二人の支那護衛兵を、五十メートルぐらいの距離をおいて先行させ、三人は一団となって進み、もし敵の挙動が怪しいと見たら発砲するよう支那兵に命じ、自分たちはピストルを握りしめて、しだいに敵の眼の下あたりへ進んで行った。地獄への前進だった。

二人の支那兵は、馬賊の一団へ下から銃を擬しつつ行く。

三人も、睨み上げて眼の前を通過した。だが、敵は化石したもののように、その一団は凝然として動こうともしない。ただ、じいッと獲物を狙う猛獣のように見おろしているだけだった。

高原の夕風が、愁々と柔かい針葉樹の海を鳴って過ぎた。

敵を斜うしろにした。二、三十町歩も行き過ぎた――やがて五十メートル――百メートル――小径が山の裾を急に曲って、馬賊たちの視野を隔てた。

生死の関頭を一歩にして越した――虎口を一尺ばかり逃れ得た――と感じた瞬間に、みなの脚は期せずして全速力で走っていた。

いや、走った！　走った。西へなだらかに緩いスロープの雑木林や、草原を、流星のように走った。弾丸

に追われるもののように、狂乱の態で駈け降りた。

一緒に先頭を逃げていた二名の支那兵が、

「もう逃げなくてもいい、止った！　止った！」

と両手を拡げて立ち迎えた。もう大丈夫心配は要らぬという。彼等の推察によると、

――どうもあの馬賊が、これだけの小人数で、しかも商人風態の者に襲いかからんはずが無いのに、それが仕かけて来なかったというのは、先へ日本軍人や、騎馬の支那兵が行ったからだ。奴らはきっと此のあとへ大部隊の軍隊がやってくると思い、どうしたことかと大いに怖れていたに違いない。馬賊というものは、相当の軍隊が移動したら、そのあと十日ぐらいは、ひっそりと鳴りをしずめているものだ――

と云うことだった。

さて、千五百メートルばかり下った渓谷の小盆地に、一軒の馬車継ぎ宿があって、斎藤大佐の一行は、もうそこに宿泊していた。

満鉄組三人は、そこから三百メートルも離れた一つの物置小舎に寝ることとなったが、馬賊の彼等は、一行の小人数であることを知ると、今夜にも襲ってくるに違いないというのである。

だから、灯りは一さい用いないことにして、暗い戸外で食をとり、暑くるしい物置小舎の闇の中で毛皮の腐る悪臭に包まれ、呼吸を殺して、旅装のままごろ臥《ね》をしていた。

二時間――三時間――太古の深夜のような静寂の底から、ひたひたと忍び寄る微妙な足音があった。みんなは心臓の凍るおもいだった。足音は近づいて、また遠くなり、やがてまた近づき、夜明けの頃まで断続した。

しかし無事だった。

## 張作霖

明治三十年頃の、東京外国語学校清語科講師に、于《う》沖漢《ちゆうかん》先生という篤学の士がいた。

安奉線の祁家堡《きかほう》駅を下車して、西へ山一つ越した山紫水明郷の産で、幼童の頃、村に来た旅の易者だか道士だかが、彼を一目見て、おお！　と唸り、

「わしは初めて非凡という人相に遭った。女難さえ気をつけたら、必ず大学者か大将軍になる相じゃ」

と感嘆して行ったというが、女難は知らず、十七歳

にして既に郷関を距《へだた》る何百里、河北省《かほくしよう》の保定府《ほていふ》蓮池《れんち》書院《いん》で、第一流の学識を謳われた呉汝倫《ごじよりん》の門に入って秀才と称せられ、二十歳、父に従い蕃境熱河に赴任して、理藩のことに従事した。父は熱河の通判官だったのである。

光緒十七年、この地方に暴威を専恣《ほしいまま》にしている匪賊の大頭目に掃北王というものがあった。悪虐無残な暴れッぷりで、管内の民ために生色なしという状態だったので、于沖漢の父は単身その本拠に乗り込んで、邪道を戒め、熱心に順撫したのだったが、掃北王は最後に、

「もう云うことは、それだけか」

と訊き、まだ何か言葉をつづけようとするのを手真似で押え、

「よろしい、では返答に及ぼう」

と、言下に匕首《ひしゅ》一閃、突き殺してしまったのであった。

若き于沖漢は悲憤熱鉄を飲むの思いで、直《ただち》に復讐を決心し、捕盗営百六十騎を引きつれて、先ず万里の長城を越え、折から辺境巡閲中の直隷提督、葉志超《ようしちょう》を訪ねた。

葉志超は、その後の日清戦争にあたって、牙山《がざん》や平壌《へいじょう》の激戦に、わが皇軍将兵をして、敵にも良将あり矣《かな》と、感心させた名将軍だった。ついに戦死したのか、どうしたのか、爾来その消息を絶ってしまった人であった。

于沖漢は、この将軍に孝子の衷情《ちゅうじょう》を訴え、掃北王討伐の援助を懇請したので、葉将軍もいたく感動し、すぐに軍糧城にいる部下の潘《はん》頭領へ、騎兵五営を率いて、出征せよとの命令を発した。

潘頭領は、即夜兵を整え、昼夜兼行の強行軍で、喜《き》峰口《ぼうこう》から熱河省に入り、于沖漢の手兵と合し一挙に掃北王の本拠を衝いた。

深夜だった。于沖漢は挺身直《ただち》に掃北王の寝所に飛び入り、愕《おど》ろいて起き上ろうとする彼の頭上に一撃を加え、斬り殺して首を取った。

即ち父の讐を報じ、同時に兇賊を退治したのである。清朝ではその功に感じ、世襲雲騎尉という位階を与えた。

外国語学校に講師となってからの彼は、一面また学生として熱心に露語を研究していたが、日露の間に風雲急を告げ出した頃、急に職をやめて郷里に帰り、鞍

山の東に嶮《け》わしい姿を見せている露峰千山《せんざん》の東側、桃源郷のような吉洞峪《きつとうよく》というところで、悠々と白雲を眺めていた。

日露戦争となり、児玉源太郎大将が総参謀長として現地に乗り出したとき、于沖漢は、いつのまにかその総司令部員となって、露軍の情報を集めることに奔走していた。

戦争後は遼陽《りようよう》州知事となり、やがて奉天省の外交官となり、趙爾巽《ちようじそん》のもとに働きながら、その政治を親日方向に導いていた。

日露戦争中のことだが、わが満洲軍は遼西地区で、馬賊の小頭目を一人逮捕した。

張作霖《ちようさくりん》という男で、かなり悪質な露探《ろたん》らしいと見られていたのであった。

取り調べてみると、この男は、近郷の水呑百姓の伜と産れ、緑林生活に憧憬《あこが》れ、この地方を地盤として相当に鳴らしていた或る頭目の下に入ったが、慓悍《ひようかん》、俊敏、凄いような奴で、恩人であるその頭目を殺し、忽ちにしてその地方の小頭目となり、巧《たくみ》にロシアの勢力に接近しようとしているところだった。

小柄で色白で、ちょっと見ると女のような優男《やさおとこ》だが、しかしよく観ると、精悍にして鋭い機智を眉間に漂わしていて、決して一筋縄でゆく人物ではない。

無論銃殺ということにきまっていた。それを命乞いをして助けたのが当時総司令部参謀だった田中義一《たなかぎいち》少佐と、新民屯の軍政官だった井戸川少佐の二人だった。

「こいつ悧巧そうな顔をしているじゃないか」

「うん、気の利いた奴らしいから、助けて恩を売っておけば、また何かの時には役に立つかも知れないぞ」

そんなふうで、張作霖という小頭目は危いところを救われ、新民屯附近にいて、何彼と日本軍の御用を勤めることとなっていた。
四、五百の配下をもち、良家の娘を掠奪して来て妻とし、その女に可愛い男の児を産ましていたが、その児が、つまり後年の張学良《ちようがくりよう》だったのである。
戦争が終り、日本軍が引き揚げたあとの張作霖は、自ら洮南《とうなん》前路・中路統領と号し、洮南附近五十箇村を縄張として、乱暴無残に押し廻っていた。

良民たちはその暴状に堪りかね、ついに奉天軍趙爾巽に訴状を出し、その征伐を哀願して来た。

趙爾巽は直に于沖漢をして、現地にその実際を調査、視察させた。

于は洮南に行き、直接張作霖に会って見ると、片田舎の鼠賊ではあるが、張作霖という男は必ず将来に大をなす人物に相違ないと想われるのであった。

これは珍らしいほどの傑物だ。これを一介の小賊として討伐してしまうのは如何にも惜しい、と思った。于はそのまま奉天に帰り、趙爾巽に対し、張作霖を親兵として登用すべしと勧めた。趙爾巽には手兵が無かった。しかもその頃北大営《ほくだいえい》には藍天蔚《らんてんうつ》という怪傑がいて、虎視眈々と天下を狙っているところだった。

田舎頭目の若き張作霖は、五百の兵をつれて奉天へ乗り出した。政府の親兵として召されたのである。得意満心、意気揚々、第二十七師長張作霖将軍というものが、一夜にして出来上った。

そうしてまた、一夜にして北大営の藍天蔚を攻め落してしまった。まことに英姿颯爽たる張将軍の出発であった。

わが大正元年は、中華民国元年である。正月孫逸仙《そんいっせん》が大統領になり、共和政体を宣布し、宣統帝は退位せられた。

ところが、直《ただち》に袁世凱《えんせいがい》が仮政府を樹て、大総督に就任し、孫逸仙は地位を失った。

袁世凱はついに大総統なり、政府を北京に移した。張作霖は遠く奉天にあって、この袁氏の大野望に策応し、忠誠を致すの態度を見せた。

大正四年の夏頃になると、支那にはまた帝政要望の声が高まって来た。

すなわち、袁世凱を皇帝にしようとする一派の策動なので、満洲にあっては張作霖がその代表的なものだった。

秋になると、国民代表大会組織法を発布し、十二月には代行五法院が、国体変更を宣言して、袁世凱をついに皇帝に推薦した。

袁世凱は、民意をうけて――と号し、登極を受諾、筋書通りに万事が進んだのであったが、蔡鍔《さいがく》や唐継堯《とうけいぎょう》等は西南の雲南に独立して、袁世凱討滅の旗を挙げた。

翌大正五年正月、帝政の旗色は益々よくない。各地に討袁軍が起り、三月には広西省が独立し、四月には広東と浙江省《せっこうしょう》が独立するような形勢となった。

その頃の奉天将軍は、袁世凱の股肱《ここう》と云われた段芝《だんし》貴《き》である。

しだいに武力を増して来た張作霖は、段芝貴を援けて、やがて実力では奉天省の重鎮たるの地位を握ってしまった。

そのとき、満洲を根拠として、清朝の復興を念願とする宗社党《そうしやとう》の活動が、しだいに活潑となっていた。

彼等は討袁興清の旗を翻えし、袁世凱に味方する張作霖を打ち倒して、一挙に奉天城を奪い、張作霖の強敵とされている吉林将軍の、孟恩遠《もうおんえん》を迎えて奉天将軍とし、まず満洲を宗社党の天下となさんとする計画だった。

五月二十七日、満地緑の満洲に、うららかな陽光が漲《みなぎ》っていた。

日本の中村関東都督が、旅順から奉天に来た。張作霖は馬車五台に股肱を乗せ、護衛兵を引きつれ、威儀を正し、中村男爵を奉天駅に出迎えた。

その帰り路——張作霖は、先頭に待っていた彼の馬車へ乗ろうとしないで、最後部から二番目の車に潜り込んでしまった。しかたがないので、湯玉麟《とうぎよくりん》が先頭の馬車に乗り、行列は小西関のあたりへ帰って来た。

突如、物陰から躍り出した数名の怪漢があった。宗社党の刺客である。

いきなり轟音が爆発した。先頭の馬車へ向って爆弾が投ぜられたのだ。

ばたばたと護衛兵が倒れた。

後から二輛目にいた張作霖が、馬車からぱっと馬へ飛び乗った。

「どちらへ」

馬丁が驚いて脚の下へ来たのに、

「上着を脱げ」

と命じ、自分も上着を脱ぎ、電光石火のような早さで着更えてしまうと、馬丁を蹴り放し、裸馬に一鞭あてて、一目散に将軍行署へ逃げ込んでしまった。

往きと帰りと馬車を変え、危急の場合のあの機智と、あの俊敏さとは、さすがに偉いものだと、その頃感心しないものはなかった。

六月になると、袁世凱がぽっくりと死んだ。あわれ一代の野望も夢と消えた。

黎元洪《れいげんこう》が大総統に、馮玉祥《ふうぎよくしよう》が副総統となった。

張作霖はこの機会に袁の股肱として、いままで提携して来た段芝貴を奉天から追い出し、自分から奉天将軍となりすましてしまった。

人を用い、策をたて、ついに吉林《きつりん》、黒龍《こくりゆう》両省をも掌握して、東三省《とうさんしよう》に行政兵馬の権を統《す》べる巡閲使と納まったとき、自分を世に出してくれた大恩人の于沖漢を、奉天官銀号総辦《そうべん》の地位に進めて、東三省の大蔵大臣と云った職権を持たせた。

## 是公去る

鉄道院総裁床次竹二郎《とこなみたけじろう》が、その監督権を正式に振りかざして、満鉄調査に出かけた来た。

中村是公《なかむらよしこと》総裁は、歓迎会を開いた。開きたくなかったのだが、犬塚以下の理事たちが、

「そうも行かんでしょう」

と云って、準備をしたのであった。席上、主人公の是公は、主賓の床次に、

「床次さん、あんたは、満鉄へ調査に来たと云うが、何が何だか、調査したって判りゃせんでしょう」

という挨拶をした。これが歓迎の辞なのであった。

床次はこれに応えて、四角四面な形式をとり、咳一《がいいち》咳《がい》して、

「ええ、今日は不肖のために、はからずもかく盛大なる心づくしの御歓待に預かり、衷心感激に堪えません。さて、ただいま中村総裁のお言葉でありましたが、仰せのとおり、全くこの大きな機構は、一朝一夕の単なる視察、調査によって、その全貌を摑むことはとうてい不可能でありまして、お言葉の如く、ただこの山海の珍味を頂き、何が何やら判らず帰ることでありましょう。御厚意の贅を極めた御歓待を感謝いたします」

と述べた。

「こんな宴会は、まず中の下ですぜ、床次さん、何が山海の珍味なものですか、まずいや」

是公はそんなことを云いながらボルドーの古酒を、ガボガボ音をさせて飲んだ、飲みながら、

「床次さん、一朝一夕の単なる視察、調査じゃ判らねえと云われたけれど、百朝百夕でも決して判りッこ無えから、安心してお帰んなさい。ねえ、犬塚、そうだろう」

とやり出すと、犬塚もすぐに、

「うん、そうだ、判りッこはないね」

と合槌を打った。床次は妙な顔をして、早々に引き揚げた。下僚が上長に対して「うんそうだ」などと云う言葉を使う満鉄の社風に呆れ返ったらしい。

権謀術数を女のような温良さに包んだ床次と――猪にフロックコートを被《き》せたような中村との対照を、社員たちは私に痛快がっていたが、床次が去ると、是公

の周囲へ押し寄せて、何度も何度も乾盃した。

「斯くも盛大なる心づくしの御歓待を、衷心感謝いたします」

誰かが床次の仮声《かせい》をつかった。

「ふん、なにが衷心感謝だ。なにを云やァがる、政友会の狸めが」

是公はそう云って、きれいな敷物の上へ、カッと痰を吐いた。

「総裁！　政友会の満鉄乗ッ取り策というのはほんとうですか」

「うん、俺が上京しとった頃、かなり新聞や何かで問題にはしていたがね」

「政友会は、実に怪しからん政党だなァ」

「なアに、政党に怪しかるやつがあるか。みんな悪党の集まりよ。ただ政友会という政党はその悪党振りを派手に賑やかにやるだけよ。謂わばまず、白昼公然抜身を提《ひっさ》げて表門を押し破ってくる斬り取り強盗だな」

「すると、民政党は？」

「民政党は、なんだねえ。あの耶蘇《ヤソ》坊主《ぼうず》みてえなやつさ。いかにも、道徳づらをしていて、それで夜陰ひそかに一服盛ったり、人の女をごまかしたりしやがるやつさ」

「じゃ、どっちにしても、愛党心あって愛国心の無い連中ですね」

「やッつけろい！」

「満鉄のこの城を取られるな、諸君！」

「糞ォ喰えだ。さァ飲め、飲めッ」

満鉄魂が各個に爆発した。

満鉄は国策の第一線——敵は遠く満蒙の外にありとしていた満鉄人士は、急に、ひやりと背中の寒い気がして来た。

満鉄の敵は、日本の国内にも発生しているのだった。内地から、政党の毒刃が迫って来たのだ。

白昼公然として強盗が押し入って来た。それは、床次が引き揚げて行った直後である。

大正二年の冬も暮に迫った十二月、ときの政友会内閣総理大臣原敬《はらたかし》は毒刃を抜きはなって、一代の硬骨漢中村是公の頸を切り落してしまった。満鉄の社内、社外をとわず全満洲は、挙げて是公総裁を痛惜した。

原敬は当代随一の剛愎《ごうふく》、果敢な政党政治家だったが、その慧眼は早くから満鉄を睨み、その政友会培養母胎としての滋味に魅せられていたものだった。

肚裏ただ党利を先にして、国利を後にする政党が、すでにその頃まで満鉄に手を染めなかったことが不思議なくらいだった。

床次竹二郎を派して、満鉄を調べさせたときには、已《すで》に、その鉄の爪は研ぎ澄まされていたのである。政友会の鉄の爪となって満鉄を摑みにくるものは、政友会の元老幹事伊藤大八《いとうだいはち》だった。

大八は政党全盛期の偉大なる俗才、策士と自他ともに許している人物なのだ。

——ああ大八がついに来るか——

全満洲の表情は、毒汁を服《の》まされたかたちだった。

——大八車が大小我利々々の利権屋を山と積んでくるぞ——

若い社員たちは切歯した。

大八は原の心の底を合点して、政友会のために満鉄を縦横無尽に引ッ掻き廻す適才であるが、表面上これを総裁に据えては面白くないし、またそれでは大八たりとも、あまり悪どい芸は打てないというわけで、これは副総裁とした。

ところで、中村是公のあとに据える総裁は、官界で鉄道畑の鰻《うなぎ》と云われた野村龍太郎《のむらりゅうたろう》を持って来た。

野村は大垣藩儒某の子で、虎ノ門の工部大学出身後、殆ど鉄道官吏として一生を鰻昇りに立身した男である。温順誠実、典型的めくら判官吏の錚々《そうそう》たる人物である。その頃はすでに、この幸運にして善良なる鰻は、鉄道院副総裁にまでぬるぬると昇進していた。

これを満鉄の表看板に持って行けば、世俗もなるほどと頷くだろうし、内外にも敵をつくらず、摩擦もないだろうし、その陰で、大八が思う存分に活動出来る。つまり大八の爪隠し、擬装としての総裁だった。

ただ野村には秘書的なお側用人格の理事をつけなくてはというので、これに改野耕三《かいのこうぞう》をあてた。

改野は、人も知る自由党このかたの古い代議士で、原敬、大八とともに親しい間柄の男。もはや政友会員としても、官吏としても、たいして有用の材ではないが、お家のためには忠義な家老役ぐらいは勤めるだろうし、それに満鉄理事として死花を咲かせてやってもいいくらいの原の肚だったらしい。その昔郡長などもやったことがあり、世間擦れのした人物だった。

とにかく、是公は寝首をかかれた。

「馬鹿野郎ッ」

犬塚理事が、朝出勤して来た是公の室へ行くと、ドアを開けたとたんに、是公総裁の胴間声《どうまごえ》が爆発した。

是公は、いま着いたばかりの、首切り電報を鷲摑みにして、例の大眼玉をむき出していた。

会社創設当初の副総裁から、明治四十二年後藤のあとをうけて、大正二年の暮に到るまで、中村是公は実によく働き、よき仕事を残して行った。

極めて短期間の後藤一代というものは、ただ例の、景気のいいかけ声で、事業の尨大なアウトラインだけを描いたに過ぎなかった。

すべての仕事をばたばたと着手したのは中村二代目からである。

――本社の造営、埠頭制度、港湾土木、倉庫施設、大連市街その他附属地の経営、ホテル事業、病院設備、学校創立、満鉄本線改修、安奉鉄道敷設、上海・営口・安東の各埠頭造営、海運事業創始、電鉄・瓦斯の施設、中央と各地の試験所開始、公所・地方事務所の設置、各種工場、公園、図書館、満蒙産業調査機関、その他いろいろの施設――

以上悉く是公の敏腕によって造り出されたものであった。

台湾に呼ばれて事務官にして貰ってからの後藤兄貴である。その兄貴が満鉄を去るに臨んで、

「お前ならわしの肚を一ばんよく知っている。思う通りにやり捲ってくれ」

と肩を叩き、

「よろしい、後事はお任せなさい。決してあなたの名を辱しめるようなことはしませんから」

と手を握った中村なのだ。

外に向っては、白仁《しらに》民政長官をまで馬鹿野郎呼ばわりをし、内に対しては、各重役を、やいこら、てめえと叱り飛し、満洲の天上天下唯我独尊、一点の遠慮もなく、会釈もなく、自由気儘にその天分を発揮して、大満鉄の基礎を築きかけた彼だった。

戦闘的性格で、能動的で、誠実で、野人で、直情で、簡明で、任侠で、洒落《しゃらく》で、明るくて、元気で、頭がよくて熱情家――そんな型の彼だからこそ、あれだけの仕事が出来たのであるが、事務技術的にこれを成功させた方法は、彼の執った部局の制度がよかったからであると云われている。

彼の執った制度というのは、有名な所謂満鉄の会議制度と、臨時独断専行制度とである。会議制度と云うのは、すべてを各重役会議によって決定するのだ。

どんな重大なことでも、困難な問題でも例のてめえ、おれ、君、僕の調子で、仲のいい兄弟相談の如く、談笑の間にすらすらと決議してしまうのだ。しかし、ときと場合によっては、総裁自ら独断専行することもある。

原則は会議の共同責任制だが、臨機というものがある。一たん緩急に処しては、是公自分だけでなく、誰がやってもいいことにしていた。理事が個々に独断専行する場合も多く、また部・課長から地方の一社員に至るまでそれが許されていた。許されていたというよりは、むしろそれが常識だった。事の緩急に当って、独断専行の出来ないような者は馬鹿とされた。

そうして、その結果の責任者は重役全体なのだった。故に満鉄の事務、交渉は実に流るるが如くで、すこしの渋滞もなかった。

「考慮して置きます」
「詮議して見ましょう」
「書類を出して下さい」
「手続きを願います」

そうした言葉は、満鉄では不要だった。苟《いやし》くも是公のもとにあっては、そんな言葉遣いを知らぬことをもって誇《ほこり》とされていた。

「俺は十年も二十年も、この満鉄を辞めるつもりは無かった。べらぼうめ、どこにやめなきゃならねえ理屈があるんだ。仕事が本当に軌道に乗るのは、これからじゃねえか。大抱負は漸く進発したばかりじゃねえか。畜生め、残念だ。実に遺憾だ！」

是公はこんなに痛憤しながら、満腔《まんこう》の未練を満洲に残して去った。

あの眼玉をぎょろつかせて、怒鳴りつけられていた全社員は、ほんとうに泣いて、彼を埠頭に送った。

そうして、その泪を押し拭って振りかえった眼は、一様に物凄い光を燃しているのだった。

「伊藤大八め、覚悟をしやがれ」

彼等の肚が、そういう怒吼《どこう》を叫んでいる。

誰あって一人「伊藤さん」とも「副総裁」とも呼ぶものはない。みんな「大八」「大八の野郎」だった。

温厚篤実、社員から「お父さん」と呼ばれていた国沢新兵衛副総裁も一緒にやめさせられたし、その他の理事も、犬塚信太郎ただ一人残っただけで、全部が政友系の新理事に城を明け渡してしまった。

犬塚信太郎は、中村是公とは、まったく兄弟同然の間柄だった。総裁と理事の関係よりも、一つの商会を経営する意気の合った兄と弟の関係に近かった。

だから、是公が悲憤に死ぬる場合、犬塚これまッ先に殉ずべく想われた人物なのだが、その人物だけが、一人敵陣の中に居残ったのである。それは伊藤大八一派、即ち政友会派が犬塚の手腕と力量だけを知って、その人格を見なかったからである。

無論犬塚は是公が馘られたその日に、辞表を叩きつけている。それを伊藤も、野村も、それから床次までが乗り出して、極力引きとめに努めたのであった。

そこで、犬塚と是公が私《ひそか》に相談をした。

「阿呆になって、暫く居残ってみろよ」

「うん、ぜんたい、どんなひどいことをしやァがるか、後日のために見ていてやるか」

「そうしろ、満鉄のためだ。いや日本のためだ。しっかり睨んでいろ」

「それで、いい機会に、大爆発をやって飛び出しても、遅くはないね」

「遅くはないとも」

そうした肚で、わざと居残った犬塚だった。その犬塚を、ただ一個の事務家的理事と軽視したのが、何としても敵陣の救うべからざる破綻であったのだが、神ならぬ、赤阪の待合××の主人伊藤大八、まことにいい気持で、天下一の大政党をバックに、嵎《ぐう》を負う虎の颯爽と、多くの利権屋、政党屋、我利々々実業家たちの歓呼に送られて、大野望のドンキホーテは馬を進めたのであった。

伊藤大八の前に、火花を発して玉砕すべく待期していた犬塚信太郎は、一種の人傑だった。是公をフロックコートを被た野猪《きやちよ》と形容するならば、犬塚はフロックコートを被た禅坊主とでも許すべき男だった。小学校を卒業すると、貧乏士族の彼の父母がせめてこの世の中では、高等専門学校ぐらいは出してやりたいが……と歎息するのを聞いて、じゃ高等商業でも出たらいいでしょう。なにわけないですよと云っていたが、いつの間にか試験をうけて、小学卒業生が、そのまま中学過程を抜きで高商へ入ってしまった。だから、高商を優等で卒業したときは、まだやっと十七歳の少年だった。すぐに三井へ入り、忽ち頭角を顕わし、後藤に惚れられて満鉄理事に抜かれたときは、三十歳の青年だった。

## 三線連絡特定運賃問題

是公が満鉄を去る一、二ヵ月前だった。大正二年十一月、東京の鉄道院に、三線連絡運賃設定会議というものが召集されていた。

会議委員の顔ぶれは、鉄道院側の首席委員が、まだその頃鉄道院副総裁だった野村龍太郎で、運輸局長木下淑夫、監督局長藤田虎力、監督局庶務課長守屋源次郎。鮮鉄側は、首席委員が鮮鉄局長大屋権平で、運輸課長三本武重。満鉄からは、犬塚信太郎理事が首席で、運輸部営業課長西村信敦と云った巨頭を集めての重大会議であった。そもそも三線連絡運賃問題というのは、その真相はどうかというに、その発端は、例の西原借款でおなじみの西原亀三《にしはらかめぞう》から出ているのであった。

西原は、日露戦争後に、共益社という日鮮貿易の商社を営していたが、これは主として、阪神地方から綿糸布を朝鮮に売ることを目的としていた関係上、内地鉄道（山陽線）と朝鮮鉄道の運賃を割引さすことによって、非常な利益となることに着目し、百方運動してついにそれに成功した。即ち非常に有利な立場になって、直《ただ》ちにして朝鮮一たいから欧米品を駆逐し去ったのであった。

時の寺内朝鮮総督は、この鮮やかな西原の手腕に、一も二もなく惚れ込んでしまった。寺内は西原のために、どうにでも動く傀儡《かいらい》と軟化したのである。

ところで一方、日本と支那との間で、最恵国約款というものが成立し、陸路貿易章程の規約によって、朝鮮から支那領の安東《あんとう》県に入る関税を三分ノ一割引してくれることになった。

西原がこの新情勢を無視しよう筈はなかった。彼は考える。

――今度は満洲から外国の綿糸布を駆逐してやろう。関税三分ノ一減は大きな福音だ。なおその上に、内地の鉄道―鮮鉄―安奉線、この三線連絡の運賃を、更に割引させることが出来たら、素晴らしい――。

そこで、朝鮮総督の寺内伯に、次のような建言をしたのだ。

「阪神から満蒙に送る商品に対し、山陽線と安奉線との連絡運賃を軽減されると、従来汽船で大連経由となっていた貨物が、山陽線と鮮鉄を通過するようになる。その鉄道収入は大きい。これまで海路との抗争に弱っていた鮮鉄も、内地線も、とみに大いに霑《うるお》うこととなろう。更に、安奉線というものが今では無用の長物となっているが、運賃逓減のためこの線を利用し、活気づけているということは、一朝大陸に有事の際、軍国のためにどのくらい有利だか計り知れないものがある」

寺内伯は大いに動いた。鉄道院も賛成しかけて来た。その結果の「三線連絡運賃設定会議」の召集だった。西原の得意想うべしであったろう。

「三線連絡特別運賃」なるものが設定された。その内容は、

――阪神地方発送、奉天以北の主要駅到着の日本重要輸出品（綿糸布その他二十品種）に対し、陸路、内地鉄道―鮮鉄―満鉄を経由する場合、これら各関係鉄道は、規定運賃の約三割を割引す。右は大正三年四月十五日より実施す――。

というのであった。

この決定案が、満鉄側出京委員の西村によって、大連本社に齎《もたら》された時が、恰《あたか》も満鉄の非常時、中村是公とその一党が、政友会に城を明け渡そうとして、社内に悲痛の気概充ち満ちているときだった。

俄然「満鉄を護れ！」という叫びが、青年社員の間に爆発した。

「満鉄を護れ」の思想というか、スローガンというか、ともかくこの情熱的な叫びは、具体的には「三線連絡特別運賃設定絶対反対」という旗幟《きし》となって掲げられた。

営業課調査係の村田慤麿は、そのとき三十二歳の年少気鋭、気骨隆々組の代表格として自他共に許していた。

この村田が、大正二年の暮から三年の正月にかけて、年末年始の休暇を、一歩も外出せず、一心不乱に何か研究を始めたものだ。

何をやり出したのかと、みんなが一種の興味を向けていると、やがてそれが、新春出社早々、西村営業課長に対し、次のような重大問題を投げ出し、烈々《れつれつ》の所信を披瀝し、面《おもて》を冒して反省顧慮を迫り、三線連絡特別運賃に対する社内反対の狼火《のろし》を上げた。即ち、

一、多数種類の貨物中、特殊の二十種ばかりにのみ、運賃逓減を行った場合には、満鉄現行運賃表によって保持されている各種貨物間の負担の平衡を破り、運賃表は合理性を失うに至る。

一、日本の満蒙経営の根本政策は、大連中心主義で

める。

破壊し、統一したる国家施設に重大なる矛盾を生ぜしめる。

一、この割引運賃の適用は、大阪、神戸を発地とし、陸路三鉄道経由に限られている上に、その適用をうける品目も、日本の重要輸出品二十種に限定されていることから、ややもすれば外国から猜疑されがちの、満洲における機会均等、門戸開放主義に悖《もと》る点に、手痛い攻撃をうけること必至である。

ある。然るに、特定運賃の実施は、この国策の根本を破壊し、統一したる国家施設に重大なる矛盾を生ぜしめる。

というにあった。しかし西村課長は、

「すでに決定されてしまったものを、どうするかね。各代表の調印済じゃないか。今から、撤回どころか、修正だって絶対に出来はせんよ」

と逃げてしまった。

村田もしかし、それで引っ込むような男ではない。すぐに犬塚理事の室をノックした。

「おう村田君か。何だい、いやにせっぱつまったような顔をしているね」

犬塚は可愛い弟を揶揄《やゆ》するような調子で迎えた。

「せっぱ詰っていますとも!」

「ほうん! えらい勢いだね、また喧嘩かね、お家の芸で」

「冗談じゃありませんぞ」

「へえ、いやに睨みつけるね。ぜんたい問題は何だ」

そこで滔々として、割引運賃一件反対の理論をぶちまけた。犬塚理事の表情が、急に、きっと引き緊って、

「そうか、えらいことを研究して来たね、うん。それは重大問題だ。そんな大影響があるとすれば満鉄として、絶対にあの問題をぶち壊さなきゃいかん。俺は、あの会議に委員として調印して来たのだが、そんなこたァ国策の前には議論の余地はない。すぐに善後策を講じなきゃァならないが、君はその足で一つ、野村総裁に会って、同意を得て来てくれ。大いに論じつけてな。あのあやじボンクラだから、よっぽど噛んで含めなきゃァ判らないぜ。いいか」

「はい、心得ています」

そこでまた、野村総裁が、村田の爆撃をうけた。果して、野村は驚き慌てた。

「困ったことだ。……どうしたらいいだろう。……君の云う如き事態に立ち到るとしたら、これは一大事だ」

と色を失って狼狽した。

満鉄社内の沸騰は当然だったが、ここにまた、地元

の大連市民が、期せずして絶対反対の叫びをあげて騒ぎ出した。

それも当然のことである。日本の満蒙経営が大連中心主義である以上、満鉄の運賃政策もまた大連集中主義を堅持している。そのために、満洲奥地との距離は営口や安東に比べて遙かに遠いのだが、鉄道政策として最初野戦鉄道時代から、大連経由の貨物に対しては一ばん低廉な賃率を恩恵していたのである。つまり、距離は遠くても運賃は他の海港経由より一番安い関係上、自然に大連が繁昌し、従って大連としても、巨億の資金を投じて、港湾や埠頭の設備を完備すべく一生懸命だったのに、もしも今度協定された三線連絡特定運賃制というものが効力を発揮するようになった暁には、大満蒙開発の物資は、決して大連を経由しなくなる。それは、せっかく投下した大資本の能率を低下させ、大連の繁栄を、萎縮させついには枯死せしむることと以外の何ものでもないということになる。しかもこれは反国策の大陰謀にもひとしい理論となる。

大連全市の憤起はこの上に勃発したのであった。大連実業倶楽部というものは、現在の商工会議所的なものだったが、その会長だった永浜敬介が、全市民を先導して、猛烈な反対気勢を揚げ出したところへ、遼東新報、泰東日報などの言論機関が、轡《くつわ》を並べ、筆を揃えて吼え立てた。

そうして輿論の鋭鋒はついに、一せいに政友会――伊藤大八に向けられるようになって行った。

伊藤が、すでに就任第一日に於て、早くも満鉄を売ったと云うのだ。

悲憤激越、痛罵囂々《ごうごう》、満洲の天地が煮え返るような大事件までに進展して来た。

「何とかして実施期日を延して貰って、何とかして、どうにかしなけりゃならん」

野村総督は蒼くなって上京した。そのあとで、犬塚理事は営業課の村田と竹中を自分の室へ呼び出した。

「君たち二人で行って来たまえ」

唐突として命令するのだった。

「は？」

「東京へ行って、叩き潰して来給え、非国策的な愚案を」

「われわれ二人でですか」

若い二人は、半信半疑の瞳を凝らす。

「そうだ。国家の生命線を死守するんだ。討死したって、いいじゃないか」

「はい！」

「やります！」

二人は興奮に胸が痛くなった。

「伊藤副総裁も、新しい理事も、まだ赴任せずにいるんだから、先ず支社へ行って、彼等の蒙を啓《ひら》き、得心させた上で、鉄道院と鮮鉄に当るんだ。どんなふうに戦ってもいい。君たちで、ベストをつくして見給え。もしこれを叩き潰せたら、満鉄マンとして、男児の本懐ではないかね」

「は、やッつけて来ます」

「もしかしたら、行ったままで戦死するかも知れません」

「そうだ、それでも本懐だろう」

「そうです。なァに、正義のためです」

「しかし敵は、寺内伯と西原亀三郎と鉄道院と、鮮鉄と——なかなか巨物が揃っているんだぞ」

「はァ、その上に、もしかすると政友会」

「はッははは」

「はははは」

三人皮肉な笑いをつづけた。


東京の二月、満鉄支社の庭に梅が綻びかけていた。

伊藤副総裁は重役会議を開いた。

出席重役は、改野、樺山、藤田の三理事だった。

改野は古い政友会員、藤田はこの問題の三線連絡運賃協定に賛成した鉄道員の監督局長、樺山は浪人から初めて禄にありついた男、三人共に伊藤大八派の新理事であった。

さて、その重役会へ、ちょうど其のとき他の社用で上京中の本社用度課長秋山清と、小森雄介も参考人格で出席したが、やがて問題の震源体たる青年平社員の村田と竹中が、予審をうける被告のように呼び出された。

伊藤副総裁は、秘書から二人の名を紹介されていたが、やがて、村田の方を見て訊いた。

「君が竹中かね」

「いいえ、私は村田です。こちらが竹中君で……」

「うむ、どちらでもよろしいが、一応君たちの意見と云うのを聞いてみる。どう云うのかな」

そこで、村田が先ず、持って来た陳情案というものを励声して読み上げたが、これは出発前に二人が徹夜で書いたものなのだから、非常に長文で且つ理路整然としていた。

竹中が更にそれを具体的に、興奮した口調で説明する。それからまた、二人交々《こもごも》質問に答えているうちに、会議の空気が自然に論争的な緊迫感を帯びて来た。

「よし、君たちの云うことは判ったようだから、もうよろしい」

伊藤副総裁は、なんとなく、あっさり一蹴する気配を見せた。

「解ったようだ——と仰有るのは、御自分のことですか」

と村田が訊《き》いた。

「そうだ」

「ようだ——というのは変ですね」

「何が変だ。上長に向って、何という口の利き方をするか」

副総裁は一喝した。

「いえ、判ったようだ、などと仰有っては困りますから、よくはっきり判ったと仰有るまで、もう一度説明申し上げます。抑々《そもそも》この協定運賃問題は、日露戦争唯一の収穫たる満鉄というものを全然無視したと云うよりも、むしろこれに対する一種の挑戦的な立場から立案されたものであるということは、即ち大日本帝国の満蒙に対する重大なる将来性を……」

村田が腕を振り上げて論じ出したところを、

「よろしい、もう判った」

「お判りですか」

「判った。判るには判ったが、しかしあの案の撤回を求める必要はない」

「いいえ、絶対に必要があります。必要がないとお認めになるのは、まだほんとうに御諒解になっていないのです」

「判っている。判ってはいるが、わしは副総裁として、またここにいる理事諸君も満鉄幹部としてその必要を認めない。やはり三線連絡割引運賃制は、一たん安奉線に施行して置いて、いずれわしが満洲へ赴任した上で、また何とか方法を講じてもいい、それでも遅くはない」

「必要をお認めにならない問題ならば、あなたが満洲へ赴任なすった上でも、やはり断乎として必要はないでしょう。何だか理論の矛盾があるようで、変だと思います」

「変だとは何が変なのだ。無礼なことを云うと許さんぞ、社員のくせにして」

「社員だから申し上げるのです。社員でなくば、何をなさろうと我れ関せずです」

竹中が、だっと一歩踏み出して怒鳴るように云った。

副総裁の顔が、苦渋に歪んだ。

「よろしい、退場し給え。君たちは一応説明したら引き退るべきだ。会社の方針を決定する権利はないのだ」

こうまで云われては、もはや議論の余地はないのだが、村田と竹中の二人は、頑として一歩も退く気色を見せない。

「私どもは、会社の方針を決定して貰うために出て来たのです」

と村田が大きな声をする。

「単なるお使いなら、陳情書は輸送でたくさんですからね」

竹中も追撃するように云う。しだいに議場内の雲行が怪しく、不穏になってくると、本社から来ていた先輩の秋山課長や小森係長などは、形勢の緊迫に怖れて、ひそかに席を外した。その出て行く先輩の横顔に軽蔑の冷笑を送りながら村田は副総裁の眼を直視し、攻め寄せるように云う。

「安奉線にだけ実施して見る——と仰有るけれど、安奉線は即ち満鉄であることを、副総裁は御存じですか」

「馬鹿にするなッ」

副総裁は叱咤する。

「敵を一つの城塞にだけ入れてみる、と云うことはですな、つまり敵にその城を全面的に開け渡すのと同じだと思いますが」

「それは、観念的な書生論だ」

「いいえ、現実の火急な問題です」

「とにかく、わしは満洲というところの事情を知らない。満洲に対してわしは白紙だ。だから問題を公正に見ることが出来る。故にこの件案に対しては、君たちの云うような反対を認めない」

今度は竹中が斬りつけた。

「知らないから白紙である。白紙であるから公正であるという、その三段論法は、既に第一段と第二弾の過程において誤りがあります。知らざるものは白紙ではなくて暗黒なのです。判らないのです。判らないものに公正も不公正もありますか」

すぐそれにつけて村田が、

「対外的なこんな重大案件を前にして、副総裁という味方の陣営における大将が、余はまだ満洲事情を知らないなどと放言していいのですか。どうかお願いですからお取り消しください。敵陣に聞かれては物笑いになります。また味方の作戦上非常な不利になります。とにかく反対の必要を認めないなどと云って頂いては困ります」

「そうです、どうあっても、この協定案は叩き潰して下さい」

竹中も鉾を揃えて突撃する。

「黙れッ」

副総裁は大喝して睨みつけ、しばらくは激情に両の拳固をぶるぶる慄わせていたが、

「一事務員のくせに怪しからん」

と云って、卓の上をどしんと殴りつけた。

「なにが怪しからんのですか」

村田は微笑する。

「だいたい服務の精神が間違っているんだ。下僚が上長に指揮命令するということが、どこの世界にあるか。それは下剋上と云う一ばん悪い思想だ」

「これは意外です。いつ吾々が上長に命令したでしょうか」

「今、現にやってるではないか。言葉の端々、それから先日来の電報でも、理事や課長に指図している。増上慢《ぞうじょうまん》だ、怪しからん！　退席したまえ」

「退場致しません。社内にこの問題の重大性を覚らない人がいる間は、断じて退場出来ません」

村田は必死の表情で突ッ刎ねた。

「君は全体、上長の言葉を何と思うのだ。上官の命令は絶対だぞ」

副総裁は高圧の一点張りだ。

「それは軍隊のことでしょう。満鉄には、そんな服務規定はありません。満鉄では上下一如、万事が合議制です。ですから、いくら上官のお言葉でも、会社の利益にならないことがあれば、情理をつくして諫言し、陳情するのが一ばん会社に忠誠なことだと、堅く信じています。上官を指揮命令するのではありません。切に御反省を求めたいのです。部下として上長の反省を求めることは、決して越権として叱られるべきでなく、寧ろ愛社心の発露として誉められて然るべきだと思います。電文云々と仰有いましたが、迅速簡短を尚ぶ電報で、存じ上げ奉り候早々頓首などと書けますか。しかし、相当な敬語はなお用意して打電しました。も一

度冷静に電文をお調べ下さい。とに角、軟鉄を愛する社員としての道徳に、何ら不都合はないと確信して行動している僕たちです。しかもなお不都合だとあれば、僕たちはいつでも社を辞めます。今でも辞表を出します。辞表を出した上で、社外に追い出されましても、しかしなお且つ、一国民として満鉄の使命を護るためには戦い抜く覚悟を持っています」

「うん、その意気は壮とすべしじゃ。だが君たちはだね。君たちの議論はただ満鉄あるを知って他を知らんのだ。満鉄のための満鉄論を出ていない。井中の蛙大海を知らずじゃ。はははは」

副総裁は、取ってつけたように笑う。

「そうではありません。日本国家のための満鉄ということをいつも念頭にしています」

竹中も、

「私どもは衷心から満鉄を愛しています。しかしそれは、日本を愛するがゆえの満鉄擁護であります。満鉄の存在が国家に不都合とあれば、私どもは率先して、いつでも満鉄を叩き潰すことに、決して遠慮は致しません」

と大見得を切った。理事たちは終始無言で、じっと二人を見詰めて居た。

副総裁は黙って、しばらく考え込んでいたが、俄《にわか》に態度を一変した。

「いや、よくわかった。君等の意思は十分に尊重しよう。それでいいのだろう。よろしい。それでいいんだ。君らの用事は終った。さァ退場してくれ給え」

村田と竹中は、ちょっとの間呆然としたが、やがて互いに頷き合って副総裁と、理事席の方とへお辞儀をすると、急に戦慄をおぼえて来た脚を引きずるようにして、重役室の外へ出た。脊筋を、たらたらと冷たい汗が走った。

重役室の隣室は、満洲部屋と云って、本社から上京した社員たちの控室だった。二人は汗を拭きながらそこへ入った。

「よく無事で引き上げて来たねえ」

そこには秋山さんと小森さんの両先輩が、心配して待っていた。

「副総裁に向って、よくあんな大胆不敵なことをいうなァ」

小森さんは寒いような表情を見せた。

「もすこしで首を飛ばすところだったじゃないかね。

向う見ずもいいかげんせんと」

　秋山さんも弟を叱る様に云う。

　満鉄幹部も、ともかく鉄道院や鮮鉄に交渉してみて、出来ることなら実施の延期でもさせたら……ということになり、上京中の野村総裁から鉄道院の監督局に、三者の会見を申し込んだ。

　さてその当日、野村総裁は、折から上京中の小日山《こひやま》直登《なおと》と、それに発頭人の村田と竹中をつれて出席した。

　会見に先だって、野村総裁は、藤田監督局長の室へ単独に呼び込まれていたが、暫く経つと、妙に落着かぬ、不安そうな態度で満鉄側が控えている室へ戻り、さあ皆で行こうと、三人を促した。

　藤田監督局長の室には、鮮鉄側の大屋長官、木下運輸課長、三本運輸課長、守屋監督局庶務課長その他が、多士済々として陣容を固め、待ち構えているのだった。

　鮮鉄側は勿論。鉄道院としても頭から妥協の意志は無いらしかった。

「既に協定ずみの問題に、とやかくと今更因縁をつけることは一種の不信である」

　藤田監督局長は、これで一蹴しようとしている。妥協どころか、問題を検討してみる意志すらも無い。無いと云うよりは、何者に動かされたのか、断乎として決行する肚を露骨にしているのだ。

　しかし、村田と竹中は、梃《てこ》でも動かぬぞと云った気概を見せて、主張し、反駁し、抗弁し、説明し、およそ三時間ばかりも、執拗に喰いさがって譲ろうとしなかったので、ついに藤田局長が、顔色を変えて怒声を張りあげた。

「君たちは満鉄の一兵卒に過ぎないんじゃないか。怪しからん、無礼だよ第一、重役は将校だ、上官だ。一兵卒が、上官に反抗して、ツベコベと、何でいつまでも女の腐ったみたいなことを繰り返しているんだ。上官が右向けと云ったら、兵隊は従順に右へ向くべし、廻れ右と云ったら、すなおに廻れ右して引き退ったら、どうだ」

　ときめつけた。竹中が敢然として答える。

「は、お説のとおり吾々は兵隊であります。一兵卒です。一兵卒なるが故に、孤城を死守しているのです。吾等の上官は常に、満鉄を護れ、満鉄のために戦えと号令します。今度のことでも、上京して陳情し、目的を貫徹して来いと命令されましたから、そのとおり戦っているのです。勝手に満洲から出て来たのではありませんですぞ！」

藤田局長は、ぐっとつまって、いきなり煙草に火をつける。代って三本鮮鉄運輸課長が横槍を野村総裁につき出した。

「野村さん、あなたはまだ、先刻ここで御承諾なすったことを、この兵隊さんたちに命令してはいらっしゃらないんですか」

「実は、その……」

野村総裁は狼狽して、これも煙草をくわえたり、ネクタイを結び直したりしながら、

「実際その、困る問題ですから、満鉄としては」

と、しどろもどろになる。

「そんなことをうかがってはいません。先刻あなたは、兵隊たちを沈黙させると、お約束になった筈ですがね」

「はァ、実はまだ、言い出せないでいたのですが。まったくあの案件の実施は困るのでして、この両者も、そのためについ頑強な態度になるんです。まったく」徒《いたず》らに温厚な総裁は、顔色を土のように蒼くした。

野村総裁の昏迷惑乱に乗じて、鮮鉄の大屋長官が一《いっ》匕《ぴ》深くその虚を衝いた。

「野村君！　君は実に怪しからんね。わけが分らんにも程度があるじゃないか。あの協定の実施が困るのなら、なぜ協定調印以前にそれを力説しなかったのだね。責任を負った重役、君の方の犬塚理事があのとき満鉄を代表して、会議に出ていたではないか。それを今更縁日商人のようなことを云い出すなんて言語道断だよ。しかも、ガムシャラな社員をよこして、無闇に叱えさせるなんて、非常識極まる話じゃないか。強いて協定を破棄したいと云うのなら、あの会議に賛成した責任者、つまり犬塚理事の首を斬って来て、不明と不徳を詫びた上で、さて改めて協議のやりなおしを歎願し、陳情するのが物の順当と云うものだろう。殊に先刻君は、この若い兵隊たちを沈黙さすと、明かに吾々の前で誓った筈だ。もういいかげんにして、早く兵隊に退却命令を発し給え」

野村総裁は深く頭を伏せて、ややしばし黙然としていたが、漸く顔をあげ、小日山、村田、竹中の三人に、哀訴するような眼つきを向け、

「諸君、どうもいけないよ、どう陳弁しても、不承知だと云われるのだから。どうか諸君、私からお願いする、きょうはここいらで引き退ってくれ給え」

そう云って、自分からさきに席を立った。致し方も

ない、三人も席を起った。が、村田は敵将たちの顔を一巡、ずらりと睨め廻し、

「きょうはこれで失礼します。しかし、われわれはこれで敗退するものでは絶対にありません。この点を、どうか皆様牢記《ろうき》していてください」

サッと体を翻えし、足音高く室を出て行った。敵将たちは、しばらく呆然としていた。

と、所謂、海に千年、山に千年の強《したた》か者西原亀三郎が、例の「西原借款」にふるった怪腕を用い出した。猛烈に、露骨に。

世間知らずの、満洲から来た若い二人は切歯《せっし》扼腕《やくわん》した。しかし諦めなかった。滔々たる天下の形勢に、たった二人で反撥し、狂瀾を既倒に廻《めぐら》そう。こともし成らなかったら、満鉄を護る鬼となって死んでやろうと覚悟をきめた。

そして、まずこの問題に大きな利害関係をもつ方面から動かしてかかることにした。第一に三線連絡運賃で損失を蒙るものは、大阪商船であった。朝鮮満蒙――大陸への莫大な物資は殆どすべてを鉄道に奪い取られることになっている大阪商船――これへ二人が日参の如く押しかけて、猛運動を始めた。

それから逓信省――ここは海運を司どる主務省である。日本の漸く発達の緒につきかけた海運事業が、鉄道に喰い斃されてしまうのを、拱手《きょうしゅ》傍観している法があるかと攻めつけた。

更に外務省だ。――外務省は満蒙外交のモットーとして、機会均等、門戸開放を世界に宣言している。その宣言と実行によって、漸く諸列強からの横槍を払いのけつつ、わが満蒙の特殊利権を庇護しつつある現状なのだから、これも満鉄側の反対を支持するのは当然だった。

そうして最後に、輿論の声が必要だと知って村田と竹中はついに東京、大阪の新聞を揺り動かすことに成功した。

天下の新聞は、この問題を、日本の政治及び経済政策の重大危局として取り上げるようになって来た。渺《びょう》たる二人の青年に、勝利の栄冠を戴かせる日が、ついに来た。

ともかくも実施はするが、無期限となっていたのを、一箇年とし、その後更に協議して、実施の可否を決定すること、それから品目二十幾種類を、半減すること。なお満鉄は、大連線にも同一程度の運賃逓減を行うこ

と、となった。

## 犬塚も去る

大正三年五月、ライラックの花咲き匂う満洲へ、伊藤大八副総裁は傲然として乗り込んだ。初赴任である。歓迎されざる着任であった。伊藤大八は長野県に生れ、赤坂で待合の大将になっていた。とにかく変った人物である。

政友会では、自由党からの古参株、板垣死すともから、ずっと原敬に到るまでの政友会の活きた歴史である。海千山千の党人である。骨の髄までもの党人根性。政友会至上主義の権化だった。

こんな人物を強いて、暴力的な権勢を用いて、やめたくない中村是公を闇打ちにしてまで、満鉄へ出馬させた政友会の——原敬の——野望が奈辺《なへん》に存するかは、心ある満鉄社員と在満日本人は瞭然と知っている。知って蓊鬱《おううつ》たる憤懣を、全身的に怒張させていた。

このとき、満鉄のために、ただ一人の居残り理事として弧忠を曲げずに頑張っていたのが犬塚信太郎だった。

彼は悲壮なる討死を覚悟して、伊藤大八が来るのを待っていたのだ。

彼には、生命を投げ出しても惜しくないような気持の絶対心服者が、社の内外に何百人と添えるほどもあった。若い社員、社外の青年や浪人たちで、彼に、その困窮を救われたものもずいぶん多かったが、それ以外に、ただ彼の人格に傾倒しているもの——それは彼を知っているものの殆ど全部がそうだと云っていいくらいだった。

彼は黙っていて、困っているものには、いくらでも金をやった。飲み過ぎて困っているものにでも、家庭的に困っているものにでも、事業の資金に困っているものにでも、理由や条件を聞かずに黙って金をやった。そうして、たいていはそれを忘れ果てていた。ほんとにその瞬間からもう、忘れてしまうらしかった。それは健忘症のためではなく、金銭というものに対してのセンスが全然欠落したような性質だったのだ。

満鉄理事と云えば、相当な月収である。しかも、初代後藤に見出されたところの、創業以来の古参理事である。その彼が、毎月会計課から受取る月給というものが一円もない。皆無——と云うよりも、いつも赤字なのだ。

彼は夏服一着、冬服一着、それだけの衣服を持つだけだった。和服は一枚も、曾《かつ》て持ったことのない男だった。独身生活の彼の家は、トランク一つないと云うことだった。

元来の寡黙、たまに口を利いても「うん」とか、「そうだ」とか、簡明な、渋い小声をもらすに過ぎなかった。親分是公譲りの、男らしい気概のあるベランメエで、男性美の理想的な風貌を持っていた。そうした条件の男に対して多くの女が、どんな態度をとり、どんな気持を抱くかは、云うまでもないことだろう。満洲の芸者の年増《としま》株《かぶ》、姐さん組はたいていは例外なく、犬塚に惚れていたと云っていい。

だから、巷間の噂だが、この犬塚信太郎と伊藤大八が対立したとき、夜陰私《やいんひそか》に、伊藤の藁人形に呪いの釘を打っていた女性があったと。

それはどうだか判らないとして、伊藤副総裁の宴会には、絶対にお約束をうけない芸者の何人かは確かにあったという。

さて、伊藤がこの空気の大連に赴任して早々に、先ず第一に後藤以来の伝統として犬塚が満鉄運営の生命としている「部制度」即ち、有名な「合議制」を叩き潰して、命令制に変更しようとしたのだった。

野村総裁、伊藤副総裁、着任早々第一回の重役会議である。

紫檀の長方形大テーブルを囲んで、正面に野村総裁、右に曲って伊藤副総裁、反対側に孤立派の一人一党犬塚理事、そのあとは皆政友会系——従って伊藤系の川上俊彦、佃一予、藤田虎力、改野耕三、樺山資英などの新理事が着席した。

伊藤副総裁は前当局の経営方針を根本的に改廃するためには、先ず職制の変更が一番有効だと考えたらしい。

しかも、この満鉄伝統の美風と謳われるところの、重役連帯責任制合議制度を、だしぬけに打壊しようと云う、重大案件が、何の反対もなく、簡単に可決されるものと信じ切っていた。それは犬塚を除くすべての重役が悉く彼の一味であり、郎党であったからだ。

犬塚——この孤立無援の、寡言沈黙居士が、少々不満だったとしても、どれだけの議論を吐き得るか——と殆ど問題にはしていなかった。

そこで、あまり揚らぬ風貌ながらも、つとめて悠然と立ち上り、荘重な態度で、おもむろに、しかも威圧するような口吻で始めた。

「では、議案を提出しまして、御賛同を得たいと思うのであるが、そもそも社業の飛躍的発展を期するには、社内の空気を更始一新する以外に途はない。社内の空気を振起させるには、旧制度を改廃して、新職制に拠るということ以外に方法はないのでありまして、不肖私が副総裁と致しまして、上に野村総裁閣下を戴き、鋭意社運隆昌の途に邁進いたしますためには、私の理想を実現せしめるに都合のよい職制をとるという事が一ばん賢明ではないかと思う。そこで、茲《ここ》に南満洲鉄道株式会社の職制中主要なる点をいささか改良いたしてみたいと思うのであります。

従来の職制は、御承知のとおり、各課の課長をして直接その課務を主宰させ、理事はそれを指揮監督すると同時に、社務の全般に亘って鞅掌《おうしょう》する——つまり所謂、合議制度なのであるが、この制度では、責任の分担が甚だ分明でないという憾みがある。総裁の御意志が衆議によって不徹底になるというおそれもある。かくの如きは統制上甚だ不都合なので、民間の小会社ならいざ知らず、当満鉄の如き国策的な大会社で寄り合い世帯の茶の間会議か、貧乏長屋の井戸端会議に類することをやっていては、決して統制と秩序のある仕事は出来るものでない。しかもその責任が連帯性であるがために、無責任の行動言行が犯され易いという大欠点が生ずるのであります。

そこで、今後この合議制を廃して、各課の上に部局を設け、重役は各部局をそれぞれ分担することに致し、総裁がこれを統宰する。即ち、合議制を廃して、部局制を定めたいと思うのでありまして、無論皆さんに於てもこの改善に対して、御異議のあろう筈もないと思います」

これが、案を説明して、御賛同を得たいと前提して述べた伊藤の言葉である。

果して、犬塚以外の各理事は異口同音に、賛成の意を表明した。

伊藤は、ずらりと議席を睨め廻し、犬塚の発言など無視の態で、

「では、可決ということに致します」

と宣べたとき、勃然として犬塚が突ッ立ち上った。

「絶対に反対です。伊藤さんは、これを改善と云われたが飛んでもない改悪だ。断じてこの改悪に賛成する

ことは出来ない、ふざけたことを云うにも程度がある。即刻直にこんな愚案は引っ込めて貰いましょう」

みんなが呆然となった。寡言黙々《かげんもくもく》、大きな声をしたこともない犬塚が、毅然とした調子で鋭く、高く、烈しい語気を噴火の如く迸《ほとばし》らせたのだ。

さすがの伊藤も、これは鎧袖一触《がいしゅういっしょく》ではいけないと感じた。そこは政界の海千、山千だから。

やおら起ち上って、怪奇な笑をうかべ、

「まァとにかく、これは御相談で」

と云いかけるのを、浴せ倒す気勢で、犬塚は雷のように怒鳴りつけた。

「合議制度が何故あって不都合なのか？　たわけたことを云うものではない。茶の間の家族会議がなぜいけないか。長屋の井戸端会議で、長屋のことが処理出来れば結構ではないか。何が不都合なのだ。この国策的大会社の経営が、茶の間相談で、スムーズに、簡明に決定出来れば、それに越した統制があるか。人を愚にせんとして、自ら愚を語っているというものだ。理事全体が、兄弟の如く、一家の責任を連帯に負うてこそ、天地神明に辱じない仕事が出来るのだ、出来て来たのだ。今日までの満鉄は……初代後藤総裁のあの大プラン……二代中村のその実行。世間が驚嘆するほどの仕事が出来たのは、ただ一に、この合議連帯責任制度があったからだ。……それが何故にいけないのだ。それが、なぜ不都合だッ」

どしん！　と卓を殴りつけた。総裁の前にあったコップがコトンと躍り上って倒れた。

まったく、伊藤は茫然自失の態だった。犬塚がこれほどまでの猛烈さに叱呼するとは想っていなかったのだ。

野村総裁はただ蒼い顔をして、おどおどと伊藤の方を見ているばかりだった。他の理事たちは、叱られた小学生みたいに、じっと俯向いている。

「合議連帯の制度をはいして、個別責任、総裁独裁の制度に改める理由は、必要は何処にあるのだ。……答えられないのか！」

床を、破れよと蹴りつけた。

「合議にしては都合が悪いような策謀的な仕事をするがための制度改廃と云われても致し方がないではないか。公明無私、上下一如の満鉄魂を、各個無責任な暗黒政治にスポイルさせて、一体、全体何をしようと云うのだ。徒らに部局を設け、各部局の連帯性を去勢させ、城壁を高く、城内を暗くして、果して、如何なる経営をすると云うのだ。……天地神明に誓って、男らしくその所懐を披瀝して見給え、犬塚信太郎ここに日本帝国全臣民に代って承わろう」

伊藤は漸く口を開いた。もはやニコポン式な表情は消え失せて、何となく寒風に吹き晒されたような顔になっている。

「それは、犬塚君、それはすこしそう云っては語弊がある」

「お黙りなさい。ここは議会ではない。吾々は政党屋ではない。語弊も、語調も問題ではない。問題は良心だ。誠意だ。満鉄マンというものは、満鉄のために死するものだ。満鉄のために死するということは、日本のために死ぬることだ。満鉄の人間に政党は要らんのだ！　おい伊藤君！　愛国心の爆発を怖れないか。正義の怒る叫びが耳に入らないか！　君たちは権道を以て満鉄を乗ッ取った。覇道が勝って王道が負けたのだ。僕はきょうただいま限りこの満鉄を去る」

くるりと身をひるがえしたとき、ガタンと椅子が倒れた。犬塚は足音高く出て行った。

## 犬塚送別会

病気に罹って臥ていた犬塚は、無理に床を払って、不快な大連を去ることにした。

犬塚が満鉄を去ると聞いて、泣いてその留任を勧める社員が何十人もあった。

社外でも、それを聞いて惜しまぬものはなかった。同情と、推称《すいしょう》と、思慕と——すこし大袈裟《おおげさ》に云えば、全満洲は愛人と別れるように悲しんだとも云えるほどだった。

「マンチュリヤ・デーリー・ニュース」を主宰する一方、満鉄庶務課英文係主任を兼ねている浜村善吉も、亦犬塚の退陣に悲憤押え難き男の一人だった。

正直一途の正義派で、課長だろうが、部長だろうが、間違ったら承知出来ない、という一徹短慮《いってつたんりょ》なところがあって、よく人に知られていたが、犬塚にだけは心の底から敬服しているらしかった。だから、自然に伊藤副総裁に対しては、強烈な反感を持った。生理的な憎悪を向けていた。その主宰するデーリー・ニュース紙上に、

「伊藤大八は、副総裁なりと誇称すれども、その人物、ミスターに値せざれば……云々」

と、ことわり書をして、決してその名に敬称を附けない。庶務課長が注意しても、誰が忠告しても、頑として承《き》かない。

当時英語などに通じているような、概念的なハイカラとは、およそ対蹠的な、むしろ禅や剣や漢学で叩き上げたかと想われるサイカチ男だった。

彼は社の内外のどんな人の前でも、平気で犬塚礼讃を公言していた。

「大八の野郎に城を乗ッ奪られたために、旧理事一同辞表を出してしまったんだが、犬塚さんだけ一人、どうしても、梃でも動かず頑張りつづけているというのは、何も政友会が政権を握ったからって、満鉄という会社の全幹部が、一斉に退却せねばならんという法はない。そんな先例をつくっては、満鉄精神を自滅させ、やがてこの満鉄をして、政党の好餌たらしめることになる。断じて退却は出来ない。ただ城を枕に討死あるのみ——そういうお考えに違いないのだ。ああ、悲壮なるかな」

ところで、犬塚理事は、いよいよ満洲を去ることになり、いよいよ明日の船で発ち、一先ず別府温泉で、病気静養をするというので、火急な送別会が、千勝館という料亭に開かれた。（千勝館はその後扇芳亭と看板を更《か》えたものである）

火急のこととて、一般の犬塚信者を集めて大規模の惜別会を催す暇がなかった。

伊藤副総裁は、他に先約の宴会があって、そこには出席しなかった。

来会者は野村総裁、秋山用度課長、久保庶務課長、川村調査課長、楢崎埠頭事務所長、茂泉地方課長、河西大連医院長、尾見同副院長、その他幹部級八十名ばかりだった。

浜村はデーリー・ニュースの編輯を見ていて、すこし遅れて会場へ駈けつけた。既に大半の人々が着席しているところだったが、無遠慮な彼は、楢崎埠頭事務所長と、久保庶務課長との間が空いていたので、その席へ割り込むと、わざと大きな声で、

「大八は来ていねえじゃねえか」

と云って、一座を睥睨《へいげい》した。みんな黙っている。

「なぜ来ねえんだい」

また云うと、誰かが小声で、他に先約の会合がある

そうだ、と教えた。

「と称するんだろう、卑怯な……」

浜村は天上を仰いで笑った。

やがて、犬塚理事がすこし蒼い顔色で、女将と幹事に案内されて入って来た。

浜村は突ッ立って敬礼した。ばんざい！　という声が方々から起り、それが全会場に氾濫した。犬塚理事は正面の座に着き、相変らず黙々として、濃い一文字の眉の下に炯々《けいけい》と光る眼で、じっと一座を見廻している。

芸者が膳をもち、裾を曳いて、スッスッと何人も出て来た。

泪に崩れた化粧を、何度も刷き直したような、腫れぼったい眼つきをした年増芸者が、犬塚理事の前へ膳を据えて黙って両手を突いた。それをじろりと見た犬塚理事も、そのまま黙っていた。

酒と肴の匂いが、温かく座に満ちてくる頃には、そここで旺《さかん》な笑い声と、高声な話声がわき起り、交錯した。

浜村はただ食う一方の男だった。酣《たけなわ》の宴をよそに、一生懸命に膳の上を漁っていると、犬塚理事の声で、不意に、

「謝り給え！」

という、調子は低いが、底にピンとした張のある言葉が聞えて来たので、はッと顔をあげて、その方を見るに、犬塚理事は、お盃頂戴に出て行ったらしい茂泉地方課長を前にして、すこし緊張した態度になっている。

――ああ、あ奴――

浜村は、何となく茂泉という人物を虫が好かなかった。

粗野で、力自慢で、それでいて巧言令色《こうげんれいしょく》で、酒に淫し、女に淫する奴だ――と、そんなふうに見ている人物だった。

「謝り給えと云うんだ」

また、犬塚さんが、今度はやや鋭い調子で、茂泉を睨みつけた。

それに応えて、何か云っている茂泉の言葉は、判然しなかったが、浜村の顔色は、さッと変り、持っていた箸を、カラリと膳の上に投げつけた。

浜村の前にいた芸者が、銚子をもって、すっと逃げる。

——前の日まで、筆頭理事たる犬塚氏の下に、巧言令色ペコペコしていた茂泉めが——

　浜村はそんなふうに痛憤し、無意識に握り固めた拳固を、膝の上で、ぶるぶると慄わしていた。

　一座は、水を打たれたように、しーん！　となって、多くの視線が一せいに、正座で対向している二人に向けられている。

「謝れッ！」

　三度目の犬塚さんの調子は叱責のように烈しかった。すると、茂泉は反射的に、傲然として、

「謝らん」

　と喚きながら、わざと、謝るものかという態度を見せて、頭を後の方に反り返した。

「うぬッ」

　浜村が唸り、跳ね上り、ぱッと上着を脱ぎ捨てる動作が一瞬の間だった。すでにその軀は虎のように跳躍し、茂泉課長の後から、

「謝れッ」

　と叫び、同時に、その右横ッ面へ力まかせの一撃が、ガン！　という音をたてた。

「あッ」

　と云って茂泉課長が、ふり向いた前額へ、更に第二撃がコン！　と鳴った。

「何をしやァがるんだ」

　茂泉課長は斜後《ななめうしろ》へ二、三歩、横ッ飛びに跳ね退って、左腕を曲げ、右腕を突きの、防禦姿勢に身構えた。度肝《どぎも》を抜かれた一座は、ただ茫然としている。

「何をしやがる」

　茂泉課長は、も一度同じことを怒吼した。

「なにッ」

「来るかッ」

「行くぞッ」

　焔を吹くような眼光に、相手を睨み据えて、浜松はじりり、じりりッと寄って行った。

　あわや一撃……と見えた瞬間に、茂泉課長は、すっと全身の虚勢を抜き、つとめて悠々たる歩調をとって自分の席へ帰った。

　浜村が、その後を追い迫ろうとしたとき、犬塚理事は、自分の膳を側へ寄せると、すっと起ち上った。

「もし！」

　眼を泣き腫らしたような芸者が、はッとして、膝をたて、両手を揃えて押し制《と》める容《かたち》になったのを、軽く

躱《かわ》し、浜村に抱きつき、右手でぽかぽかと頭を殴りつけながら、

「こら、浜村！　何を、馬鹿な真似をすんだ。よさないか、こらッ」

と叱った。

打たれても、浜村はちっとも痛くは感じなかった。肉親の愛の鞭をうける気持だった。

「はい、もう致しません」

と云うと、それで犬塚さんは席に帰った。浜村は、しかし、また茂泉の前へ行った。

「おい、茂泉！　俺は満座の中で貴様を殴ったが、それでいいか。何か言分でもあるか」

と、やはり喧嘩腰で詰めよった。

「貴様は馬鹿野郎だ」

茂泉は、吐き出すように云って、下から睨み上げる。

「ふん、俺を馬鹿野郎という人間は、おまえだけじゃない。もっと他に気の利いたことは云えないのか」

「気狂いだ！」

「それも古い、よく人からそう云われる。まだ他に何かないか」

「高等ガイドだ」

「へえ！　そいつは初耳だ。なるほど。それから？　もっと云え！」

「それでたくさんだ」

「もう文句はないか」

「無い」

「じゃァ、それでよしと」

そこでも、ここでも、くすくすと笑い出した。だが、浜村は座敷の真ン中に突ッ立って、何か考えていたが、やがて大きな声で、

「諸君、ただいまの騒ぎは、これで梟《けり》がついたようなものだが、しかし、かりにも地方課長ともあろう者を、下級の社員がぶン殴ったのだ。殊に、今夜は地方課の連中も多く見えている。大将が打たれて、黙っている部下もあるまい。遠慮は要りませんぞ。誰でも、相手になりたい人は——さァ出て来いッ」

と妙な挨拶をしながら、一座八十幾人の前を、悠々と一巡りして、自分の席へ戻ったが、誰一人立ち合おうと申し出る者もなく、そのうちに、潮が引くように、頭株の連中からしだいに退散してしまった。

一座はしらけわたり、芸者も犬塚理事の前に三、四人いるばかり、まるで嵐のあとのような情景だったの

で、浜村は犬塚理事の前へ行き、

「どうもすみませんでした。しかし、もう帰りましょう」

と云うと、犬塚理事も、

「うん帰ろう」

と云って、起ち上った。

浜村はその翌朝、いつもの帰りに、書斎でデーリー・ニュースの原稿を書いていると、

「お客さまでございます」

女中がそこへ、名刺をもって来た。客は、尾見大連医院副院長だった。

尾見さんに会ってみると、妙な顔をして頻りに小首を捻っている。

「どうかしましたか?」

「いえ、じつはその、先刻犬塚さんから電話でね、僕は、今朝まだ自分の右手が痛い。浜村を昨晩殴ったからだ。こっちの手が痛むくらいだから、浜村の頭はさぞ大変なことになっていると思うから、気の毒だが、君一つ行って診てやってくれんか——と云うわけでしてね」

「そうでしたか。それは恐縮でしたなァ。しかし、ごらんのとおり私は何ともないですよ」

そこで、二人は声を合して笑った。

浜村が、尾見さんと一緒に家を出て行ったあとへ、今度は河西病院長の夫人と、加藤与之吉土木課長の奥さんと同道で、浜村の細君を訪ねて来た。

かねて懇意な女交際の間柄ではあるが、だしぬけに早朝から、しかもお揃いの訪問に、浜村の細君は、すこし面喰って、やっと拡げた縫物をそのままに、立ち迎えると、加藤夫人が、いきなり、

「まァ奥さん、大変でしたのねえ」

と云い、院長夫人も、

「で、いかがでございます? 旦那様の御容体は」

と訊くのだ。

「あら!」

浜村の細君は狐につままれたような気持だ。

「いつもの通り、お勤めに出かけましたけど……宅が、あの、どうか致したんですか?」

「おや!」

「あら!」

「変ねえ」

「じゃァ、奥さんは、昨晩の騒ぎ御存じないんです

か?」

浜村の細君は、いよいよわけがわからなくなったが、しかし何となく不安で堪らないような気持だった。二人の夫人は、昨晩主人が宴会から帰って教えてくれた、犬塚理事送別会席上での、浜村武勇伝を、交る交る物語った。

「まァ、大変なことをしでかしちゃッてどうしましょう」

「どうしましょうたッて、あなた、御本人が平気でいらっしゃるのでしたら、もう御心配は要りませんわ、ねえ加藤さん」

「ええ、実は宅がそう申しましてね、浜村君があれだけ思い切ったことをするのだから、或いは満鉄をやめてしまう気かも知れない。今頃は大騒ぎをやってるだろうから、お前行って、奥さんを慰めて来いッって――それだもんですから、私も心配で、宅を出勤させますとすぐに、河西さんをお誘いして、飛んで来たわけなのでございますのよ」

「へえ! 大変なことをしてくれたものですわねえ。ほんとに困ッちまいますわ。わたくし、なんだか、胸がドキドキしてまいりましたわ」

「だって、昨日の出来ごとで、もう済んでしまって、御本人が平気でいらっしゃるんですもの、今更ドキドキしたって、追っツきやしませんわ」

三人の夫人は、娘のように笑い崩れた。

## 金子雪斎先生

金子平吉《かねこへいきち》(雪斎《せっさい》先生と呼ばる)は、満洲青年の父と云われた人物だった。

明治四十一年、大連華商議会の幹部から推されて、泰東《たいとう》日報を主宰することになり、その後更に振東学社――大陸青年団――を創設して、一念ただ正義奉公、多くの満鉄マンを指導、啓発した人物であるが、この金子が、或る日満鉄の副総裁室へ、伊藤大八を訪ねて来た。

それは犬塚が大連を去った、その一週間ばかり後の日だった。

「や、ようこそ、さァどうかおかけください。いや、どうも、御高名はかねて、東京でよく存じていました。満洲の恩人と云うか、先達と申し上げるか――とにかく、私もこれから大いに働いてみる覚悟ですから、万事よろしく御指導をお願いします。実はもっと早く是非、一夕御高話拝聴をと思いながらも、着任早々取りまぎれましてね……」

「要らざる辞礼はやめましょう、この際」

伊藤の如才ない能弁の挨拶に、金子はぴしり！　と釘を打ち込んだ。

初対面、皮切りの挨拶に、出足を突き戻されたかたちで、強《したた》か者の伊藤も、すくなからず動揺したらしい。

「伊藤さん、御忠告を申し上げに来た。あんた満鉄を、おやめなさい」

呆然としている処へ矢継ぎ早の第二撃がこれだった。しかし立ち直った。さすが政友会切っての老獪な曲者だけのことはある。

「御忠告は、百万の味方として、衷心感謝いたします。だが、仕事をまだしていない。責任して仕事もせず、何故《なにゆえ》あって、やめなきゃならんでしょうかな、金子さん！」

「仕事をまだやらないから、早くやめて貰いたいです。仕事を始められては、満鉄が困る。いや日本が困る。だからいまのうちにおやめなさい。悪いことは云わん」

「これは妙だ。この伊藤が仕事をしては、国家のために悪いと云うのかね」

「勿論だ。なぜ悪いかは、賢明なる君自身が一ばんよく知って居る。とぼけなさるな」

「馬鹿な、仕事もせず引き退れますか」

「伊藤さん！　この満洲の天地を挙げて、草も木も、一握の土すらも歓迎して居らぬような、そんな土地に、不愉快な日を送り、四面楚歌を聞いているよりは、さっさと帰って、政友会総務という重要な党務に当られる方が、どのくらい政友会のためにも、原敬のためにも、且つまた、あんた自体のためにも、賢明な道か、御考えなさい」

「憚りながら、事《こと》政友会のことに関して、お指図は御無用に願いたい」

「なに故だ？」

「政友会は、政友会の政友会だ」

「ああそうですかい。伊藤さん！　満鉄は政友会の満鉄じゃありませんぞ」

「勿論です」

「なぜ政友会のあんたが、満鉄の旧幹部を追い出して、これを占領したのですかかね」

「私は追い出しはせん。占領もせん。莫迦《ばか》なことをいって貰いたくない」

「では、なぜ、あんたが副総裁になって乗り込んで来た」

「政府の命令です」

「その政府は、現内閣は、どの政党が組織しているのかッ」

金子は俄に、電撃のような声で叱呼した。部屋の空気が、びびいん！　と震えた。

伊藤は一瞬、顔を朱に染めて、金子の眼を見据えていたが、急にがらりと態度を柔げた。

声の調子も崩した。そうして微笑をうかべ、

「金子さん！　御親切はよく判ります。そこで、お願いだが、このわしに、四、五カ月の間仕事をさせてみてくださらんか。ねえ金子さん。仕事をさせて貰って、その上で厳重な批判をうけようじゃないですか。御批判の結果、このわしがいかんと云われるなら、そのときこそ吾輩も男です。潔く御忠告に従いましょう。どうか、ここ二、三カ月でもいい、仕事をやらしてみて下さい」

そう云う調子に、ぐっと下から出て来た。

「私は一介の老書生だ。満鉄の社員に対して、仕事をさせるとか、させんとか、そんな権能は持っちゃ居らん」

金子は、剣もほろろに突ッ放して置いて、更に語気を改め、しみじみとした調子で、諭すように云った。

「伊藤さん！　私心をさし挟まずと、ようくお聞きなさい。私はだ、満鉄社員に、事務上の指図をする権利は持っちゃおらんが、しかしただ、思い、云い、行動することの自由は、帝国臣民として強く強く持って居ります。故に、野村、伊藤の両人を満鉄に置くことは、絶対にいかんと、思うのだ。とは云うものの、初めてお目通りする君に、何の憎しみもない。個人的感情は露ほども抱いちゃ居ない。むしろ、この立場にいる君へ同情をしているくらいのものですぞ。君が、野村さんを偶像として、専恣《せんし》に切って廻すということが、日本のため、満鉄のため、……はさて措いて、第一、政友会、野村、貴公！　すべての利益にならないのだ。よろしいか！　なぜ為にならんか！　その理由は貴公が承知のことなのだ。どうか私の言うことを承《き》いて、一日でも早く処決なさい。衷心から、何の私心もなく申し上げるのですぞ」

ところで、伊藤はまた、態度を変えた。

「せっかく就任して、何一つやってみないで引退するなんて、そんな非常識な話がありますか、馬鹿々々しい」

くだらぬことを云うな！　と云った権幕だ。

「非常識ではない。大連へ行ってみたが、実に騒々しい、うるさい、馬鹿らしいから断然やめて帰って来たと威張って帰りなさい。ちっとも恥じることではない。男らしくてなんぼ勇ましいか知れん。もし愚図々々していると、必ず、部下から或いは社外から、排斥が起り、つまり天下の輿論というものによって逐い出される。きっと叩き出される。そのときの屈辱は、それはもう致命的なものですぞ、冷静に私の言葉を用いて、善処なさるがいい」

金子は懇々として説く。

反対に伊藤は、もはや憤然としている。

「辞めない！　どこに辞める理由があるか。わけの分からんことを云う奴があれば、千万人と雖《いえど》も敢て行く、戦ってみせます」

「そうか。では、もう云うまい。戦おう。満鉄の敵が日本内地から攻めて来たんだ。千万人はおろか、吾輩一個の力で、遠からず君を満洲から追放して見せる。覚悟をして待っていたまえ。じゃ失礼する」

金子は袂を払って去った。

果して、伊藤排斥運動が、現地にも、中央にも、騒然として蜂起した。

——国家の生命線を政党に利用させる可《べか》らず——

——満鉄を政友会の餌食とさす勿《なか》れ——

この叫びが、内地へも、満洲へも、燎原の火の如く瀰漫《びまん》して来た。

伊藤もさるもの、六月の社員賞与に特別給与を恩恵したりして、まず社内の人心収攬から取りかかってみたが、ついに七月、野村、伊藤の両人は、敵将犬塚信太郎と共に、相継いで株主総会から「依願免職」という判決を下されて、赴任以来僅々《きんきん》二カ月にして、満洲から旗を捲いて去った。

# 後篇

# 培養線

日本国は、満蒙の開発、東亜の安定、満洲の鉄道拡充強化の理想から、五つの満鉄培養線《ばいようせん》敷設を決意し、大正二年、時の駐支公使山座円次郎をして、老獪でしかも何となく反日的な支那当局を交渉させ、苦心惨憺の結果ようやく「満蒙鉄道借款修築に関する交換公文」というものを収穫した。

（十月五日）

四洮《しとう》鉄道（四平街《しへいがい》―洮南《とうなん》）
開海《かいかい》鉄道（開原《かいげん》―海龍《かいりゅう》）
長洮《ちょうとう》鉄道（長春《ちょうしゅん》―洮南《とうなん》）
洮熱《とうねつ》鉄道（洮南《とうなん》―熱河《ねつか》）
海吉《かいきつ》鉄道（海龍《かいりゅう》―吉林《きつりん》）

これが世に所謂、満蒙五鉄道なのだ。いずれも満鉄に接続し、培養線として、満鉄を肥満させる性格の路線であると同時に、将来これらはみな満蒙交通文化の完成を使命に負うところの重要な幹線となるものとされた。

籠田定憲という満鉄技師は、四鄭《してい》の線予定路線測量踏破隊の一員として、大正五年の春から夏にかけて、熱砂のはてしもなく続く中を活躍していた。

この測量隊は、藤根技師を隊長として、栃木、籠田など、三十何人という同勢だったが、皆それぞれに四平街で支那人の家を改造して仮の住居とした。独身者は一室で二、三人ずつ雑居して悲壮なような生活をした。

四鄭鉄道というのは、四平街―洮南間の所謂四洮線の一部で、四平街―鄭家屯《ていかとん》五十二キロの第一期完成区域をいうのだ。

支那が日本からの借款鉄道だから、日本人側即ち満鉄の技師や従業員は悉く、一時的にではあるが、支那政府の役人となって、給料も支那から支給されるのだった。

満鉄の給料というものは、内地の何倍かに当り、とにかくその頃のサラリーマンから羨望の的となっていたのだが、その四洮線に出張させられた連中は、更にその満鉄給与の四倍という月給を支那側から支給された。以て、その豪勢な生活ぶりは、想像するに余るものがあろうというところだが、当時のあの沙漠のような満蒙地域にいたのでは、どうにも豪華振《ぶり》の発揮しようがなかった。従って、自然に吝《けち》ン坊組も、淡泊《たんぱく》党も、貯金するより他に術《すべ》がなかったので、金は腐るほどたまった。だから、国沢副総裁は、遙かに大連の本社から激励の電報を寄せて、みんなを戒めた。

電文に曰く「タカイキユウヨハタメヨデハナイ、シゴトニツカヘ」

なるほどと感奮して、支那側の役人と旺《さかん》に交歓し、飲み廻るものがあった。地方民との接触面を滑らかに、霑《うるお》いをもたらすために、部落の廟などへ金を寄進するものもあった。

田舎の無頼漢に苛められている貧しい家を扶《たす》け、拳銃で無頼漢を追っ払ったり、金をくれてやったりして、講談の武勇伝を地で行く豪傑もあり、売られて行く姑娘《クーニャン》を買戻してやって、その姑娘から相当以上の敬慕をうけたものもあった。

掘立小舎然たる私娼窟を発見して、そんな方面にばかり、霑いと滑らかさを発見させる旦那もあった。

籠田定憲には、新婚の相愛蜜の如き妻があった。二年かかるか、三年かかるか分らぬ、とにかく長期に亘る地方出張なので、みよりたよりのない満洲の、どこにこの愛妻を託すべきようもない。また、一人で淋しく心細く待って居られる彼女でもない。既に、極寒極暑の人外境と思われる満洲くんだりへ、その当時敢然として嫁入ってくる娘さんだ。あなたとならばどこまでもの覚悟は悲壮にして、またいかんともせんかたなく、四平街まで伴って来ていた。

ある糧桟《りょうさん》の一房。門の内側は、その門を中に、左右へ鉤の手の袖房《しゅうぼう》がつづいている。その右側取ッつきの一房を、籠田夫婦は、不自由さが、却って二人の愛と楽しさを増すと云ったふうな巣にしていた。

入口の油紙を貼った扉を押すと、奥へ二間足らずの土間で、両側はやはり泥で固めて、アンペラを敷いた床を上げてある。左側の土壇は狭く、物置程度のもの。右側には明り採りの窓がありすこし広くて、食ったり、仕事をしたり、寝たりするようになっていて、その下は炕《オンドル》になっていた。

恐る恐る、それでも漸く土地に慣らされて、市場へ買出しに行けるようになった新妻が、何かお菜を煮ている匂いが、建設事務所から帰りを急ぐ籠田の鼻へ、妻の体臭のなつかしさと、いじらしさとで滲み込んでくる。米の飯の炊ける匂いも郷愁的な感激に、空腹を擽《くすぐ》るようだった。

彼は急に、沿線の停車場敷地を調査のため、明日の朝早く、また奥地の方へ出張することになったのを、それを妻に言って、淋しい顔をされることに、ちょっとした重荷を感じながら、それでも、

「ただいま！」と威勢よく扉を押した。

「あら！　早かったのね」

この人一人をいのちの世の中と言わぬばかりに飛んで出て、襷がけの白い柔かな腕を、そっと腕にうちかけてくる妻の、小麦のような匂いのする額へ、そっとキッスを与えながら、思い内にあればほっと歎息に出る。

「あら！　どうなすって？　ねえ、あなた」

一大事の声をたてる。

「明日からまた当分の間出張なんだよ」

「そう、それァおめでとうございます。そうやって出張させられるのは、出世のしるしなんでしょう、お祝いに一本よけい飲ましてあげるわ」

意外に、あっぱれな挨拶だった。

「でかしたり！　女房ッ」

ぽんと肩を叩かれて、

「いや、邪慳《じゃけん》ねえ」

そこで早速、おとり膳の食卓となる。既に満洲の秋だ。着更えさせてくれた袷《あわせ》の襟に、ふるさとの日本の、母の匂いがある。

どこかで虫が、しみじみと鳴いている。

「熱ッ、つきすぎたかしら」

と、薬罐から二本の指でつまみ出してくれる銚子に、もつれて立つ白い湯気が、ほのぼのとして温かさに盃を誘う。

ぐっと一ぱい飲んで、

「お前もどうだい、一つ」

と言っている耳もとへ、一発――二、三発のだしぬけな銃声だった。

「あれッ、怖い！」

取落した盃が、小鉢のふちに砕けるのも構わず、いざり寄って右腕に縋《すが》りつく。

銃声が、モーゼルの実包《じっぽう》だとは、すぐに判ったが、これからの留守に独り置いて行こうとする若い女に、うっかりしたことは言えないと思った。わざと手荒に突き放して大いに笑った。

「馬鹿だなァ、実包か、空砲かが判別出来ないようじゃ、満洲の暮しは出来ないよ。あれはね、支那人の商

売人が、取引の完了した夕方には、景気のためにあやって祝砲をうつんだよ。めでたしめでたしで、日本だと、シャンシャンとしめるところだ」

「あら、そうォ」

善良なる妻はすぐに安心して、もう一本を燗《つ》けに行く。

「さァ、ビクビクしないで飲んで頂戴」

にっこりして酌をする。

「なにを！　てめえがビクビクじゃないか」

朗かに笑った妻が、

「で、何日くらいの御出張？」

と訊く。

「一週間ばかりだ」

「なアンだ、それぽっち」

「淋しいだろうと思ってね」

「淋しいけど、でも平気よ、あたし」

「なんだ、淋しいということは、平気でないことじゃないか、論理的でないぞ」

「だって」

などと、妻の方は大いに安心させたものの、いまの銃声は、何となくただごとでない手応えだった。どうしたんだろう？　何ごとが勃発したのかな？　で、自分の方が落ちつけなくなって来た。

「ああ、ごちそうさま、うまかったよ」

「おや？　もう済んだの、つまんないわ、もう一本、思い切るから、ゆっくり食べましょうよ」

「うん、だがね、ちょっとその、事務所へ忘れたことがあるんだ。ふっと思い出したから大急ぎで行ってくる。すぐ帰ってくるから、待っててくれ」

そんなふうにごまかして、銃声のした方向へ駈出してみた。

近かった。家から一丁あまりの近くで、大きな両替店が馬賊の襲撃をうけていた。

銃声は、しだいに遠く、野末に消えて行きつつある。

赤い夕陽の残照が、夕ぐれのうすら闇と溶けあって、灰紅色の紗をかけたような地平線上を黒馬の一隊が、白馬の一隊に追撃されているところだった。白馬の一隊は鉄路巡警だろう。

両替屋の店頭には、銅銭や、銀貨や、鈔票《しょうひょう》やが、狼籍として散乱する中に、番頭が顔を血まみれにして転がっていた。

戸を閉め、息を殺して、小さくなっていた町内の支那人たちが、そろそろと四方から出て来て、老若男女、喧々囂々《けんけんごうごう》たる、彼等特有の騒音を氾濫させかけたところであった。家へ帰ってみると妻はもうすっかり食卓をかたづけ、洗い物をすませて、明日出張のための下着や、ゲートルをリュックサックに畳み込んでいた。

「あなたが出て行ったあと、すぐ大変な足音で、人が大勢走ったけど、何かあったんじゃありません?」

「うん、なに、あそこでね、夫婦喧嘩をやっていたよ」

「夫婦喧嘩に、あんなに人が出るかしら」

「出るさ、支那人の夫婦喧嘩は君それァ大変なものだよ。忽ちにして町内会議となり、女房が辻演説をやらかすんだもの」

「そうォ、いやねえ」

「ところで、おい、支那人という奴は、女一人でいると見たら、何をするか知れないんだから、一週間か十日間、外へ出ないようにおしよ、いいかい」

「ええ、出る用事もないわ」

「買物など我慢するんだね、ちょっとの間」

「ええ、一週間分くらい、何も買わなくてもようござんす。おかずは玉子をうんと買ってありますし、お野菜だって、ずいぶん、きょう買いましたから」

「ああ、それァよかった」

と、そんなふうに、女房を封じ込めたつもりで、彼はその翌朝、支那側の大官小官、日本側の十数人、それに支那兵の護衛や従卒など、一行百人に近い隊勢で出発した。

藤根技師長は、支那側から、総工程司という、支那式の役名を貰っていたが、この総工程司はよほど経綸の頭があったものと見え、建設材料一さいは、極力現地調達を方針とした。木材も、石材も、人夫も。

そこで、満鉄本線や、日本内地の建設費に比べると、半額に近いほどなど、想像以上の経費節減を見せて、事毎《ことごと》に日本側の行動に難癖をつけようとする支那官憲を、圧倒してしまった。

その代り、技師以下の日本人は請負人の棟梁や人夫をつれて、附近の森林地帯へ、材料捜査に出かけなくてはならなかった。

そんなところには部落もなく、無論野営をつづけて進んだ、おまけに、馬賊の脅威がいよいよ頻繁を加えて来る。

八面城《はちめんじょう》というところには、車站《しゃたん》を設けることになっていたが、そこから五哩《マイル》ばかり西北へ入ったところに、白楊《はくよう》の欝林があるというので、籠田は一隊を引きつれて出かけた。

なるほど、みごとな林があり、しかも山道の、道端近くに、群を抜いて雄大な一本の樹が雲を掃くような枝を張り立てていた。

「籠田さん、あの巨《おお》きいやつはいいですぜ、あいつを伐りやしょう」

日露戦争に軍夫として従軍し、わが戦死兵の銃剣を拾い取って、十八人のロスケを叩ッ斬ったことを誇《ほこり》とする猪熊大八という棟梁は、既に籠田の返辞も俟《ま》たず、人夫を指揮してその樹の下へ大斧を肩に駆出して行った。

いかにも、立派な材木だった。籠田は駅ホームの中央柱になるなと想ってみていた。

――うわッ――というどよめきが一団となり、豪傑棟梁が先頭に、こちらへ追われるように逃げてくる。

「大変だ！」

さすがの豪傑も、顔の色を変えている。

「首だ、首ですよ、籠田さん、人間の生首が、十ばかりも生《な》っているんだ、あの樹にゃ」

「どうした？　変だぜ、どうも、首がなってるって？　あの樹に」

籠田は吹出してしまった。

「ほんとです。行ってごらんなさい。わしゃもう嫌だ。おい、だれか御案内しろ」

「なにを言うか――わたしゃ備前の岡山そだち、首のなる木はまだ知らぬ――ってね」

「冗談じゃねえや、ほんとに生首を十ばかり、方々の枝に括《くく》りつけてあるんだ。とにかく見て来てごらんなせい」

行ってみて、籠田もあっと愕《おどろ》いた。まったく、人間の首が七、八ッも、つるし下げてあるのだ、どうしたわけだと支那人の人夫に訊いてみると、それはきょう朝あたり、この附近で馬賊の大討伐があったらしく、ほかの馬賊への懲戒のために、ああして晒し首にしてあるんだ、とのことだった。

馬賊は、しかし一面においてはその頃の支那のナイトだった。弱きを扶け、強きを挫くと云った任侠じみた性格を、一般に、馬賊道徳と心得ているらしかった。

「とにかく、こんな物騒な地方では、充分に警戒しなければ」

と云って、宿営地の軍隊や、巡警に、支那側の官吏が、厳重な交渉をしたその夜半に、早速にも勇しい襲撃をうけた。

町で宴会をやり、いい気持に酔って帰るところを、五、六十騎の馬賊が、二、三発の銃声と同時に殺到した。

日本人官吏は、みな茫然として立っているし、支那側のお歴々は、俄《にわか》に土下座して、伏拝んだり哀れげな声で泣いたりした。

年配四十歳ばかりの、立派な男が、頭目らしかった。

「同じような洋服でいやがるが、この中にゃ、日本人と支那人と半分ぐらいずつ混っていやァがる筈だ。当ってみろッ」

と、部下に命令している。すると急に、慌てて、支那側の連中が、われもわれもと支那人たる名乗をあげた。従って、自然に、日本人官吏の一団が選り分けられてしまった。

——ああやられる——と、誰もが覚悟をきめた。

とたんに、籠田は四平街《しへいがい》へ残して来た愛妻の一生が、閃くように、一連のフイルムとなって頭の中に映写された。

ところで、馬賊の頭目は、達者な支那語で支那人官吏への訊問を始めたのだが、その訊問の性質が、おや！　と首を傾けさせるくらいに、こうした馬賊などの概念と異っているのだった。

「お前たち支那官吏は、なぜ日本人と共同の仕事をするのだ？」

そんなことから訊《き》き出した。ところが、その訊問の言葉が、彼等支那人側にさっぱり通じない。何か聞き返すのだが、今度はその言葉が馬賊に通じない。すると、頭目は日本人側に向って、

「おい、こいつらの言葉を、英語で通訳してみろ」

と註文した。変な話だが、まったく、中部支那——浙江省《せっこうしょう》あたりの出身者である支那側官吏の言葉は、満洲の馬賊などの言葉とは全然外国語と言っていいくらいに没交渉なものだった。

石原技師が通訳してやった。こちらの、日本人側が使う支那語は案外スムーズに、馬賊の耳へ通じるのだから、おかしなものだ。

支那人のくせに、英語が達者で、支那語が通じないというのは怪しい。きっと、きさまたちの方が日本人なのだろう。

頭目が、そんなふうにきめつけるのを、石原が、英

語で支那側へ通じてやる。

「とんでもない、正真正銘の支那人だから、どうか助けてくれ」

必死に弁解する。

「英語がなぜそんなに巧みなのだ?」

「イギリスやアメリカへ留学していたからだ」

「留学して学問して来たものが、なぜ日本人の技師に仕事をして貰っているのか。自分たちでやったらいいだろう。国の恥というものを知らんのか。そんな恥知らずの学問というものが世の中にあるか」

手厳しいところを、ぽんぽんきめつける。こちらは風前の燈火の如き運命に立っているのだが、この問答は、大いに痛快なので、みな固唾《かたず》を呑んで聞いている。

「鉄道技術の研究に、欧米へ行ったのではない。文学や、政治や、法律や、医学を学んで来たのだから、土木のことは知らないのだ」

「馬鹿め! 医者や農学士が鉄道を敷きに出て来て、全体何をしようと云うのだ」

これには一言の返答も出来ないらしい。

「俸給をどのくらい貰っているのか?」

これにも答えない。

「きさまたちの給料くらいは、ちゃんとこちらで承知して居るぞ。馬鹿野郎め! 高い俸給をとって、日本人に仕事をさせて、その仕事の邪魔をするばかりで、それで恥とは思わねえのか。この大泥棒め!」

ああ、ついに、どっちが泥棒なのか——日本人側で、くすくす吹出すものがあった。

町の方がどうやら騒ぎ出したらしい。物のやくに立たない巡警が繰出したのであろう。頭目は厳然となって部下を督励した。

「よし、こいつらを、すっかり剝いでしまえ! 支那人だというが、支那語が通じないところを見ると、こいつらの方が日本人なのだ。日本人だというやつの方が、われわれの言葉がよく通じる。そんな馬鹿な話があるか。こいつらこそはほんとの支那人なのだ。こら支那人! お目こぼしだ。馬賊にも仁義はある。見逃してやるから、早く逃げ失せろ」

とんでもないことになるものだ。ほんとの日本人組は、無理遣り支那人にされて追っ払われ、ほんとの支那人組は、その場で、手早く裸にされてしまった。

或日は、淋しい部落で露営することになった。小川が、丘の麓で曲り、ちょっとした水溜りをつくっているあたりに、一むらの楡柳《ゆりゅう》が繋っているところへ天幕を張った。

支那人組も、二十間ばかり離れた森蔭に露営した。

晩飯の準備をしているところへ、どこから来たのか、全く鄙《ひな》には稀な――と云えるほどの女が笊《ざる》に一ぱい、鶏の卵を売りに来た。身装りは、一見して、ただの田舎女なのだが、垢じみ古びた上着や庫子《クーツ》の、褄《つま》はずれに、ちらちらする手足の皮膚に、艶と張《はり》があるし、輪廓のいい顔つきや眦《まなじり》の色気、つんもりと筋の通った鼻――しかし、年齢はどうしても三十歳を幾つか越しているらしい見当なのだ。

皆が、その女を包囲する。

「これやァどうして、たいした別嬪だよ」

「洗い上げて、いい着物を被せたら、すばらしい年増だぜ」

「おい、姑娘《クーニヤン》！　おめえ幾つだ？　歳は」

笑っている。きれいな歯が、形のいい口もとから、ずらりと露われる。

「馬鹿！　これが姑娘《クーニヤン》という年配か」

「じゃア、太太《ターター》か。亭主どんはあるのかね、おい別嬪さんよ」

ただ笑っている。

「玉子いくらだ？」

「これみなで、二十銭、大変安い」

おや……と、一同驚いた、大変に安いことも安い、法外に安いのだが、それに驚いたのではない。声が、その女の声が、すっきりした姿態やきびきびした身のこなしとは似ても似つかぬほど太い、ガラガラした調子のバスだった。

「へえ！　みかけによらない悪い声だぜ」

「こえは思案のほかだろう」

「ちげえねえや」

「声なざどうだっていい。わしゃ我慢するよ」

「それこそ変な声を出すなよ」

材料輸送部長の星川道雄は、その一団からちょっと離れた、川原の白い砂に、仰向けの大の字に臥転《ねころ》がって、相かわらず何か、内地から取寄せた雑誌を、夕空の残照に翳《かざ》して一刻千金と読耽っていた。

それで、一団の囲みの中で女の肉声が聞えたので、ふと郷愁に似た、ものなつかしさを感じ、雑誌を胸に落して、ちょっと聞耳をたてた。

「わたし、リイベン（日本人）好き、支那人同じ国の人間でも好かん」

「うまくいうぜ」

「ばんざアい！」

「玉子早う買っておくれ。うちで可愛い亭主が待っとる」

「うわアッ、やられたい」

騒ぎの中の女の声が、なんとなく、遠い昔の、恋しい女友だちの声に似ているような感じがするのだが、星川には少年時代に恋をした経験はない。

濁って太いバスの声色を、星川道雄は、故郷の親や小学校時代の女友だちの誰彼に連想してみたが、その誰とも想い当らなかった。首を烈しく左右に、二、三度振って、それでこの問題への関心を払い退け、同時にむっくり起上って、二時間も前に引揚げて来た丘の向う側にある森林へと駆出して行く。その森林の中で昼飯を食ったところへ、感想や、和歌を書きつけて置く手帳を忘れてきたことに、ふと気づいたので。

女は、玉子の籠を空けて、二十銭でいいというのを、無理に五十銭握らされながら、どこかへ帰って行った。どこへ帰っていくのか、そのあたり目のとどく限りの空間に、部落らしいのも、たった一軒の家も見当らないのに。

黒い宵闇が急に天地を包んだ。

冷たい一陣の突風――同時に沛然《はいぜん》たる大粒の雨と、電光と、雷鳴が叩きつけて来た。その夕立に乗って、どこからわいて出たのか、一隊十騎ばかりの馬賊が襲いかかった。

日本人の天幕では、もう決死で闘うつもりだった。こうなった。半分はヤケ気味も手伝って、各自に、拳銃や、小銃や、日本刀を構えて天幕の外に飛出し、疾風黒雨の中に、敢然として立迎えた。

馬賊どもは、まず、支那人組の天幕を襲った。銃声と、叫喚と、悲鳴が、風雨と一緒に吹送られて来た。

ものの二十分ばかり……夕立は去った。天地は急に闃寂《げきじやく》として、やがて満地の虫の声だった。どうやら、馬賊たちも、夕立と共に去って行ったらしい。

それきりだった。

半時間も経つと、支那人組の方から、すっかり掠奪された大人たちが、雑然、猥然《わいぜん》としてこちらへ駈込んで来た。

浣《かん》という支那の官吏は殺されたし、二、三人負傷したものもあるということだった。

不思議なことだ。またしても、日本人組だけが、馬賊のお目こぼしにあずかったわけだ。

日本人にも、支那人にも、その理由が判断されなかった。或いは偶然かも知れない。偶然以外に想像はつかなかった。

殺された浣氏をその場で火葬に附し、負傷者には応急の手当をし、それから遠くなった晩飯を夕方の女から買った玉子ですませた。

「おや？　星川君がいないではないか！」

と、気のついた者があった。

そう言えば、まったく、星川道雄は、よほど前から姿を見せないのだ。

「いつごとからいないのか？」

「さア、つい騒ぎに興奮していたが、俺は、もうここへ天幕を張る頃から、あの先生、見かけなかったぞ」

「そんなことはない、夕方あの、鄙に稀なる女が玉子を売りに来たときは、あの先生、例によって川原の砂に臥そべって、雑誌か何か読んでいたぞ」

「うむ、確かにいた。天下の学者は俺一人って面をしてね」

とすれば、その後だ。飯の支度を始めたときは、既に、誰も星川を見たものはなかった。女が行って、とたんに夕立——同時に馬賊……。

「だって、こちらへは、馬賊は来ない」

「拉《らっ》し去られたかも知れないぞ」

「いや、俺は思い出した。うんそうだ。あの先生、北の方へ駆出して行ったよ。たしかにこの眼で見た」

「へえ！　おかしいね」

まったく、わけの判らぬ失踪だった。

星川道雄は、忘れ物をとりに、森の中へ分入ったのであった。

暗い森の下蔭に、一枚のハンカチーフを置いたように仄白い木の伐株《きりかぶ》の上に、彼の忘れた手帳が冷たく寂しく載っていた。

星川はそれを、いとおしむように取上げて、ちょっと頬にあてながら、森の外へ出て来たところで、不意に、

「あんた！」

と、日本語の女の肉声に呼止められて、愕《ぎょ》ッとなった。

「星川さん！　ここだよッ」

森を離れて、一本立ちの、大きな楡の木の下に、夕

闇の中で、もうろうと、女らしい人影が佇んでいた。

気がつくと、心臓が鼓動している。

錯覚か——と思った。頭が変になって来たのではあるまいか——と。

女の影が、大胆に、つつッと寄って来た。

「わたしよ、さっき天幕のところへ玉子売りに行ったじゃないかね」

「ああ、あの！」

と、星川は、自分で自分に言った。それはあの、太い、濁ったようなバスの、昔懐かしい誰かに似た声と思った、その声の主がこの女かという意味で発した「ああ、あの！」である。

「判ってくれた？」

女は嬉しそうに寄添い肩と腕とに縋《すが》りついた。

それを振り放し、つき退けて、叱るように言った。

「誰だッ、お前は？」

「おや！」

「誰だと云うのだ」

「判らないのかい。とんちき！　間抜け！」

鉄火な口調で弾き返して来た。

暗い中で一歩を隔てて、星川は仄かな女の顔を睨み据えていた。

「無理もないわね、ごめんなさいよ！」

俄に来た、優しくも弱く、女の声が崩れかかってくる。

「ほら、もう、十年も昔だよ。安奉線《あんぼうせん》の工事のときさ、はじめてお前さんに会ったのは——あたいが土工相手の酒場をやっていて、そこへあんたが、ぶりぶり怒って来て、好きでも嫌いでもないお酒を、湯呑でがぶがぶ引っかけたじゃないかね」

「ああ、そうか！　あの女が君か」

「そうよ。それから——太子河《たいしが》を渡りかけて、夜半に、おまえさんの野宿している天幕で泊めて貰ったあの女の、なれのはてが、このあたいなんだよ」

「うむ、あのとき君は、支那人を一人殺したね」

「まア！」

女は、はッと意気を呑む。

「ウラル峠へ茶店を出すと言ったぜ、あのとき」

「お前さん！　あたいがあの川原でもって、チャンを一人眠らしたの、知っていた？」

「見たんだ」

「それだのに、黙って、このあたいを一晩泊めてくれたのね」

「泊めてやったんじゃない。君の方から押込んで来て、酒を飲んで、酔っぱらって、眠ったんじゃないか」

「ああその口ッぷり、素ッ気ないねえ、あんた今でも」

「素ッ気ない男を相手にするなよ」

星川は、左の方へ一直線に、さっさと歩出した。

「あれッ、行っちまう気かい、馬鹿ッ」

「………」

「待って！　あんたア」

うしろから、女が跳びかかって、肩へぶらさがった。

「どうするんだ。俺は急ぐんだ。用事があったらついて来いよ」

「ちょっと待って！　あんたという人は」

前へ廻って星川の胸に両手を突っ張り、顔を覗き込んで、

「十年目に、こんな、とんでもない、世界の隅ッこみたいなところで、ばったり出遭った女の、変りはてた姿を見て、その後どうしていたのだ、何をしているのだ――それくらいは訊《き》いてくれてもいいじゃないか」

すこし霑《うる》んだような声になって、シャツの襟を掻きむしる。しばらくの間、星川は、されるがままに任せて、じっとしていた。

「あんたを、星川道雄と、名前まで知っているあたしに、なぜ知っていると訊いてもくれないのかえ」

星川は黙って夕空を見上げていたが、

「夕立がくる」

と呟くように云った。

「そんなこと訊いてやしないッ。あたしゃね、星川道雄が、あれから十年の間、満鉄社員としてどんな道を辿って来たか、ちゃんと知っているんだよ。風来坊の土方から工夫になり、人足頭から駅夫、保線手、技手、駅長、技師、新線建設の輸送部長――偉いんだねえ、あんた。学校だって、東京の明治大学で苦学をしていたんだっていうじゃないか。出来る人なんだ。それなのに、土方や苦力頭《クーリーがしら》を何年でも平気でやっていて、不平を言うでもなく、出世しようともせず、暇さえあれゃァ本を読んだり、歌を作ったりしている。頼もしいと思ったのよう。ねえ、ねえあんた、よく知ってるでしょう。よく知っていてくれたと、一言でいいから言って！　言って！」

身を悶え、小突き廻すようにされても、星川は黙っていた。

「それッ」

「来たッ」

　だしぬけの猛然たる夕立だった。痛いような雨が叩きつけて来た。

「こっちだよッ」

　女は、星川を森の中へ引きずり込んだ。烈しい雨風が、林ぜんたいを、長い髪の毛を洗うように押揉んだ。白昼のような稲光と爆裂性の雷鳴と——天地も、ごうごうと鳴動していた。

　電光のたびに、女の顔が、星川の眼の前に凄い鬼女の面のように泛《うか》び出す。鬼面の吊り上がった大きな両眼はいつも、じいっと星川の顔へ睨み据えるような視線を射向けていた。

　大工場のエンジンの回転が、ハタ！　と静止したように、天地が急に静寂となった。夕立が去ったのだ。二人の脚下で蟋蟀《こおろぎ》が、冷澄な鈴をふるわしている。

「濡れた。すっかり、ずぶ濡れだ」

　星川はシャツを脱いで、両手で、強く絞りあげた。臍のあたりから、ズボンの下の両脚を、気味悪く、虫が這うように、雨水が流れ伝わっている。女も、さぞ気味悪く肌を濡らしているのだろうと想い、

「どこまで帰るんだ？」

　と訊いてみたが、女は黙っていた。

「では、僕ア行くよ」

　一歩退いて、ちょっと心もち頭を下げると、星川は大股に、森の外へ歩き出した。それでも、女は黙っていた。追いかけようともしなかった。ゆっくりした足どりでふらりふらりと、あとから森の外へ出て来た。

　森を出はずれて、先刻の、草原の中の一本の樅のところで、星川は四、五挺の銃口に、前と左右を囲まれた。不意であった、想いもよらぬ事態の突発である。

　星川は、ぴたりと立停った。ちょっと背後をふり向いてみた。とぼとぼと女が歩いて来る、逃げればそっちの方角だけ空いているわけだ。

　しかし、平然としていた。上半身は裸体である。下は仕事着の古ズボン一着、これも濡れしおたれている。何を掠《かす》められるものがあろう。命！　このいのちを一つ奪って、彼等が何にしようとするか？　心配なことは、考えてみれば一つもないのだ。

「お前たちは馬賊か？」

　と訊いてみた。他に挨拶もなし、向うからは、何ともいいかけないから、殆ど無意味に近いことを口にし

ただけだった。やはり彼等の誰からも返辞が無かった。

うしろへ、女の足音が迫って来た。女は？　どうなるだろう。

はじめて、女の位置が、身の上が気になり出した。このあたりの部落に住んでいるのだろうとは想われるし、服装や態度で、支那人の百姓か何かの女房になっているらしくも想像出来る。

土地の女であってみれば、馬賊と雖も、別にどうもしないだろうとも想われる。

ところが、意外にも、

「チェン」

と鋭い、金属的な響きのする声で、うしろの女が、誰かに呼びかけた。

「おう！」

と応えたのが、星川の真正面にいる男で、ぱッと、懐中電灯を、その男は、自分で自分の顔に照しつけた。若い、きりっとした顔つきの、十九歳か、二十歳年配の青年だった。

「このお客さまを、山寨《さんさい》へおつれしておくれ。殺さないように」

妙に優しい調子で凄いことを云う。

「判りました」

その青年は、星川の右手へ来て、

「おともします、歩いてください」

と、丁寧な支那語の、しっかりした口調で、そっと星川の右腕を捉えた、同時に、つッとすぐうしろへ、女だろう、詰め寄って、こっそりと、裸体の脊骨へ、冷たい金属を押しつけた。それはコルトの銃口だと、星川にはすぐ判った。しかし恐怖はすこしも感じなかった。行く気になったのだ山寨というところへ。どんなところで、どんな一廓で、この女が頭目として（どうも女頭目らしい）如何に君臨しているかを、見てみたくなったのだ。

それに、こんな野末《のずえ》に殺されて骸《むくろ》を晒したくはなかった。第一、こうした輩に殺されるのは馬鹿馬鹿しいと思った。

「吝《けち》なまねをするな。歩く。手を放せ！　俺は、日本人だぞ」

と言って、星川は捉えられた腕をふり放した。すぐまた取りかかってくるだろうと想ったのにその青年は、ふり放されたまま女に訊いている。

「どうするかね、姐さん」

「ふん、日本人にも、男らしくないのがこの頃ずいぶんいるけど……この人は大丈夫だろう。御無理のないように、お前先に歩いて御案内しなさい。あたしがあとから跟《つ》いて行くから」

「うん」

と言って、青年は一ばん先を歩き出した。すぐうしろから女―それから十人ばかりの馬賊がつづいたらしい。

調査隊の日本人組では、材料輸送の指揮者である星川を、ついに馬賊のために拉致されたものと決定した。

日本人には天佑がある。鄭家屯《ていかとん》でもわざとのように、日本人組だけが、馬賊からお目こぼしにあずかった。今夜だって、彼等は支那人の天幕だけを襲って、これらを見逃してくれた。これは彼等の意識せる仁義だろう、と解釈して、私《ひそか》に馬賊を徳としていたやさきに、幹部の一人を拉致されたのである。すべては偶然だったのだ。鬼畜にひとしい彼等に、仁義や目こぼしのあろうはずがない、なんという馬鹿々々しい甘い考えをしたことか。

みんな、苦いものを食ったような気持で、深夜の天幕に額を集めていた。

――つまり人質として連去ったのだ。満鉄の相当な社員である以上、三千円とか、五千円とかの要求を、きっと突きつけてくるものとしなければならぬ。無論、会社はそれ位の金は出すだろう。しかし、その交渉をどこでやるだろう。督軍の呉俊陞《ごしゅんしょう》としても、日本人が拉致されたとなっては、決して手ぬるい態度でいないだろう。きっと大討伐を命ずるに違いない。とすると、馬賊どもはこの近くでは交渉を開くようなことはしないだろう。

どこか、遠く呉中将の管区外の土地を選んで、そこで、何らかの方法をとるとなれば、これは三日や五日のうちに、向うからの挨拶はあるまい。いずれにしても、これは早速に、会社と、それから星川の家庭に通知しなければならない。

ところで、星川は独身男である。満洲に家族は無い。内地の郷里、それはどこだか、そんな肉親があるのか、それを誰も知らない。不思議に知っているものが無かった。誰もが、その郷里や肉親のことは語るともなく、誰かに語っているものなのに、こうなってみて、はじめて、星川という男が、平素すこしも身の上を語っていなかったことに気がついて、みなが、妙な男だと、今更に感心した。

とにかく、会社に通報しなければならぬ——。

そんなことで態度をきめたが、一方、現地でもこのまま捜索もしないで、捨てて置くわけにも行かない。出来るだけは、手段を尽そうとなった。無論、鄭家屯の県長や、保安司令にも通知して、物の役には立たないまでも、捜索の方法は講じさせなくてはならぬ。

夜が明けかけて来た。もはや寝ることも出来ない。早速行動にかかろうということにして、誰かが天幕の外に出た。

出たと思うと愕然たる悲鳴を叫んだ。

「来てくれッ、たいへんだア！　早く、みんな出てきてくれえッ」

慌てて押出した一同は、天幕の入口から一間ばかりの前面に、首の無い死体が一つ、投出してあるのを見た。

とたんに、それが星川の死体であることを一同は認めた。昨日まで星川の着ていた細かい藍弁慶《あいべんけい》のシャツを破って、下半身は、褌一つの裸体になっている。その褌も、星川を説明している。その頃いつも六尺の白布を、きりりと股間に締込でいるものは、彼等日本人の間でも、星川一人だったのだ。

耳や鼻、或いは片腕一本くらいを切断して、それを大頭目のところに持って行く例は、馬賊の作法らしいが、首を切って行ったとは！　無残な首無し死骸を朝の川原で灰にして、その骨を持って一同は、数日後に四平街《しへいがい》まで引揚げて来た。

骨は持って来たものの、しかし皆は、しだいに彼の死体へ疑問を持つようになった。褌が、切りたての新しさで、一日でも締めていたらしい形跡がなく、それに布地が木綿でなく、麻だったというものもあり、また星川の手脚はかなり毛深かったのに、死体は無毛質の皮膚だったというものもあった。

## 渓城線

安奉線の本渓湖《ほんけいこ》から東へ、太子河《たいしが》の渓谷を遡ること十哩《マイル》ばかり、牛心台《ぎゅうしんだい》までの軽便鉄道が、現在の渓城線《けいかんせん》の先駆をなすものだった。

この渓谷は日露戦争当時、閑院宮《かんいんのみや》殿下が騎兵一個聯隊の精鋭を御指揮あらせられて、例の峻嶮福金嶺《ふくきんれい》をうち越え、本渓湖背後の天嶮に拠る敵の大軍を、木ッ葉微塵に撃砕遊ばされた古戦場なのである。

その奥地の牛心台。そこの無煙炭は大正五年の頃、支那人が採掘していた。掘出した石炭は、その全量の六割位は、大連の日本人有力実業家石本貫太郎という人が販売権を掌握していた。

輸送は大変なもので、太子河上流の水運と、人力や、牛車によって奉天、或いは遼陽《りようよう》あたりへはるばると持出していた。

これを鉄道により、最短距離の本渓湖に搬出し、満鉄安奉線に連絡することの有利は誰もが一応は考えつくのであるが、支那政府が、絶対に外国人への鉄道敷設許可を峻拒《しゆんきよ》していたので、無論、石本氏などもいろいろ運動してみたものの、ついに諦めざるを得ない状態にあった。

ところで——その頃満鉄本社の運転課長だった貝瀬《かいせ》謹吾《きんご》は、犬塚理事に、食堂会議のあとで、

「ときに君！　例の渓城軽鉄の件は、どうなっているかね」

と訊かれた。(犬塚理事が退社する直前の頃だった)

貝瀬には、何のことだか、さっぱり見当のつかぬ、唐突の質問だった。例の——と言われても、渓城軽鉄など、そんな名称の産れていることすら、夢にも知らぬ運転課長だった。

「は？　何ですって？　渓城線？　それァ一体どういうことですか」

当然の不審なのだが、犬塚理事としては頗る当然でない。

「怪しからんね、君は。どうかしているんじゃないのかね？　頭が」

「どうもしてはいません。憚りながら、まだ気違いになったと、人から言われたことはないのですからね」

「変だねえ。あの、本渓湖から牛心台までの軽鉄だよ、ほら！　例のあれさ」

「あなたこそ、どうかなさったんじゃないですか。変ですねえ、どうも」

「なにを言うんだ。いいかげんにし給え」

そんな押問答の末、犬塚理事がついに降参した。この案件は、とっくに貝瀬へ言渡したものと思い込んで、ついに一度も話さず、そのままになっていたことを、自覚したのであった。

「やあ、失敬々々。実はね、君の下にいる中川久明が、やっているんだ。中川は、鉄嶺《てつれい》の草分日本人で商工会

議所の会頭を何度もやった有力者の、権太親吉という妙な名前の事業家から、頼まれたのだ。いつだったか、よほど前だが、その権太親吉が僕のところへ、八十万円の敷設資金を貸してくれと云って、その軽鉄敷設概要の書類を持って来たのだ。その書類をみると、それは素人のつくったものでない。誰にやらせたと問いつめたところが、実は内密で本社運転課の中川に拵えて貰いましたと言うのさ。そいつはいい人物を探し当てたものだ。よし！　万事中川と相談して事を捗《はかど》らすがいい、中川の方へは、貝瀬課長を通じて、よく命令させて置くから、とね、僕がそう言って置いてそれっきり、じゃア、忘れていたと見える。とにかくそういう事情だから、中川に、君からその後の模様を聞いて、早く運ぶようにさせてくれ給え。本社は、培養線《ばいようせん》の第一着手として、あの線に出資するつもりなんだから」

　早速、貝瀬は中川を呼びつけて訊いた。心中すこし面白くないのだ。犬塚さんは言い忘れて、言ったとばかり錯覚していたとしても、第一自分の部下として、相当信頼をおいている中川が、自分に一言半句の相談もなく、諒解も得ずに、独断で、内密に、社外のものと仕事をしているとは怪しからぬことだ――そういう肚だった。

「中川君！　君は、鉄嶺の権太親吉という男と、どういう関係があるのかね？」

　果して、中川は、さっと顔の色を変えた。いよいよもって面白くない。

「君は、本渓湖・牛心台の間に、軽便鉄道を敷設する個人運動に、何か関係しているのではないかね」

　茫然自失の中川だった。全く不用意の虚へ撃ちこまれた直撃砲弾だった。焦点の無い視線を貝瀬の顔に向けて、ただ唇の囲りをピクピク痙攣させている。

「何も、君と僕の間に、秘《かく》すことはないじゃありませんか！　そうでしょう」

　それでも、中川は答えなかった。何か依怙地になっているような、不逞のような、頑固さに、思わずもカッとなった貝瀬は、

「きょう僕は、すっかり犬塚さんから聞きましたよ」

と、最後の爆弾を投げつけた。

「は！」

　と、中川は、肚の中を一度に吐出すような声と、気息をもらした。

「僕は、犬塚さんからその後の経過を訊かれて、完全

に狼狽したですよ。寝耳に水なんだもの、何のことだか全然判らない、君のしていることを、僕が知らない道理はない。これは君、常識でしょう――どうですか」

「は」

「理事だって、無論僕は知っていて、いろいろ君の相談をうけているものと思い込んでいられるのだ。それは当然だ。信頼する部下が、その課長に秘し匿して、何かやるとは犬塚さんのような人はなおさら想いも寄らぬことですからね。僕は、自分の部下がやっていることを、あべこべに上司から聞かされたのです。こんな不面目で、面喰ったことは、僕生れて初めてです」

中川は、すっかり恐縮した。しかし悪びれた態度でなく、むしろ決然として、事情を最初から語り出した。その内容は、

――鉄嶺の権太は、支那政府が外国人には鉄道敷設を許可しないから、本渓湖で商務総会長をしている楊という支那人の名で、許可をうけさせ、その敷設を権太が請負うこととした。表面はそうだが、内情は、土地買収から、機材、工事、運輸、営業等、すべて権太が把握するのだ。従って、その巨額の資金はどこからか借出さねばならなかった。彼は満鉄の犬塚理事に相談した。犬塚は果断の士だから、よし早速書類を出せと快諾を与えたが、そのプランを書式にすることは素人では絶対に出来ない。しかも三日のうちに出せという犬塚の命令だから、どうすることも出来ず弱り切っていると、満鉄の秋本という男が、事情を聞いて、即座に中川を紹介してやった。

そういう事情で、中川は、権太と、絶対極秘、お互いに妻子にも打明けないという盟約の上で、書類一切を作成して与えた。その書類によって、犬塚理事は、資金全部を満鉄で出すから、最大至急に該工事を完成させよと申し渡した。なお犬塚理事は、今後すべてを中川に依頼してやれと言いそえた。そういう次第で、中川は、極秘裡に、このことに関係しているのだ――ということだった。

「そういうわけでして、満鉄社員でありながら、社外の人間に頼まれ、上司のあなたにも内密でこんな仕事をしているのは、甚だ怪しからぬことですが結局、これは満鉄の利益となることですし、それに私としては、一銭、一厘の代償も貰わず、飯の一度もともに食ったわけでなく、ただ国際的に極秘を要する性質上、最初に権太と、決して誰にも他言せぬと約束しましたので、

その後鉄嶺や本渓湖に二、三回も出張しましたが、家族にも、会社の者にも感付かれないようにと心配しまして休暇を取り、私費で出かけたくらいですから、無論あなたにも黙っていたわけです。すみませんでした。どうかお許しを願います」

中川は、最後にそう云って、心から頭をさげるのだった。

貝瀬も釈然とした。

「秘密なら、秘密だと言って、僕に報告するのが本当だ。僕だってその秘密の守れない人間ではない。最初から僕に打ちあけて居れば、何もそれほどまでに君が苦労することはなかったのだ。今後もある、注意してくれたまえ、それはそれとして、その仕事は、きょうから会社の事務として君は公然と関係してくれ給え、更《あらた》めて命じます。出かけることがあったら、社用出張で行ってよろしい。しかしその都度、僕にだけは申し出て貰いたい」

「は、恐れ入りました」

それで済んだ。中川は公然と、その仕事に没頭した。

いよいよ工事に取りかかる。土地買収を始めよう——となった。ところで、この鉄道の名義人である支那人の楊が、土地買収と、苦力《クーリー》の元締は、是非自分にやらして貰いたいと、権太のところへ申し出た。

楊には、権太から十二分の名義料を与えてあるのだが、そこは支那人だ。利の乗ずべきところには、鋭く斬りこんでくる。土地買収と苦力の使役権利——これを握れば、たちまちにして巨万の富を築くことが出来るのだ。

権太の方では、無論、断乎として拒絶したので、楊は忽ち居直った。尻を捲って、なにを言やアがんでえと凄味に出るところだ。

「わたしの名義、わたしの鉄道、わたしの言うこと用いぬか。よろし、あんたに約束した請負契約今から取消すよろし」

最後の武器をふり翳して来た。

「勝手にしろ」

と、こちらは突っ放し、平然として準備を進めた。ところで、土地買収に着手してみると、何となく形勢が変なのだ。

民家へ交渉に出かけると、彼等は、厄病神でも来たように、恐怖の色さえ浮べて追払うのだ。門前に立ちどまってもくれるなというのだ。

一方苦力募集を始めてみたが、誰一人応じてくれるものが無いのだ。

――ははアん！　さては楊公――と気がついた。小癪なりと、朝鮮から労働者を四百人ばかり募集して来た。

土地買収はしなくとも相当の金額を供託して置けばいい。あとでどうにでもなる。断行すべし！　となった。

太子河の川原や、山野に、部落のような天幕集団を展開し、食糧や炊事道具まで揃えて、四百人の朝鮮人を雇った。

「いよいよ明早朝から工事を始める」

と宣言した。さて翌朝、無残にも、この天幕村が、一夜のうちに潰滅し去っていたのである。天幕は引裂かれて川に流され、四百人の労働者は、片影すら認められなかった。

一夜に消えた四百人の人夫のうち、たった一人を附近の山の中から捉えて来て、訊いてみると、

「わしらア、日本人に騙されて、とんでもねえ酷い目にあったのだ。遙々《はるばる》と故郷を出て、こんなことでは、妻や子に会わす顔もない」

怨《うら》めしそうに言い罵るのだ。

「まったく、わけが判らんのじゃが、ぜんたいどう言う事情だったのか、決して日本人は責任を取らんとは言わない。詳しいことを説明しろ」

「まア聞いておくんなさい、こういうわけなんで」

と、その男が語ったところによると、

――彼等は昨晩、到着第一夜の天幕で、自炊しかけているところを、思いも寄らず、不意に、一個中隊ばかりの支那巡警に襲われたのだ。だしぬけにガヤガヤと包囲され、天幕を押倒し、切裂き、荷物や食料を踏散らし、蹴散らし、事情も訊いてくれず、理由も告げず、いきなり銃剣と、青龍刀に追いたてられ、夜の山道を、安奉線の福金嶺《ふくきんれい》まで連行され、ここで奉天の方から来た、列車に追込まれて、有無を言う間もあらせず、もとの朝鮮へ送り帰されてしまった――というのだ。

「わしは一人だけ、汽車に乗らねえで逃出したのだ。くにから持ってきた行李が、どう考えても惜しくて堪らなんだから、昨夜の天幕のところへ取りに行こうと思ってね、それで山ン中さ隠れていただ」

そういう事情だった。

満鉄の希望も、権太親吉の壮図も、暗く嶮しい絶望の断崖に突当ってしまった。

その後、満鉄で調べたところによると、当初の名義人楊が、自分の要求をはねつけられた腹癒《はらい》せに、前後も考えないで知県へ自訴し、知県の上達によって、張作霖の方針が「断乎妨害」と決定し、巡警総局長など、決死の覚悟で乗出しているということだった。そうして、楊なる支那人も売国的行為をしたというので、自訴して出たまま投獄されてしまったという――あわれにも笑止の沙汰だった。

しかし権太親吉は、この絶望的情勢に直面しながらも、いかにも開拓先駆者らしい熱意と執着を捨ててはいなかった。

そのうちに、彼は本渓湖にある日本守備隊が、牛心台と本渓湖との間で演習を始めるらしいことを耳にして、これぞ天来の福音だ！　と躍り上った。本渓湖と牛心台との間には絶対妨害方針の支那側が夥しい巡警隊を配置しているのだが、その同じ線に沿って精鋭日本軍が演習を試みるのだ。支那側としては遠くこれを避けて見物するだろう！　その隙だ、鉄道を敷くのは！　しめた！　とばかり、彼は朝鮮へまた人夫募集に駈けつけた。

朝鮮では、四百名人夫が追帰された直後なので、募集がよほど困難だった。しかし、前よりは条件をよくし、前金を渡し、また工事中は日本軍の保護があると嘘を言ったので、日本軍の強さを内地人より、より現実に認識している彼等は、急に安心して、志願者が六百人も出て来た。

その六百人をつれて、得意の権太親吉が、本渓湖駅に下車したとき、既に渓谷の空気を裂き、雲をふるわして、わが守備隊の演習の銃砲声が轟き渡っていた。

そうして、彼の想像どおりに、支那の巡警隊は、千メートルも遠くの山の上に逃げて、煙草を吹かしながら見物していた。

六百の朝鮮人夫は、万歳を叫びながら、シャベルや鶴嘴を閃かして、その場から直ちに見上げる山塊へ突ッかかって行った。

日本軍の演習は、支那官憲と諒解ずみの上に行われたし、彼等の公務には絶対に支障も、損害をも与えないという日本側の保障を得ているのだが、演習二日目くらいから支那の巡警たちはしだいに牛心台方面へと逃出した。

猛烈至極な、負傷者をさえ出すような演習を経験したことのない彼等は、何か生理的な恐怖感から暢気に見物している気持になれなかったらしい。身近なところで、烈しい気合の突撃など始まると、まるで自分どもが襲撃されたように慌て、悲鳴をあげ、銃剣を忘れて逃げたり、腰を抜かして這い廻りながら、泣き叫んだりした。

朝鮮人夫たちは、数日前に自分どもを襲って銃剣で脅かし、乱暴狼藉《ろうぜき》を働いた同じ巡警の今日のその有様を見て、痛快を叫び、意気軒昂、ばりばりと渓谷を貫くいきおいで工事を捗らせるのだった。

牛心台には、支那側の、鉄道敷設妨害臨時本部が置いてあり、そこには巡警総局長が出張していた。

日本軍の演習は、しだいにその近くへと移動して行った。演習開始後三日目の朝のこと、そこの総局長室へ、日本軍の演習指揮官が訪ねて来た。武装の、ところどころが裂破れ、不眠不休の顔色は、汗と埃にまみれ、まるで悪鬼の如き形相だった。

それが白い歯をギラリと露出し、いやに丁寧な態度で挨拶するのだ。

「あなたが、ここに御出張と聞きまして、ちょっと敬意を表しに来ました。こんな山の奥地へ、こんなバラックを急造なすって、総局長閣下御自身御出張とは、ぜんたいどうしたわけですか。こんなところで、どんな公務をお執りになっていらっしゃるのですか」

巡警総局長は返辞に窮した。まさか、日本の鉄道敷設を妨害するための本部だとも言えない。

「いや、どうも、まアお茶を召し上ってください。暑いですなア、まったく」

「ところで、先日もお打合せしましたが、この演習で、何か貴方《あなた》方官民の仕事に支障や、損失を与えたようなことがございましたでしょうか？　どうぞ御遠慮なく、お聞かせ下さい」

残念ながら、微傷一つうけた巡警もないのだ。

「いや、何の不都合もありません。勇敢な演習を見学いたしまして、わが巡警部隊としましては大きな利益を与えられました」

「ああ左様ですか。それなら、いまにもっと猛烈なところをお目にかけますから、充分御見学下さい」

「いや、もう」

と言っているところへ、馬でも暴れ込んだように、一人の日本兵が慌しく駈けつけた。顔も、手脚も血みどろになっている。

「伝令ッ」

と叫び、直立不動の姿勢をとり、捧銃《ささげつつ》の礼をすると、日本の指揮官が、

「うおうッ」

と応え、だっと突っ立ち、途端に、きらりと日本刀を引き抜いた。

総局長はこのとき、椅子から辷り落ちて、そのまま卓子の下へ這込んでしまった。

「ちょっと失礼します。演習も、この附近でいよいよ白熱化してまいった様子ですから、一つ最後の指揮をとってまいります」

日本の指揮官が、そう言って出かけたその間に、総局長は急拠二、三の部下をつれて、裏山越しに、どこかへ逃避して行った。

渓城線の第一期工事は、かくして、五日間に開通、即日運転を始めた。けだし、世界スピイデイ工事のレコードだろう。

## 水

第一次ヨーロッパ大戦は、東西六百キロの長大な戦線を、半永久の築城化して、いつ終るとも予測をゆるさず、毎日夥しい血を流し、巨額の鉄を消費していた。有卦《うけ》に入ったのは、極東君子国の日本である。あらゆる成金が、それこそ雨後の筍《たけのこ》の如くに続出した。なかんずく、鉄成金は物凄いほどの当りだった。銑鉄《せんてつ》噸《トン》当り百円と叫ばれたのが、忽ちにして二百円と跳ね、あっと言う間に三百円となり――で、止まるところを知らぬ情勢だった。

鉄は黄金よりも貴しとされた。このときに際会して、先年、木戸満鉄技師によって発見された立山《りつざん》駅附近の鉄鉱が、偉大なる魅力をもって満鉄人の頭に泛《うか》び上って来た。

大正六年九月、日支合弁の「鞍山《あんざん》鉄鉱振興無限公司」というものが創設された。

総理は二人、支那側が于沖漢《うちゆうかん》、日本側に満鉄奉天公所長だった鎌田弥助が任命された。

于沖漢と鎌田はかねてからの親友であった。その頃の張作霖は、なかなか味のある対日政治をやったものだった。

さて、敷地――拡大な製鉄所の敷地をどこに撰定す

べきか、すでに日本内地では政党屋が眼の色を変えて騒ぎ出している。

鎌田は、わざと支那服を着たり、和服姿に装ったりして汽車は三等で遼陽に通った。

古谷副領事、入江満鉄地方事務所長などと密議を凝した。満鉄としては、初め立山駅を中心に製鉄所建設の予定だった。ところが、早くも大小無数の利権亡者が、そのことを嗅ぎつけて、しきりに土地の買漁りをやり出したので地価は日毎に躍騰した。

そこで満鉄は、極秘に鞍山と決定し、立山を断念したのだが、鎌田は、その頃から公然と立山駅に下車しては、何度もその附近を調査して歩いた。ときには、秘密らしく古谷副領事や、入江事務所長と、どこかの駅に落合い、人目を忍ぶが如き態度を装って、立山駅附近を徘徊《はいかい》したりすることもあった。

我利々々亡者《がりがりもうじゃ》は悉く、このトリックに引っかかり、われがちにとそのあたり一帯の荒地を買競って、ただみたいな山野を法外な地価に競りあげつつあった。

鎌田が、鞍山の土地をすっかり買収して、ここが大製鉄所の敷地だと発表されたときの、利権屋たちの駭《おどろ》きというものは、まことに惨として、眼も当てられぬ光景だった。

土地はかくて、うまく買収したものの、その次に来る問題は水である。製鉄事業に対する水は、その重要性において、石炭と同等のものだた。しかも、その水量は、かなりな河水に相当する位のものを必要とするものであった。

河と言っても、あの近くを流れている沙河《しゃか》程度ののでは、及びもつかぬものだった。何しろ一分間に三噸《トン》以上の水が供給されなくてはならぬというのだ。

水をどうするか？　は、果然大きな問題となって来た。

太子河の上流から引くということが、先ず当然の想いつきだったが、それは、鉄管で引くにしても、運河を掘るにしても、とても採算のとれそうもないほど莫大な経費を捨てなくてはならないと判って、これは断念せざるを得なかった。

地下水――これを求めるより他に分別は無し、となった。ところで、満洲は全体に地下水の乏しい土地だった。ことに遼陽附近から関東州あたりは、一層恵まれぬ地帯だった。

非常に深い井戸を掘ることも研究されたが、調査の結果、これも絶望だった。

加藤与之吉技師は、その頃、土木課長になっていた。満洲開発上の最大重要条件としての、水を求める責任は、自然とこの人の肩にかかってくる。彼は重住技師以下を従えて、毎日々々鞍山を中心に、方十里の曠野を睨んで歩く。山を睨み、畑を睨み、丘を睨み、川を睨む。

水は無いか？　水、水、水！　もはや、彼等一行に対しては、水は、ただの物質「$H_2O$」ではなく、烈しい情熱的な憧憬、追求の対象だった。あらゆる渓谷、丘の麓、巨岩の蔭、森の下、凹地、野川――そんな地勢や地形に、まるで恋人を探すもののように、眼を燃やし、心を躍らして東奔西走した。

しかし、ついに充されぬ恋だった。どうしても恵《めぐみ》の水は得られなかった。

一方、製鉄所の設備は、容赦なく捗り、もう熔鉱爐の火入れも間近に迫って来た。熔鉱爐に火を入れるときは、即ち大量の水を要する時なのだ。

入江地方事務所長を音頭取りとして、遼陽に製鉄所を移転せよという猛運動が起きた。遼陽側の主張は、太子河が遼陽ちかくを流れて水量も豊富だから、掘割をつくって水を遼陽に引けというのだ。

加藤はこれを一蹴した。工費が莫大なことになる上に、工期が永くかかる、とても実行出来る問題でない、空想に過ぎぬという理由だった。

では、どうしてくれるのだ。どこから水を持ってくるのだ。早く何とかして呉れ！

水が無いのは、加藤の責任であるかの如く、八方から厳しく責めたてられた。

或日、彼等の一隊は首山堡《しゆざんぽ》のあたりを、さまよえる羊のように辿っていた。

首山堡の西側の麓で、一箇所崖崩れのしているところがあった。加藤技師はふと足をとめて、その地点を、永い間凝視していた。

「何ですか？　何かあるんですか？」

重住技師も、その横に立って、加藤の視線を追って見た。

「君！　あの粘土層の間に、黄色い砂礫層が見えるだろう」

「ええ、ありますな」

加藤が重住をふりかえった。

「あの土は、あんなのは、このあたりの土ではないね」

「そうらしいですね」

「太古の洪水の跡かな」

「調べて見ましょう」

すぐに皆が、勝手な方面に散った。土民の家へ訊きに行ったものもある。そこいらの地質を掘返して調査するものもあった。地名を聞いて廻るものもあった。

その結果が、確かに、このあたりを昔、河が流れていたことに断定された。

「曲水」とか「渡し場」とか云った意味の部落名も、そのあたりにあったし、古老は何百年か前にこの辺を太子河が流れていたように聞伝えているとも言った。

満洲の河川は、現在でも乱流の状態をとっている。まして、何百年、何千年の間には、この大平野を流れる河水は、そのときの情勢に従って、どう乱流したものか、想像もつかないわけだ。

「占めたッ！」

加藤は膝を叩いて叫ぶ。

「地下水ですか」

「そうだ。あの大河が、昔、このあたりを流れていたとすれば、地下には、きっと水がある。ここいらは、その旧い河筋なのだ。掘ってみよう！」


ということになった。

首山堡北側の高梁畑《こうりやん》に、上総掘《かずさぼり》の櫓《やぐら》を組立てた。

筒抜けに蒼い八月の夏空に、三本の棒が立っているのを望んで、人々は加藤技師も水の苦労でついに気が狂ったかと嘲笑っていた。

「ふん、あれだ、あのガラガラな畑地から一日に何万立方メートルの水を噴出させるというのだ。正気の沙汰じゃァねえや」

「弘法大師の奇蹟だね」

「弘法だろうが、キリストだろうが、こいつァ無理だよ」

輿論も、加藤の無謀を責めるようになって来た。ぐずぐずとくだらぬ奇蹟を信じて、国策的な、一日をも急がねばならぬ製製の大事業をどうするのだ。早く誰か、真面目な技師を任命して、太子河の上流から水を引くようにしたらいいではないかと責めたてる。

満鉄の幹部としても、あんな畑を掘ってみて何が出るというのだ、おそらく蚯蚓《みみず》も出まい、馬鹿なことをさせて、放任して置いてはいかんと！　いうことになって来た。

併し、加藤は、頑として畑に噛りついていた。誰が何といっても、きっとここから滾々《こんこん》として、清水を噴出させてみせる。もし、それが気に喰わないなら、いつでもこの俺を誡《き》れ！　と頑張るのだった。

加藤の頑張りというものは、古来――古来も大袈裟だが、入社このかた有名なもので、曾ては独裁専断、勇猛果敢の初代総裁後藤新平をして、あいつにゃ負けたと、兜《かぶと》を脱がしたほどの自信男なのだ。

さて、首山堡の試掘井戸――掘れども、掘れども、一滴の水も出て来ない。みみずも出て来なかった。輿論は、いよいよ沸騰する。会社は気が気でなくなった。加藤の部下も心配で堪らぬ。

「出ませんね。課長」

「出る！」

「出ましょうか」

「うるさいッ」

毎日々々、ただ掘りつづけている。こんなに掘っていたら、しまいにアメリカの方へ地球を突貫いてしまうだろう。だが、それでも水は出やしねえだろう。

人夫なども、そんなことを呟きこぼす。そのうちに、水は出ないで、洪水が襲って来た。満洲が雨期に入って、太子河が氾濫し、遼陽市外で大決潰をしたのだ。滔々たる濁流百里。首山堡附近は十呎《フイート》の水底に沈んだ。加藤以下、井戸掘りに夢中だった一隊は危うく溺死するところを、急造の筏に乗り漫々たる洪水に泛《うか》んで漂流した。

その洪水が去ったあと、首山堡の畑の中では、もう、加藤の一隊が新規に準備をやり直して、また井戸を掘出していた。

会社では、ついに加藤をすて、別の者に太子河からの引水工事を設計させようとしていた。そこへ首山堡から夢のような吉報が飛んで来た。

――畑の中の試掘井戸へ、地下から水が湧出した――と言うのだ。

「それッ！」

とばかり、関係者が駈けつけた。現場では既に、深さ四メートル、長さ千八百メートルの大きな掘割を掘りかけていた。

試掘井戸は、よほど深く掘下げてあり、その底へ潜水夫を入れて、更に深く掘らしているところだった。

「うあッ」

という叫びが起り、工夫たちが騒ぎ出した眼の前へ、井戸の中から、潜水夫が、噴騰する水のために、噴上げられて来た。

製鉄事業の危急は救われた。水はそこから一日量五万立方メートルを噴出した。

## 盗視行

南部線が全部欲しい！

それは、満鉄生存上当然の要望だった。その頃南部線というのは、ロシアの東支《とうし》線《せん》から分岐している南部線のことで、ハルビン以南—長春までを言ったものだ。

ヨーロッパ大戦で、日本は聯合軍に味方していたし、日露戦争で勝利者の立場にあったし、何となく、大国らしい余裕を持っていた日本は、ロシアに対し、船や、軍艦を貸したり、売ってやったりして、大きな感謝を彼から買っているときだった。

日露戦争の時は、負けながらも、巨人の底力を蔵していたロシアと、勝ちはしたもの、全力を消耗しつくした持たざる国の日本との講話談判は、まるで主客顚倒の観があった。その結果として当然取るべきものの多くを、日本は取り得ないでいた。そのうちの最も残念なものの一つが、ハルビン—長春《ちようしゆん》間の鉄道である。

それは、相手のロシアが一番よく承知していた。そこで欧米戦争が始まった。日本の好意をうけた。その好意に酬いて、日本を一ばん強く欣《よろこ》ばすものは、この南部線の切れッぱしを割譲してやることだった。

果して、日本は歓喜した。両国政府の交渉が始まった。しかし、ロシアの輿論がこれに猛烈に反対した。交渉は解消した。日本の欣びは、はかなき一朝の夢だった。

でも、満鉄は決して諦め切れない。どんなことがあっても、将来は必ずわが物にしなければならぬと肚を極めている。

南部線ばかりではない。満鉄圏内悉くの鉄道をわが手に握らずば、決して完全な東亜の幸福は獲られないのだと、満鉄中堅の青年社員どもは、固く、強く、信念としているのだった。

交渉がどうあろうと、必ず将来は満鉄に引継ぐべきものであってみれば、第一松花江《しようかこう》あたりまでの調査はして置かねばならぬ。第一、軌条のゲージも、ロシア側の五呎《フイート》を、満鉄なみの四呎八吋《インチ》に改める必要がある。現在、長春の設備も第一松花江岸まで移すこととなろう。奥地物資の、松花江によって搬出されるものは、そこで水陸の連絡をとらねばなるまい。

　いろいろと調査研究がある。それが、全然調査されていない。外国権益の地域内だから、どうにも手がつけられなかったのだ。このままにして置いて、いざ！となったとき、急にその施設が出来なかったら、日本の恥だ。これは至急に調査して置くことだ。

　そう云う方針に極まると、大正七年の夏だったが、長春公所にいた土木技師の飯田耕一郎に、この潜行盗視察の出張命令が下った。

「へえ！　こいつァ難問だぞ。しかし面白い使命だ。やッつけろ」

　飯田は奮起した。この男は老練な実地叩き上げの技師だった。明治二十四年に、鉄道庁傭《やとい》を振出しに、逓信省、陸軍省、台湾総督府、七尾、紀和、北海道などの各鉄道で現場を叩き上げて来た経験家である。豪胆にして細心、規矩準縄《きくじゅんじょう》よりも、その一睨みの方が正確だとまで言われる技術家だったから、こうした盗視行には、打ってつけの適任者だった。

「君に乗込んで貰う方面は、敵の——敵ではないが、先方の、第一線だ。国境の要塞地帯だから必然的に危険なのだ。もしも！　という場合が、きっとあるだろう。どうか奉公のつもりで行ってくれ給え」

　中村雄次郎総裁は、悲痛な表情で彼を送り出した。

「もし危険だったら、列車の窓から視てくるだけにし給えよ！」

　温厚な国沢副総裁は、そう注意した。

　心の躍る重大使命を背負って、飯田は長春に着いた。

　長春駅長は、川北助役が露語に達者なので、これを通訳に、それから高瀬保線手を助手に附けてくれた。

　そこで、一行三人は、駅長を加えて出発前の謀議を凝らす。

　地図を拡げて、長春の先が一間堡《いっかんぽ》、それから米沙子《べいしゃし》、哈拉哈《ハルハ》、布海《ふかい》、徳恵《とくけい》、達家溝《たつかこう》、老少溝《ろうしょうこう》、松花江《しょうかこう》——。

「老少溝からさき、松花江まではどのくらいの距離だ？　三哩《マイル》ぐらいかな」

「そんなものです。しかし、ここからが難行ですぞ。この間は断じて徒歩旅行は許しませんよ」

「絶対に？」

「絶対以上です」

「絶対以上か、はははは」

「警戒厳重を極めたものです」

「厳重以上だろう」

「あははははは」

「冗談は措いて、どう厳重なんだ」

「汽車の窓からでも、外を変に眺めているものがあると、注意されるそうです。老少溝から陶頼昭《とうらいしょう》まで第一松花江中心地帯は、すっかり要塞になっていますからね、到るところに警備兵が銃剣を向けて、じっと睨み通していますよ」

「第一、あのあたりは、すっかり窓を閉めてしまいますよ」

これでは、全然視察は出来ない情勢になっている。行って見たって無駄である。強いて行けば捕われて、ロシアの牢屋へぶち込まれるだけのものだ。

しかし、飯田の満鉄魂は、敢然として、その断崖を突破り、絶望に向って猛進することを、彼の肉体に命じた。

「決行せずに退くことは出来ない、決行して失敗すれば、それまでで、むしろ本懐だ、俺は決行する。どうせ決行するとなったら、ビクビクするよりも、大胆な方がいい。老少溝から列車を捨てて要塞地帯を徒歩で突破してみよう。もし捉まったって、生きて居れば、後日また視察しただけのことはきっと役に立つ。諸君が困るというんなら、僕単独で決行する。どうだ」

飯田がそう云うと、通訳の北川も、助手の高瀬も、言下に応えた。

「行きますとも！　日本人ですよ、われわれも」

「そうだ、行き給え！　命令をうけた軍人が、途中が困難だと云って引返したらどうなる。まず日本の軍人にはそんな退却はないからね」

駅長も両手で二人の肩を叩いた。

翌朝六時、三人は長春を出発した。手帳と雨合羽と、弁当とを包みにして提げている。荷物とてはそれだけだった。みんな古い背広にゲートルを巻いていた。

午前十一時過ぎに老少溝着。さて、ここから下車して、危険に一歩を踏入れることとなった。飯田は決死隊の将兵が白鉢巻をしめて重大な任務に突撃する瞬間の、あの身慄いするような気分になり、同時に、天皇陛下の万歳と、満鉄の万歳を、胸に唱えた。

老少溝は、曠野の夏草に浮んだ一小駅だった。苦力か、百姓か——うす汚ない支那人が四人ぽそぽそと降りて来た。それらと一緒に盗視行の三人も、駅構内の設備を睨みながら外へ出た。

「うまく行ったですね」

「叱《し》ッ、急げ——後《うしろ》を見ちゃいかん」

「あの道がカーブしとるとこまで早く」

道はカーブから、ゆるい傾斜になって、次の松花江駅まで、ずうっとくだりになっている。人ッ子一人見当らない。人家の一軒も見えない。空野の一路。太陽の燃える音が聞こえそうだ。いろんな花が、色うつくしく咲乱れていた。

目測しては、地形を頭の中に描きとめるような調査を進めて行った。

「帳面につけて置きましょうか」

と助手が訊く。しかし、それはもしも捉まったときの悪材料になるからと、なるべく記入はさせない方針をとった。

「頭で計算して、腹に記帳するんだ」

「むずかしいですね」

「どうせ難行苦行さ」

松花江駅の附近に辿り着いたとき、ちょうど正午頃だった。ひどく空腹になって来た。

「暑いね」

「水が一ぱい飲みたいですな」

「家は？　どこかに民家はないかね」

「無いですね。あ！　あれは？　兵舎だ。兵隊が——露兵が警備しているぞ」

踏切箇処らしいところに、哨戒の兵舎らしいものがあり、数名の露兵がうろうろしていた。銃剣が、その動くたびに、烈しい陽光を辷らして光る。

——隠れよう——

と、本能的に四辺を見廻した瞬間、全然反対の思案が飯田の頭に閃いた。飛んで火に入る——ではない。敵のふところに抱かれるのだ。そうだ——。

「あそこへ行こう」

飯田はそう言うと、草の中を火に向って歩き出した。

「あッ」

「ちょっと」

二人は慌てて呼びとめた。

「いいんだ。来給え！　心配はない。身を捨ててこそ浮ぶ瀬だ」

「大丈夫ですか？」

「大丈夫でなかったら、それまでだ」

飯田は男らしく笑った。

「よかろう！」

二人ともついて行った。歩きながら、

「しかし、あそこへ行って、どんな挨拶をしますかね」

通訳の北川が心配する。尤もだった。

「ああ、いいことがあります。この松花江の対岸の、陶頼昭《とうらいしょう》という町に、私の識った男が時計屋をやっているんです。そいつのところへ行くんだと言ったら、どうでしょうねえ」

高頼助手が、そういうことを想いついた。

それは名案だった。名案というよりも、さしあたって他に分別も思い当らない、それで行こうとなった。

「その時計屋はね、小山貞吉という名前なんだから、北川君！　いいか、頼むよ」

高頼は通訳に注意した。すでに眼前に露兵の兵舎があった。

一人、巨男《おおおとこ》の露兵が立っている。それがまだ気付かぬうちに、こちらから声をかけ、帽子を脱いで振りながら近づいて行った。

向うはちょっと駭《おどろ》いたらしく、赤い砂をまぶしたような髯《ひげ》だらけの顔を向け、善良そうな眼をぱちぱちさせて、

「誰だ？　何だ？　ヤポンスキイ――」

と怒鳴った。

北川が早速、

「川向うの村にいる小山という友だちを訪ねて行くところなんだが、すっかり道に迷って、困っているんだ。兄弟！　おなさけに、水を一ぱい恵んでくれぬか、腹が空いたからここで弁当を食いたいのだ」

と、如才なく持ちかけて行く。

「金を遣れ！　いくらか、一円くらい」

日本語で飯田が囁くと、ああそうだ！　と北川は早速、一ルーブルをその露兵の、大きな掌に握らせた。

「すまねえ、軍務のある人に水を汲ませたりして、兄弟！　かんべんしてくれ」

うまいことを言うものだ。露兵氏は崩れそうな笑顔になった。

「水もあげるが、茶がいいだろう。ビスケットもすこし分けてやる」

たいしたごきげんとなる。

「どうせ弁当を食うのなら、あの丘の上が見晴らしがいい。あそこへ行って食ってもいいかね」

「ああいいとも、しかし兄弟、ここいらは要塞地だから」

「えっ、要塞？　それァ大変だ」

わざと驚いてみせる。

「なに大丈夫、この俺が案内してやろう」

露兵氏は、わざわざ丘の上まで連れて行ってくれた。弁当を食いながら、高いところから、四辺を一所懸命に目測する。

露兵氏は、とても、川向うの陶頼昭までは行けないぜ、と心配し出した。要塞地の真只中を行くのは危険だといって、頻りに首を振る。

こちらは松花江の畔りを仔細に見れば、それで目的は達するのだ。何も陶頼昭まで行く必要はない。しかし、そんなそぶりを見せず、非常に困ったような表情をしてみせる。

川向うへ行けぬとなれば、ここで今日は泊らなくてはならないということにして、何とか宿の心配をしてくれぬか、と泣きつく。宿はあの山を越えた向う側に、老鍋焼《ろうかしよう》という支那部落があって、そこに一軒旅籠屋《はたごや》がある筈だという。山を越すのは大変だ、線路伝いに行っては悪いか。それはいけない。何とか上官に頼んでくれ。そんな押問答の果に、露兵氏は三人を線路沿いに、河岸の屯所まで連れて行ってくれることになった。

「老鍋焼で泊る家が無かったら、また戻ってくるから、何とかしてここで泊めてくれるか?」

と念を押してみると、ここでは泊められんが、露人の家があるから、そこへ頼んでやってもいいというので、それでは、どうせここへ戻るのなら、荷物は置いて行こうと、敵を安心させる戦略から、三人の荷物を兵舎へ投込み、何等他意ないという調子で出かけた。

江岸の屯所では、更に多くの兵が、そこいらを哨戒していた。

案内の露兵は、衛兵主任と交渉をしてくれている。その間にも、飯田はじっと、修理中の鉄橋を眺めていた。すると、いきなり何かロシア語で怒鳴りつけ、ぐっと腕を引っぱる者があった。うしろに、おそろしい権幕の露兵が一人立っていた。

とっさに、手にしていた汚れたハンカチを見せ、それから、河岸で何か洗濯をしている露兵を指さし、あそこでこれを洗いたいのだがと、手真似をしてみると、それが通じたらしく、よろしいと言って頷くようにしたので、十間ばかりの急な崖を、脱兎《だつと》のように水の畔まで駈けおりて行った。そうして、ハンカチを洗いながら、それとなく川幅、橋の高さなどをすっかり頭のなかへノートした。

橋詰の衛兵屯所《えいへいとんしょ》から、老鍋焼までは、別の露兵が案内してくれることになって、出発した。途中に小山があった。山の中腹で、その案内兵にまた、金をやって別れた。

山の上に望楼が一つ建っていたので、そこでまた熱心に盗視を始めた。

ふと気がつくと、露兵の銃剣が五ツか六ツ、自分たちを取囲んでいた。

北川が雄弁に、屯所や詰所の諒解を得て、兵隊の案内でこの山麓まで来たこと、これから兵隊たちの注意によって、支那人部落へ泊りに行くことなどを説明し、例の凭《もた》れ込み戦術で、水が飲みたいだの、菓子は無いかだのと甘えつつ、一方で銀貨を三ツばかりずつ握らせることによって、ここの露兵たちをもすっかり手に入れてしまった。

一緒に山を降りながら、いろんなことを訊いた。松花江では、彼等の同僚が、五、六人も逞しい裸体の背を、七月の陽に光らせながら水泳している。それを見ると、ああ暑い、われらも入ろうと素ッ裸になり、露兵どもと同じように泳ぎ廻って、水深を調査した。

支那部落は、ひどくさびれた、荒涼たるものだった。宿屋も一軒、牛馬御宿然たる建物はあったが、いまでは営業していないというので、これ幸いと取ってかえし、もとの路線番兵の屯所で、最初の善良な露兵氏に頼み、露人の民家へ泊めて貰うことになった。

宿は取ったが、陽はまだ高い。飯田は、まだなんとなき不安と、また不十分な調査を考えつづけた。そうして妙案を思いつく。

それは、この地の一番の権威者は守備隊長だから、ついでのことにその懐中へも飛込んで行きたいということだった。

守備隊長の家は丘の頂上にあった。鉄道沿線から、江の上流、下流、すっかり眺望の利く地点にあった。

守備隊長夫妻は心から歓待してくれた。それがなんとなく、非常にすまないような、気の毒なような気持にさせられた。

親日家らしく、日本の玩具や、書画を出して見せたり、茶や果物を饗応してくれる。北川はここをせんどと雑談をつづける。その間を、飯田と高瀬は眺望を利用して、専ら地勢の視察に耽《ふけ》る。

やがて宿に引きとり、寝室へ入ると、すぐに手帳と鉛筆を取出し、一日中に監視した要項や地図をすっかり記入したが、そのうちに、はや夜が明けかかった。一睡もする暇はなかった。

帰りの汽車は午後四時まで無いと判ったので、夜が明けると、三人は松花江《しょうかこう》の河岸を、遠くの方まで踏査しながら、頭の中へ、しきりに倉庫を設計したり、橋を架けたりしてみた。

そんなことをしている三人を、兵隊が見つけて注意に来た。外国人は絶対に踏入ることを許さぬ地帯だから、気をつけろというのだった。

そうか、と今度は、線路伝いに停車場の方へ帰りながら、いろいろと目測したところを、高瀬にノートさせていると、不意に二、三発の銃声が起った。

はッとするより、まず背筋が寒かった。すぐそこへ四、五人の露兵が、煙を吐く銃口を取り向けながら迫って来た。運命は急転したのだ。

蹴る、殴る、怒鳴る。兵営の牢屋へ追ったてる。

途中で、助手の高瀬が、叱られながらも、踞《かが》み込んでゲートルを巻き直したので、飯田はその隙に、自分の手帳を小川の中へ、そっと辷らし落した。

囚人車で寛城子《かんじょうし》に護送され、夜の十時過ぎに、軍司令部へ引きずり込まれたときは、三人とももうすっかり覚悟をきめていた。

北川通訳が、やがて司令長官の前へ呼出された。

「あ！　なァんだ、君か？　重大犯人は」

「ははは、休暇をとって、友人訪問に出かけて、酷い目に会いましたよ」

それで万事氷解した。無罪放免である。大切なノートは、高瀬のゲートルの下に巻込まれてあって無事だった。

## 一人三役時代

(領事に任ず。遼陽《りょうよう》在勤を命ず)

所謂、満鉄四十四年組の何羽烏かの一羽入江正太郎は、だしぬけな辞令で、外務省の役人にされてしまった。

自分は現在、満鉄の社員である。奉天地方事務所長として、大いに活躍しているのだ。

「へえ！」と云った気持だった。

早速本社へ駈《か》けつけてみると、安東《あんとう》地方事務所長の小倉鐸二も駈けつけている。

「君もか？」

「おたがい、妙なことになったぜ」

人事課長事務取扱の川村理事から、二人に、

「実は今度、満洲在勤領事特別任用令というものが発布されてね、満洲の領事は関東都督府の官吏か、又は満鉄の職員で地方行政に経験あるものを、特別任用することを得ることとなったのでね、関東都督府でも、財務課長の田中と言う人を出すことになったそうだが、満鉄からも二人推薦しろという命令なんだ。で、まあいろいろ論議の結果が、君たち二人に、白羽の矢が立ったというわけなんだ」

「ぜんたい、なぜ、そんな任用令が出たのです？」

小倉がきいてみた。

「所謂、三頭政治がいけないと云うんだ。御承知の通り、外務省と関東都督府と、この満鉄と、三者の権限というものが、満洲行政上うるさく錯綜しとるだろう。これが問題を惹起《ひきおこ》す禍根なんだからね、こんなことで種々面倒が起きては困る。何とか統制方法はあるまいかと言うんで、研究されていたらしい。その結果、これは組織の上からは、どうにも統合するわけには行かん。行かんが、せめて地方の行政を司る人物を一人にしたらどうだろうとなったのだね。領事がここに一人居るとして、これが都督府の事務官と満鉄の地方事務所長を兼ねるのだ。これで行こうということに決定したんだ。そこで、外務省は、君たちを特別任用の形式で領事に採用して、関東都督府と満鉄とは、各自の事務を、この領事さんに嘱託するわけなんだ」

入江は不平顔を向けた。

「それは絶対命令なんですか？」

「重要国策上、まず絶対命令と思って貰わにゃならんね。この際一つ、まげてうんと言っておくれんか、御両君！　そこで、早速だが、退職慰労金を計算して差上げるから、すぐに退社の辞表を出しておくれんか」

——おくれんか、おくれんかで、えらいことになるものだ——と心中茫然としながら、二人は心にもない辞表を書かされた。しかし二人は、無論、所謂下駄を預けることは忘れなかった。

「われわれは学校を出ると直ぐにこの満鉄へ入社しました。官吏になるのなら、そのとき直ぐと官吏を志願していま す。そうして、もっと出世していま す。いまさら領事などとは思いも寄らないです。われわれは満鉄マンとしてこそ、生き甲斐のある人生を発見することが出来るのです。どうか、極めて最近の機会に、

速《すみや》かに満鉄復帰をさせると、お約束下さいますか」

「無論だ、安心したまえ、この川村が引きうけた」

そこで、二人は内地へ向って出発した。上京して外務大臣に会った。外務大臣は満鉄産みの親の後藤新平だった。

「よく来た。君たちは吾輩の子の孫のような気がするよ。吾輩が満鉄へ産み落して来た子どもの産んだ孫だからね、君たちは」

なるほど、聞きしにまさる――と思いながらも、二人はつい感動して、大いにやると言う気持にさせられた。


領事館、満鉄、関東庁警察――三頭政治の遼陽を、入江が一人三役で切廻した。

なるほど、こう統制綜合してみると、さしもにうるさかった遼陽の天地も、俄《にわか》に平穏無事な、南満の明るい都会と化した。

こと毎に睨み合い、角《つの》突き合っていた警察官と、領事館の書記生とが、領事館内のテニスコートで、蒼く高く霽《は》れ上った秋の空へ、爽かなボールの音を響かせたり、満鉄の工場長と、領事さんと署長さんとが、一堂に会して（かように候《そうろう》ものはむさし坊べんけいにて候……）を唸り合ったりするような空気に変って来た。

趣味の広い、あらゆるスポーツ娯楽に、センスを恵まれている入江は、三職掛持ちの快適な日常に気をよくして、一時は大いに謡曲を唸った。お山の大将が謡曲に没頭すると全遼陽が、やがて、「……にて候」を氾濫させるようになった。芸者にも、小謡《こうたい》の一つや二つは半かじりにしているようなのが現れ出した。料亭「なかがわ」の美しい女将《おかみ》などは、女のうちでは、かなり熱心な謡狂だった。

入江領事は、しかし謡曲を唸ってばかりはいられなくなった。師団が交代することになって、畏れ多くも、梨本宮《なしもとのみや》 殿下を戴く京都師団が遼陽へ乗込むことになった。

金枝玉葉《きんしぎょくよう》の御一方をお迎え申上げる遼陽の主人公入江正太郎とは、大変な覚悟を必要とした。

従来の師団長官舎は、ロシア時代の黒煉瓦の、貧弱な建物だったので、そこをまた宮様の官舎としてお迎え申し上げるわけに行かぬと思って、入江は自分が領事官舎を出てその後へ御入りを願うことにした。領事官舎は新築の立派なものだった。そこで前以てその旨を申し送ったところが、そんなことをする必要はない、心配するな、という畏れ多いお言葉だったというので、慌てて黒煉瓦の家を修繕した。

殿下の御乗船が大連埠頭に着いたとき、入江は特に許されて、御船室へ伺候《しこう》すると、

「御苦労であった。これからはいろいろ世話になるであろう、よろしく頼むよ」

と仰せられたので、はっとしてうつ向いたままもう再び顔をあげることが出来なかった。

宮殿下の御永駐は、急に遼陽の町を活気づけた。全満各地からのあらゆる官民の往来で、遼陽駅は俄に昇降客の数を激増させた。

入江正太郎の、埃まれのケースから、シルクハットが、殆ど毎日のように取出されて、陽光を浴びるようになった。

領事官邸で、一夕、御歓迎の晩餐会を開いた。御気軽に御来臨あった殿下は、いきなり、

「やァ、立派な官邸だね。遼陽には立派すぎる。ここに比べると陸軍官舎は貧弱なものだ」

と仰せられた。

「はッ、恐入ります」

非常に恐縮する入江を、気の毒に思召《おぼしめ》されたらしい殿下は、いきなりベランダへ御出ましになって、

「おい、すこし遼陽を説明して貰えないかね」

と仰せられたので、入江もほッとして、腋の下の冷汗を押えながら、

「あの、白い高い塔に、満洲名物の赤い夕陽が、美しく照していいます。あれが遼陽の白塔でございます。回顧いたしますると、明治三十七年、日露戦争当時、ロシアはこの遼陽を、本防禦地と致していたのでございます……」

と、謹んで御話し申し上げた。

関東軍司令官立花中将が、師団検閲に出張して来た。師団長宮殿下は遼陽駅頭に御出迎え遊ばされた。

列車が辷り込んで来て、ずっと停る。幕僚を従えた司令官が、ホームに悠然と降り立って、ぐっと正面を向いたとき、そこに御起立遊ばされた殿下は、さッと、厳粛なる御態度で、挙手の礼を遊ばされた。

御側近く、この態を拝んだ入江は、実は、はっと駭《おどろ》いたのであった。ところが立花中将がまたさすが軍司令官の威容毅然として、その御敬礼をうけて答礼し奉

った。入江は何となく瞼の裏が熱くなるのを感じた。

やがて、その日の御軍務を終了遊ばされると、殿下は、師団食堂で御宴をお開きになった。

この場合は、殿下が上席へお着きになり、立花中将へ、皇族としての御挨拶があり、中将も恐惶《きようこう》しながら、御話相手を申し上げていた。

日本帝国陸軍の軍律と、皇族と臣下の別——入江は深い敬虔と感激を禁じ得なかった。

夜だった。入江は寝かけていた。そこへ警察から慌しい電話で——梨本宮殿下の御官舎へ一人の暴漢が乱入しました、すぐに憲兵が取押えて、警察に拘留しました、殿下は御無事です、暴漢は日本人です——と知らせて来た。

身の周りが昏《くら》くなった気持である。すべては破滅した！

ともかく、宙を飛ぶようにして御見舞に駈けつけると、殿下からは、心配しなくてもいい、との有難い御言葉だった。犯人は満鉄工場勤務の、若い技手だった。泥酔していた。その頃は悪病のように、日本に赤い思想が蔓延しかけて、満洲へもその分子が毒子を伸ばしかけていたので、てっきりその一人と睨んだのだが、調べてみると、これはそうした危険分子ではなく、まったくの酔漢で、門前や、庭内の燈光を料理屋と錯覚し、大威張りに飛込んで、客だッ、上げろッ、名人の謡を一曲聴かせてやると怒鳴り、おつきの人々を驚かしたものと判った。

無論、本人は酔も一度に醒めはてて、恐縮に蒼くなっていたが、問題は俄然重大化して来た。軍としても、警備上の責任を考え出した。警察署長も、御警衛の怠慢を責められた。満鉄としても、責任者は何とか処分しなければならぬ。本社からは早速、取敢えず御詫びの者をよこした。しかるに、入江は殿下から、

「怪我人を出してはならぬ、万事穏便に解決するよう」

との、有難い思召を伝えられて、ただ感泣するのみだった。

失態を演じた本人は、深く誡《いまし》めて、どこか他へ転勤させることとした。

監督者も、警備、警衛の責任者も、一人として、何の御咎めもなく、事は落着した。

その男は四平街《しへいがい》の方へ転出させられた。しかるに、四平街へ行ったその男は、その後、間もなく自分から辞表を出して、どこかへ身を隠してしまった。

微々たる一下級社員の辞職隠遁など誰も問題にするものは無かった。ところが、その男が、やがて、遼陽で一流のしかも粋筋の料亭として有名な「なかがわ」にいるということによって俄に評判となった。

また、やがて、その「なかがわ」が突如として店を売り、なだいの女将が、その男（名前は沢田重助と言う）をつれて遼陽から消去ったというので、評判は更に火の手をあおられた。

料亭「なかがわ」の女将は、本名を中川せつと言って、日露戦争直前の頃、ダルニーでロシア側の大官連を手玉にとった凄い美人の後身《こうしん》であると評判されていた。

そう云えば、この女は、本稿前篇で、ロシアのダルニー建設に絡まり、大煙突築造問題などで佐藤と言う日本人技師に、敵の機密を諜報したりなどして、女ながらも、しかも売笑婦ながらも大いに祖国愛の気焔を吐いた姐さんと同じ名前ではある。

とにかく、その遼陽のヒロインみたいな中川せつが、不敬事件の主人公を養い、また突如として繁昌の店を売り、相携えて韜晦《とうかい》し去ったので、いろんな臆測や、小説化されたロマンスなどが流布された。そのうちで、

——中川せつは、士族の娘で女学校も出て居り、教養も相当あり、入江領事の謡曲熱にあおられたわけでもあるまいが、最近は熱心に謡っていた。その謡の師匠というのが、普通の職業的な師匠でなく、神戸の石炭屋さんである。石炭屋と言っても、これは有名な殿村幸吉という巨商の長男幸雄で、父の店の大連支店長として、一年の三分の一は満洲に来て居り、そしてその滞満期間中また三分の二は、きっと遼陽の料亭「なかがわ」に来て居る。非常に謡曲が達者で、かつて学生時代には関西喜多流の重鎮井上宗四郎門下の秀才だった。そうした殿村だから、中川の女将は、上等の客としてだけでなく、いつしか謡を教わる師匠としても、下へも置かぬ待遇をしていた。

不敬事件の起った頃にも、殿村は恋女房の雪子をつれて、中川の客になっていた。

ある夜、中川の裏二階で、殿村が謡い、愛妻即ち井上宗四郎師匠の令嬢雪子が鼓をうち、女将が感に堪えて傾聴しているというクライマックスのところへ、女中が飛込んで来た。いま玄関へ変な男が来て、上げてくれろ、客にしろと無理を云って困っているんです。職工らしいうす汚い身なりの若い男で、破れた靴を穿

いています、と言う訴えなのだ。

　感興を、むざんに叩き破られた腹立ちまぎれに女将は、そんなやつ摘み出しッちまやいいじゃないかと、憤然として玄関へ駈出してみると、なるほどお粗末な兄ィが立っている。

「おまえさんかい、因縁をつけて、脅迫がましいことを、言ってるのは」

「因縁などつけてやしない。ただ、客にしろと言ってるんだ。なぜ侮辱する。上げてくれたらいいじゃないか」

「ほほほほ、ちょいとお前さん、ここのうちィ登って客になろうというには、およそどのくらいのお金が要ると思ってるんだい」

「いくらって……酒二、三本と刺身か何かでいいんだ」

「うちのお刺身は一きれ百両だよッ」

「なに！」

「驚いたかい？　百両や二百両で驚くような兄ンちゃんの行く家は、この裏通にいくらもあるじゃないか。おかどが違うよッ。口惜しかったら百円紙幣を一枚でも持っといで、そしたら、このあたしが、判官おン手をとりたまひでちゃんとお酌をして飲ましてあげるんだ。ふン、この女将さんを見損ったね、場ちがい野郎ッ、うちの板場にゃね、内地におてんとさまの無い兇状持が五人もいるんだよ。おい！　だれかこの野良犬に水をぶッかけて、追出しておしまいッ」

言いすてて、彼女はもとの裏二階へ引きあげた。

小《こ》袖《そで》曾《そ》我《が》である。

〽祐成《すけなり》は、かくとも知らで時致《ときむね》が、時うつりたり事
　よきかと、中門を見やりつゝ、はやこなたへと招
　けば
〽招かれて山のかせぎ
〽泣く泣く来りたり。打たれても親の杖、なつかし
　ければ去りやらず、去りやらず……

　秋の燈明るく、「なかがわ」の裏二階は再び、謡の声も冴え、鼓の調も冴えて、感興まさに酣《たけなわ》なるとき、だしぬけに、鶏群を叱る鶴の一声とも想われる、朗々としてまた荘重な謡の声が、路地隣の二階から、追撃砲を打ちかけるように、迫って来た。

　はッとして、流石《さすが》の殿村も腰が砕けて声を呑んだ。完全に撃滅されたのである。

　隣家は「うろこ」という安手の大衆料理屋だったが、そこの二階の一室、殿村の部屋と空間一間ばかりのと

ころで、名人調子の凜冽《りんれつ》たる謡声が、浮世の塵も沈むばかりに、四辺を圧して響き起ったのだ。

しばらく茫然として、耳を傾けていた殿村と妻の雪子は殆ど同時に、

「あなた！」

「うむ、あの調子は」

「重助さん……」

「沢田だッ」

と、顔を見合せて蒼くなった。

こちらの気勢が崩れると、向うでも、やがてぱたり！とやめて、それから一としきり、めちゃめちゃに飲んで騒ぐ様子だった。

女将は若い者に命じて「うろこ」を出てくるその客を見張らして置き、自分は裏二階からその客の騒ぐ座敷を、じっと注意していた。

一時間も経つと、どうやら帰りかける気配がした。それ！と玄関へ知らせ、見張り人の報告を待っていると、

「出ました。あいつですよ。おかみさんが先刻啖呵《たんか》を切って、この玄関から追ッ払った風来坊みてえな職工野郎ですよ」

「えッ、どうしたえ？　それが、ここへくるだろう」

「そいつが、さアッ、これから、なかがわへ行って、百円札の札びらを切ってみせるぞ、と怒鳴りながら、見当違いの、師団長官舎の方へ、泥ンこでふらふらと行っちまいましたよ」

沢田重助という男は、方角をとりちがえて、勿体なくも宮様の官舎へ、百円紙幣をふりかざして酒を飲ませろ！　客にしろ！　と怒鳴り込んでしまったのだ。

沢田重助は神戸で、殿村幸雄と小学校から中学校までの同窓同級で、しかも同じく、井上宗四郎を謡の師匠に持つ天才だった。

師家の令嬢雪子と重助は、十五、六歳の少年時代から相思のなかで、ついに婚約の関係にまで進んでいたのだが、成人するにつれて、雪子は重助を避けるようになり、ついに殿村と婚約してしまった。

失意の重助は、父母の死後、財産を蕩尽《とうじん》して、流浪の生活に入り、中国、四国、九州と流れたはてを、満洲に渡って職工となっているのだった。

謡は、「なかがわ」の女将に言わすと、殿村さんよりはあの風来坊の方が、段ちがいにうまかった、うまいというよりは凄かった。人の心を怪しく慄えさすよ

うな魅力があって、何だか気が遠くなるようだったそうだ。

中川せつは、殿村夫妻に絶交状を叩きつけたそうだ。それから、店を売って、大連へ沢田重助をつれて去った。

大連で彼等は夫婦となり、持っていた金は料理屋を売った不浄の金だからというので、関東庁へ献金し、二人はまたどこかへ――大連から姿を消して行った
――

という、この伝説が、当時遼陽では、一ばんにまことしやかに評判された。

入江は、やがて日支国境の関門安東県《あんとうけん》に転勤を命じられた。

「朝鮮と支那の境の鴨緑江《おうりよっこう》」はその頃、複雑微妙な政治的性格を孕《はら》んでいた。

安東領事館管内には、多くの朝鮮人が生活している関係上、安東領事はまた、朝鮮総督府の事務官をも兼務することになっている。

入江は鴨緑江の上流地域へ出張した。その目的は不《ふ》逞《てい》鮮人問題で、支那の地方官憲に日本の主張を徹底諒解させることと、も一つ、辺土の隅に、故国を遠く国境警備に生命を曝している領事館巡査と朝鮮総督府巡査と憲兵とを慰問するにあった。

上流地方――長白《ちょうはく》、輯安《しゅうあん》、臨江《りんこう》――三県下のあたりは、所謂不逞鮮人なるものの出没跳梁が烈しかった。朝鮮の軍隊、警察に追詰められた彼等は、すぐに江を渡って、河向いの外国へ逃込む。そこは、山また山の未開地支那である。

辺土に職を奉ずる知県、巡警局長、その他の支那側官吏は、彼等の贈賄やいろいろな籠絡《ろうらく》手段を甘受し、その不逞な行動、計画を暗に庇護したり、又は少くともこれを見逃したりしている。

不逞の徒は、ここを日本警備の治外法権地域として、大いに利用し、機を見てはまた、水を渡って北鮮に入《い》り込《こ》み、あらゆる不穏の行動を試み、平和の民を惑乱して廻るのだ。

安東の日本領事から、それら三県の県長に鮮人逮捕引渡し方を厳談に及ぶと、政治犯は別だという理由で、どうしても日本側の交渉を受容れない。東辺道《とうへんどう》の王道尹に厳重な処分を要求してみても彼の威令は決して奥地の官憲に行われていないのだった。

直接現地に乗込んで工作するよりほかに方法はなかった。思い切って入江が出張する所以はここにあったのだ。

関東庁の巡査と、朝鮮総督府の巡査と、憲兵と、護衛隊二十数名を加えた大冒険の一行が進発した。

鴨緑江は、旅人の遡航出来る川ではなかった。陸路は無論通じていない。しかたなく、一たん朝鮮から北鮮の山を分け、恵山鎮《けいざんちん》に出て、そこから江を越して長《ちょ》白県《うはくけん》に踏込んで行った。

――筏節《いかだぶし》うたひながらに早瀬を越せば、谷間の鶯つれて啼く……

春である。大アリナレの最上流である。若い領事は旅愁にうるむ眼をあげて、悠久千古の原始郷を眺め廻した。

幽古深祕な、山、山、山――地球の表皮の、夥《おびただ》しい起伏凸凹。千古斧鉞《せんこふえつ》を知らぬ大森林のはてしもなき連続。人間は、ここでは、もはや渓谷に蠢《うごめ》く小動物に過ぎない有様だった。

青い空と、暗い谷と、白い流れと、林間の花の色々が、すき透るように鮮麗だった。

夥しい樹木の種類だった。

――白楊（チョウセンヤマナラシ）、檀未（オノオンカンバ）、黄蘗木（ギハダ）、楸木（マンシュウクルミ）、白樺（シラカバ）、杉松（エゾマツ）、楡（ニレ）、紅松（チョウセンマツ）、落葉松（ダウリヤカラマツ）、楢（マンシユウミズナラ）――渓谷を埋める流木。筏、筏の上に小舎を建て、妻子を養い、葱や菜を植え、鶏や豚を飼っているようなのがあった。彼等は江上を流れ下る生活を、何ケ月も送って、谷間の花、谷間の鳥、谷間の季節を友に悠々と、筏流しの歌を唄いながら、世界の交通路へと出て行くのだ。

自然……まったくこの大自然に生命を委せ切った人生の姿を見せられた。

谷の向うに重畳《ちょうじょう》する山波を圧して、一きわ荘重な紫の高山があった。

「あれが、清朝の始祖を生んだという伝説のある噴火湖を頂上に抱いている長白山《ちょうはくさん》であります」

と、一人の巡査が入江に教えた。

渓谷沿いに進む一行の中ほどに入江が歩き、そのすぐうしろに、安東でも、形影相従う忠実な国吉巡査が、八方を警戒しながら歩いていた。

一発！　銃声が谷の空気を引裂いた。

——ぶすッ——という弾音と一緒に、国吉巡査が、

「あッちくしょう！」

怒鳴って右手で、右の耳を押えた。

「どうした？」

一歩戻る入江を、国吉巡査は左脇に庇護して、右方の山の高い稜線へ顔を仰向けた。荷車の蔭に折敷いて、銃に照準をつけていた一人の憲兵がある。これも稜線の一点を狙っていた。

——だァん！——

稜線を空へ、一間も飛上って、鳥のように両手を拡げながら転落する人影があった。

国吉巡査は、耳朶から、血を滴しながら入江に言った。

「帽子も、服も、今夜から服装を更えてください。あなたを狙って撃ちゃァがったんです」

入江は背筋に寒いものを感じた。

「何しろ入江領事の首にゃ、二十万円の懸賞がついているそうですからね」

憲兵隊長が、真面目な表情で言う。入江はそんなことは初耳だった。

「へえ！　ほんとかね、それは」

「ほんとですとも、有名なもんですよ。御存じなかったですか？」

「知らないね」

「のんきだなァ、ちゃんと独立団とか、無政府党とか、そんな不逞団から発表されて、支那人だって、それで一儲けしようという組合をつくっているやつらがいますよ」

二十万円！　大金である。自分の肉体、生命に、三円の価値もあるとは想わなかったのに、一躍二十万円だ。人間もその地位によって価値が生じたり、消失したりするものだ。

入江はそんなことを考えながら、険岨な山路を辿った。

佗びしい山間部落の、支那人戸毎に、紙へ紅い丸を描いた即製の日本の国旗が差し出されてあった。

支那の役人たちも、この二十万円の懸賞の主体が乗《の》込《こ》んで来たので、もし間違ったら、日本側と面倒が生ずることを心配して、充分に注意して歓迎させ、接待と警護に万全をつくしているらしかった。

「二十万円という金額は、しかし大金だが、そんな資金が、不逞鮮人の団体で間に合うわけはなかろう」

入江はそこに不審を抱いた。

「それァ何ですよ、バックがあるんです。奴らの後援者がいるんです。安東の旧市街にいるアジア洋行のスミスなんて奴は、何をしていやァがるか知れたものではないですからね」

国吉巡査は、眼の前にそのスミスがいるような態度で罵りながら、カッと唾液を吐きとばす。

そう言えば、安東の支那人街にある大きな貿易商アジア洋行の主人スミス（仮名）というのは実に厄介な存在だった。

スミスはイギリス人で、多年上海にいたが、安東へ進出してからでも、既に大きな勢力を支那人の間に張っている男だった。

上海のフランス租界にある朝鮮の独立偽政府の組織と維持に大きな援助を与えたのもスミス一派であり、また在満洲の独立党との連絡機関を買って出ているのも彼だった。

臨江県《りんこうけん》の帽児山《ぼうじざん》という山の町では、民間の有志らしい支那人や、子供たちが、日の丸を振って途中まで迎えてくれた。

その先導には県長がいた。さすが儀礼の国とは感じたが、すぐまた、外国の領事がこんな奥底の国境にまで出張してくるという事件を、よほど重大視しているのだと思うと、何となく気の毒な感情も起った。

宿は町の有力者らしい家を一軒空けて提供されてあった。

山国らしい材料で、最大級の晩飯が馳走された。

食後県長と入江とは早速会談に入って、厳乎たる要求を、入江の方から突きつけた。

「何しろ情勢が険悪でして」

「治安が最悪の状態にありますね、もすこし何とかなりませんか」

そんなことを言い合っているところへ、慌しく足音を乱して、護衛の者が飛込んで来た。

「いけません！　いま、不逞鮮人の一隊約五十名ばかりが、騎馬でこちらへ襲撃に向っているという情報です」

「それは大変です、困ったことです」

県長は顔色を失って突っ立った。

「すぐに県の当局と交渉しまして、こちらから攻撃するように準備して居ります」

「よし！」

と、入江は力強く答えて、卓上の茶を飲む。

地震？　と、ふと驚いた。卓上の花瓶の小米花《こごめばな》が、微かに細かく震動している。

――あ！　そうか――気がつくと、おかしくなって来た。県長閣下の肢体が卓子の向う側で、微かに細かに慄えているのだ。震源地が判ると、入江は安心して、会議を進めようとしたが、県長はもう気もそぞろの態で、そわそわと落ちつけないらしかった。

「とにかく、領事さん、あなたにもしものことがあっては、何とも申訳が立ちませんから、私の宅へ御案内いたしましょう、いますぐお移り願いたいです」

やがてそんなふうに言い出した。

「いや、御厚意は有難いですが、大丈夫です。私の護衛は僅かに二十人でも、鼠賊どもの二百人や三百人は手軽く撃滅してしまいます。それだけの装備と訓練とをもっているのですから、心配は不要です」

「そうですか」

と言って、県長は急に明るい顔をしたが、

「それでは、私は今晩夜通しして、ここで閣下をお護りいたすことにしましょう」

と言い出した。自分の官邸にいるよりも、ここで日本側の警備の内に抱かれている方が安全だと思いかけているらしかった。

「いえ、そんなにして頂いては恐縮です。あなたも千金の御軀でいらせられる。どうか一刻も早くお引きとり下さい」

ちょっと意地悪を言ってみたくなった。

県長は泣顔になって、一所懸命にここにいますということを主張する。

どこか遠くで、かすかに二、三発の銃声がつづいた。

「ああ！　なんたる悪日でしょうか、きょうと云う日は」

県長は声の調子を狂わせてしまった。

「ですから、お帰り下さい。すぐに送らせましょう。お供を呼びましょうか」

立ちかける入江を、飛びかかって押えつけた県長は、

「この卓子の下が安全です。この下で一夜をあかしましょう。さァどうぞ」

と言いながら、入江を先に押込もうとする。入江は笑って、ソファの上へ横になり（勝手にしろ）と思いながら、すぐに眠ってしまった。

支那領の側は、断崖絶壁を鴨緑江に切落しているよ

うな地勢だった。

流れも強く、烈しく、両岸の奇岩、怪石を噛んで、白鳥のように走り、怒吼して滝の如く跳《おど》り落ちて行く。

不逞団を遠く山の奥まで追討ちして置いて、その翌朝は、帽児山街から対岸の朝鮮へと渡る。

舟は高瀬舟という、底板が固定してなく、スライド式になっていて、激流の浅瀬で、岩や石に触れても、うまく緩衝するようになっているものだった。

支那領と、日本領と——朝鮮側から支那側へ——支那側からまた朝鮮側へ——と、一行は鴨緑江をジグザグに下って行った。

所謂「谷のうぐいすつれて啼く……」と唄われる絶景の中心を舟は矢のように走った。

手に汗を握り、足の指を蝮《まむし》にし、頸を縮め、肝を冷すような難所を越すと、その次にはきっと蒼く漫々とした深淵が渦を巻いているようなところがあった。

峡谷に反響して、暢々《のびのび》と、心のうちが涼しくなるような美声が流れてくる。筏流しの鴨緑江節なのだ。

哀調嫋々《じょうじょう》として、霧の如く、霞の如く、両岸の春に溶けて行く。

酒席で、芸者などが、三味線にごまかして口ずさむ鴨緑江節なるものの、いかに濁って汚ないことか。

ここに来て、この境地で、大自然と闘いながら唄う、日本の男の歌——ほんとうの鴨緑江節は襟を正し、泪を押えながら聴く唄だと感激させられた。

朝鮮側の、中江鎮《ちゆうこうちん》という佗びしい部落に着いた。まだ午まえだった。緑の風に日の丸が揺れ渡っていた。

西北のはての、日本の国境街であるこの中江鎮には、国家の犠牲として、不便な荒涼たる生活と戦う同胞のために、小学校や、郵便局などもあった。

荒い烈しい気候。野蛮未開の疫癘《えきれい》。不逞の鮮人と、殺伐な馬賊。国境の嵐に毅然として深く挺身し、治安の大任に黙々として辛酸労苦の限りを舐めつくしている国境警備の尊い犠牲に、入江は粛然として頭のさがる気持だった。

(妻もつゝとり応戦す……)と歌われる、その泪ぐましい生活が眼の前にあった。

「ごくろうさまでございます。何ともお礼の言葉もございません。あなたがたのこの奉仕に対して酬いることの極めて薄い待遇——また貴君方《あなた》の御苦労を夢にも知って居らぬ内地国民の不徳。何とお詫び申し上げていいのか……」

入江はそういう挨拶に、冷汗をおぼえながら、貧しい警官の家を戸別に訪問して廻った。いささかの手みやげ、キャラメルや、婦人雑誌などを配りながら。

夜半の襲撃をうけて、戸外に応戦する夫へ、弾丸や、握り飯を運ぶようなとき、手足まといに泣き叫ぶ愛児を、柱に縛りつけて働いたという某巡査の妻や、また負傷した夫に代って、襷がけ、うしろ鉢巻で、夜が明けるまで戦ったという、或る巡査の妻や――

そうした人々と、一々手をとり合って、謝罪するような挨拶を述べた。

内地の匂いが懐かしいと言って、僅かな土産物を胸に抱きしめて、はらはらと泪をこぼすような、巡査の妻たちの姿を見ていると、入江の瞼も、いつか熱い泪に霑《うる》んでくる。

そうした婦人の中に、一人意外な女性がいた。

「まアまア！　おなつかしいやら、お恥かしいやら」

そう言う女の顔を、入江は茫然と凝視していた。

「もうお忘れでしょうか？」

粗末な服装の、やつれた顔に嬌然とした微笑が浮んで来た。

――どうも見たことのある顔だが？――

油気の無い、無造作な束髪の襟脚を流れる線に、場所柄にも、身分柄にも、不似合な美しさが残っている。

「はてな？」

「あの、遼陽でお世話になりました。沢田重助の妻でございます」

だが、そう云われても、まだ得心が出来なかった。

「沢田？」

「いつか、恐れ多い不逞を働きました。あの師団長の宮様へ、夜なか、酔っぱらって、おやしきへあばれ込んだりなど致しました、あの」

「おお！」

「私はあの男をつれて逃げました中川せつでございます」

もはや嬌然たるものも、艶然たるものもなかった、両手を揃えて、おくれ毛を乱した頭を、入江の前に下げている一巡査の妻。

それが、あの料亭「なかがわ」のなだいの色年増の女将――

「これは意外だ。実に奇遇だね。そうか！　いやどうも、しかしよく無事でいてくれましたね」

こんなに驚いたことは、彼の一生にちょっと憶《おぼ》えがない。

「じゃ、あの満鉄工場の技手だった沢田君は、その後、それから警官になったのですか?」

「はア、四平街《しへいがい》の方へ転勤になったのですが、あのままでは、勿体なくて、どうにも良心が宥《ゆる》しません。私がやめさせて、思い切って、こんな地球の裏側みたいなところで、罪ほろぼしの御奉公をさして貰っています」

「罪ほろぼしと言って――別に罪はうけなかった筈《はず》だが」

「さ、そこが勿体ないと申しますところなので、宮様の有難いお言葉で、怪我人を出すなと仰せがあったとか――その有難さを、臣民として、へいさようですかと、涼しい顔でおうけして、うけっぱなしで、すましちゃいられないじゃございませんか」

「うむ」

「それは私が悪かったのです。あの事件の原因と申しますのは、この私にあったんです。私があの人を憤らして、ヤケ酒に酔っぱらわせ、戸惑いさせて、畏れ多いところへ迷い込ませた仕儀なのでございます。ですから、私どもは死ぬるのがほんとうなんでございますけれど、ただ死んでしまったのでは、有難い御恩をおかえしすることにはなりません。ほんとに心の底から、忠義を致したいものだと、いろいろ考えましたあげくが、この国境警備の御奉公でございました。ここで、こんなにして、一本の柵の木が朽ちて仆れますように、あの男が犠牲となって死んでくれましたら、それで私どもは、日本帝国の臣民として、やっと一人前の人間に浮かばれるだろうと存じまして」

泪を最初は何とかごまかしていた入江も、ついに堪らなくなって、ハンカチを絞るばかりに泣かされてしまった。

「沢田が居りましたら、是非御挨拶を致させますんでございますが、昨日から三里もさきの淋しい流木場へ警備にまいっていまして、残念でございます。せめて何なりと一筆お願い致します」

おせつは墨を摺《す》り、沢田の羽織を出して、裏を返した。肩抜きの白羽二重へ、何か書いてくれと手を合わすのであった。

「よし! 書いて行こう」

入江は筆をとった。

――重助は男でごんす山ざくら――

一気に書き流して、

「おかみさん！」

「まァ！　おかみさんなどと仰有《おつしや》っては、すっかり忘れていました昔を、想い出すじゃござんせんか」

と、これもあでやかな昔の笑い顔をみせる。

「この羽織と徳利の別れだ。ねえ、おかみさん、酒はありませんか？　とんだ赤垣源蔵だが」

「ああ、ございます、うれしいのねえ」

いそいそと起って、奥の間も、次の室もないバラックの、勝手戸棚から四合壜に半分ばかりの残り酒と、コップを二つと、牛缶の口を切ったのを、木地《きじ》盆《ぼん》にのせて来た。

「これが精一ぱいのところでございますよ、旦那」

別に恥じるふぜいもなく、容《かたち》のいい口もとに微笑を綻《ほころ》ばす。

「いいとも結構だ」

と言ったものの、山の春にいて、なんだか蕭条《しようじよう》とした秋の感じだった。女として満洲の中原に君臨した女王とでも言うべき、気を負って、豪華な営業の主人だったものの、これが、その後の生活なのか！

「さ、注いで下さい。一つはその羽織に供えて――そうそう」

入江は羽織の前のコップに、自分のコップをそっと触れさせて、一気に、ぐっと飲む。

「今度は、もう少し下さい。おかみさん、それを、御主人の代りに、そう、乾盃」

眼をつむって、半分ばかり飲んだコップをしたに置くと、おせつは勝手の方へ行って、物陰に入り、しばらく出て来なかった。

外には、一行のものや、土地の官民が五十人も待っている。

一巡査の妻と、しかも主人不在の家の中で何をしているかと想わせるのも面白くないと思い、入江は起ち上った。

「さア、行きますよ！」

「まア、ほんとに失礼申しまして」

出て来たおせつの顔をみて、はッとした。彼女は泣いていたのだ。

「ほんとに、あなた方の御奉公には、心の底から頭がさがる。入江は謹んでお礼を言います。どうか御主人によろしく」

「有難う存じます！　もはや二度とお目にかかれます

ことか、どうだか」

「そんなことはない。早く出世なすって、また大通りの方へ出ていらっしゃい」

「いいえ、ここで討死と、夫婦とも固い決心をいたして居ります」

と言ったが、入江は胸が塞がって言葉も出なかった。もうお座なりなど言う気もしなかった。

「日本女性は尊いなア！」

「お恥かしゅうございます」

「では、御主人によろしく」

つと外に、身を翻《ひるがえ》すように出て行った。

「あの、ちょっと、お待ちなすって！」

追って出たおせつの手に、コップが二つと、残りの酒を持っている。

「ついでのことに、これを乾して行ってくださいまし、御迷惑でございましょうけど」

「ああ、頂きますとも」

酒は、二つのグラスに、なみなみと一ぱいあった。

山桜の散る江岸の渡頭《ととう》で、領事と巡査の妻とが、高く酒杯を差し上げた。


激流——というよりは奔流だった。むしろ滝に近い怖ろしさである。その流れに奇岩、怪石が、無数に聳立して、流勢を阻み、狂乱させている。

右手は支那側の臨江県《りんこうけん》で、一帯が一つの大山塊かと想われ、江岸は四、五十メートルの断崖絶壁を連ねている。絶壁にはところどころ白糸を懸けたような滝がかかり、白や鮮紅の花が点綴して、蒼古《そうこ》豪華《ごうか》な屏風の絵を見せているのだが、それを心ゆくまで鑑賞して下る余裕などはなかった。命がけで皆全肌に粟を生じながら、手や足の尖を固くしていた。轟々と天に吼える大水声の中で。

一行は二隻の高瀬舟に分乗していたが、入江領事は後の舟だった。

領事歓迎の日の丸を立てた支那人の筏が、船のあとから流れ落ちて来た。まったく、うしろの高いところから、滝に乗って落ちかかってくるほどにも凄い勢いだった。

「危いッ！」

と叫ぶ間もなかった。筏は矢のように、高瀬舟の左舷に平行して飛んだ。

入江に密着するような体勢で、中腰になっていた国吉巡査が、このとき、俄に、だッ！　と三尺も飛びあがった。きらり！　と、同時に刀を抜いて——その、左舷に並行して来た支那筏へ飛移ったのだ。

「あ！」

入江が駭《おどろ》いて起ちかけたとき、国吉巡査はもう飛びこみざまに一人の支那人を斬りつけていた。

筏の上は忽ちにして惑乱動顚の極だった。二、三人、不意の剣光に驚いて、激流に落込んだものもあった。

入江たちの眼の前へ、ぐうッと巨巌がせり上って来た。急流のまん中に突っ立っている奇形の巌だった。舟も筏も駭きと叫びを乗せたまま、その巌に叩きつけられて飛沫の中へ、木ッ葉微塵に散り砕けた——か！　と眼を塞いだその瞬間、舟の左舷に烈しい擦過《さつか》の音響と動揺を感じた。巌を投込んで来たように、国吉巡査が、舟へ飛び戻った。

すべてが、あッという一瞬の出来ごとなのだ。やがて、舟は二隻とも、絶壁の下の蒼く、暗く淀んだ深淵に辷り込んで、地震のあとの静けさに、ちょっと停止した。

みんな深い呼吸を吐いて、生き返ったように顔を見合わせた。

投げつけられたように飛込んで来た国吉巡査は、

「失礼しました」

と、平静な言葉つきで、入江の前へ這いよって来た。

「や！　なんだ？　それ」

誰かが、悲鳴のように叫んだ。

国吉巡査は、血まみれの拳銃を握りしめた一個の手首を摑んでいるのだ。

「これを……」

と言って、国吉巡査は、さすがに息切れがするらしく、血まみれの手首を入江の前へ投げ棄て、舷側から水面に顔を突き出し、川の水を一口飲みこみ、ああ！　と言って、口のまわりを、血のついた手で拭きながら、

「そのピストルが、入江領事を狙っていたんですぞ！」

と、みんなを叱るような語調で言った。

「支那人か？」

と、入江は蒼くなって訊いた。

「いいえ、二、三日前から、この一行を狙っていやがった不逞鮮人《ふていせんじん》です。そいつを私も狙いつづけて来たんだ。支那人に化けて——変装です」

その支那筏なるものは？　これはもはや川の上には影も形も見当らなかった。

入江領事の冒険巡撫《じゅんぶ》は、無事にその目的を達したが、その後の領事館が、決して無事だったとは言い得ない。

国境線は、不逞な連中の蠢動《しゅんどう》を織交ぜて、二重にも三重にも複雑な形相《ぎょうそう》を、アリナレの水に映した。

安東警察で、三人の朝鮮人を捕え、取調べの結果、彼等一味は二十万円の懸賞金に釣られ、入江領事一行の旅行に、ずっと支那人に変装して附け狙ったのだったが、遂にその目的を達することが出来なかったのは、残念の至りだが、これも、国吉という巡査が警戒頗《すこぶ》る力《つと》めたからだ。怨み重なる国吉巡査は、遠からず彼等一味の手で、その末路へ案内されるだろうということを自白した。

果して、その国吉巡査はハルビンに転勤すると、間もなく、彼等のために斃されてしまった。

日本領事館を爆砕するという計画も、彼等は考えていた。

或夜、午前二時頃——領事館の建物が、敷地から揺り下げ、揺り上げられたような震動と轟音の中に埋まってしまった。

「そら来たッ」

入江は絶叫して刎起《はねお》きた。手早く着更え、棍棒を両手に握りしめた。

爆音は、たしかに応接室のあたりらしかったが、それっきり、しいんとなって、つづく物音も無い。

彼は応接室へと、足音を忍んで接近した。応接室も外部からは何の変化も感じられなかった。戦《おのの》く胸を押鎮めて、そっとドアを細目に引開けたとたん、中が一めん濛々たる爆煙に埋まっていることを発見した。

そこへ、守衛や館員が、みな顔色を変えて駈けつけた。

「や！　大変だ」

一歩踏込んだものが、慌てて飛出した。

「敵は？」

「いないようですけど」

「灯を持って来い」

すぐに、コードを繋いで、廊下の電燈を引込んでみた。

「大変な土だ」

「土？」

「土臭い——これァ土埃です」

「あッ天井だ！」

要するに、土塗りの天井全面が、天候の関係で墜落したのであった。

「落ちつけッ！　慌てちゃみっともないじゃないか」

と、一同をたしなめた入江は、ふと自分の手に握っていた棍棒に気づき、カアッと心の底が熱くなった。

不逞の徒を後援して、いつも反日的に、日本の官憲を愚弄する傲慢不遜の英国人スミスが、日本領事館は、壁が落ちても腰を抜かすのだなどと悪口していることが、こちらへ知れて来た。

肉をくらい、血を啜《すす》ってやっても飽き足らぬ奴であるが、何しろ日本の領域外一歩、支那側の旧市街に大貿易商の看板を掲げ、隠然たる大勢力を張っている男なので、入江も手をつけることが出来なかった。

なんとなく恐英病に罹り、イギリスと言えば、頭の上《あが》らぬその頃の日本であることを、彼はいつも考慮に入れて行動した。

凍結の冬が近くなって来て、不逞の徒の策動に都合のいい時期が迫ると、スミスは怪しからぬ行動をとり始めた。

日本側で摑み得た確証によると、彼スミスは、自分の汽船を、しきりに上海―安東間に運航させて、夥しい爆弾や火器を密輸入し、旧市街の支那商店を通して、盛に鴨緑江上流方面の、独立党員に供給しているのであった。

支那の官憲に抗議し、取締りを督励してみても、このイギリス人には、やはり手がつけられないらしかった。

不逞の運動を絶滅させるためには、その培養基地たるスミスを、断乎覆滅《ふくめつ》するより他に方策は無かった。

入江は敢行の肚をきめた。対岸朝鮮側の平安北道《へいあんほくどう》警察部と、いろいろ相談してみた。しかし、どう考えてみても、旧市街という治外の地点に在るスミスを逮捕することは出来ないし、彼の汽船を抑留して手入れをするわけにも行かない。

いかに焦ってみても、彼が、日本領、即ち朝鮮内へ踏込んだところを取押えるより以外に、取るべき手段は無いとなった。

古藤という領事館警察署長が、入江の室へ慌しく駈込んで来た。

「チャンスです！　ああついに天命です」

入江は駭《おどろ》いて向き直る。

「スミスの野郎が、いまです！　いま安東駅を、朝鮮方面へ出発しましたぞ」

「なに！」

入江も思わず起ち上る。

「まァ落ちついてください」

「君も落ちつけ」

「はァ、ところで、スミスの女房、例の日本人の女房が内地から帰って来ます。奴はそれを迎えに行くんです」

「そうか！　行ったか」

「行きましたとも！　しかも例によって旅券の査証を受けません」

「そこだ、そいつを確めたか？」

「ええ、ちゃんと構内巡査が、奴を呼びとめましてね、査証はどうだとたずねたんです。ところが奴、例の態度で、ふふンとそっくり返って、領事？　日本の査証など不必要だと、一喝して行きやアがったそうです」

「ふむ？」

「どうです、絶好のチャンスですよ。こんな機会は、もう、またと再びあるかどうかわからねえ、思い切って下さい。やッつけてしまいます」

「よろしい！」

「しめた！」

「すぐ対岸の石黒君に電話をかけて、手配をして下さい」

「はッ」

古藤は勇躍して飛出した。対岸の石黒というのは、朝鮮側の警察部長なのだ。

打てば響く対岸の警察だった。

朝鮮鉄道沿線各駅を、手配の電話が走った。

新義州から四つ目の枇峴《びけん》駅で駅詰の巡査が、指定された列車へ飛乗った。駅長は心得て発車に手加減をする。旅券を見せろ！　と要求されて、スミスは憤然とした。

「旅券に査証を受けずして、外人が日本の領土内を通行することは許されない。本官は汝に下車を命ずる」

「失礼なことを言うな」

スミスは怒鳴り出した。無法な奴もあったものだと、巡査の方が呆れ返った。

こんな奴を、こんなにまで無法に威張らせるようにした日本の外交機関は、天皇陛下に対し奉って不忠至極、国民に対して不信極まれりと言うべきだ――巡査は胸に熱鉄をあてられたような憤激に衝動して、いきなりスミスの腕を捻上《ねじあ》げた。

不逞英人スミスは、新義州の警察に拘留された。

同時に安東の領事警察官は支那側の王道尹に事件を知らせ、その諒解を得ると、一隊の警官が、物々しい勢いで、スミスの経営する店へ手入れをした。

多くの爆弾と証拠書類が押収された。そのことを京城に急報すると、朝鮮総督府から赤池警務局長が、例の鴨緑江節作者の丸山鶴吉事務官を従えて飛んで来た。

「これだけ歴然たる確証を握った以上、議論の余地は無いではないか」

入江が強硬に主張すると、丸山も言下に、

「起訴しましょう、すぐに」

と賛同した。

スミスの身柄は、その夜京城へ護送されたが、その列車とすれちがった列車で、彼の愛妻なる一日本婦人が内地から帰って来た。

朝、入江が事務に就いて、五分と経たなかったろう、洋装で三十歳見当の婦人が、彼を訪問して来た。全身から蒼白い焔を吐くかと思われるばかり、憤怒の権化と言った感じで、ヒステリックに怒鳴りかかって来た。

「あなたが領事さんでッか」

「そうです、入江ですが、あなたは？」

「なんで私の、なんでわたしの主人を拘禁しやはりましたッ」

「まアおかけください。とにかく御挨拶を交わした上で、御用件を伺いましょう」

「そんな気楽な場合やありまへん。あんたは人の主人を拘禁して、平気で落着いて居られるか知らんけど、こっちは一生懸命やありませんか」

「ちょっとお待ちくださいよ、私は安東の領事ですよ。あなたの大切な御主人を拘禁したのは朝鮮総督府の警察ですよ」

「そんでも」

憤怒の夜叉《やしゃ》は、そこでぐっと詰った。入江は、この非国民めが！　と摑み殺してもやりたいところをじっと堪えて、わざと丁寧に、

「おかけください、お茶もあげず失礼しています」

と言ったが、女は猛然として叫んだ。

「あんたが、朝鮮の警察へ連絡しやはったんやないかッ」

「左様です。日本の官吏として、出来るだけ忠実に行動しました」

「理由をいいなさい！　なんでウチの主人を、そないえらいめに会わさんなりまへんか？」

「スミスという外人はですね、国際法規を無視し、旅券の査証を受けず、しかも安東駅で注意したにも拘らず、それをも無視して、大日本帝国領土へ踏み込んだから、拘禁されたのです」

「なんです？　それくらいのこと、そんなくらいのことで、私の主人を拘禁するとは、無法の極やないでッか」

「無法ではありません。私は官吏として、有法か、無法かはよく心得ています。どんな無智なものでも、旅券の査証なしに外地を旅行出来ないくらいは知っていますよ」

「いいえ、無法です、悪意です。早く手続きして、主人を戻してくださいッ」

「お気の毒ですが、彼は旅券問題以外にもっと重大な理由があって拘禁されたのですからね」

「なんだす？　その重大言うのンは」

「それはいまここで申し上げる場合でも、時でもありません」

「よろし、もうよろし！　私にも決心があります、おぼえていなさいッ」

捨ぜりふを叩きつけ、喚き散し、嵐のように出て行った。

## 唄う満鉄

満洲倶楽部という満鉄の野球チームが、初めて東京へ押しのぼったのは、大正八年の秋十月だった。

驕奢《きようしや》のうしほ堰とめて
逸惰《いつだ》の風を打破り
祖国のために剛健の
士風をこゝに定めんと
義憤に満ちしますらをが
血潮に凝りし野球団

高らかに唄って、帝都を押歩いた。

「何だ、どこのチームだ」

都人は眼を瞠《みは》った。

「満洲の野球団だそうだ」

「へえ！　それにしちゃ、スマートなユニホームだね」

「第一日本語で、うまく唄うじゃねえか」

「似てるよ、ちょっと見たら大阪あたりのチームと間違うね」

「それア、何と言っても同文同種だもの」

そういうわけだった。

引率者は山田潤二である。団歌も彼の作だった。山田は例の四十四年組で、入江や築島などの牛耳を執っていた。

築地の精養軒で、満洲倶楽部披露宴を張った。そのときのリーダーとしての山田の挨拶はこうだった。

――今回わが満洲倶楽部上京の目的は、単に野球の技倆をくらべ、勝敗を争うためではありません。日本内地の国民諸君に、満洲に就いての観念を強く与え、認識を深くさせせんと志すものであります。国民大衆は往年、わが日本が、満洲に対し、如何に高価な犠牲を払ったかを忘れ切っています。また現在、日本の存在と満洲との関係が、いかに重大であるかを知らず、また知ろうともせず、まったく風馬牛《ふうばぎゅう》の観があります。満洲とは？　満鉄とは？　その意義、内容、実力、それについての正しい観念を持たないものが大部分なのであります。現に我々の昨日泊りました宿屋の番頭は、我々の食事を心配して、やはり味噌汁や、刺身を食べましょうかとききました。また、早稲田のグラウンドでは、子供たちが「やはり顔色が異うね」とか「ああ、やはり日本語を使ってるよ」などと感心していました。彼等は感心したでしょうが、我々は寒心に堪えませんでした。

そもそも満洲は、日清、日露両大戦において、わが帝国が、その興亡を賭し、幾十万同胞の血を灑《そそ》いだ土地であります。かのポーツマス条約の結果は、国民膏《こう》血《けつ》の代償が、あまりにも過少なりとして、焼打事件をまで敢行いたしたのでありますが、過少の報償なりとすれば、その少き報償の一部分たる満鉄は、いよいよますます貴重なる血肉の結晶として、国民の心に、珠玉の如く珍重されるべきだと想います。

わが満洲倶楽部の目標は、単に野球技術の巧拙でなく、国民の選手として、祖国のため満洲に健闘するに適する精神と肉体とを練磨するにあります。故に、わが満洲倶楽部の選手は、素朴鈍重、技術においては或いは諸子の期待に背くもの多いであろうとは思いますが、さりながら、その精神の堅忍不撓、敢為勇敢、斃れて後已《や》むの意気だけは、恐らく諸君の是認を得ることと信じます。

何卒この趣旨の存するところを御諒解下され、充分の御認識を願い、諸君の脳裏に、強く、深く、満洲及び満鉄というものを印象されんことを熱望いたすものであります……」

温顔微笑、丁寧な言辞のうちに、何となく内地の国民を叱るような意気が閃いていた。


――カアン――爽快な音が、午後の夏空に尾を曳いて、響き渡った。

みごとな、山田のロングヒットだった。とたんに、涼しいような女の合唱で、

春残雪の夕まぐれ
バットのひゞき雪を截《き》り

と倶楽部歌が、グラウンドの一隅からまき起った。

いつ来たのか、ネット裏のところに、五、六人の芸者が砂場の花むらのようにチラチラしていた。

山田のヒットが一挙に二点を入れて、きょうの練習は終った。氷水を飲んだり、煙草を吹かしたりしながら、選手たちの視線は、みな芸者の方に向けられ、口々にいろんなことを言い合っては高笑いを爆発させている。

「おッ！　お登喜も来てらア」

と、駭《おどろ》いたような言い方をするものがあった。お登喜というのは、大連に何百人もいる芸者の若手の中で錚々《そうそう》たる存在だった。

「水島！　こら、今晩奢れよ、こん畜生」

石田が、どしいんと大きな音をさせて、水島の背を撲《なぐ》りつけた。

「痛いよ」

「さッ奢れッ」

「なぜさ？」

「なぜもないもんだ、てめえとお登喜の胸のみぞ知るッてね」

村居という男が、だしぬけに、ばたンと地面へぶっ倒れて、脚をばたばたさせ、

「ああ知らざりき、知らざりき、道理で、わしを振りやアがったんだ、あんちきしょう！」

と喚きたてた。山田はこのユウモリストを引起して肩を抱いてやった。

「泣くな、お登喜って、どんな芸者か知らないが、なんだ、そんなものの一人や二人。今晩これから僕がもっときれいな妓を呼んで御馳走してやるよ」

「そうけ、おうけに」

村居はすぐけろりとして、変な言葉づかいをしながら、にたにたと笑った。

「やッ、来た来た」

「ほんとだ、やって来やがったぞチビスケが――誰だ、あの妓は？」

「お酌の鶴吉じゃねえか」

「そうだそうだ、ツウ公だ」

「おういッ、つう兵衛ッ」

「こんちは！」

半玉《はんぎょく》らしい十五、六歳の小柄なのが、八の字眉のあたりをすこし赭《あか》くして、

「すみません、むうさんお兄イさま！　そのつべたいお冷、御馳走して頂けましょうかッて？」

「いようッ、むうさんお兄イさまと来やがった、こんちきしょう！」

村居は急に、いきいきとして騒ぎたてた。

「しかし、つウべえ、いただけませんでしょうかッて――しょうかっていう言語は、これアきさま伝言詞だね。誰がいただけませんでしょうかッて言ってるんじゃ？」

「お登喜姐さんです」

俄然、みんなが騒ぎたてる。村居は正直に赭くなりながらも、突っぱなすように言う。

「お登喜ならおかどちがいだ、水島さんに頼めよ」

「あら！　どうして？」

「お登喜は水島に惚れているんだもの」

「うそばっかり」

「じゃア、やっぱり村居に惚れてるのか？」

石田がわざと睨みつけて訊く。

「はばかりさま、お登喜姐さんは水島さんにも、村居さんにも、岡惚れなんかするもんですか」

みんな毒気を抜かれたような顔をする。山田はこの騒ぎをあとに、さっさと更衣室へ引きあげてしまった。

皆まだグラウンドで、芸者たちと何か騒いでいる。山田は先へ一人でぶらぶら帰りかけた。

涼しい、水晶のような宵だった。住宅地区の戸毎の庭に、内地の季節を想わすいろんな草花が咲いている。松も、楓も、満洲に生育しなかったものが、今ではい

つのまにこうも大きくなるかと驚くばかり発育した枝葉を張っている。

榊《さかき》を大連神社に植えてみたが、うまく育たずに、何年かの後枯死した。しかし、その実が落ちて、芽生えたものが、今では活々と繁って来た。二代目は強い。この土地への適性をもって来たのだ、と誰かの言っていたことをも想い合わして、山田は血管を漲りわたる興奮に胸が痛くなった。

日本も満洲で育つ。満鉄も、満鉄マンも適応性をもって来た。しんしんと何か音をたてて発展しつつあるやに思われる。

鉄路は満蒙の曠野を蜿蜒《えんえん》と、八頭《やまた》の大蛇《おろち》のように這いひろがって行く。吉長《きつちよう》鉄道、四平《しへい》線とともに勇ましく運転事業の途に就いた。

雲のような待望だった所謂満蒙の五線路も、相踵《あいつ》いで起工される。

鞍山《あんざん》！　懸案久しく、経緯複雑した大製鉄所の溶鉱炉も、いまは亜細亜の空に、もうもうたる黒煙を吐きあげている。

近くは撫順《ぶじゆん》に大発電所を増設し、いろんな工業を興し、運河一帯の地域を大工業地区に一変しようとする計画も進められつつある。

収穫滔々、増殖無限、満鉄の前途は、わが身の前途と共に洋々として多望だ。会心に堪えぬ。

桃源郷裡夢深く
禹域《ういき》白禍《はつか》の愁あり
群羊、虎狼にゆるさじと
濺《そそ》ぎし血潮尊しや
神農草をうちてより
星霜四千民くらく
胡沙《こしや》白草《はくそう》に埋《うず》もれて
天下の宝庫声を呑む

「おおーい！」

「山田さアん！」

自作の社歌を微吟しながら行くうしろから、大勢の声が呼びかけて来た。

「お逃げあるとは、近頃卑怯でござろう」

村居が飛びかかって、肩と右腕を押えた。

「逃げはしない、先へ来たんだ。諸君が芸者どもと何か交渉していたからさ」

「おや、行くんですね」

「どこへ？」

「あれだ」

あとから追ッついた同勢は、その日の野球連の全員だった。みなで山田を取囲むようにして歩きながら、

「どこへはないでしょう」

「奢ると言ったでしょう！　村居に」

「お登喜などより、もっと美人を五万と呼んで奢ってやると云ったじゃないですか」

山田は苦笑した。

「うん、それア村居に言ったんだ。奢るとなれば村居一人だ」

「そんなのないや。リイダーが、全員のうちの一個人にだけ親切であるということは、スポーツマンシップじゃないですよ」

「そうだとも、一人に奢るも十人に奢るも——一州をとるも、八州を奪うも、誅《ちゅう》は一のみ」

「誅？　誅は無いだろう。まアいいや、じゃこれから直ぐに、松之江亭へ突撃だ——」

山田も景気よく号令した。

一座は宴会のような光景だった。芸者も七人ばかり並んでいた。

山田の前には、髪のふさふさと濃い、着物の下の妖艶な肉の線を想わすような中年増と、野球場へ来ていた鶴吉とかいった半玉が坐っている。

「山田さん！　あなたはとても、野球がおうまいんですってねえ」

酌をしながら中年増が、右の眼だけを見張るような眼つきで、山田の顔を見た。

「うまかアない、好きなんだ」

「すきこそ物の上手なれでしょう」

「ふん」

注いでやれば、黙っていくらでも飲むが、盃一つ、どうだいと言ってさしてくれるでもなく、ふんとか、うんとか、気のない返辞をしながら、膳の上ばかり荒している山田を、じっと見つめていたその芸者が、

「野球はおすきだけど、芸者はお嫌いね」

と言った。

「芸者か、いいね芸者も。君なざアずいぶん立派だよ」

「あら！　お土砂《どしゃ》の手も御存じなのね」

「君は、何てったっけ？　名前」

「そらごらんなさい。いまだに名前も知っていただけ

ないなんて、ずいぶん心細いわ」

「顔はよく知ってるよ。だけど芸者の名前なんて、およそ月並でね、どの名前が、どの面にくッつくんだか、紛らわしいんだよ」

「いいえ、あなたは薄情なのよ。それア、あたしなざア名もなき雑兵《ぞうひょう》、十ぱ一とからげの方ですけど、さッきも、お登喜さん悲観してましたよ」

「なんだって？」

「グラウンドへ行ったでしょう、四、五人で」

「ああ、だれとだれだか知らないけど、ネット裏へ来てるって、皆で騒いでたね。うん、そう言えばお登喜が来てると言い出してからの騒ぎだったな」

「そのときよう、そんときあなたはまア、何たることを仰有ったんです」

めッと、下唇を突出して、睨みつける。

「何も言わないよ」

「言いました！　お登喜って、どんな芸者か知らないが、なんだ、そんな奴の一ぴきや二ひき、もっときれいなのを、いくらでも世話してやるとかなんとか、仰有ったんでしょう」

「ああ言った。まさに言った……けど、どうしてまたそんなことが、早くも彼女の耳に入ったろうね」

「どうしてまた、あなたはそんなに憎まれ口をおききになるんです。苟《いやし》くも天下のお登喜さんに対して」

「だって知らないもの、どの人がお登喜で、どの人がお雪なのだか」

「顔をごらんになれば、ああ彼女だとお判りになるじゃありませんか」

「それを見なかったんだ、遠くのネット裏だもの」

「誠意が無いからだわ」

「誠意？　何も君、そのお登喜とかって人に誠意をもたなくちゃならない僕でもなかろうじゃないか」

「いいえ！　もたずんば、あらずんば、あるべからざるのあなたであるぞよ」

「なぜさ？」

「彼女はあなたに、もう、せんからたいへんなオカぼれよ、まったく」

「ようようッ、どうする、どうする」

「あッ、意外な得点だぞ！　これア」

左右の、お登喜失恋党どもが、一せいに盃を突出して来た。

「いまさら僕ア、お顔を拝見するよ」

村居はわざわざ席を起って、芸者と並び、つくづくと山田の顔を眺めて、

「それほどのいい男ッぷりでもないや」

と笑い出した。芸者は、憫《あわれ》むような表情を村居に向けた。

「村居さん、顔じゃないわよ、問題は。顔で女を惚れさせようなんて、それほどの顔が、この連の殿方の中に、果してありますか？」

「まいった」

村居は後へぶっ仆れて、そのまままくるりと返って席に戻る。

「君は痛快なことを言うね、失礼だが、何という名前だい」

山田は真面目な態度で訊いた。

傍から誰かが、

「ほんとにその女史を知らんですか、駒吉姐さんですよ」

「そうよ、ほんとに失礼だわ、婦人に対して――しかし山田さん、いいえ諸君！」

駒吉は、俄に両手を拡げ、演説調子で、

「山田君が、そもそもお登喜女史に恋いしたわれる理由はじゃねえ、それそのウ、彼山田の人柄にあるのじゃよって、みめやかたちでは絶対にないのじゃ。よろしいか！　山田君が、この駒吉ほどの美人の名前を知らんちゅうことが、われわれ女性としては、かえって面白いのじゃ。私はよろしい、かの有名なるお登喜女史を知らんちゅうに至っては、いよいよ言語道断に面白い。おそらくお登喜女史は山田君の、そう言う失礼なような男らしさに惚れたんじゃろう。こう言う拙者だって、そこにやっぱり惚れるわね、ごめんなさい」

堂々として、いま大連で飛ぶ鳥をおとす勢いの、中西副社長の口吻《くちぶり》を真似ていたが、結末は妙に赧《あか》くなって、吹出してしまった。

「判った、よく判った、実に……」

すぐ感激する性癖の村居は膳の上から、駒吉に握手を求め、

「僕、もはやお登喜に対する恋を断念して、潔く山田先輩に譲ります」

と、冗談らしくもない口調に力をこめていった。

「僕もあきらめたア」

水島がにやにや笑う。

「俺も、やめたぞ」

石田がそう言って、ぐっと盃を乾した。

「おや！　君も惚れてたのか、怪しからん」

村居が開き直ると、石田も冗談だか、本気だか、急に向き直って、

「怪しからんとは何だ！　失敬な」

と怒鳴りつけるのを、駒吉がまた、両手を拡げて制止した。

「これこれッ、興奮するんじゃないの！　よく冷静に、私のいうことを聞きなさい。よろしいか。彼女即ちお登喜の君はですね、今後おそらくは、なみのお座敷へは現れませんよ。お気の毒さまだけど、すでに、今夜こよいをもって偉いお方の、つまりその、中西副社長閣下の、アレとなりぬるぞよ。アーメン」

一座は、へえ！　といった空気で、ちょっと静かになってしまったが、やがて村居が、虎のように吽り出した。

「ううむ！　やりやアがったな、政友会め」

水島も怒鳴った。

「見さげはてたお登喜だ！　貞操を政友会に売りやがって、中西は満鉄の敵だアッ」

「叱《し》ッ」

山田はそれを制して、また、

「商女《しょうじょ》は知らず亡国の恨《うらみ》……さア、僕は帰るよ」

と言って、サッと席を起った。

それから一月過ぎた。透徹清明な満洲の秋空の下で、興業部庶務課長兼総務部外事課長の山田は相変らず愉快に、若い選手たちと野球に熱心だった。

仕事にも熱中して、調子よく働けたし、家庭もまた楽しかった。夕ぐれの町を、グラウンドから我家へと急いでいると、横丁から二、三人の若い声で、社歌を朗々と合唱してくる。

聖図悠々はてをなみ
歴史に活きむわがさだめ

「あ、今晩は」

「今晩は、課長さん」

彼等は夜学に通う給仕たちだった。夜学校は彼が総務部文書課長の頃設立し、よく面倒を見たものだった。

「みんな勉強したまえよ」

と言ってやると、

「はい」

「はい」

と、可愛らしく、活発にお辞儀をして行った。

ふと、反射心理のように、中西副社長の顔が、お登喜の顔とダブって、瞼の裏に映像された。そして、同時に「商女とは知らず亡国の恨」という一句が心に浮んで来た。なんとなく悵然《ちょうぜん》とした気持になる。

家に帰ってみると、妻はまだ晩飯を待っていた。

「御宴会？　にしちゃ、早いお帰りね」

「うん、ちょっと、宴会っていうほどのことでもないがね、例によって膳の上のものは皆平らげて来たけど、飯はまだだ、一緒に食おう」

「そう、やっぱり待った甲斐があったのね」

「ゾンネは寝たかい」

「ええ、たった今しがた」

夫婦は愛児のことを、太陽（ゾンネ）と愛称しているのだった。

「ちょっと、おつゆを温めますから、その間におぶうをなさいね」

「ああ、心得た！」

湯の中で、何となき幸福感に胸が膨らむおもいだった。

「いかが？　おかげん」

「勿体ないような湯だ」

「そう」

「おい」

「はい」

「青淵先生の額は、まだ出来て来なかったかい？」

「ああまいっています、お午過ぎに千古堂が持って来ました」

「よし！」

灯火親しむの秋、渋沢翁の「温良恭謙譲《おんりょうきょうけんじょう》」を、北窓の上に架けて——と、床には出師之表《すいしのひょう》があるし、机の梁の上には「悠然見南山」の扁額《へんがく》——月賦の「国訳大蔵経」は、もう七、八冊も書架に金文字の背皮を輝かしている。

ああ、誰か言う、王侯富み且貴しと。俺は陋巷《ろうこう》の一布衣《ふい》、しかもまた王侯の知らざる富貴ありだぞ——

何か汁を温めている、家庭的ななつかしい匂いが流れて来た。慌てて体を拭き、新しい浴衣の上に羽織を引っかけて、茶の間へくる。

「おや！　じゃぶんとも、お湯の音がしないうちに、もうお上りンなったの？　烏の行水ね」

妻はあでやかに微笑する。

「酒は?」

「召しあがっていらしたんでしょう」

「一ぱい飲む、額の出来た祝いだ」

「まア!」

## 曇る

山田を取囲んで、四、五人の社員が悲憤慷慨《こうがい》する。みな、副社長中西清一を痛罵するのだ。

「名は清一だが、ほんとは濁一だぜ、あいつは」

「そうだ、濁一どころか、悪一だ」

「こんなことを平気で公言しとるちゅうぜ、つまり――自分は原敬《はらたかし》の懇望もだしがたく、副社長となって満洲くんだりにも来たんだ。満鉄の副社長なんて、ちっとも光栄だとも、なんとも思っちゃ居らン。いつなんどきでも、こんな地位は弊履《へいり》のごとく棄ててみせるが、ただ原内閣の存続する限りは、そうも行かンのでね――そう言うんだ。どこかで飲んだとき、取巻連や芸者の前で、昂然として言ったそうだ。怪しからンじゃないか」

山田も、そんなことを耳にしていた。苟《いやし》くも首相原敬が満鉄副社長に懇望した人物であるからには、相当な人格、識見の人物に相違あるまいと、信じようとしながらも、何となく、政党屋的な、下等な人物の臭いが烈しい人柄だった。

野村龍太郎総裁、伊藤大八副総裁――曩《さき》にこのコンビで、満鉄を喰物にしようとした原敬の野望は、満鉄魂の激発に会って、もろくも敗退、僅か半歳にして中村雄次郎総裁に後を譲ったわけだったが、大正八年の春、原内閣は再び野村をロボット社長とし、今度は中西を副社長とした陣容で、満鉄に毒牙を向けて来た。

小心、善良、無能の老工学博士野村龍太郎はすでに定評あり、ロボット社長に過ぎないが、中西はどんな仕事をしてくれるだろう? 社員の期待はそこに繋がれていた。

それが、着任早々、眼中に政友会ありて満鉄無きがごときことを言っているというのだから、そんな副社長が、満鉄伝統の精神を尊重し、永遠の利害に忠実であろうとは想われなくなっているのだ。

「原敬という奴は、ぜんたいどういう料簡の人間だろう」

「原敬が国賊なら、その乾児《こぶん》の中西も無論国賊だ。日本の血の生命線たるこの満鉄を、いまに政友会のための喰物としてしまうつもりなのだ。そんな国賊は、向うで毒手を動かさンうちに、一気に退治してしまわなきゃいかンな」

「もう既に、毒爪を露わしているじゃないか。いい社員、つまり社に忠実そうな硬骨社員は、片っぱしから馘首《かくしゅ》されたろう。即ちこれ毒爪の発露なんだ」

「そうして、これに代えるに、すべて重要なポストは、彼の腹心を入れたね」

「グレッシャムス・ロウか」

「そうなる、なりつつある」

そう言えば、中西のやり方は、まったく自分の勢力を扶植するための、それ本位の人事異動だった。露骨な、公然たる党同伐異《とうどうばつい》だった。

「去る六月の利益金処分案の如き、大いに国賊的手段を弄したと言ってよかろうじゃないか」

「そうだ、あれは、あの一事をもってしても、国賊退治の理由にはなり過ぎるぞ」

山田は、この意見にも同意出来た。六月の定時総会に提出して、無理に議決させたところの、大正八年度利益計算書というものは、その頃旺《さかん》に財界恐慌のクライマックスに在って、非常に緊縮方針を採らなくてはならないものを、中西はわざと成績の良好を装い、あらゆる手段を講じて利益金を多く計上し、それで重役賞与金を摑み取ったのだ。

村居、水島、石田の徒輩《とはい》が、野球をする意気も無くなったのか、毎日、山田の部屋へ集っては中西罪悪史を語り合っている。

「中西は密偵を使っているそうだぞ」

水島が新事実の大発見の如くに言うのを、村居が一蹴する。

そんなことは誰でも知ってらア。君を俟《ま》ってはじめて知らざるなりだぜ」

「じゃア、その密偵に、小西のやつが参加しとるのを知ってるか?」

「小西が」

「ほんとか?」

これはニュースだった。

「誰に聞いたんだ?」

「松之江の鶴吉曰くさ、小西さんは、副社長の無二の忠臣ねッ――て」

「道理で――読めた！」

「なにが？」

「小西をしょっちゅう苛めつけていた河村が、今度のあれで馘になったじゃないか」

「あ、そうか」

そんなことを言っているところへ、問題の小西が、

「実に怪しからんよ」

憤慨しながら入って来た。部屋の空気は俄《にわか》に白け渡る。

「諸君、中西副社長は、まったく怪しからんぞ」

小西は、もう一度そう言って、一座を見廻す。誰も、何とも返辞をしてやらない。

「どうしてだね？」

しばらく経って、山田が訊いてみた。

「お登喜という芸者と、某所に沈酔流連《ちんすいりゅうれん》すること、すでに二十日以上に及んどるですもンな。お登喜が好かンと言うた男は片っぱしから馘になりよるですもンな。会社の重要書類を、お登喜と荒淫の室へ持込ませて、お登喜に判捺《はんお》しさせとるですもンな」

「君は、またどうして、そんな機微を知っているんだね」

「僕はですな、僕は中西を征伐してやろうと決心しとるです。それで、中西の密偵なるかの如く装って彼に接近したです。ですから、中西の罪悪は掌中《しょうちゅう》を指すようなもンです。なんでも判ってるですたい」

「そうかね」

山田は、そうかねと言いながら、何か紙にペンを走らせていたが、

「小西君、君判を持ってる？」

と、小西の顔を見た。

「判？　持ってますけど、どうするんです」

「ちょっと、ここへサインしてくれ」

「なんですか」

と寄って来て、紙片を覗き込むのを、

「後で読めばいい。ここへ、君の名を、そうそう、それから、印を捺してくれ給え。そう、ありがとう。そこで僕が読むよ。みんなよく聞いていてくれ給え。いいか！

――密偵口述書、小西幸吉曰く、僕は中西副社長征伐の意図をもち、密偵らしく装い、欺いて接近し、彼の罪悪を社員の間に吹聴流布しつつあるものなり。右相違これなく候こと実証なり　小西幸吉印――

と、どうだい。僕はちょっと、これをもって、中西さんのところまで行ってくるよ」

「ばんざアい」

村居と水島と石田が、踊り上った。

小西は、下唇を強く噛みしめて、石のように突っ立っていた。

搭連《とうれん》炭坑を、二百二十万円で満鉄が買収したという事実に就いて、正義派社員間の憤慨は甚だしいものだった。

せいぜい百五十万円以上の価値は無い筈の搭連炭坑を、中西は独断で、しかも二百二十万円という法外の高値で、満鉄へ買収したというのだ。

誰も知らない。全くの独断専行だった。興業部長すらも相談に関与してはいなかった。山田は興業部庶務課長兼総務部外事課長である。一ばんにあずかり知らなくてはならぬポストにいながら、この法外な買収が行われるのを、最後まで知らなかった。知らなかったのは知らされなかったからで、決して彼の職務怠慢とは言えなかった。

これまったく、中西が、政友会の党利と彼自身の私利の為めに、満鉄の利益を蹂躙したものだった。

不当な値段である。百五十万円以下のものを、二百二十万円に買上げているのだ。その間に孕む罪悪――それは小児にだって推理の出来る不正なのだ。

「中西は、また内田信也《うちだのぶや》のボロ汽船を法外の高値で買収したらしいですね」

会社の帰り途で、山田は、小西幸吉からそうした情報を聞かされた。

小西は、例の、いつかの「密偵書事件」このかた、ほんとに心の底から改悟して、正義派のために、正しい情報を集めてくる選手の一人となりきっているのだった。

「ほんとうかね」

「確実です。内田のボロ船は、せいぜい二、三十万円位のものに過ぎんそうですよ。反動時代でうんと安くなっとるですから、こりゃァ内田汽船の損失を、縁もゆかりもない満鉄マンの血をもって償わしめるもんです」

内田信也と政友会――内田の政友会党員としての地位――ああそうか! と頷かれるだけに、山田の血管は義憤に緊張して来た。

「いくらで買ったのだろうな」

「なんでも二百七十万円くらいだということです」

「えッ、二百?」

山田は呆れ返った。

「まだあるですよ、ニュースは」

「へえ!」

「電化工場も二百五十万円で買収したちゅうです」

「ああアあれをね! そうすると、三つの不正買収だけで、ざっと七百万円以上だね」

自分で、そう言った山田は、慄然としたものを背筋に感じた。

「どこへ行くんですか、そっちに廻って?」

山田の足が、自宅への道から外れたので、小西が訊ねた。

「失敬する、僕ア片山さんのところへ寄って見る」

「ああそうですか、では」

小西は別れて行った。

片山義勝は理事で興業部長だった。山田が訪ねてみると、片山は興奮した口調で、いきなり、

「山田君! 僕はやめることにしたよ」

と言う。


「え?」

「会社に辞表を出す。やめるんだ」

じっと顔を見合っただけで、山田は、言うべき言葉が見出せなかった。

「知らなかった。何も、全然知らなかったよ。そんな理事、そんな興業部長があっていいかね、山田君」

淋しく笑う片山だった。

中西が、芸者をつれて病院生活をしていると伝えられた。

とにかく、赴任以来めったに出社しない中西だが、入院したというのはどうしたわけかと、山田が調べてみると、流連荒亡《りゅうれんこうぼう》の結果病気に罹ったというのは事実だった。

病気で入院しても、悪事だけは着々として遂行させている。彼の密偵は専門化したのが、二十人も活動し、暴力団も、彼を守り、彼の敵を斃そうとして抱えられているらしかった。

――地位を惜しみ、いのちを惜しむならば、あまりこせこせと副社長のあら探しなどしないがよかろう
――

そう云った意味の脅迫状が、二、三度も山田のとこ

ろへ舞込んだ。

片山理事は、ついに社長と副社長を詰問し、激論の上で潔く辞表を叩きつけてしまった。

興業部の庶務課長たる山田が、態度を決しなくてはならぬ時機が来た。

密かに関係者を訪ねて聞き、また、あらゆる文書を調べて、中西背任の歴然たる証拠を集めた。

社員の囂々《ごうごう》たる輿論も、もはや黙視するに忍びない状態となって来た。

身を挺して起とう！　と山田は決心した。満鉄の使命は重大だ。満蒙の開発経営は、国家寄託の重任であって、一日たりともなおざりに附すべからず。しかも会社の現状かくの如し。袖手《しゅうしゅ》傍観していいか！　大廈《たいか》は将《まさ》に覆らんとして居る。よく一木の支うるところにあらずとするも、ただ仆れてやむのみだ。一粒の麦となって――そうだ！　と覚悟をした。

妻子をつれ出して、金州の文廟に出かけた。

――孔聖の牌下《はいか》に、跪伏《きふく》して冥加《みょうが》を祈り奉る。義を正して、道を明かにする者、いまや不肖を措きて他に一人もございませぬ。希わくば御加護を妻子に賜えかし――

何も知らず、嬉しそうに寄添って帰る妻や、子の顔を正視するに忍びなかった。

無心の者を、犠牲にしなければならぬ。ゆるして呉れと心に詫びた。

大学を出ると、すぐに満鉄へ入った。拮据《きっきょ》十年、満鉄は自分の揺籃であると同時に、また終生安住の家でもあると、どのくらい愛し且つ信じ、頼っていた満鉄だったか。

その満鉄は、いま暴君のために、その利益と威信を蹂躙されている。

俺は満鉄を愛するが故に、奮起するのだ。満鉄を護らなくてはならぬ。直接暴力行為が襲いかかってくるから注意しろと友人たちが心配してくれる。或いはそんな危害が身に及ぶかも知れない。しかしながら、そのために、行動を中止することは出来ない。会社に忠ならんとするために軍人の如く一命をここに捨てる覚悟でやろう！

大連へ帰って、その晩飯は支那料理の第一楼ときめた。

愛すべき、犠牲者たちは、喜々として食っていた。

翌日は秋の雨が冷たく大連を濡らしていた。出社すると片山理事の辞表が一議なく聴許《ちょうきょ》されたと言って、正義派がまた憤慨していた。

　では、いよいよ俺の番だ！　と山田は秘かに下腹を固くした。

　社長は明日東京へ行くそうだと聞いた。

　――では、社長を直諫《ちょっかん》するのはきょうの日を措いて、また無いではないか、きょうだ！　これからだ――。

　山田は三十分ばかりの後、決然として社長室のドアをノックした。

## 敢闘

　政友会の傀儡《かいらい》社長と、社員間に蔑称《べっしょう》される野村龍太郎は、無気力に弛んだ提燈《ちょうちん》みたいな顔を、大きなデスクの向う側にぶら下げていた。

　温顔と云えば温顔である。兢々《きょうきょう》として山田の眼つきを見ている。

「社長！」

「まア、おかけなさい」

「社長！」

「はア、なんですか」

「非常の場合ですから、私は直言します。どうか、無礼の点がありましたら、お宥《ゆる》し願います」

「なんですか、一体」

　社長は、もう既に顔色を蒼白くしている。

「私は、あなたに対しては、従来何の怨みも、わだかまりもありません。ほんとうの白紙であることを予め申し上げて置きます。恩怨《おんえん》なしとは言いますが、でもあなたの御人格はいつも心から敬仰いたして居ります。それに、私は、あなたと同郷の、後輩であります、一種敬慕の情誼《じょうぎ》をいつも忘れては居りません」

「うん、そりゃァ私も知って居る。君は同郷のしかも有為な人材です。私は決してあなたを軽くは見て居らんですよ」

「恐れ入ります、有難うございます。そこでです。敬慕欽仰してやまざるあなたが、どうかこの満鉄社長として、あっぱれ名社長であり、万人から惜しまれるほどの、有終の美をなされて、何年かの後にめでたく御勇退あるようにと、いつも蔭ながら念じている次第でありますが」

「有難う！」

「しかるにです！　何ですか、中西副社長の行動は」

野村は、はッと眼を伏せ、うすい唇を噛みしめるようにした。

「中西副社長の御就任以来の態度を、あなたはどう見ていらっしゃいますか。実に言語道断じゃありませんか」

「…………」

「社員は、あの人を専恣横暴の権化と見ていますよ。その行動はすべてこれ術策と言っていいでしょう。あの人はどういう人物だろうかと調べてみましたが、純然たる政党人でした。政友会の家の子なんですね」

「そういうきらいもあります」

「きらいどころじゃないですよ。四年前でしたか、私は洋行中でしたが、あなたがやはり前期の総裁でいらしたとき、政友会の伊藤大八氏が副総裁として、犬塚理事と大衝突をやりました。全社員の反撃をくらって、あなたまで巻添えにおあいになって退陣なすったのですが、そのとき、中西さんは鉄道院の監督局長で、満鉄の監督官を兼ねていましたが、御承知の通り、喧嘩両成敗で、大隅内閣が犬塚さんの辞表を受けてみると、同時に伊藤にも詰腹を切らしたのを、中西さんは時の鉄道院官吏でありながら、猛然として反対したんです。法律的解釈まで持出して、政府の方針は不当だと主張し、ついに憤然と職を去って、政友会系から非常な好感を寄せられた人でした。世間は政友会へのゼスチュアだと云って、苦々しく見ていましたが、果せるかな、次の寺内内閣ではすぐに復活して、鉄道院の理事となり、ついで原内閣になると、一躍野田逓相の下で次官になったですね。そうして半年後の今日は、原首相の忠臣として、満鉄副社長です。あまりにも現金な党人化じゃありませんか」

「それは、しかし」

「いや！　お待ちください、そうした来歴の中西さんです。満鉄の副社長——真の意味の副社長ではなく、政友会の出張副社長です。すでに政友会のために、何事をかなさんとして乗り込んだ満鉄で、この人がなにをするかは言わずして明らかなことです。即ち種々術策を弄し、ハッタリを打って、ひたすら政党のために、利益を漁るのに汲々たるは、三ツ児でもこれを認めるところじゃないでしょうか」

「…………」

午後の暗い空から、瀟々《しょうしょう》と降りしきる窓の外の雨に、じっと野村は弱々しい視線を向けたまま黙っていた。まるで叱られている社長だった。

「党利、私慾に汲々たる彼の毒爪の、早速ながらの発露が、搭連炭坑と内田汽船の不当買収なんです。満鉄の――大日本臣民の血の代償のこの満鉄の利益を蹂《じゅう》躙《りん》して、威信を冒瀆《ぼうとく》して――私は、苟《いやし》くも日本人として、また特に満鉄人として、これが、黙視出来ますか、社長！」

　眼をしばたたき、首を振ると、山田の眼からばらばらと泪が散った。

　野村は深く俯向いてしまった。泪ながらに山田は、その社長の頭の上へ励声叱咤《れいせいしった》する。

「世に、諫死《かんし》するという言葉があります。私は面《おもて》を冒して彼を苦諫し、飽くまでも改悟をもとめた上、立派に責めをとって自決するつもりであります。しかし、中西氏はどうですか。東京から帰任されてこのかた、ずっと病院生活なんですからね。御承知のとおり、既に二十日、病院へはいったきりなんです、どうにも手がつけられません。しかも、その御入院の原因が、何であるかをあなたも御存じでしょうが、大連では、小学生も知っていますよ。知って嗤《わら》わざるなしですよ。流連荒亡。社長！　いまの満鉄はどういう状態にあるでしょうか、私は一つのエポックに立っていると思いますが。創業時代の覇気去り、堅実な実収、実践の時代も過ぎ、沈衰不振を外部から責められている状態ではないでしょうか、そのため大いに計画し、大いに増資の必要を叫ばれているのでしょう。まさに内外、多事多端の秋《とき》なんです。この満鉄非常時に当って、全事業の実際を主宰する副社長の重命をうけて来たものがです、就任以来、一年ばかりの今日までに東京で三度、大連でも三度――一年六回の病院暮しですぞ！　その原因が、しかも、真面目な社務を放擲《ほうてき》しての過度の淫酒にありと言うんですからね。何のざまだ！　と叫びたくなります。心ある社員で、ひそかに軽蔑していないものはありませんぞ」

　左手の肘をデスクに突いて、額を支え、右手の指で無意識に、何か文字を書くような真似をしながら、野村は黙々と聴いている。

　秋の雨は、いかにも満洲らしく烈しい音をたてて、山田の熱弁に伴奏する。

「あなたの責任は、大変だろうと思っています。社長！　私はあなたのために、蔭ながら心痛しています」

　野村は急に改まって、膝に両手をついた。実に小心にして善良なる、憫《あわ》れむべき社長なのだ。

「あなたは、この前は、伊藤大八のためにこの満鉄から、心にもない不幸な退陣をなすった人なんです。そのあなたが、また今度、中西のために覆轍《ふくてつ》を踏もうとなさって居るのを、私どもは情として見て居るに忍びないのです。社長ッ、君子霜を履《ふ》むの戒めもあります。御考慮を願います。願います、社長」

「君の御好意は、まことに有難い、深く感謝します」

社長は、心からそう言うらしいのだが、本気でそういうだけに、山田はよけいにもどかしくなった。

——好意——感謝——何を言ってるんだ！　と叫びたい衝動を、危く押し殺した。

「社長！　あなたに感謝して頂こうと思って、こんなことを面を冒して申し上げるんじゃありませんぞ。好意と仰有るけれど、私としては、いや全満鉄社員としましては、好意どころの騒ぎではないのです。いくらあなたに感謝して頂いても、感謝だけでは、満鉄の危局は、不利益は、ちっとも救われないんですぞ」

「…………」

「片山理事はお辞めになるそうですね」

山田は鋭鋒を一転した。

「ああ片山君はどうあっても辞めたいと言うんでね、致し方もないのです」

「致し方はあるじゃないですか、社長！」

「どうすればいいと言うんですか」

「片山理事は、社長！　本社にとって、どう言う立場にいる社員ですか、忠臣ですか、悪臣ですか？」

「それは君、言うまでもないことです」

「会社に忠なるものだとお認めになっていらっしゃるのでしょうね」

「あたりまえですよ」

「では、なぜその忠臣が、この場合城を見すてて去ろうとするのですか」

「片山君の御都合——一身上の都合によりと、辞表にありました」

「中西副社長の非行見るにしのびずとは、書いてなかったですか」

「…………」

「片山理事は、この満鉄を、やめたくはなかったんですよ、社長！　すくなくとも、中西さんが搭連炭坑を買収するまでは。よろしゅうございますか！　愛社心に燃え、社とともに終始せんと決心して、今日まで皇国の生命線に活動していた忠臣が、やめたくない社を、なぜ突如としてやめなきゃならんようになったか、とくと御一考を願いたいのです」

「それが、その一身のご都合でやむを得んのじゃないですか」

「軍人が、一身一家の都合で、戦線から辞表を出して帰るでしょうか。そんなこともあり得るとお思いですか、社長」

「軍人と会社勤めは違やせんかな」

「満鉄は日本の戦線ですぞ！　この戦線に従業している我々満鉄人は、即ちこの戦線の勇士をもって自他ともに任じているのですぞ。内地の普通の商事会社とは、会社の意義も異い、社員の性格も違うのです。普通の会社と心得たり、政友会の漁場と思ったりしている人間は、本社幾万の従業員のうちに一人も居りません。いや、たった一人いるのです。その一人は誰でしょうか。何者でしょうか。その者こそ、先ず第一に馘首《かくしゅ》されるべきが天道だと存じます。その者が誰であるかは、賢明なるわが社長は、百も御承知のことなんです。どうか社長！　わが満鉄永遠の発展のために是非この際、御勇断をお願いします。国家のために、御決心を、心の底からお願いいたします。また社長としても、一政党の傀儡《かいらい》となって、従らに御晩節を汚されるようなことのないように祈ってやみません、暴言の罪は、いくらでも被るつもりです、おゆるし下さい」

「いや、よく判りました。中西君が政党色を出し過ぎるんです。困ったものです」

山田は敬礼をのこして、社長室を出た。

搭連炭坑というのは、撫順《ぶじゅん》の一部分と言っていい。ロシアが撫順を経営していた頃、その近傍で支那人が狸掘りをしていた一連の鉱脈である。

日露戦争後、日本が撫順を持つようになったとき、無論一帯に、撫順の中に抱擁すべきだったのを、支那側で、支那人が現に採掘していることを口実に、無理から撫順と引分けたものだ。

明治四十一年、孫世昌など五、六人の支那人が僅々五畝の採掘権を主張して、初めて法律的に搭連炭坑なる権利がこの世に誕生したわけであった。

三好亀吉という日本人が、その囲《まわ》り十七万二千坪の増区を出願し、一方孫世昌と共同経営という形式の上に、大正四年支那官憲から許可を得た。

これを、大正五年の夏頃、三好は満鉄へ持込んで、二万五千円で売りつけようとしたが、満鉄では相手にしなかった。

それを上仲尚明という男が、四万五千円で買取り多少拡張したところで、森恪《かく》、高木陸郎、その他多数が、資本金百万円の東洋炭礦株式会社を組織して、これを一括したのであった。

身《み》、鉄道院の官吏でありながら、夙《つと》に政党の一派に好意を売り、ついにその党即ち政友会からその忠節を買われ、原敬最愛の乾児《こぶん》となり切った中西は、わが党の大きな期待と声援を負って、満鉄に乗込んで来るや、間もなく森恪との間に、搭連炭坑買収の密謀を始めたのであった。

その時、翌年の衆議院議員選挙は、半年の後に迫っていた。そうして、森恪はこの選挙に、無論政友会の公認候補として立っていた。

総選挙が一箇月の近くにさしかかったとき、森から、最後の「頼む」を申し入れ「よし」と中西は快諾を与えた。

満鉄の技師は、搭連炭坑をつぶさに調査した結果、せいぜい四十万円の価値以上に出ずと報告していた。

「どのくらい要るか」

「この際だから多い方が有難いね」

二人の密談はついに、四十万円以下のものを二百万円の高額をもって、満鉄に買収することを決定してしまった。

誰も知らないことである。理事も、興業部長も、課長も知らなかった。無論、全社員悉くが寝耳に水だった。僅かにこれを知っているものは、中西腹心の二、三に過ぎなかった。

かくの如き闇取引は、事大小にかかわらず、いまだ曾《かつ》て満鉄にその例を見ないことだった。

爆発直前の噴火山の如く、社内が鳴動しだした。寄るとさわると、この問題を中心に若い社員が悲憤慷慨した。

山田のところへは自然とその不平不満が殺到した。また、あらゆる情報も持込まれて来た。

中西は、多くのゲー・ペー・ウーを組織したという情報が、社内の空気をあきらかに激発し、対立的、戦闘的に駆りたてた。

果して、山田の身辺は、中西派の密偵に囲繞《いぎょう》されるようになった。

脅迫の手は、山田の生活の、内外を脅かした。何も知らなかった妻子に、山田は泣いて因果を含めざるを得なかった。

「あなた！　わたしはいつでも、あなたと一緒に、坊やを抱いて死にますから……」

妻は、山田の膝に泣きくずれた。

「よし玉砕だ、やるぞッ」

山田は、黒煙を吐いて奮起した。

腹を切る覚悟は、とくに出来ている。妻も共に死のうと言う。もはや光風霽月《さいげつ》、討入前夜の赤穂浪士のような心境の山田であった。

昼飯を食って、机上を整理し、煙草を吸いつけて、紫の煙を腹の底から悠然と吹出し、明るく霽《は》れ渡った秋空を眺めていると、正面の壁にある時計が二時になった。

彼は、一歩一歩を踏みしめるような歩き方をして、中西副社長室の扉をノックした。

「ああ山田君！　何か急用かね」

中西は無愛想な低い声を出した。痩せていた。形容《けいよう》枯槁《ここう》惨として見るに忍びない顔色をしていた。

東京から帰ってすぐ埠頭から入院のまま、三十三日目の対面である。――深酔耽溺《しんすいたんでき》の自業自得だとは言うものの、この弱りはてた男と刺しちがえて死ぬのは――山田はいささか相手不足の感を抱いたが、しかし決然となって、その顔を強く正視した。

「用件は何だね、君」

「あの搭連炭坑の件です」

「ふん」

「あれは、あの買収は仮契約となっていますが、その効果は本契約と、なんら異わないと思いますが、それでいいでしょうか」

「そうだ」

案外手応え強く受けた。受けて引っぱずしたつもりだろう。蒼い顔が、一度に紙のように白くなった。だしぬけに、いきなり、搭連炭坑問題を叩きつけて来た敵の攻勢に、駭《おどろ》きながらも、持前の傲慢が、必死と打返してくると見えた。

「私はこの際、会社が渡してある手附金の三十万円を棒に振っても、この契約は解除しなければ満鉄の不利救うべからずと断言します」

「…………」

「契約解除の途はありませんか」

「無いね」

あっさり刎返《はねかえ》して、呼吸を整えている中西だ。

「絶対に無いとお思いですか」

「そう」

「では、あなたは、この契約を締結するとき、すでにちゃんとお覚悟なさったと見ねばなりませんが、その覚悟のほどを承りたいものです」

「覚悟？　とはどういうことかね」

躱《かわ》して空嘯《そらうそぶ》いている。山田は怒鳴りつけた。

「あなたの胸の中にあるものを覚悟と言うんです」

「胸には何も無いね。第一、自分はこの買収問題については、何等心中に疚《やま》しいものが無いんだから、責任も感じていないし、従って、覚悟というようなものもないねえ」

「疚しいことの有無に拘らず、社の実権を握って、社のために行動する者が、苟《いやし》くも、何の覚悟も責任もないと公言していいですか」

「いや、そりゃァ、その意味の責任なら、いつでも持っているよ」

「その意味でない責任・覚悟というものはどんなものですか。あなたは常に、二種の責任、覚悟をもっていて、左右に使い分けていらっしゃるというのですか」

「いや、君！　そう悪意に取ってくれては困るじゃないか。僕は何も自分で疚しいところがないから、その意味において言うのだよ」

「疚しいところがあるとは、私はまだ一言も申しません。卒然として、疚しいとか疚しくないとかの御弁明は何ごとを意味するのですか」

山田が卓を殴りつけると、中西は踊り人形のように、ひょこん！　と立上った。

思わず立上った中西副社長は、俄に態度を変えた。

その傲岸不屈、ぶっきら棒な応待から、急に巧言令色、縷々陳弁《るるちんべん》の口調になり、

「搭連炭坑というものは、わが満鉄としては、是非買収しなければならないものなんだよ。既に君、前総裁中村雄次郎さん時代から、その意志があったのでね。だから、何も森恪の懇望で買ったというのじゃないんだ。むしろ言出したのは此方《こっち》なんだ。それに、この買収は急ぐ必要があった。それは、石炭の市況が次第に悪くなってくる。去年あたりから市場に剰余炭を生ずる傾向が見えて来たし、また例の総選挙だ。これと一緒になると、政友会のために、いや森の出馬費のため

に、故意に買収してやったなぞと、とんでもない流言《りゅうげん》蜚語《ひご》をなすものもあろうと思ってね。だから、僕と森とで、この話を始めたのは、去年の十一月だったが、森から正式に買ってくれと申し込みをしたのは、今年の三月末だった。それで手附金だけ三十万円渡してやって後は選挙が済んでからということにしたんだ。つまり僕の心事と、また森の潔白な性格から、努めて世の誤解を避けようとしたんだよ！　そこの苦衷を、賢明な君ならよく解ってくれる筈だが」

　山田の顔が冷笑に歪んだ。

「あなたは心中何ら疚しいところが無いから、責任を感じないと仰有ったですね。しかし、お言葉を聴いていますと前後撞着《ぜんごどうちゃく》、強弁遁辞《きょうべんとんじ》、飽くまで疚しさを感じ、責任を回避しようとなさるために破綻百出、矛盾も甚だしいではありませんか」

「そんなことはない！」

「いいえ、第一、搭連炭坑が仰せの如くわが満鉄に、どうしても買収の必要ありとして、前総裁以来の要望だとすればですね、あなたは公々然として、この買収を全社員に得心させ、少くとも本社々規の命ずる通り、従来の慣例によって、なぜ各ポストの承認を得られなかったのでしょう。あなたと森氏とたったそれだけの闇取引で、こそこそと事を運ぶ必要がどこにあったです？」

「それが君、今も言った、事火急を要したからだ」

「なぜ火急を要したのですか？　あなたは石炭の市況が、去年あたりから落目になった、安くなる、だから急ぐ必要があると仰有るが、石炭が余って、安くなれば、炭坑の売買だって値段が安くなるわけでしょう。安くなることを見越して、慌てて高い間に買収すれば、それがどういう理由で会社に忠実なのですか。森恪には忠実かも知れませんが会社のためには不忠実極まる行為ではないですか」

「選挙があるのでね」

「馬鹿もいい加減に仰有《おっしゃ》い」

　山田は思いも寄らぬ一喝をあびせた。

「なにッ」

　さすがに立直って、中西も色をなした。

「選挙があろうが、あるまいが、わが満鉄の営業行為に、何の関するところがあるですか。選挙があるから買収を急ぐのは、立候補している森のことでしょう。森が急ぐために、何が故にわが満鉄がその御都合よかれかしと泡を喰って、社員に秘してまで、急拠買収しなければならないのですか」

「君そう悪意にとってはいかんよ」

「悪意？　悪意はあなたにこそあるのです。何故に巨額の取引を、みだりに独断でされたか！　なぜ石炭が安くなるのを恐れて、慌てて高い間に買収なさったのですか。会社に対して利益を考慮しないものは馬鹿です。馬鹿でなかったら、これ即ち悪意でしょう」

　中西清一は三多摩壮士の流れを汲むもので、その故郷は八王子近在である。

　だから我執、闘志に強く、信ずるところに猛進、盲断を敢えてして憚らない性格をもつ。

　山田はそれを知っているから、非常な覚悟をもって爆弾的にぶッつかって行く。

「搭連炭坑は五十万にしろ、百万にしろ、どだい、礦区というものが判然していないのです。御承知でしょうが、その不確実な礦区を、どこからどこと限定して評価されたのですか」

「ちょっと、その礦区の不確定ということは、僕は知らないよ」

「知らないよで、それでよろしいですか！」

「よろしい。万事は撫順の方で社員が調べているんだ。吾輩は部下を信ずる。部下を信ぜずして何で出来る。君！」

「部下を信ずる？　おおいに結構です。が、その部下が知らないんですよ、礦区の限域というものを。その位に不確実な礦区なんです。それに、あそこは、採礦権は無いことになっています。売買は出来ない。出来ないというのは、支那側の同意を要する意味です。支那は合弁経営の許可を与えているだけで、森一派の独断処分権は与えられていないのです。そんなことはよく御承知のくせに、あなたという人は、何と言う盲断をなさったのですか」

「採礦権が無いというようなことは、それは初耳だね、僕は夢にも知らんよ」

「嘘だ、知らん筈がない。あなたも帝大法科を出て、官吏をながくしていらした方ではありませんか。外国における土地の売買には、その権利の有無くらい、すぐ考えなくてはならぬ筈です」

「知らん。そんなことはないと思っているし、そんなことがあるものか」

「そんな暴言を吐く間に、ちょっと研究してみたらいいでしょう。それはそれとして、撫順の方にいる社員を信じ、その言に従って買収したと言われますが、それが根本からの大嘘です」

「君！　言葉をつつしみ給え、あまりだよ」

「言葉は決して間違っていません。嘘だから嘘だと正直に申し上げているのです。元来撫順における本社の当務者というものは、全員挙《こぞ》ってこの不当買収に大反対なんです」

「そんなことはないよ、君」

「囂々《ごうごう》たるあの反対を、御存じ無いと言えますまい」

「ちっとも知らないよ」

「知らんと仰有ればそれまでです、天日を昏《くら》しと強弁するようなものです。第一、搭連炭坑を二百万円などとは飛んでもない。そんな不埒《ふらち》な買収は絶対に困るという電報を、ちゃんと、あなた宛に撫順から打ってよこしているじゃありませんか」

「いや、そんな電報は来ていない。撫順の井上炭礦長からは、搭連炭坑は、百五十万円から二百五十万円の間が至当の値段だろうと言って来たんだ。だから、吾輩はその中間の二百万円で買うことに肚をきめたのだ」

「それは、どうしてもあなたが買うのだから、その程度に評価しろと内命なすったからです。それまでは、撫順では、百万円以下だという意見を堅く持っていたのです。現に、二百万円なんて困ると言って来たじゃありませんか」

「そんなことはない、絶対に知らん」

「知らんと仰有るなら、その電報の写しがありますから、お目にかけましょう。ちゃんと日時まで明瞭ですよ」

山田はポケットから一通の書類をとり出して、中西の前へ突きつけた。

「中西さんこの電報は、去る四月十六日に、小日山《こひやま》撫順炭礦庶務課長が打ったものです――指定ムニ――よろしいか！――ニヒヤクマンエンナドコマル――宛名は、東京副社長、発信名義は撫順炭礦長――どうです、これでも知らぬと仰有るのですか」

「知らんね」

「知らんと仰有っても、この指定ムニはですよ、これは、撫順の局と、東京丸之内局とには、国家の責任において、ちゃんと厳存《げんぞん》しているんですよ」

「それでも、知らんものは知らんのだから、そんなことを言っても、無理だね」

「よろしい、あなたが曲弁なさる根柢が覆るですからね、この電報を認めないとなれば、それはよろしい。いずれ、方法をもって、これは、あなたが承認せざるを得ないようにして差上げましょう。しばらくお待ちなさい。ところで、六月頃には、もう天下の輿論は搭連炭坑買収の不正を鳴していました。新聞記者は得たり賢しと、これを材料に満鉄幹部を糾弾しようとして、私のところへ殺到しました。私の所管事務に属することがらですから。その時は、ちょうど臨時議会のまッ最中でした。時機としても、新聞記者には絶好のチャンスだったんです。しかも社員はその時は知らなかったのです。あなたが、独断で、かかる無法な取引をしているということは、一番に知っていなければならないこの私ですら知りませんでした。社のために公明なる利益だとあなたが仰有る取引が、その局にある課長の私にすら極秘で行われたのです、何故か知りませんが。ですから私は、新聞記者に対し、社会に対し、そんな醜怪な事実は、この満鉄に関する限り絶対に無い。もしも搭連炭坑不当買収などという、会社にとって非理、非法の事実がもしありとするならば、諸君よりも、先ず僕が極力調査して、その曲直《きょくちょく》を明らかにせねばならぬ。その暁に、もしも不正があったとしたら、必ず諸君にも訴えて、その獅子身中の虫を退治して貰う。しばらく待っていてくれ、とそんなふうに彼等を納得させて、漸く新聞の発表を防ぎとめたことは、あの頃あなたもよく御承知下すっていますね」

「うん、そりゃァ知っている、君の努力好意ともに感謝しとる」

「努力でも好意でもありません、当然のことです。あり得べからざること、想像も及ばない奇怪なことが、この満鉄内に行われていると、誰が想像しますか。ところがです、ところが意外千万にも、その醜事実が、不幸にして実在したのです。会社枢要の地位に在る社員や現業当務の者たちが言明しました。あなたのこれまでの告白によっても、背任の事実は明白に暴露しているのです。それを――それをなお、知らぬとか、或いは、責任は井上炭礦長にありとか――じつに、あなたという人は、まったく、恐るべき人です。この会社を、満鉄を、そもそも何と考えているのですか！」

山田は、心が煮えかえり、全身が顫えて来た。

「満鉄は君、一個の商事会社ではないか」

「お黙りなさい！」

大喝した山田の声は、天井のシャンデリア式の大ランプを揺り動かすばかりの烈しさだった。

　さすがの中西も、眼をパチクリさせたまま啞然としていた。

　怒り心頭に発した山田は、卓の右を廻って中西の横へ詰寄った。

　烈しい語気は、嵐のように中西の面を打った。

「中西さん！　私は、ちゃんと決心しているんです。覚悟をきめています。国民の、大日本帝国同胞の、血と骨のピラミットとも言うべきこの満鉄を、単なる商事会社に過ぎずと思っているような人物から、防ぎ闘う決心をかためています。畏れ多くも明治天皇の御遺産たる満鉄、国家の満鉄――この国策の大事業を、政党者流の毒牙から護るためには、私は、楠公の如く、七度も生れ七度も死にたいと決心しました。しかし、私はまだ、あなたを軽蔑したくないのです。あなたを公敵として誅戮《ちゅうりく》したくないのです。私は衷心から誠心誠意をもって直言します。中西さん！　満鉄を愛してください」

　思わず、そこで、はらはらと、山田は泣けてしまった。

　子供が母に叱られる。叱っていた母が、突然泣出した。そのときの子供の表情と態度――中西は困って、眼のやり場に迷っていたが、その視野に右手の大時計を捉えた。

　時計の針は四時半を指していた。二時から四時半――二時間半の談判だ。永い、もういい、たくさんだ。何とかして、この意外にも直情、苛辣な男を鎮静させたいものだ――そんなふうな思案顔へ、山田は泪のままで、更に火を吐きかけて来た。

「すぐに辞職なさい！　職を退いて恭謙な心になって、天下に罪を謝してください」

「辞職？　やめろって言うのかね」

　中西は毒気を抜かれたように、茫！　となって、山田の顔を見まもる。

「私は一生をこの満鉄に捧げ、ここに、満鉄旗のもとに、子孫繁栄、山田家万歳を夢みていましたが、ついに犠牲となって玉砕する決心をしました。あなたも明敏果断をもって聞ゆる士でいらっしゃる。今度の行為、その責《せめ》の重大さをよく御考慮になり、進退の機微を深く考察されて、すぐに引責辞退されんことをお願いします。しからずんばです、従らに曲弁、遁辞を弄して横車を押通し、頑として踏止まり、なおこの上にも、非理不法を敢えておやりになるということになりますと、人心は悉くあなたから離反してしまい、多くの社員はその責に安んじ、その職に忠なることが出来なくなります。そうなったときは、この満鉄の軒《のき》が傾くときです。満鉄経営の基礎が崩れて、ついにどうにも救う途がなくなります。ことここに到ってもなお、あなたがその非を悔いず、糊塗《こと》するに汲々としていささかも反省せずというのでしたら、私は中西さん！　私は最後の処置をとります」

中西は俄に、眼を瞠《みは》った。さッと顔色も変った。

給仕が一人、ドアを叩いて、はいって来たが、この場の空気に、何かはッと打たれたように逃出してしまった。

「君、最後の手段というて、どうするのかね、どんなことを考えてるのかね？」

中西の声はふるえていた。

「あなたと一緒に仕事は出来ません。断乎として退社し、一日本人となって、この不正と戦うのみです」

「君は……」

中西は、言いかけたままで黙った。山田をみつめていた眼を伏せ、左手を額にあてて俯向《うつむ》き込んでしまった。

「では……」

「君！　待ってくれ給え」

中西は、縋《すが》りつくような顔つきで山田を見上げる。

「君は山田君！　君は優良な社員です。吾輩は、決して君を悪く評価してはいないですよ。近々に君の昇進についても、考えているんだ」

山田は急に、中西を憐れむ気持になって来た。平素の傲岸不屈、昂然として覇道を闊歩するこの男が……と思うと、いささか気の毒にもなるのだったが、しかし、この期に及んでも、なお翻然として悔悟するところを知らんのだと思うと、また急に闘志が燃え熾《さか》ってくる。

巧言令色、甘言をもって士を釣ろうとするの態度、まったくの政党根性だ。何を！　宥《ゆる》すものか。

「御厚意は有難く頂いて置きましょう。しかし、人間の生命は道義です。男は、名利に昏《くら》んで、第一義の道徳を売ることは出来ないです。男は、地位や収入のために、この膝を曲げることは出来ません。強いて曲げろと言われれば、憤然として、この骨を折りくだいて去ります。私は、衣食のために、信念を売ってまで晏《あん》如《じょ》たることは出来ません。むしろ、妻子を抱いて路頭に餓えながら正義を天下に叫ぶです。どうか私のことについて、もはや御心配は御無用に願いましょう」

「……」

敬礼して、一歩退りかけた山田の腕を、中西は飛びかかるようにして握りしめた。

「山田君、君は吾輩を誤解して居るんだ。どうか冷静に、吾輩の味方として考えてくれんか。たのむ！　僕は君の兄となり、君は弟となって、本社のために、温かく手を握り合って行こうじゃないか。君のために、僕はどんなことでも尽すよ。なア君！　考えてくれ給え」

何度も、秘書課の者が、この部屋を覗いては引込んでいたのだが、二人は全然知らなかった。

「君を、実は、遠からず理事に——とも考えているんだ、だから」

「よして下さい！　穢《けが》らわしい」

そこへ、中川理事と人事課長がはいって来た。

「ちょっと、御話ですか——ああ山田君か、ちょっと失礼さして貰うよ」

中川理事は、山田に片手をあげて押えるようにした。

「どうぞ、私はいま出ようとしていたところなんです」

「すまん緊急の用事でね、ちょっと副社長に」

「どうぞ——では、副社長！　これで再びお目にはかかりません」

身を翻すようにして、山田はさッと部屋を出た。

自分の室に戻ると、すぐ辞職願を書きあげた。じっと、その辞職願書を見ていると、無量の感慨がこみ上げてくる。家へ帰って、妻子を抱きしめて、泣きたいような気持になる。

そこへ給仕が来て、

「副社長がお呼びであります」

と伝えたので、

「うん、よし！」

と言ったまま、しばらく腕を組んで、じいっと天井を見つめていたが、やがて今書いた辞職願書を握って、決然として出て行った。

## 満鉄事件

政府の施設方針をめぐって、政友会の党首原首相と、加藤憲政会総裁との間に、一騎打の質問応答が戦わされて、全国民の熱狂と喝采とを煽《あお》った。――政党政治は、まさに華やかな黄金時代を迎えたかの観があった。

その第四十四議会で、所謂『満鉄事件』が問題となり、事件そのものの発展と共に、政党間の争いが醜い内面を遺憾なく暴露したのは、皮肉であった。

第四十四議会は、大正九年十二月二十五日召集され、翌十年一月二十一日から議事が始まった。

憲政会は、当時絶対多数を占める原内閣の与党政友会に打撃の痛棒を喰らわすために、これこそ絶好の材料であるとして、満鉄事件を取り上げ、一月三十一日の衆議院予算総会で総務早速整爾《はやみせいじ》を起たして、糾弾の第一矢を放った。

即ち早速は開口一番、

「本議員は、最近世上疑惑の中心である南満洲鉄道の事件に関し、大いに当局に質したいことがある……」

と、大臣を睨みつけ、

「抑々《そもそも》満鉄は、未曾有の大資本を擁し、事実上満洲経営を一手に引受けている国家重要の機関であるが、近時この会社の内部の弊害を耳にすること多く、世人はあたかも、百鬼夜行の伏魔殿の如くに解している始末である……」

と、語気鋭く詰寄って、例の搭連炭坑問題をはじめ内田汽船、日本電化の買収問題を槍玉に挙げて剔抉《てっけつ》し始めると、憲政会、国民党等の野党席からは、拍手の雨を浴びせてこれを声援、与党側は卓を叩き、足を踏鳴してこれを妨害、議場は忽ち騒然となったが、早速は、頓着なく、指摘すべき事実は悉く指摘してしまうと、最後に一段と声を励まして、

「以上は、いずれも昨年の三月から五月までに起った事実で、世間では昨年五月の総選挙に対し、某政党の軍資金を調達する必要に出たとの風説が盛んである。当時満鉄は、大蔵省より千六百万円の融資を受けたときではないか、斯《か》かる苦境に満鉄自身が陥っている際に、ボロ会社の救済とは何事か、現にこの問題を痛憤して、職を辞した重役があり、また重役を相手取って背任の訴えを起そうといきまいている社員もあると聞く。野田逓信大臣は、最もこの間の消息に通じていられるように承っているが、政府の所見如何」

と結んで、野党の拍手裡に着席した。

これに対して、政府側では、野田逓相がやおらその巨軀を起すと、

「只今満鉄事件なるものに関して、あたかも逓信大臣がその消息を知るもののように、早速君は仰せあるも、本大臣は全く与《あずか》り知らないことである」

と、いつものヌーボー式に似合わず、ムキになって弁明、その上更に、

「早速君はいったいどこから斯かる噂を耳にされたか、それを承りたい」

と、逆襲に出たので、政友会席は狂喜し、憲政会側は怒号をもって報いる始末に、議場の形勢は不穏となったが、山県関東長官、杉山同事務総長より「満鉄に不正なし」とよろしく答弁があって、その日は、ともかく鳧《けり》がついた。

しかし、これによって、所謂『満鉄事件』は、一挙に全国民の耳目をあつめることになったのである。

山田潤二は、快々《おうおう》として楽しまなかった。彼は、まるで犯罪人でもあるかのように、居所を固く秘して、新聞記者や、政党関係者から求められる面会を避けていた。

なるほど山田は、搭連炭坑ほか二件の買収問題に義憤を発して、中西副社長と議論のあげく、なお将来の栄達が約束されていた課長の椅子を、弊履《へいり》のように捨てて、満鉄を去った。しかし、それは、政党間の利己的な、政争の具に、この問題を供するためではなく、社外に居て満鉄内部の硬骨漢や正義の士と相呼応して、帝国の大陸経営の重要国策機関である満鉄を蝕ばむ獅子身中の虫を、退治せんとする烈々たる一念に尽きていた。

当時、彼が、その満鉄事件の内容を具体的に剔抉した自分の手記を「赤心線」と題して大阪毎日紙上に公表したのも、問題を多少とも社会化することで、速かに所期の目的を貫徹しようとしたのだったが、その彼の手記が、偶々《たまたま》憲政会の注目するところとなり、竟《つい》に満鉄事件は、第四十議会最大の政治問題となるに至ったのだった。

山田の憂鬱にも拘らず、議会における満鉄問題は、拡大の一途をたどり、貴族院では、二月十六日の予算総会で、仲小路康の政府詰問となり、三月一日には、衆議院本会議で、憲政会の橋本喜造が、この問題を提《ひっさ》げて、政府及び政友会を痛烈に攻撃、これに対して、政友会側からは前田米蔵、森恪《かく》がそれぞれ釈明したが、憲政会では満足せず、竟にこの問題は、政府問責決議案にまで発展して行った。

その決議案は、二月十七日の衆議院本会議に上程され、再び早速整爾が起って、提案理由に説明を試みると、政友会を代表して鵜沢聡明《うざわふさあき》が、

「早速君の長広舌は、要するに山田某の記述に基くもので一顧の価値もない」

と酬いたから、たまらない。何を！　と、野党が喚けば、何だ！　と与党がやり返すなかを仙人こと田淵豊吉、蛮寅こと中野寅吉の両議員が、議事妨害の廉で議長から退場を命ぜられ、これに対して三木武吉が壇上に駈上って、奥議長に抗議するなど、議場はただならぬ混乱に陥ったが、議長漸くこれを収拾、鵜沢の決議案反対理由の説明に次いで、野党側浜田国松、与党側の中西六三郎、野党側森田茂登壇の後、最後に銀髪の原首相、絶対多数党の嵐のような拍手に送られて登壇、

「政府が満鉄の監督を為すは、法律、勅令の示す如くであるが、満鉄社内に如何なる事情があったかは知らない、これをもって、政府は責任を負うことは出来ない。故に本来議案の趣旨には反対である」

と、冷然と一蹴して降壇。このとき、政府予定の作戦通り討論終結の動議が出て、投票総数三百九十六に対して、終結二百六十九、反対二百三十五で終結と決し、議長は更に本決議案の賛否を、起立に問うたが、賛成少数で否決となり、こうして満鉄問題も、議会では、政友会の圧倒的多数の力に押しつぶされてしまったのである。

しかし、一方では、この事件は、憲政会の院外団櫛部荒熊、古島義英、安東正臣の三弁護士が、各自満鉄の株を、三株乃至五株ずつ買って俄《にわか》株主となり、中西副社長を被告人として、背任罪の告訴を提起していたので、世人の注意は、また新に、この事件に対して司法権が発動するか否かに注がれる事になった。

満鉄問題の政府問責決議案が、否決の運命を見た十日前、即ち三月六日、東京地方裁判所の太田黒検事正は、霜深い春寒のなかを早朝登庁、予め打合せて置いた金山次席検事を呼入れると、検事正室の扉を固く閉して密談数刻、それが終ると、稍《やや》蒼白の緊張した顔を、人目を避けるように伏目がちに、二階の自室から裏階段伝いに四階の大審院庁舎に上って、検事総長室に入ると、これまた扉に鍵をおろして、午前十一時から午

後二時にいたるまで、昼餐もとらずに、平沼検事総長と極秘の協議を凝した。

櫛部、古島、安東の三弁護士から、提起された満鉄事件告訴を、どう取扱うかを決定するためだった。

一方、折柄上京中の満鉄社長野村龍太郎は、同じ日のやはり朝早く、附近に網を張っていた新聞記者連中の油断を見すかして、赤坂新坂町の自邸をこっそり出ると、午前中をどこかと廻り、正午頃議会に顔を出すと、直ちに古賀拓殖局長と一室で会見、何事かを相談して、それから間もなく今度は、自社の自動車で、大ッぴらに丸の内の満鉄支社に姿を現したが、詰めかけていた各社の記者達に、それッとばかりに取巻かれると、

「きょうは忙しいんだ」

と、早くも逃げを打つ。

「中西副社長は愈々《いよいよ》告訴を提起されたようですが、社長の御感想は?」

新聞記者に遠慮はない。

「そんなことは、僕の口から、かれこれいうべきものではない」

「しかしですね、検事局が取上げたら、どうする考えですか」

「それはそのときのことだ」

苦し気に胡麻塩頭《ごましおあたま》を撫でながら、追いこまれた応接室にやっと腰をおろすと、

「告訴事件も、議会での問題化も、みな前の興業部庶務課長山田君の胸三寸から出たものだよ。困ったことだ。しかし、告訴事件は、たとえ起訴になっても、法廷でそれが株主に損害を与えたものでない事実がわかれば、立派に理由の立つことだと思っている」

と、すべてを中西副社長の辣腕《らつわん》と専行に委ねていたこの善良な傀儡《かいらい》社長は、つい本音を洩してしまった。

「起訴の成否はとにかくとしてもですね、事件が斯く大問題化するにいたったからには、中西さんには当然責任をとって貰わなくてはならないですか?」

「そんなことは考えてもいない」

「あなたはお人好しだからなア」

と誰かが詠嘆した。

「山田君については、どう思いますか?」

「元気な男らしいが、短慮すぎるように聞いていた」

「社長としてのあなたは? つまり社長の椅子に就いてですね」

この質問には、野村も一瞬、顔色を変えたが、思い直したように、

「そんなことはまだきめていない。しかし、世間に疑惑の種を播いたことだけは確かで、この点については恐縮はしている」

といって口を閉じ、腕組みをした野村の眼は、おのずと前の卓の、大きな桐火鉢の上に落ちていた。


事件は、滝川主任検事の手に移された。そこで、滝川検事は、警視庁と緊密な連絡をとって、真相の詳しい調査を進めると共に、八日午前十時、告訴人の一人である古島を検事局に招致し、午後四時頃まで、熱心に聴取を行った。

更に十四日には、問題の山田潤二を呼出したが、山田は灯ともし頃の午後四時四十分、黒紋付の羽織袴にトンビをまとい、ふくらんだ新聞包を小脇に抱えて、検事局に出頭すると、直ちに滝川検事の調査室に消えて行った。

新聞包のなかには、事件の生きた資料ともいうべき、東洋炭礦社長森恪、塚本大連汽船社長、片山、川上、久保の各満鉄理事の信書三十八通、その他重要書類六通、電報二通が、かくされていたが、それらは、これまで、直接間接のあらゆる誘惑にも拘らず、政党者流の手に渡ることからまもって来たものだが、司直の前には、もちろんその提供は、辞すべき理由はなかった。

滝川検事の調査室の窓には、深更まで煌々と電燈が輝いていた。山田のその日の訊問は、五時間にわたり、夜十時頃に彼は帰されたが、検事はなおそのあとに居残っていたのだ。


山田が調査室の扉から出ると、廊下でしびれをきらしていた新聞記者たちは、八方から彼に質問を浴びせかけた。

「事件は、いよいよ物になりそうですか？」

「そんなことは、僕にわかる筈はないじゃないか。ただ検事から、取調べの都合上、今後文書の公表は見合せてくれとのことだったから、快く承諾して来た」

「問題も、司法権の発動にまで運んで、あなたも本懐でしょう」

記者たちが、焚きつけると、山田は、

「僕は、中西副社長を相手に戦って来たのだ。野村社長や松本総務にまで累を及ぼしたくない」

と、却って沈痛な一語を残して、燈の小暗い廊下を、

外へと脚を早めた。

山田の訊問は、翌十五日につづき、この日は、朝の九時から夜の十時まで、実に十三時間にわたって行われた。

折柄、議会では満鉄事件と縺れ合って、新たに加藤憲政会総裁の所謂珍品五個事件が登場していた。

これは、満鉄事件発生と同じ前年の春、即ち総選挙の前に、その頃はまだ代議士ではなかった内田信也が、彼の顧問弁護士だった江木翼を通じて、憲政会への寄附金として加藤総裁の下に金五万円也を贈ったという事実をいうのであったが、それを、満鉄事件を政治問題化させた憲政会への報復として、政友会の領袖《りょうしゅう》の一人の広岡宇一郎が取上げたのだった。——珍品五個とは、つまりその五万円を諷称したものだ。

その所謂珍品五個は、普通選挙案の阻止を条件に、内田が、憲政会に提供したものだと、広岡は加藤総裁への公開状で素破抜《すっぱぬ》いていたが、その内田汽船の買収問題が、満鉄事件の一項目として、憲政会側から騒がれていたのだから、当時の政党間の争いというものが、およそどんな性質のものだったか、それだけでも、見当がつくといっても言い過ぎではあるまい。


山田につづいて、二月二十日頃までに、満鉄からは川村前理事、杉浦理事、向坊主計課長、竹中文書課長、野田東京支店庶務課長（野田逓相の令息）その他、重要人物が続々検事局に召喚されて訊問を受けたが、肝腎の中西副社長は、東京に出張中の野村社長宛に、病気静養届を電報で出したきり、大連にじっと引籠っていたので、傲岸不屈の中西にも似合わぬとか、往生際が汚いとかなんとか、次第に内外の指弾が昂まって来た。

立場柄とはいえ、一方で山田潤二が、

「マンテツハシンカンスセイギノタメサイゴマデケントウヲイノル」

などといったふうの電報や、手紙で、未知・既知の人たちから激励されていたのとはたいへんな違いであった。

その中西も、しかしいつまでも、満洲から腰を上げないわけにもいかなかった。

そこで、三月十七日夜、大塚秘書役を伴い、大連をたち、十八日蘇家屯《そかとん》駅に下車したが、気分がすぐれず、奉天に向うところを、五龍背《ごりゅうはい》の温泉で中休みをすることにした。

五龍背では、二泊したが、あとをつけて来た新聞記者とは、口も利かなかった。顔面蒼白、意気銷沈の態で、夜は殆ど一睡も出来ない、極度に不眠症に陥っているようだった。

五龍背温泉以後、中西の行方は不明だったが、妙な廻り合せから、彼が別府温泉に身をひそめていることがわかった。それは、たまたま別府の亀ノ井旅館に逗留していた満鉄本社の佐藤技術部長と、撫順炭礦の馬杉技師の二人が、湯上りの廊下で中西の後姿をチラリと見かけたからだったが、亀ノ井旅館に、中西が泊っていることを知ると、

「おい、宿を替えよう」

「そうだ、お互に余計な誤解を招いてもつまらない、桑原《くわばら》々々」

と、二人はあわてて転宿して行った。

別府では、中西は、大連および東京の関係方面との暗号電報の交換に、秘書の眼をまわさせていたが、居所がわかって記者連中が襲って来ると、彼も漸く肚がきまったものか、快く記者団を座敷に通し、どてら姿で会見、持前の強気を見せて、

「僕は数年前、日蓮の伝記を読んで、自己の信念を貫くためにはあらゆる妥協や非難を排して、ただ一節に猛進する上人《しょうにん》のあの熾烈な性格に共鳴したものだったが、搭連炭坑買収問題なども、畢竟《ひっきょう》僕の所信を臆せず憚らず実行したまでだ。もちろん自分は辞職する意思などはない」

と、昂然として語るのだった。

「では、あなたとしては、満鉄事件には、何等の不正もないと仰有るのですか？」

喰いさがる記者団に、

「もちろん不正などが……」

と、中西は冷笑をもって答え、

「すでに、満鉄から議会に提出して置いた真相報告につきているから、問題はない」

と、さすがに、半分は自分にいい聞かせるように言って、あとは殊更らしい雑談に紛らわしてしまったが、いつか額には、内心のいらだたしさをかくしきれないかのように、脂汗が微かに滲み出ていた。

別府では、新聞記者に壮語するほどの中西だったが、東上の途中、彼の姿は、また沼津からどこかへ消えてしまった。あとでわかったことだが、また伊豆長岡にかくれたのだった。口ではどういっても、やはりひど

い心身の煩労《はんろう》にやりきれなかったのだろう。

彼が漸く東京に入ったのは、四月七日であった。大連を出発してから、じつに三週間を費していた。その事情はともあれ、これでは、彼に対する疑惑を、世間が益々深めたとしても、無理はなかった。

午後一時、東京駅に着いた中西は、モーニング姿を自動車に乗せて、直ちに日比谷の検事局に向ったが、恐らくはギリギリまで出頭を延ばしていたからだろう。

検事局では、特に宿直室に呼入れられて、夜に入るまで、滝川検事の訊問を受けたが、一日休んで九日にも、長時間にわたって取調べられた。

この翌日の十日には野村社長が、更に十三日には中西の三度目の喚問があり、四月三日、同五日の片山理事の召喚と合せて、満鉄事件に関する関係者の検事訊問は終ったが、起訴の成否を気づかいながら、中西はまた箱根に身を避けていた。が、彼を待っていたのは未決収監であった。

即ち、六月三日、事件は竟《つい》に予審請求と決定され、予審判事の令状執行となって、被告中西は竟に囹圄《れいご》の身となったが、その数日前の五月三十一日には、形勢愈々《いよいよ》不利と見た中西は、野村社長を道連れにして、大正八年四月以来在任二年と一ケ月の満鉄を、喪家の狗《いぬ》のように去って行った。二ケ月前には断じて辞職はしないと言放った彼ではあったが。

予審では、被告以外に、証人調べを受けたもの、実に四十四名に及んだ。そのなかには、山田潤二、森恪、搭連炭坑の日笠正治郎、同大山嘉蔵、撫順炭礦の井上匡四郎子《し》、同小日山直登《こひやまなおと》、満鉄東京支社長木部守一、政友会の鳩山一郎、同土倉宗明などが数えられた。

この予審中に、更に一つの附帯事件が、新たに起った。それは、撫順炭礦庶務課長の小日山直登が、搭連炭坑の買収金は政友会の選挙費に当てるのだと、満鉄から派遣されていた東洋炭礦の技師福田正記に話し、また撫順炭礦での搭連評価会議のとき、撫順炭礦長の井上匡四郎子爵が、搭連を買収してやれば、満鉄増資案の通過に都合がよく、増資案が通れば、その余恵で撫順炭礦の設備の拡張も出来る筈だと話していた。この二つの事実を知りながら、予審廷では彼は、あくまでそれを否定したので、

「証人がこれ以上証言を拒めば、偽証罪として犯罪を構成するかも知れない。それでも悔いるところはないか」

と、予審判事から諭されたのに対して、小日山は、

「日本の家族制度は各自その家を守るにあると思います。私は満鉄という大きな家庭に育った人間ですから、満鉄を守るためにはそれもやむを得ません」

と判事に却って抗弁したので、竟に起訴されたことだった。

こうして、満鉄事件は、中西、小日山の二人の被告を生んだのだった。

竟《つい》に、第一回の公判の日が来た。起訴以来半年後の、大正十一年一月十一日だった。

まだ松がとれたばかりの、正月の寒い朝を、日比谷の陪審法廷には、各方面からの傍聴者が早くから押しかけていた。

ギッシリと満員の傍聴席には、山田潤二が、緊張した面持で、二、三の友人たちと控えているのが人目を惹いた。

保釈中の被告中西は、霜降りの背広服、同じく小日山は、梅鉢紋付の羽織、袴で、裁判所の冷たい石畳の上に現れ、廷丁の案内で、相顧みながら法廷に入ると、傍聴席にはざわめきの波がおこって、大勢の視線が、一斉に身辺に注ぐ。

弁護士席には、江木翼、花井卓蔵、鵜沢聡明を始め、高根、平松、牧野等錚々《そうそう》たる一流の弁護士がずらりと顔を揃え、被告の身分と事件の性質を、裏書するかのようだ。

やがて、背後の扉から現れた下田裁判長、蔵田、水垂両陪席判事、滝川立会検事の各法官たちが、着席を終ると、水を打ったような静謐《せいひつ》な緊張裡に、下田裁判長はおごそかに開廷を宣した。時に法廷の大時計は、午前十一時五分を指していた。

裁判長は、まず型のように、両被告の住所、姓名、職業を質したが、

「東京府豊多摩郡会議員、同渋谷町会議員、前逓信次官、前満鉄副社長の中西……」

とその声も低かったのは、哀れ気に見え、小日山は、

「目下満鉄の予備員になって居ります」

と、あっさりと答えた。

取調は中西から始まった。

「満鉄の人的機構はどうなっているか」

「社長、副社長、理事、以下部長、課長――私が赴任してから、理事二人を増加しましたが、一切の権限は社長にあります」

「しかし、満鉄の業務は副社長たる被告の手で、殆ど切廻しているようではないか」

「社長が本社にいるときには、社長にも相談することにしていました」

と裁判長の肉薄に対して、野村社長が傀儡《かいらい》社長だったことを被告自らが立証してしまった。

「相談しないことで、あとで問題になるような場合、その責任は誰が負うのか？」

「そのときには、副社長たる私が処決する覚悟は持っていました」

「社長から文句が出るような場合は？」

「お互に信用でやることですから、文句の出るようなことはありませんでした」

と、自信のほどを示せば、裁判長は、言葉を改めて、愈々本題に入り、

「搭連炭坑の買収は、主として被告がやったようだが、その通りか」

と、突込むと、

「そういう重大事項は、社長と相談しなければなりません」

と、被告は言葉を濁す。


裁判長は取調を進めて、被告と森恪が知合になった動機と時期に就いて質《ただ》し、更に森を社長とする東洋炭礦が、その所有する搭連炭坑を満鉄に売渡す前に、満鉄の保証下に、六十五万円の借款を朝鮮銀行から受けていたのを、更に二十万円の追加保証を森から満鉄に申し込んだときの、満鉄側の態度について、訊問を加えた。

東洋炭礦借款の追加保証の問題は、本件ときわめて関係が深いので、法官たちは、冷厳たる態度の裡にも、その鋭い第六感をはたらかして、被告の挙措、表情に隈なく眼を配り、傍聴席も固唾《かたず》をのんで、その答弁を待つ。

被告は、記憶を追うもののようなふうをして、ちょっと考えていたが、

「東洋炭礦の追加保証のことは、片山理事が極力反対し、自分が拒絶案までつくって重役会議に提出したので、会議で、竟《つい》に拒絶することになったのです」

と、案外事実を素直に答え、そして彼は、彼自身の意見が、搭連炭坑がうまくいかぬのも、その経営方針が杜撰《ずさん》だからで、彼としては満鉄でこれを買収し、撫順炭礦と相俟って経営したならば、鞍山製鉄の燃料問

題の自給自足ともなり、炭坑自体のためにも、満鉄としても、必ず好結果を得るにちがいないと、あくまで買収説にあったことを強調し、

「しかし、他の重役連は、急いで買収しなくとも、今にきっと売込みに来るだろう、それまで待ってはと主張し、片山理事、山田興業部庶務課長もその意見のようでした」

と、多少感慨的な口調を帯びながら、当時の社内対立の一端をほのめかした。世に、満鉄事件の原因を、中西副社長対片山理事の反目と見ているものもあるが、それも満吏理由のないことでもなく、それをも含めて、あれやこれやの諸要因が重なり合って、天下の大問題にまで発展したというのが、最も穏当な観方だろう。

裁判長は、愈々急所である搭連炭坑買収価値の問題に、訊問を入れた。

「被告が、森に、搭連を売らないかといったら四、五百万なら売ろうと森が答えると、被告はそんな馬鹿な値段があるかと言ったそうではないか」

「そのときは、まだお互に、肚のさぐり合い程度だったのです」

「井上匡四郎子爵が、撫順炭礦長として赴任したとき、大連で、被告は、野田俊作を加えて三人で野球見物に出かけたその自動車のなかで、被告は、井上子に、搭連評価のことを依頼し、二百万円なら売ると森は言っているから、と洩したそうではないか」

「そんなことはありません」

中西は、今度は首を強く横にふると、井上等の申立てが、事実に相違していると、怒気さえ現して弁解につとめた。

この点は被告にとっては、背任罪の成否決定にかかわる重大な鍵をなすものだった。すなわち、予審調書には、井上は、百五十万円位の価値しかない、二百万円以上では困ると、見立てていたことが記されていたし、また二百万円なら売ると、森が言っていたのに対して、実際の買収価額は二百二十万円になっていたのだから。

「搭連を買って、森はその金を、選挙費用にするとは申さなかったか？」

裁判長は鉾先《ほこさき》を転じた。

「言ったかも知れません。しかし私は、その点は意に介していませんでした」

「何故片山理事に相談しなかったのか？」

「事務の進捗をはかるためです。それが社中の反感を買い、敵をつくりましたが、これは私の信条ですから、詮方《せんかた》ありません」

と、キッパリ答え、これでこの日は閉廷となった。時に午後五時だった。

公判第二回は、一日置いて開かれた。

第一回に劣らず、傍聴席は満員の盛況だった。

前回につづいて、裁判長は、搭連問題について、中西を取調べ、午後は、小日山の訊問にうつった。

「被告は、搭連炭坑買収の金は政友会の選挙費用に当てられるのだと、東洋炭礦の顧問技師福田正記に話し、また撫順炭礦における評価会議の席上で、井上子が、搭連を買収してやれば、当時問題となっていた満鉄増資案の通過に都合がよいと話した事実を、知りながら、何故証人調《しらべ》でそれをあくまで否認したのか」

すると小日山は、

「そのときは、記憶がありませんでしたので、その旨申し述べますと、偽証罪で入監することになりました。入監後、予審廷に呼出されて、福田正記の調書を予審判事に読聞かされましたが、それによると、選挙費および増資案のことを申し立てているので、或いはそんな話を耳にしたことがあったような気もすると、実は記憶がボンヤリ出て来るような気もしました」

と、要領を得たような、得ないような苦しい答弁をした。

さて、満鉄事件の一審公判開廷は、実に二十四回、月を重ねること十ケ月、同年十月二十六日の第二十四回の公判で、判決が下った。

懲役　十月　中西清一

同　二月　小日山直登（小日山は執行猶予二年）

判決理由の大要は、

「被告中西ハ、政友会選挙費用充当ノ目的ヲ以テ、価格二百万円ノ搭連炭坑ヲ二百二十万円ニ評価、代議士森恪ノ要求ニ応ジテ、コレヲ買収シタルハ、満鉄ニ対シテ二十万円ノ損害ヲ与ヘタルコト明カナリ。又被告小日山ハ以上ノ事実ヲ認メルコトニ依ッテ、満鉄増資ガ成立スレバ、撫順炭礦拡張計画ガ実現スルモノトシテ、二百万円ノモノヲ二百二十万円ニ評価シタ事実ヲ知リナガラ、予審廷ニ於テコノ事実ヲ否認シタルハ、明カニ偽証罪ヲ構成スル」

というにあった。

だが、両人とも、この判決に不服として、控訴した。そして、第一審判決から一年二ケ月後の大正十二年十二月二十八日に、東京控訴院で、前判決が取消され、証拠不十分の理由で、両人とも無罪の判決を受けた。ちょうど、関東大震災後のことだった。

無罪の判決を与えられた中西、小日山の両名は、法廷で相顧みて、思わず眼に涙を浮べ、三年ぶりで青天白日の身となったことを喜び、弁護士たちも万歳を叫んだが、世人の多くは、もはや『満鉄事件』そのものを忘れ去ってしまっていた。

だが、熱血漢山田潤二の一身に具現化された満鉄魂の正義は、報いられたのだ。すくなくともそれまで政党と政党人との金櫃《きんき》のように思われていた満鉄だったが、その満鉄で、めったに悪いことは出来ないぞという、この上もない実物教訓を、政党人に与えたことだけでも、大きな収穫だったといえよう。

## 拝盟《ハイメン》

満鉄奉天公所長鎌田弥助には、三人の支那人の拝盟《ハイメン》があった。拝盟とは、日本でいえば、恰度義兄弟にあたるもので、お互に肝胆相照した男子同士が、終生吉凶禍福をともにしてかわらないことを、一定の儀礼を経て誓い合った関係で所謂刎頸《ふんけい》の友をいうのだ。

鎌田が持った三人の拝盟は、いずれも相当な人物で、一人は、十七歳のとき初めて卒吾に身を投じ、その後ついに黒龍江省督軍にまでのし上った有名な呉俊陞《ごしゅんしょう》であり、他は現満洲国侍従武官長陸軍上将張海鵬《ちょうかいほう》と、元四洮鉄路局辦馬龍潭《りゅうたん》の二人だった。

鎌田は、満支大陸の土からでも生れたような男で、満支人の間に交友が多く、また彼等と親しむことが道楽のように好きだった。三人の盟友も、そういう彼に惚れこんで、先方から、何れも求められて義を結んだのであった。

鎌田は、平生好んでよく支那服を着ていた。背は高くはないながら、幅も厚みもある肥満した体軀は、眼鼻と輪廓の大きい、ガッシリとした容貌と相俟って、堂々たる風格を形作っていた。性質も、大陸型に、豪放磊落といった感じが、表面に眼立っていたが、一面細かい神経のはたらきを、内に秘めていることに、気づくものは少かった。

その鎌田が奉天公所長時代のことだった。満鉄では、四平街《しへいがい》に水源地を買収することになって、本社では、その命を、鎌田に授けた。鎌田なら、きっとうまく話をまとめるだろうと、見込んだからだった。

そこで鎌田は、奉天省公署の諒解を得ると、四平街事務所の小野寺と協議を遂げ、日を決めて関係地主を集めて折衝することにし、その席には奉天省公署の日本科員焦桐《しょうとう》と、四平街を管轄下に置く梨樹県《りじゅけん》の尹知事に、立会ってもらうことにした。こういうところに何でもないようで鎌田の深い用意があった。

当日になると、招いた地主たち総勢七、八人がすべて四平街事務所に顔を揃えて集った。待つ間に点心をつまみ、茶水を替えている彼等は、和かで上機嫌だったが、さて本題に入ると、予め用件を知って来ている彼等だったが、忽ち空気が一変してしまった。

「水源地は決して、ただ満鉄の勝手のために買収しようというのではありません。火車（汽車）はあなた方も常に利用して下さっていますが、増結や増発など、今後一層鉄道を便利にするために、この四平街にも是非水源地が必要だから、皆様にお願いをして、入用な面積だけを譲って頂きたいと申し上げているのです」

と、鎌田は自ら、誠意をこめて事理を説き、口を酸っぱくして頼むのだったが、地主たちは、彼等だけでお互に顔を見合せて、フフンと冷笑を浮べながら、まるで真面目に相手になろうともしないのだった。

「値段にでも、異議があるのですか？ 黙っていられてはわからないから、貴君方の御意見を、率直に切出してくれたまえ」

罪もない支那人の通訳を睨むようにして、小野寺が、怒気を帯びて荒々しく言った。

「まア、待ちたまえ」

鎌田は制して、

「では、どれ位なら、譲って下さいますか」

と、なおも下手に、穏かに出た。

せいぜい一畝二十元内外が時価だった。それを、鎌田は、奮発して、大体四十元見当と、はじめから駈引のないところを仄めかしたのであったが、それが却って、地主連中の慾気を煽った形だった。百元、二百元でないと嫌だというものがあるかと思うと、たとえ何百元でも断じて手離すことはできぬと、頑張る手合さえも出て来た。

鎌田も、ちょっと勝手のちがった感じだった。初めからこうもつれてしまったのでは、新に出直すほかはないかと、思われた。相手を信ずれば此方も信ぜられる、とは鎌田が、支那人と交際する場合の一つの信念だったが、それも相手によりけりで、因業《いんごう》地主にかかっては、三文の値打もなかった。

小野寺は、ジリジリし、鎌田を問責するような顔で、腕を組んでいる。座はまったく白けきってしまった。

困ったのは、尹知事だった。自分の管轄区域内の問題であり、而も自分が立会っていながら、交渉決裂となっては、面子《メンツ》にも拘り、また後の面倒も案じられた。それに、尹は、鎌田が呉俊陞と拝盟の間柄であることもよく知っていた。それで、何とかしてこの問題は、円満解決させたかった。

それで、尹知事は、おそらくは畢生《ひっせい》の智慧をしぼったのであろう。鎌田に耳打ちして、少時休憩をしてはどうか、と諮った。鎌田にも、異議のある筈はなく、一時休憩となったが、その休憩中、尹は影が形に添うように、鎌田の傍につききっていて、しきりに話を持ちかけた。

先生は、近頃呉鎮守使とお会いになりましたとか、先生は呉鎮守使とは拝盟だと承っていますがとか、そのうちに私にも呉将軍に対聯《ついれん》を書いてもらって下さいとか、あきらかに阿諛追従《あゆついしょう》としか思われないような言葉を、しかも得々と大きな声で地主連中にも聞えよがしに言うのだ。

いい加減にあしらいながらも、鎌田は不愉快でならなかった。彼と呉俊陞が義兄弟であることはまちがいはないとしても、そんなことは、人前で広告すべきものでも、またしてもらうべきものでもなかった。それを、尹知事は、鎌田の心もはかることが出来ず、ペラペラとやってのけるのだった。

で、この辺でもう一度と、尹が言い出したときには、鎌田はよほど日を改めようかと思ったが、とにかく再開だけは、してみることにした。すると何《ど》うだろう、休憩所とは地主側の態度が、がらりと再変してしまったのである。一人が四十元なんて頂こうとは思わない、幾らでもお譲りしますというと、皆が我勝ちにそれにならって、甚だしいのは、公共のためになることだから、別に代価は要らない、などと申し出るものさえあった。

君子豹変どころではなかった。これには、鎌田も、小野寺も、唖然としたが、結局、最初の言値の四十元に五元を増して、一畝四十五元で買収することになり、話は急転、目出たく手打ちとなった。

「先生が、呉鎮守使と拝盟だと、地主共が知ったからですよ」

と、後で尹知事に囁かれて、鎌田は「あ、そうだったのか」と、初めて尹の奇智に、膝を打って感嘆したのであった。

四平街水源地問題は、そんなわけで、拝盟――義兄弟の威光が蔭から物をいって、思わぬ手柄を鎌田は樹てたのだったが、その後呼海《こかい》鉄道問題で、その当の拝盟呉俊陞と、直接談判を試みなければならなくなったときには、鎌田も内心ちょっとたじろいた。

呼海鉄道というのは、今の哈爾浜《ハルビン》・黒河《こくが》間の一部で、呼蘭《こらん》―海倫《かいりん》をいうのだったが、この哈爾浜―黒河間の路線については、明治四十年頃から、幾多のいきさつが絡まっていた。

その詳しいことは預かるとして、その呼海鉄道は、大正十四年になって黒龍江省官民が組織する呼海鉄路公司の手で、東三省交通委員の認可を経て、愈々敷設されることになったが、北満の穀倉地帯を縦走するこの浜黒間の鉄路は、日本も早くから関心をもっていたが、手出しをする機会がなかった。

ところが、今度、支那自体がその敷設に乗出すことになったのはよいとして、日本にとって問題なのは、その軌道であった。ゲージさえ満鉄と同一であれば、別に問題はないわけだったが、ただこれが、東支鉄道と同じ軌道で、いま一本、哈爾浜―黒河間がつながれるとなると、それは帝国の国防上、将来どんな由々しき大事を醸すか、わからなかった。

しかも、ゲージが、東支鉄道と同一になる懸念は、十分にあった。第一、これは幸い張作霖の反対があって、沙汰止みとなったとはいうものの、露人のスキデルスキイというのが、すでに一度、この線の出資請負を、黒龍江省官民から委ねられたという事実があった。

スキデルスキイという男は、彼の先代が、東清鉄道の重要な地位に就いていたことがあり、その縁故から、彼もまた東支鉄道および東三省官憲にはずいぶん深く喰入っていて、その暗躍、明躍には端倪《たんげい》すべからざるものがあった。

現に張作霖のもとにもさかんに出入をし、また呉俊陞とも、仲が悪くはなかった。張作霖とは、麻雀やポーカーのこの上もない敵手だったが、一万元あまりたまっている麻雀の借《かり》を、一向払おうとはしないので、張作霖はすっかり憤慨をし、それでスキデルスキイの浜黒線敷設契約を妨害したのだという噂も、飛んでいたが、真偽はとにかく、この男が、このままこの線路をあきらめて、引込んでしまう筈もなかった。

そのほか、本線敷設乃至はその材料売込みについては、土着資本、その背後にある米英資本なども、それぞれ爪牙《そうが》を研いで、虎視眈々《こしたんたん》各関係方面に猛運動をつづけていた。

で、満鉄と同一軌道にするための、安全第一の策は、なんといっても、敷設材料一切を満鉄の手で引受けることだった。これなら、間違いようもないわけだった。

「君が一つ、呉督軍をうまく説いたらどうかね」

ある日、鎌田は、菊地軍事顧問兼機関長から、半ば戯談《じようだん》のように、唆《そその》かされた。

「それは場合によっては……」

口をすべらしはしたものの、鎌田も別に自信があるわけではなかった。すると、菊地顧問は、気乗薄の鎌田の肩を叩いて、

「君が持出せば、呉督軍も嫌だとは言うまいと、張作霖も言っていたよ」

といって、意味あり気にニヤリと笑った。

菊地軍事顧問の謎のような笑いを、どう解くべきかについて、鎌田は首をひねったが、所詮は呉俊陞を拝盟に持つ自分が、買ってでも出なければならない幕であることに気がつくと、彼の肚も次第にきまって来た。

――そうだ、大役だが、砕けるまでも当ってみよう！

しかし、用意は、あくまで周到であるべきだった。菊地顧問が、半ば戯談にように彼に話を持ちかけた半面にこそ、この問題の重大な複雑性が、かくされているのではないのか。うかつに、玄関から、表向きの交渉に入り難い事情があればこそ、顧問は、一種の暗示を呉督軍の拝盟であるこの自分に与えたのではあるまいか。

「君なら、呉督軍も嫌とは言うまいと、張作霖も言っていたよ」と、菊地顧問は肩を叩いたが、事によると、これは張作霖が、巧《たくみ》にこの問題から逃げを打っていることを意味するものではないのだろうか。

何れにしても、鎌田は、容易ならざる大役が、自分の双肩に、重くのしかかっていることを、痛感しないわけにはいかなかった。

そこで、彼は、倉皇《そうこう》として大連の本社に駆けつける

と、安広《やすひろ》社長、大蔵理事、藤根部長等と協議を重ねた上、正式に本社の命令を受け、奉天に引返すと、張作霖の考えをたしかめるために、彼はその総司令部邸を訪問した。大正十四年九月八日のことだった。

大勢の先客があったが、張総司令は、さっそく会ってくれた。

「御無沙汰していました」

鎌田が、久闊《きゅうかつ》を叙すると、

「貴下の元気なことは、菊地顧問から、いつも聞いていたよ」

と、張作霖もニコニコしている。

張作霖と鎌田は、日露戦役当時から知合っていて、その後、日支交渉や、郭松齢《かくしょうれい》反逆事件の際などにも、お互に妙な因縁をもったりして、割合い遠慮のない話が出来る間柄だった。で、鎌田も、廻りくどいことは省いて、

「実は、今度本社からの命令で、浜黒鉄道の件について、呉督軍に交渉に行かねばならなくなったのだが、ついては、閣下のお口添えを頂きたい」

と、単刀直入に切出した。

「満鉄で、請負いたいという話だね」

あまりズバリとやられたので、鎌田は、却って冷やりとした。

「お察しの通りだ」

すると、張作霖は笑いながら、

「そのことなら、貴下と督軍とのあいだで、まとまる話ではないか。こんなところで愚図々々しているよりも、早く出かけた方がよいようだ」

これで、張作霖が、自分で積極的に助力しないまでも、この話に好意こそ持て、別に悪意を抱いていないことだけはわかったので、鎌田はすかさず、

「では、御意見に従って、さっそく斉斉哈爾《チチハル》に行きたいと思うが、ついては呉督軍への簡単な手紙を一本、書いてもらいたい。今度浜黒線の問題で、鎌田公所長が行くから、よく事情を聴いて相談に乗ってやれと、それだけで充分だから」

と、頼んだ。

翌日、頼んだ通りの書面を、張総司令から受取ることの出来た鎌田は、それを支那服の懐中ふかくにしまいこむと八日、勇躍奉天を発って、斉斉哈爾に向った。

ところが、運悪く、その列車には、露西亜の要人と常に最も密接な関係をもっている東支鉄道交渉局総辦

の馬忠駿《ばちゆうしゆん》が乗込んでいて、鎌田の姿を見るなり、傍にやって来て、

「何処へ」

という。

嫌な奴と一緒になったと思ったが、嘘も言えず、

「ちょっと斉斉哈爾まで」

と、仕方なく答えると、

「それはよかった、自分も斉斉哈爾に行くのだ」

といい、

「何用か?」

と、絡んで来る。

知人の病気見舞だとか何とかごまかして、その場は切抜けたが、今度は、

「昂昂渓《こうこうけい》からは、特別列車を手配してあるから、君も是非同乗して行かないか」

と、勧められた。

断る口実もなかった。二人は満鉄と東支鉄道とのちがいこそあれ、同じ満洲を走る鉄道の同業者として、前から顔馴染の仲だったし、馬総辦が、好意でそれを言っているのはあきらかだった。それに、ためらっては却って疑惑を招く惧れもあるので、やむなく、鎌田は、昂昂渓からその特別列車の賓客となって乗替えた。

斉斉哈爾に着いたのは、十四日の午後二時頃だった。今は、奉天を朝発てば、その夜には斉斉哈爾に到着することが出来るが、その頃はまだ、そんなふうに数日かかった。

駅で、馬総辦に別れを告げると、鎌田は、初めて解放された思いで、用をたしたりして、さて、これから斉斉哈爾公所に早川所長を訪ね、用務を語り、一先ずここに落ちついて今後の段取を決めようと考えているところへ、駅員がしきりに鎌田の名を呼んで、彼をさがしている。何事だろうと訊いてみると、呉督軍が、自動車で彼を迎えに来ているという。

別に知らせてもないのに、不思議なこともあるものだと、駅の玄関に出てみると、なるほど自動車が一台横づけになっていて、中にはまぎれもない呉督軍が乗っている。

「鎌田です」

と、声をかけると、黒龍江省督軍は、わざわざ扉を排して飛びだし、

「実は今、馬総辦から来たことを、宴会の席で聴いたものだから、こうしてすぐ飛んで来たんだ。客室も用

意をさせて置いたから、是非公署に泊るがよい。俺に黙っているなんて、拝盟というものはそんな水臭いものではない。とにかく行こう」

と、相手の都合も訊かずに、呉督軍は、自分で鎌田の鞄をひったくると、押しこむように、鎌田を先に乗せてしまった。

奉天を発つときには、あくまで微行のつもりの鎌田だったが、こうなっては是非もなかった。二人を乗せた自動車は、急ぎ督軍公署へと引返した。

鎌田は、すぐ食堂に案内された。

客はと見ると、先刻の馬忠駿、農商総長王廻斌《おうかいひん》の息子王家瑞、程政務総長、王殷長、広信公司総辦等、何れもれっきとした顔ぶれ揃いで、馬総辦のように目立った親露派がいるかと思うと、程庁長のような知日派も見え、呉越同舟ながら、座は結構、和気藹々《わきあいあい》として賑わっていた。

こういった各方面の要人たちと図らずも一時に顔を合せてしまった鎌田は、今は、事を一気に決すること が、第一だと考えた。愚図々々していたら、それこそ、どんな横槍に妨げられないとも限らないと思われた。

で、宴会がすむのを待って、彼は、督軍と密会の折をねらっていたが、都合よく鎌田の部屋へ督軍が入って来て、

「宴会のあとには、どうもこれを食わんとおさまらないのだ」

と、大きな五郎八茶碗みたいな皿に、饂飩《うどん》に玉子をかけたのを山盛に盛った夜食を、ボーイに運ばせて来た。

夜食も夜食だったろうが、無理強いに自動車でつれて来たものの、鎌田が、何のために、彼に予告もなく斉斉哈爾に来たのか、督軍はそれが気になっていたらしく、

「何か面白い話でもあったら、食いながら聴かしてもらおうじゃないか」

と、遠廻しに言って、あたりを見廻すような様子をして見せたので、鎌田も、ちょっと声を低くして、

「実は、総司令から話があって、相談に来たわけだが、書面を預って来ているから、明朝、人の起きないうちに、この部屋へ来てもらえまいか」

「総司令から？　よろしい」

その晩は、そんなふうで別れたが、鎌田は、頭の心が冴えて眠れなかった。事が、うまく行きそうな気も

するが、その話ならもう手後れだ、あきらめてくれと、朝になったら、宣告されそうな気もした。

うとうととまどろんだかと思うと、ノックされて、鎌田は飛起きた。まだ窓は暗かった。約束通り、督軍は夜も明けないうちに、一人でやって来たのだ。

「どうも早く起して申訳がない。昨夜話した総司令の書面というのは？」

「これだ」

鎌田が渡すと、まだふところの温かみのあるのを、督軍はその場で開封して読下し、少々せきこみながら、持前の吃り気味の不明瞭な言葉で、

「じゃ、きょう早速、要人連をあつめて会議を開くことにしよう。君もその席に、是非出たがよかろう」

と言った。

併し、それだけでは鎌田は不安だったので、出て行こうとする督軍の背後から耳に口を寄せて、

「最近、浜黒線の問題をめぐって総司令のもとに種々な情報が入っていて、それには、総司令も頭を悩ましていられるようだ。総司令は今後、東三省に敷設する鉄道はすべて自国の標準ゲージに依らなければ、絶対に許可しない方針のように聞いているから含んで置いて欲しい」

と囁くと、呉督軍は振返って鎌田の顔を眺め、軽くうなずいて見せたが、鎌田はまだ安心することが出来なかった。

その会議というのは、午後の二時頃から開かれた。劈頭《へきとう》、呉督軍は、総司令張作霖の書面を一同に示して、「鎌田所長は、浜黒線のことについて、総司令の内意と満鉄の社命を帯びて、相談に来斉されたので、呼海鉄道は勿論、将来本省が、鉄道を敷設する場合には、輪転材料等一切、満鉄が引受けて世話をしてくれることになっているが、その交渉には政務庁長程延恒《ていえんこう》をつかわしたいと思う。これに異議があるものは申し出てもらいたい」

と、問題をあけすけにさらけ出して、みなに諮った。

要人連は鳴《なり》をしずめたように押黙っていた。焦った要人の中には、例のスキデルスキイやシーメンスや、その他安利洋行、泰和洋行等に、各方面への紹介状を与えていた秘書長の鄭謙《ていけん》、張財政庁長等の、あまり芳しからぬ顔もまじっていた。

それが、鎌田には、初めから気になっていた。ところが、そういう反対派と覚しき連中は、一語も発しな

かった。督軍の言葉が、いきなり彼等の意表に出たのと、張総司令の書面が、物を言ったに違いない。

鶴の一声で、話が決ると、それで会議はおしまいとなった。飽気ない会議だったが、鎌田の大役は、見事果されたのだった。

鎌田には、信じられないような気持だった。案ずるより生むが易いということもあるが、それにしても、こんなに簡単に、この問題が運ぶとは？　しかし鎌田は、まだ油断は禁物だと自分で心にいい聞かせていた。

拝盟としての義理を果して、督軍も嬉しかったと見えて、散会のときに、彼は鎌田を顧み相好を崩しながら、

「君の用事はこれで終ったわけだろうから、今晩五時に君の歓迎会を龍沙公園で開きたいと思う。是非出席してもらいたい。陪席人員は中野日本領事、居留民会長を初め、当地軍官民各機関の代表七十名ほどの予定だ」

と、頗《すこぶ》るの上機嫌だ。

奉天を出たときには、馬総辦に会っただけでも、ビクビクものだったのだが、愈々大変なことになったものだと思ったけれど、今となっては度胸を決めて男らしく、これを受けるよりほかはなかった。

その鎌田の歓迎会は非常な盛会で、鎌田はそこで、随分大勢の未知の人と名刺の交換をしたが、それをもって彼が席に着くと、先ず督軍が起って、一場の歓迎の辞を述べたが、卒伍《そつご》から身を起したとは思えない堂々たるものだった。鎌田は簡単に督軍との関係を述べ、盃を借りて、督軍竝びに列席一同の健康を祝ったが、半ば夢見心地であった。

散会後、鎌田は、程政務庁長と王参謀を満鉄公所に誘い、早川所長と四人して麻雀の第二次会をやったが、王参謀長は妙に浮かぬ顔をして、一荘も終らぬうちしきりに帰りを急いでいた。ところが早川夫人が、今おしるこが出来るからというので、到頭《とうとう》十二時頃まで無理に引止めてしまった。鎌田達は、翌朝になって、愕然として驚かなければならなかった。それは、前夜、王参謀長の留守宅に、一人の兇漢が、煉瓦塀を乗越えて闖入《ちんにゅう》し、王夫人を殺害したとの情報が、突如としてもたらされたからだった。

鎌田は見る見る蒼くなった。

彼が、王参謀長を誘いさえしなかったならば、そしてまた帰りを急いだ参謀長を無理に留めさえしなかっ

たならば、椿事は防げたかも知れないのだ。否、きっと防げたことだろう。

無惨な死を遂げた王夫人も気の毒であり、王参謀長の悲嘆も察するにあまりがあったが、同時に鎌田にとって心配なのは、こんなことから肝腎の浜黒線問題が、逆転でもするようなことがありはしないか、ということだった。

何はともあれ、鎌田は、早川所長と共に、参謀長宅に駆けつけると、折よく督軍も見えていたので、二人は、

「今度の不祥事を惹起するに至ったのは、全く我々両名の罪であって、なんともお詫びの言葉もない、重々お許しを願いたい」

と、真心を面に現して、詫び入った。

「いや、決して、あなた方の知ったことではありません」

そういいながらも、さすがに参謀長は愁然としていたが、督軍の方は、一向平気なもので、却ってそういう二人に自分の方で恐縮し、

「女などというものは、探せば幾らでも代りがある。だが、参謀長はそういうわけにはいかん。掛け換えのない参謀長が無事だったのは、むしろ君等二人のお蔭だったと、今も参謀長と話していたところだ」

あべこべに礼を言われて、なるほどそういう理窟もあるものかと、二人は顔を見合せて胸を撫でおろした。

その晩、中野領事が督軍はじめ要人たちを招待した。暗に浜黒線問題解決の、お礼心を含めてのことだった。鎌田も出席したが、宴が終って公署に帰ると、督軍は鎌田を呼んで、

「君はいつ発つつもりか」

と訊いた。

「自分は何日《いつ》でも差支えはないが、程政務庁長の都合はどうだろう」

というと、彼はいつでもよい筈だ、一層《いっそ》のこと、明日一緒に発ってはどうかと督軍は善は急げと言わんばかりの口調だったので、鎌田も、そうすることにしたが、その前に彼は、今度のことについて、何か確かな証拠を是非握って置きたかった。支那のことだから、あとでどんな間違いが起らないとも限らないと、思われたからだ。

そこで、彼は督軍にいった。

「では、明日帰ることにするが、浜黒間の軌道の問題

は、先日話したように総司令は殊のほか気にしていられるようだから、何か書いたものをもらって行って、総司令にも安心をさせたいと思うがどうだろう」

「それもそうだ」

　すると督軍は、さっそく同意し、その場に秘書を呼ぶと、

「浜黒線の軌道は、中国の国有鉄道に拠って敷設し、輪転材料購入等には程政務庁長を鎌田所長に同行せしめ、大連で満鉄本社と折衝せしむるものとす」

　と認めさせて、鎌田に渡した。

「これでよかろう」

　鎌田は眼を通し、思わず督軍に手を伸べた。老督軍もじっと握り返した。拝盟の義に発してそれを超える日支理解の意味深い思いがこめられていた。

　こうして、長い懸案の浜黒線は、碧眼の策謀をけとばして、大正十四年九月に、一部敷設に着手されるに至ったのだった。

## 山本協約

　昭和二年七月、総裁に就任した山本条太郎は、満鉄中興の偉材であった。

　彼は、後日満洲の鉄道問題で、強大な発言をなし得る素地を作った。満蒙権益鉄道に関する取極《とりきめ》に成功したと共に、撫順《ぶじゅん》炭礦の油母頁岩《オイルセール》の乾溜、鞍山《あんざん》製鉄の拡張、硫安の製造等に就いて巨大な業績を残している。

　彼は、前回に述べた満鉄事件では、悪役に廻った森恪《かく》の先輩だったが、大陸経営については、つとに一見識を持ち、人物も大きかったので、ケチな党利漁りの眼では、満鉄を見なかった。

「満鉄はひとつ君がやってくれないか」

　と、田中義一から頼まれたとき、副総裁を松岡洋右《まつおかようすけ》にやらしてよければ、という条件で引受けたところなどにも、彼の面目が窺われた。

　松岡といえば、昭和八年、日本が国際聯盟を脱退したときの立役者となって男を挙げ、後に重大危局の外相として活躍するに至ったが、その頃はまだ満鉄理事中の一人にすぎなかった。大正十年から十五年に至るまで、早川、川村、安広と三代の社長に事《つか》えて、根気強く黙々と勉強していたのを、見どころのある男として、山本は女房役に選んだのだった。

　山本が、満鉄に乗込んだ頃の支那は、ちょうど張作《ちようさく》

霖《りん》が、中原に進出して、陸海軍総司令になったばかりの時だった。

張作霖といえば、前篇でちょっと触れて置いたように、日露戦争中、彼がまだ馬賊の小頭目時代に、遼西《りょうせい》地区で、わが満洲軍に逮捕されて危く銃殺に処せられるところを、当時総司令参謀だった田中義一少佐と、新民屯《しんみんとん》の軍政官だった井戸川少佐の二人に、一命を拾われたことがある。

その命の恩人の田中は今、日本で内閣を組織し、そして張作霖の方は支那で大元帥の印綬《いんじゅ》を帯びていた。偶然ながら、不思議な運命のめぐり合せであった。

それはとにかくとして、満鉄に来て山本条太郎がまず手をつけたのは、所謂満蒙五鉄道問題だった。

満蒙五鉄道問題とは、本篇の冒頭に書いた、満蒙の本線に連絡して満蒙開発鉄道の幹線たるべき四洮《しとう》、開《かい》海《かい》、長洮《ちょうとう》、洮熱《とうねつ》、海吉《かいきつ》の五鉄道をいい、中村是公が総裁だった大正二年に、時の山座駐支公使と孫支那外交部長との間に締結された「満蒙鉄道借款修築に関する交換公文」に基く帝国の権益に属するものだったが、その後十数年を経て、まだ実現の見込みがついてはいなかったのだ。

尤も右五鉄道のうち、四洮線の一部をなすところの四《し》平街《へいがい》―鄭家《ていか》屯《とん》間だけは、単独契約に切りはなして、四鄭鉄道の名で、大正六年に、満鉄の手で工事が完成していた。

また、大正七年には、わが後藤外相と駐日章《しょう》支那公使とのあいだに「満蒙四鉄道覚書」なるものを交換して、前記四洮線を除いた四鉄道を、日本の資金と技術で建設する契約が、新たに取結ばれていた。

しかし、それにも拘らず、いざ具体化するという段になると、いつも四の五の言って逃げを張る支那側の不誠意に阻まれて、その「満蒙四鉄道」も四洮線の残部も、反古にひとしい「予備契約」のままで、徒らに歳月の空しくすぎ去るのに委ねられていたのである。

山本総裁の頭には、もちろん、二十数年前に、当時の田中少佐に張作霖が一命を救われたという因縁話などはなかった。また田中大将にしたって、そんなことを、山本の赴任土産にわざわざ耳に入れて、それを何かに利用させようなどというようなさもしい考えは微塵もなかった。

ただ山本としては、幸い前から日本と関係浅くはない張作霖が、群雄割拠の諸軍閥をとにもかくにも制して、大元帥として中央に号令していたのであるから、この機において、満蒙五鉄道問題を彼との間に解決して、満蒙開発と、日支経済提携の確乎たる基礎を、是非とも築いて置きたいと期するところがあったのは当然なことだった。

そこで、山本は、就任間もない十月八日、自分で北京に赴くと、親しく張作霖を、その官邸に訪ね、張が多年の念願を遂げて、中原に乗出したことに対して、まず慶祝の意を表してから、

「就任早々性急のようだが、例の満蒙開発鉄道問題を、この際閣下の力で速かに解決したいと思うが……」

と、駈引抜きに、正面から切出した。

すると、山本の直接訪問に気をよくしていた張作霖は、

「あの問題は、実は自分も、かねがね気にかけていたのだ」

と如才なく愛嬌を振りまき、ちょうど来合せていた楊宇《ようう》霆《てい》を顧みて、

「せっかくわざわざ山本さんが見えたのだから、大綱だけでも取極めたらどうか」

と、相談した。

「それがよろしかろう」

と、楊宇霆も賛成したので、話はトントン拍子に進み、一週間後には、左記七線の大綱に関する「交渉協約」なるものが、山本総裁と、張作霖の間に結ばれた。

一、敦化《とんか》―図們《ともん》間
二、長春《ちょうしゅん》―大賚《だいらい》間
三、吉林《きつりん》―五常《ごじょう》間
四、斉斉哈爾《チチハル》―墨爾根《メルゲン》間
五、洮南《とうなん》―索倫《さくりん》間
六、新邱《しんきゅう》―奉天《ほうてん》以北間
七、延吉《えんきつ》―海林《かいりん》間

これは、満鉄で今に『山本協約』と呼んでいるところのものだ。

これで、山本も、わざわざ北京まで出かけて行った甲斐があったわけだったが、その後愈々《いよいよ》建造請負契約を締結する段取りとなって、翌昭和三年一月初旬、総務部渉外部長の野村正、技師穂積哲二、上野充一の三人が、社命を帯びて北京に出張してみると、これはまたどうしたわけか、支那側では、まるでそれに対する準備が出来ている模様がない。

三人は、毎日、交通部にお百度を踏んで、関係要人

へ面会を申し込むのだったが、多くは居留守を使ったりなんかして、会いたがらない。たまに、下っぱの方のものが出て来て、会ったかと思うと、

「さァ、それは私共にはわかりかねますが……」

「何《いず》れ上司にお伝えして置きます」

と言った具合で、まるで、要領を得ない。

これには三人も、全く面喰《めんく》ってしまった。

「いったい、どうしたというのだろう」

「総裁が一杯食わされたのかナ」

「まさか――」

毎夜、宿に帰ると、三人はお互に憂鬱な顔を突合せては、こんなことを囁くのだった。

「いくら何でも、中間報告位はしなければならないと思うが、これを総裁に報告したら、どう言われるだろう」

ある晩、渉外課長の野村が、責任感から、愚痴ともなくついこんな言葉を洩した。

「このままで報告なんか出来た義理じゃない」

上野が、妙なところで力んだ。

「全くだ」

と、穂積も言ったが、その通りであった。


第一、三人の今度の出張用務は、順序が逆になっていた。本来ならば、彼等が先ず北京に来て支那側の関係方面と下折衝を進めて、話がまとまったところで、愈々総裁と張作霖乃至は支那側の責任者とのあいだに、調印が行われる筋合のものであった。

それを、総裁が一足先に来て、相手方の御大たる張作霖とのあいだに直談判で一応の協約が取極められていた。それだのに、そのあとが、要領を得ないとあっては、子供の使いにも劣るわけだった。

その上、彼等が携えて来た、満鉄側の建造請負契約案は松岡副総裁を中心に、暮の三十日から正月の松の内中かかって、副総裁宅で三人も参加して、練ったものだった。

また大連を発つときには、

「成果を期待している、しっかりやってくれ」

と、副総裁から彼等は激励の言葉をおくられていた。その上予《あらかじ》め契約締結の成就を見越して調印用の総裁印まで、彼等は預って来ていた。如何に相手が瓢箪《ひょうたん》鯰《なまず》を得意とする支那の役所とはいえ、これでは、彼等の面目が立つわけはなかった。

「もしかすると、肝腎の張作霖が急に変心したのでは

あるまいか」

穂積が、心の不安を口に出すと、

「しかし、総裁と約束したんだから――」

と、他の二人は、自らを慰めるように、穂積の言葉を打消した。と、そこへ、かねてから支那側への側面工作を依頼してあった町田大佐と江藤豊二の二人が、牛島満鉄北京公所長と連れだってやって来た。町田大佐は、当時東三省軍の顧問兼奉天特務機関長であり、江藤の方は、三井物産の社員だったが、共に張作霖とは、親しい間柄だった。

「諸君も、だいぶ長くなったようだが、どうだひとつ、この辺で今度のことは、我々二人にしばらく預けて貰えまいか」

町田大佐が、いきなり三人に申し出た。

なるほど、三人が北京へ来てから、もう一ヶ月以上もすぎていた。

「と、仰有ると?」

と、三人は思わず屹《きっ》となって、もう胡坐《あぐら》をかいている丸腰の町田を、見つめた。

「他でもないが、君たちも多分もう察していると思うが、山本協約問題は、本尊の張作霖が、その後すっかり気乗薄になっているんだ。で、役人連中も、下手に関係しては、どんな災難が降りかからないとも限らないと、それを恐れて、みんな君たちから逃げまわっているんだよ」

各自がそれぞれ考えていたことではあったが、町田顧問から、こう実も蓋もなく言ってのけられると、さすがに何ともいえない憤りが、一時に腹の底からわき上ってくるのを、三人はどうすることも出来なかった。

「大の男が、三人もやって来て、今さらオメオメと、どの面さげて帰れますか」

まるで責任が、町田や江藤にあるかのように、上野が唇をふるわした。

町田は引取って、

「それはわかっている。だから、我々で、あとを何とか打開しようと、こうして相談に来たのじゃないか」

「及ばずながら、町田さんと協力して、僕も奔走してみましょう」

と、江藤も、熱心に口添えをした。

いまいましい限りだったが、だからといって、この上三人が、いつまで長逗留《ながとうりゅう》をしてみたところで、別に望みがあるわけではなかった。それに、今ここで、せっかく町田顧問たちの好意を、無にするのも、どうかと思われた。

で三人も、それなら——と、一切を二人にまかして、一応北京を引揚げることにした。

しかし、こんな惨憺たる目に遭うとは、想像さえもしたことのなかった野村たちは、どう考えても張作霖が、憎々しく、業腹《ごうはら》でならなかった。「恩知らずめ！」「裏切者！」とさえ彼等は心に叫んだ。

中央に、大元帥の印綬を帯びるようになってからの張作霖が、従来の関係にも拘らず、日本に対して思い上っているらしいということは三人も噂に聞かないわけではなかった。

「自分は、日本の世話になったことはない」

などと、彼が平気で放言していることも、どこからとなく伝わっていた。

今にして、三人はそれが真実であることを、疑うわけには行かないような気がした。

日露戦争時代の命拾いの話は別としても、これまで張作霖が、日本に負うところのものが、並々ならぬものであったのは、あまりにも周知の事実だった。

早い話が、第一奉直《ほうちょく》戦の場合がある。それは大正十一年のことだったが、彼がそのとき奉天軍を率いて、山海関を越えたのはよかったが、長辛店《ちょうしんてん》で、呉佩孚《ごはいふ》の猛烈な反撃に遭って、潰走後退を余儀なくされ、僅かに山海関に踏みとどまって、対峙《たいじ》の姿勢に立直りはしたものの、後方奉天に和平運動が起った為めに、急遽呉佩孚に妥協を申し込んで停戦し、帰奉したのだったが、呉佩孚の支持する北京政府のために、その東三省巡閲使なる官職を褫奪《ちだつ》された張作霖が、この北京の仕打の裏を掻いて、却って突如東三省の独立と自治を宣言して、自ら東三省自治軍総司令を呼号して、東三省における彼の地位を一層強化することが出来たのは、当時満鉄を南北に縦断して沿線一帯を、わが帝国の守備隊が厳重な警戒陣を布いて、北京側からの軍事行動を完全に制圧していたからに他ならなかった。

このとき張作霖が、どんなに日本に感謝していたかは、当時彼が在奉天の日本人有力者五十余名を飯店に招待して、

「今後、益々貴国と固く手を執って行きたい」

と、親日演説を試みていることでも知られるのだ。

それから二年後——張作霖は、前よりは一層重大な危機を、再び日本の庇護によって救われているのだ。

それは、第二奉直戦争および郭松齢《かくしょうれい》事件のときだったが、第一奉直戦以後、中央においては、直隷派が愈々勢威を加えていたのに対して、満々たる野心を中原の制覇に懸けていた張作霖は、如何にも口惜しくてたまらず、大正十三年九月、再び戦いを宣し、自ら総司令となると、六個師団を率いて関内に向って進軍を開始し、またもや山海関を挟んで、仇敵呉佩孚と対陣したのであった。

このときは、両雄相下らず、勝敗の数も全く逆睹《ぎゃくと》すべからざるものがあったが、偶々直隷軍の第三軍総司令だった馮玉祥《ふうぎょくしょう》が、ひそかに張作霖と策謀して寝返りを打ち、突如踵《きびす》をめぐらして背後北京を占領し、大総統曹錕《そうこん》を強要して停戦命令を発せしめ、呉佩孚等の職を褫奪させたので、寝首を掻かれた形の呉佩孚は愕然為すところを知らず、海路僅かに身を以て岳州《かくしゅう》に奔《はし》った。

かくして戦いは、奉天軍の大勝に帰したので、張作霖は、愈々中原への志を伸べて、馮玉祥と提携して、段祺瑞《だんきずい》を臨時執政に推し、時局の収拾に取りかかったまでは無事だったが、政治的には、張を嫌う南方派が、彼に従わず、また軍事の方面では、新に馮玉祥軍と奉天軍の対立を招くことになって、張にとって、形勢甚だ楽観を許さなくなって来た。

その上、大正十四年十一月のことだったが、今度は奉天軍の最精鋭を率いて灤州《らんしゅう》に駐屯していた第三方面軍第十軍長の郭松齢が、麾下《きか》の七万に号令して叛旗を翻すと、張作霖の下野を迫って、堂々奉天に向って進軍を開始したからたまらない。

当時、恃《たの》むべき手兵の大部分を関内に送って、居城奉天には、僅かの残留兵しか持っていなかった張作霖は、万策尽きて、竟《つい》に下野《げや》を声明すると共に、旅順のヤマトホテルを仮の宿と定めて亡命の準備までもしたのであった。

一方勢いたった叛兵の方では、十二月五日に、錦《きん》州《しゅう》の南なる連山湾《れんざん》附近の奉天軍を追いちらし、さらに北進を続けて、同八日には、溝帮子《こうほうし》に到着、漸く奉天を圧迫するに至り、わが満鉄附属地も愈々兵火の危険にさらされて来たので、それまで隠忍、静観の態度を持していたわが関東軍司令部では、もはや事態を黙視すべきでないとして、司令官の名をもって次のような意味の厳重な警告を奉郭両軍に発し、その注意を喚起した。

「本司令官は帝国の方針を体し、隣邦の動乱には絶対不干渉の態度を厳守し、断じて支那国内の一党一派の興廃に関与するものではないが、満洲には数十万の帝国臣民が居住して、各般の平和的事業を経営し、日本の投資また巨額に上り、帝国の同地方における権益は頗《すこぶ》る重大なるものがある。従って、鉄道附属地帯即ち我が守備区域は勿論、その附近における戦闘並に騒乱のため、この重大なる帝国の権益を損毀し、或いは危害を及ぼす虞《おそれ》があるに於ては、軍の職責上、本司令官は已むなく当然必要な手段を執らざるを得ないであろう」

そして、この警告こそは、はからずしも張作霖にとって、救いの神風となったのである。

わが関東軍司令官の事理明白の警告にも拘らず、勝ちに乗じた郭松齢軍は十二月十五日には、竟に営口《えいこう》の対岸河北駅を占領し、更に遼河《りょうが》を渉って、営口市街への突入を試みようとした。

営口は、当時既に人口七万を数え、南満三大港の一つとして殷賑《いんしん》をきわめていた。明治四十三年以来、わが満鉄によって行われていたその埠頭業務は、明治元年には着埠汽船二百二十三隻、その噸《トン》数は約三十四万噸、輸出入貨物は総計約六十四万噸を算していた。鉄道は満鉄本線大石橋《たいせききょう》との間に営口支線が通じ更に遼河の水運は、遠く鄭家屯《ていかとん》まで溯《さかのぼ》ることが出来た。

南満切っての水陸交通の要衝であり、わが権益の重要都市たるこの営口への叛軍の突入は、その事情の如何にかかわらず、帝国としては断じて許容すべきではないので、関東軍は再度の警告を両軍に発すると同時に、郭軍に営口附近から撤退を要求し、一方わが朝鮮及び満洲駐剳軍《ちゆうさつぐん》を奉天附近に集結して、わが権益の防衛と附属地の警備に万全を期したのであった。

これがために、破竹の勢いにあった叛軍も、みすみす奉天を目睫《もくしょう》の間に眺めながら、手も足も出ない窮境に陥った。この間に、張作霖は、吉林軍と協力して、再起の機会をつかみ、形勢逆転し、竟《つい》に叛将郭松齢を捕殺するに至ったのだが、万一このとき郭松齢が、勝利を完うしていたならば、張作霖が中原に進出して、大元帥の印綬を帯びるなどということは、夢にも考えられなかったことであろう。

その張作霖が、その後、三度関内に兵を進めて、呉佩孚等の直隷軍と妥協して、第二奉直戦後一時蘇聯（ソ連）に遊んで赤化の洗礼を受けて来た、馮玉祥の西北国民軍を援けて、安国軍を組織し、自らその総司令官となり、「打倒蘇俄（蘇聯）」と「絶滅共産」の旗《き》幟《し》を掲げて、南方国民軍と対峙しつつも、昭和二年六月、北京において、大元帥となって陸海両軍の総司令権を掌握し、北部支那諸軍閥をその麾下に収め、遠く河南にまでその羽翼を張るにいたったというのも、右に述べたような事情に助けられて、彼の咽喉元にまで匕首《ひしゅ》を擬するにいたっていた郭松齢を、どたん場に討亡すことが出来たからであるのは、一点疑う余地のないことだ。

わが在満日本人——わけても満鉄マンの脳裡には、張作霖という人を観る場合、いつも彼に対するそういった予備知識と観念とが自然とつきまとっていた。

もちろん、それは決して、彼に対して、日本または日本人として恩に被《き》せるというような、ケチ臭い考えからではなく、彼こそは真に日本をよく知るものであり、日本と共に固く提携して、満蒙の開発に当るべき男であり、少くとも日本に対して、支那軍閥中、従来の因縁に照しても、最も誠意をもっているべき筈であると、信じられていた。

それに、満蒙開発鉄道の問題は、ただ日本の既得権益というばかりでなく、それは当の張作霖自身にとっても、彼の軍事的政治的地位と、最も重大な関係をもつものだったのだ。

その証拠に、清朝覆滅以後、多くの軍閥が各地に割拠して、相踵《あいつ》いで鹿を中原に追いながら、誰一人として、永く天下を平定するものがなく、また一度中央で蹉跌《さてつ》の憂目を見たものは、到底再挙することが出来なかった原因は、何《いず》れも軍資金の調達が、思うにまかせないからだった。

ところが、ただひとり張作霖のみは、幸運にも、わが満鉄を中心とする日本の満洲経営によってもたらされた、きわめて豊富な財源にめぐまれていた為めに、幾度か中央に失敗しても、更に捲土重来《けんどちょうらい》を期することが出来たのである。

早い話が、日本が、満鉄を継承経営以来、専ら満蒙の経済開発に努力した結果、明治四十二年には、一千七百万だった満洲の人口は、明治二年には二千五百万に上っていた。曾ては、支那の単なる接続地として経済的にはまるで顧みられなかった一僻地としては、この十数年間における人口・産物の増加は驚異に価した、従って、その貿易の如きも、明治四十二年には総額一億円にすぎなかったものが昭和二年には実に六億八千万円に達している。そして張作霖は、この満洲の発展と繁栄を背景に、自己の財政的基礎を築き、常にその軍事勢力を培養することが出来ていたのである。

その満洲の全域にわたって、更に全面的開発と経済建設を推進するための、懸案の鉄道問題を解決して、その速かな実現を期そうとするのが、山本協約の趣旨だったから、張作霖としては、双手を挙げて賛成するのが当然で、仮にも反対する理由などある筈はないのであった。

だからこそ、彼は山本総裁の提案を容れて、大綱に関する交渉協約を結んだのにちがいないのだろうが、それがいざ、具体的な建造に関する請負契約の取極《とりきめ》となると、関係方面の要人に旨《むね》をふくめて、今度のような首尾一貫せざる態度をとるのであった。

だから、その建造請負契約の社命を帯びて、わざわざ北京に出張していた野村、上野、穂積の三人が、「恩知らずめ!」「裏切者!」と心に叫んで、張作霖に憤激を覚えたのも、無理もない次第だった。

「総裁や副総裁に、なんと報告しよう」

「全くだ、あわす顔もない」

「仕方がない、ざっくばらんに申し上げて、あと何分の御沙汰を待つさ」

「おやおや、じゃ、張作霖と心中ということになるのかナ」

「心中ならまだいいが、片心中ではネ」

「鞄のなかで、総裁印が、泣きよるわい」

まだ松飾のとれない大連の街を出発したときの三人は、意気揚々たるものがあったのだが、四十日も滞在して、さんざん支那の役人連中に敬遠され、翻弄された揚句、北京から引揚げる列車の中の彼等は惨憺たる立場にあった。

そして、轍《わだち》の響と共に刻々に近づいて行く大連との距離が、まるでそれだけ命が縮まるように思えるのだった。

大連に帰ると、すっかり肚をきめていた野村たち三人は、早速総裁、副総裁の前に、打揃って罷《まか》り出ると、善良無比の被告のように一切の経過を、残らず報告して、一ケ月余にわたる時間の空費を詫びると共に、責任問題に関しては、

「何卒然るべき御処置を!」

と、申し出た。

すでに、牛島北京公所長からの電報や、また町田、江藤からの情報などで、すべてを承知していた山本、松岡の正副総裁は、奔命《ほんめい》に疲れて帰って来た彼等が、気の毒でもあり、またその恐縮しきっている姿が、おかしくもあるのだった。

「いや、ひどい目にあって、御苦労だった。まア当分、町田顧問と江藤君にまかせて置くさ。悪いようにはすまい。君たちには済まないが、まあ堪忍してくれたまえ！」

意外な総裁の一言に、

「ア……」

三人は思わず霊気に打たれたように、山本総裁の、どっしりした巨体と、理解のあの言葉の前に、頭を垂れた。

「総裁はむしろ、君たちに非常に同情していられるのだ。職責上のことについては、もちろん心配は要らない。それより元気を取戻して、大いに明朗に働いて貰いたい。今後益々君たちの力に俟《ま》つものが、わが満鉄には限りなくあるのだから」

副総裁も、こういうと、笑って彼等を勇気づけた。

——三人は、ただ有難かった。そして、この正副総裁の人柄とその名コンビを満鉄のために祝福したのであった。

その後、非公式ながら、町田、江藤の社外の二人が、専ら支那側と折衝を重ねていたが、五月に入って、北京公社長の牛島から、「ミコミツイタ　スグコイ」という電報が、本社に来たので再び総裁印を携帯して、穂積が北京に飛んで行った。

そして、交通部の常陰槐《じょういんかい》と、大総統府の居仁堂で、五月十二日に会見し、双方の案について意見を戦わし、逐条審議を重ねた結果、穂積が持って行った満鉄案に従って、山本協約七線のうち四線だけ、即ち洮索《とうさく》および延海《えんかい》線の二線は、五月十三日附をもって相手方は張作霖、また吉敦《きつとん》・延長《えんちょう》線および長大《ちょうだい》線は、五月十五日附をもって相手方は交通部次長趙鎮《ちょうちん》と、当方は山本総裁とのあいだに、それぞれ建造請負契約の調印が行われた。

また吉五《きつご》線は、後日奉天で、張作霖とのあいだに、契約を取交すことに、話合いが出来た。

こうして、大正二年十月五日、日本政府と中華民国政府との間に交換せられた「満蒙鉄道借款修築に関する交換公文」に基く、わが帝国の満蒙権益鉄道問題は、昭和三年にいたって、漸く具体的な解決を見ることになったのだが、その後の経過は？

それはまた、支那側の不誠意きわまる遷延策だった。だが、その問題は、別にその後の展開に譲ろう。

## 潜水夫

海行かば
水漬《みづ》くかばね
山行かば
草むすかばね
大君《おおきみ》の辺《へ》にこそ死なめ……

彼は、名もない、一潜水夫にすぎなかった。彼の名は、恐らくは満鉄の『社員録』にも、竟《つい》にとどまらなかったのではあるまいか。

連京線得利寺《れんきようせんとくりじ》附近の、第二復州河《ふくしゆうが》は、露治時代から、屢々《しばしば》水害に悩まされていた。一度ちょっと大きな水害に見舞われると、復旧開通までには二週間、三週間を費さなければならなかった。

で、満鉄となってからは、鋭意治水施設に努力すると共に、復線工事を機会に、鉄橋の位置を旧橋より百メートルほど、下流に移すことになった。

その第二復州河の、新橋梁の基礎工事は、本社から秦八造という技師が現場に派遣せられて、担任していたが、愈々《いよいよ》橋脚工事にとりかかってみると、ある一ケ所に、何か河底に強くぶッつかるものがあって、橋脚の基礎掘鑿《くつさく》を、一定の深さにまで、どうしても進めることが出来ない。

「旦那、幾らやっても駄目ですぜ」

工夫連中も、到頭《とうとう》、音をあげてしまった。

「駄目では済まされないよ」

「仕方がない、いい加減なところでやってのけますか」

「馬鹿！」

と、秦は怒鳴った。

「手を抜いた結果が、どんなことになるかを知らないのか。鉄橋の上は、大切な人命を載せた汽車が走るんだぞ」

「それゃわかっていまさア。じゃ一体、あんたの考えではどうしようてえのですか。一層のこと全部初めから場所を変えて、出直しと行きますか」

技手や、工夫連中は、呑気なことも言っていられたが、責任者の奏は困った。今更位置の変更なんて、そんな馬鹿なことは、考えられもしないし、また出来る筈のものでもなかった。

「どんな具合なんだ、本当のところは?」

「掘鑿機の感じ方によると、ちょっとしたところらしいのですがね。それがすっかり邪魔しやがって――」

流失の軌条かも知れない、それがそこに沈下しているのかも知れないと、秦は、直感的に、ピンと頭に来た。もちろん想像にすぎなかった。何れにしても、その障碍物を取除かなければならない。それには、河底深く調べて、障碍物の正体を確めることは、なんといっても先決要件だった。

「誰か、水中にもぐって、調べて来るものはいないか、懸賞を出してもいいぜ」

「御冗談でしょう、魚じゃあるまいし」

というようなわけで、やむなくそこだけは一時工事を休止して、本社に進言して、早急に内地から潜水夫を一人呼んで貰うことになった。

そして、その招きに応じて、渡満して来たのが、ここにいう彼――無名の一潜水夫だったのである。

彼が、現場に着任して来るまでには、可なり手間どった。

彼を内地で、探し当てるまでにも、多少の時日を必要としたであろうし、彼自身が渡満するまでにも、支度や準備で、多少の時間を費さなければならなかったであろう。

「どうしたのです、潜水夫は?」

「旅費も送ってあると、本社では言っているんだが」

「それにしても遅いじゃありませんか」

と、現場ではしびれをきらしているところへ、漸く彼は着任して来た。三十歳そこそこの頭を丸刈にした、実直そうな人柄だった。

「お招きにあずかった潜水夫です。その障碍のあるところはどこでしょう」

まだ自分の名前も名乗らないのに、彼はもう仕事のことを言い出している。

「御苦労々々。長旅でさぞ疲れたでしょう」

秦は、一目見て、何だかその男が気に入った。

「お待たせして済みません。家族も来ることになったものですから」

「そうか、それはよかった。じゃ、当分満洲に腰を据えるつもりかね」

「ここの仕事が終ったら、どこか適当な方面にまわして頂きたい、と思っているのです。実は私の兄が、日露戦争に出征して、海城《かいじょう》の戦いで名誉の戦死を遂げているものですから、満洲には前から心を惹かれていたのです。幸い、今度の満鉄からのお招きで、母も一緒に来たいというものですから」

不思議な因縁に、秦は感動しながら、

「そうですか、兄さんの御戦死なさった海城は、ここから三、四十里のやはり満鉄の沿線ですよ、仕事のことなら、別に心配はありませんよ。此方で、心配しましょう」

「ところで、早速試験的にやってみましょう」

と、今着いたばかりの彼は、作業装具を入れた荷物を解きはじめたので、気の早い男もあるものだと、秦は驚きながら、せめて一日二日休養してからのことにしてはと、頻りにとめるのだったが、どうしても承知をしない。それではと仕方なく、秦も現場の人々に、準備を命じた。

彼は、空気を送るポンプの押し方や、水中からのサインなどを簡単に教えると、章魚《たこ》のような潜水衣に身を固め、兜のような潜水冠を頭に被ると、それではとばかり、片手で挨拶をすると、元気よく彼は鉛をつけた靴の重味に引かれて、水中深く沈下して行った。

やはり軌条でした、わけなく引上げられますよ、という彼の答えを、心に期しながら、水底からの合図を、今か今かと待っていた秦は、何だか不安になって来た。五分、十分と、時間は経っているのに、下からは何の合図もないからだった。

「空気輸送は大丈夫だろうね？」

「この通り、喞筒《ポンプ》には異状はありません」

「よし、じゃロープで信号して見給え」

秦は、気が気でなくなって来た。

「旦那、返答がないようですぜ」

「返答がない？　俺に貸して見ろ」

と、秦はロープをとって、動かして見たが、反応らしいものを感じることが出来なかった。

まさかと思いながら、地上では漸く大騒ぎとなった。

「引上げてみましょうか？」

「よく気をつけて――」

と、秦は注意を与えた。

引上げた彼は、すでに縡切《ことき》れていた。

「しまった！」

秦は、心に叫んだ。

彼は疲れていたのだ。無理をしたのだ、本人の強い責任感に出たこととは言え、その無理を、つい許してしまった秦は、堪え難い悔恨のうちに、はるばると憧れの満洲に来て、一夜の夢も結ばず、異境の空に敢えなく散った、この臨時雇いの潜水夫を悼むと共に、一船おくれて、すでに内地を離れている筈の家族がこれを知ったときの悲歎を思うと、胸が掻きむしられるのだった。それに、教わったばかりのポンプの押し方も、わるかったかも知れない。

「可哀そうなことをしたね」

「満洲に来たことを、たった今、あんなに喜んで話していたのに」

「二、三日休んでからにすれば、よかったんだ」

現場の連中の声も、耳にはうつろに、秦は一刻の間に変わり果てた彼の屍を前に、ただ茫然と心を失っていた。

「旦那、どうします、いつまでもこうしても置けないでしょう、ねえ旦那！」

そうだと、秦も気づいた。

「今晩は俺の小屋でお通夜だ。兎に角、仏を俺の小屋へ運ぼう」

「旦那の小屋へですかい？」

「そうだ、それから誰か、線香とか花とか、入用のものを、一走り得利寺《とくりじ》まで行って買い揃えて来てくれ」

今は、遺族となったことも知らない、彼の母と、妻と、そして三歳位の可愛い男の子が、大連に着いたのは、それから三日後だった。上陸早々、この悲報を聞かされた彼等の思いは、どんなであっただろう。

すでに復州河上《ふくしゅうかじょう》荼毘《だび》一片《いっぺん》の煙と化し去っていた彼の遺骨を受取りに来たその家族たちに、秦は会わす顔もない思いであった。

「申訳もありません。まったく僕が、至らなかったからです」

と、現場に案内して、一部始終を話し終ると、秦は、率直に詫びるのだった。

「これも、前世の約束ごとです。あの子は、仕事というと、どんなことも忘れて、夢中になる性質でしたから、仕事に魅れて、自分でも満足に思っていることでしょう。それに満洲ではあれの兄も戦争で亡くなっているのですから、今頃は兄弟で対面していることでございましょう」

　母親は、涙をこらえて言ったが、妻の方は、抱いた子の腕に顔を押し当てて、慟哭《どうこく》していた。

「よく仰有って下さいました。御案心下さい。あなたの御子息さんは、亡くなられても、立派に仕事の責任は果されていたのです。引上げたときには、気がつかなかったのでしたが、あとで息子さんの手は、河底に沈下していた軌条を、何度も握られていたことが、手袋に残っていた赤錆の色でわかったのです。息子さんは、それを動かそうとなさったのかも知れません。何にしても障碍物の実体が確かめられたのですから、御子息の潜水の目的と任務は、立派に遂げられたわけです」

　秦の言葉を、せめてもの土産に、彼の遺骨を抱いて、家族たちは、悄然と内地へ引揚げて行ったが、無名の潜水夫である彼の霊は、第二復州河鉄橋の人柱となって、今も連京線の安全をまもっているのである。

　他にも、こうした幾多無名の人柱が、満鉄線の彼方此方を護っているのである。

## 十勇士

「ブラゴウェシチェンスクまで出かけるかと思うと、実際愉快だなア」

「僕は、我々日本人がまだ殆ど足を踏入れたことがないという、興安嶺の雄大荘厳な、樹氷の雪景が、どんなに素晴らしいだろうと、それがたのしみだよ」

「元旦は、どこで迎えることになるだろう？」

「凍結の黒龍江《こくりゅうこう》上で、初日の出を仰ぐのも悪くはないぜ」

　黒龍線の、現地調査行の隊員を命ぜられた加藤末吉をはじめ城《じょう》、岩崎、上《うえ》ノ薗《その》などという血気盛りの連中は張切って、出発の日を待っていた。

　なにしろ、行程三千粁《キロ》からの大旅行であった。予定日数は二カ月半、その大体のコースは、大連から斉斉《チチ》哈爾《ハル》までは汽車だったが、あとは馬車或るいは徒歩、橇《そり》ということになっていた。

　文字通り、茫々たる山河と曠原《こうげん》とを越えてゆく、冒険的な跋歩旅行であった。

　浜黒線《ひんこくせん》——哈爾浜《ハルビン》から海倫《ハイロン》、通北《つうほく》、北守鎮《ほくしゅちん》を経て蘇聯（ソ連）との国境大黒河に至る線は、北満開発の大動脈として、軍事的にも政治的にも深い意味をもつ重要鉄道として、関係列国のひとしく眼をつけるところとなっていた。

幸い鎌田弥助と呉俊陞《ごしゅんしょう》の、義兄弟の契りが物を言って、その浜黒線は、請負建造ながら、わが満鉄の手で、満鉄のゲージに従って敷設されることになった経緯については、前に書いた通りだが、その浜黒線の敷設権の猛烈な争奪戦が、各国の間に演ぜられていた頃だった。

満鉄でも、いざという場合の準備に、予め現地踏査を行うことになり、加藤たち四人の元気溌剌たるところが、その調査隊員に、選ばれたわけだった。

隊長には、村井中佐が、推されていた。

村井中佐は、当時の満鉄嘱託将校だったが、剛毅《ごうき》沈勇《ちんゆう》、その上地勢の視察や測量等には、卓越した眼識をもっていて、真に打ってつけの隊長であった。

他に、東京から特別任務を帯びて、後藤少佐が一行に加わることになっていた。で、四名の社員たちは、千万人と雖《いえど》も我行かん！　といったすさまじい意気込みだった。

三千粁《キロ》といっても、彼等には、物の数でもないように思われた。

「元気は結構、しかし、今度の調査行には、どんな困苦や災禍が、待っているかも知れないのだから、その覚悟だけは充分持っていてもらいたい」

打合せの会などで、村井中佐はいく度も注意した。

大連から斉斉哈爾までは汽車の旅だから、問題はなかった。

斉斉哈爾からいよいよ調査の目的地である寧年站《ねいねんたん》、訥河《とつが》、道爾根《ヌルゲン》、それから興安嶺を越えて、璦琿《あいぐん》、大黒河に達し、黒龍江を渉って、対岸のブラゴウェシチェンスクを視察、帰路は、璦琿から東に折れて通北《つうほく》、海倫《ハイロン》を経て哈爾浜《ハルビン》に出るという今度のコースは、漠然と、大連に居て愉しみながら想像しているようなものではないことを、中佐はよく知っていたのだ。

しかし、ただ一途に、冒険旅行の勝利者を空想している加藤たち若い社員には、中佐の忠言もあまり胸にふれては響かなかった。馬賊が何だ、森林が何だ、零下四十度が何だ、予め決死の覚悟がなくて、どうして今度の調査隊員を受命することが出来るんだ位に、彼等はわけもなく肚の底で嘯《うそぶ》いていた。

で、哈爾浜《ハルビン》から、北満派遣隊の兵士が十名、藤川軍曹を班長として、護衛のために同行してくれることになったときにも、これを快く受入れた村井中佐や後藤少佐が、何だか意気地がないようにさえ彼等には思われた。

「すこし仰々し過ぎはしないかね」

「六名だけの方が、却って行動に便利でいいと思うんだがなア」

「まア隊長の命には、絶対服従すべしさ」

などと、不平らしく、囁き合ったりする彼等であった。

一行が、意気揚々と、大連を出発したのは十一月の末だった。満洲の南端の大連でも、もう街路樹の葉は冷たい風に散っていた。

哈爾浜で、すっかり防寒具に身を肥らして、みな熊のような恰好になった。

が、村井中佐の注意は早くも的中した。

この調査行の発足点である斉斉哈爾で、一行は早くも馬賊横行の情報を、耳にしなければならなかった。

斉斉哈爾の日本旅館――といっても当時は唯一軒しかなかった。その朝日楼というのに、一行が旅装を解き、一風呂浴びて、すっかりいい気持になり、どてら姿で寛いでいると、そこへ外出から帰って来た村井中佐と後藤少佐が、なにか声低く語りあいながら、緊張の面持で、部屋に入って来た。

――何かあったんだな、と、加藤たちは、咄嗟《とっさ》に感じた。

「実は、訥河に、八百名ばかりの馬賊の集団が出て、官公署や糧桟を襲って多額の金品を掠奪し、その上三十名以上の人質を拉致して行ったというのだ。それが二日前のことで、目下官兵の大部分が討伐に向っているから、一行の出発はこの際一時見合してはどうかと、忠告されて来たのだがね」

中佐は、軍装を解きながら、一同に報告した。中佐は後藤少佐と共に、後藤少佐と陸軍大学で同期だった呉督軍の参謀王樹常《おうじゆじよう》を、督軍公署に訪ねて行って、この生々しい情報を聴いて来たのだった。

「どうする、諸君の意見は……？」

中佐に諮《はか》られて、一座は思わずしんとなった。大連では、気焔あたるべからずの加藤たちだったが、これには誰も直ぐに返事が出来なかった。

「問題は、君たちの覚悟如何にあるわけだが、我々の目的は調査の完遂にあるのだから、好んで危地に飛びこむのもどうかと思うんだ。で、隊長の考えとしては、両三日出発を延期して、危険の遠ざかるのを待ちたいと思うのだが、諸君は何《ど》うか……」

異議のある筈もなかった。

そして、ここまで来て加藤たちは、初めて、心の底までも、決死の覚悟を定めなければならないことを知って、自《おのず》と心身のひきしまるのを覚えるのだった。

その頃、斉斉哈爾には、日本人といえば、僅かに二十名ほどしか住んではいなかった。山崎領事と領事館員数名、呉督軍の軍事顧問斉藤大佐、医師、薬種商、雑貨商が三、四軒、それに旅館の老人夫婦と女中が数名、といった具合に、指で数えることが出来た。

でも、とにかく同胞の住んでいる斉斉哈爾で、早くも行手に馬賊の大集団が出たと知っては、加藤たちも、さすがに今度の調査行が尋常でないことを知ったのである。
四、五日斉斉哈爾に待機した後、愈々明日は出発だという、十二月九日の晩だった。一行は、滞在中いろいろ世話になった山崎領事、斉藤大佐を初め民団の有志約十名を朝日楼に招待して、感謝と懇親の宴を催したが、宴が散会した後、急にひっそりとなった旅館の一室で、加藤が一人薄暗い電灯の下で、大連の友人への便りを書いていると、
「加藤君、構いませんか?」

と、後藤少佐が入って来た。

「ええ、別に……」

と言いながら、加藤はちょっと照れて、書きかけていた葉書を伏せた。

「悪かったですか?」

後藤少佐は済まなそうな顔をした。

「決して……」

「奥さんにでも、お書きになっていたのですか?」

加藤は笑って、

「大連の友人へですよ。すでに訥河《とつが》に獰猛な馬賊の大集団現れ……などと、書いていたものですから」

と頭を掻いた。

「奥さんは?」

「僕は今年の春、まだ学校を出たばかりですよ。少佐殿は? もうお子さんの二人や三人はおありでしょう」

「いや、僕もまだなんですがね、しかし決っているのです」

「ほう、これからですか」

加藤は眼をまるくして見せた。

「写真があるのですが、見せましょうか」

「是非ひとつ」

するど少佐は、手に持っていた図嚢を開けると、底の方から、大事そうに、袱紗《ふくさ》に包んだものを取出して、幾分気まり悪気に頬を染めながら、加藤に渡した。

「拝見しますよ」

「どうぞ」

「あ、これは素敵な美人だ」

と思わず言ってから、加藤は気がつき、

「どうも失礼なことを……」

と、恐縮した。

後藤少佐は、写真をまた丁寧に袱紗に包みながら、

「実はこの十二月に、結婚式を挙げる筈になっていたのですが、今度の旅行で、来春まで延期したのです」

と言って、その写真の主が、某陸軍中将の愛嬢であることを打明けた。

「それはお目出とう。御結婚の日が決ったら、僕にもどうかお知らせ下さい。祝電でも打たして頂きますから」

と、加藤はお祝い代りに言った。

十二月十日、出発の朝、斉斉哈爾《チチハル》の空は見るかぎり、碧一色に晴れ渡っていた。

街路には、硝子《ガラス》のように雪が凍結していて、寒暖計は零下三十度を指していた。

毛皮の防寒服、蒙古風の防寒帽、膝までとどく防寒靴のいでたち物々しく、一行は八台の馬車に分乗した。

先頭の車は松浦、尾崎両上等兵、二番目には加藤、城の両社員、以下岩崎社員と大森看護兵、村井、後藤両将校、藤川軍曹と水野上等兵、武内、阿部両一等兵、上ノ薗通訳に田中一等兵、上田上等兵と岡田一等兵が殿《しんがり》を承って、一台の車に二人ずつ分乗して、一列縦隊の勢揃いをした。

「では、行って来ます」

「御機嫌よく」

「旅行中の御無事と、任務の御完遂を、祈っていますぞ」

「有難う、皆様も御健康で……」

と、見送りの山崎領事、斉藤大佐、民団の人々と、挨拶を交わして、馬夫の鞭の音、馬の足並も勇しく、

朝日楼をあとに、一行が繰出すと、沿道には、物見高い土地の人間が、珍しそうに、戸外に飛びだして眺めている。

やがて、城門をくぐって、郊外の楡《にれ》の林をすぎると、眼界が豁然《かつぜん》と前方に向って開けて来た。蒙古に接する興安《こうあん》山麓の大平原だ。

「雄大だなア」

「地平線が、ぐっと下に落ちているあたり、まるで地球の涯まで見えるようじゃないか」

「全くだなア。こうして、燦々《さんさん》たる太陽に照り映える雪の曠原を見ていると、視力までも吸いとられそうな気がする」

などと、北満でも特に広漠たるこの辺の眼界の広さと冬の大自然の森厳美に打たれながら、一行はただ一筋に、北へ北へと針路をとって、進んで行った。

その日は、塔哈《トウハ》という部落に一泊、二日目の午後五時過ぎ、寧年站《ねいねんたん》に着いた。今の寧年《ねいねん》駅のあるところだ。

その頃はもちろん、日本旅館などのある筈はなく、泥塗り家屋の軒の傾いた小汚い旅桟に宿をとって、夕食を終って一同が早寝をしようとしているときだった。

宿の小孩《シャオハイ》が、客がたずねて来たといって、名刺を二枚持って来た。加藤が手にとって見ると「熊沢」「三村」と日本人の姓名が書いてある。

「こんなところに、我々を訪ねて来る日本人が、いるわけはない筈だが……」

と、加藤が首をひねっていると、当の二人は、小孩につれられて、もう入って来た。見ると、二人共、毛皮の外套を抱えて、背広の洋服を着ているが、まぎれもない日本人だった。

「実は、いま街で、御一行の噂を承ったものですから」

と、二人は、なつかしそうに、にこにこしながら、もうそこに坐っている。聞くと彼等は、明治三十八年以来、露領のブラゴウェシチェンスクで、商業を営んでいるのだが、商用で哈爾浜《ハルビン》まで来た帰り途だとのことだった。

「そうでしたか。我々も何《いず》れ、そのブラゴウェへ行く筈ですが、そのときはよろしく」

と、ここで二人に会った奇縁を一同は喜びながら、思わず夜遅くまで語り合って、後日ブラゴウェでの再会を約して別れた。

翌十二日も、同じ馬車を列ねて北進をつづけたが、この日は、朝から深く靄が立ちこめていて四辺模糊として、まるで展望が利かなかった。

で、隊長の村井中佐並に後藤少佐の両将校は、時々車上に立上って油断なく、八方に気を配っていた。

　社員の加藤と城は、妙に気が重くて仕方なかった。

「君もか」

「どうも変だ」

「天候の加減かも知れない」

　二人が沈んだ顔で、囁き合っていると、急に元気な声で護衛の兵隊たちが軍歌を唄い出した。加藤も城もそれにつられて唄い出した。みんなも声を張上げてこれに和した。それで、二人の鬱陶《うっとう》しさも、忽ち興安嶺の空に吹飛んでしまった。

　と、突然、靄の幕を破って一台の自動車が、前方から走って来たかと思うと、一行の前で、強いブレーキの音をたてて急停車した。そして助手台から一人の満人が、大声で、この前方に馬賊が出たから、早速逃げた方がいいと喚くように注意した。

「馬賊？」

　一同は思わず緊張して、馬車を停めた。

　通訳の上ノ薗が、自動車に近寄って、詳しくたずねると、自動車の人々は、黒河まで行くつもりで、この先の狐店《こてん》に差しかかったところ、物蔭から、不意をついて十数名の馬賊が立現れ、矢庭に発砲したので、命からがら一散に逃げて来たのだということが、わかった。

「謝々《シエシエ》」

「謝々」

　と、一行は礼をくり返し言って、自動車と別れてから、さて自分達はどうすべきかと、ということを相談した。

「なに十人や二十人の馬賊なら大丈夫ですよ」

　藤川軍曹が、わけもなく言った。

「二、三発も浴せれば十分ですよ」

「そうよ、今までにも経験があらア」

　他の兵士たちも、前進を主張した。

「よし、君達の意見はわかった。狐店にはまだ十三、四支里はあろう、時間にして二時間はかかろう。その間に彼等は、狐店から移動しているかも知れない。たとい狐店にまだ居るとしても、二十や三十の馬賊なら恐るるに足りない」

　村井中佐は、半分は、自問自答してから、言葉を改

めると、

「しかしこの一行には、非武装員がいる。それに、我々の目的は視察と調査にあるのであって、馬賊と戦うことではない。とすると、やはり……」

と中佐がつづけようとするのを、

「隊長、前進々々」

「そうだ、前進だ！」

と、今まで黙っていた非武装社員達が、口々に叫んだ。まるで村井中佐の配慮を、彼の優柔不断に出たかのように……

「よろしい、みなの意見がそうなら」

と、中佐は、後藤少佐とちょっと顔を見合してから、

「じゃ、前進することにしよう」

と、言った。

一列縦隊の馬車は、再び前進を始めた。

だが、今度は、順序や乗合せに多少の異動が行われていた。

自ら斥候長を買って出た後藤少佐が、藤川軍曹以下二名の兵士と、上ノ薗通訳を従えて、先ず先発したからだった。

本隊は大体、五、六百メートルの距離を置いて、これに続いて行く。

先刻の自動車と別れた地点から、六、七支里は来たが、霧がだんだん薄れて、よほど見通しが開けて来ていたが、馬賊らしい影さえ見えなかった。

この分なら……と、みなが思っていると、今度は馬車夫がごね出した。馬賊が恐しいから、この辺でどうか引返させてくれ、というのだ。

お前たちには決して迷惑はかけないからと、いろいろ宥《なだ》めすかしながら、周囲を警戒しつつなおも進んで行ったが、すっかり怯気づいた馬車夫たちは、もう碌すっぽ馬を走らせないし、それに遙か前方に、高さ十メートルほどの細長い丘陵が見えて来たので、用心して一同馬車から降りると、幾分軽装になって今度は徒歩行進することにした。

と、それからまだ幾らも行かないうちだった。一人の斥候兵が、息せき切って帰って来ると、後藤斥候長からの報告を伝えた。

「只今、向うに見える小山に登って、前方の様子を探ろうと、山から五百メートルほど手前に達しました時、左手の小部隊から銃声三発を聞き、同時に、怪し気なる十七、八の騎馬隊が、右方の小蔭にひそんでいるの

を認めました。なお詳しい情勢を確めるために、斥候長以下は前進中であります。報告終り！」

一同が、緊張しているなかで、村井中佐は、重く一言、

「そうか」

と答えると、稍暫《やや》く黙考してから、

「後藤少佐に伝えよ、我々は、馬賊討伐に来たのではないから、当方からは決して戦を買って出ないようように、出来るだけ戦は避けるようにするのだとな。わかったな」

「はい、わかりました」

斥候は、中佐の言葉を復唱すると、また弾丸のように走って行く。

愈々、気づかわれていた危急の場合に早くも直面したわけだが、不思議と、加藤たち非武装社員はそんなに恐怖を感じなかった。むしろ一度は来るべきものが、来たまでだといったような、却って何か落着いた感じさえするのだった。

「諸君——あれを見たまえ」

村井中佐の指す方を見ると、既に山頂に達した斥候隊は、稜線の手前で散開して伏せている。毅然として、山の彼方を瞰下《みおろ》している後藤少佐の傍に、日の丸の国旗を振っているのは、上ノ薗だった。当方は日本人で、彼等に害意のないことを、馬賊共に合図しているのだった。

と、そこへまた斥候兵の一人が、駆けつけて来て、腹が空《へ》ったからと、兵糧を頼んで、また飛鳥のように帰って行った。

「誰かパンを持って行ってやってくれ」

中佐の言葉に、

「僕が行きます」

「僕が……」

と、差当って手持無沙汰の社員たちが、争った。

「じゃ、先ず城君……」

と、中佐は命じたが、社員たちはもうすっかり、兵隊と同じ気持になっていた。

兵糧を持って、飛んで行く城のあとを追うように、本隊も二百メートルばかり山の方に前進したのであったが、一方、山頂の斥候線では、前方二百メートル以内の彼方に、約五十騎の馬賊が散兵線を布いて、何れも銃先を、こちらに揃えているのを見た。

更に、左翼には三十騎ばかりが縦隊をなして、逐次

我方に向って接近して来るかと思うと、今度は右翼側にもまた二十騎あまりが、忽然と姿を現したと見る間もなく、これまた我方に、挟撃態勢をとって迫って来るといった、容易ならぬ形勢となって来たのだ。

斥候隊からの、櫛の歯を挽くような報告に、今は猶予すべきでないとして、本隊では油断なく戦闘準備を整えた。右翼の約二十騎が、山麓を迂廻して、本隊の眼前に現れたと思う間もなく、ビューッと一発の弾丸が隊の頭上を掠めると、近く雪煙を挙げた。理不尽にも敵がはなった第一弾だった。

魂消《たまげ》たのは馬車夫たちだ。今はこれまでとばかり、各自馬車に飛乗ると、馬に鞭を当てて、疾風のように、後方に逸走して行った。

戦を欲しない一行は、なおも我慢をして、当方に敵対意思のないことを示していたが、馬賊の方は一向に頓着なく、今度は三方から、

ダダーン！

ダダーン！

と、一斉に猛射を浴びせかけて来た。

「射てっ！」

激しい銃声のなかで、村井中佐の声が、響き渡った。

「よく狙って射つんだぞ」

本隊も、斥候隊もこの卑劣な敵に向って、これ亦一斉に応射の火蓋を切った。こうして凍雪の興安嶺下に、時ならぬ戦闘が始まったのであった。

そのなかで、隊長村井中佐は悠々敵情を観察しながら、中佐の背後にあって、戦闘の様子を見ている加藤に、

「加藤君、今何時かね」

と、訊いた。

腕時計を見ながら、加藤が、

「十二時十分です」

と、答えると、

「有難う。飯どきだが、とんだ邪魔が入ったものだ」

と、言った中佐の口調は、平生と少しも変らなかった。

彼我の射ちあう弾丸は、愈々はげしく、戦闘は漸く激戦の様相を加えて来た。

「皆落着いて狙って、狙って……」

絶対多数の敵を、向うに廻しながら、従容《しょうよう》として中佐は、部下を指揮していたが、そのうちに見事味方の弾丸が命中して、敵の五、六人が相ついでもんどり打

って落馬したのは、痛快だったが、いつの間にかまた新手の敵が二、三十騎、山の右手から現れて、韋駄天《いだてん》走《ばし》りに進撃して来るのが、中佐の蔭にいた加藤の眼に映った。

「隊長！」

加藤が、急を告げようとする間もなく、既にこれを見てとった中佐は、

「退れ！」

と、全隊に号令した。そのときはもう、斥候隊は本隊に合していたのだった。

が、新手の到着に、勢いづいた敵の、衆をたのんでの盲射ちに、隊路をひらく暇もない。

と、そのとき、

「やられた！」

という味方の声に、驚いて加藤が、その方に駈け寄ってみると、彼と六尺ほど離れた処に伏せていた田中一等兵が、鮮血に胸のあたりを染めて倒れていた。これはいかんと加藤は思いながら、

「田中君しっかり」

と叫びながら抱きあげると、田中の顔は、もう紙のように白くなっている。

「何だ、田中！　これしきの傷でどうしたんだ！」

それと知って、中佐も走り寄って来て、耳に口を当てて励ますと、

「隊長殿、大丈夫です」

と、口をひらいて答えた田中の声は弱く、二人を見ながら浮べて微笑は、苦痛のために歪んでいた。

すでに、一握りにも足らぬ十数名の味方は、百数十騎以上の敵に刻々その包囲陣形を、狭められていた。

「退れ」

再度後退の号令が出た。だが、味方は不自由な防寒靴を穿いている上に、凍結の雪野原のこととて、すべって思うように走れない。しかも、味方に十数倍する敵はというと風土には馴れ、全部騎馬だった。

その裡に、彼我の距離は、愈々二百メートル内外に迫って来て、もう憎むべき敵の顔さえ明瞭に見える。すでに安全に味方を包囲した彼等は、悠々と馬上から射つことが出来た。味方の戦死、戦傷は次々に加わる。もう全滅の他はない形勢に、追いこまれていた。

「一斉射撃！　狙え！」

その中で、最左翼に立ちはだかっていた後藤少佐が、敵を睥睨《へいげい》しながら号令した。負傷者達も銃はとったが、

発砲する力はなかった。ただ二、三の者と、もう縡切《こときれ》ていた田中一等兵の銃を取って応戦に加わっていた加藤が射つ位のものだった。

ここまで来ては村井中佐も、もう最後の覚悟をしたのであろう、悲痛な声で、

「全員集れ！」

と叫ぶと、殆ど朱に染った味方の残兵は、手を足にして、中佐のまわりに這寄って来た。そして、なおも死力をつくして銃をとるのであった。味方の状況はもはや、絶体絶命のどたん場に陥っていた。

と、そのとき、村井中佐が、傍らの加藤を振返って言った。

「加藤君、すまないが君は脱出して、斉斉哈爾まで、この情報を伝えてくれたまえ」

今は、諸共《もろとも》と死を決意していた加藤は、

「僕がですか？」

と、不服そうに訊き返した。

「君は非戦闘員だ、早く行きたまえ！」

「はッ！」

加藤は、どうして敵の重囲を脱出したか、まるで意識になかった。気がついたときには、既に着弾距離外に出ていたらしく、銃声も可なり遠くなっていた。

助かった！　という思いとともに、走った、走った。上着を捨て、防寒帽を捨てて走った。零下三十度の寒気が、骨の髄までとおるのを物ともせず、走った、走った、息の根のつづくかぎり。

ふと、前方を見ると、はるか雪のなかに、ポッツリと二つ黒い人影があって、先へ急いで行く。どんな人間だろう、どうやら馬賊でないことだけはたしからしいので、急に人なつかしく、なおも走りに走って近づいて見ると、驚いたことに、それは城と上ノ薗の二人だった。

「おお！　君たちだったのか」

「おお、加藤君！」

と、お互に、無事な顔を見合して、狂気のように手をとり合う彼等の眼には、いつか涙が溢れていた。

「よく脱出できたなア」

と、自分を忘れて、加藤は言った。

「君はどうして出て来たんだ？」

逆に、二人に訊かれて、

「斉斉哈爾まで報告に行ってくれ、と言う村井中佐の命令に、夢中で飛出して来たのだったが、ただ中佐の

声だけが、耳にのこっているだけで、あとはわからない」

「そうか、我々も実は、後藤少佐から同じことを言われて、少佐がひらいてくれた血路からやっと逃出して来たのだ」

そういう城の声は、興奮に震えている。

で、三人となって、元気百倍、なおも疾走をつづけて、二十里台という一本道の部落にたどり着くと、往来でまたばったりと、二人の日本人と出会った。昨夜、寧年站で別れた三村、熊沢の二人だった。

「どうしました？　そんな恰好で……」

外套なしの三人の姿に、三村たちは眼を丸くしている。

かいつまんで事情を話すと、それは大変だ、とにかく宿で相談しようということになって、一先ず二人の宿に入ったが、相談の結果、三村が即刻、斉斉哈爾に急行することになり、三人は、食事をとって、一時疲労の恢復を待つこととなった。

そして、三村はすぐ出発したが、そのあとへまた日本人が一人、この宿にやって来た。見ると、それは岩崎だった。

「岩崎君じゃないか」

「おお、君たちも無事だったのか」

「君はどうして出て来た？」

「僕は、皆が一団となった最後の陣地から、四百メートルほど後方にいたのだ。そこには、丈の高い枯草があって、実は震えながらそのなかに隠れていたので、どうしても最後の場合に出て行けなかったのだ。そのうちに敵の隙を見て、草原伝いに這いながら逃出して来たのだったが、それにしても、隊長以下はどうなったろう」

岩崎の言葉に、みなは一瞬、深い沈黙と共に、憂わし気に顔を見合すのだった。

しばらく宿に休んでいると、午後四時三十分、折よく斉斉哈爾に向って出発する郵便車があるというので、それに便乗させて貰って、加藤たちは一路南へと急いだ。

斉斉哈爾の街に入って、朝日楼の戸を叩いたのは、真夜中の二時半頃だった。

宿中は大騒ぎとなった。

早速加藤が、領事館に報告に行ったが、既に三村が、一足先きに着いていたので、領事館には斉藤大佐、山崎領事が集って、しきりに善後策を協議している最中だった。

とにかくも、現場へ急ぐことになり、午後六時三十分、加藤は、柴田ドクトル、領事館巡査、支那官兵二十名ばかりと、四台の自動車に分乗して、遭難地へと引返した。

現場は、昨日と同じように、一望ただ眼に痛いような、白皚々《がい》たる雪景のなかに、興安颪《おろし》が吹きまくっていたが、昨日の戦闘は嘘のように、もう銃声も、人馬の影もなかった。しかし少し気をつけて見ると、四辺には、雪をかぶった敵の人馬の遺棄死体が、ごろごろ転がっていて、十数倍の敵を向うに廻して、如何に少数の味方の奮戦が、激烈を極めたかを、物語っていた。

味方の、最後の陣地に来て見ると村井中佐も、後藤少佐も、その他の勇士と共に、壮烈な戦士を遂げていることがわかった。

だが、一日のうちに、あまりにも変りはてたその姿は、ただ着衣と、着装の姓名で、辛うじてその人を見分けるほどだった。

一同はただ粛然にして、悲憤の涙にむせぶのみだった。

そして、黙禱のうちに、一人一人を雪のなかから抱き起して、車に搬び入れるのだったが、そのなかで加藤は一人、強い慚愧《ざんき》と、断腸《だんちょう》の思いに、責められていた。

「お許し下さい！」

と、彼は心の中で、村井中佐ほか、ここにたおれた十勇士の英霊に合掌していた。

今は、おもってもおよばないことながら、最初、村井中佐が前進を躊躇したとき、それに賛成しなかった社員連中の空元気が、今更悔いられた。村井中佐、後藤少佐を初め、十勇士の尊い犠牲者を出しながら、非武装の社員たちが、四人が四人とも、助かっているのも、実に申訳のない気がした。

今から考えると、両将校が、彼等に斉斉哈爾への報告を命じたのも、ただ彼等の生命を助けたい一念に出ていたのは、明らかだった。

そして、そのあとで、今は何の心残りもなく、思う存分奮戦力闘したはてに、両将校は、既に一足さきに行った部下のあとを追ったのにちがいなかった。

「そうだ、斉斉哈爾の旅館で約束をした、後藤少佐に結婚の祝電を打つことも、今は夢になってしまったのか」

と、なおも、そこを去りかねている加藤の耳に、二、三度つづけて彼を呼ぶ声がした。気がつくと、既に遺骸を全部つみ終った自動車のなかから、柴田ドクトルが早く乗るようにと、合図の手を挙げているのであった。

## 社員会

満鉄は満鉄自身で守れ！　という声は、政党の手が、満鉄に及び出した頃から、社員のあいだに次第に起きて来ていたが、それが社員会の結成へという形をとりはじめたのは、大正十四年頃だった。世間では、満鉄を、まるで政党の弗箱《ドル》のように言うものがあり、また満鉄が、恰《あたか》も伏魔殿の塊でもあるかのように、新聞などでも屢々伝えるのを見ては、心ある社員たちは、まるで自分が辱かしめられているかのように、我慢がならなかったのである。

「一体あの満鉄事件などというものでも、中西副社長個人の罪ではなかったんだ。事の起りは、政党がわが満鉄を食おうとしたところにあったんだからな」

「そうだ、その意味では、いつまた第二、第三の満鉄事件が起らないとも限らないよ」

「まったくだ、政友会はやり方は露骨だったが、憲政会にしたって、決して油断はならないんだから」

日常の、こういった囁きに窺われる不当な政党の侵略的魔手への警戒と嫌悪は、すでに満鉄社員間に、一つの根強い精神的伝統を築いていた。それに、時代思潮の影響を受けて、傭員方面には、労働組合成立の気運も次第に台頭していた。今一つ見逃し難い社内の雰囲気に、在満日本人の民族的団結への要望があった。

そして、それらが、互に交錯しながら、社員組織結成への方向を、次第に馴致《じゅんち》して行ったのである。

初めは先ず、血の気の多い若干の有志の秘密会が生れた。加藤新吉、岡田卓雄、人見雄三郎、伊ケ崎三郎、平島敏夫、荒木章、奥村慎二、山崎元幹などといった顔ぶれであったが、その殆どすべてが、その後何れも満鉄その他、満支大会社の重役に納《おさま》っているのも面白い。

ある日、その秘密会の加藤と岡田が、大蔵理事から「ちょっと来い」と呼出されたときには、二人ともぎょっとした。

別に後暗いことがあるわけではなかったが、重役にはもちろん、社員にも極秘に、毎週何回か、ヤマトホテルの応接室に集まって社員会の結成について、相談し合っていることが、早くも重役の耳に入ったらしいことが、ピンと二人の頭に響いたからだった。

恐る恐る理事室に伺候《しこう》すると、大蔵理事はただ一人待っていて、二人を見ると机からはなれ、

「君たちに来て貰ったのは、ほかでもないが……」

という言葉も、二人の胸を騒がせた。

円卓に向い合うと、大蔵理事は二人をまじまじ見ながら、

「これは僕個人として君たちに忠告したいのだが、社員会結成のことは、穏かでないと思うよ。殊に内地では左翼運動の波が盛り上っている時代だから、この外地の大満鉄で、社内に組織の結社が出来るということは、一般に与える社会的影響も相当大きいと思う。この点は、君たちとしてもよく考えて貰わなければならないと思う。社員会のことは、この際思いとどまって貰いたいと思うんだが……」

穏かな言葉だったが、二人の体は、果して――と、烈しい興奮のために硬ばっていた。

「私たちのやろうとしていることを、会社ではなにか、不穏なもののように考えられているのですか?」

稍《やや》あって加藤が反問の口火を切ったが、努めて平静を装いながらも、その語尾は少しふるえていた。

「いや、そういうわけではない」

大蔵理事は先ず否定してから、

「今も言った通り、これは会社とは関係のないことなんだ。だから、会社が君たちを抑圧しようとしているなどと、誤解されては困る。ただ僕個人の意見として、社員会の結成などということは、今はその時期でないということを、くれぐれも君たちに注意したいのだ。このところ僕の顔に免じて、秘密会の集りなども、一時解散してくれてはどうかね」

「出来ません」

今度は、岡田がかぶりを振った。強い語調だった。

「出来ない――というと、秘密会の解散のことかね?」

「秘密会とおっしゃいましたが、こう重役にまで知られてしまったんでは、秘密会でも何でもありません。むしろこの機会に天下晴れて、一気呵成に社員会の結成に進んではと思うのです」

「ほう、それはまたどういう意味でかね」

大蔵理事の顔に瞬間、苦渋の影がかすめて過ぎた。

「では、いい機会ですから、理事に綱領の草案をお目にかけましょう」

と、二人は、これまで秘密会で何回となく練った、次の草案を、理事の前にひろげて見せた。

綱領

満鉄社員同志会は満鉄の社員自治をその最終の目標として活動するものにして、全社員の協力を以て左記各項の貫徹を期す。

一、会社の自主独立の地位を擁護し、外部的勢力が不当に会社に及び、其の健全なる発達を阻害せんとするときは全力を以て之を排除すること。

二、会社の重役に社員の推薦する者の中より政府之《これ》を任命することの原則を確立すること。

三、満鉄社員共同の利益を増進すること。

大蔵理事は、暫《しばら》くそれに眼を通していたが、顔を上げると
「趣旨はよくわかった。十分僕の肚に入れて置こう。ただくどいようだが。物事には時期というものがある。社員会の結成は趣旨の如何はともあれ、今はその時期ではない。もし強いてやろうとすれば、君たちのせっかくの良い考えが、会社に曲解されて、思わぬ結果を招かないとも限らない。まア、もう暫く時期を待つんだね」

なるほどそういうわけだったのか、つまりは自分たちの身の上が危いという意味だなと、顔を見合した二人は、ここまで来てかえって度胸がすっかり据わって来たことを、眼と眼で囁き合っていた。そして、

「御忠告に対しては、心から感謝いたしますが、何れ他の者とも相談しまして……」

と、確答を避けて来たときには、社員会結成の決意は、愈々《いよいよ》不動のものとなっていた。

いったい、秘密会の連中が、率先して社員会の結成を企てたのは、その綱領草案にも窺われるように、あくまで「満鉄使命」の擁護を目ざしたもので、社員の共同利益の増進といい、社員自治をその最終の目標とするといっても、何等会社に対する対立意識などはなかったのである。

それどころか、会社と社員、社員と会社の一体的基礎の上にこそ、二十億の国費と十万の生霊によってあ

がなわれた満蒙経営の動脈であるわが満鉄を、その本来の使命に、一路邁進させることが出来るのだと、彼等は固く信じていたのである。

従って加藤、岡田の二人から、大蔵理事の忠言を耳にした面々は、不満でならず、緊急会合を例の如くヤマトホテルの応接室に開いた。その時、中から鍵をかけて、みんな悲壮な面持で、密議を凝した。

「大蔵理事の好意はわかる。しかし、理事の好意と忠告そのものとは、別箇のものとして僕たちは考えたいのだ」

「勿論！」

「異議なし！」

と、みんな口々に、加藤と岡田の意見に同意した。中には、我々を左翼運動と混同するなんて会社も怪しからんと、涙を流すばかりに、拳を握るものもある。

そうした憤慨も、実は無理はないのであった。秘密会というのは、別に会の名称ではなく、ただ彼等が秘密に集っていたから、便宜上そう呼んでいたまでで、秘密に集っていた理由は、例えば左翼の地下運動のように、集り自身の性質によるものでなく、ひとえに最も純真な動機による健全な社員会の結成を、他の動機や目的からする社員組織の運動から、一定の見透しと計画の成熟するまで、妨げられまいとする自己防衛に出ていたのである。そしてまた事実その当時社員の間に出されていた『読書会雑誌』には「現業員諸君の覚醒を促す」などといった左翼張りの煽動的な文章さえも、ボツボツ現れていたのである。

そんなわけで、ただ秘密に集っているというだけで、妙な風に誤解をされたのでは、一同の胸はおさまらなかった。

「既に大蔵理事が知った以上、他の重役も知っているにちがいない。この上はビクビクせずに、公然と活動を開始し、一気呵成に社員会の結成まで持って行こうではないか」

「よかろう」

「賛成！」

「大いにやろう！」

と、話は決ったが、決ってしまうと、一同は再び悲壮な表情に変っていた。まかり間違えは、お互に馘首も避けるべきではない――といった決意が、以心伝心となって、暗黙の裡に、皆を支配していたのである。

旧秘密会の仲間を中心とする社員会結成の運動が、八方に拡がって来ると、重役会議でも果然《かぜん》問題となった。

もともと大蔵理事が、加藤新吉と岡田卓雄の二人をひそかに呼んで忠告を試みたというのも、実は秘密会のことが、既に各重役を相当刺戟していて、一再ならず重役会議の問題に上っていたからだった。

それを露骨にその連中に伝えると、会社側の抑圧と受取られかねないので、自分一個の考えとして大蔵理事は、秘密会の仲間の翻意を、それとなく勧めたわけだったが、翻意どころか、却って火に油を注いだ形勢に、急激に発展して行ったので、大蔵理事は思いがけない立場に陥らねばならなかった。

「おい大蔵理事は、だいぶん煩悶して、進退まで考えているというじゃないか」

「いつかの忠告が、重役会議の意向を反映していたのだとは、僕たちも知らなかった」

「それにしても、大蔵理事には気の毒なことになった」

「というと、我々はこの運動から手を引かねばならぬというのかい」

「馬鹿！　早まっちゃ困るよ。ただ大蔵理事は社員から出た理事だし、また社員のことについてはそれだけ親身に心配してくれているから、同情しているだけの話じゃないか」

「大蔵さんも気の毒にはちがいない。しかし我々だって、首を賭けてやり出したからには、あくまで初志を貫徹しなくては――」

などと、加藤、岡田、平島、奥村、伊ケ崎、荒木、人見、山崎などの秘密会のメンバーを初め宮崎正義、上村哲弥、竹森愷男などと、その後運動の中心に加わった人物は、集ると、情報を報告し合っては互に侃々《かんかん》諤々《がくがく》、議論をしたり、激励し合ったりしながら、愈々拡大する運動の方策を練るのだったが、一方大蔵理事は、大連のみならず、奉天、撫順《ぶじゅん》、鞍山《あんざん》、長春、本渓湖《ほんけいこ》と、社員傭員を貫いて燎原の火のように発展する運動の火の手を見て、愈々心を痛めていた。

弾圧！　それはむしろ簡単だった。そしてこの運動がもしも思想的に不穏なものや、また何か不純な動機に出発したものだったら、大蔵もその方法を選ぶことに、一も二もなく賛成したのにちがいなかった。重役会議に出るそうした意見を押えて、一方社員会の方も穏当健全なものとして結成させてやりたいと、大蔵は人知れず苦心した。それは、この運動の動機が、あくまで満鉄に対する熾烈な愛社心に発して居り、そしてこの運動の中心人物が、何れも会社として十分に信頼の置ける社員ばかりであったからだ。

その日も、荒療治をやる、やってはいけないという議論が、沸騰した重役会議のあとで、大蔵の疲れた脳裡に、ひとつの考えが、稲妻のように閃いた。

「そうだ、あの男と相談をしよう。あれならきっとい い智慧を貸してくれるだろう」

ポンと膝を叩いた大蔵の顔には会心の笑が綻んでいた。

大蔵の頭に浮んだ男――それは石川鉄男であった。石川は、もと四高の教授で、当時満鉄社員一部有志の同人雑誌ともいうべき『新天地』を主宰していたが、青年社員のあいだに、隠然《いんぜん》尊敬をあつめていた。石川は人格者だ、石川のいうことならまちがいはない――といったふうに、いわば彼は、多くの青年社員の精神的思想的支柱となっていた。その石川に、大蔵は眼をつけたのであった。

一方、石川の方でも、社員会運動については、かねてから深い関心をもって、その成行《なりゆき》を見まもっていたので、大蔵理事から、社員会問題に関して相談したいからと招かれると、喜んでそれを応じて出かけて行った。そして、彼の考えを質されると、勢いがこうなっては、むしろ会社が協力して、結成させた方がいいだろう、という意見を、彼は述べた。

「労働組合とか、思想団体化する危険はないだろうか」

他の重役の意見はともあれ、大蔵理事の心配はこの一点に尽きていた。

「いつまでも放任して置くと、却ってそういう運動に乗ぜられる虞《おそれ》がないとも限らないと、僕は思うのです」

「それはまたどういうわけで……」

大蔵の眼が、謹厳な石川の態度と表情を見まもった。

「理事は既に御存じのことと思いますが、現業員方面には、左翼的な策動のビラを撒くものがちょいちょいあるのです。そういう策動の余地をなくするためにも、健全な社員会の組織は必要だと思うのです」

「なるほど、それも一理にはちがいない」

と、稍暫《やや》く考えていたが、平生《へいぜい》から労働組合的な傾向や左翼的な思想を、嫌っていた石川の為人《ひととなり》をよく知っていた大蔵は、石川がそういうならと、心に期するところがあるもののように、

「仮に社員会の結成を会社が認容する場合、社員会が会社に対するようなことのないように、君は善導してくれるかどうか、それを聞いておきたいのだが……」

石川には、この返事は重大だった。何故なら、この場合、社員会結成の鍵は、彼の返答如何に懸っているようなものであり、また彼が、大蔵の提議を受けいれることで、会社から社員会の結成が認められるとするならば、彼は、会社に対して、社員会に対する重い責任を、みずから買って出る立場に立たねばならなかったのだから。

「勿論これは、一つの参考までに尋ねるわけだが……」

と、大蔵が、駄目を押すように言った時には、石川の決心はもう出来ていた。

「及ばずながら、会社のために、一役引受けさせて頂きましょう」

声は細いが、凛とした石川の一語をきいて、大蔵は満足そうにうなずきながら、

「いや有難う！　それで僕も安心した」

と、意味深長にいうのだった。

正式の発会式を挙げたのは、昭和二年四月一日の満鉄創業二十周年記念日だったが、とにもかくにも、満鉄社員会が、会社側の諒解のもとに、公然とその存在を明らかにすると共に、堂々とその活動を始めたのは、大蔵、石川会見以来間もない頃からだった。

その初め、秘密会などという時代も踏んで来たけれど、社員会の中心人物や幹部といえば、その多くは、満鉄社員の優秀分子を網羅《もうら》していた。

これを、社内のグループ別に見ても、大正元年以降の帝大出身者の新緑会、育成学校同窓の若葉会、鉄道教習所に学んだ現業員関係の鉄友会、その他明大、東京高商、神戸高商、旅順工大、日露学院、同文書院等の各同窓会、それに中堅社員たちの親睦会ともいうべき共鳴会の有志が、そこに集って来ていた。

で、愈々社員会が公然たる結成の名乗りを挙げたとなると、各地の全社員が、翕然《きゅうぜん》としてこれに参加するに至ったのも、不思議ではない。

もっとも、出発間際には、社員会に反対するものも、ないわけではなかった。そのいちばん著しかったのは、消費組合と社会課関係の社員であった。それは、大正大正十五年の夏の頃だったが、当時の社会課長田村幸三は、

社会課関係の主任を集めると、

「今度社員会が愈々結成されるが、社員の福祉施設に関する事業は全部社員会でやる計画だから各自は肚を決めて頂きたい」

と、言渡した。

社員会の出来ることは、主任たちも知っていたが、何分他のものと違って、この場合彼等の身分に関することなので、主任たちの意見は三つに分れた。

「じゃ、消費組合の元木君は社員会に行って経営する、運動係の岡部君は即答留保、共済係の松浦君は飽迄《あくまで》反対だというわけだね」

念を押されて、三人は各々それを確認した。松浦の反対理由は、当時共済には六百万円の積立金があったが、それを社員会に出鱈目に費消されようものなら大変だと、真剣に考えたからだった。

足並が揃わなかったので、更に協議会を重ねることにし、この日の相談は、主任たちの意見が一致するまで、お互に秘密にすることを申し合せて、皆は別れたのであったが、その舌の根の乾かない数日後に、岡部がそれを裏切って「社員会と戦う」という一文を『遼東新報』に発表したので、社会課の意見がそのようではと、燎原の火の勢いだった社員会も、ちょっと出鼻を挫かれそうな形となった。憤慨したのは、秘密会時代から苦労して来た連中で、中でも加藤などは、

「そんな奴は馘きってしまえ！」

と、カンカンになって言触れたものだった。

加藤たちの憤慨に対して、一方ではまた「馘きれるものならきって見ろ」というわけで、意外の対立となったが、そうした対立も秘密会時代からの奥村慎次が、間もなく社会係の主任となってから、社員会自身が何も直接福祉施設を司るわけではない、そういうことをも研究し、また会社に建言する自治機関という、当初より多少緩和した意見で、反対者をなだめたので、それなら何も問題はないと、社会課も全部参加することになって梟《けり》がついた。

さて、種々紆余曲折《うよきよくせつ》を経て生れ出た社員会で、最初に取上げられた業績は、大連郊外小平島の南満洲保養院だった。これは、昭和三年の御大典記念事業として残されたものだが、その淵源は社員会第一回評議員会の決定による会社への建議に発していた。

その竣工開院は、昭和七年の五月だったが、約二百の病床設備を持ち、満洲に於ける最初の、そして唯一

の結核療養所である。

次いで、社員会で解決に手を染めたのは傭員の待遇改善と退職慰労金の問題だった。

この問題は、特に現業方面に、前からくすぶっていたもので、会社としても、急速に何とかしなければならない、最も切実な重大問題となっていたのだ。現に時期は少し前にさかのぼるが、沙河口《しゃかこう》の鉄道工場などには、当時強力な労働団体だった友愛会の連中が内地からやって来て、この問題で争議を誘惑し、それが同盟罷業《ひぎょう》にまで発展したという、会社側にとっても苦い経験があったのである。

社員会結成直後は、思想的には最も警戒を要するほど左翼の運動が、日本で猖獗《しょうけつ》し始めていたのであるから、満鉄としても、油断も隙もない時期だった。

「この問題は、早急に解決しなければ、どんな事態が突発しないとも限りませんぜ！」

「我々は、労働運動を真似て言うのでもなければ、労働運動のブローカーでもない。現業員の一人として、また社員会の一人として、衷心会社のためを思えばこそ、この問題を持出すのだ」

「そうだ、こういう脚下の大問題を避けるようでは、社員会なんてただ形骸だけのものだよ」

社員倶楽部の食堂で開かれた、第二回評議員会の席上だった。大連の埠頭の佐々木登、営口《えいこう》の松田豊、撫順の波越時太郎などといった、現業の傭員方面から選ばれた、血の気の多い連中が、卓を叩いてまくし立てた。

「君たちの精神は、勿論我々にもよくわかっている、だが——」

と、職員側の意見は、比較的慎重だった。

「問題は、如何にして解決するかにあると思う。それには特別委員会を設けて、一切を委員に一任してはどうだろう」

そういう提案を中心に、いろいろ議論が沸騰したが、温厚な幹事長木部守一の采配よろしき得て、結局一先ずそうすることに落着いて、その日は散会となった。

特別委員に推された面々は、いく度も委員会を開いてみて、事が予想外に面倒なのと、責任の重大さを今更のように自覚しなければならなかった。

一口に待遇改善といい、退職慰労金の設定といっても、その具体案の作成からしてたいへんだった。それは社員も会社側も、共に納得の出来るものでなければならなかった。

それから、会社側と如何に折衝するかも、大きな問題だった。下手をすると、せっかく会社側の諒解のもとに生れて間もない社員会を、労働団体のように見誤られる危険があった。

もっとも、労働運動嫌いで知られている人格者石川鉄雄が、特別委員会の委員長になっていたので、その点についての、会社側の心配は、予め防止出来るという確信はみなにもあった。ただ待遇改善とか退職手当とかの問題を社員会の要求として、会社側が簡単に受付けるかどうか、ここにすでに難関が予想されていた。しかも特別委員会は今や満鉄会社員の負託を双肩に荷《にな》って、彼等の期待と注視の中に立っていたのだ。

特別委員会が、一定の成案を掲げて、重役公館の満洲館で、当時の山本総裁と会見する日のことだった。社員倶楽部の事務室にまず勢揃いをした会見委員たちの顔は、何れも見るからに緊張していた。

会見委員は、平島敏夫、市川健吉、伊ケ崎三郎、中島宗一、竹森愷男などだったが、出かける前に、現業員で鉄友会出の竹森は、

「愈々総裁に会いに行くのだが、諸君はどういう決心と覚悟を持っているか、もし我々の請願を会社が一蹴したら、全員退職する決意があるか、きいて置きたい」

と、悲壮な調子で一同に言った。彼は家を出るとき、まかりまちがえば今日限り会社を辞めるかも知れないがどうか許してくれ、と妻に言って、泣かれて来たので、とりわけ興奮していたのだった。

すると、筆頭格の平島は、言下に答えて、

「勿論ある！　本日の請願が、万一貫徹されなかったなら、斯くいう平島が全責任を負うから、諸君もそのつもりで邁進して貰いたい」

当時平島は、地方課長をやっていた。その平島が、覚悟のほどを示したのだから、彼の一語は千鈞の重味をもってみなの胸に響いた。

「それを伺って安心しました。勿論我々も、平島さんを犬死させるようなことはしません」

そう言う竹森が、不覚にも瞼をにじませた雫の光を見て、一同も決意を更に新しくした。

彼等が進退を賭けての、山本総裁との会見は、一時間以上も待たされた。いい加減待ちあぐんだ頃に、やっと総裁の室に通されたが、総裁は一同を見るなり、わざわざ起って、

「まあ掛けたまえ」

と、砕けた態度で、みなを椅子に着かせると、

「待ったろう。実は、旅順の要塞司令官を招んで居ったので、すっかり迷惑をかけてしまった。時間がかち合っていたのを、今日まで迂濶にわすれていたのだ。司令官に違約するわけにも行かないし、君達は内輪の者だから後廻しにしたよ」

と言って、大きな声を出して面白そうに笑ったが、一同は笑えなかった。却って唇を噛むように固くなっていた。

「用件の趣は大体聞いて知っている。自分としてもいろいろ考えているから、何れ諸君の方に会社から報告することになるだろう。きょうはせっかく来てくれたのだから、一つ世間話でも聞かせて貰おうじゃないか、ウハハハハハ」

飽迄《あくまで》委員連中を、手玉にとって笑殺する肚と読んだが、一同はそんなことには驚かなかった。彼等の決意は、それほど揺ぎのないものとなっていた。

「我々は、きようは、世間話のために総裁の貴重なお時間を、割いて頂いたのではありません」

平島が、遠慮なく言った。

「それはわかっている。が、何もそうむずかしく考える必要もなかろう」

「有難う存じます」

と、平島は受けてから、

「市川君、早速だが、総裁に御説明を申し上げては……」

と、市川に目配《めくば》せをした。隙のない一所懸命の構えだった。

「市川健吉でございます。では、少々細かい数字にわたって恐縮ですが、暫く御辛抱願います」

と、経理に詳しい市川は、書きつけて来た一覧表のようなものを総裁の前に拡げると、傭員の昇給高は半年に三銭だから、何年経って幾らにしかならないとか、生計指数はどうだとか、職員には退職手当の制度があるのに、最も危険率の多い現業の第一線にある傭員にそれがないのは、会社のためにもよくないから、傭員にもその恩典に浴させて欲しい、それには月々日給一日分を積立てさせ、会社側からどれだけ補助をすれば、勤続年限幾らに対して、どれ位の退職慰労金が出るというようなことを、微に入り細を穿って、悲痛な顔をして説明するので、山本総裁もついその熱心に釣られ

て、いつの間にか本気になって聞いていた。

「おかげで勉強をした」

と、聞き終って総裁はまた笑ったが、その笑いの中には、あきらかに多少の感動が含まれていることを、みなは見逃さなかった。

「そんなわけでして、ひとつ何分のお力添えを……」

と、平島が言うのを、総裁はみなまで聞かず、

「いや、諸君の意のあるところはよく諒解した。十分善処することにしよう」

と、理解ある返事に、一同は初めてほっとした思いで、自然に綻《ほころ》んだ笑顔を、見合わせるのだった。

## 胎《はら》むもの

大連新聞社長宝性確成《ほうしょうかくせい》は、昭和三年五月のある朝、食卓でポンと一つ膝を叩くと、われながらその妙案にほくそ笑んだ。そして、急ぎ食事をすますと、あたふたと関東庁に出かけて行って、関東庁長官児玉秀雄の登庁を待受けた。

間もなく長官の自動車が玄関に横づけになって、つるりと頭の光った児玉の顔が現れた。

「閣下、お早うございます」

「宝性君か、きょうはまた馬鹿に早いじゃないか」

宝性は、揉手《もみで》でもするような恰好で笑いながら、

「ちょっと火急に、閣下にお願いしたいことがございまして……、別にたいしたことではないのですが」

宝性が、部下の警務局長久保豊四郎と同県の誼《よし》みがあることを、知っていた児玉は、別に悪い顔もせず、

「まあ上れ」

と、先に立って、長官室に通した。

長官と向い合うと、宝性は、如何にも意気銷沈といった様子を見せて、

「閣下、新聞も愈々やりづらくなりました」

と愬《うった》えるようにこぼした。

「それは、またどういうわけかね」

「二重課税の問題、満鉄包囲線の圧迫、関東州回収説等をめぐって、附属地の同胞は、みんな浮足立って、全く気力を欠いて居ります。こんな調子では、益々支那側の攻勢に乗ぜられるばかりで、新聞の発展なども覚束なく、内心投出したい位に思いつめているのです」

「そうあせることもあるまい」

児玉は鷹揚に言って、眼を半ば天井に向けながら、

「きょうの用件というのは？」

「それですが、この際在留邦人に血清注射をするために、実は、青年議会を新聞で計画したいと思うのですが、予《あらかじ》め閣下の御諒解を得て置きたいと思って、急に伺ったわけです」

「青年議会というと……」

「私立大学なんかでよくやる擬国会ですな。ああいうものを、在満青年をあつめて、華々しくやって、大いに満蒙問題を論議し、以て無気力な同胞の士気を大いに振い起たせたいと思うのですが、如何なものでしょうか」

「趣旨はわかるが、どうかナ、それは……」

と児玉は、あまり乗気になってくれなかったが、宝性は長官と対座しているあいだに、思いつきが段々本気なものになって来ていた。――これはどうしても、やらなければならないものであり、また必ずやって見せるぞ！　と、強い決心を固めていた。

「閣下！」

宝性は、語調をあらためると、

「閣下、どうか率直に申し上げさせて下さい。満洲の現状は、御尊父源太郎大将の御遺志に反するものが多いと存じます。帝国が日清、日露の両役において、国運を賭して購った東洋和平の確保と、その基幹である満蒙の経営開発が、今日のように危殆に瀕しているのを、閣下は、どうお考えですか。勿論政府においても一定の方針なり、対策なりが、おありのこととは思いますが、我々民間側でも、何等かの意志表示をすることは、局面打開の一助としても必要ではないかと思うのですよ」

聞き終って、児玉は笑いながら、

「それで擬国会をやりたい、というわけだね。まア久保警務局長によく話してみるんだね。彼は君の朋友だというじゃないか」

「はッ」

宝性は、その一語をひったくるようにして、勇んで長官室を出て行った。

もはや宝性は、一所懸命であった。とにもかくにも、児玉長官は、暗黙のうちに承知してくれたも同様だったし、久保警務長官の方は、なるべく尖鋭な政治的問題にわたらないように、会はあくまで単なる擬国会風のものであり、開催の趣旨も、在満邦人青年の教養の向上と団体的訓練を期すという位にするという条件つきで、正式には所轄大連警察署を経て、大体許可して貰えることに話が決った。

関東庁方面のことは、それでまずよかったが、今一つの関門は、なんといっても満鉄だった。万一満鉄で相手にされなかったり、反対されたりしたのでは、この計画も、半ば失敗に帰することは火を睹《み》るよりも明らかだった。何故なら、満鉄と満鉄関係者を除いては、この種の企ての条件は八分通りまで、狭められなければならなかったからだ。

そこで、満鉄との話し合いであるが、宝性の選んだ相手は、重役では小日山直登《こひやまなおと》、職員では地方課長の平島敏夫だった。小日山は満鉄事件では、満鉄の家族主義に殉ずるつもりから、甘んじて一時偽証罪の被告となったほどの人物で、和歌のたしなみなどもあり、純情の少壮理事として社員間に慕われていた。

平島は、川村社長時代に川村の秘書として満鉄入りをして、そのまま川村が去ってもとどまっていたのだったが、官僚臭味がなく、青年の心理や感情をよくつかんでいたので、若い社員たちの気受けがよかった。

宝性はまず、平島を訪ねて意見を叩くと、平島は大賛成で、

「それは面白い企てだ。是非やろう。少しぐらい現実の政治問題に立入ったって、構わんじゃないか、むしろその意気でなければいかん」

と言った、肩の入れ方だった。

内心多少の懸念をもっていた宝性は却って不安となり、

「社内で異議が出るようなことはないでしょうか?」

と、正直なところを洩すと、

「いや、そんなことはないと思うが、万一あったら、及ばずながら僕が大いに説得しますよ、この首に賭けても……」

と、平島は約束した。待遇問題の特別委員のときにも、平島は首を賭けると言ったが、彼は、夫人の実家が宮崎の非常な富豪で、月給などは眼中になかったところから、ついそう言う言葉が口癖となっていたのであろう。

まず平島を味方に引入れて置いて、今度は小日山に当ってみると、小日山もまた乗気で、大いにやれ、出来るだけの応援をしようということなので、愈々やる場合には、是非閣僚の一人になって貰いたいと頼み、彼に外務大臣を予約して、宝性はいい気持になってい

た。

　こういう風に下準備もほぼ出来たので、最後に大連警察署に願書を出すと、意外にも「許可罷り成らぬ」と却下して来たので、そんな筈はないがと、宝性は憤慨するやら、狼狽するやら、早速大連署に飛んで行って、署長に直接談判をすると、これも同県人の山川署長は、

「上申ならしてもよい」

と白々しく言った。

「上申？　仕方がない、じゃその上申を頼む」

「君のことだ。もう局長にも、長官にも予め諒解が得てあるのだろう」

「図星だ！」

　宝性は頭を掻き、二人は愉快気に大笑した。

満洲青年議会憲法

第二条　満洲青年議会ハ在満同胞ノ国際知識ノ涵養訓練及ビ満蒙開発ニ関スル議案ヲ審議論究以テ理想満洲ヲ実現スルヲ以テ目的トス
第三条　満洲青年議会ハ満洲居住同胞中ヨリ選出セラレタル議員ヲ以テ結成スル一院制度トス、議会ノ構成、議事、議員選挙等ニ関シテハ別ニ定ムル所ノ規定ニ依ル
第四条　満洲青年議会ハ模擬内閣及ビ正規ノ手続ニ依リ提出スル議案ヲ審議、論究ス、模擬内閣ハ主催者ニ於テ在満同胞中ヨリ学識経験アル人士ヲ推薦シテ構成ス

だいたいこういった「憲法」を掲げて、この企てが発表され、同年三月十日より五月十一日までが議員選挙の投票期間ときまると、大連新聞に刷込んだ議員投票用紙は、羽が生えたように、各地に売れて行った。新聞の営業政策としてもまんまと当ったわけだった。

　一区旅順（定員五名）、二区大連（同三十名）、三区金州（同二名）、四区瓦房店《がぼうてん》（同二名）、五区大石橋（同二名）というように、十九区哈爾浜《ハルビン》（同二名）二十区吉林（同二名）に至るまで全満を二十選挙区に分け、議員を合計九十名としたが、四十四名を超過する立候補を見、その総投票数は七十三万八千五百三十一票に達したというから、相当なものだった。

　立候補者は、満鉄社員を中心に、満鉄傍系会社員、弁護士、一般商工関係者等であったが、陸海軍人の現

役者及び官吏は、規定で除かれていた。

選挙戦には、いろいろ面白い話があり、第一区の大連から出た山口重次などは、埠頭二千の現業員が、自分達で投票用紙に判を捺して無理に押立てたなども、その一つだったが、第三区の金州から当選した岡田猛馬の場合なども、異色中の異色だった。

岡田は当時、日・支・蒙人五人の隊長格で、満洲里《マンチユリ》―東京間三千哩《マイル》の大騎乗旅行のために、不在中だったが、三カ月半を費して無事東京に到着し、各方面で盛んな歓迎を受けているところへ、留守宅の夫人から、重大用件が出来たからなるべく早く帰られたい、という電報が届いた。

で、東京での用事をいそぎ済ませて帰満した彼が、牧畜農園を経営している大房身《だいぼうしん》の自宅に戻ると、いつもは彼を見るとクンクン鼻を鳴しながらまつわりついて来る仔豚や大豚の姿が、まるで見えない。畜舎の方に廻ってみても柵のなかはガランとしている。奇異な念に打たれながら、座敷へ上って脚を伸ばしていると、駅まで迎えに行って入れ違いになった夫人が戻って来て、

「お疲れになったでしょう。ずいぶん大変だったわねえ」

「重大用件とは何かい、どんなことが起ったのだい?」

「あなた代議士よ」

「俺が代議士?」

「この通り……」

と、大連新聞をつきつけられて、

「あなたは、一度議政壇上に起って思う存分満蒙問題を論じたいと仰言っていたでしょう。独断だったけど、新聞を買集めて投票を入れて置いたの。皆さんの投票も沢山あって、見事当選よ」

「何だ、重大用件とはそれか」

「ええ、その代り、選挙費用に豚をだいぶん売払ったけれど、ごめんなさいね」

三千哩《マイル》騎乗踏破の岡田も、これには唖然としたが、擬国会ながら代議士は万更ではなかった。

一新聞社の企てながら時期に投じて、全満同胞の人気をあつめた満洲青年議会の第一回議会は、昭和三年五月四、五、六の三日間にわたって、大連満鉄協和会館で開催されたが、第一次閣員は次の如くであった。

総理大臣　立川雲平　　大蔵大臣　佐藤至誠
内務大臣　庵谷忱　　陸軍大臣　岩井勘六

外務大臣　小日山直登　　海軍大臣　和田敬三
司法大臣　斉藤鷲太郎　拓植大臣　木下鋭吉
文部大臣　箱田琢磨　　労働大臣　守田福松
逓信大臣　杉野耕三郎　法制局長官　岡野勇
商工大臣　横田多喜助　内閣書記官長　高塚源一
農林大臣　荒川六平　　警視総監　田中宇市郎
鉄道大臣　平田驥一郎　議会書記官長　中村文治

議会政党別は
青年自由党（総裁　平島敏夫）
青年同志会（同　原口純允）
独立青年党（同　小野実雄）
自由聯盟　（同　木谷辰巳）
民衆党　　（同　山田耕平）

他に中立といった具合で、各政党の名称が、内地で普通選挙が行われた直後の、時代思潮と社会的雰囲気を、そのまま反映しているのも興味がある。

第一日、大連の街は、薄雲の空が、正午頃からすっかり晴れて、楡の若葉が快い初夏の風と光に輝いていた。

平日の金曜だったが、階上、階下とも傍聴席は鮓詰《すしづ》めの盛況で、模擬議会ながらも、一種の緊張した雰囲気を醸し出していた。

定刻が来て、振鈴が鳴り渡ると、正面雛段の閣員席とその前の議員席に向って、破れるような拍手を傍聴席から浴びせかけた。中には、観劇気分で、主催者大連新聞の宝性が開会の式辞を朗読するために壇上に現われると、

「待ってました！」

などと、奇声を飛ばすものもある。

「維時《これ》昭和三年五月四日、歴史的一大記録にして理想満洲建設の劃世的炬火たるべき、第一回満洲青年議会の開設を見るに至りたるは、洵《まこと》に至慶至福……抑々満蒙の地たる……」

といった主催者の式辞が終ると、これは本物の内閣総理大臣田中義一、山本満鉄総裁、木下、児玉新旧関東長官等の祝辞の披露があり、次いで議長の選挙に入り、単記無記名投票で、

四十三　平島敏夫（自由党）
三十七　小野実雄（独立党）

の結果となり、満鉄の平島が当選、嵐のような拍手裡に議長席についた平島は、

「不肖推されて議長の席を汚すことになったが、飽く

まで公正無私且つ厳正に、議事の進行を計る考えであります」

と、簡単に挨拶を述べてから、副議長の選挙を宣し、単記無記名投票の結果、木谷、山田、岡田、小野の名があがったか、何れも過半数に満たなかったので、決選投票となり、結局山田耕平が当選した。

次いで、全院委員長、予算委員長、決算委員長、請願委員長、懲罰委員長等の選挙が終ると、立川首相の施政演説、小日山外相の外交演説、佐藤蔵相の財政演説があって、正午休憩となったが、新聞記事でしか本物の帝国議会を知らない大多数の傍聴者や、また議員連中も、すべてが珍しく、休憩中も、平島の議事振《ぶり》や、各大臣の演説を批評したり、これから審議される議案について論じ合ったりして、快い興奮と自己陶酔の波の中に、浸っていた。

場内に掲げられた、議案の主なるものは、政府案としては、

一、満蒙拓殖銀行設立法案
一、満蒙拓植会社設立法案
一、日満商工協会設立に関する法案
一、満蒙未成鉄道敷設案
一、旅順口に軍用飛行場設置法案
一、鞍山製鉄所補助法案

議員提出のものとしては、

一、満鉄国営に関する決議案
一、満蒙自治に関する決議案
一、社会思想善導に関する決議案
一、日満商工協会設立案
一、失業防止並に救済に関する法案
一、満蒙資源開発法案
一、満洲議会開設案

等だったが、当局の注意もあり、当時の満蒙の情勢を考えて、努めて現実的な政治的刺戟を回避すべく、手心を加えながらも、なお且つこうした議案が選ばれたところに、この青年議会が、単なる模擬議会でありながら、然も一面また自《おのずか》らそれを超ゆるところの、一種の政治的意義を帯びていたことは到底、蔽い得ない事実であったのである。

そのことは、例えば、この模擬議会の数年後において、満洲事変を契機にして満蒙が支邦から独立自治を宣言して、竟《つい》に今日の満洲国を建設するに至ったことと、議案の「満蒙自治に関する決議案」を対照しただ

けでも、十分肯くことができるであろう。「満蒙拓殖会社設立法案」の如きについても、満洲建国後、満洲拓殖公社が、満洲開拓政策の国策達成機関として設立されたことと思い合わせて、感慨深いものがあるではないか。

午後一時再開劈頭《へきとう》、立川首相登壇して、田中総理大臣からの祝辞に対して、議長名による謝電を送りたいと諮《はか》るや、牛島義一議員が自席から首相に喰ってかかって、

「真剣なこの青年議会をして、帝国議会の形容儀礼を体得する単なる擬国会と観るとは何事であるか、斯る低調な祝辞に対して、本議会は謝電の必要を認めない」

と、祝辞の攻撃を始めたので、鯉沼忍、森永得治議員等が起って、その非礼を責め、反駁を加えると、議長の発言許可は片手落であると、牛島は本気に怒って、壇上に攀上《よじのぼ》り、危く平島議長を殴ろうとして、議長の椅子をひっくり返すやら、議員総立ちとなるやらの騒ぎがあり、謝電は結局、満場一致で決議されたが、青年議会のこうした光景は、漸く議場の雰囲気を飽迄《あくまで》真面目にやろうとするものと、そうでないものとの分裂に導いたように、感じられた。

次に小野実雄議員よりの緊急動議によって、議事に先立って全員起立、恭しく国歌を斉唱して遙かに満洲の一角から聖寿《せいじゅ》の無窮《むきゅう》を祈るのだったが、荘厳敬虔の気場《じょう》を圧して、海外同胞の眼頭を熱くさせた。

「では、之《これ》より議事に入ります」

平島議長日程を宣し、劈頭、その年の秋に行わせられる筈の御大典の奉祝文を上程、満場一致可決後、紀井一議員、緊急動議を叫んで起立、山東戦局の危機迫に邦人惨殺事件の飛報について熱弁を振い、

「故に本議会は、青島《チンタオ》、済南《さいなん》並に山東鉄道の占領を決議したいと思う。なお決議文は即時起草これを田中首相に打電し、本国政府を鞭韃したい」

と、爆弾提議を試みたので、議場は俄然色めきわたって、異常な緊張を呈した。

議長の平島も、この緊急提案にはまごついた。なるほど紀井議員の言うように、山東方面は、まさに危機に直面していた。張宗昌《ちょうそうしょう》、孫伝芳《そんでんぽう》両軍が、大潰敗を喫して、山東の要衝済南が優勢な南軍の重囲に陥ったのは、まだ一週間ほど前のことで、三日前、即ち五月一日の朝には南軍第十軍第三師千五百が、勝に乗じて済南へ入城していた。そして同地には、南軍暴兵によ

る日本人の惨殺沙汰が行われ、鬼畜にひとしい彼等の銃剣の犠牲となったわが同胞は、百名に達すると飛報が伝わっていた。

それを、紀井議員は憤激して取上げたのだった。

それは容易ならぬ事態であり、また大問題にはちがいなかったが、模擬青年議会の建前は、飽迄現実のなまなましい政治的問題にはふれないことに初めからなっていた。それは、当局の許可条件の一つでもあった。が、既に紀井議員は、禁を犯して発言をしてしまっているのだ。そして議場は、次の場面の展開如何にと全神経を、議長の身辺に集中していた。

擬国会とは言え、平島も真剣にならざるを得なかった。

「唯今の紀井議員の緊急動議に対して、質問、御意見はありませんか」

平島は、努めて穏かに言って、静かに議席を見渡した。

「議長！」

「宮比繁君」

宮比議員は起って、

「事は重大である、事実の真相を調査しては如何」

「その要なし」

紀井議員がやり返した。

「議長！」

と連呼して、発言の機会を奪い合う議員間に押問答が戦わされた後、立川首相やおら登壇、前代議士、当時大連市会議長、関東州弁護士会長の貫禄に物を言わせて、悠々コップの水を飲み干してから、

「本問題は事外交の機微に関し、軽々に取扱い難い重大問題である、しかのみならず、本議会の根本精神にも抵触《ていしょく》するものと考えるが故に、提案者において撤回されてはどうかと思う」

次いで、小日山外相も登壇して、同様の趣旨を繰返すと、先刻の牛島義一議員が、自席から、

「内閣は干渉すべきではない」

と、大声で叫んだ。

小日山外相が、これを抑えると、再び
「そうは行かない」

「議長！」

「議長！」

を連呼するものがあり、委員会附託を叫ぶものがあ

り、議場騒然となったので、立川首相再度登壇し、

「強いて提案せんとすれば、政府においては重大決意を固めなければならない」

と、解散を暗示して、議席を脅かし、陸軍予備少将で、大連在郷軍人聯合分会長である岩井陸相もまた、

「軽々しく決定すべきではない」

と、議場の空気に更に水を差し、採決の結果、この緊急提案は、辛うじて否決に終ったが、これがまたこの青年議会の人気を一層煽った形になった。

次いで、政府に対する総括的質問に移り、山田耕平議員、議長の指名で登壇、

「立川首相は日支の精神的綜合を言われたが、支那の国民性を弁《わきま》えないものである。また小日山外相の対支方針は、抽象的で意味をなしていない」

と、政府を批判すれば、

「精神的綜合は正当にして可能である」

と、立川首相はあっさり答え、小日山外相また、

「対支外交は飽迄大亜細亜主義に則るべきである。帝国の満蒙権益は、この見地において、飽迄主張されねばならぬのは勿論である」

と、軽く一蹴したが、擬国会とは云え、政府側のこうした用心深い言葉使いが、当時複雑な日支外交関係の考慮に出ていたものであるのは、勿論だった。

第一日の閉会間際になって、沢田壮吉議員の緊急動議によって、平島議長の不信任案が出た。これは、平島の議長振りが、議員の自由な言論を封じがちだという、理由によるものだったが、議長は、先ず不信任案を否とするものを起立に問うて、否決を宣したので、おさまらず、青年同志会、青年独立党所属議員三十余名が、議長の横暴をさけびつつ総退場を試みて、この日は閉会となったが、閉会後、満鉄系の青年自由党を率いて、この模擬議会に臨んでいた平島の頭には、何か厳粛な反省がきざしはじめていた。

たった一日間ではあったが、議長席に坐ってみて、彼の感じたことは、真面目、不真面目の相違はあるにしても、在満日本青年が、あきらかに満蒙の現状を憂え、且つ対支積極政策を期待せしめた田中内閣にさえ、大きな不満を抱いていることだった。

「明日は、青年議会はまた一層、茶番狂言化するかも知れない。それもよかろう。しかし、その中に胎《はら》むものを、見失うことなく、大切に採上げなければならない」

楡の木蔭を、五月の夕風に吹かれながら、平島敏夫は、ひそかに決心するのであった。

青年議会二日目は、前日の議場混乱の責《せめ》を負うて、平島が議長を辞したので、副議長の山田耕平議長に、岡田猛馬が新に副議長に選ばれて、審議は進められたが、前日以上に迫真的光景を展開して、傍聴者は勿論、議会それ自身も劇的雰囲気を満喫するに十分だった。

議事に入って劈頭、山田議長は、

「都合により日程を変更して、政府案を後廻しとして、建議案を上程いたします」

と、独断振りを発揮すると、立川首相は苦笑しながら起って、

「斯ういう問題は、事前に政府の諒解を得て貰わなければ困る」

と、議長に抗議をしたが、

「その必要は認めません」

と、議長はケロリとして取合わず、傍聴席の笑声が消えるのを待って、神崎種鑑議員他十名の提案にかかる「満洲議会開設案」を上程、神崎議員の説明の後、議長可否を起立に問うて、一旦少数可決となったのを、記名投票の堂々めぐりをするやら、再度起立に問うやらして、漸く満場一致可決といった珍風景があったりしてから、今度はまた突如として、岡田猛馬議員他六十余名の提出になる内閣不信任案が、議事に上程された。

擬国会ながらも、これには満場颯《さつ》と色めきわたり、なかでも雛壇の閣僚席には、首相を中心にしきりに私語が交されたが、提案者岡田猛馬が、

「満洲青年議会は現立川内閣を信任せず、右決議す」

と、決議文を朗読してから、その理由を述べようとすると、立川首相の命を受けて、岡野法制局長官、恭々しく紫の袱紗《ふくさ》包を議長に手交すると、すわッ！　解散か停会かと、満場思わず固唾を呑む。袱紗包の中は、停会の「達令」だった。

停会と同時に、立川内閣は総辞職を為し、小日山外相、宝性大連新聞社長の委嘱を受けて直ちに後継内閣の組織に着手し、僅か一時間にして、小日山は首相と外相とを兼ね、平島敏夫が文相として、満鉄労働調査主任の二村光三が労働相として、列んで入閣し、他は各党首を閣僚とした満鉄色の濃い左の如き連立内閣を造り、翌三日目ともこの新内閣の下に、各種の議案は

一瀉千里に片付けられて、閉会となった。

総理大臣兼外務大臣　小日山直登
大蔵大臣　横田多喜助　　商工大臣　木下鋭吉
内務大臣　内海安吉　　農林大臣　荒木六平
陸軍大臣　岩井勘六　　鉄道大臣　平田驥一郎
海軍大臣　木谷辰巳　　拓殖大臣　相川米太郎
司法大臣　小野実雄　　労働大臣　二村光三
文部大臣　平島敏夫　　法制局長官　高塚源一
逓信大臣　原田純允　　書記官長　中村文治

ざっとそんな風だったから、この催しは、一部から不真面目だの、一場の馬鹿騒ぎに過ぎぬといったような非難も、多少はあったが、しかしその計画の動機や、また内容の厳密な批判はともかくとして、この青年議会なるものが、当時四囲の情勢に鬱屈して気力も元気も失っていた在満邦人青年層に奮起と結合との機会を与え、それがその後の満洲建国の一つの原動力にまで発展して行ったことは、今では否むことの出来ない歴史的事実となっているのである。

## 青年聯盟

青年議会の開催を機会に、全満邦人青年の大同団結を考えたのは、平島敏夫の他にも少くなかった。満鉄関係者では平島と同じ青年自由党に籍を置く埠頭事務所の山口重次、地質研究所の大羽時男、用度課の寺島富一郎、満鉄野球団で有名だった中沢不二雄など、その他では民衆党に拠る中日実業興信所の山田耕平、同運輸業支配人の山崎藤朔、独立青年党に拠っていた歯科医の関利重、電通記者の相原敏治、雑誌記者の森田拓志、同高木翔之助、青年同志会を組織していた満洲電業の原口純允、同会社員石井勝美などと云った連中がそうで、先ずそれらの人々だけでも、一つの小グループをつくって、全満邦人青年団結の準備運動をおこそうではないかという意見が、急速に成熟して、その実を結んだのが、三木会《さんもく》だった。

第一回青年議会が終ってから約二箇月後のことだったが、青年同志会の党首だった原口純允が、勤め先の満洲電業から急に、欧州に洋行することになった。その送別会が前記の人々で敷島町の基督教青年会館で催された、その席上で三木会は、生れたのである。

原口の送別会で、出席者をさみしがらせたのは、平島がその少し前に離満していて、姿を見せないことだった。彼は、元満鉄社長だった川村竹治が、台湾総督に親任されたのを機会に川村から懇望されて、その秘書官として、満洲に心を残しながらも、再渡満を同志たちに約束して、台湾に赴任して行ったのだった。

「平島がいないと、何だか歯が一枚欠けた感じだな」

「彼も、北の空に思いを馳せながら、いろいろ気を揉んでいることだろう」

誰もがそう言って平島を偲ぶのだったが、それは、こういう顔ぶれの集りには、平島はなくてはならない一人だったし、それに青年団体設立の骨子も、ほぼ平島の手でつくられていたので、その準備会ともいうべき有志の小グループ結成のこの日に、彼のいないというのは、何としても一同には惜しまれた。

宴会といっても、場所柄、別に御馳走というほどのものもなく、質素なものだったが、卓上の白百合の花が、凛然と清香を放っているのが、この集りにふさわしい色彩を添えていた。

「君は行け、後は僕たちが引受けてきっとやって見せる。平島にもくれぐれも誓ったのだから」

「今在満青年が団結して起たなければ、満蒙の権益どころか、在満同胞はそれこそどうなるかわからない、生死を賭けて我々はやるよ」

と、みんなは真剣な面持で、原口を励ます。原口も、

「有難う！　社命とは言え、みすみすこの重大な時期に、満洲を去ることは、僕としても卑怯のような気がして、申訳がない」

と、眼頭を熱くしていた。

今後の運動方針などについてもいろいろ協議した後、グループの名は、三木会ということになったのだが、その意味は、この日がちょうど第三木曜日に当っていたので、今後当分第三木曜日を月例集会日と決めて、三木会と名づけたわけだった。

三木会が出来て、この会を中心に、在満邦人青年聯盟結成の運動が、愈々具体的な一歩を踏出すと、この運動の促進を援助する篤志家が、意外の方面から現れて来た。奉天の田実久次郎、鶴原文雄、開原の龍田道徳などといった人たちがそれだった。これらの人たちは何れも巨額の私費をこの運動のために寄附してくれたが、中でも田実氏は、奉天第一流の旅館瀋陽館の主人で、この運動のために、屢々その貴重な部屋を無料で提供して、便宜を与えてくれたが、これには三木会の連中も、どれだけ助かったか知れなかった。

「おい、この次は瀋陽館にしようじゃないか」

「例の灘の生一本を、また御馳走になるか」

などと、初めは気の毒がっていた連中も、しまいにはこんな具合に、瀋陽館で集ることを楽しみとするようにさえなった。

篤志家の後援に愈々励まされて、青年聯盟結成の運動は、急速に進展して、規約起草委員会を持つまでになり、大房身《だいぼうしん》の岡田猛馬の家で、その第一回委員会が開かれたのは、長い満洲の夏も過ぎて、外套を着始める頃だった。

その日は、寒い秋雨が、南満一帯の空をこめて、小歇《こや》みなく降っていた。雨は夜に入って益々激しくなるばかりだった。

大連から大房身までは、小さい駅を三ツ四ツ過ぎなければならなかったが、たかをくくって雨傘を持たなかったものは、大房身で降りて岡田の家までのあいだに、外套がずぶ濡れにならなければならなかった。

「やあ、ひどい雨で……」

「大変だったろう」

集ったのは、夕方だったので、岡田の奥さんは幼児を抱えながら、濡れた外套を炬燵に入れて乾かすやら、夕飯の支度やらで、転手古舞《てんてこま》いをしなければならなかった。

集ったのは、関利重、高木翔之助、山崎藤朔、山口重次、山田耕平、岡田猛馬、相原敏治、中沢不二雄等だったが、激論が沸騰して、会はいつ果てるとも見当がつかなかった。

名称の「満洲青年聯盟」は、みな異論のないところだったが、団体の性格決定について、各人各説で、意見がまとまらなかったのである。

「政治団体たることは、あきらかではないか」

急進派は強く主張した。

「聯盟の政治的性格は僕たちも承認している。ただその実践の目標乃至基準をどこに置くかということと、母国政府並に在満官憲や諸機関にたいする思惑も、多少は考慮する必要があるのではないか」

穏健派は、口舌の勇を戒めて、こういった見解に立てこもった。

急進派が、身のかるい自由職業者に多く、穏健派が、満鉄等の勤め人であるのも、面白い対照だった。

第一回規約起草委員会は、竟《つい》に徹夜をしてしまったが、草案の決定には至らなかった。

その後、何回となく会合を重ねて、漸く規約の草案が成ったので、愈々十一月に開かれる筈の第二回満洲青年議会に上程して、一挙にその実現を期することになったが、それにつけても、最も大切な問題は聯盟の理事長の人選であった。理事長は、規約草案で「理事長ハ本聯盟ヲ代表シ之ヲ統轄ス」と定めた通り、聯盟を代表するもので、その人柄の如何は、聯盟の消長に関するところが多いのであるから、軽々しく取扱うことは出来なかった。

尤も理事長は、規約草案では「本聯盟ノ総意ニ依リ之ヲ推戴ス」としてはあったが、予め適当な候補者を決めて、その内意を確めて置く必要があった。

で、ある晩、山口、大羽、岡田、寺島、中沢、その他起草委員の連中は、山口重次の家にあつまると、そのことで深夜まで協議を凝した。

候補者の名前は、いろいろ出たが、青年聯盟にしても、代表者の理事長は相当貫禄を具えた人物でなければならなかった。それかといって、青年に理解がなく、まだ聯盟の運動に熱意を持つことの出来ない人でも困るわけだった。

「こういう時に、平島がいると都合がよかったんだが……」

と、平島がまた偲ばれた。青年理事長で行くのだったら、彼だった。彼なら満鉄でも地方課長をやっていたのだから、一応社会的な地位も出来ていたのだし、また満鉄社員会結成の例に見ても、身を以て青年聯盟を統率して行くに違いないと思われた。

平島を除くと、三木会の仲間では一長一短があって、都合が悪かった。

「どうだ、金井博士は？」

山口が言い出した。

「金井章次？　うん、いい考えだが、しかし……」

と、渋ったのは岡田だった。

「満鉄の中堅どころから選ぶとすると、金井さんだろう、だが青年聯盟は、場合によっては、満鉄に対しても大いに批判のメスを加えなければならないことがあるのではないか。平島君のように、いつでも首を賭けていた男は別だが――」

「といって、他にはあるまい」

金井説が強かった。

「そう言えば、そうだが」

と、岡田も賛成したので、ではこれから早速金井博士の家に押しかけて行こうということになって、一同が山口の家を出たのは、もう夜も一時を過ぎていた。勿論もう電車もなく、おまけにその晩も雨がしとしとと降っていた。冷たい氷雨であった。

雨の中をどっしりと低い満鉄本社の建物を横に見て、星ケ浦の金井邸に着いたのは、もう二時近かった。もちろん四辺に人影のある筈もなく、沖から打寄せる波の音が、軒燈の灯影に浮く雨脚のなかに高かった。

呼鈴を押して、幾ら待っても、固く閉された門扉の中からは、音沙汰もなかった。

「困った！」

「引返そうか？」

「せっかく来たのだ」

「でも、二時ではね」

「構うものか」

岡田が、真先に門を叩くと、他の連中も、拳を固めてガンガンと門を叩いた。

びっくりさせられたのは、金井邸だ。雨の晩の、しかも深夜二時というのに、けたたましく呼鈴を鳴し、果は門扉を破れるように叩くものがあるのだ。女中など、ぶるぶる震え出したのも、無理はない。

衆を恃《たの》んで、門まで叩いては見たものの、流石《さすが》に反省も手伝って、すごすご引返そうとしていると、なかから足音が聞えて来て、思わず肩をすぼめながら顔を見合わす一同の耳に、

「誰かね？」

と、重い声が聞えた。声の主は明らかに金井博士にちがいない。みんな愈々恐縮していると、

「今頃誰かね？」

と重ねて訊かれた。

「大羽です」

「山口です」

「寺島でございます」

「僕は岡田猛馬です」

静かに門扉が開いて、

「入りたまえ、今頃またどうして？　まアいい、中で聴こう」

一室に通された彼等は、

「もう少しで、警察に手配をしようかと思っていたところだ」

とやられて、面目なげに頭を掻いたりした。

「実は、今度出来る青年聯盟の理事長のことで来たの

ですが」

山口が用件を説明した。

「僕はまた、どんな火急な重大要件かと思った」

岡田が引取って、

「恐れ入ります。深夜に叩き起したりして申訳がありません。しかし我々としましては、全く火急な重大要件でありまして、ここにお伺いするまで協議を凝《こら》していて、おそくなったわけです」

青年議会の前に日支蒙騎乗旅行というのを企て、日支蒙五名の隊長となって、満洲里《マンチユリ》―東京間三千哩《マイル》の東亜国際騎乗旅行を、約三箇月半を費して、見事為し遂げた岡田の名は、青年議会の副議長だったことと共に、大連では誰知らぬものがない位だったが、金井も、なるほどこれは岡田らしい言葉だと思いながら、

「で、その青年聯盟の理事長がどうだというのですか?」

「それを課長にひとつ是非お願いしたいのです」

医学博士金井章次――彼は、当時満鉄で、衛生課長をやっていて、一部に「小後藤新平」をもって目されていた人材だった。

「僕は困るな」

金井はその場で断った。

「みんなで、さんざん協議してきたことです。是非引受けて頂きたいのです」

「あなたなら、きっとお願い出来ると思って、この真夜中に、雨を冒して伺ったわけです」

みなは交々懇願したが、金井は応諾しそうもなかった。

「では、青年聯盟に、あなた御反対なのですか?」

岡田が詰寄るように言った。

「いや、そんなことはありません。それどころか、諸君の熱と意気に感じて、大いに応援を惜しまない考えである。だが、理事長には、他にもっと然るべき人があるだろうと思う。僕は、理事長でなくお手伝いをしたい」

一同はやや暫く考えていたが、

「では、あなたに誰か、適当なお心当りはないでしょうか?」

と、金井に頼んだ。

理事長は、満鉄の少壮理事で、青年議会の首相兼外相である、小日山直登を推戴することになって、聯盟

結成の前日、即ち昭和年三年十一月十二日の夜、因縁深い敷島町の青年会館で、最後の打合わせ会が開かれた。

出席者は、顧問に予定されていた金井博士をはじめ、山口重次、大羽時男、岡田猛馬、相原敏治、山崎藤朔、中沢不二雄、森田拓志、高木翔之助、関利重、小野実雄等の大連在住者を初め、本渓湖《ほんけいこ》の小原良介等だったが、この会合で、最も揉めたのはやはり聯盟の性格と基金に関する問題であった。

尤も、ひとしく聯盟の性格に関する問題だといっても、前に規約起草委員会の場合には、規約をめぐって、政治団体的性質を積極的に明らかにするか、それとも比較的緩和な団体的色彩にとどめておくかという点が、議論の分れ目だったが、そしてそれは「満洲青年聯盟ハ満蒙ニ於ケル青年ノ大同団結ヲ図リ満蒙諸問題ノ研究ヲ以テ目的トス」と言う、極めて穏健な字句を用いることに、最後の決定を見たのであったが、この夜のそれは、主として聯盟員の素質に触れたものだった。

量より質——精鋭分子の結成——たとえ少数でも実行力に富む団結でなければならない、というのが、関、相原、森田、高木等の、職業関係では自由職業者側の意見であった。これには、経済問題も絡んでいた。

「基金には心配はいらぬと、山口君や大羽君は言うが、その基金は一体何処から出して貰うのかね？　基金問題で、聯盟が将来その活動を拘束されたり、骨抜きにされたりするようなことがあっては、聯盟なんか初めからつくらない方がいいくらいだからね」

相原などは、特に強硬意見を主張した。

「聯盟の活動は活動、基金は基金だ。全満青年の大同団結が目的である以上、少数主義では意味がとぼしいと思う。あくまで何千という青年を聯盟に結成してこそ、聯盟の力も発揮出来るのだと思う、大衆団体主義で行くには、なるほど多少金もかかるだろうが、そう潔白一点張りでも物事は運ぶものではない」

これが、山口、大羽、岡田などの見解だったが、甲論乙駁、容易に決しかねたので、遂に採決を取ることになり、相原たちの精鋭主義は、十二対六の少数で敗れたので、

「僕は帰る、そんな聯盟は真平御免だ」

と、相原が憤然と起って、捨台詞を投げて退場しようとするのを、

「まア、待ちたまえ」

と、金井博士が止めて、更に意見を練り合うことになったが、何とか両者の一致点を見つけようとする金井博士の努力にも拘らず、相原がカンカンに憤慨していて始末に了えず、結局その夜は未定のままもの別れとなった。

しかし、聯盟の結成は、明日に迫っていた。で、その夜は、山口、大羽、岡田たちは、更に金井邸に集って徹夜して協議を凝し、とにもかくにも満洲青年聯盟創立に関する、一切の準備を整えることが出来たのだった。

翌十三日満洲青年聯盟結成の日は、大連新聞主催第二回満洲青年議会の三日目だった。

この第二回満洲青年議会は、前回のように演戯的な波瀾はなく、概して真剣味に満ちた雰囲気のうちに、大体前回と同様の議案の審議を進めて、最終日の第三日目となったのだったが、その三日目の暮色迫った頃、問題の「満洲青年聯盟結成案」が上程された。

提案説明者岡田猛馬が、烈火を吐く熱弁で、満蒙の現状を論じ、青年聯盟結成の意義と、準備運動の経過を述べて、最後に規約草案について詳細に説明して、全議員の賛同を求めるのであったが、満堂粛然として声なく、ただ岡田の弁舌のみが、無人の野を流れるように、冴え返って行くのであった。

岡田の長広舌が終ると、山田議長の採決で、万雷の拍手裡に、満場一致即時可決が宣せられ、ここに愈々満洲青年聯盟の結成を見ると、小日山首相登壇して、力強い言葉でこれを祝し、希望と激励を述べ、また青年聯盟結成の機縁を与えた宝性大連新聞社長も、

「満洲青年議会開設の主旨目的とする所は、次代満洲を担って活動さるる所の在満青年諸君の自覚と決死の覚悟及び努力に依る満蒙問題の根本解決であり、理想満洲の建設である、……諸君の識見と経綸の意気と熱とは、必ずや満洲青年聯盟の結成によって、その大理想を達成せらるべきを信じ且つ祝福する」

と述べて、聯盟の目的貫徹を祈った。

次いで小日山首相の発声で、大日本帝国並に満洲青年議会の万歳を三唱し、山田議長の発声で青年議会の主催者大連新聞の万歳を三唱して、第二回満洲青年議会並に青年議会そのものは、満洲青年聯盟を産児に残して、その幕を閉じたのだった。

青年議会閉会後、直ちに聯盟本部発会式に移り、満場一致、予《かね》て内諾を得てあった小日山直登を理事長に

推戴すると、小日山は即時議長席について、就任受諾の挨拶を述べ、続いて、

「満蒙ハ、日華共存ノ地域ニシテ、其ノ文化ヲ隆メ、富源ヲ拓キ、以テ彼此相益シ、両民族無窮ノ繁栄ト東洋永遠ノ平和ヲ確保スルコソ、我国家ノ一大使命ナリ。

我等ノ先輩ガ薨天《こうてん》の犠牲ヲ払ヒ、永年ノ努力ヲ傾倒シ、満蒙ノ開発ニ努メタルハ、外来ノ暴力ヲ排除シテ、中華民国ノ完全ナル独立ト自由ノ獲得ニ寄与、貢献セントスル善隣ノ大義ニ外ナラズ。先輩国民ノ遺志ヲ継ギテ、満蒙ノ開発ニ畢生《ひっせい》ノ心血ヲ捧グルコソ、我等在住同胞ノ民族的責務ニシテ、又願ナリ。

今ヤ世界ノ視聴ハ極東ニ集注シ、隣邦ノ政情ハ混沌トシテ国民帰趨《きすう》ニ彷《さまよ》フコト年久シク、満蒙ノ前途モ亦逆睹《ぎゃくと》スベカラザルモノアリ。

翻《ひるがえ》ツテ、母国ノ情勢ヲ顧ミルニ……」

と、宣言文を朗読し始めるのだったが、満場はただ胸を衝く思いで聴入り、中には嗚咽するものさえあり、ここに来ては聯盟の精鋭主義も大衆主義もなく、ただこれが生れたことの感激で、旧三木会の連中の感情も、渾然と一つに融けあっていた。

## 青年は動く

昭和四年一月九日、理事長小日山直登の名をもって、大連警察署長に結社届を提出すると、青年聯盟は果然活潑な活動を開始した。

活動の差当っての目標は、普《あまね》く聯盟の趣旨、精神を、各地に徹底させること、聯盟会員の獲得竝びに各地支部の設立に置くこととなり、そのために小日山理事長を首班とし、金井、中西両顧問、岡田、山田両理事、委員神崎種鑑を中心とする地方遊説隊を組織したが、遊説隊は聯盟結社届の一月九日、長春に開催した演説会を皮切りに、満洲ではいちばん寒気の酷烈な、一月の零下二十度、三十度を冒して十日には公主嶺《こうしゅれい》、十一日四平街《しへいがい》、十二日開原《かいげん》、十三日鉄嶺《てつれい》、十四日撫順《ぶじゅん》、十五日本渓湖《ほんけいこ》、十六日奉天《ほうてん》、十七日遼陽《りょうよう》、十八日鞍山《あんざん》、十九日営口《えいこう》、二十日瓦房店《がぼうてん》、二十一日熊岳城《ゆうがくじょう》、二十二日金州《きんしゅう》、二十三日大石橋《たいせききょう》、二十四日旅順《りょじゅん》と云ったように、満鉄終点の長春から南下し、満鉄沿線を縫って、一日の休みもない連日の強行軍で巡回演説を行ったが、この一事を見ても、青年聯盟がその出発の当初から、

如何に烈しい意気と熱に燃えたぎっていたかがわかるだろう。

一方支部の方も、遊説隊の活躍に呼応して、続々各地に生れ、僅か数箇月のあいだに、安東、吉林、四平街、鶏冠山、大連、公主嶺、鞍山、本渓湖、奉天、長春、営口、大石橋、旅順、金州、熊岳城、瓦房店、開原、撫順、沙河口《しやかこう》といった順序に、満鉄沿線に点々として拡がり、飛んで遠く北満の哈爾浜《ハルビン》にまで設けられた。

青年聯盟の、この熾《さか》んな勢いに、少々心配し出したのは、関東庁当局の官憲であった。青年聯盟といっても、大したことはあるまい、理事長の小日山は、純情家で生一本のところもあるが、大満鉄の重役であるからには、血気に逸《はや》る青年の行き過ぎは、十分抑えてくれるだろうし、また聯盟の顧問には、満鉄関係では中堅課長級の保々隆矣、金井章次、中西敏憲、山崎元幹、二村光三、その他の方面では斎藤関東州弁護士会長、横田満洲電業社長、大連在郷軍人聯合分会長岩井陸軍予備少将、佐藤大連商工会議所会頭、和田大連船渠社長、杉野大連市長などという、各界一流の人物を網羅していたから、その点でも、安心しているのであった。

ところが、演説会や支部の発会式などでやっている聯盟の連中の言論といえば、激越な調子で、満蒙の現状を痛憤し、母国の対満蒙対策の不徹底を難詰し、はては満蒙独立国家論までも叫びだすものがある始末に、大連署では気が気でなく、本部の者を呼出して、言論は慎重にするようにと、注意を与えると、二、三人でやって来た威勢のいいのが、

「いや、そのことなら、御心配は無用でしょう」

と、澄ました顔である。

「どうして?」

「松田の諒解を得てありますから」

「松田というと?」

「拓務大臣閣下ですよ」

「松田閣下の諒解?」

「昨年十二月七日午後三時、ヤマトホテルの応接室で、金井顧問以下八名出席、親しく拓相と会見したことは、御承知のことと思いますが、その際は激励の言葉さえ貰った位です」

なるほど、拓相会見の事実は知っているが、激励というよりも、むしろ聯盟の連中がなだめられた形だったことまでは知らない係官は、やむなく苦笑しながら、

「しかし、理事長にはよく伝えておいてくれたまえ」

結盟以来、一応各地の遊説も終り、発会式を挙げた支部も満鉄沿線十九箇所、哈爾浜を加えて二十箇所にたっし、発足当初の活動目標は、むしろ予想以上の好成績を収めることが出来た青年聯盟は、更に今後の方針を樹立すると共に、一層所期の趣旨目的の達成に邁進するため、二月二十八日第一回支部長会議を、大連満鉄社員倶楽部で開催した。

この日、本部からは、小日山理事長を初め大羽、是安、岡田、山田、其の他の各理事、和田、金井、保々、宝性の各顧問が出席したが、支部側からは大連山口重次、安東粟野俊一、奉天鯉沼忍、吉林吉原大蔵、四平街宇佐美寛爾、鶏冠山小林輝男、公主嶺久保田賢一、鞍山渥美直吉、本渓湖塘慎太郎、長春老木近信、大石橋河内由蔵、営口加藤譲、旅順中川寿雄、金州児玉資一、熊岳城小原啓介、瓦房店草津光雄、哈爾浜小林九郎、開原川崎亥之吉、撫順の中野撫順炭礦庶務課長、沙河口結城清太郎の各支部長が、一人の欠席者もなく各地から顔を揃えたのは、それだけでも全聯盟の士気を、愈々振作《しんさく》させずには置かないものがあるのだった。

さて、定刻午前十時、小日山理事長、簡単に開会を宣し、次いで金井顧問、推されて議長席に就く。

日程に先だち、指名によって、山口大連支部長から、聯盟結成以来の本部の経過報告、森田常任委員より会計報告があってから、小日山理事長再び起って、双頬を紅潮させながら、

「満蒙に発言権を有する我国の満蒙に於ける今日を観るに、経済的な発展は全く梗塞《こうそく》せられ、外交また頗《すこぶ》る振わず、満蒙経済経営の前途は深憂に堪えないものがあるのであって、この推移に委せんか、我々同抱は何時旗を捲いて、引揚げる運命に逢着しないとも限らない。この事態はもはや断じて黙過することが出来ない。即ちここに蹶然《けつぜん》奮起し、最後の一人となるまで満蒙経営の革新を計るのが、聯盟の使命である。一つの国家的転換運動は、実に意気と力に燃える青年に依って成し逸げられた事実は、過去の歴史の証明するところである。明日の満蒙を双肩に担う諸君の使命は、実に重大であると云わねばならない」

と、言々《げんげん》火を吐き、卓を叩かんばかりにして、聯盟会員の一層の決意を促し、その奮闘を望むと、全員声を呑んで耳を傾け、理事長にこの覚悟がある以上、力の限り我々も戦えるぞ！　と、各自の胸に、更に誓を

新たにするのであった。

この日の主なる議決事項は、青年聯盟議会を以て、聯盟の最高機関とすること、聯盟議会の選挙は、聯盟会員の互選とすること、各種事業計画その他であったが、本部経費の捻出問題で、岡田理事から自転車販売論が出たのに対して、

「幾ら何でも、聯盟の自転車屋では面子《メンツ》にかかわる」

と、異議続出し、

「何が面子だ」

と、岡田は引込まず、一花咲かせたが、雲行を見て金井議長が保留を宣するなど、緊張のなかにも、ユーモラスな場面を点綴《てんてい》して、会議は夜の九時過ぎ漸く終った。

支部長会議もすんで、聯盟の足並はここに揃い、各地支部に結集する会員の急激な増加と相俟って、聯盟の運動が、愈々本格化して来た、ある日のことだった。

小日山理事長が一夕理事の連中を、南山麓なる桜町の豪壮な自邸に、招待した。

集ったのは岡田、大羽、是安、山田の州内理事、州外からは営口の加藤譲治、その他一、二の理事が顔を揃えたが、その席上で、岡田が、小日山を前に思わず満鉄を罵倒した。

「勿論、根本は、母国政府の対満蒙政策の不確立にあるのは言うまでもないが、満鉄さえもっとしっかりしていて、満蒙の経営に抜かりがなかったなら、こんなにまで情勢が追いつめられるようなことは、よもやなかったと思いますね。――いや、全く満鉄のやることは、僕等が見てもなっていませんよ」

「何がなっていない？」

小日山が聞きとがめた。例の満鉄事件で、家族主義をかばおうとしたほどの彼には、岡田のそう言う言い方がぐっと胸に来た。

「いいですか、例えば最近出来た大連農事会社ですね、あれなんかひどいじゃありませんか」

「大連農事のどこが悪いのかね？」

「第一、処もあろうに大連郊外なんかに農場をつくり、あまつさえそれを……」

「待ちたまえ。あれはこの僕が判を捺《お》したんだぜ。いけないという理由を聞こうじゃないか」

小日山は、いつになく気色ばんで、岡田に迫った。

「あなたが判を？　では、なお更黙っちゃいられませんよ。大連郊外でも、日本人を農場に固着させるため

ならまだしもよろしいが、しかし実際は、原住農民に小作させて、小作料で経営するなんて……」

「もういい」

　小日山は遮った。

「よくはありませんよ。大地に日本人が根を下すことですよ。沿線の他に、奥地の各地に日本人が溢れて出て、到るところで牧畜をやり農を興すことですよ。土くれを肥し、大地に膠着することですよ。そういうことに、満鉄がもっと早くから着目して、移民事業でも始めていたなら、支邦軍閥政権が誰に変ろうと、張作霖《ちょうさくりん》が国民党に敗れようと、彼が爆死して東三省政権が学良《がくりょう》に移ろうと、日本の満蒙経営はビクともするものではなかったと思いますね。全く今さら大連農事なんてケチですよ。まるで満鉄沿線という一、二本の電線に雀が群がるように、我も我もと日本人が群がり寄って小さくなっている姿はどうですか。だから、国際聯盟や米英からも馬鹿にされ、碧眼人《へきがんじん》の煽動に躍らされていることも知らずに、下ツ端の支那官憲からさえも、在満邦人は不当な圧迫を受けなければならないのですよ。それだのに——」

「もういい、わかった、君の大陸農論は……」

　辟易して小日山が音をあげると、今まで黙っていた山口や大羽が、

「岡田はそれが言いたかったので、大連農事を持出したのだろう」

「ちがいない」

　と混ぜかえしたので、ほがらかな爆笑となった。

　議論好きの岡田は、そんなふうに、よく聯盟の会合でも、小日山を初め満鉄関係の連中と、口角泡を飛ばしてやり合ったものだったが、その下地には、青年聯盟は、満鉄をも批判し鞭韃する気概を持たなければならない、満鉄だからといって何も遠慮すべき理由はなく、また聯盟の役員や会員の多数が、満鉄関係者で占められているからと言って、満鉄のことを問題にしてはならない筈はない。満鉄の連中が、それがやりにくいというのなら俺が先頭に立ってやる、と言った考えが、常にあったからだ。

　多少うるさ型の傾向もあったが、その熱情と、熱情をそのままに体現する彼の献身的な行動は誰しも認めるところで、その点では満鉄関係者も蔭では感謝していた。

　いくら青年聯盟の運動が大事だからといって、勤務

を持っているものは職場の関係上、その行動には各種の拘束をまぬがれなかった。そこへ行くと、自分で牧畜農園を経営している岡田は自由行動の余地が多いわけだった。そしてまた事実、日蒙支三千哩《マイル》騎乗旅行をやってのけたほどの彼は聯盟のために、沿線各地を駆けめぐること位は平気なもので、そのために家も、生業も殆ど顧みるところがないのだった。

その岡田が、同志の獲得と支部を固めるために安奉線の巡廻遊説に出かけて、本渓湖に行った時だった。駅に降りて、挨拶のためにちょっと駅長室を覗いて見ると、駅待電報が、彼に来ていた。またどこかの同志の打合せ電報くらいに思って、何気なく封を切って見て、岡田ははッと胸を衝かれた。

「フジンヂウタイスグカエレ　コヒヤマ」

と、電文にはあったからだ。

「何か御急用ですか?」

と訊く駅員に、岡田は、

「いえ、別に……」

と軽く答えると、電報をそのまま丸めてポケットに押しこみ、ストーブの側で二、三茶話を交してから、支部事務所に出かけて行った。

岡田に、帰心矢のようなものがないわけではなかった。彼は大房身《だいぼうしん》の自家を出て、もう幾日になるかを、思い出していた。それは十日そこそこだったが、その十日位が前年満洲里から東京まで日支蒙人を引率して、三箇月半の騎乗旅行を試みたときよりも、長い時間のような錯覚に襲われたりした。

家を出るときは、いつものように元気よく、

「行っていらっしゃい」

と妻は見送ってくれたのだったが、それが重態?しかも発信人は、小日山理事長だった。

理事長から打って来る位だから、病気は相当重いのだろう。病気は何か、風邪が因《もと》の急性肺炎かも知れないなどと思うと、岡田はこの時ほど妻が哀れにいじらしく思えたことはなかった。

前年の騎乗旅行以来、青年聯盟の準備活動、結成後の運動と、農園も荒れ、馬や豚も次々に売飛ばして、彼が家のことを見ないあいだに、彼女は自分の衣類まで質入れをして、夫につくして来たのだった。

その妻が、僅か十日いないあいだに、重態だというのである。

「ホンケイコノヨウジスミシダイカエル」

岡田は支部に着いてから、思い出したように小日山宛の電報をしたため、それを使いに託して打電した。

「フジン　タイレンビョウインニアリシンパイスルナ」

と言う、小日山からの返電に稍《やや》愁眉をひらきながら、大連に引返して来た岡田は、ただちに満鉄本社裏の高台にある宏荘な大連病院にかけつけると、幸いにもう小康状態にこぎつけていた彼の妻は、夫を見るなり、

「どうして此所にいるのを、御存じでしたの？」

と、不審そうに言った。

「もう大丈夫かい」

「ええ、今度は本当に皆様のお蔭で……」

「お前が此所に来ていることは、小日山さんの電報で知ったのだが、でもよかったなア」

「まア、小日山さんがお知らせ下さったの」

と、感動に眼をうるます妻を見て、重態だと言われた彼女が、来てみると、峠を越していて、案外元気だったことの安心と共に、岡田は、何か神仏に感謝したいような思いに胸を熱くしながら、

「それにしてもよくお前は、此処へ入院することが出来たなア、自分で来たのかね」

「いつもの胃《い》痙攣《けいれん》が、どうも今度はひどいものですから、御心配をさせてはと思いながらも、やすんでいることだけは、お知らせしておいた方がよいと考えたので、本部気付にして葉書を書いて、出しておいたのです。それが、机の上にあるのを、本部にお立寄になった中西敏憲さんが、何気なくお目にとめられて、私の臥せっていることを、さっそく小日山さんや金井先生にお知らせになったのですって。それでわざわざ金井先生が大房身まで御見舞に来て下さったのだそうですが、そのときには私はもう、玄関にお迎え出ることも出来ない位でした」

「金井博士がわざわざ来て下すったのか、それは済まないことをした」

「小日山さんが、行って診てやってくれと、仰言ったらしいのです」

「小日山さんがか……」

岡田は、ついこの間、大連農事のことで議論を吹きかけて、彼の機嫌を損じたことを思い出すとそれだけに、理事長の細かい心づかいが身に沁みて有難く、心でお礼を言いながら、

「そして入院と言うことにきまったのか」

「いえ、その前に、金井さんがお帰りになると今度は、

この病院の西岸博士に、往診をお頼みになって、博士が来て下さったのは、大変な吹雪になった夕方でした。博士が御覧になって、応急手当をして下さってから、すぐ入院することになって、つれて来ていただいたのでした」

「そうだったのか、そんなにまでして貰ったのか」

と、岡田は同志たちの篤い友情に、命拾いをした妻の顔を、今更のように、まじまじと見まもりながら、

「そうだったのか、皆さんにひどい御迷惑をおかけしたなア」

と肚の底から繰返すのだった。

青年聯盟については、世上いろいろ意見があった。特に大多数の聯盟員を、社員や傭員の中から出している満鉄では、屢々重役会議の問題となった。

意見は、大別して二つに分れていた。青年聯盟などと言っても、要するに一部口舌の徒の集りに過ぎない、然も彼等嘴《くちばし》の青い連中の議論と来たら、徒らに各方面を刺戟して害こそあれ何の利益もない——とするものと、その実行力はともあれ、時難と興亜百年の運命を憂えて奮起した、青年の意気と熱だけは、買ってやるべきではないのか、というのがそれだった。

なかには、社員会があるのだから、何も青年聯盟のようなものにまで、社員が関係するのは怪しからんと言うものもあったが、社員会が、当初の方向から可なり外れて、次第に単純な共済組合のようなものになりつつあったその頃としては、心ある青年は社員会だけでは我慢が出来なかったのである。

さて、聯盟も、創立以来十年を経過して、昭和四年六月一日から三日間、第一回満洲青年聯盟議会を、思い出の大連協和会館で開いたが、これは前の模擬議会とちがって、聯盟の運動方針を議する責任ある最高機関であるから、流石に議員たちは自重して、演戯的な騒ぎを持上げるようなこともなく、議長小川増雄、副議長中川寿雄の下に、終始真剣味に満ちて行われた。

各地よりの出席議員は九十名、第一日には、開会と同時に、一同起立「君が代」を合唱して、厳粛の空気、場を圧したが、三日目の閉会に際しても、再び国歌を合唱して、遠く聖寿の万歳を祈ると共に、在満青年達の臣道実践を、各自その胸に誓うのだった。

この第一回青年聯盟議会で、注目すべき成果の主なるものは、聯盟の性格といったものが決定されたこと、

日華和合の思想が、聯盟の方針に取上げられたこと、満蒙自治制の主張が、公然と社会の前面に押出されたことなどであった。

これらは、共に、その後の満洲建国や、協和会運動や、大東亜建設思想の顕開《けんかい》と、あきらかに深い因子的な関聯を持つもので、青年聯盟運動の意義を、歴史的に決定づけたものである。

聯盟の性格の問題では、その第一日に、小日山理事長が挨拶のときに、

「我々は官の命、或いは其の他外部的指導により成立したものでもなく、その運動についてはどこからの掣《せい》肘《ちゅう》をも受けて居ないのはもちろんである。我々は相倚り相結んで成立せる団体であって、結社ではあるが、秘密結社の如きものではなく、また母国の青年団のように単なる修養機関としての結合でもない。もちろん修養運動、政治運動、或いは宗教運動の如きは、もとより実行すべきものではあるが、我々のこの運動を強いて議定するならば、満蒙に於ける民族発展の青年社会運動とでも云い得られると考えるのであります」

と述べて、嵐のような拍手をもって、全議員の賛同を得たことで全く明瞭にされ、結成前の各人各説や、その後聯盟に対する巷間の種々な観方は、この小日山の断定の下に、初めて統一されることになったのだ。

日華和合の思想が聯盟の方針に取上げられたのは、二日目に上程された大連支部吉広議員他三名提案の「日華青年和合の件」の可決によって、決定されたのだったが、しかしこの議案の議決には多少の波瀾をまぬかれなかった。

「では、次の日華青年和合の件を上程します」

と、議長が提案者の説明を求めると、吉広議員登壇、

「満蒙発展を志す者、満蒙の土地に土着し、恒久的子孫の繁栄を冀《こいねが》うものは、墳墓をこの地に卜《ぼく》せねばならぬ。即ち、満洲先住民族と心からの理解を相持ち、もって共存共栄の実を挙げねばならない」

と、提案理由を力説し、その具体案として、特別委員会の設置を提唱したが、次に立った高橋議員は反対論者で、

「現在排日はすでに支那国民性となり、滔々として満蒙にも波及している。我々はこれ以上支那及び支那人に媚びる必要がどこにあるか!」

と、眥《まなじり》を上げて反駁すると、今度は大村議員憤然

と壇に起って、

「なるほど対日不信や排日行為は、今や支那本土から満蒙をも蔽うているのは事実である。併しその原因は常に二、三の主謀者の策動に胚胎《はいたい》することを見逃してはならない。真の支那人は決して心から排日を謳歌するものではない。我々青年はこの場合、誠心をもって彼に接し、共に相提携することこそ、満蒙問題解決の捷径《しょうけい》である」

と、声を励まして賛成演説を試みると、次に起った中川議員は
「この際、支那人謳歌主義は、彼等をして益々増長せしめる材料となる以外の何ものでもない。仮にも斯《か》かる言動さえも不可である」

と、これまた強硬な反対意見を述べ、なお討論があってから、中尾議員登壇、

「本案は満蒙発展に対する我々のモットーで、聯盟の事業として根本的であり、第一に着手すべきものであると信ずる」

と、真正面から賛成論を試み、議長裁決の結果、賛成者多数で可決となり、直ちに特別委員会の委員が指名せられたが、これがその後の所謂満洲建国精神の、最も重要な思想的基礎の一つに置かれることになったのは、真に感慨深い事実でなければならない。


満蒙自治制の問題は、営口支部中尾優議員他数名より提出されたもので、これは前の青年議会当時からの、中尾の持論であったが、二日目にこの問題が上程されると、中尾は壇に登って、

「満蒙の特殊地域は、支那軍閥の野望に災《わざわい》せられ、居住民を迫害し、営業を妨害し、天然資源の開発を阻み、共存共栄の意議を没却せること甚大なるものがある。我々は人類愛のために暴戻《ぼうれい》なる圧制政治より彼等を救い、恒久平和を保持せんがために、満蒙の自治制を制定し、もってこの満蒙の発展を切に期したい」

と、熱弁を揮って降壇すると、大村議員、金井顧問より、問題は余りに重大だから、慎重討議の必要があるとの注意があり、再度起った大村議員は、

「満蒙自治制の如きは、永遠の理想であって、現在東三省三千万の民衆すらが、これを希望するや否やも大いに疑わざるを得ない」

と、反対論を唱え出し、議場は一時騒然たるものがあったが、黒柳議員の動議で、結局委員附託となった

のだった。

　ところがその後二年にして、満洲事変を契機に東三省三千万民衆の自治独立が宣せられ、竟《つい》に満洲建国となり「永遠の理想」は意外に早く「脚下の現実」となる運命を孕《はら》んでいたのだった。

　青年聯盟が、その性格や基本的運動方針を確立すると共に、その会員数の如きも、二千、三千と急速な勢いで増加して行くに従って、当初いろいろな眼でそれを眺めていた者も、次第に聯盟を一つの動かし難い社会的勢力として認めないわけには行かなくなって行ったが、それと共に聯盟自身も、そうした団体の力を漸く実践的な行動と結びつけるようになって行ったのは、一面歴史の転換期における時の勢いに促進されたものとして、意味深いことだった。


「どう思う？　榊原農場問題は」

「看過できないと思うな」

「しかし、聯盟としてこの問題に介入するかどうかは、軽々しく決められないのではないか」

「第一回聯盟議会の理事長の挨拶で明らかにされた聯盟の性格には、相当屈伸性が与えられていると思うんだ。従って、問題は、榊原農場事件の本質をまず究め、その上で聯盟の態度を決すべきではないかと思う。つまり榊原事件に聯盟が乗出すことの正否乃至はその妥当性の如何は、事件の性質のなかにこそ、求められるわけだから」

　昭和四年六月末のことだった。奉天に榊原農場事件なるものが勃発すると、聯盟本部では、緊急に理事会を開いて、取敢えずその真相を確めることになり、聯盟は岡田理事を奉天に特派して親しくその調査に当らしめたが、その結果、七月十四日には、全満理事及び支部長会議を奉天に招集して温泉ホテルで対策を協議し、結局「断乎たる方策」を講ずることに決定、一行三十六名は、同日直ちに総領事館に林総館事を訪問して、

「聯盟はもともと日華和合を本旨としているものであるが、この事件は理非きわめて簡明であるから、当局においても飽迄《あくまで》我が既得権益の擁護をもって邁進されたい」

　と、一行を代表して奉天支部長鯉沼忍が、総領事に要請すると、総領事も、

「出来るだけ貴意に副《そ》うように致したい所存である」

と、快く諒承してくれたが、この事件は、大正三年以来邦人榊原政雄が、奉天北陵一帯に亘って広大な土地を正式に商租し、内約百二十町歩に莫大の費用を投じて、多数の半島人農民を招いて、せっかく経営していた水田に、北陵遊覧客の便を図ると云う名目のもとに、突如農場を横断する鉄道を敷設した支那側に対して、農場側が奉天総領事を通じて再三鉄道の撤回と損害賠償を要求したのにも拘らず、何等の効果がないため、榊原が直接支那官憲に、時日を期してこれを迫ったのであったが、これもまた一向に手応えがないので、やむなく榊原が直接行動に出て、商租地の鉄道を破壊し去ったもので、この榊原農場事件に対する働きかけこそは、青年聯盟がその結成以来、初めて直接具体的な現実の政治的な問題に団体の力を以て嘴《くちばし》を入れた最初のものであったのである。

次は大石橋滑石鉱区事件と、本渓湖石灰山事件であった。

大石橋滑石鉱区事件と云うのは、大石橋東方約六里の処に、伊藤謙次郎と言う邦人経営の滑石山があった。滑石と言うのは、輸出洋紙には悉く使用するもので、紡績には、「オサ」の滑剤となり、綿布等の糊に混用せられ、また化粧品の材料ともなり、輸出先は主として大阪、兵庫方面で、輸出量は年額三万噸《トン》に達していたが、これは伊藤洋行が十年と言う歳月とその間幾多の犠牲を払って、刻苦努力を重ねて来た結果であったが、それを、昭和四年七月十日の白昼、突如物々しく武装した支那官憲約三十余名が乗込んで来て、不法にも実弾を発射してこれを占拠し、折柄《おりから》採掘に従事していた工夫を威嚇して追払うと共に、工夫頭を捕縛、拉《ら》致《ち》したばかりでなく、更に作業監督中の邦人に対しても、暴力をもって即時退去を命ずるなど、竟《つい》に全く作業を放棄するのほかなからしめたのだった。

本渓湖石灰山事件は、安奉線本渓湖に、明治四十二年以来二十年の長きにわたって、邦人が経営していた石灰事業に、支那官憲が無法な弾圧を加えて、これを奪取しようとしたもので、事件の勃発は、大石橋のそれより二箇月早く、即ち同じ年の五月十三日、これまた白昼、奉天省長の命を受けたと称する武装の支那巡警が十数名襲来し、邦人経営の各工場を悉く強制閉鎖せしめると共に、使役人を片端から脅迫追放し、作業場を破壊し、彼等の手にこれを占拠したのであったが、この理不尽な暴挙にあって、工場主は悲憤に耐えながら直ちに奉天総領事館に訴え、支那側に談判を開始して貰ったのだったが、一向要領を得ないので。今は止むなく被害工場主は、邦人の気鋭な青年の力をかりて、棍棒、日本刀、その他ありあわせの武器を持って、直接行動に出て、現地支那官憲と猛烈な格闘の後、彼等を敗走せしめ、竟にこれを奪還したのであった。

榊原農場事件と言い、大石橋、本渓湖事件と言い、各地に相踵《あいつ》ぐ支那東北官憲の眼にあまる我が権益迫害は、明らかに一貫した排日行動であることは、一つとして外交交渉によって支那側の誠意の認むべきもののない事実が、何より雄弁に物語っていた。

そこで、青年聯盟本部では拱手《きょうしゅ》傍観すべきでないとして、大石橋事件には、当時満鉄沙河口《しゃかこう》工場の技師だった理事是安正利を、本渓湖事件には、偶々《たまたま》事件発生の際、聯盟から本渓湖奥地調査に出ていた理事大羽時男を、それぞれ現場に派遣して、更に真相を確めると共に、両事件に対する大石橋市民大会には是安理事を、本渓湖市民大演説会には本部より森田委員、奉天支部より仙波、谷戸両幹事を参加させて、応援につとめたのであったが、こういう風に、好むと好まないとに拘らず、聯盟の政治的な行動は、その頃の満洲の情勢にうながされて、愈々避け難いものとなって来たのである。

聯盟はしかし、そう言った眼前に起る政治的な問題に、一役買って出るばかりでなく、満蒙経営百年の計画に対しても、準備することを忘れなかった。

その一つとして、差当って取上げたのは、百町歩農業経営計画であった。これは昭和四年の秋、是安、岡田、小川、大羽、山口の各理事、寺島大連支部長、中川旅順支部長等が委員となり是安、寺島、中川の各委員は、金州、大連、周水子《しゅうすいし》、旅順等を毎日曜日を利用して実地踏査を試み、一ケ月余にわたって種々研究の結果、大連郊外の周水子軍用地こそは、好適な場所であるとの結論に達し、具体案の作成も出来たので、同年十月二十八日、委員連中は打揃って、旅順の関東軍司令部に時の司令官畑英太郎中将竝びに藤田主計総監を訪問して、軍用地貸下げの請願を申し出た。

「いや、君達は若さに似合わず、なかなかいいことを考えておる」

と、委員連中が交々語る周水子農場経営計画案の内容を詳しく聴いて、畑将軍は感心したように言った。

「そう仰言られますと……」

と、委員たちは恐縮しながらも、案そのものについては、畑司令官や藤田総監を、熱心に傾聴させただけあってひそかに多少の自負は持っていたのである。

その百町歩農場経営の計画案と言うのは、周水子に三千万坪の土地を軍から貸下げて貰って、主として棉花を栽培しようというのであった。作物に棉花を選んだ理由は、第一に農作物中棉花が最も利益に富むことが、満鉄農事試験場の調査報告で明らかであること、第二に国防資源上満洲における棉花が重大な位置を占めていることもまた明らかな事実であるからで、その実行方法として、種子代八万円は関東庁より全額補助を受け、初年度反当り収量を実棉百五十斤から、漸次二百斤の確定収量を目ざすこととし、頗る明細な数字をあげて予算を示し、その農場経営の本旨とするところは、我が満蒙の特殊権益を真に確保するためには、その領土に立脚した生産に邦人が参加することこそが、最も重要であると言うのであった。

「……そういうわけで、用地貸下げについて、何卒閣下の理解ある御配慮を懇願いたしたいと存じます」

と、委員連中が口々に熱誠を披瀝すると共に、手廻しよく準備して来た願書、その他の一件書類を展げて見せると、

「気が早いじゃないか」

と、司令官は愉快そうに笑い、主計総監を顧みて、

「何とか出来るものなら、便宜を計ってやりたいものだ」

と、内意を洩したので、委員たちは将軍の好意を謝し、勇んで司令部を辞したのだったが、その後、いろいろの都合で、その実現は竟《つい》に見られなかった。併し、青年聯盟に、その頃そうした計画のあったことは、記録に逸してはならないものであろう。


その後、満洲の事情は悪化の度を加えるばかりであったが、満鉄に直接関係のある問題について言っても、頑迷な当時の支那官憲や彼等に煽動され、挑発された民衆による頻々たる大小の鉄道事故激増と共に、竟《つい》に大連港並びに全鉄道の死命にかかわる葫蘆島《ころとう》築港問題が前面にたちはだかって来た。

葫蘆島築港問題というのは、その由来するところ古く、日露戦役後、大連港が港湾運用の妙を得て、満鉄線の終端駅として、急速に著しく発展を示して行った

ので、時の東三省総督徐世昌《じょせいしょう》はこれに対抗して、日本の満鉄経営を妨害する意図から、渤海湾《ぼっかいわん》の一岬葫蘆島に大商港を建設し、これを起点とする満鉄包囲線の敷設を計画して、明治四十一年、天津より京奉鉄道の英人技師ヒューズを招いて技師長に任じ、四十三年十月には愈々工事に着手したのであったが、このときは第一革命戦が勃発したため、一部分を築港しただけで、中絶の形となった。

その後、奉天当局でも、北京交通部でも、葫蘆島築港計画の復活を考え、臨海鉄道、その他種々な施設を加えて来たのであったが、昭和二年から四年の間に、奉天―海龍《かいりゅう》―吉林間を通ずる瀋海《しんかい》、吉海《きっかい》、の二線約五百粁《キロ》並びに京奉線の打虎山《だこざん》から鄭通線《ていつうせん》の終点の敷設を機として、この両鉄道を海路につなぐ葫蘆島築港の第三計画を進め、これを蘭支合弁事業として達成することになり、昭和五年三月六日、国民政府は右に関する北寧《ほくねい》鉄路局長高紀毅と和蘭《オランダ》財団ハーバ・ウワークス会社駐支代表ロバート・デ・ボスとの間に成立した借款契約に対する許可を公然と発表したのであった。

これには、在満邦人誰もが等しくわき上る憤激と共に、

「やったな」

「やられた！」

と思った。

「これをしも忍ぶべきか」

「これをしも忍んで、我が権益どころか、我が在満二十万同胞の運命はどうなる」

と、自問自答を繰返さないではいられなかった。

この葫蘆島の築港計画が完成するならば、大連港の生命は一挙に絶たれるであろう。それは大連が農産物の宝庫北満から最遠距離にあるのに対して、葫蘆島港は満鉄二併行線を基幹とする多数培養線の包囲に依って、満洲及び東蒙古の貨物は求めずして、ここに吸収される事は、明白だった。

ただ二併行線が、開通しただけで、昭和五年度に於ける満鉄の減収が、二百万円以上に達し、早くも満鉄の危機が叫ばれ、内地では浜口内閣の緊縮政策のもとに、官吏の減俸反対の声などが起っていたのに、満鉄では社員会が自発的に、会社に減俸を請願するなどと言った、悲痛な事実が起きていたことを見ても、この葫蘆島築港問題の重大さが思い知られるのであった。

実際、社員会から会社に減俸を申し出るほどにも、満鉄内部は、暗憺とした空気で満たされていた。雷親爺と言われた当時の仙石総裁は、理事や部課長を叱りとばしてばかりいるし、満鉄が満鉄附属地における初等教育に当る教員養成のために、大正十二年以来経営して来た満洲教育専門学校の昭和六年度の生徒募集を、突然中止することになるし、「満鉄何処へ行く?」「満蒙経営はどうなる」の感じを、ひしひしと胸に迫って感ぜしめないでは措かなかった。

「必要とあらば、消極政策もやむを得まい。しかし、葫蘆島問題が着々進展して、すでに工事さえ始まっている一方で、満鉄も見切りをつけると言うのは、あまりにも情ないことではないか」

「そうだ、だから、愈々以て支那側から肚を見透されるのだ」

「それに、消息通の話では楊宇《ようう》霆《てい》、常蔭槐《じょういんかい》を暗殺してから、東三省の内部整理を一応終った張学良は、初めて南京入りをして、蒋介石と会見し、蒋・張の分治合作について協議を重ねたと言うじゃないか」

「俺も聴いた。何でも満蒙に関する対日懸案は、今後悉く南京外交部に移し、日本側をして交渉の奔命に疲らしめること、満蒙における日本関係借款鉄道は、これを債務とともに中央に移管すること、葫蘆島の築港及び葫蘆島を中心とする満蒙自国鉄道網の完成を急ぐことについて、蒋・張の諒解が成立したというではないか」

「それればかりではない、国防計画に就ては、日本を仮想敵として立案し、教育では対日敵愾《てきがい》精神を植えつけ、それから満鉄、其他日本の満蒙権益回収に就ても、密議を凝したことは事実のようだ」

　青年聯盟のなかでも、満鉄関係の連中は、分けても悲憤やる方なく、顔を合わすと、せめてもこう言った会話をしては、僅かに鬱をやるのであったが、事態がこうなっては、聯盟でもじっとしてはいられず、葫蘆島問題については『危機を孕む葫蘆島築港問題』と題する小冊子を刊行して、これを各方面に配布し、もって輿論の喚起を促すと共に、また満鉄の学校問題では、教授や学生の有志が、仙石総裁に面会して、生徒募集中止の撤回を懇願したところ、総裁は雷親爺一流の舌鋒で、

「今さら君たちは何を騒ぐか、満鉄として既に一旦決定した以上、誰が何と云おうが、この仙石がいるかぎ

りは断じて変更はしないから、そのつもりでいたまえ」と、一喝をくらわしたと言う情報が伝ったので、聯盟も沸き立ち、学校当局及び学生を支持して起上ることになり、奉天、長春、撫順等で、聯盟各支部が中心となって市民大会を開いたが、その奉天市民大会の決議は次の如くであった。

決議

吾等ハ南満洲鉄道株式会社総裁ニ対シ、昭和六年一月九日社報第七千百二十号ヲ以テ学務課ノ為シタル満洲教育専門学校昭和六年度入学生募集取消ノ公告ヲ削除シ速カニ期ヲ定メテ本年度生徒ノ募集ヲ開始シ当初ノ公約ヲ実行シテ内外ノ信ヲ繋ガレンコトヲ要望シ其ノ実現ヲ期ス

昭和六年一月十八日

奉天市民大会

しかしよく考えてみると、満洲の情勢の悪化の原因は、何といっても、母国の対満認識の欠如と対満蒙政策の不徹底にあるのは、否み得ない事実だった。

勿論、第一次欧州大戦後に国際聯盟を牛耳って、日本が東亜の盟主たらんことを拒否するとともに、戦後の疲弊を東亜の一層の搾取によって回復せんとする、米英仏蘭等の背後の使嗾《しそう》が与《あずか》って大きな力をなしていたことは言うまでもないが、日本の対支乃至対満蒙政策にして真に毅然たるものがあったならば、満洲の情勢がこれほどまでに追詰められることはなかったであろうと言うのが、在満二十万同胞の等しく身をもって痛感するところとなっていた。

そこで、青年聯盟では、母国の対満輿論を喚起し、旁々《かたがた》排日防遏《ぼうあつ》と、対満国是断行に対する政府の決意を促すために、母国に聯盟代表遊説隊を送ることになり、大連新聞社の後援を得て、岡田猛馬、小沢開策、永江亮二、高塚源一、佐竹令信の五名を代表に選び、昭和六年七月十三日、一行は大連港を出発したのであったが、出発に際して埠頭の光景は盛大な見送りのなかにも、悲壮なものがあった。

この日、大連湾頭は天気晴朗、烈々たる夏日が、埠頭を埋める見送り人の旗波や、白いカンカン帽や、大勢交っている紅紫とりどりの婦人の洋傘などの上に、ギラギラと直射していた。

その暑気をものともせず押し寄せて来た大勢の見送

り人のなかには、和田、宝性、渡辺、斎藤、三宅の各顧問、金井理事長代理以下、多数の聯盟関係者は勿論、田中大連市長、山西満鉄理事等の顔も見え、愈々出帆前となると、一行と見送り人の主なる人々約四十名は、甲板で麦酒の乾杯をして、行くもの、送るものの健康を互に祈り合うと、陸上からは万雷のような拍手が起る。

その裡《うち》に、船上に銅鑼《ドラ》が鳴りわたると、陸上からは突如、誰か激励演説を試みるものがあり、一般の見送り人もまたこれに和して、万歳を叫ぶと、船上からは、岡田代表が、

「我々は目的を遂行するまで死んでも帰らぬ覚悟である。今日この門出に当って行を励まし、斯く多大数のしかも熱誠溢るる見送りを受けたことは、一行の感激に堪えないところである。どうか諸君もあくまで健康で、我々がもたらす吉報を待って頂きたい」

と、声涙共に下る演説をして、陸上に答えるなど、送る者も、送られる者も、ただ一つの感情に融けあっていた。やがて、テープが切れると、瀏喨《りゆうりよう》たる楽の音と共に、一行を乗せた香港丸は静かに岸壁を離れて行くと、見送りの在満邦人たちは、眼がしらを熱くしながら、狂気のように旗や帽子を、船を目がけて打振るのであった。

## 大雄峰会

青年聯盟の連中の活潑な動きを一方に見ながら、聯盟とは別個に、やはり憂国的な青年の小集団が、満鉄内部に出来ていた。大雄峰会《だいゆうほうかい》というのが、それだった。

昭和四年末頃に生れたもので、これは初め、東亜経済調査所から満鉄本社勤務となった、笠木良明、高野忠雄が中心となって、気の合ったものが、中央公園の南華園あたりで、飲み食いの会をやっていたのが、次第に大勢となり、いつとはなしに大雄峰会なる名称をつけて、青年聯盟と対立の形をとるようになって行ったのだった。

「青年聯盟もよかろう、なにしろ雑多な人間が寄り集っているのだから、時にチンドン屋的な傾向に走ることのあるのもやむを得まい。しかし我々は我々で、独自の立場から満蒙問題について研究を深め、他日に準備するということも、決して徒爾《とじ》ではないとおもう」

これが、笠木の考えであり、また口にするところで

あった。

「笠木さんの話を聞いていると、青年聯盟もかたなしじゃないか」

「だが、あれはあれでいいと、笠木さんは言っているのだ。ただお互は、ああ言った対社会的な華々しい行動が、趣味と性質に合わないまでだよ」

「何れにしても、満蒙の形勢日に日に重大な折柄、我々もうかうかしていられないのは事実だ」

と言った具合で、大雄峰会に集って来た面々は、松岡三雄、井上実、松木俠、八木沼丈夫、荒木章、安斎倉次、稲津一雄、庭川辰雄、中村寧、星子敏雄、蛸井繁好、尾崎久市、山内丈夫、具島太三郎、深井俊彦、後藤秀夫、沢井鉄馬、多多羅庸信、古賀董、池田誠次、結城清太郎、甲斐政治、高岡重利、本島邦雄、坂田修一、千田万三、高橋源一、植田貢太郎、浜中隆三、等々何れも満鉄内でも有為の中堅青年で、社外の仲間としては、大連の弁護士中野琥逸、同木原鉄之助など二、三の者が数えられた。

その大雄峰会が、まだ発足当初のことだったが、精進料理の雲水で仲間の顔合せをやったことがあった。いつもは飲み食いの会と言っても、なにしろ盟主笠木の人事課主任と言うのが、仲間中の会社での役柄頭だったほどから、御馳走は特別註文の握り飯に沢庵で我慢をするのが常だったが、その日は柄にもなく雲水などを選んで大いに飲んだものだから、馬鹿騒ぎを好まぬ笠木の前も忘れて、調査課の庭川辰雄が本堂から大きな木魚を持出して来ると、それを抱えながら怪し気な恰好で躍り出した。

もちろん拍手、大喝采だったが、それに気をよくして廊下にまで躍って出た瞬間、どうしたはずみか庭川の手をすべった木魚は、庭石に叩きつけられて、真二つに大音をたてて破れてしまった。驚いたのは庭川だったが、これには一同も急に酔も冷めた心地で、やれ糊だ、飯粒だ、膠《にかわ》だと騒いだが、そんなことで一たん破れた木魚が元にかえるはずもない。ところへ、騒ぎに勘づいて雲水の和尚が様子を見に来たからたまらない。

一人減り、二人かえりして、みんなが逃出して行くなかに、破れた木魚を前に、羊羹《ようかん》色の服を着た貧相な笠木が、自若と静座して控えていた。

笠木良明は、課長中西敏憲のもとに、人事課の一主任にすぎなかったが、青年社員のあいだでは一つの光った人格的柱と仰がれていた。瘦せこけて風貌はあがらない方で、服装などもいつも貧乏くさかったが、どことなく一部の青年をひきつけるものがあったのは、彼が関東震災の際に、劫火のなかに、最愛の妻子を失って、無常感の底から生き抜いて来た試練の賜物だったかも知れない。

「笠木さんの前に出ると、自然に頭が下るから不思議だ」

と、満鉄入社の際に笠木の世話になり、大雄峰会には真先に参加した古賀董などは、いつも蔭で言っていた。これは後のことだが、満洲事変後、笠木が満洲国に入るようになって、古賀が満鉄の人事を切盛りするようになったとき、彼は後進の古賀を誓《いまし》めて、

一、人事は小の情実を殺し、大の情実を生かせ。
二、毎日一時間読書せよ。
三、他人の悪口を言うな。
四、若い社員の心を汲め。
五、捨身で働け。

と言う五箇条の教訓を、わざわざ巻紙に筆で書いて残して行ったが、笠木の為人《ひととなり》の一面を現したものであろう。

笠木もその考えで社務に当っていたが、大平駒槌が副総裁だった頃には、大平とはどうもうまく行かなかった。

ある日も彼は、大豆研究会の案を携えて、副総裁室に出かけて行くと、大平は眼敏く笠木の履いている、尻のきれたスリッパに眼をつけて、苦い顔をしている。さてはと感じながら、風采のことには一向に無頓着な笠木は、平気で書類を差し出すと、はたして大平の機嫌がよくない。

「内容を説明したまえ」

ぶっきら棒の大平の言葉に、笠木もぶっきら棒に答えた。

「書類をごらんになれば、おわかりになるはずです」

こいつ！　と大平は、笠木の顔を見上げて、

「説明を聞かなければ、判は押せないよ」

「内容は詳しく書いてありますから、どうぞゆっくり御覧になって下さい」

書類を置いて笠木が、踵《きびす》を返そうとすると、

「待ちたまえ」

「何か御用で……」

「総裁へ先に持って行きたまえ」

大平が書類を前に押しやるのを見ながら、

「順序ですから、置いて行きます」

と、笠木はキッパリ言って、そのまま退室して行ったが、これには大平もよほど立腹したと見えて、その後人事課長の中西敏憲に、笠木と云う男はいつも薄汚い風采をしていて体裁も悪く、その上妙に小生意気なところがあるから、あれでは本社の大事な部署に置いておくわけにも行くまい、と言ったので、それ以来笠木は中西の旨を含んで、大平が在任中は、二度と副総裁室に顔を出したことはなかったが、それでいて中西の下に相変らず人事主任をやり、また大雄峰会を牛耳っていたのだから面白い。

その後中西は、大平から時々笠木のことを訊《き》かれて弱ったが、そのたびに、どうにかその場を取繕ってやっていた。いったい大平は、社外業務が嫌いで、その頃の緊縮時代の満鉄が、大豆研究会などに手出しをするのを好まなかった関係から、笠木にも強いて説明を求めた傾きもあったのだったが、とにかく本社にはいなくなったはずの笠木だったから、大雄峰会の存在なども、努めて大びらになることを避けなければならなかった。

そのうちに、総裁が仙石貢から内田《うちだ》康哉伯《こうさいはく》に移り、同時に、副総裁も大平が江口定條《えぐちさだえ》に代ったので、笠木も廊下などを大手を振って濶歩できるようになり、大雄峰会も、それまでの仲間だけで満蒙問題や国事を談ずることから一歩を進めて、先輩や権威者の話を聴くことになったが、なかでも旅順関東軍司令部の参謀板垣大佐、石原中佐、奉天特務機関の花谷少佐などは、雄峰会の連中の意気を愛して、屢々彼等の集りに、労をいとわず講話に足を運んでくれた。

場所はたいてい社員倶楽部の一室、話題は勿論満蒙問題を主としたものだったが、当時の険悪な満蒙情勢を反映して、語るものも、聴くものも、回を重ねるに従って愈々真剣味を加えて行った。

青年聯盟が一方で、何千と言う会員を獲得しつつ、沿線各地に、華々しい運動を拡大して行ったのにたいして、大雄峰会の連中が、初め東山三十六峰にちなんだと云う雄峰会の名称の上に、いつの間にか大を冠するほどの、稚気を持ちながらも、わずか三十名あまりのものが、大連にたてこもって、他日を期しながら、せっかく研究に努めているのとは、おのずから好個の対照をつくっていた。

「話を訊く会」で、わけても大雄峰会の連中の胸奥に、深く刻みつけられたものは、花谷少佐の、「満洲四匪《しひ》論《ろん》」であった。

「僕の四匪論と言うのは――」

と、ある日の集りで、花谷少佐は若い満鉄社員たちの前で、ボツボツと語り出した。

「第一に政匪《せいひ》、第二に学匪《がくひ》、第三に軍匪《ぐんぴ》、第四に土匪《どひ》、これを以て僕は四匪と呼んでいるのだ」

四匪――なるほどこれは名言だと思いながら、青年たちは、粛然として傾聴していた。

政匪とは？　学匪とは？　と、四匪について詳しく説明してから、少佐は一段と声を強め、

「ところで、この四匪なるものが、満洲三千万の人口のなかで何人あると思う、それはたかだか十分ノ二を出でまい。あとはみな愛すべき善良な人民である。しかも、この全人口の十分ノ二に足りない四匪が、人民を塗炭の苦しみに追いやり、日支共存共栄を妨害し、徒らに満洲の治安を悪化させているのだ。斯かる満洲の現実にたいして、われわれ在満日本人は、何を考え、何を為さねばならないか、諸君ここが君たち青年の……」

と、少佐の舌端が、愈々熱して来たときだった。突然誰かが、

「張学良何者ぞ！」

と叫んだので、一瞬、見えない一座の空気は颯《さつ》と波立ったが、それも全く束の間にしてやみ、前とは一層深い沈黙のなかに、花谷少佐の「四匪論」は更に発展して満洲の政道論となり、皇国日本の民族政策論となり、講話はつきない泉が滾々《こんこん》と湧くように、つづけられて行った。

約二時間にわたる花谷少佐の話が終ったときには、一同はただ酔ったようになっていた。そして少佐が、

「退屈だったろう、これから笑い話でもしようじゃないか」

と言って、自分から愉快そうに笑い出したときに、みなの気力も初めて緊張から解きほぐされたのだったが、講話の最中に誰かが叫んだ「張学良何者ぞ！」と言う言葉はそのまま、少佐の熱弁に動かされたみなの胸に、一点の火のように残されていた。

## 爆発

突然轟然たる音響が稍遠《やや》いところで起った。

「あなた、何でしょう?」

「さあ、何の音だろう」

そろそろ寝に就こうとする時刻だった。奉天瀋陽館の主人の部屋で、主婦と主人は、ただならぬ夜空の物音に顔を見合せた。

「事によると……」

主人の田実は思わず呟《つぶや》いた。

「……と仰言ると」

と、心配そうに訊く主婦に、

「お前は家のなかのことをよく気をつけろ。どんなことがあってもあわてないように、女中たちにもよくそう言うんだ」

と言うと、田実は着流しのまま戸外へ飛び出した。

街には大勢もう人が出ていて、何事が起ったのかと、みな気づかい合いながら、音響のした方に気をとられて、噂し合っていた。

「鉄道の方にぱっと火の手が上ったというじゃありませんか」

「柳条湖《りゆうじようこ》あたりだったと言いますよ」

鉄道? 人々の話を聞きながら、田実は何か直感的に来るものがあった。音響と同時に細君に向って、

「事によると……」

と言ったことが、どうやら杞憂《きゆう》でないらしく思われたのである。九月十八日——田実は何気なく日が頭に浮んでいた。その日に特別の意味があるはずもないのだったが、何か容易ならぬ一大椿事が、いつかは一度爆発しそうなその頃の奉天の形勢だったからだ。

実際昭和六年に入ってから、奉天を中心とする支那軍隊の侮日《ぶにち》態度や、わが守備隊に対する挑戦行為は、眼に余るものがあった。その主なるものだけを拾っても、五月十八日には北大営《ほくだいえい》附近で行軍の帰途にあった支那軍隊の兵士が、日本巡察兵の目前で軌道上に石を積んで列車の顚覆を企てたばかりでなく、彼等は衆を恃《たの》み、日本兵を包囲し、営内よりも武器を所持した支那兵多数が馳せ加って、隠忍《いんにん》する我兵を威嚇した。

七月十四日には、京奉陸橋で一支那人の侮日的態度を詰問しようとした日本兵が、却って多数の支那巡警に包囲されて、連行を求められたが、これは穏《おだや》かに拒

否して事なきを得たが、八月十六日には奉天北方で、支那兵が進行中の満鉄列車に投石して、窓硝子の何枚かを破壊した。

更に九月十日には、支那軍一大隊が北大営より皇姑《こうこ》屯《とん》に移ると共に、この両地点間の部隊の往復には満鉄線路下を通過するが、日本歩哨はこれを拒否することあるべからず、などと我が守備隊に通告して来た。この皇姑屯に兵力を移したことは、日本附属地を攻撃するには最も適当な配備だったのである。

田実はそれらのことをすべて知っていた。彼は、「三木会《さんもくかい》」時代から青年聯盟の蔭の後援者であったし、また瀋陽館には屢々関東軍の将校達が宿泊していた。現に新任の軍司令官本庄繁中将が幕僚と共に奉天巡察で瀋陽館に宿泊して、奉天を発ったのは三日前のことだったが、本庄司令官が巡察中には支那軍は我が附属地に対して散兵壕を構築し、また兵営附近では大砲、小銃の実弾射撃を行って、日本軍を脅威するかのように、猛烈な演習を実施していた。

「日支衝突?」

「まさか?」

田実は頭で自問自答しながら、しかし気が気でなかった。

その時ならぬ音響が、支那正規軍によるわが満鉄線路の爆破の為めだったことが、伝わる頃には瀋陽館の前あたりも、オートバイが飛んだり、騎馬が駈けたりして、更けて行く夜の不気味さを掻きみだすのだったが、事件の重大さに気づいて田実は、主婦を督励し、使用人を警しめ、またお客には自重を頼んで、ひたすら家と町の自衛に当ることに努めた。

瀋陽館には本分館を合わせて、大勢の支那人の使用人がいた。万一どさくさまぎれに、それがあばれ出しては大変だった。それに、この事件が拡大するようなことがあったら、瀋陽館をお役に立てなければならない場合のあることを、田実は早くも考えていた。

まっさきに行李をしばったりして、逃げ支度をしていた女中も、お茶の湯を沸したりして、落ちつきをとりもどした時分には、そのまま騒然たる混乱に投込まれはしないかと心配された奉天市中も、次第に物音も消え、瀋陽館では、宿泊者たちが、主人田実をかこんで、その夜の柳条湖での事件について語り合っていた。

今度は相当発展するかも知れない――と言うのが、田実の意見であった。

「被害の程度は、噂だけではわかりませんが、いくら我慢強い日本の守備隊でも、堪忍の緒の切れる頃ですよ」

「そうですかね」

大阪辺の豪商らしい一人が先刻真蒼になったことも忘れて、気のなさそうに言った。

「そうですか、ではありませんよ。内地の人がそんな考えだから、こちらの青年たちがやきもきして、内地遊説などに出かけているのですよ」

と、田実は、青年聯盟の運動など説明しながら、張・蔣分治合作協定以来、愈々狂暴になって来た、奉天政府の対日経済封鎖政策や、支那軍隊の侮日や日本軍にたいする挑戦やについて、一々例を挙げ、殊に昭和六年になってからの万宝山《まんぽうざん》における暴民の鮮農水田農場の破壊、わが参謀本部員中村大尉並に同行の井杉軍曹の洮南《とうなん》附近の支那兵による虐殺、青島《チンタオ》での支那暴民による国粋会青島本部襲撃事件と、その際わが同胞から四十余名の重軽傷者を出し、また邦人家屋が二十余戸も破壊された事実などを詳しく話すと、さすがにその場の人達は、事態がそれほどまで悪化しているのかと、今さらのように在満邦人の苦境を察し、この上なお屈辱に甘んじては、大和民族の誇《ほこり》をどうするのか？と、一同悲憤に歯を喰いしばるのだった。

やがて、ほのかに窓がしらんで来てから、案外な街の静穏に、疲れた客たちは寝につくのだったが、その頃には、柳条湖の現場では、軌条爆破の支那兵を捜索するわが奉天独立守備隊員と、それにたいし、高粱畑中より、一斉射撃を浴びせかける支那兵とのあいだに、戦闘行為が開始されていたのであった。

その夜、旅順の街は、森閑と寝静まっていた。各新聞の支社などでも、宿直記者はどこでもいい気持に眠りについていたが、その裡《うち》、満洲日日の本社では、けたたましい電話の鈴音に、宮川という若い記者が夢を破られた。電話は奉天の支社からかかって来たもので、その夜奉天の柳条湖が、支那軍隊が満鉄路線を爆破して事件が突発したが、旅順の模様はどうか、至急調べて支社に連絡をしてもらいたい――と言うのだった。

これはたいへんと、宮川記者は取るものも取敢えず飛出した。旅順の模様というのはもちろん、司令部の動静だった。宮川は司令部に駈けつけたが、関東軍司令部は衛門にいつもの通り哨兵が立っているだけで、別に変った様子もない。司令官や幕僚が非常出動をしているはずだと、鎌をかけてみても、衛兵は知らぬと言う。

深夜の司令部構内は、ひっそりとものの気配もないので、念のため近くの三宅参謀長邸に赴くと、ここでは門は固くしまって、家の中はしんとしている。柳条湖の事件が旅順にまだ知られていないとすれば、これは知らさなければならないと気づいた記者は、矢庭にどんどん門扉を叩くと、女中が出て来て、

「参謀長閣下はお寝みです」

という。

「何お寝み？　呆れたなア」

「まア」

「構うことはない、叩き起してくれたまえ」

相手が顔見知りの新聞記者なので、女中も渋々宮川を内に入れたが、間もなく三宅参謀長がどてらのまま応接室に姿を現して、

「やア、今頃またどうして？」

「閣下は御存じないのですか」

「何かあったのかね？」

と、三宅少将は悠々と燐寸《マッチ》を摺って煙草を吹かし始めた。

「柳条湖で満鉄路線が爆破されたのです」

「またやり居ったか、学良の悪兵どもが……」

「閣下、詳しいことは知りませんが、奉天支社からの電話の様子では、今度は相当重大事件のようですよ」

と、言っているところへ、司令部から電話がかかって来て、様子がわかったので、参謀長はさっそく軍服に着かえて出て来ると、待っていた宮川に、

「さすが新聞社の早耳には驚いたよ。司令部へ出かけるが、君はどうする？」

「お伴をさして下さい」

参謀長に従って、司令部に行くと、本庄司令官も、間もなく軍装で登庁したが、参謀の部屋には片倉大尉が、セルの袴をはいて和服で駆けつけて来ているのが、却って異常な雰囲気を、一室にただよわしていた。

その裡《うち》に、急を知って各社の記者が、続々詰めかけて来る。司令部では、即刻参謀会議を開き、事件の対策を練るのだったが、一方では、わが満鉄線路の爆破は、北大営駐屯支那正規軍の公然たる行動だったことが、愈々明白となって、日本の長い隠忍の幕は落ちて、竟に満洲事変の突発を見るにいたったのだった。

　柳条湖《りゅうじょうこ》事件勃発の翌朝、満鉄本社はただならぬ空気に緊張していた。朝刊には間に合わなかった事件が、号外で市中を驚かした頃には、すでに総裁公館では、内田、江口正副総裁、伍堂、十河《そがわ》、村上、木村、山西、竹中等の各理事が集って、緊急重役会議が開かれていたが、一方本社の衛生課長室には、内地に帰国していた小日山直登《こひやまなおと》に代って、青年聯盟の理事長をやっている金井章次を中心に、続々集って来た青年聯盟の役員たちが「われら、何を為すべきか」と、鳩首《きゅうしゅ》協議を凝していた。

「すでに関東軍司令部は、旅順から奉天に移動する事にきまったようだ。今度という今度は、わが軍も敵軍膺懲《ようちょう》のために出動する模様である。恐らくは奉天城の占領も両三日を出《い》でないかも知れない。自分はさっそく上海に飛ぶことにしたい。満洲で起きた事件は、満洲だけで騒いでも駄目だ。大体支那問題の輿論は上海で起る。僕は上海で事務所長の伊沢君や庶務課長の松木俠君とも相談して善処したい。ついては、諸君はあとに残って、事件進展の推移に的確敏速に即応して経済工作に挺身活動してもらいたい」

　金井が自分の考えを述べたが、みんな同感して、ひとまず金井を上海に走らすことになり、あとに残った山口、小沢、原口、黒柳、藤森、是安、関、小川、岡田、沢田などは、山城町の本部に陣取って、待機の姿勢をとる事になったが、そのなかに大羽のいないのが、何となく淋しくまた気がかりだった。

「まさか、大羽の身辺には異状はないだろうな」

「今にびっくり顔で、ひょっこり帰って来るよ」

　大羽時男は、奉天特務機関の花谷少佐に随行して、沿線各地へ、日本移民協会の委嘱を受けて現地調査に出かけていたのであったが、こういう非常時には、信頼する同志が一人でも多く一緒に居ることを欲したのである。

　雄峰会の連中が、軍人たちと接近していたことは、前に書いた通りだが、一方青年聯盟でも役員たちは、或いは旅順に関東軍司令部を訪ね、奉天に特務機関を訪い、軍の人たちと昵懇《じっこん》となり、旅順では偕行社《かいこうしゃ》で御馳走になりながら板垣、石原、片倉などの各参謀と幾度か国事について語り合っていたのだ。

事件劫発の翌日の、夕方になった頃だった。後れ馳せながら、小山貞知《こやまさだとも》が本部にやって来た。彼は事件の起る少し前から聯盟と関係していた。

「愈々われわれの観念が、実を結ぶときが来たぞ！」

と、小山は呼んだ。

「どう言うわけだ」

みんなは一斉に、勇み立っている小山の顔を見つめた。

「軍は両三日にして、満洲軍閥掃蕩の用意があるそうだ。あとは建設だ。われわれが念願していた新しい満洲の建設だ」

「そうだ、新しい満洲の建設だ！」

と、一同も感奮して和したが、まさに彼等の美しい観念が、結実するときが到来したのだ。

小山貞知——彼は、満鉄と関東軍嘱託をかねていて、これまでも両者の連絡に当っていたのだった。

小山貞知を仲介として、軍との連絡がついたので、戦況の発展に即応して、青年聯盟では勇躍事変に対処する活動に入ったが、第一に聯盟が着手したことは、沿線各地から人を募集して、緊急に青年義勇警備隊を組織することだった。


当時張学良の軍隊は、三十万に達していたが、我が関東軍はあまりに寡兵だった。しかし戦闘は各地に拡大し、独立守備隊第二大隊がまず北大営を逆襲したのを手始めに、駐劄第二十九聯隊は友軍援助の目的を以て、商埠《しょうふ》地の支那兵を掃蕩し、附属地の治安に任じた。十九日午前二時には、遼陽《りょうよう》に駐屯していたわが多門第二師団は早くも奉天城に入城したが、一方長春では長谷部旅団の寛城子《かんじょうし》及び南嶺《なんれい》の敵兵掃滅戦の展開となり、また昌図《しょうと》、吉林《きつりん》、洮陽《とうよう》、錦州《きんしゅう》、斉斉哈爾《チチハル》等と事変の戦線は、夥しい敵兵を向うに廻して、拡大して行ったのである。従って、義勇隊の担当すべき警備任務は少くなかった。

「おい、伊藤中佐が承諾してくれたぞ」

「それはよかった」

「亜細亜ホテルの主人井藤栄氏から二千円寄附があった」

「そいつは有難い」

満鉄嘱託将校伊藤中佐を総司令に戴いた、青年聯盟員を中核とする青年義勇警備隊は、意外の後援者も飛出して、各地に続々とつくられたが、事変と共に軍事・政治の中心が奉天に移ったので、義勇隊司令部も、聯盟臨時事務所と共に奉天に転じ、両者の役員連中はすべて大広場のヤマトホテルに陣取ることになった。

一方、雄峰会の連中にも、花谷少佐から召電があったので、今こそ時は来たとばかりに、笠木以下三十余名のものは、決死の意気込みで取るものも取敢えず奉天に馳けつけ、興禅寺というお寺の宿舎に入ったが、軍からは石原中佐が出て来て、種々協議の結果、彼等に要望された仕事は各地の鮮農同胞たちを、学良の残兵や暴民から守ることだった。

「よし話はきまった！　ところで、このなかに鉄砲の打てるものはいないか」

役割がきまると、石原中佐が一同を見まわした。お互に顔を見合わすだけで、誰も返事をするものがなかった。大学出の知識人揃いの雄峰会員には、鉄砲をあやつれるものは、一人もいないのだった。

「誰もいないのか？」

「中佐！」

誰かが言った。

「何かね」

「鉄砲なんか、稽古すればいいのでしょう」

「もちろん！」

「じゃ、稽古をしようじゃありませんか」

「その意気はよい」

そこへ腸チブスで入院していて、奉天に来おくれていた会員の一人の池田から電報が来た。

「ゼンカイス　ゼヒオヤクニタチタシ」

笠木が中佐にそれを見せると、中佐は我が意を得たとばかりに、

「よし、彼には長春へ行ってもらおう！」

すでに奉天城頭には、日章旗がへんぽんとして翻っていた。奉天が兵火から助かったことは、当時の人口二十二万の生命や財産が、そのまま救われたことを意味していた。敏速果敢な関東軍の出動が、全く機宜を誤らなかったからだった。

関東軍司令部は、東拓ビルに厳然と本拠を構え、本庄司令官、三宅参謀長、板垣、竹下、石原、片倉その他幕僚の威容を朝夕に見る、在奉天日本人同胞の心強さといったらなかった。

皇軍向う処、何れも幾倍する敵軍を撃滅して、赫々《かっかく》たる戦果を挙げつつあった。

が、在満邦人にとって、何よりも心配だったのは、母国政府の事変に対する態度であった。当時内閣首班

には浜口《はまぐち》雄幸《おさち》遭難のあとを受けて若槻礼次郎《わかつきれいじろう》が立ち、外相は幣原《しではら》男爵だったが、幣原外交の従来の対外弱腰を知る在満邦人が、本国政府の出方に気をもむのも無理はなかった。

そこで、在満邦人は、条例上当然の処置に出でた軍を支持し、深く感謝すると共に、遙かに本国政府を鞭韃する為めに、事変勃発二日目に開かれた、鞍山における非常在満邦人大会を皮切りに、大連、開原、長春、海城、安東、旅順、本渓湖、営口と邦人大会、或いは市民大会を開いたが、柳条湖爆破三日目に奉天に開かれた在満日本人大会の決議を見ても、当時における在満邦人の決意と気魄《きはく》の一端が窺えると思う。

決議

国際信義ヲ無視シ、日本帝国ノ権益ヲ侵害スル支邦ノ暴状ハ、其ノ極ニ達シ、遂ニ我ガ南満鉄道ヲ破壊シ、我ガ守備隊ヲ攻撃スルニ至レリ、茲《ここ》ニ於テ我ガ関東軍ハ自衛上軍事行動ヲ開始セリ、這《これ》ハ日本ガ満蒙権益権保上当然ノ措置ノミ、更ニ進ンデ東北四省ニ於ケル悪虐無道ヲ逞《たくま》シウスル支邦軍閥、官僚ヲ排撃掃蕩スルニ非ザレバ、全省民ノ安定何時ノ日ニ於テカ期セン、宜シク世界人道平和ノ為メ此機ニ際シ全満洲ノ軍事占領ヲ断行スベク、挙国一致以テ皇軍ノ発動ヲ要望ス、若シソレ軍今次ノ行動ヲ排撃シ、或ハ之ヲ阻止スルモノアラバ、宰相ト雖モ賊、上将ト雖モ賊ナリト断ズ

昭和六年九月二十一日

於　奉天　全満日本人大会

可なり激越な文字に富んでいるが、当時在満邦人同胞としては、これでもなおあきたりないものがあったかも知れない。

しかし、軍首脳部の宿舎瀋陽館の夜は、余裕綽々《しゃくしゃく》として静かなものだった。本庄司令官は、朝九時の出勤時間に間に合うように宿を出ると、夕方は四時には退庁して、旅館に帰って来た。稀に軍装を解かないこともあったが、多くは和服で自室に寛《くつろ》ぎ、日露戦争生き残りの勇士である瀋陽館の先代と茶飲み話に耽《ふけ》ったりした。

将軍の部屋には、慰問袋やお守りなどが毎日送られて来たが、将軍は慰問袋は幕僚以下に分け、お守りは殊更鄭重に扱って、これを神仏に分けて床の間に安置

し、朝夕の合掌を欠かさなかった。

在満邦人大会だけでは、母国政府の鞭韃及び国論の統一が、覚束《おぼつか》ないと考えた青年聯盟では、緊急に第二回母国遊説隊を派遣することに決し、

中　央　班　岡田猛馬、井藤栄　大沼幹三郎
　　　　　　景山盛之助　奥村壮五郎
九　州　班　太田藤三郎　中尾優
中国四国班　関利重　榊原増郎　安藤武
関　西　班　紀井一　富田開助
東　北　班　小川増雄　美坂拡三

と、各班を編成、一挙に内地全国の輿論を喚起することになって、事変勃発十日後の九月二十八日、バイカル丸で大連を出発することになったが、その前夜は、大連新聞社後援の下に、歌舞伎座で出発演説会を開催すると、折柄篠《しの》衝くような驟雨を冒して殺到する聴衆に、会場は忽ち超満員となり、熱烈な市民の支持をそのままに現していた。

演説会は、遊説隊員のほかに、仙頭久吉、黒柳一晴、山口重次、小山貞知、高須優三等が熱弁をふるったが、演説中の一人が突如起立したかと思うと、派遣代表に向い、

「内地へ行ったら、死を賭して母国人に愬《うった》えてもらいたい。われわれの生命も、しばらく諸君に預けておく」

と、悲痛な声をしぼって激越な演説を試みるものがあるかと思うと、沿線各地から激励電報が櫛の歯をひくように舞込んで来るなど、弁士も聴衆も、高潮する悲壮な雰囲気のなかに、われを忘れていた。

遊説は九月三十日の福岡、広島を手初めに、十月八日の小倉、山口を最後に、内地の主要地二十数箇所にわたって行われたが、この遊説隊中、当時六十有余歳の身を以て青年聯盟に加盟し、家人の言葉を斥けて遊説隊に加った大連亜細亜ホテルの老主井藤栄翁が、往航のバイカル船上で乗客一同を甲板に集めて、早くも救国の雄叫びを挙げるのだったが、たまたま同船中の某商業学校生が井藤を弥次《やじ》ったので痛く憤慨し、その生徒の引率者である某教師を詰責中、激憤のために悶絶卒倒して下関病院に入院したが、病床にありながらも翁は毎日各班に打電して、一行を激励し、士気を鼓舞するに努めた。

また東北班の美坂青年が、仙台の公会堂で登壇中、民衆中の、左翼系統の二、三十名のものが計画的に、弁士を弥次ったり嘲笑したりして演説の妨害を試みた

が、美坂はなお従容と憂国の真情を傾けて演説をつづけていると、しまいには民衆までが不真面目な喧噪に陥って来たので、もはや我慢のできなくなった美坂は、憤慨のあまりポケットから護身用の海軍ナイフを取出すと見るや、矢庭に壇上に坐って割腹した。

芝居ではない、本当の自刃と迸《ほとばし》る鮮血を見た民衆は、さすがに愕然として、今更のように美坂の一本気と、その壮烈な行為に搏《う》たれた。

美坂は直ちに病院に担ぎ込まれ、危く一命はとりとめることは出来たが、母国遊説隊のものはそれほど真剣な気持で内地の輿論喚起に努めたのであった。

奉天ヤマトホテルの大きな部屋に陣取った青年聯盟の幹部達は、一日二十四時間が四十八時間あっても足りないような忙しい思いと共に、一切の仕事を生死一重の危険にさらしながらも、半面、時の青年英雄児として、いい気持にもなっていたものだった。

「宿泊料はどう計らいましょう」

滞在が三日、五日、十日となると、会計でも整理上黙ってはいられず、ある日、聯盟の連中の部屋に、係の者がやって来て、婉曲に催促すると、

「いや、なに、後払いで結構なんだよ」

と、みんなは澄ましている。

客の方は結構かも知れないが、ホテルの方はそうも行かないので、

「それにしても、大体御勘定の日取りだけでも承って置きたいのですが」

と、遠慮しながら言うと、そこにあった半紙に、山口重次が、即座に何かすらすらと筆を運ばせたかと思うと、傍にいた二、三の連中の判を取り自分も捺して、

「どうだ、これならいいじゃないか」

と、笑いながら手渡した。見ると、

後払証明書

我等ノ宿泊料ハ滞在長期ニ亘ルトモ後日追而《おって》支払フベキ意志ヲ有スルモノ也

昭和六年九月××日

と、無造作に書きなぐって、四、五人の名前の下に判がペタペタと捺してある。

「どうも、これでは……」

と、係が眼をパチクリさせていると、

「ヤマトホテルも満鉄じゃないか。われわれも憚《はばか》りな

がら満鉄人なんだよ、心配は要らんよ」

と、山口や是安がまるで取合わないので、会計の者も仕方なく、とにかくその一札を受取って部屋を出ようとすると、

「ちょっと待ってくれ給え」

と、黒柳一晴がとめた。

「御用ですか?」

「君、すまないが、洋食攻めだけは、なんとか願い下げにしてもらいたいな」

「………」

「大和魂が泣くんだよ、洋食ばかり食わされたんでは。偶《たま》には沢庵、味噌汁、梅干に米の飯というわけには行かんものかね。もちろん会席も悪くないよ」

当時、ヤマトホテルには、和食がなく、すべて洋食だったが、洋食も毎日三度々々では、日本人にはやりきれなかった。と言って、なにしろホテル代を後払証明書で待たそうと言う連中だったから、外食の金などは、持っていなかった。

「支配人に伝えるだけは、お伝えして置きましょう」

と、呆れ出て行く会計係の後姿を見送りながら、

「僕はもう参ったよ、ホテル生活には……」

と、如何にも困ったように、一人が言うと、

「一生の思い出になるかも知れないくせに」

「いや、大きにそうだ」

とホテルずまいの万更《まんざら》ではない本音を洩して、はしゃぐなかに、

「死出の旅路のか」

と、また誰かがまぜ返すと、なるほど自分たちは死を賭している身体だとの反省がみなの胸に来て、一瞬一同は顔を見合して、思わず声を呑むのだった。

わが満鉄従業員の敏速果敢な活動と軍の協力に依って、爆破された柳条湖の軌条修理はたちまち成り、満鉄の営業は、決死の満鉄社員にまもられて、事変の嵐のなかにも平常通りに進められて行ったが、瀋海線《しんかい》、斉克線《さいこく》などの支邦側の鉄道はピタリと停ってしまった。事変の勃発に驚き、狼狽した従業員が、無責任にも、彼等の職務を投出してしまったからだった。

ヤマトホテルを根城とする青年聯盟の幹部たちは、鉄道を山口重次、小沢開策、鉱産業、雑工場を是安正利、電気と一般交通を原口純允、治安、政治工作関係を金井章次、黒柳一晴、中西敏憲、結城清太郎、大羽時男、軍との連絡を永江亮一が大体受持って、事変の

収拾と建設工作に挺身努力することになって、それぞれ活動しているのだったが、しかし、彼等の殆どすべては満鉄社員であったから、ただ青年聯盟員としてだけで、行動するわけにも行かなかった。

そこで山口が、事変勃発以来彼等がやって来た仕事の状況の報告をかねて、山口の構想になる瀋海満鉄復興案を携えて、当時奉天営業課長だった森田成之を、ある日公所に訪ねて行くと、両三日欠勤しているという。

「欠勤？　どうして」

と、訊くと、

「さア、どういうわけですか」

と、部下の者は妙な顔をしている。この非常時に怪しからんとばかりに、山口はその足で森田の社宅に押しかけて行くと、

「やア、君か――」

と、出て来た森田は、どてらなどを着こんでいるが、べつに病気らしい様子もない。

「どこか悪いのですか？」

「実は、不貞寝《ふてね》をやっているんですよ」

「不貞寝？」

これには山口も、開いた口が塞がらなかった。

「それはまたどういうわけで？」

「どうもこうもありませんよ」

そして、恰度いいところだった、とにかく上って聞いてもらいたい――と言うわけで、山口が上ると、理事の木村鋭市からひどく叱られたからだという。原因は事変を機会に、満鉄は瀋海線その他東北四省における支邦側鉄道を、時局が収まるまで一時管理すべきであるというような意見を、森田が本社に建言したのが、行き過ぎだと言う点で、忌諱《きい》にふれたというのであった。

「木村理事や伍堂理事の考えは、それは外交問題だと言うらしいのですよ。事態がこうなって、外交問題もヘチマもあるもんですか」

「なるほど、君の不貞寝も尤もだ」

山口はなだめて、

「とにかく僕は、端的に、各鉄道は自主復興の建前で、裏側からわれわれが有志として指導に当ればいいと思うんですよ。そしてそのために、東北交通委員会を復活させることが重要だと思うんだが……」

二人は、いろいろ意見を闘わせた結果、結局それが

よかろうということになり、お互に協力を約すと、差当って瀋海線——奉天、撫順、海龍城から更に吉林に結ぶところの最重要路線の、復興に乗出すことになった。

山口重次が森田成之や鉄道部連絡課長の寺坂亮一や、奉天助役の田中整等と共に、瀋海鉄道の自主復興に奔走して、丁鑑修《ていかんしゅう》を会長に戴き、呉裕奏《ごゆうそう》、謝東甫《しゃとうほ》、王金川《おうきんせん》、劉赫南《りゅうかくなん》、周方英《しゅうほうえい》等を理事とする瀋海鉄道保安維持会をつくることに成功し、この保安維持会の手によって、逃げたりかくれたりしていた連中まで探し出して、とにかく助役以上のものにはいずれも期限を切っての復職承諾の判を、納得ずくで捺させることが出来るまでは、幾日も費さなかったが、山口たちの昼夜兼行の献身的な努力が、そういうふうに報いられつつあった一方で、満鉄本社の態度も、母国政府の風向きを気にしながらも、漸く決って来たと見えて、当時鉄道部の営業課長だった山口十助を瀋海鉄道復興促進のために、奉天に派遣して来た。

自分たちの志が、事実上、会社に容れられることになった山口重次、森田成之の喜びは言うまでもなかったが、なかでも山口十助を当時会社の部署では、直接自分の上司としていた山口重次は、わけても面目を施すことが出来たわけだった。

本社の鉄道部営業課長を迎えた簡単な飯の会で、

「あなたが来て下さって、思い切って僕も働けるというものですよ」

山口重次が云うと、

「突然の命令だったが、僕も気になっていたので、急いで来た」

と、山口十助も述懐した。

「この後、本社の方針は？」

と、心配する一同に、

「とにかく、僕は社命で来たのだ。建設部次長の佐藤応次郎さんも、大いにやって来いとのことだった」

と、十助は、含みのある言葉で言ったが、初め事変の進展と母国政府の風向きを睨み合わせていた満鉄が、満洲各地に澎湃《ほうはい》として起きた治安維持会、自治委員会運動による満洲独立自治の気運の成熟につれて、その後満洲国交通部の基礎となった東北交通委員会に全面的に参加することになったのは、それから間もないことだった。

両山口たちの蔭での努力と、瀋海鉄路保安維持会の活動が物を言って、瀋海鉄路二百八十キロが再び運転を開始したときには、なお西北満において、馬占山《ばせんざん》討伐が、続行されてはいたが、すでにわが陸軍特務機関長土肥原賢二大佐を市長として、臨時市政が敷かれていた奉天を中心に、学良政権から解放された満洲は、全く新しい気分のもとに、蘇ったような世界が開けて行った。

「瀋海が動いた」

「よかった！」

「よかった！」

　在満日本人の誰もが感激するなかで、わけても山口重次、山口十助たちの感動には、強いものがあった。

「自主復興だ。原住従業員たちが競って復職し、業務についてくれたのだから」

と、彼等は言っていた。

　瀋海鉄道の汽笛一声は、近く生れんとする新興満洲国の実に前ぶれだったのである。

　軍票一枚使わず、瀋海鉄道が復興した頃から、新しい気分のもとに生れかわろうとする満洲の各地に治安維持会、自治委員会なるものが、続々現れて来た。

　それらは、多くは民衆のなかから自然に、また自発的に生れ出て来たものだったが、なかには于沖漢《うちゆうかん》のような立派な指導的人物に統率されているものもあった。

　于沖漢は、この物語の前篇でちょっとふれたように、明治三十年頃には、東京外国語学校清語科講師として、日本に来ていたことがあり、日露戦争の際児玉源太郎大将が、参謀総長として現地に乗出して来たとき、彼はいつの間にかその総司令部員となって、露軍の情報集めに奔走したことがあるほどの、旧くからの親日家で学者肌の人間だった。馬賊のなかから張作霖という梟雄《きようゆう》を見出したのは彼で、そのためもあったのか、張作霖は日本との関係で、于沖漢をうまく利用したこともあったのである。

　その後彼は、遼陽に引退して読書三昧に耽り、悠々自適の生活に入っていたのであったが、たまたま満洲事変に際会すると、率先して同方面に自治委員会をつくり、東北軍閥敗走後の地方自治に乗出したのだった。

　治安維持会、自治委員会はいまいったように、何れも民意にもとづいて生れ出たものであったが、その世話役なり指導者なりには、日本人が入ってやっているところも少くなかった。

　青年聯盟や雄峰会から加わっているもののように、

正体のわかっている純真な青年のほかに、あまり性質の芳しくない支那ゴロといった手合も、まじっていた。

言わば玉石混淆だったのだ。その上系統別によって、各自が勝手なことをやって、時々問題を起し、せっかく健全に育成しなければならない地方自治組織を、逆に日本人がぶちこわすような事態も見られて来たので、関東軍司令部でも問題となり、于沖漢を初め小山貞知、金井章次などの意見を訊いて、新に統一的な自治指導部なるものをつくることになり、石原中佐と片倉大尉が主となって、雄峰会や青年聯盟や、その他の連中を個別的に説得し、最後に各グループの代表者をヤマトホテルに集めて、そこで自治指導部要綱案なるものをつくり、十一月十日には発会式を挙げるまでに漕ぎつけたのだった。

が、金井章次を頭に戴く青年聯盟派と笠木良明を盟主とする雄峰会との合流の上に、更に甘粕正彦などの惑星的存在も加わって、出来あがったこの自治指導部こそは、それから僅か数箇月後の昭和七年三月一日に実現を見た満洲建国直後の政治的推進力となったのであり、一方建国と同時に組織された満洲帝国協和会の母体となったものである。

しかし、自治指導部も出来た当座は、一部にあまり評判がよくなかった。関東軍の三宅参謀長なんかも、いろいろの風評を耳にして、心配のあまり、ある日も金井章次を司令部に喚出《よびだ》すと、

「大体自治指導部というものは、何をやらせているのか、どうも若い者が調子に乗って跳ねまわっているようだが、あまり無軌道なことをやられては困るのだ」

と、注意を与えたほどだった。

金井は、直接自治指導部の指導に当っていたわけではないが、参謀長に、そうした細かい気づかいのあることは、嬉しかった。

全満各地に擡頭した地方自治運動が、まっさきに実を結んだのは、九月末の吉林独立政府の成立だった。これは、前東北辺防軍副司令公署参謀長だった熙《き》洽《こう》を長官とし、王暢郭《おうちようかく》、恩森《おんしん》、孫基昌《そんきしよう》、富春田《ふしゆんでん》、張燕卿《ちようえんけい》、李錫恩《りしやくおん》等を各庁長とするもので、この吉林省の独立は、独立すべくしてなお学良の残存勢力や、蔣介石側からのあらゆる妨害によって若干の行悩みを見せていた奉天、黒龍江両省の独立に、拍車をかけずにはおかなかった。

即ち十二月に入ると、一時委員長に国民政府監察委員兼通志館副館長だった袁金凱《えんきんがい》を、副委員長に于沖漢、闞朝《かんちょう》、各委員に金梁《きんりょう》、丁鑑修《ていかんしゅう》、張成箕《ちょうせいき》、孫租昌《そんそしょう》、修兆《しゅうてん》元《げん》、李《り》友蘭《ゆうらん》を推して、遼寧省政府事務代行に当っていたが、新《あらた》に兵工廠総務だった臧式毅《ぞうしきき》を省長とする新奉天省の独立を見、更に黒龍江省も同月、哈爾浜特別市政長官だった張恵景《ちょうけいけい》を首席として独立を宣言し、更に洮遼《とうりょう》鎮守使張海鵬《ちょうかいほう》が、蒙辺督弁として、洮索一帯の地に独立の旗を掲げるにいたって、ここに満洲は完全に、蔣介石政府及び学良の旧政権から脱離することになったのだ。

だが、それらは未だ蔣介石政府と学良旧政権からの各省の個々の独立にすぎなかった。その後に予想されるものは、当然これらの各省が力を一にして、各種の妨害と陰謀を防衛し、満洲三千万の民衆に、安居楽《あんきょらく》業《ぎょう》を与えることであったが、それには、差当って各省の緊密な連絡が大事であるというので、前記の熙洽、于沖漢、臧式毅、張海鵬を初め、熱河省の首席だった湯玉麟《とうぎょくりん》、元東北法学研究会長で、土肥原大佐に続いて事変後の二代目奉天市長を承っていた趙欣伯《ちょうきんはく》、それから当時斉斉哈爾にあった馬占山等の諸巨頭が、しばしば会合して協議を重ね、またその蔭で謝介石《しゃかいせき》、張燕卿などが大いに奔走した結果、翌昭和七年二月十七日に至って、まず東北行政委員会が成立し、更に二週間後の三月一日には、行政委員長張景恵は満洲国政府の名において、建国宣言を堂々と中外に声明、年号を大同と定め、ここに人口三千万、いわゆる五族協和と共存共栄を理想とする新国家が誕生したのであった。

一方、それに呼応して、山口十助、山口重次、森田成之など、瀋海鉄道、龍克線の復興に当った人たちが、当時の満鉄の理事の一人だった村上義一と諮《はか》って、東北交通委員会をつくり、専ら鉄道問題を担当していたが、これこそ満洲国建国後に満鉄が、満洲国国鉄の全線の経営に、更に新線の建設等、鉄道に関する一切の業務を委託される直接の基礎となったものだ。

事変にさいする満鉄人の活躍は、もちろん青年聯盟や雄峰会に拠っている人たちだけではなかった。否、青年聯盟や雄峰会を結んでいた、満鉄人の事変に当っての活動は当時、三万と言われた満鉄人の非常時活動力の、勢いあまった社外への発展と解すべきであって、満洲事変における満鉄人の奮闘は、それこそ三万社員が、悉く火の玉となって死を賭したものだった。

でなければ、満鉄は自由無碍《むげ》な軍の手足となることが出来なかったであろうし、従って皇軍の、あの疾風迅雷的な勝利は、困難だったかも知れないのだ。

事変発生の数日後の夜だった。

「君は本社に残って頑張ってくれ」

と、軍の召電で奉天に飛んで行った笠木良明から言い残された古賀董が、進展する事変の情況を想像しながら、育成学校の舎監室に来ていると、どやどやと足音がして、扉をはげしく叩くものがある。

「誰かね。入りたまえ」

「はい」

扉を開いて入って来たのは、七、八人の育成学校の生徒だった。

「何用だね?」

重なる顔々の、ただならぬ緊張ぶりを見て、古賀は思わず彼等を見つめた。育成学校の生徒というのは、満鉄で育成中の見習員で、昼間は勤務に服し、夜間を学校に学んでいる、まだ二十歳前の青少年だった。

「志願に参ったのです」

「どうか僕たちもやって下さい」

「見習だからといって、この非常時にじっとしていることは出来ません」

生徒たちは口々に叫ぶように言う。

「何を志願したというのかね?」

古賀は白《しら》を切って反問した。

「柳条湖の現場です」

「奉天です」

「いえ、どこでも構いません、現業の第一線に出して頂きたいのです」

思いつめた生徒たちの、真剣な表情を読みながら、何とも言えない頼もしい気がして、

「出来るだけ希望に副《そ》うように努力しよう」

と、古賀が言うと、

「お願いします」

「ぜひお願いします」

「どんなことでも致しますから」

と、生徒たちは、いきいきと眼を輝かしながら、喜んで出て行ったが、見習の育成学校の生徒達までもが安閑としていられなかったように、事変の発生と共に異常な緊張のもとに奮起した満鉄社員各自の英雄的な行動は、軍の輸送に、線路・通信線の補修に、第一線への食糧や弾薬の運搬に、戦傷者の後送に、或いはま

た駅の防衛や、保線や、犠牲先駆機関車の運転に、それこそ文字通り決定的な姿で展開され、そしてそれらの記録は現に、数巻の「満鉄社員健闘録」となっているのである。

殉職社員も、数多く出たが、今から回想して、とりわけ感動的なことは、そのなかには満系の人たちも少なくないことである。「民族協和」ということは、満洲建国後に、初めて掲げられた旗印ではない。満洲事変という戦闘場裡に、すでにその生きた証拠が、後代の鑑《かがみ》として残されていたのだ。

思えば、満鉄および満鉄人が、新しい東亜の歴史を拓くために、寄与した功績は、真に赫灼《かくしゃく》として、不滅の光芒を放っている。

わが忠勇十万の英霊と、二十億の国幣《こくど》を捧げて得た日露戦争最大の成果である満鉄の、東亜大陸北辺に於ける輝かしい足跡こそは、畏れ多くも明治大帝の御鴻《こう》謨《ぼ》として与えられた、日本民族の大陸進出の使命に副ったものであり、また実に、今日の大東亜建設の先駆をなすものであったのである。

日露戦争が、帝政ロシアの満洲及び朝鮮の侵略を防ぎ、更に皇国をロシアの脅威からまもるために、国運を賭したものであったのは、繰返すまでもないが、大《おお》御稜威《みいつ》のもと天佑と神助を受けて世界が必敗を信ずるなかに、見事大勝をかち得た帝国の講和の代償は、僅かに南半樺太の割譲と南満洲鉄道の譲渡に過ぎなかった。

だから、満鉄と、満鉄を中心とする満洲の開発と経営ということは、碧血《へっけつ》を満洲の大地に染めたわが十万の英霊に対しても、あくまでこれを確保しなければならないものであったが、それはまた亜細亜をして亜細亜人の手に引戻すためにも、日本が絶対に遂行しなければならないものだったのである。

その満鉄を、日露のあいだにまだ講和談判が進行中に、横取りしようと企だてたのが、米国だった。前篇に書いたように、小村侯の強硬な反対から、米資本家ハリマンの提議による満鉄日米共同経営案は、日本の拒絶で水泡に帰したが、その後も米国の対満野望は、或いは錦瑷《きんあい》鉄道の予備協定の締結となり、満洲鉄道の国際管理案の提唱となって現れたが、何れも失敗したので、四国借款団への割込み、新四国借款団の提案などを経て、大正十一年春の華府会議となり、日露戦争によってわずかにかち得た日本の満蒙に於ける優先権を、この会議における米国の援支抑日的な圧迫によって、日本は一朝にして放棄せしめられたのであった。そしてこの華府会議こそが、じつに支那をして、帝国の満洲における一切の既得権益までを回収せんとする無謀な野望を抱かしめる原因をつくったのである。

だが、満鉄と満鉄人は、そのあいだにもいろいろのことはあったが、しかし外に向ってはよく満鉄をまもったばかりでなく、よく自らの歴史的使命に邁進して、竟《つい》に満洲建国の道さえ拓いたのである。

満洲国は、今や建国十年を迎えて、国礎愈々固く、大東亜共栄圏の先駆的拠点として輝いているのであるが、この物語を終るに当って、満鉄関係者が、満洲事変と満洲建国に如何に大きな役割を果したかということを、最近の調査による次の数字によって読者の想像を喚び起したいと思う。

（昭和十三年四月調）

事変に際して軍から召電を受けた社員　約一、〇〇〇名
事変従軍社員　約一六、四〇〇名
事変及び建国犠牲社員（日、満、露）　一七九名
内日本人社員　一二八名
内靖国神社に祀られた者　六一名
叙勲賜杯者　二三、三九一名
建国当時満洲国政府に居残った旧満鉄人　二、三五〇名

これによっても、満洲事変と満洲建国に際して、如何に満鉄人が火の玉となって健闘したかがわかるであろう。

大東亜建設の先駆者満鉄と満鉄人に、永《とこし》えに栄光あれ。

# 解説　『満鉄外史』と菊池寛

満鐵会常任理事　天野博之

この本を読みだすと、なかなか中途では止められなくなる。

歴史について述べる本、特に正史は、著者は年月日、場所あるいはその時の状況に心を配って歴史事実を踏み違えないよう細心の注意を払って叙述を進める。ところがこの本は「外史」と銘打つだけあって、あまりそのような細部にこだわることはしない。自由奔放に登場人物の心理にまで立ち入ってその人物の行動や人となりを描き、満洲、特に満鉄社員が置かれた状況や人々の心情を伝える。学者やドキュメント作家がなし得ない方法で時が流れる。満洲奥地に最も早く分け入ったのは接客を業とする女性たちだったが、そのあたりも登場して話に彩りを添える。躍動する語り口には講談本の趣きすらあり、他の菊池作品とは味わいが異なる。満鉄、満洲を知る新聞記者や作家が協力したことも伝えられ、その影響が反映しているのかもしれない。

菊池寛は、朝鮮とは関係が深く、朝鮮芸術賞の選考委員代表に選ばれ、他に文学部門に佐藤春夫・

川端康成、音楽部門に山田耕作らの委員がいた。しかし満洲へは二度渡っただけで、あまり関係は深かったとはいえない。最初は昭和五年（一九三〇）九月に飛行機で往復する途上、二泊した。同行者は直木三十五・横光利一・佐々木茂索《もさく》らであった。

二度目の満洲はそれから十年後の十五年八月、小林秀雄・中野実が同行、朝鮮各地で「文芸銃後講演」を行った後の訪満であった。大恐慌後の沈滞した時期だった前の満洲と比べて、二度目は満洲国建国から八年、その充実ぶりに目を見張っている。中でも感銘を受けた撫順炭礦のオイルシェール（油母頁岩）については、簡単な解説まで書いている。鞍山でも貧鉱処理が発達したらアメリカの屑鉄輸出禁止などは恐れるに足りないと説明を受け、「はなはだ頼もしい気がした」と書く。奉天や大連の変貌よりも時局柄、菊池の眼は資源方面に向かっていたようである（菊池寛『話の屑籠と半自叙伝』㈱文藝春秋、昭和六十三年）。本書の執筆を翌年に控えた時期の訪満だから、菊池はこの旅行で満鉄社員の心意気をおおいに感じ取って離満したものであろう。

菊池は本書の自序で、満洲新聞社の依頼により「満鉄の歴史を興味本位に書いたものである。私は満鉄にとって、あまり縁故のない一門外漢である。だから、その資料は、主として文献に依り、その補助として、満鉄と苦楽を共にした老満鉄マンの談話を聞いて見た」とある。確かに、菊池のいうように「専門的な鉄道経営史としては一読の価値がないかも知れない」が、今は失われた文献を利用し、多くの体験者からヒアリングしており、基本的な事実はきちんと押さえられているように見受ける。

冒頭の佐渡丸事件は、旅順要塞に立籠もるロシア軍を孤立させるため、大連に向けて鉄道の復旧材料と技師たちを満載した常陸丸と佐渡丸が、ウラジオストック艦隊に撃沈された事件である。その時野戦鉄道提理部技師で救出され、その後満鉄で運転課長、大連管理局長などの要職を務めた貝瀬謹吾など、遭難日本人の姿と復讐の決意が描かれる。

ロシアの旅順要塞の死命を制した二十八糎《サンチ》榴弾砲一八門の言語を絶する運搬の苦労、馬賊襲来と険阻な地形に悩まされた安奉線工事など、苦労の数々が微に入り細を穿《うが》って語られる。文字としては残されなかった苦労が、当時はまだ生々しく語り継がれていたことがよく解る。

満鉄人の友情物語にも事欠かない。明治四十四年（一九一一）入社の入江正太郎、大淵三樹、築島信司、山田潤二、山西恒郎はいずれも帝大法科出身の俊秀揃い。「四十四年組の梁山泊」を根城に夜毎に大連の街を荒らし回り、上司、先輩をも騒ぎに巻き込んでしまう。そんな彼等の稚気を周辺では暖かく見守っている。

九年たった大正九年（一九二〇）には、後藤新平外相に請われて奉天地方事務所長から遼陽領事となった入江を除いて、大淵（地方部勧業課長）、築島（大連管理局営業課長）、山田（興業部外事課長兼興業課長）、山西（地方部庶務課長）と、いずれも満鉄に欠かせない人材に成長していた。後年大淵、山西は理事に昇進する。切れ者とうたわれた熱血漢山田は、この年に起きた中西清一副社長による塔連炭礦買収事件（満鉄疑獄）を巡って副社長と直接対決、退社してその非を天下に弾劾、ついに問題は貴族院で取り上げられ、社長副社長を辞任に追い込んだことは、本書に述べられた通りである。山田は、昭和四年の第一回都市対抗野球大会を制した満倶（大連満洲倶楽部）のリーダーという一面も持っていた。撫順炭礦を視察したためか、山田の男ぶりに惚れ込んだためか、山田を描く菊池の筆には熱がこもっている。

満鉄を政党の手から取り戻し、社員の手で満鉄を守るとの意識のもとに満鉄社員会結成に秘密裡に奔走する中堅社員の平島敏夫（後に副総裁）、山崎元幹《もとき》（最後の総裁）。彼等の多くは大連新聞社の青年議会運動に携わり、ついで全満邦人青年を結集する青年連盟へと雪崩を打っていく。

本書の結びとなる昭和六年九月の満洲事変の際、満洲青年聯盟員は関東軍に積極的に協力、逡巡する満鉄首脳部を、関東軍に協力する方向に誘導する。青年聯盟社員は満洲国の官吏や嘱託となって初期の満洲国建設に協力した者もいたが、満鉄に戻った社員も多い。

事変の発端となった柳条湖事件は、この時は張学良軍の満鉄線路爆破と考えられていた。真相が明らかにされたのは昭和三十一年、本書にも登場する関東軍参謀の花谷正少佐が手記「満州事変はこうして計画された」（『別冊知性』十二月号）で、同じ関東軍参謀の板垣征四郎大佐・石原莞爾中佐らが爆破を主導し、満洲国建国に雪崩れこんだと暴露したことによる。もちろん菊池は真実は知らない。

そのほかにも戦後になって明らかになった真実もあるが、執筆された昭和十六、七年という時代の満鉄や満洲の雰囲気を本書から理解することが出来る。

菊池は、本書を書くに当たって中国歴代王朝の興亡を描いた『物語支那史大系』を耽読《たんどく》したとされる。その影響か、満鉄社史や略史は制度や機構に重きを置くが、本書は社史では読むことが出来ない、個人の熱血あふれる行動が細かに記される。満洲の曠野《ひろの》に理想を実現しようとした満鉄青年社員の姿を、菊池寛が自序で書いている通りの「満鉄人の感情史・心理史」さらには「満鉄ロマンス」として描き出し、楽しい読み物となっている。満鉄社員会叢書にも加えられ、多くの満鉄社員の愛読書となった。

菊池寛は昭和十八年十一月、新京市に満洲文藝春秋社を設立、積極的に満洲の地で出版活動を行おうと考えた。満鉄と満洲をより深く知ることになった菊池の、『満鉄外史』の続編を読みたかったと思うのは私一人だけだろうか。

本書は、元は上下の二巻からなっており、上巻の発行は康徳九年（昭和十七）一月、下巻は翌十年（昭和十八）一月、同年八月には上下巻を合わせて一冊として発行された。

**菊池寛**（きくち・かん）
明治 21 年（1888）香川県生まれ。京都大学文学部英文科卒業。大正〜昭和前期の文学界を代表する作家、劇作家。『忠直卿行状記』、『恩讐の彼方に』、『藤十郎の恋』、『真珠夫人』、『父帰る』（戯曲）などが代表作。雑誌『文藝春秋』を創刊、芥川賞、直木賞、菊池寛賞を創設した。昭和 23 年（1948）没。

満鉄外史《まんてつがいし》

●

*2011*年*6*月*16*日　第*1*刷

**著者**……………菊池寛《きくちかん》

**発行者**……………成瀬雅人

**発行所**……………株式会社原書房

〒160-0022 東京都新宿区新宿1-25-13

電話・代表03(3354)0685

http://www.harashobo.co.jp

振替・00150-6-151594

**装幀**……………出水治

**印刷**……………新灯印刷株式会社

**製本**……………東京美術紙工協業組合

ISBN978-4-562-04703-1, Printed in Japan